༄།།འཛམ་གླིང་ཡང་རྩེ།།

བློ་
ཡུལ་
ལས་
འདས་
པའི་
མཐོ་
ཚད།

图书在版编目（CIP）数据

第三极：藏文 / 郭新著，刚组译. --拉萨：西藏人民出版社，2019.3

ISBN 978-7-223-05345-7

Ⅰ. ①第… Ⅱ. ①郭… Ⅲ. ①电视纪录片-解说词-中国-当代-藏语 Ⅳ. ①I227

中国版本图书馆CIP数据核字（2016）第250523号

第三极

编　　者：郭 新

译　　者：刚 组

责任编辑：拉珍　贡嘎热杰

版式设计：次旺

封面设计：格罗

出版发行：西藏人民出版社（拉萨市林廓北路20号）

印　　刷：深圳市精彩印联合印务有限公司

开　　本：787×960　1/16

印　　张：27.125

字　　数：300千

版　　次：2019年3月第1版

印　　次：2019年3月第1次印刷

印　　数：01-2，000

书　　号：ISBN978-7-223-05345-7

定　　价：58.00元

༄། །འཛམ་གླིང་ཡང་རྩེ། །

ཀའོ་ཞིན་ཁྲིས་རྩོམ་སྒྲིག་བྱས།
ཀྲང་བརྩུགས་ཀྱིས་བསྒྱུར།

བོད་ལྗོངས་མི་དམངས་དཔེ་སྐྲུན་ཁང་།

དཀར་ཆག

གླེང་གཞི་དང་པོ།

ཀྲང་དབྱི་ཕྲུའུ།

བཙན་འཕྲིན་དངོས་མཚོན་པར་གཞི་《འཛམ་གླིང་ཡང་རྩེ》ཞེས་པ་དེ་བཙན་འཕྲིན་ནང་བསྟན་པའི་རྗེས་མང་ཚོགས་ཀྱིས་ལྷ་འདོད་པོ་བྱེད་ཅིང་། བགྲོ་གླིང་བྱེད་པའི་ཚ་རླབས་ཤིག་འཕྱུར་བ་དང་ཆབས་ཅིག རྒྱལ་སྤྱིའི་ཐོག་དོ་སྣང་ཆེན་པོ་བྱུང་ནས་དེ་ནི་ཀྲུང་གོའི་བཙན་འཕྲིན་དངོས་མཚོན་པར་གཞི་རྒྱལ་སྤྱིར་བརྒྱུད་བསྒྲགས་བྱེད་པའི་དཔེ་མཚོན་གལ་ཆེ་ཞིག་ཏུ་བརྩི་ཡི་ཡོད། པར་གཞི་དེ་བཙན་འཕྲིན་ཐོག་ནས་བསྟན་པས་དེར་དོ་སྣང་བྱེད་མཁན་ཏ་ཅང་མང་པོ་བྱུང་ཡོད་པ་དང་། དྲྭ་ཐོག་ནས་བསྟན་པས་དེ་བས་གཟིགས་མོ་བའི་མིག་གི་དགའ་སྟོན་དུ་གྱུར་བ་མ་ཟད། རྒྱལ་སྤྱིའི་ཐོག་བརྒྱུད་བསྒྲགས་བྱེད་པའི་ཁྲིད་དུའང་གྲུབ་འབྲས་ཆེན་པོ་ཐོབ་ཡོད། བཙན་འཕྲིན་དང་དྲྭ་རྒྱ། རྒྱལ་སྤྱི་དང་རྒྱལ་ནང་དུ་ཐོད་བརྒྱུད་བསྒྲགས་བྱ་རྒྱུར་ལམ་ཞིག་བཤངས་པ་དང་མཐོང་བར་དཀོན་པའི་དོ་སྣང་བྱ་ཡུལ་ཞིག་ཏུ་གྱུར་ཡོད་ཅེས་བཤད་ཚོག དེའི་དོན་སྙིང་ནི་ང་ཚོས་རྒྱབ་ལྗོངས་ཆེན་པོ་ཞིག་གི་འོག་བསམ་གཞིགས་བྱེད་དགོས་པ་ཞིག་ཡིན།

ལོ་ངོ་འདི་དག་རིང་ལ་སྨྱན་སྦྱོར་དང་སྤྱི་ཚོགས་ཀྱིས་དོ་སྣང་བྱ་ཡུལ་ལྟེ་བ་དེ་བོད་ཀྱི་མཆོན་སྟངས་ཐད་འཛོག་གི་ཡོད་ལ། དེ་ནི་གོ་ལ་ཕྱིལ་པོའི་རང་བཞིན་གྱི་དོན་སྙིང་ལྡན་པའི་སྙིང་གཞིའི་ལྟེ་བ་ཞིག་ཀྱང་ཡིན། ཀྲུང་ཧྭ་མི་རིགས་ཁྱིམ་ཚང་ཆེན་པོའི་གྲུབ་ཆ་ཡིན་པའི་བོད་འདིས་སྔར་ནས་ད་བར་དུ་ཤ་ཚ་ཅན་མང་པོའི་ཡིད་དབང་འཕྲོག་ཡོད། དེ་ནི་བོད་ཀྱི་ཐུན་མོང་མ་ཡིན་པའི་རང་བྱུང་ཁོར་ཡུག་དང་། རིག་སྐྲུན་ཁོར་ཡུག ལོ་རྒྱུས་རིག་གནས་བཅས་ལས་གྲུབ་པའི་སྐྲོག་འགྱུར་གྱི་ཡིད་དབང་འཕྲོག་ཤུགས་ཤིག་ཡིན་པ་དང་། ཡིད་དབང་འཕྲོག་ཤུགས་དེ་དག་དང་ད་ལྟའི་དེང་རབས་འཚོ་བའི་བར་གྱི་བསྡུར་བ་དང་ཁྱད་པར་དེ་ནི་མི་རྣམས་ཀྱི་བློ་ཁ་ཕྱོགས་ཡུལ་དུ་འགྱུར་ཡོད། འོན་ཀྱང་བོད་ངོ་སྤྲོད་བྱེད་སྟངས་ཐད་ལ་རྟག་ཏུ་ངོ་མཚར་གྱི་རང་བཞིན་འབུར་ཐོན་བྱེད་གང་ཐུབ་བམ་ལོ་རྒྱུས་ཀྱི་དམིགས་བསལ་རང་བཞིན་ནན་བཤད་བྱེད་གང་ཐུབ་བྱེད་ཀྱི་ཡོད་ཅིང་། ངོ་སྤྲོད་བྱེད་སྟངས་དེ་རྟག་ཏུ་བོད་མཆོན་སྟངས་ཐད་ཀྱི་འཆར་ཅན་དཔེ་མཆོན་ཆགས་པ་དེས་མི་རྣམས་འགྱུར་མེད་ཀྱི་བག་ཆགས་ཤིག་ཀྱང་བཟོ་སླ

པོ་ཡིན། ང་ཚོས་རྒྱུན་དུ་བོད་དང་ས་ཁུལ་གཞན་དག་བར་གྱི་འཚོ་བའི་ཁྱད་པར་དེ་འགྱུར་དུ་ཐོན་གང་ཐུབ་བྱེད་པ་ལས་ཡུལ་དུས་དེ་རང་གི་བོད་ཀྱི་དངོས་ཡོད་གནས་ཚུལ་ལ་ཞིབ་དཔྱད་བྱ་རྒྱུ་འདང་གི་མེད། དོན་དངོས་ཐོག་གང་འདྲ་བྱས་ཏེ་བོད་ཀྱི་དེང་སྐབས་ཀྱི་མི་ཚོས་ཁོར་ཡུག་དེ་རང་ཁྲོད་ཀྱི་འཚོ་བ་སྐྱེལ་སྟངས་ཇི་མ་ཇི་བཞིན་ཞིབ་ཕྲ་མཚོན་ཐུབ་པ་བྱ་རྒྱུ་ནི་སྔར་བཞིན་ང་ཚོའི་འགྲན་སློང་ཞིག་ཡིན། 《འཛམ་གླིང་ཡང་རྩེ》ཞེས་པ་དེས་དཀའ་སྤྱད་ཀྱིས་སྡོག་འདོན་དང་རྩད་ཞིབ་བྱས་པ་བརྒྱུད་ང་ཚོར་བོད་ཀྱི་རང་བྱུང་དང་མི་རྣམས་ཤེས་ཚོར་བསྐྱར་མ་ཐེངས་ཤིག་བྱེད་དུ་བཅུག་ཡོད།

བོད་ལ་དམིགས་ནས་བཟོས་པའི་བརྙན་འཕྲིན་པར་གཞི《འཛམ་གླིང་ཡང་རྩེ》ཞེས་པ་དེས་ང་ཚོར་དེ་སྔོན་བོད་སྐོར་གྱི་དངོས་མཚོན་པར་གཞི་རྣམས་དང་ཕྱོགས་མང་པོའི་ཐད་མི་འདྲ་བའི་ཚོར་སྣང་ཞིག་སྤྲད་ཡོད། དེར་ལེའུ་ལྔ་ལས་མེད་ཀྱང་བོད་ཀྱི་དུས་རྒྱུན་གྱི་འཚོ་བའི་རྣམ་པ་“ཞིབ་མཚོན”བྱས་ཡོད། དེས་འཆར་ཅན་དང་མི་འདྲ་བར་བོད་མི་དཀྱུས་མའི་འཚོ་བའི་ཁྲོད་ཀྱི་ཉམས་འགྱུར་ཞིབ་ཕྲ་མངོན་པར་བྱས་ཤིང་། ཁོང་ཚོའི་“སྒྲུང་གཏམ”རྣམས་བརྙན་ལེན་འཕྲུལ་ཆས་ཀྱིས་ཞིབ་ཕྲ་ལ་མངོན་སུམ་དུ་པར་ལེན་བྱས་ཁར། དེ་ལས་བསྟན་པ་ནི་རྒྱུན་གཏན་དང་མི་འདྲ་ཞིང་དངོས་འབྲེལ་གྱི་བོད་ཀྱི་རང་བྱུང་ཁམས་དང་རིག་སྐྱུན་ཁོར་ཡུག དེ་བཞིན་ཁོར་ཡུག་དེའི་ཁྲོད་དུ་འཚོ་གནས་བྱེད་བཞིན་པའི་མི་སྣ་ཡིན། བརྙན་འཕྲིན་པར་གཞི་དེའི་ཡིད་དབང་འཕྲོག་ཤུགས་ཆེ་ཤོས་ནི་འཛམ་གླིང་ཡང་རྩེ་སྟེ་མཚོ་བོད་མཐོ་སྒང་དུ་བོད་མི་དཀྱུས་མའི་འཚོ་བ་སྐྱེལ་སྟངས་ཇི་འདྲ་ཡིན་པ་མིའི་རིགས་ཀྱི་རིག་པའི་ཐོག་ནས་གནད་ལ་འཕིགས་པའི་སྒོ་ནས་ངོ་སྤྲོད་བྱས་ཡོད་པ་དེ་ཡིན། བརྙན་འཕྲིན་པར་

གཞི་དེའི་ནང་མཐོ་སྒང་གི་སྐྱེ་ཁམས་ཁོར་ཡུག་ཤིན་ཏུ་ཞན་པའི་ཁྲོད་དུ་བོད་རིགས་མི་དམངས་ཀྱི་དམིགས་བསལ་དང་རང་བྱུང་ཁོར་ཡུག་དེ་རིགས་དང་འཚམ་པའི་འཚོ་བ་སྐྱེལ་སྟངས་དངོས་གསལ་བ་དེས་ང་ཚོ་ཡང་དེའི་ཁྲོད་དུ་གནས་པ་ཇི་བཞིན་བོད་ཀྱི་དམིགས་བསལ་གྱི་ཡིད་དབང་འཕྲོག་ཤུགས་ལ་ཚོར་སྣང་ཡོང་གི་ཡོད། 《འཛམ་གླིང་ཡང་རྩེ》ཡི་བརྗོད་བྱ་གཙོ་བོ་རྒྱ་ཆེ་ཡང་འཇུག་སྒོ་ཏ་ཙང་གི་ཆུང་ཆུང་ཡིན། བརྗོད་བྱ་གཙོ་བོ་ནི་འཛམ་གླིང་ཡང་རྩེ་ཧྲིལ་པོ་ཡིན་ན་ཡང་འཇུག་སྒོ་ནི་ཞིབ་ཅིང་ཕྲ་བའི་མངོན་སུམ་གསལ་ཇེན་གྱི་སྒྲུང་གཏམ་རེ་རེ་ཙམ་ཡིན། དེར་བརྟེན་བོད་ཀྱི་རང་བྱུང་ཁོར་ཡུག་དང་མིའི་འཚོ་གནས་ཀྱི་རྣམ་པ་གསལ་བཤད་གང་ལེགས་བྱུང་ཡོད་ཅིང་། ཤིན་ཏུ་ཞན་པའི་ཁོར་ཡུག་ཁྲོད་དུ་མིས་རང་ཉིད་ལ་འཁྲིད་ཤོས་ཀྱི་ཚེ་སྲོག་རྣམ་པ་བཙལ་རྙེད་ཐུབ་པ་དང་། རྒྱུན་གཏན་ནས་ཏ་ལས་ཏང་སངས་དགོས་པའི་གནས་ཚུལ་བསྟན་ནས་སྐྱེ་བོ་རྣམས་དེར་འཇུག་པ་དང་ཁྲིད་ལ་ཚེ་སྲོག་ནི་རླབས་ཆེན་དང་མི་ནི་རླབས་ཆེན་ཞིག་ཡིན་པའི་ཚོར་བ་ཡོང་དུ་བཅུག་ཡོད། འདི་ནི་མི་རྣམས་ཀྱིས་སྐད་གསང་མཐོན་པོས་སྨྲ་དབྱངས་ལེན་པ་དང་འདྲ་བ་མ་ཟད་རང་བྱུང་ཁམས་ཀྱིས་སྐད་གསང་མཐོན་པོས་སྨྲ་དབྱངས་ལེན་པ་དང་འདྲ།

བརྟན་འཕྲིན་པར་གཞི་དེས་སྒྲུང་གཏམ་དངོས་ཐོག་ནས་དམིགས་བསལ་གྱི་ཁོར་ཡུག་འོག་ཏུ་མི་དཀྲུས་མས་རྒྱུན་གཏན་གྱི་འཚོ་བའི་ནང་མི་དང་རང་བྱུང་ཁོར་ཡུག་བར་གྱི་ཞི་མཐུན་ཇི་ལྟར་མངོན་པ་བྱ་རྒྱུ་རྩད་ཞིབ་བྱས་ཡོད་པ་དང་། དེའང་ཀུང་གོའི་སྤྱི་ཚོགས་ཡར་ཐོན་ཡར་འདེགས་བྱེད་པའི་གནད་ཆེ་བའི་བརྗོད་དོན་གཙོ་བོ་ཞིག་ཀྱང་ཡིན། པར་གཞི་དངོས་ཀྱི་ནང་དུའང་ང་ཚོའི་དུས་རབས་ཀྱི་བརྗོད་དོན་གཙོ་བོ་དངོས་སུ་མཚོན་པར་བྱས་ཡོད། ང་ཚོས་རྣམ་

པ་གསར་པའི་བཟོ་ལས་ཅན་གྱི་བརྒྱུད་རིམ་ཁྲོད་དུ་གང་འདྲ་བྱས་ཏེ་མི་དང་རང་བྱུང་ཁམས་བར་ཞི་མཐུན་ཡོང་བ་བརྩོན་ལེན་བྱེད་པ་དང་། གང་འདྲ་བྱས་ཏེ་“རང་བྱུང་ཁམས་ལ་བསྟུན་པ་དང་ད་དུང་རང་བྱུང་ཁམས་ཕུན་སུམ་ཚོགས་སུ་གཏོང་བ”ཚང་མ་ནི་དུས་རབས་ཀྱི་ཞིབ་འཇུག་བྱ་གཞི་ཞིག་རེད། 《འཛམ་གླིང་ཡང་རྩེ》ཡིས་གཟུགས་བརྙན་ལ་བརྟེན་ནས་ལྟ་ཞིབ་བྱས་ཏེ་མིས་རང་བྱུང་ཁོར་ཡུག་ནང་དུ་རང་ཉིད་ཀྱི་གསར་གཏོད་ལ་བརྟེན་ནས་རང་བྱུང་ཁམས་ཕུན་སུམ་ཚོགས་སུ་གཏོང་བ་བརྗོད་ཡོད་མོད། རང་བྱུང་ཁམས་ཀྱི་རྣམ་པ་དང་གོ་རིམ་ལ་གཞིགས་ཏེ་དེ་ཕུན་སུམ་ཚོགས་སུ་བཏང་བ་ཞིག་ཡིན། དེའི་ནང་དུ་ད་དུང་ད་ལྟ་རྒྱལ་སྤྱིའི་ཐོག་དོ་སྣང་བྱེད་བཞིན་པའི་“སྲོག་ཆགས་ཀྱི་དབང་ཆ”དང་“སྲོག་ཆགས་ཀྱི་ཕན་བདེ”སོགས་བརྗོད་བྱ་གཙོ་བོ་གསར་པ་དེ་ཚོ་འཕྲད་ཡོད། མི་དང་རང་བྱུང་ཁམས་བར་གྱི་འབྲེལ་བར་བཅོས་མིན་དང་རྣམ་མང་གི་སྒོ་ནས་རྩད་ཞིབ་བྱས་ཡོད། སྤྱིར་བཏང་གི་པར་གཞི་ཚང་མའི་ནང་མི་ནི་འཁྲབ་མཁན་གཙོ་བོ་ཡིན་ནའང་《འཛམ་གླིང་ཡང་རྩེ》ཡི་ནང་དུ་རང་བྱུང་ཁམས་དང་མི་གཉིས་ཀ་འཁྲབ་མཁན་གཙོ་བོ་ཡིན། འོན་ཀྱང་འདིར་མི་དང་རང་བྱུང་ཁམས་དེ་བས་ཁ་བྲལ་ཐབས་མེད་པའི་སྒོ་ནས་ང་ཚོའི་མིག་མདུན་དུ་མངོན་གྱི་ཡོད་པ་དེ་ནི་རང་བྱུང་ཁམས་ལ་མིའི་རྐྱེན་གྱིས་ཚེ་སྲོག་ལྡན་ཡོད་པ་དང་། མི་ལ་རང་བྱུང་ཁམས་ཀྱི་རྐྱེན་གྱིས་བསམ་བློ་གཏོང་ཡུལ་དེ་བས་རྒྱ་ཆེ་བ་ཡོད་པས་ཡིན། ཀྲུང་གོའི་དཔལ་འབྱོར་ལོ་ངོ་30རིང་ཚད་མཐོའི་འཕེལ་རྒྱས་ཕྱིན་པ་དང་བསྟུན་ནས་ད་ལྟ་ང་ཚོ་ལོ་རྒྱུས་ཀྱི་འགྱུར་མཚམས་གསར་པ་ཞིག་ཏུ་སླེབས་ཤིང་། འགྱུར་མཚམས་དེའི་ཐོག་སྤྱིར་བཏང་མི་དང་ལྷག་པར་དུ་གཞོན་རབས་པ་ཚོའི་བསམ་བློ་གོང་མཐོར་གཏོང་བའི་སྣང་བ་བརྟན་ཟིན་ཡོད། མི་རྣམས་ཀྱིས་བཟོ་

ལས་ཅན་གྱི་འཚོ་བའི་གཏན་འཇགས་དཔེ་དབྱིབས་ལ་བརྟེན་ནས་འཚོ་བའི་ཕྱོགས་མང་པོ་གོང་མཐོར་གཏོང་བ་དང་། མི་དང་ཁོར་ཡུག མི་དང་མི། མི་དང་རང་བྱུང་ཁམས་བཅས་བར་ཞི་མཐུན་དང་འཕེལ་རྒྱས་གཏོང་ཐབས་རྩད་ཞིབ་བྱེད་ཀྱི་ཡོད། དེས་བོད་མཐོར་གཏོང་བྱེད་པར་དཔྱད་གཞི་མཁོ་འདོན་བྱས་ཡོད། གོ་ལ་ཧྲིལ་པོའི་ཐོག་ནས་བརྗོད་ན་འང་ངའི་བསམ་པར་མིའི་རིགས་ཀྱི་རིག་གནས་སྣ་མང་རང་བཞིན་དང་མིའི་རིགས་ཀྱི་ཤེས་རིག་གི་སྣ་མང་རང་བཞིན། ཀུན་འཛོམས་རང་བཞིན་བཅས་ཤེས་རྟོགས་བྱེད་པའི་གལ་ཆེའི་དཔྱད་གཞི་ཞིག་ཀྲུང་རེད་སླམ་གྱི་འདུག འདིའི་ནང་གི་སྒྲུང་གཏམ་འགའ་ཞིག་ནི་ཞིབ་ཙིང་ཕྲ་ལ་སོ་སོའི་གོ་དོན་མི་འདྲ་ཞིང་། དམིགས་བསལ་གྱི་རིན་ཐང་ཡང་ལྡན་ཡོད་པས་ཀྲུང་གོ་ཙམ་མ་ཟད་གོ་ལ་ཧྲིལ་པོར་དོན་སྙིང་ལྡན་ཡོད།

བརྙན་འཕྲིན་པར་གཞི་འདིའི་ནང་གོ་ལ་ཧྲིལ་པོའི་རང་བཞིན་གྱི་བརྙན་འཕྲིན་དངོས་མཚོན་པར་གཞིའི་མཚོན་སྟངས་ཐོག་ནས"ཀྲུང་གོའི་སྒྲུང་གཏམ"བརྗོད་རྒྱུ་ཚོད་ལྟ་ལེགས་གྲུབ་བྱུང་ཡོད། དེའི་ངོ་སྤྲོད་བྱེད་སྟངས་དང་སྐད་ཀྱི་བརྗོད་སྟངས་ཚང་མ་རྒྱལ་སྤྱིའི་དངོས་མཚོན་པར་གཞི་དང་གཅིག་མཐུན་བྱུང་ཡོད། སྤྱི་དང་མཐུན་པའི་ངོ་སྤྲོད་བྱེད་སྟངས་བེད་སྤྱོད་པ་དེས་ངོ་སྤྲོད་བྱེད་པའི་ཁྲོད་དུ"རིག་གནས་ཕབ་ཆ"སྟེར་ལས་ལྷག་པའི་མཚོངས་བསྒྲོད་བྱ་རྒྱུར་ཕན་ཐོགས་ལྡན་པ་ནི་སྨོས་མེད་ཡིན་ལ་ཆེས་བཙོས་མིན་གྱི་མཚོན་སྟངས་ཐོག་ནས་རྒྱལ་གྲོལ་རིག་གནས་བརྒྱུད་སྤེལ་བྱས་ཡོད། རྒྱལ་སྤྱིའི་ངོ་སྤྲོད་བྱེད་སྟངས་ཀྱི་ཁྲོད་དུ་རྟག་ཏུ་ཀྲུང་གོའི"གྲུབ་ཆ་གཙོ་བོའི་རང་བཞིན"ལ་ནན་བཤད་བྱས་ཡོད་པ་དང་ཀྲུང་གོའི་བོད་ཀྱི་རིན་ཐང་དངོས་ནན་བཤད་བྱས་ཡོད། བོད་ཀྱི་སྒྲུང་གཏམ་ནི་ཀྲུང་གོའི་སྒྲུང་གཏམ་གྱི་ཆ་ཤས་ཤིག་ཡིན་ཞིང་། གོ་ལ་

ཏྲིལ་པོས་གོ་བདེ་བའི་གཟུགས་བརྙན་སྐད་ཆ་དང་ངོ་སྤྲོད་བྱེད་སྟངས་ཐོག་ནས་སྒྲུང་གཏམ་འདི་བརྗོད་པ་ནི་བརྙན་འཕྲིན་པར་གཞི་དེའི་ཐུན་མོང་མ་ཡིན་པའི་ཁྱད་ཆོས་ཤིག་ཡིན་ལ་དེའི་དམིགས་བསལ་གྱི་བརྒྱུད་སྤེལ་རིན་ཐང་ཞིག་ཀྱང་ཡིན། དེ་ཚོ་ཚང་མས་དཔེ་དེབ་འདི་དང་པར་གཞི་འདིར་ཐུན་མོང་མ་ཡིན་པའི་ཡིད་དབང་འཕྲོག་ཤུགས་ལྡན་ཡོད་པ་དང་། དེ་ལས་མང་བའི་རྒྱལ་སྤྱིའི་གཟིགས་མོ་བས་ཤེས་རྟོགས་ཐུབ་པ་དང་། འཛམ་གླིང་དང་ཀྲུང་གོ གོ་ལ་ཏྲིལ་པོ་དང་བོད་བཅས་ཀྱི་འབྲེལ་བ་དེ་བས་དམ་དུ་བཏང་ནས་མཐར་གཏུགས་ཀྱང་གོའི་སྒྲུང་གཏམ་འཛམ་གླིང་གིས་ཤེས་རྟོགས་དང་བརྩི་བཀུར་དེ་བས་མང་བ་ཐོབ་རྒྱུའི་ཆེད་དུ་ཡང་ཡིན།

བརྙན་འཕྲིན་པར་གཞི《འཛམ་གླིང་ཡང་རྩེ》ཡི་ནང་དོན་ཕུན་སུམ་ཚོགས་པོ་དེ་དག་རྩོམ་སྒྲིག་བྱས་ཏེ་དཔེ་དེབ་ཏུ་གྲུབ་པ་འདི་ནི་རིན་ཐང་ཆེན་པོ་ལྡན་ཞིང་། དཔེ་དེབ་འདི་ནི་བརྙན་འཕྲིན་པར་གཞིའི་ཡིག་ཐོག་གི་ཟིན་བྲིས་ཁོ་ན་ཙམ་མ་ཡིན་པར་ད་དུང་དེ་རྒྱ་སྐྱེད་དང་ཕུན་སུམ་ཚོགས་སུ་བཏང་སྟབས་དེར་བརྙན་འཕྲིན་པར་གཞིའི་དངོས་འབྲེལ་གྱི་ཟིན་བྲིས་ཡོད་ལ་སྒྲིག་བཟོའི་བརྒྱུད་རིམ་སྣ་ཚོགས་ཡོད་པ་དང་། བོད་ཀྱི་རང་བྱུང་ཁམས་དང་ལོ་རྒྱུས་རིག་གནས་སྐོར་གྱི་འགྲེལ་བཤད་དང་གསལ་འགྲེལ་དེ་བས་མང་བ་ཞིག་ཀྱང་བྱས་ཡོད། བརྙན་འཕྲིན་ལ་ཡོད་པ་དེ་དག་འདིར་ཡོད་ལ་དེ་བས་བརྙན་འཕྲིན་གྱིས་བརྗོད་ཐབས་བྲལ་བའི་ཕུན་སུམ་ཚོགས་པའི་ཡི་གེའི་ནང་དོན་ཁ་སྣོན་བྱས་པ་དེས་དཔེ་དེབ་འདི་ནི་བརྙན་འཕྲིན་པར་གཞིའི་གྲུབ་འབྲས་ཤིག་ཏུ་བརྩི་ཆོག་ལ། རང་ཚུགས་ཀྱི་རིན་ཐང་ལྡན་པའི་རིག་གནས་ཀྱི་འབྲས་བུ་གསར་པ་ཞིག་ཏུ་ཡང་བརྩི་ཆོག

པར་གཞི་འདི་དང་དཔེ་དེབ་འདིས་ང་ཚོར་བོད་ནི་ནམ་མཁའ་མཐོ་ལ་རི་བོ་བཛིད་ཆགས་པ་དང་དམངས་རྣམས་ཀྱི་འཚོ་བ་དར་ཞིང་རྒྱས་ལ་མི་རྣམས་བློ་རྩ་བརྟན་ཞིང་སྙིང་ལ་སྦྱོགས་པའི་ཚོར་སྣང་ཞིག་སྟེར་ཐུབ་པའོ། །

2015ལོའི་ཟླ་5ཚེས་8ཉིན།

སྐྱིང་གཞི་གཉིས་པ། འཛམ་གླིང་གི་ཡང་རྩེ་འཚོལ་བ།

ཅིང་ཧའེ་རུའུ།

ཅི་ཞིག་ལ་འཛམ་གླིང་ཡང་རྩེ་ཟེར། དེར་ཏ་ཅང་ཚད་ལྡན་གྱི་དྲིས་ལན་ཞིག་ཡོད། མཚོ་བོད་མཐོ་སྒང་ནི་གོ་ལ་ཧྲིལ་པོའི་ཐོག་ས་བབ་མཐོ་ཤོས་ཤིག་ཡིན་པ་དང་། འཛམ་གླིང་གི་ཡང་རྩེ་ཡིན་པས་ལྷོ་སྣེ་དང་བྱང་སྣེའི་རྗེས་ཀྱི་འཛམ་གླིང་ཡང་རྩེ་ཡིན། ད་དུང་བསམ་ཐྲོགས་དེར་བསྟུན་ནས་དེ་ལ་ཡོད་པའི་འབྲུགས་རོམ་ཆེན་པོ་དང་རྒྱ་མཚོའི་ངོས་ནས་བརྩིས་པའི་མཐོ་ཚད། དྲོད་ཚད་སོགས་ལ་དེ་བས་འགྲེལ་བཤད་ཞིབ་ཕྲ་བརྒྱབ་ཡོད། འོན་ཀྱང་ང་ཚོས་པར་ལེན་བྱེད་པ་ནི་ཚད་ལྡན་དྲིས་ལན་ནང་གི་འཛམ་གླིང་ཡང་རྩེ་ཙམ་མ་ཡིན་པར་མིའི་སྐོར་རམ་ཡང་ན་འཛམ་གླིང་ཡང་རྩེའི་སྙིང་གི་ཚེ་སྲོག་གི་སྒྲུང་གཏམ་བརྗོད་ཡོད།

འཛམ་གླིང་གི་ཡང་རྩེ་ནི་འཛམ་གླིང་གི་རྩེ་ཏོག་ཡིན། འོན་ཀྱང་དེའི་སྙིང་དུ་འཚོ་སྡོད་བྱེད་མཁན་མི་ཏ་ཅང་ཉུང་ཉུང་ཡིན། མཐོ་ས་ཡོད་ན་དམའ་ས་ཡོད་ཅིང་དེའང་ང་ཚོས་མཐོ་སྒང་གི་རི་སྙིང་མང་པོ་ཞིག་ཏུ་རི་རྩེ་ནས་རི་གཤམ་བར་དུ་དུས་བཞི་བརྒྱུད་ཚོག་ལ་འབྲུགས་རོམ་ཁུལ་དང་དྲོད་ཁུལ། ཚ་རྒྱུད་བར་

མའི་ས་ཁུལ། ཐ་ན་ཚ་བའི་ས་ཁུལ་ཡང་བརྒྱུད་ཆོག དེར་ང་ཚོས“ས་གཞི་ཆེན་པོའི་སྐས་རིམ”ཞེས་བརྗོད་ཀྱི་ཡོད། ཁོར་ཡུག་གང་འདྲ་ཞིག་ཏུ་མི་གང་འདྲར་ངོ་ཡ་ལོན་པ་བྱེད་དགོས་པ་ལས། པར་གཞི་འདིའི་གཞི་རྩའི་བསམ་བློ་གས་བྱུང་ཡོད། དེས་ན་ང་ཚོས་མིའི་རིགས་ཀྱི་འཚོ་གནས་བྱེད་པའི་ཧེ་བག་ཆེན་པོ་ཞིག་མཐོང་ཐུབ་པ་ཡིན།

དཔེར་ན་ཇོ་མོ་གླང་མའི་དྲང་ཐིག་དང་བར་ཐག་སྤྱི་ལེ་100མ་ཟིན་པའི་ས་ཆ་ཞིག་གི་བྲག་རི་གཡང་གཟར་སྟེང་ནས་ང་ཚོས་སྤྲང་རྩི་འཕྲུ་མཁན་པར་ལེན་བྱས་པ་ཡིན། དེ་ནི་ཤར་པ་བས་ཀྱང་སྐྲག་སྣང་བྱེད་པའི་ས་ཆ་ཞིག་རེད། འོན་ཀྱང་ང་ཚོར་སྤྲང་རྩི་འཕྲུ་འདོད་ཆེན་པོ་ཡོད་པའི་མི་ཇུ་ཚུགས་ཚ་པོ་ཞིག་ཐུག་བྱུང་། རྒྱ་གཉིས་གཅིག་ཏུ་འདུ་བའི་སྟེང་གི་རྨིད་200ཡོད་པའི་ས་ཆར་མི་དགུས་སྤྲང་རྩི་འཕྲུ་རྒྱུར་དུས་ཚོད་ཉིན་གཅིག་ཧྲིལ་ཧྲིལ་བེད་སྤྱད་ཀྱང་ལམ་འགྲོ་མི་རྒྱུགས་པར་སྤྲང་རྩི་འཕྲུ་རྒྱུ་མ་བྱུང་བའི་སྔོན་ནས་སྤྲང་ནོར་བུ་རྣམས་འཇོག་ནས་ཕུར་ཟིན། ང་ཚོས་སྐབས་དེར་གདན་འདྲེན་ཞུས་པའི་བྲག་སྟེང་པར་ལེན་མཁན་

ལ་སྦྲང་ནོར་བུས་སོ་གྲངས་མེད་བརྒྱབ་ནས་སྐབས་དེར་ཁོང་མགོ་ཡུ་འཁོར་བ་དང་སྐྱུགས་མེར་ལངས་དགོས་པ་བཟོས་འདུག ་འོན་ཀྱང་ཁོང་གིས་མུ་མཐུད་དེ་པར་ལེན་བྱས་ཤིང་། མཚན་མོ་སྡོད་གནས་སུ་སླེབས་རྗེས་ཁོང་གི་གཟུགས་པོའི་སྟེང་ནས་ཚེར་མ་བརྒྱ་ཕྲག་བཀོག་སོང་། སྦྲང་དེ་ནི་རྒྱ་མཚོའི་ངོས་ལས་མཐོ་ཚད་ཧ་ཅང་དམའ་བའི་རྨིད་2000སར་བྱུང་བ་ཞིག་རེད།

འགྲོ་བ་མིའི་རིགས་འཚོ་སྡོད་བྱེད་ཐུབ་པའི་ས་བབ་མཐོ་ཤོས་རྨིད་5100སར་ང་ཚོས་བོད་ཀྱི་ལོ་གསར་སྟོན་དུ་མིས་ལུགས་ཁྲུ་སྐྱོང་བའི་ཆེད་དུ་ཡུན་རིང་འཁྱགས་སྟེང་ནས་བརྒྱུད་པའི་སྦྲང་གཏམ་ཞིག་པར་ལེན་བྱས་པ་ཡིན། ཁོར་ཡུག་ཆ་རྐྱེན་ཤིན་ཏུ་ཞན་པའི་འོག་གི་ཚོ་སྒྲིག་གནས་སྟངས་གསལ་པོ་མཚོན་བྱེད་ང་ཚོས་འཁྱགས་རོམ་འོག་གི་ཆུ་ནང་དུ་འཛུལ་ཞིང་། འདི་ནི་ཉེན་ཁ་ཤིན་ཏུ་ཆེ་བའི་ཆུའི་ནང་དུ་འཛུལ་སྟངས་ཤིག་རེད། གཅིག་ནི་རླུང་གི་གནོན་ཤུགས་ཐད་ཡིན་པ་དང་། ཆུ་ནང་དུ་འཛུལ་སྐབས་རྒྱ་མཚོའི་ངོས་ལས་མཐོ་ཚད་ཧ་ལམ་ཊཱད་གོར་དང་མཚུངས་ཤིང་། ཆུ་ནང་ནས་ཐོན་པ་ན་ཐད་ཀར་རྒྱ་མཚོའི་ངོས་ལས་མཐོ་ཚད་རྨིད་5000སར་སླེབས་པས་དེ་ནི་མིའི་ཁྲག་ཤེད་ཀྱི་འགྲན་རྩོད་ཆེན་པོ་ཞིག་ཡིན། གཉིས་པ་ནི་འཁྱགས་པའི་མཐུག་ཚད་ལིའི་རྨིད་80ཡོད་ཅིང་། འཁྱགས་རོམ་ཏུ་འཛུལ་བར་འཛུལ་ས་ཁུང་བུ་ཆུང་ཆུང་གཅིག་ལས་མེད་པ་དང་དེའང་མིས་རྒྱུན་གཏན་ཆུ་ནང་དུ་འཛུལ་བ་ལྟར་གང་འདོད་དང་འཛུལ་

ཐོན་བྱ་རྒྱུ་མེད་པར་ཁུང་བུ་དེ་རང་བཀྱུད་དགོས་ཀྱི་ཡོད་པས་གལ་ཏེ་ཁུང་བུ་དེ་མ་རྙེད་ན་ཉེན་ཁ་ཆེན་པོ་ཡོད། གསུམ་པ་ནི་ཤིན་ཏུ་གྲང་ཟླུག་ཆེ་བ་སྟེ་ཀླད་གོར་འོག་གི་ཏུའུ་20ལ་སླེབས་པ་དང་ད་དུང་ལྷགས་པ་རྒྱག་གི་ཡོད་ཅིང་། ཆུའི་ནང་ནས་ཐོན་མ་ཐག་དངོས་པོ་ཚང་མ་འཁྱགས་པར་འགྱུར་བ་དང་། མིས་སློ་བུར་དུ་སྲོག་ལ་ཐུག་པའི་གྲང་ཟླུག་ཆེན་པོ་དང་སྲོག་ལ་ཐུག་པའི་རླུང་གི་གནོན་ཤུགས་ལ་གཏུག་དགོས་ཀྱི་ཡོད། འོན་ཀྱང་ང་ཚོའི་ཆུ་འོག་ཏུ་འཛུལ་མཁན་གྱིས་རྟག་ཏུ་རང་འགྲུལ་དང་ཡང་བསྐྱར་ཐེངས་གཅིག་འཛུལ་གྱི་ཡིན་ཞེས་བརྗོད་ཀྱི་འདུག

ང་ཚོས་རླངས་འཁོར་བཏང་སྟེ་སྐས་རིམ་ཚང་མ་འགྲོལ་རྒྱུའི་འདུན་པ་བཅངས་ཀྱང་སྤྱི་ལེ་ཁྲི་10བསྐྱོད་མཚམས་སུ་ད་དུང་སྤྱི་ལེ་ཁྲི་100འམ་ཡང་ན་དེ་བས་ཐག་རིང་བའི་སར་བསྐྱོད་དགོས་པ་གཞི་ནས་ཤེས་བྱུང་།

ཡུན་རིང་གི་འགྲུལ་བསྐྱོད་ལམ་བར་དུ་ང་ཚོར་བག་ཆགས་ཟབ་ཤོས་ནི་རྩ་ཐང་ཡིན་ཞིང་། དེ་ནི་བོད་རིགས་རིག་གནས་ཀྱི་རྨང་གཞི་ཡིན་ལ་ཚེ་སྲོག་གི་མཉམ་ལས་སྙིང་སྟོབས་ལྡན་པའི་ས་ཆ་དང་མཉམ་དུ་སྒྲུབ་པའི་ཤེས་རིག་གི་གནས་ས་ཞིག་ཀྱང་ཡིན།

གནམ་གཤིས་བཟང་ངན་སྣ་ཚོགས་ཀྱི་ཁོར་ཡུག་ཁྲོད་དུ་ཚེ་སྲོག་གཞན་དག་དང་མཉམ་ལས་བྱ་རྒྱུ་ནི་འཛམ་གླིང་ཡང་རྩེའི་ཁྱད་ཆོས་ཡིན་ཞིང་། མཉམ་

ལས་དེ་དག་ནི་སྤྲོ་བ་རབ་ཏུ་འཕེལ་བ་ཞིག་ཡིན་པས་ང་ཚོས་དེ་ལ་“ཚེ་སྲོག་གི་མཉམ་རོལ”ཞེས་བརྗོད་ཀྱི་ཡོད།

ང་ཚོས་ཕྲུ་གུ་གཉིས་དང་རྟ་རྒྱུགས་བར་གྱི་སྒྲུང་གཏམ་ཞིག་པར་ལེན་བྱས་པ་ཡིན། གཅེན་པོ་དང་གཅུང་པོ་གཉིས་རྟ་རྒྱུགས་རྒྱུར་ཧ་ཅང་དགའ་པོ་འདུག ཁོང་ཚོའི་ཁྱིམ་ལ་ན་12ལ་སླེབས་པའི་རྟ་རྐད་པོ་ཞིག་ཡོད་ཅིང་དེ་ནི་ཡ་མཚན་ཅན་གྱི་རྟ་ཞིག་རེད། རྩ་ཐང་སྟེང་དུ་རྟ་རྒྱུགས་འགྲན་པའི་དུས་ཆེན་ནི་ལོ་གཅིག་ནང་གི་དུས་ཆེན་གལ་ཆེ་ཤོས་ཤིག་ཡིན་པ་དང་རྟ་པ་ཚང་མ་ལོ་ན་བདུན་བརྒྱད་ལ་སོན་པའི་ཕྲུ་གུ་ཤ་སྟག་རེད། འགྲན་བསྡུར་ནང་གཅེན་གཅུང་གཉིས་ནས་གཅིག་མ་གཏོགས་ཞུགས་ཆོག་གི་མེད་པས་སྐབས་དེར་གཅིག་ནི་དགའ་ཡང་གཅིག་ནི་སྡུག་སྲིད། འོན་ཀྱང་ཁོ་ཚོ་དེ་ལྟར་འཚར་ལོངས་ཡོང་གི་ཡོད། ཕྲུ་གུས་རྟ་རྐན་ལ་བརྟེན་ཏེ་འགྲན་བསྡུར་ནང་ཞུགས་པ་ནི་སྙིང་རྗེ་སྐྱེ་དགོས་པ་ཞིག་ཡིན་ལ་དེ་ནི་ཤ་ཚའི་སྒྲུང་ཞིག་ཀྱང་ཡིན།

ང་ཚོས་མི་དང་ར་ལུག་སྐོར་གྱི་སྒྲུང་གཏམ་དང་འདོགས་ཁྱིའི་སྒྲུང་གཏམ། གཡག་གི་སྒྲུང་གཏམ། གཙོད་ཀྱི་སྒྲུང་གཏམ། སྤྱང་ཕྲུག་གི་སྒྲུང་གཏམ། ཁྲུང་ཁྲུང་སྐེ་ནག་གི་སྒྲུང་གཏམ་སོགས་པར་ལེན་བྱས་པ་ཡིན། ང་ཚོས་བརྗོད་འདོད་པ་ནི་མི་དང་སྲོག་ཆགས་བར་ནི་སྤྱིར་བཏང་གི་གཞན་ལ་སྤྲོད་པ་དང་རང་ལ་

ཐོབ་པ་ཙམ་གྱི་འབྲེལ་བ་ཞིག་མ་ཡིན་པར་ཕན་ཚུན་གཅིག་ལ་གཅིག་བརྟེན་དང་ཕན་ཚུན་སྐུལ་སློང་བྱེད་པ་མ་ཟད་དད་མོས་བྱེད་པའི་གནས་ཚད་དུའང་སླེབས་པ་དེ་ཡིན་ཞིང་། དེར་ང་ཚོས་"མཉམ་རོལ"ཞེས་བརྗོད་ཀྱི་ཡོད། ད་དུང་བརྗོད་དོན་གཙོ་བོ་འགའ་ཞིག་ཡོད་པ་སྟེ། དཔེར་ན། "ས་གཞིའི་གླུ་དབྱངས"དང་། "འཁོར་བའི་ཆུ་སྒྲ""ནགས་ཚལ་གྱི་གསང་གཏམ"བཅས་ཚང་མ་ལས་ཁོར་ཡུག་མི་འདྲ་བའི་ཁྲོད་དུ་མི་ཡང་མི་འདྲ་བ་གསར་གཏོད་བྱས་ཡོད་པ་དེ་ཡིན། འོན་ཀྱང་དེ་དག་ཚང་མ་ནི་ཕྱི་ཚུལ་གྱི་རྣམ་པ་ཙམ་རེད། མི་མང་པོས་བོད་དུ་བསྐྱོད་པ་ནི་ཡ་མཚན་དང་། ངོ་མཚར་ཅན། ཐ་ན་ལྷ་སྲུང་ནང་གི་གནས་ཚུལ་སོགས་ཉམས་ལེན་བྱེད་པར་བསྐྱོད་ཀྱི་ཡོད།

དྲང་པོར་བརྗོད་ན་དུས་ཡུན་ལོ་གཅིག་རིང་པར་ལེན་བྱེད་པའི་ནང་རྒྱུན་གཏན་གྱི་འཚོ་བར་རོལ་བས་ང་ཚོར་དེ་དག་སྐྱེས་དབང་དུ་འཕྲད་པ་ཞིག་ཡིན།

ངའི་བསམ་པར་གལ་ཏེ་ཡ་མཚན་འཚོལ་ཐབས་བྱས་ན་ང་ཏན་ཏན་སྨྱུ་མའི་འཆར་སྣང་དུ་ཚུད་སྲིད་པ་སྟེ། དཔེར་ན་རྟག་ཏུ་དཔེ་དེབ་ནང་བཤད་པ་ལྟར་ཞིང་འབྲོག་མང་ཚོགས་ལ་བསྟུར་བ་བྱས་ན་མང་ཚོགས་ཀྱིས་རྟག་ཏུ་དགོད་ཚེར་ཚེར་དང་ཐོས་སྦྱོང་མེད་ཅེས་བརྗོད་ཀྱི་ཡོད་པ་དེ་འདྲ་བ་ཆགས་སྲིད། ངས་སྐབས་འགར་མི་གཞན་དག་ལ་ང་བོད་དུ་ལོ་གཅིག་སྡོད་རིང་མཐོང་བ་མང་

ཤོས་ནི་ཡ་མཚན་མིན་པར་རྒྱས་ལོན་པ་དེ་ཡིན་ཞེས་ནན་པོའི་སྒོ་ནས་བརྗོད་ཀྱི་ཡོད།

རེད། ཏག་ཏག་རྒྱས་ལོན་པ་དེ་རེད། སྐྱོམ་པ་ཆུ་འདོད་ལྟར་རེ་འདོད་བྱས་ཀྱང་དེ་ལྟར་འགྲུབ་མ་ཐུབ་པ་དང་འདྲ་བོ།།

དེ་ནི་རྒྱུན་གཏན་འཚོ་བའི་ནང་དུ་འཕྲད་པའི་དོན་ཞིག་ཡིན།

སེམས་བཟང་དང་ལྷག་བསམ་ཟོལ་མེད། འཛུམ་དམུལ། ལ་རྒྱུར་འགྱུར་བ་མེད་ལ་ཚུལ་འཚོས་སྒྲོང་བ་དང་། བསྟན་བཤིག་ཚ་ལ་མ་རབས་ཞེན་ཆགས་མེད་པ། དགའ་པོ་ཡོད་ཀྱང་བག་མེད་རྒྱུད་ཟོས་མི་གཏོང་བ། ཕྲུ་གུར་གཅེས་ཀྱང་ཚོད་བརྒལ་གྱི་བླང་བྱ་མི་འདོན་པ། ནང་མིའི་ཆེད་དུ་དཔྱལ་བསགས་ཀྱང་ལོ་མང་རིང་ཕྱིར་སྡོད་ལས་མི་མི་བྱེད།

ངས་བོད་རིགས་ཀྱི་ཁྱིམ་དུ་ག་དུས་སྐྱོད་ཀྱང་ཁོང་ཚོས་ཇ་སྲུབས་མ་མཆོད་དང་། ཞིམ་པོ་ཡོད་རེད། བཏུང་རྗེས་ལུས་པོ་བདེ་ལ་ཉིན་གང་རིག་པ་གསལ་པོ་ཡོང་གི་རེད་ཅེས་ཇོགས་མཐའ་མེད་པར་བརྗོད་ཀྱི་འདུག ང་ཚོའི་འཚོ་བའི་ཁྲོད་དུ་ཐོན་རྫས་སྣ་མང་ཡོད་དགོས་ལ་རེ་བ་ཡང་ཇོགས་རྒྱུ་མེད་པ་སྐྲང་དགོས་ཀྱི་ཡོད། འོན་ཀྱང་དེ་གར་ཇ་སྲུབས་མ་ཐོར་པ་གང་མི་ཚེ་གཅིག་རིང་བཏུང་ཚོག་པ་མ་ཟད་དུས་ནམ་ཡང་དེ་ཚོའི་ཁྲོད་ནས་བློ་ཡིད་ཚིམས་པ་ཞིག་ཡོང་གི་ཡོད།

དུས་དེར་སླེབས་རིམ་བཞིན་ངའི་བློ་ངོར་རི་བོ་མཐོན་པོའི་སྟེང་ནས་བལྟས་པའི་ཚོར་སྣང་ཞིག་ཡོང་གི་འདུག་སྟེ། སེམས་ལྷོད་ལྷོད་དང་། མཐོང་རྒྱ་ཆེ་བས་མིག་རྒྱང་ཡང་ཐག་རིང་པོར་འཕེན་ཚོག་པ་ཞིག་འདུག

ངའི་བསམ་པར་རི་བོ་ཞིག་མཐོ་ཤོས་ཡིན་མིན་དང་། ཆུ་བོ་ཞིག་ཆེ་ཤོས་ཡིན་མིན་ལ་རྟོག་དཔྱད་ནས་སྤྱོད་པ་ལས་རང་ཉིད་ཀྱི་བསམ་པ་བཟང་ཤོས་དང་བློ་རྣལ་དུ་ཕབ་ཤོས། དྲི་མེད་དྭངས་གཙང་ཡིན་མིན་བཅས་ལ་བསམ་བློ་མི་གཏོང་བ་གང་ཡིན་ནམ་སྙམ་གྱི་འདུག

འདི་ནི་ང་ཚོས་མཐའ་མཇུག་རྙེད་པའི“འཛམ་གླིང་གི་ཡང་རྩེ”ཡིན།

2015ལོའི་ཟླ་4ཚེས་27

རི་བོའི་རྩེ་མོ་དང་ཆུ་ཡི་འགོ།
རི་བོ་མུ་ལ་འབྲེལ་ཞིང་ཆུ་བོ་རིང་པོར་རྒྱུགས།
ཚེ་སྲོག་ནི་སྐྱེ་སྟོབས་ཀྱི་དཔལ་འབར་ཞིང་།
ཕན་ཚུན་གཅིག་ལ་གཅིག་བརྟེན་དུ་གནས་པ་དང་། ཕན་ཚུན་བཙེ་འཛོག་ཆེ།
འདི་ནི"འཛམ་གླིང་གི་ཡང་རྩེར"བཀོད་པའི་ཐམས་ཅད་ཡིན་ནོ། །

༄༅། །འཛམ་གླིང་ཡང་རྩེ། །

དཀའ་བས་པང་དུ་བླངས་ཚོག་ལ།

སླ་མོས་ས་ཏུ་ཧོར་ཡང་ཚོག

མི་ཡུལ་གྱི་འགྲོར་པ་དག་ཀྱང་བྱེ་མ་

ཁྲིར་བ་གང་འདི་ལས་མ་འདས།

༄། །ཚེ་སྒྲོག་གི་རོགས་ཟླ།། །

མཚོ་བོད་མཐོ་སྒང་ནི་སའི་གོ་ལའི་ཐོག་འབུར་ཐོན་གྱི་ལོ་རབས་ཕྱི་ཤོས་དང་ས་བབ་མཐོ་ཚད་མཐོ་ཤོས་ཀྱི་མཐོ་སྒང་ཞིག་ཡིན་ཞིང་། དེ་གཙོ་བོ་ཀྲུང་གོའི་ས་ཁོངས་སུ་གནས་ཡོད། འདིར་ཆ་སྙོམས་རྒྱ་མཚོའི་ངོས་ལས་མཐོ་ཚད་རྨིད་4000 ལས་བརྒལ་ཡོད་ཅིང་ཨེ་ཤེ་ཡའི་ཆུ་བོ་གཙོ་བོ་རྣམས་ཀྱི་ཆུ་འགོ་དང་མཐོ་སྒང་གི་དཀྱིལ་དབུས་ཡིན། ལོ་རེའི་ཆ་སྙོམས་ཀྱི་གནམ་གཤིས་དྲོད་ཚད་（ཆེ་ཧྲིའི་དྲོད་ཚད་ཀྲད་ཀོར）འོག་ལ་སླེབས་ཀྱི་ཡོད། འདི་ནི་སའི་གོ་ལའི་སྟེང་གི་ས་ཆ་མཐོ་ཤོས་ཡིན་པས"འཛམ་གླིང་གི་རྩེ་མོ"ཞེས་འབོད་ཀྱི་ཡོད་ལ་ལྷོ་སྣེ་དང་བྱང་སྣེ་ཕུད་པའི་འཛམ་གླིང་ཡང་རྩེ་ལ་བརྩི་ཡི་ཡོད།

མིའི་རྗེས་ཤུལ་མཐོང་དཀོན་པའི་ལྷོ་སྣེ་དང་བྱང་སྣེ་གཉིས་དང་བསྡུར་ན་འདི་གར་མིའི་རིགས་ཀྱི་འགྲུལ་སྐྱོད་སྣ་ཚོགས་ལྡན་པའི་འཛིག་རྟེན་ཞིག་ཡིན་པ་དང་ཀྲུང་གོའི་མི་རིགས་མང་པོ་ཞིག་མི་རབས་ནས་མི་རབས་བར་དུ་འདི་གར་འདུས་སྡོད་བྱེད་ཀྱི་ཡོད། འཛམ་བུའི་གླིང་དུ་མཐོ་ཤོས་ཡིན་པའི་ཇོ་མོ་གླང་མ་ནས་དམའ་ས་འཐེ་ཐང་ཆེན་དང་གྲོག་རོང་བར་ལ་གཟར་ཚད་རྨིད་8000ལ་ཉེ་བ་

ཡོད། ས་བབ་མཐོ་དམའི་འགྱུར་ལྡོག་ཁྲོད་དུ་སྲོག་ཆགས་ཀྱི་འགྲུལ་སྐྱོད་ནི་ས་ཁུལ་གཞན་དང་མི་འདྲ་བའི་སྣང་ཚུལ་ཞིག་མངོན་གྱི་ཡོད། འདི་གར་འཚོ་སྡོད་བྱེད་མཁན་གྱི་མི་རྣམས་དང་སྲོག་ཆགས་བར་ལ་ངོ་མཚར་ཆེ་བའི་མཉམ་གནས་ཀྱི་འབྲེལ་བ་ཞིག་ཆགས་ཡོད། མི་རྣམས་ཀྱིས་གནམ་སར་གུས་ཞིང་སྐྲག་པ་དང་ཚེ་སྲོག་ལ་དགའ་ཞེན་བྱེད་པ་དེས་སྲོག་ཆགས་ལ་ཉེན་མེད་ཀྱི་ཉམས་སྣང་ཞིག་སྟེར་གྱིན་ཡོད། སྲོག་ཆགས་དང་ཞི་མཐུན་མཉམ་གནས་བྱེད་པའི་ཁྲོད་དུ་མི་རྣམས་ལའང་སེམས་གསོ་ཡོང་གི་ཡོད།

འཛམ་གླིང་གི་ཡང་རྩེ་སྟེ། གངས་རི་དང་འཁྲུགས་རོམ། སྤང་ལྗོངས། ས་སྟོང་བཅས་ཀྱིས་དེའི་མཚོན་རྟགས་རང་བཞིན་གྱི་ས་དོས་ཆགས་ཚུལ་གྲུབ་པ་ཞིག་ཡིན། འོན་ཀྱང་མཐོ་སྒང་གི་ཤར་རྒྱུད་དང་གངས་རིའི་གཤམ་དུ་གདོང་མའི་ནགས་ཚལ་རྒྱ་ཆེན་པོ་ཡོད། ནགས་ཚལ་གྱི་གཤམ་དུ་ས་བདུས་རིམ་བཞིན་དམའ་རུ་ཕྱིན་ནས་རོང་ཁུལ་ཡིན་པ་དང་གནམ་གཤིས་ཀྱང་སྐྱི་བོར་འཚམས་ཤིང་ཞིང་ལ་ཐོན་ཁུངས་འཛོམས་པོ་ཡོད།

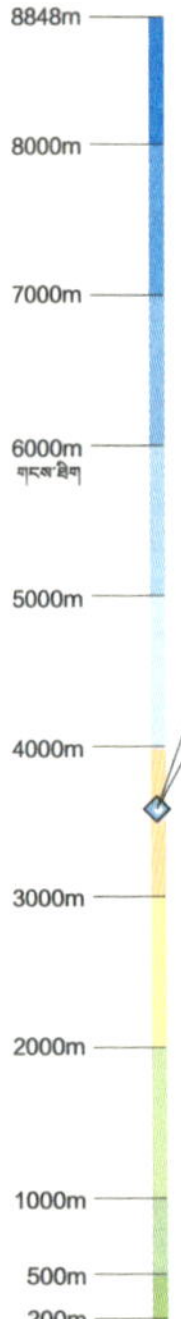

ཀོང་པོ་རྒྱ་མདའ། བོད་རང་སྐྱོང་ལྗོངས།

རྒྱ་མཚོའི་ངོས་ལས་མཐོ་ཚད་རྨིད3600ཡོད་པ།

ཀོང་པོ་རྒྱ་མདའ་རྫོང་ནི་ཉིང་ཁྲི་གྲོང་ཁྱེར་གྱི་ཁོངས་སུ་གཏོགས་ཤིང་ཉིང་ཁྲིའི་ནུབ་བྱང་ཁུལ་དང་ཡར་ཀླུངས་གཙང་པོ་བར་རྒྱུད་ཀྱི་རོང་ཁུལ་དུ་གནས་ཡོད། ས་ཆ་འདི་ནི་ཁྲིན་བོད་གཞུང་ལམ་གྱི་འགྲུལ་ལམ་གནད་ཆེ་ས་ཡིན་པ་དང་ལྷ་ས་ནས་ཉིང་ཁྲིར་བསྐྱོད་སྐབས་ངེས་པར་དུ་བརྒྱུད་དགོས་པའི་ས་ཆ་ཞིག་ཡིན། ཉང་ཆུ་ནི་ནུབ་ནས་ཤར་གྱི་ཕྱོགས་སུ་འཕྲེད་དུ་ཆགས་པའི་ས་ཁོངས་ཡོངས་རྫོགས་བརྒྱུད་ཅིང་ས་དབྱིབས་ནུབ་མཐོ་ལ་ཤར་

ས་ཞིང་གཞན་ལ་སྤྲུད་པའི་བསོད་ནམས་ཀྱི་འབྲས་བུ་སྟེ། སྟོབས་རྒྱལ་དང་སྤྲེའུ།

དམའ་བ་དང་ལྷོ་བྱང་གཉིས་སུ་རི་རྩེ་གནམ་ལ་ཟུག་འདྲ་ཀེ་རེར་ལངས་ཤིང་འཕྲེད་གཞུང་དུ་ལུང་ཤུར་ཡོད།

ཀོང་པོ་རྒྱང་མདའ་ཡི་ནགས་རི་སྟུག་པོའི་གཤམ་དུ་གནའ་བོའི་གྲོང་ཚོའི་གྲུང་རོ་ཞིག་ཡོད་ཅིང་ཉིན་ལྟར་སྟོབས་རྒྱལ་གྱིས་གྲུང་རོ་འདི་བརྒྱུད་དེ་སྲོག་ཆགས་ཐོན་སའི་རི་གཤམ་དུ་ཡོང་བ་དང་། ཁོང་གིས་ནགས་ཚལ་སྟུག་པོའི་ཕྱོགས་སུ་ཁ་གཏད་ནས་འབོད་སྒྲ་སྒྲོགས་པ་ན་སྤྲེའུ་ཕྲུ་དང་ཕྲུ་སྒྲིལ་ཏེ་དགའ་མཚོངས་རྒྱུག་བཞིན་རི་སྟེང་ནས་འབབ་ཡོང་བ་དང་སྟོབས་རྒྱལ་ལ་ཡོངས་སུ་བསྐོར་ནས་སྡོད་ཀྱི་ཡོད། འདི་ནི་གྲུང་གོའི་ཁྱད་ཆོས་ལྡན་པའི་སྤྲེའུ་སྣེ་བོད་ཀྱི་སྤྲེའུ་ཡིན་ཞིང་འདིར་སྤྲེའུ་ཁྲིན་བསྡོམས་2000ལྷག་ཙམ་ཡོད་པ་དང་སྟོབས་རྒྱལ་

གྱིས་རི་སྐྱེས་ཤིང་འབྲས་ཀྱིས་བཀང་བའི་སྒྱི་མོ་གཅིག་འཁྱིར་ནས་ཤིང་འབྲས་རྣམས་མཐའ་འཁོར་གྱི་སྤྲེའུར་སྟེར་གྱི་ཡོད།

སྤོབས་རྒྱལ་ནི་རྫོན་པའི་ཁྲིམ་རྒྱུད་དུ་སྐྱེས་ཤིང་པོ་ཚོའི་གྲོང་ཚོའི་ནང་དུ་ཧ་ལས་ཧང་སངས་དགོས་པའི་རྫོན་རྒྱག་བྱས་པའི་སྨྲུང་གཅིག་ལ་གཅིག་བརྒྱུད་ཀྱིས་ད་ལྟ་ཡང་ཤོད་བཞིན་ཡོད། གྲགས་ཅན་གྱི་རྫོན་པ་དེ་ཚོ་ནི་དེ་སྔ་མི་རྣམས་ཀྱི་སེམས་ནང་གི་དཔའ་བོ་ཡིན། ད་ལྟ་འདི་གར་སྲིད་གཞུང་གིས་རང་བྱུང་སྲུང་སྐྱོང་ཁུལ་འཆར་འགོད་བྱས་པ་དང་དེ་སྔོན་གྱི་རྫོན་པ་རྣམས་སྔ་ས་ནས་ལས་རིགས་བསྒྱུར་ཟིན་ཡོད། ད་ལྟ་སྤོབས་རྒྱལ་གྱི་ལས་ཀ་ནི་ནགས་ཚལ་དེ་དང་དེའི་ནང་དུ་ཡོད་པའི་ རི་སྐྱེས་སྲོག་ཆགས་རྣམས་སྲུང་རྒྱུ་དེ་ཡིན།

ལོ་བཅུ་གྲངས་ཀྱི་སྔོན་ལ་སྤྲེའུ་50ལྷག་ཙམ་གྱིས་སྤོབས་རྒྱལ་ཁོ་ཚོའི་གྲོང་ཚོའི་ནང་དུ་འཛུལ་ཡོང་སྐབས་ལོ་ཏོག་བཟས་པ་མ་ཟད་དེ་གར་འཚོ་བརྟེན་བྱས་ཏེ་བསྡད། སྤོབས་རྒྱལ་གྱིས་བཤད་པར། སྐབས་དེར་ཞིང་ཁ་འདེབས་པའི་སྐབས་ཡིན་པས་ལོ་ཏོག་ཡོངས་སུ་སྐྱེས་འཚར་བྱུང་མེད། གྲོང་མི་ཚོས་ཞིང་ཁ་རྔོས་ཀྱང་ས་བོན་གྱི་མཆེ་བ་མ་བཏང་པའི་སྔོན་ནས་སྤྲེའུས་བསྔོག་སྟེ་བཟས་པས་ལོ་ཏོག་སྐྱེས་ཐུབ་མེད།

འདི་གའི་གྲོང་མི་མང་ཆེ་བ་ནི་དེ་སྔོན་རྔོན་པ་ཡིན་པ་དང་མི་དང་སྤྲེའུ་འཕྲད་མ་ཐག་དགྲ་ཐུག་པ་ལྟར་བྱེད་ཀྱི་ཡོད་པ་དང་། དེ་སྔོན་རྔོན་པ་རྒྱག་མི་ཆོག་པའི་བཀག་རྒྱ་མེད་པའི་དུས་སུ་ཁོང་ཚོས་སྤྲེའུ་འཕྲད་མ་ཐག་གསོད་ཀྱི་ཡོད་པ་རེད། འོན་ཀྱང་ད་རེས་རྔོན་པ་ཚོས་བསམ་ཡུལ་ལས་འདས་པའི་སེམས་ཐག་བཅད་དེ། ཁོང་ཚོས་འདི་ནས་ཁ་གྱིས་ཏེ་རང་ཡུལ་སྤྲེའུར་སྤྲད། ཁྱིམ་ཚང་མང་པོ་ཞིག་གིས་ས་ཆ་གསར་པར་སླར་ཡང་ས་རྔོད་བསློག་ནས་ཞིང་ཁ་བཟོས་པ་དང་མི་མང་པོ་ཞིག་གིས་རང་ཉིད་ཀྱི་ལས་རིགས་སླར་ཡང་འཆར་འགོད་བྱ་རྒྱུ་འགོ་བཙུགས། ས་ཆ་གསར་པར་དུས་ཚོད་གང་འཚམ་ཞིག་འཚོ་བ་སྐྱེལ་རྗེས་ཁོ་ཚོས་འདི་གར་རི་སྐྱེང་ལས་འཚོ་བ་ཡག་པ་ཡོད་པ་དང་ཞིང་ཁ་ཡང་རི་སྐྱེང་ལས་ལེགས་པའི་ཤེས་ཚོར་བྱུང་། སྲིད་གཞུང་ནས་ཡུལ་སྐོར་འཕེལ་རྒྱས་གཏོང་རྒྱུའི་སྐུལ་མ་བཏང་རྗེས་ཕྱི་ནས་ཡུལ་སྐོར་དུ་ཡོང་མཁན་མང་དུ་ཕྱིན་པ་དང་གྲོང་མིའི་ཡོང་འབབ་ཀྱང་མང་དུ་སོང་ཡོད། འདི་ནི་དེ་སྔོན་ཁོ་ཚོས་ས་ཞིང་གཞན་ལ་སྤྲད་པའི་བསོད་ནམས་ཀྱི་འབྲས་བུ་ཡིན། སྤོབས་རྒྱལ་དང་ཁོང་གི་ཡུལ་མི་ཚོའི་ངོས་ནས་བརྗོད་ན་ས་ཆ་དེ་ནི་ཁྱིམ་ཚང་ཡིན་པའི་དྲན་ཤེས་ཤིག

ཡོད་ཀྱང་ད་ལྟ་དེ་གར་སྤྲེའུའི་དགའ་ཚལ་དུ་གྱུར་ཡོད།

ལོ་རེའི་སྤྱི་ཟླ་བཞི་པར་ཉིང་ཁྲི་རོང་ཁུལ་དུ་ཁམ་བུའི་མེ་ཏོག་གིས་ཁེངས་ཤིང་ཡིད་འོང་མཚར་སྡུག་ལྡན་པ་ཞིག་ཡོད། ཉིང་ཁྲིའི་ཁམ་བུའི་མེ་ཏོག་ནི་ས་ཆ་གང་སར་སྐད་གྲགས་ལྡན་ཞིང་། 2002ལོ་ནས་འགོ་བཙུགས་ཏེ་སྤེལ་བའི་ཁམ་བུའི་མེ་ཏོག་དུས་ཆེན་གྱི་ཤུགས་རྐྱེན་ཡང་ཆེ་རུ་ཆེ་རུ་སོང་ཡོད། སྤྲེའུ་ཡང་ཁམ་བུ་ཟ་རྒྱུར་དགའ་པོ་ཡོད་ཅིང་ད་ལྟ་སྤྲེལ་ཕྲུག་བཙའ་བའི་ནམ་དུས་ཡིན་པས་སྤྲེའུ་ཨ་མར་འཚོ་བཅུད་དེ་བས་མང་པོ་དགོས་ཀྱི་ཡོད་པར་བརྟེན་སྟོབས་རྒྱལ་གྱིས་གཟབ་ནན་དང་ཞིང་འབྲས་དང་ཟླ་དམ་མང་པོ་ཞིག་གྲ་སྒྲིག་བྱས་ཡོད། སྟོབས་རྒྱལ་གྱིས་འཚུབ་ལ་བདེ་ཅག་འཁྱུག་པའི་སྤྲེལ་ཕྲུག་དེ་ཚོར་བལྟས་ཏེ་སྤྲེའུ་དེ་ཚོར་མིང་རེར་འདོགས་དགོས་པ་འདུག་ཅེས་བརྗོད། དུས་ཆེན་ཁག་དང་དམིགས་བསལ་གྱི་ཉི་མ་འགར་སྟོབས་རྒྱལ་ཕྱུད་པའི་ད་དུང་མི་འགའ་ཤས་ཀྱིས་སྤྲེའུར་བྱི་རིལ་དང་སྟར་ཁ། ཞིང་འབྲས་སོགས་བཟའ་བཅའ་སྟེར་བར་ཡོང་གི་ཡོད། སྟོབས་རྒྱལ་གྱིས་ཕ་མ་རྣམ་རབས་ཆོས་བོད་རིགས་ནི་བྱང་ཆུབ་སེམས་དཔའ་སྤྲེའུའི་མི་རབས་རྗེས་མ་རེད་ཅེས་གསུང་གི་འདུག་ཅེས་བརྗོད།

སྤྲེའུ་མིར་འགྱུར་བའི་གཏམ་རྒྱུད།

བོད་ཀྱི་དམངས་ཁྲོད་དུ་འཕགས་པའི་ཐུགས་རྗེས་རིགས་བསྒྱུར་བའི་སྤྲེའུ་ཞིག་དང་འཕགས་མ་སྒྲོལ་མའི་བྱིན་རླབས་ཀྱི་རི་དྭགས་གཟུགས་བརྟན་བློའི་ལྷ་གཞོན་དྭངས་པའི་ངོས་སུ་ཤར་བའི་བྲག་སྲིན་མོ་གཉིས་ཚོགས་པ་ལས་མིའི་རིགས་བྱུང་བ་རེད་ཅེས་ཤོད་སྲོལ་ཡོད་པ་རེད། གཏམ་རྒྱུད་དེ་ནི་བོད་ཀྱི་ལོ་རྒྱུས་དེབ་ཐེར་《རྒྱལ་རབས་གསལ་བའི་མེ་ལོང》ནང་དུ་བཀོད་ཡོད་ལ་ཙོ་ཐང་པོ་ཏ་ལ་དང་ནོར་བུ་གླིང་ཁའི་ལྡེབས་རིས་སོགས་མང་པོ་ནས་གསལ་བཤད་ཐུབ་པ་མ་ཟད། བོད་རིགས་ཀྱི་དམངས་ཁྲོད་དུའང་རྒྱ་ཆེར་ཁྱབ་ཡོད། དམངས་ཁྲོད་ཀྱི་གཏམ་རྒྱུད་ལྟར་དེ་སྔོན་སྤྲེའུ་སྡོད་སྡོང་བའི་བྲག་ཕུག་དེ་ནི་ད་ལྟ་རྩེད་ཐང་གོང་པོ་རིའི་སྙིང་དུ་ཡོད་པ་དང་རྩེད་ཐང་ཞེས་པའི་ས་མིང་དེའང་དེ་ལས་བྱུང་བ་ཞིག་ཡིན་ཞིང་། རྩེད་ཐང་ནི་སྤྲེལ་རྒན་བྱང་ཆུབ་སེམས་དཔའ་དང་མ་བྲག་སྲིན་མོ་གཉིས་ཀྱི་རྗེས་རབས་པ་ཚོས་རྩེད་མོ་རྩེ་ཡུལ་ཞིག་ཡིན་ནོ།།

བོད་ཀྱི་སྤྲེའུ།

བོད་ཀྱི་སྤྲེའུ་སྟེ་སྤྲེའུ་སྔོ་ནག་དང་སྤྲེའུ་ཐལ་མདོག་ནི་སྤྲེའུ་གཞན་ལས་གཟུགས་དབྱིབས་ཆེ་བ་ཡོད་པ་དང་། བོད་ཀྱི་སྤྲེའུ་དར་མའི་གཟུགས་པོའི་རིང་ཚད་ལ་ལིའི་སྨིད་58-71ཡོད་པ་དང་གཟུགས་པོའི་ལྗིད་ཚད་ལ་སྤྱི་ཀྲ་25-30བར་ཡོད། ཀྲུང་གོར《ཀྲུང་གོའི་སྲུང་སྐྱོང་སྲོག་ཆགས་གཙོ་བོའི་མིང་གཞུང》ནང་དུ་བོད་ཀྱི་སྤྲེའུ་ནི་རྒྱལ་ཁབ་ཀྱི་རིམ་པ་གཉིས་པའི་སྲུང་སྐྱོང་རི་སྐྱེས་སྲོག་ཆགས་གཙོ་བོའི་ནང་དུ་བཙུག་ཡོད།

བོད་ཀྱི་སྤྲེའུ་ནི་མགོ་ཆེན་པོ་ཡོད་པ་དང་ངོ་གདོང་གི་སྐྱི་མོ་ཤ་མདོག་གམ་ཐལ་ནག་མདོག་ཡིན་ལ། མཐའ་འཁོར་དུ་སྤུ་རྫ་མདོག་སྐྱེས་ཡོད། འོན་ཀྱང་ངོ་གདོང་ངོས་སུ་སྤུ་མེད། སྐྱེས་མ་ཐག་པའི་སྤྲེའུ་ཕྲུག་གི་སྤུ་ནི་ནག་སྐྱ་ཡིན་པ་དང་ལོ་གཉིས་ཀྱི་གཡས་གཡོན་ནས་རྫ་མདོག་ཏུ་འགྱུར་གྱི་ཡོད།

བོད་ཀྱི་སྤྲེའུར་ལ་ཧིང་རིག་གཞུང་གི་ཐ་སྙད་ཁྲོད་དུ"བོད"ཀྱི་ས་མིང་ཡོད་ཅིང་བོད་ཀྱི་སྤྲེའུའི་ཐོག་མའི་ཐོན་ཡུལ་ནི་བོད་ནས་མ་ཡིན་ཟེར། བོད་ཀྱི་སྤྲེའུའི་འཚོ་བ་སྐྱེལ་ཡུལ་གཙོ་བོ་ནི་ཚ་རྒྱུད་བར་མའི་ནགས་གསེབ་ཏུ་ཡིན་པ་དང་འགྲུལ་སྐྱོད་ཁྱབ་ཁོངས་རྒྱ་མཚོའི་ངོས་ལས་མཐོ་ཚད་སྨིད་800ནས་སྨིད་2000བར་ཡིན་པ་དང་། ཀྲུང་གོའི་ཟེ་ཁྲིན་དང་བོད་རང་སྐྱོང་ལྗོངས། ཡུན་ནན་སོགས་ཀྱི་ས་ཆ་ཁག་ལ་ཚུང་ཡོངས་ཁྱབ་ཏུ་གནས་ཡོད།

བོད་ཀྱི་སྤྲེའུ་ནི་རི་ཁུལ་གྱི་ལོ་མ་ཆེ་བའི་ཤིང་ནགས་དང་བྲག་རི་ཡོད་པའི་ཁོར་ཡུག་ཏུ་བབ་སྡོད་བྱེད་ཀྱི་ཡོད་པ་དང་། གྲང་དར་ཐེག་ཐུབ་ལ་མཉམ་འདུས་དང་འཚོ་ཞིང་ཟས་གཙོ་བོ་རི་སྐྱེས་ཤིང་འབྲས་སྔ་ཚོགས་དང་ལོ་མ་གསར་པ་ཟ་ཡི་ཡོད་པ་དང་མི་དང་འདྲིས་ཐུག་བྱེད་བདེ་པོ་ཡོད།

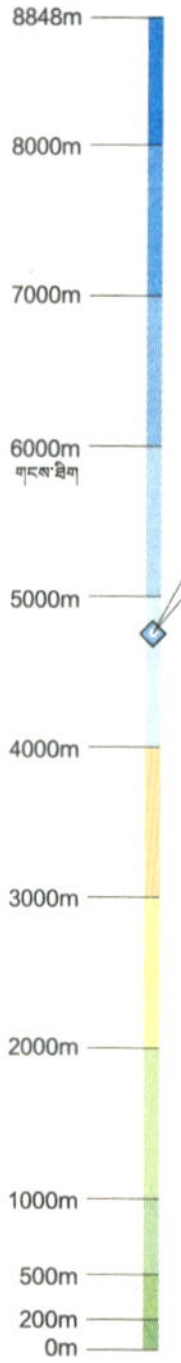

ཤན་རྩ།
བོད་རང་སྐྱོང་ལྗོངས།

རྒྱ་མཚོའི་ངོས་ལས་མཐོ་ཚད་རྨིད4730ཡོད་པ།

མཐོ་སྒང་གི་རིག་གནས་ཀྱིས་འགྲོ་བ་མི་རྣམས་ལ་སྤྲོག་ཆགས་དང་མཉམ་དུ་འཚོ་བ་སྐྱེལ་རྒྱུར་སྤྲོ་བ་སྤྲིན་ཞིང་། བྱ་རིགས་800ལྷག་ཙམ་གྱིས་མཚོ་བོད་མཐོ་སྒང་དུ་བབ་སྡོད་བྱེད་ཀྱི་ཡོད་པས་འདིར་ཀྱང་གོའི་བྱ་རིགས་སྣ་ཁ་འཛོམས་ཤོས་ཡིན་པ་དང་དེ་ཁྲོད་ལས་ཁག་གཅིག་ནི་ཤིན་ཏུ་དཀོན་པའི་བྱ་ཡི་རིགས་ཤིག་ཡིན།

སྲུང་སྐྱོང་ལྡན་པའི་ཁྲུང་ཁྲུང་སྐེ་ནག

ཞན་ཙ་རྫོང་ནི་བོད་རང་སྐྱོང་ལྗོངས་ཀྱི་དབུས་ཁུལ་དུ་གནས་ཤིང་ནག་ཆུ་ས་ཁུལ་གྱི་ཁོངས་སུ་གཏོགས་པ་དང་གངས་ཏི་སེ་དང་བོད་བྱང་ཐང་གི་མཚོ་ཆེན་ཨང་གཉིས་པ་ཟེ་ལིང་བསྐྱུས་མཚོའི་བར་དུ་གནས་ཡོད། ཟེ་ལིང་བསྐྱུས་མཚོ་ནི་མཚེའུའི་རྒྱལ་པོ་ཡིན་ཞེས་པ་དང་དེའི་མཐའ་སྐོར་དུ་འཁོར་སྐོར་མཚོ་23ཡོད་ཅིང་། ལྡོང་ཁུ་རྫུལ་གྱི་སྐེ་ཕྲུག་ཛེ་བཞིན་འཁྱིལ་ནས་བསྡད་ཡོད། གོ་ཐོས་སུ་ལོ་ཁྲི་བརྒྱ་ཕྲག་གི་སྔོན་ལ་དེ་གར་རྒྱ་ཆེ་བའི་མཚོ་ངོས་ཤིག་ཡིན་ཟེར། འཁོར་སྐོར་མཚོ་མང་པོའི་ཁྲོད་ཀྱི་མཚོ་སྔོན་པོའི་འདབ་ཆགས་གླིང་ཕྲན་ནི་དུས་བསྟུན་གནས་སྤོའི་བྱ་རིགས་ཀྱི་གཞིས་ཆགས་བྱ་ཡུལ་གཉིས་པར་གྱུར་ཡོད། ལོ་ལྟར་དཔྱིད་ཀ་དང་དབྱར་ཁའི་དུས་སུ་གྲངས་ཚད་ཁྲི་ལོན་པའི་ཏི་ཀྲུང་ཏའི་རྒྱ་

མཚོའི་མགོ་ཇ་མདོག་ཅན་གྱི་ཆུ་སྐྱར་གྱིས་ཐག་རིང་ལ་དབར་སྟོང་གི་ས་ཏི་ཀྲུང་ཏའི་རྒྱ་མཚོ་ནས་དེ་གར་འཕུར་ཡོང་གི་ཡོད་པ་དང་སྐབས་དེའི་རྣམ་པ་ཏ་ཅང་གི་བཟིད་ཆགས་ལྡན་པ་ཞིག་ཡོད། ཟྭ་ལེང་བསྡུས་མཚོའི་ཁྲུང་ཁྲུང་སྐེ་ནག་སྲུང་སྐྱོང་ཁུལ་ནི་རྒྱལ་ཁབ་རིམ་པའི་འདམ་ར་རང་བྱུང་སྲུང་སྐྱོང་ཁུལ་ཡིན་ཞིང་། བོད་རང་སྐྱོང་ལྗོངས་ཀྱི་ཤན་རྩ་དང་ཉི་མ། ནག་ཆུ། ཨ་མདོ། དཔལ་མགོན་སོགས་རྫོང་གི་ཁོངས་སུ་གནས་ཡོད་པ་དང་། 2003ལོར་རྒྱལ་ཁབ་རིམ་པའི་སྲུང་སྐྱོང་ཁུལ་དུ་རིམ་པ་སྤར་ཞིང་སྲུང་སྐྱོང་བྱ་ཡུལ་ནི་ཁྲུང་ཁྲུང་སྐེ་ནག་དང་དེ་རྒྱུད་སྤེལ་བྱ་རྒྱུ་དེ་ཡིན། སྲུང་སྐྱོང་བྱ་ཡུལ་གྱི་སྤྱིའི་རྒྱ་ཁྱོན་ཏ་ལམ་སྟོང་ཚིད་གྲུ་བཞི་མ་18936.3ཡོད།

བོད་བྱང་ཐང་གི་མཚེའུ་མང་པོའི་ཁྲོད་ལས་སྤྱིར་བཏང་གི་མཚོ་ཆུང་ཞིག་གི་སྟེང་དུ་ཁྲུང་ཁྲུང་སྐེ་ནག་ཕོ་ཤུག་གཉིས་ཀྱིས་དགའ་སྤྲོད་ངལ་རྩོལ་བྱེད་བཞིན་ཡོད། ཁོང་གཉིས་ཀྱིས་ར་བ་གཙང་འཕྱུག་བྱེད་པ་དང་ཁང་པ་བཟོ་བཅོས་རྒྱག་པ། རེ་མོས་དང་ནས་སྒོ་ང་གཉིས་ཙམ་གྱི་ཡོད། དེ་ནི་ཁོང་གཉིས་ཀྱི་

བརྩེ་དུང་གི་སྙིང་བཅུད་ཅིག་ཡིན། ཁྲུང་ཁྲུང་སྐྱེ་ནག་ནི་སའི་གོ་ལའི་སྟེང་གི་མཐོ་སྒང་དུ་འཚོ་བ་སྐྱེལ་མཁན་ཁྲུང་ཁྲུང་གི་རིགས་འབའ་ཞིག་ཡིན་པ་དང་། དོམ་ཁྲ་དང་འདྲ་བར་རྩ་ཆེའི་བྱ་རིགས་ཤིག་ཡིན་ཞིང་། ཁྱོ་ཤུག་ཏུ་འགྱུར་པ་ན་ཚེ་གཅིག་ཁ་བྲལ་གྱི་མེད། ཁོང་ཚོས་མཚོ་ཁར་འཆམ་འཆམ་དུ་སྐྱོད་པ་དང་ཟས་འཚོལ་བ། རང་ཉིད་ནས་ཉམ་ལ་ཉེ་བའི་ནོར་བུར་གཟབ་ནན་གྱིས་སྲུང་སྐྱོང་བྱེད་ཀྱི་ཡོད། ཁྲུང་ཁྲུང་སྐྱེ་ནག་གི་བྱ་ཕྲུག་ཉམ་རྗེས་མགྱོགས་མྱུར་ཕ་མའི་རྗེས་སུ་འབྲང་གི་ཡོད། སྐྱེས་མ་ཐག་པའི་ཁྲུང་ཁྲུང་གི་བྱ་ཕྲུག་ནི་ཐལ་མདོག་ཡིན་ལ་ལུས་པོ་ཡོངས་སུ་སྤུ་སོབ་སོབ་ཁེངས་ཤིང་ཕ་མའི་བཟོ་དབྱིབས་དང་ཁྱད་པར་ཤིན་ཏུ་ཆེན་པོ་ཡོད། དེའི་དུས་སུ་ཁྲུང་ཁྲུང་སྐྱེ་ནག་བྱ་ཕྲུག་གིས་ཟས་འཚོལ་ཐུབ་ཀྱི་མེད་པས་ཁྲུང་ཁྲུང་གི་བྱ་ཕྲུག་ནི་ཉམ་ནས་ཟླ་བ་གཉིས་གསུམ་ནང་དུ་ངེས་པར་དུ་ཡ་ང་དགོས་པའི་ཁོར་ཡུག་ནང་འཚོ་གནས་བྱེད་དགོས་ཀྱི་ཡོད། སྟོན་ཁའི་དུས་སུ་ཁྲུང་ཁྲུང་སྐྱེ་ནག་བཟའ་ཚོས་བྱ་ཕྲུག་གཉིས་ལས་གཟུགས་སྟོབས་ཆེ་བ་དེ་བབ་སྟོད་བྱ་ཡུལ་གསར་པར་འཕུར་མཁན་དུ་བདམས་ཀྱི་ཡོད། དེ་ནི་རྗེས་སུ་གངས་རི་བརྒལ་ནས་འཕུར་བའི་སྐབས་སུ་འཕུར་ལམ་དཀའ་ཚེགས་ཤིན་ཏུ་ཆེ་ཞིང་ལུས་སྟོབས་སྐྱོ་བའི་ཁྲུང་ཁྲུང་གི་བྱ་ཕྲུག་གིས་བབ་སྟོད་བྱ་ཡུལ་གསར་པར་འཕུར་ཐུབ་ཀྱི་མེད་པས་ཡིན། གནམ་གཤིས་གྲང་ངར་ཆེ་རུ་ཆེ་རུ་ཕྱིན་པ་དང་ཁྱུ་དང་ཁྱུ་སྒྲིག་པའི་ཁྲུང་ཁྲུང་སྐྱེ་ནག་གིས་ཐག་རིང་ཕྱོགས་སུ་གཤོག་པ་གཡོབ་ནས་མཐོན་པོར་འཕུར་འགོ་ཚུགས་སོ། །

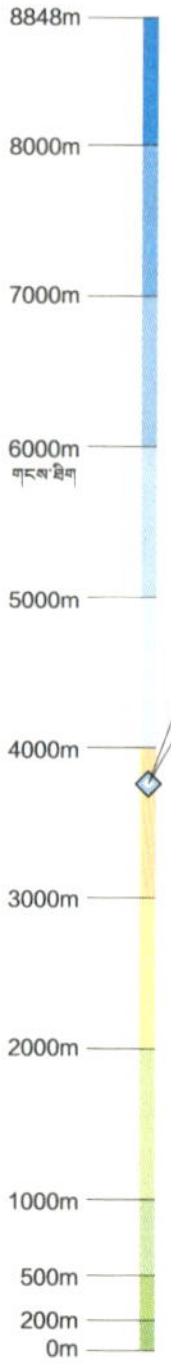

ལྷུན་གྲུབ།
བོད་རང་སྐྱོང་ལྗོངས།

རྒྱ་མཚོའི་ངོས་ལས་མཐོ་ཚད་སྨིད3860ཡོད་པ།

ལྷུན་གྲུབ་རྫོང་ནི་བོད་རང་སྐྱོང་ལྗོངས་ལྷ་ས་གྲོང་ཁྱེར་གྱི་ཁོངས་སུ་གཏོགས་ཤིང་བོད་རང་སྐྱོང་ལྗོངས་ཀྱི་དབུས་ཁུལ་དང་ལྷ་ས་སྙིང་ཆུའི་སྟོད་རྒྱུད། འཕན་ངོས་ཆུ་བོ་རྒྱུག་ཡུལ་དུ་གནས་ཤིང་། རྫོང་ནས་ལྷ་ས་བར་བར་ཐག་སྤྱི་ལི་65ཡོད། ལྷུན་གྲུབ་རྫོང་ནི་ལྷོ་བྱང་དོག་ཅིང་རིང་བ་ཞིག་ཡིན། གཉན་ཆེན་ཐང་ལྷ་རི་བོའི་ཡན་ལག་རི་རྒྱུད་དེ་མཁར་ལ་རི་བོའི་འཁྲིད་དུ་ཡོངས་སུ་ཆགས་ཡོད་པ་དང་ལྷུན་གྲུབ་རྫོང་ནི་བྱང་དང་ཤར་ཞེས་ཁག་ཆེ་བ་

གཉིས་སུ་དབྱེ་ཡོད། ལྷུན་གྲུབ་ལ་རང་བྱུང་རིག་སྐྱུན་ཡུལ་སྐོར་གྱི་ཐོན་ཁུངས་ཕུན་སུམ་ཚོགས་པོ་ཡོད།

ཉིན་ཞིག་ལྷུན་གྲུབ་རྫོང་དཔལ་འབྱོར་གླིང་ཤང་གི་ཟླ་བ་ཕྱུགས་འཚོ་བཞིན་པའི་སྐབས་སུ་རྨས་སྐྱོན་ཕོག་པའི་ཁྲུང་ཁྲུང་སྐེ་ནག་ཅིག་རྙེད། ཁྲུང་ཁྲུང་དེའི་རྐང་པ་ཡ་གཅིག་ལ་རྨས་སྐྱོན་ཕོག་ཡོད་པས་རྐང་པ་ཡ་གཅིག་ལ་བརྟེན་ནས་ཡར་ལངས་དགོས་ཀྱི་ཡོད་པ་དང་གཟུགས་པོའི་སྟེང་གི་བྱ་སྤུ་ཡང་མང་པོ་བུད་ཡོད། ཉེ་ཆར་རང་གི་ཁྲུང་ཁྲུང་གིས་སེམས་འཚབ་དང་སུན་སྣང་བྱེད་ཀྱི་ཡོད་པ་ཟླ་བས་ཤེས་རྟོགས་བྱུང་། རྒྱུ་མཚན་ནི་ཐག་རིང་ནས་འཕུར་ཡོང་ཞིང་། ཐོག་མར་བོད་བྱང་ཐང་དུ་ཁ་གྱེས་ནས་སྡོད་ཀྱི་ཡོད་པའི་ཁྲུང་ཁྲུང་སྐེ་ནག་མང་པོ་ཞིག་རྫོང་ཁུལ་ས་ཆར་སླེབས་ནས་ཟླ་བ་ཁོང་ཚོའི་གྲོང་ཚོའི་ཞིང་ཁའི་ནང་དུ་འབབ་ཡོད་པས་ཡིན། ཟླ་བས་རང་ཉིད་ཀྱི་ཁྲུང་ཁྲུང་ལ་ཟ་རྒྱུ་དང་འཐུང་རྒྱུ་ཡོད་ཙང་ད་དུང་གཅིག་པུར་སྡོད་རྒྱུར་ཞེད་སྣང་བྱེད་པ་དང་ཁོས་རང་ཉིད་ཀྱི་རོགས་པ་དྲན་གྱི་ཡོད་པ་ཤེས་རྟོགས་བྱུང་སྟེ། ཟླ་བས་རང་གི་ཁྲུང་ཁྲུང་ལ་རོགས་པ་རྨས་མ་ཞིག་རྙེད་ན་སྙམ་ནས་ཉིན་ལྟར་ཕྱུགས་འཚོ་བར་འགྲོ་བའི་སྐབས་སུ་རྟག་ཏུ་གྲོང་ཚོའི་ཉེ་འགྲམ་དུ་ཞིབ་ཕྲའི་ངང་བཙལ་འཚོལ་བྱས་ཀྱང་རྙེད་མེད།

ཟླ་བ་དང་བཟའ་ཟླས་ཉིན་ལྟར་མར་དང་ཆིང་མེའི་སུའུ་མཉམ་དུ་བསྲེས་ནས་ཁྲུང་ཁྲུང་གི་ལུས་སྟེང་དུ་བྱུགས་ནས་ཁྲུང་ཁྲུང་གི་རྨ་ཁ་བཅོས་ཀྱི་ཡོད་ཅིང་། དེ་ནི་ཁོང་ཚོས་ཆུང་དུས་ནས་ཤེས་པའི་བཅོས་ཐབས་ཤིག་ཡིན། ཁྲུང་ཁྲུང་འདི་ཕྱི་ཙ་སྐྱིལ་དང་ཡང་ན་ནང་དུ་ཉར་རྒྱུའི་ཐད་ལ་ཟླ་བ་དང་བཟའ་ཟླའི་བར་བསམ་འཆར་མི་མཐུན་པ་ཡོང་གི་ཡོད། ཟླ་བའི་བཟའ་ཟླའི་བསམ་པར་ཁྲུང་ཁྲུང་འདི་ཉར་ནས་སྲུང་སྐྱོང་བྱ་རྩིས་ཡོད་ཙང་ཟླ་བའི་རེ་བར་ཁྲུང་ཁྲུང་ལ་

རོགས་པ་གཅིག་བྱུང་ན་སྙམ་གྱི་ཡོད། ཀླུ་བས་བཟའ་ཀླུར་ཁྲུང་ཁྲུང་ཆེད་མངགས་སྲུང་སྐྱོང་བྱེད་མཁན་གྱི་ས་ཆ་ཞིག་ཡོད་པ་ཕོ་མོས་གོ་ཐོས་བྱུང་ཞེས་བརྗོད། ཀླུ་བས་ཁྲུང་ཁྲུང་འདི་གཞན་ལ་སྐྱེལ་རྩིས་མེད་དམ། ཕོང་གཉིས་ཀྱི་བུ་ལྷ་སར་སློབ་གྲྭར་འགྲོ་ཡི་ཡོད་ཅིང་མཐོང་ཐོས་མང་བས་ཀླུ་བའི་བསམ་པར་བུའི་བསམ་འཆར་ལ་ཉན་འདོད་བྱེད་ཀྱི་ཡོད། ཀླུ་བའི་བུས་སྒྲོག་ཆགས་རོགས་སྐྱོབ་ས་ཚོགས་ཀྱིས་སྒྲོག་ཆགས་ཆེད་མངགས་གསོ་ཚགས་བྱེད་ཀྱི་ཡོད་པ་དང་། ཕོས་བལྟས་ན་ཁྲུང་ཁྲུང་དེར་ཧང་པ་རྫུན་མ་ཞིག་བསྐར་ན་འགྲིག་ཅེས་ཕ་མ་གཉིས་ལ་བརྗོད། ཁྲུང་ཁྲུང་སྐེ་ནག་དེར་ཧང་པ་རྫུན་མ་ཞིག་བསྐར་ན་གང་འདྲ་ཞིག་ཡོང་གི་ཡོད་པ་དེ་ཀླུ་བའི་བློ་ཡུལ་དུའང་འཆར་སྒྱོང་མེད།

གཤམ་དུ་གསལ་བའི་གནས་ཚུལ་ལས་ཀླུ་བའི་སེམ་ཉེ་དེ་མཐུག་སྒྲིལ། ཉིན་ཞིག་ཀླུ་བས་སླར་ཡང་ཁྲུང་ཁྲུང་ཁྲུ་ཚོགས་བབ་ཡོད་པའི་ཞིང་ཁའི་ནང་དུ་བསྐྱོད་པས་འཁྱམས་ཁྱི་ཕྲུག་ཅག་ཅིག་གིས་ཁྲུང་ཁྲུང་ཁྲུ་ཚོགས་ལ་འཇབ་རྐོལ་བྱེད་བཞིན་ཡོད་པ་མཐོང་། ཀླུ་བས་འཁྱམས་ཁྱི་དེ་ཕྱིར་འཕུད་བྱས། ཡིན་ནའང་ཁྲུང་ཁྲུང་སྐེ་ནག་ཅིག་བསད་ཡོད། ཡིད་སྐྱོ་བཞིན་དུ་ཀླུ་བས་ས་དོང་ཞིག་འདྲུས་ཏེ་ཁྲུང་ཁྲུང་སྐེ་ནག་གི་རོ་དེ་སྦས། ཀླུ་བའི་སེམས་ནང་དེ་བས་བློ་མི་དེ་བ་བྱུང་ཞིང་། གཟུགས་གཞི་བདེ་ཐང་ཡིན་པའི་ཁྲུང་ཁྲུང་ལ་ཡང་ཉེན་ཁ་ཆེན་པོ་དེ་འདྲ་འཕྲད་ཀྱི་ཡོད་ན། རང་ཉིད་ཀྱི་རྨས་སྐྱོན་ཕོག་པའི་ཁྲུང་ཁྲུང་དེ་སྨོས་ཅི་དགོས། ཀླུ་བས་རོགས་སྐྱོབ་ས་ཚོགས་སུ་ཁ་པར་རྒྱག་རྒྱུའི་སེམས་ཐག་བཅད། རོགས་སྐྱོབ་ས་ཚོགས་ཀྱི་ལས་དོན་མི་སྣས་རླངས་འཁོར་བཏང་སྟེ་ཀླུ་བའི་ཁྱིམ་དུ་ཡོང་། ཀླུ་བས་ཁྲུང་ཁྲུང་དེ་པང་དུ་བཏབ་སྟེ་སྣམ་ཆེན་པོ་ཞིག་ནང་དུ་ཐུགས། ཀླུ་བས་ཁྲུང་ཁྲུང་གིས་རོགས་སྐྱོབ་ས་ཚོགས་ཀྱི་ཟས་ཟ་རྒྱུ་གོམས་ཀྱི་མ་རེད་སྙམ་ནས་ཁྲུང་ཁྲུང་ལ་གྲོ་རྒྱ་མ་100གྲ་སྒྲིག་

བྱས་པ་དང་ད་དུང་རོགས་སྐྱོབ་ས་ཚོགས་ཀྱི་ལས་དོན་མི་སྣར་ཁྲུང་ཁྲུང་ལ་ཟས་སྟེར་སྐབས་ངེས་པར་དུ་བྱེ་མ་ཏོག་ཙམ་བསྲེས་དགོས་པ་དང་། རོགས་སྐྱོབ་ས་ཚོགས་ཀྱི་ཁྲུང་ཁྲུང་གི་གཟན་ཆག་ནང་ནས་ཏོག་ཙམ་མཉམ་དུ་བསྲེས་ནའང་འགྲིག་ཅེས་དྲན་སྐུལ་བྱས། རོགས་སྐྱོབ་ས་ཚོགས་ཀྱི་ཧྲངས་འཁོར་ཐོན་པ་དང་ཟླ་བས་མིག་ཆུ་གཏོང་བཞིན་སེམས་ནང་ད་དུང་ཁྲུང་ཁྲུང་དེ་བློས་ཐོངས་མེད།

ཁྲུང་ཁྲུང་སྐེ་ནག་འཕུར་ནས་སོང་། ཁོང་ཚོ་བོད་ཀྱི་བྱང་ཐང་དུ་ལོག་རྒྱུ་རེད། ཟླ་བའི་རེ་བར་ཉིན་ཞིག་རང་ཉིད་ཀྱི་ཁྲུང་ཁྲུང་ཡང་ཁོ་ཚོ་དང་འདྲ་བ་བྱུང་ན་སྙམ་གྱི་ཡོད། ཡུན་རིང་མ་སོང་བར་ཟླ་བར་གྲོགས་པོ་གསར་པ་ཞིག་འཕྲད། དེ་ནི་སྔར་བཞིན་རྨས་སྐྱོན་ཐོག་པའི་ཁྲུང་ཁྲུང་སྐེ་ནག་ཅིག་ཡིན་ཞིང་ཟླ་བའི་ཁྱིམ་དུ་རྨས་སྐྱོན་ཐོག་པའི་ཁྲུང་ཁྲུང་དེས་ཁང་པའི་རྩིག་ཟུར་དུ་འཁུམ་ནས་བསྡད་ཡོད་པ་དང་ཟླ་བས་ཞིབ་ཚགས་ངང་སྤོ་ཆས་སྨན་པ་དང་བྱ་སྤུར་བྱིལ་བྱིལ་བྱེད་བཞིན་ཡོད་དོ།།

ཁྲུང་ཁྲུང་སྐེ་ནག

ཁྲུང་ཁྲུང་སྐེ་ནག་ནི་འཛམ་གླིང་ཐོག་མཐོ་སྒང་དུ་འཚར་ལོངས་དང་རྒྱུད་སྤེལ་བྱེད་མཁན་ཁྲུང་ཁྲུང་འབའ་ཞིག་ཡིན་པ་དང་། ཀྲུང་གོའི་རིམ་པ་དང་པོའི་རྩ་ཆེའི་རི་སྐྱེས་སྲོག་ཆགས་དང་འཛམ་གླིང་དུ་སྟོངས་ལ་ཉེ་བའི་སྲོག་ཆགས་ཀྱི་རིགས་ཤིག་ཡིན། ཁྱབ་ཁྱོན་མང་ཆེ་བ་ནི་ཀྲུང་གོའི་བོད་རང་སྐྱོང་ལྗོངས་དང་མཚོ་སྔོན། ཀན་སུའུ། ཟི་ཁྲོན། ཀུས་ཀྲུའུ། ཡུན་ནན་སོགས་ཞིང་ལྗོངས་སུ་ཁྱབ་ཡོད་པ་དང་ཧིན་རྡུ་དང་འབྲུག་ཡུལ། ནེ་པ་ལ་སོགས་རྒྱལ་ཁབ་ནང་དུའང་ཉུང་དུ་ཁྱབ་ཡོད།

ཁྲུང་ཁྲུང་སྐེ་ནག་ནི་རྒྱ་མཚོའི་ངོས་ལས་མཐོ་ཚད་སྨིད2500-5000ཡོད་པའི་མཐོ་སྒང་གི་ན་འདམ་དང་མཚེའུ། གྲམ་ཁའི་ས་ཆར་བབ་སྡོད་བྱེད་ཀྱི་ཡོད་པ་དང་། ཟས་སུ་རྩི་ཤིང་གི་ཡལ་ག་དང་འཕྲེད་རྒྱུག་རྩ་བ། ཇོག་གཟུགས་རྩ་བ། དེ་བཞིན་ཆུ་སྲོའི་རིགས་དང་བྱེ་རྡུལ་སོགས་ཟས་སུ་བསྟེན་གྱི་ཡོད། ཁྲུང་ཁྲུང་སྐེ་ནག་གི་གཟུགས་པོའི་རིང་ཚད་ལ་སྨིད་110-120ཙམ་ཡོད་པ་དང་ལུས་པོའི་ལྗིད་ཚད་ལ་སྤྱི་རྒྱ་4-6བར་ཡོད་ཅིང་། ལུས་པོ་ཧྲིལ་པོ་ཐལ་དཀར་མདོག་ཡིན་ལ་སྐེ་དང་རྐང་པ་ཅུང་རིང་པོ་ཡོད་ཅིང་སྤྱི་གཙུག་དམར་པོ་ཡིན་པ་དང་མགོ་བོའི་

གནས་གཞན་དག་དང་མཛིང་སྙིང་གི་2/3ནི་ནག་པོ་ཡིན་པས་ཁྲུང་ཁྲུང་སྐེ་ནག་ཅེས་བརྗོད། སྤྱི་གཙུག་སྙིང་དུ་བྱ་སྤུ་ཐ་རེ་ཐོ་རེ་ཡོད།

ཁྲུང་ཁྲུང་སྐེ་ནག་བབ་སྡོད་རྒྱུད་སྤེལ་བྱེད་ཡུལ་མཚོ་བོད་མཐོ་སྒང་ནི་གྲང་ངར་ཆེ་བའི་ཁུལ་ཡིན་ཞིང་གནམ་གཤིས་འགྱུར་བ་ཆེ་བ་དང་འཚོ་གནས་བྱེད་པའི་ཆ་རྐྱེན་ཞན་པའི་ཐོག་ཁྲུང་ཁྲུང་གི་བྱ་ཕྲུག་སོན་ཚད་ཉུང་བར་བརྟེན་ཁྲུང་ཁྲུང་སྐེ་ནག་གི་རིགས་གྲངས་ཚད་ཧ་ཅང་གི་ཉུང་དུ་ཡིན། བོད་ནི་འཛམ་གླིང་སྟེང་ཁྲུང་ཁྲུང་སྐེ་ནག་དགུན་སྐྱོལ་དང་སྐྱེ་འཕེལ་བྱེད་ས་ཆེ་ཤོས་ཡིན། ཁྲུང་ཁྲུང་སྐེ་ནག་སྐྱེ་འཕེལ་བྱེད་ས་གཙོ་བོ་དང་། གནས་སྤོ་བྱེད་ས། དགུན་སྐྱོལ་བྱེད་ས་ཚང་མར་ཀྲུང་གོས་རང་བྱུང་སྲུང་སྐྱོང་ཁུལ་བཙུགས་ཡོད། ལོ་ལྟར་བོད་དུ་སྐྱེ་འཕེལ་བྱུང་བའི་ཁྲུང་ཁྲུང་སྐེ་ནག་གི་གྲངས་ཚད་4000ཡན་ཡོད་པ་དང་དགུན་སྐྱོལ་བྱེད་མཁན་གྱི་གྲངས་ཚད་6000ལྷག་ཙམ་ཟིན་པས་འཛམ་གླིང་ཁྲུང་ཁྲུང་སྐེ་ནག་སྤྱིའི་འབོར་ཚད་ཀྱི་75%ཡན་ཟིན་གྱི་ཡོད།

འཛམ་གླིང་ཐོག་གི་ལོ་རྒྱུས་སྙན་ངག་རིང་ཤོས་《གླིང་གེ་སར་རྒྱལ་པོའི་སྒྲུང》ནང་དུ་ལྷ་བྱའི་རིགས་ཤིག་བཀོད་ཡོད་ཅིང་དེ་ཚོ་སེམས་པ་བཟང་བ་དང་ཡ་རབས་སྤྱོད་བཟང་ལྡན་པ། གེ་སར་རྒྱལ་པོའི་ཆེད་དུ་ལྷ་ཧ་སྲུང་བའི་འགན་ཁྲི་འཁུར་གྱི་ཡོད། བྱ་དེ་རིགས་ནི་ཁྲུང་ཁྲུང་སྐེ་ནག་ཡིན། ནང་ཆོས་ལ་དད་པ་བྱེད་མཁན་བོད་རིགས་ཀྱིས་ཁྲུང་ཁྲུང་སྐེ་ནག་ལ་ཤིན་ཏུ་དགའ་པོ་བྱེད་ཀྱི་ཡོད། ལོ་ངོ་སྟོང་བརྒྱད་པའི་ཐང་ག་འམ་བོད་རིགས་ཀྱི་ཆ་སྐམ་ཐོག་བཀོད་པའི་"ཚེ་རིང་དྲུག་འཁོར་གྱི་རི་མོ"གང་འདྲ་ཞིག་ཡིན་ཡང་ཁྲུང་ཁྲུང་སྐེ་ནག་ཚང་མ་ནི་པར་རིས་སུ་མེད་དུ་མི་རུང་བའི་བཀྲ་ཤིས་མཚོན་བྱེད་ཀྱི་སྲོག་ཆགས་ཤིག་ཡིན།

ཚེ་སྲོག་ཡིན་ཕྱིན་བསྐྱབ་དགོས་ངེས་ཏེ། འབྲོག་པ་དང་སྤྱང་ཁྱུག

མཚོ་བོད་མཐོ་སྒང་དུ་མི་ཚོས་སྲོག་ཆགས་ལ་ཤ་ཞེན་ཆེན་པོ་བྱེད་ཀྱི་ཡོད་པ་དང་ཁོང་ཚོ་དང་སྲོག་ཆགས་བར་ཏ་ཙང་གི་མཐུན་པོ་ཡོད་ཅིང་། འབྲོག་པའི་ལུག་དང་གཙོད་རྟག་ཏུ་མཉམ་དུ་འདྲེས་ནས་སྡོད་ཀྱི་ཡོད། འོན་ཀྱང་མཉམ་དུ་གཤིབ་པའི་རྐྱེན་གྱིས་ཨྰོག་ཏུ་ཉེན་ཁ་ཡང་ཡོད། ལོ་དེ་དག་གི་རིང་ལ་སྲིད་གཞུང་ནས་སྐྱེ་ཁམས་ཁོར་ཡུག་སྲུང་སྐྱོང་ཐད་ལ་ཤུགས་སྟོན་རྒྱུན་ཆད་མེད་པར་བརྒྱབ་པར་བརྟེན་མཐོ་སྒང་གི་རི་སྐྱེས་སྲོག་ཆགས་སྤར་བས་མང་དུ་ཕྱིན་ཡོད་ལ་སྲུང་ སྐྱོངས་སྡེང་གི་སྤྱང་ཀི་ཡང་མང་དུ་སོང་ཡོད། སྤྱང་ཀི་དེ་ཚོས་རྟག་ཏུ་ལུག་ཁྱུར་འཇབ་རྒོལ་བྱེད་ཀྱི་ཡོད་པ་དང་འཇབ་རྒོལ་བྱེད་སྐབས་མང་ཆེ་བ་ལུག་གི་མཛིང་པར་རྒྱུག་གི་ཡོད་སྐབས་སྐྱོབ་ཐབས་ཟ་བ་ནས་མེད་པར་བརྟེན་འབྲོག་པར་གྱོང་གུན་ཆེན་པོ་ཕོག་གི་ཡོད། ཉེ་ཆར་སྤྱང་ཀིས་ཡང་ལུག་ཁྱུར་འཇབ་རྒོལ་བྱས་ཏེ་ལུག

འགའ་ཤས་ཀྱི་ཉུས་པར་རྒྱུགས་ནས་ཉུས་པ་བཅག་པས་རྩྭ་ཟ་ཐབས་བྲལ་བར་བརྟེན་སང་ཉིན་ཡང་འཁྱོལ་བ་མི་འདུག་ཅེས་འབྲོག་པ་ཁ་ཤས་ཀྱིས་ཉིན་བརྗ་སྐྱེལ་བར་སླེབས། དུས་གཅིག་ཏུ་ལུག་20ལྷག་ཙམ་གྱི་གྲོང་གུན་ཕོག་པས་འབྲོག་པ་རྣམས་ཁོང་ཁྲོ་ཟ་ལ་ཡིད་ཕམ་ཡང་བྱེད་ཀྱི་ཡོད། གྲོང་གུན་ཕོག་པའི་འབྲོག་པར་སྲིད་གཞུང་ནས་ལུག་གི་སྐྱིན་གསབ་སྤྲོད་ཀྱི་ཡོད་ཉུང་། སྤྱང་ཀི་འཁྲུམས་ཀྱི་དེ་དག་ནི་སྔར་བཞིན་འབྲོག་པས་སུན་སྣང་བྱེད་ཡུལ་ཞིག་ཡིན། འབྲོག་པ་ཚོས་སྤྱང་ཀི་སྔར་བས་མང་དུ་འགྲོ་ཡི་ཡོད་པས་གལ་ཏེ་སྤྱང་ཀི་དེ་དག་མ་བསད་ན་ཁོང་ཚོ་སྔར་བས་གདུག་རྩུབ་ཆེ་རུ་འགྲོ་ཡི་རེད་ཅེས་བརྗོད་ཀྱི་འདུག ལུག་མང་པོ་ཞིག་སྤྱང་ཀིས་རྒྱུགས་ནས་ཤི་བ་དང་ལུག་དེ་དག་ཤི་སྟངས་ངན་པོ་ཤི་འདུག གལ་ཏེ་སྤྱང་ཀི་མང་དུ་སོང་ན་ལུག་གསོ་བར་དེ་བས་ཁག་པོ་ཡོང་གི་རེད།

སྤྱང་ཀིས་ཁྱུ་སྒྲིག་ནས་འབྲོག་པའི་འཚོ་བར་སྐྱོང་གུན་ཆེན་པོ་བཟོས་ཡོད་ཉུང་གངས་བབ་པའི་ཉིན་ཞིག་ལ་ཁ་ཀྱར་བའི་སྤྱང་ཕྲུག་ཁག་གཅིག་འབྲོག་པ་ཚོར་ཐུག་པ་དང་ཁོང་ཚོས་སྙིང་རྗེ་ཆེན་པོས་སྔར་བཞིན་སྤྱང་ཕྲུག་དེ་དག་སྦྲ་གུར་ནང་འཁྱེར་ཡོང་། སྦྱིན་བདག་བུད་མེད་དེས་སྤྱང་གིས་རྒྱུགས་ནས་ཤི་བའི་ལུག་རོའི་ཤ་ལྷག་མ་རྣམས་སྤྱང་ཕྲུག་ལ་སྟེར་ཏེ་གསོས། ཁོ་ཚོས་སྤྱང་ཕྲུག་ལ་སྙིང་རྗེ་བྱེད་ཀྱི་ཡོད། གལ་ཏེ་ཁོང་ཚོས་མ་བསྐྱབས་ན་མཚན་མོ་དེ་རང་དུ་གངས་ལྷགས་ཀྱིས་སྤྱང་ཕྲུག་དེ་དག་གི་ཚེ་སྲོག་འཕྲོག་རྒྱུ་ཉག་གཅིག་རེད། བོད་རིགས་འབྲོག་པ་དེ་དག་གི་སེམས་ནང་དུ་ཚེ་སྲོག་གཅིག་ཡིན་ཕྱིན་བསྐྱབ་དགོས་ངེས་ཡིན་སྙམ་གྱི་ཡོད།

མཚོ་བོད་མཐོ་སྒང་ནི་ཀྲུང་གོའི་རང་བྱུང་སྲུང་སྐྱོང་ཁུལ་ཚགས་དམ་ཤོས་ཀྱི་ས་ཆ་ཡིན་ཞིང་བོད་རང་སྐྱོང་ལྗོངས་ཁོ་ནར་སྲུང་སྐྱོང་ཁུལ་47ཡོད་པ་དང་བོད་ཀྱི་རྒྱ་ཁྱོན་གྱི་གསུམ་ཆ་གཅིག་ཙམ་སྲུང་སྐྱོང་ཁུལ་ཡིན།

བོད་ཀྱི་རང་བྱུང་སྲུང་སྐྱོང་ཁུལ།

བོད་རང་སྐྱོང་ལྗོངས་ནི་མཚོ་བོད་མཐོ་སྒང་གི་གྲུབ་ཆ་གཙོ་བོ་ཞིག་ཡིན་ཞིང་། ས་དབྱིབས་མཐོ་ལ་གཟར་བ་དང་ཆ་སྙོམས་རྒྱ་མཚོའི་ངོས་ལས་མཐོ་ཚད་རྨིད་4000ཡོད་ཅིང་། དམིགས་བསལ་གྱི་རང་བྱུང་ཁམས་དང་ས་བབ་ཁོར་ཡུག་ལྡན་ཡོད། བོད་ལ་ཞི་བའི་བཅིངས་འགྲོལ་བཏང་ཚུན་གྲུང་གོ་སྲིད་གཞུང་གིས་བོད་རང་སྐྱོང་ལྗོངས་ཀྱི་འབྱུང་ཁམས་འཛུགས་སྐྲུན་དང་སྐྱེ་དངོས་སྣ་མང་ཅན་སྲུང་སྐྱོང་བྱ་རྒྱུར་འབད་བརྩོན་ཆེན་པོ་བྱས་ཏེ་མངོན་གསལ་དོད་པོའི་འབྲས་བུ་ཐོབ་ཡོད།

བོད་ལ་མཚོན་བྱེད་ཀྱི་རང་བྱུང་ཡུལ་ལྗོངས་དང་རྩི་ཤིང་རིགས་སྣ་ཚོགས་ཡོད་ཅིང་། འཛམ་གླིང་སྐྱེས་དངོས་སྣ་མང་རང་བཞིན་དཔེ་མཚོན་ཡག་ཤོས་ཀྱི་ས་ཁུལ་གྲས་ཤིག་ཡིན། མིག་སྔར་བོད་ལ་རི་སྐྱེས་རྩི་ཤིང་རིགས་9600དང་སྐལ་ཚོགས་ཅན་གྱི་སྲོག་ཆགས་རིགས་798ཡོད་པ་དང་། འབུ་ཟིན་རིགས་4000ལ་ཉེ་བ་ཡོད། རིགས་125རྒྱལ་ཁབ་ཀྱི་རི་སྐྱེས་སྲོག་ཆགས་སྲུང་སྐྱོང་བྱ་ཡུལ་གཙོ་བོའི་གྲས་སུ་བཙུག་ཡོད་པ་དང་། རྒྱལ་ཡོངས་ཀྱི་རི་སྐྱེས་སྲོག་ཆགས་སྲུང་སྐྱོང་

བྱ་ཡུལ་གཙོ་བའི་གསུམ་ཆ་གཅིག་ཡན་ཟིན་གྱི་ཡོད། དེ་གར་དམིགས་བསལ་དུ་སྤུས་ལེགས་རྩི་ཤིང་རིགས་ཏ་ལམ་600ལྷག་ཙམ་དང་སྐམ་སར་གནས་སྡོད་སྐལ་ཚོགས་ཅན་གྱི་སྲོག་ཆགས་རིགས་200ལྷག་ཙམ་ཡོད། ལོ་མང་རིང་ལ་རྒྱལ་ཁབ་ནས་བོད་ཀྱི་སྐྱེས་དངོས་ཐོན་ཁུངས་ལ་བརྟག་ཞིབ་བྱས་ཏེ་ཚན་རིག་དང་མཐུན་པའི་བོད་ཀྱི་རི་སྐྱེས་སྲོག་ཆགས་ཐོན་ཁུངས་སྲུང་སྐྱོང་བྱེད་པའི་འཆར་གཞི་བཟོས་པ་མ་ཟད་རྩ་ཆེའི་རི་སྐྱེས་སྲོག་ཆགས་དང་རྩི་ཤིང་ཐོན་ཁུངས་ནུས་ལྡན་གྱི་སྲུང་སྐྱོང་བྱས་ཡོད།

དུས་རབས་20པའི་ལོ་རབས་70ནས་བཟུང་བོད་རང་སྐྱོང་ལྗོངས་མི་དམངས་སྲིད་གཞུང་གིས་རི་སྐྱེས་སྲོག་ཆགས་དང་རྩི་ཤིང་གི་ཐོན་ཁུངས་སྲུང་སྐྱོང་བྱེད་པའི་མ་དངུལ་གཏོང་ཚད་ཤུགས་ཆེར་བཏང་བ་མ་ཟད། རྩ་ཆེའི་སྲོག་ཆགས་བབ་སྡོད་བྱེད་ས་དང་རྒྱུད་འཕེལ་བྱེད་ཁུལ་དུ་རི་དྭགས་ཇོན་མི་ཚོག་པའི་གཏན་འབེབ་བྱས་ཡོད། དུས་རབས་20པའི་ལོ་རབས་80ནས་བཟུང་བོད་ཀྱིས་སྔ་ཕྱིར་ས་ཆ་མང་པོར་རྣམ་པ་མི་འདྲ་བའི་རང་བྱུང་སྲུང་སྐྱོང་ཁུལ་བཙུགས་པ་དང་རྣམ་པ་གཅིག་པ་ཡིན་ལ་ཉུང་ཆ་ཚང་བ། ཁྱབ་ཚུལ་ཉུང་ལུགས་མཐུན་ཡིན་པའི་རང་བྱུང་སྲུང་སྐྱོང་དྲ་རྒྱ་ཞིག་རགས་ཙམ་ཆགས་ཡོད། རང་བྱུང་སྲུང་སྐྱོང་ཁུལ་བཙུགས་ཁུལ་དུ་དཔལ་འབྱོར་གསར་འཛུགས་སོགས་མིའི་བྱེད་སྒོའི་ཤུགས་རྐྱེན་ཐེབས་རྒྱུར་ཚད་བཀག་ནན་པོ་བྱས་ཏེ་རང་བྱུང་ཁམས་ཀྱི་མ་ལག་སླར་གསོ་དང་རྩ་བ་སྟོངས་ལ་ཉེ་བའི་རྩ་ཆེའི་སྲོག་ཆགས་རིགས་རྒྱུད་སྤེལ་ས་དང་འཚོ་སྡོད་བྱེད་ས་དེ་བཞིན་ཚན་རིག་ཞིབ་འཇུག་གི་རིན་ཐང་གལ་ཆེ་ལྡན་པའི་རང་བྱུང་མཛེས་ལྗོངས། ས་གཤིས་རྗེས་ཤུལ། སྐྱེས་དངོས་རྗེས་ཤུལ་སོགས་ལ་སྲུང་སྐྱོང་ཡག་པོ་ཐུབ་ཡོད།

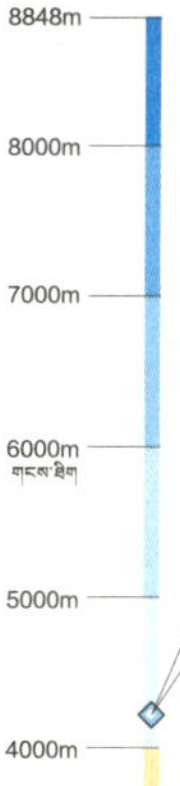

རྫ་སྟོད།

མཚོ་སྔོན་ཞིང་ཆེན།

རྒྱ་མཚོའི་ངོས་ལས་མཐོ་ཚད་སྨིད4200ཡོད་པ།

གནའ་བ་ནི་བྲག་རིའི་རྩེ་མོར་འགྲོ་སྐྱོད་བྱེད་མཁན་གྱི་གར་མཁན་དང་དགའ་ལས་ཁག་ན་གཡང་གཟར་བྲག་རིའི་སྟེང་དུ་གཉིད་དུ་ཡུར་ནས་སྡོད་མཁན་ཞིག་ཡིན་ཞིང་། དེ་འདྲའི་ཁྱུ་དང་ཁྱུ་སྲིག་པའི་གནའ་བས་ཁོ་ཚོའི་རང་བྱུང་གི་དགྲ་ཡ་གསའ་ལ་དོ་སྣང་ཆེན་པོ་བྱེད་སྲིད་པ་ཡིན།　གསའ་ནི་ཡ་མཚན་ཆེ་ལ་མཐོང་དཀོན་པའི་སྲོག་ཆགས་ཀྱི་རིགས་ཤིག་ཡིན་པ་དང་རྟག་ཏུ་རྒྱ་མཚོའི་ངོས་ལས་མཐོ་ཚད་སྨིད་4000ཡན་དུ་སྡོད་ཀྱི་ཡོད་པས་གངས་རིའི་རྒྱལ་པོ་ཞེས་བརྗོད་ཀྱི་ཡོད།

ཆེ་སྲོག་ཅིག་ཡིན་ཕྱིན་བསྐྱབ་དགོས་ངེས་ཡིན་ཏེ། འབྲུམ་རམས་པ་ཚོའོ་ཀྲི་ཤྭ་ལིས་དང་གསལ།

ཛ་སྟོད་རྫོང་ནི་མཚོ་སྔོན་ཞིང་ཆེན་གྱི་ནུབ་ལྷོའི་ཁུལ་དང་ཡུལ་ཤུལ་ཁུལ་གྱི་ཤར་ལྷོའི་ཁུལ། ལྷོ་ནི་བོད་རང་སྐྱོང་ལྗོངས་དང་འབྲེལ་མཚམས་སུ་གནས་ཡོད།

འབྲུམ་རམས་པ་ཚོའོ་ཀྲི་ཤྭ་ལིས་ནི་1933ལོར་འཛར་མན་པེར་ལིན་ལ་འཁྲུངས་ཤིང་རྒྱལ་སྤྱིའི་རི་སྐྱེས་སྐྱེ་དངོས་སྲུང་སྐྱོང་མཐུན་ཚོགས་（WCS）ཀྱི་དབུ་ཞུགས་ཚན་རིག་མཁས་ཅན་ཡིན། དུས་རབས་གོང་མའི་ལོ་རབས་50པ་ནས་བཟུང་འབྲུམ་རམས་པ་ཚོའོ་ཀྲི་ཤྭ་ལིས་རི་སྐྱེས་སྲོག་ཆགས་ལ་ཞིབ་འཇུག་དང་སྲུང་སྐྱོང་གི་ལས་དོན་ལ་གཞོལ་བཞིན་ཡོད་པ་དང་ཚང་མས་ཁོང་ནི་འཛམ་གླིང་ཐོག་ཆེས་ཕུལ་དུ་བྱུང་བའི་རི་སྐྱེས་སྐྱེ་དངོས་རིག་པ་མཁས་ཅན་གྱི་གྲས་ཤིག་ཡིན་པར་ངོས་འཛིན་བྱེད་ཀྱི་ཡོད། ཁོང་གི་ཞབས་རྗེས་ཨེ་ཤེ་ཡ་དང་

ཧྲི་གླིང་། མེ་གླིང་ལྷོ་མའི་ཐང་སྟོང་ཆེན་མོ་བཅས་སུ་ཁྱབ་ཡོད་ཅིང་། ཞིབ་འཇུག་གི་དངོས་རིགས་ནང་ཧྲི་གླིང་གི་སེང་གེ་དང་སྟག སྤྲ། དེ་བཞིན་ཀྲུང་གོའི་དོམ་ཁྲ་དང་གཙོད་སོགས་དཀོན་ཞིང་སྟོངས་ལ་ཉེ་བའི་རི་སྐྱེས་སྲོག་ཆགས་མང་པོ་ཚུད་ཡོད།

སྣ་ཡིས་ནི་འཛམ་གླིང་ཁྱོན་དུ་གསར་ལ་ཞིབ་འཇུག་དང་སྲུང་སྐྱོང་བྱེད་པར་སྐུལ་སློང་བྱ་རྒྱུར་དབྱིངས་ཞུགས་པའི་ཚན་རིག་མཁས་ཅན་ཞིག་ཡིན། ད་རེས་འབྲུམ་རམས་པ་སྣ་ཡིས་ཐག་རིང་ལེ་དབར་སྟོང་གི་ས་ནས་ཇ་སྟོད་ལ་ཆེད་མངགས་འདི་གའི་གསར་ལ་ཞིབ་འཇུག་བྱེད་པར་ཕེབས་ཡོད། ཁོང་གིས་རི་སྟེང་ནས་སྔོན་ལ་གསར་ངལ་གསོ་བའི་གནས་ཤིག་རྙེད་པ་དང་དེ་རྗེས་དེ་ལས་མཐོ་བའི་རི་ལྗིབས་བྲག་ཕུག་ནས་གསར་ཡི་སྤྱི་རྙེད། གསར་ཡིས་རང་

ཉིད་ཀྱི་དྲི་མ་འཇོག་པའི་ཆེད་དུ་ཆེད་མངགས་སྐྱ་བྲག་སྟེང་དུ་འབྲད་ནས་ཕུད་ཡོད་པ་རེད། ཉིན་དེར་གྲུབ་འབྲས་ངེས་ཅན་ཞིག་ཐོབ་ཡོད་ཙང་འབུམ་རམས་པ་ཤྲཱ་ལིས་བོད་རིགས་ཀྱི་བྱེད་སྟངས་ཤེས་ཀྱི་ཡོད་པས་གྲོགས་པོ་དེའི་ཁ་ཁྲུ་སིམ་པའི་འཚོ་བར་སྨན་པོ་བཟོ་འདོད་མེད་པ་ཇི་བཞིན་དེ་གར་ཡུན་རིང་པོ་བསྡད་མེད།

དེ་ནི་ཉིན་གཉིས་ཀྱི་སྔོན་ལ་ཁོང་ལ་དོན་ཆུང་གཅིག་འཕྲད་པ་དང་དོན་ཆུང་དེས་འཛམ་གླིང་དུ་སྐོར་བསྐྱོད་བྱེད་མྱོང་བའི་བགྲེས་སོང་ཁོང་ལ་སེམས་འགྱུལ་ཆེན་པོ་ཞིག་ཐེབས་ཡོད། ཁོང་གིས་ལུས་སྟེང་ནས་འགྲིག་ཤོག་གཅིག་བཏོན་བྱུང་བས་དེའི་ནང་དུ་འབུ་ཐོང་བ་ནག་པོ་ཆུང་ཆུང་ཞིག་འདུག ཁོང་གིས་སྐབས་དེར་ཁོང་ཚོས་རླངས་འཁོར་བཏང་ནས་ཡུལ་ཤུལ་ནས་རྫ་སྡོད་ལ་བསྐྱོད་པ་ཡིན། ལམ་བར་དུ་འབུ་ཐོང་བ་ནག་པོ་དེ་འདྲ་མང་པོ་ཞིག་ཐུག་བྱུང་ཞེས་གསུང་གི་འདུག དེ་རྗེས་འབུམ་རམས་པ་ཤྲཱ་ལིས་ལ་ཁོང་རང་ང་ལས་དགོས་པའི་གནས་ཚུལ་ཞིག་འཕྲད། རླངས་འཁོར་མང་པོ་ཞིག་གློ་བུར་དུ་ཁ་བཀག་ནས་མི་ཚང་མས་ལུས་པོ་སྒུར་སྒུར་གྱིས་ལམ་གྱི་སྟེང་དུ་འབུ་འཚོལ་གྱིན་ཡོད། དེ་ནི་ཕྱེ་མ་ལེབ་ཀྱི་ཕྲུ་གུའི་རིགས་ཤིག་ཡིན་པ་དང་ཁོང་ཚོས་དུང་པན་དང་ཟོ་བ་འཁྱེར་ནས་འབུ་དེ་དག་རླངས་འཁོར་གྱི་འཁོར་ལོའི་འོག་མ་བརྫིས་པའི་ཆེད་དུ་འབུ་རེ་རེ་བཞིན་སྒྲུག་སྟེ་སྤང་སའི་ཐོག་ཚེ་ཐར་གཏོང་གི་ཡོད།

འདི་གར་འབྲོག་པ་ཚོས་ཕྱུགས་འཚོ་བར་འགྲོ་སྐབས་རྟག་ཏུ་གསའ་མཐོང་གི་ཡོད་པ་དང་། ཐ་ན་གསའ་བྲག་ཕུག་གང་དུ་སྡོད་ཀྱི་ཡོད་པའང་གསལ་པོ་

ཤེས་ཀྱི་ཡོད། འཁྲོག་པ་ཆོས་འབུམ་རམས་པ་ཤྲཱ་ལིས་ལ་གསར་ཡི་སྡོད་གནས་ཕལ་ཆེར་ཕ་གིར་རེད་ཅེས་བཤད་པ་དང་འབུམ་རམས་པ་ཤྲཱ་ལིས་ཀྱི་སེམས་ནང་ས་ཆ་དེ་གསལ་པོ་མཐོང་གི་འདུག་པས་ངེས་པར་དུ་པར་ཞིག་ལེན་དགོས་པ་མ་ཟད་ཧན་ཧན་པར་ཡག་པོ་ཞིག་ལེན་ཐུབ་ངེས་རེད་སྙམ། ཁོ་ཆོས་སྒྲུ་མཐུད་དེ་རི་སྙིང་དུ་གསར་འཚོལ་བར་སོང་ཞིང་འབུམ་རམས་པ་ཤྲཱ་ལིས་ཀྱི་བློ་ངོར་ཁོ་ཆོས་གསར་ཡི་སྐོར་ལ་བསམ་བློ་གཏོང་སྟངས་དེ་ཡང་དག་པ་ཅིག་ཡིན་ཤས་ཆེ། ཡིན་ནའི་ད་དུང་ནོན་དཔག་སྡ་ཚོགས་བྱེད་དགོས་སྙམ། གསར་དངོས་སུ་ཐུག་མེད་ཙང་འབུམ་རམས་པ་ཤྲཱ་ལིས་བློ་ཕམ་བྱེད་ཀྱི་མེད། ཁོང་གི་ངོས་ནས་བརྗོད་ན། གསར་ལ་ཞིབ་འཇུག་བྱ་རྒྱུ་དེ་གསར་དངོས་སུ་ཐུག་དགོས་པ་ཞིག་མ་ཡིན། ཁོང་གི་རེ་བ་ཆེ་ཤོས་ནི་ཁོང་གི་གྲོགས་པོ་གསར་རང་དབང་བག་ཕེབས་ངང་ནས་འཚོ་བར་རོལ་ཐུབ་པ་བྱ་རྒྱུ་དེ་ཡིན།

བོད་ཀྱི་གསལ།

གསལ་ནི་ཀྲུང་གོའི་རིམ་པ་དང་པོའི་སྲུང་སྐྱོང་བྱེད་པའི་སྲོག་ཆགས་ཤིག་ཡིན་ཞིང་། རྟག་ཏུ་ཁ་བའི་མཚམས་ཐིག་གི་ཉེ་འགྲམ་དང་གངས་རི་དང་སའི་བར་དུ་འཚོ་སྡོད་བྱེད་ཀྱི་ཡོད་པས"གངས་རིའི་གསལ"ཞེས་བརྗོད་ཀྱི་ཡོད།

གསལ་ནི་རྒྱལ་སྤྱིའི་ཐོག་སྐྱོངས་ལ་ཉེ་ཆེ་བའི་སྲོག་ཆགས་ཀྱི་རིགས་ཤིག་ཡིན། ཀྲུང་གོའི་ནུབ་རྒྱུད་ཀྱི་ཟི་ཁྲིན་དང་བོད་རང་སྐྱོང་ལྗོངས། མཚོ་སྔོན། ཤིན་ཅང་སོགས་ཀྱི་ས་ཆ་དང་ཉེ་འཁོར་དུ་ཡོད་པའི་ཨེ་ཤེ་ཡའི་རི་ཁྲུལ་དུ་ཁྱབ་ཡོད་པ་དང་། རྒྱ་མཚོའི་ངོས་ལས་མཐོ་ཚད་སྨིད་2000-6000སར་འཚོ་སྡོད་བྱེད་ཀྱི་ཡོད། གྲངས་ཚད་དོམ་ཁྲ་ལས་ཉུང་བར་ངོས་འཛིན་བྱེད་ཀྱི་ཡོད།

གསལ་ཡི་ལུས་པོ་ཡོངས་ཀྱི་སྤུའི་མདོག་ཐལ་དཀར་ཡིན་པ་དང་ལུས་ཡོངས་སུ་ཁྲ་ནག་ཐིག་ལེས་ཁེངས་ཤིང་མཇུག་མ་རིང་ལ་མཇུག་མའི་སྤུ་ཡང་རིང་པོ་ཡོད་པ་མ་ཟད་ཟིང་ཟིང་ཡིན་པ་དང་གཟིག་གི་རིགས་ལས་སྙིང་རྗེ་ཤོས་ཀྱི་རིགས་ཤིག་ཡིན།

གསལ་ནི་ཉིན་མོ་གབ་ནས་སྡོད་པ་དང་མཚན་མོ་འགྲོ་སྐྱོད་བྱེད་ཀྱི་ཡོད་ཅིང་། ཉིན་ལྷར་ཞོགས་པ་དང་ས་སྲོས་དུས་སུ་ཟས་འཚོལ་བར་འགྲོ་བ་དེ་ནི་འགྲུལ་

བསྐྱོད་མང་ཤོས་ཤིག་ཡིན། གསལ་ནི་སྤྱིར་ཁེར་རྐྱང་དུ་སྡོད་ཀྱི་ཡོད་པ་དང་ཚོར་སྣང་སྐྱེན་ལ་སྤྱང་གྲུང་ལྡན་ཞིང་། བདེ་ལྷག་འཁྲུག་ལ་གྱེན་འཛེགས་དང་མཆོང་རྒྱུགས་བྱ་རྒྱུར་དགའ་པོ་ཡོད། ཟས་སུ་གཙོ་བོ་ར་དང་གནའ་བ། གཙོད། ཤྭ་བ་ཁྲ་ཁྲིག་བཅས་བཙལ་ནས་ཟ་ཡི་ཡོད་པ་དང་ཞོར་དུ་བྱི་བ་སེར་པོ་དང་རི་བོང་སོགས་སྲོག་ཆགས་ཆུང་དུ་ཡང་ཟ་ཡི་ཡོད། གསལ་ཡི་སྡོད་གནས་ས་ཆ་བལྟོས་བཅས་ཀྱིས་བརྟན་པོ་ཡོད་པ་དང་། ཟས་འཚོལ་བར་ཆེད་མངགས་རྟག་པར་ཐག་རིང་དུ་འགྲོ་ཡི་ཡོད་ལ་རྟག་ཏུ་ལམ་ཁྲིག་གཏན་འཁེལ་གྱི་ས་ཆ་གཅིག་རང་དུ་སྐོར་བ་བསྐོར་ནས་འགྲོ་བ་དང་། ཉིན་མང་པོ་སོང་རྗེས་དེ་སྔ་བསྐྱོད་པའི་ལམ་དེ་རང་བརྒྱུད་དེ་ལོག་ཡོང་གི་ཡོད།

གསལ་ལ་དཔལ་འབྱོར་གྱི་རིན་ཐང་ཆེན་པོ་ལྡན་ཡོད་པ་དང་རྒྱལ་སྤྱིའི་པགས་པ་ཚོང་རའི་ཐོག་གསལ་ཡི་པགས་པར་རིན་གོང་ཧ་ཅང་གི་མཐོ་པོ་བྱེད་ཀྱི་ཡོད་པ་མ་ཟད། ད་དུང་རྒྱལ་ཁབ་མང་པོ་ཞིག་གི་སྲོལ་རྒྱུན་གསོ་རིག་གིས་གསལ་ཡི་རུས་པས་རྩ་རུས་དང་གྲང་བའི་གྲུམ་ནད་སོགས་བཅོས་ཐུབ་པར་ངོས་འཛིན་བྱེད་ཀྱི་ཡོད། དེར་བརྟེན་གསལ་རྫོན་རྒྱག་བྱེད་པ་དེའང་གསལ་ཡི་རུས་པ་སྨན་དུ་སྤྱོད་རྒྱུའི་ཆེད་དུ་རེད། རྒྱུ་མཚན་དེ་དག་གི་རྐྱེན་པས་གསལ་ནི་དུས་ཡུན་རིང་པོར་མིའི་རིགས་ཀྱིས་རྫོན་རྒྱག་དང་འཛིན་གསོད་བྱ་ཡུལ་དུ་གྱུར་པ་

དང་ད་ལྟ་ཡང་སློག་ཏུ་ཛོན་རྒྱག་བྱེད་པའི་ཉེན་ཁ་སྡར་བཞིན་གནས་ཡོད། ལྷག་པར་དུ་གསའ་ལ་འགྲུལ་སྐྱོད་བྱེད་པའི་འགྲོ་ལམ་གཏན་འཁེལ་ཡོད་པར་བརྟེན་སློག་ཏུ་ཛོན་རྒྱག་བྱེད་མཁན་གྱིས་གསའ་ཡིས་ངེས་པར་དུ་བརྒྱུད་དགོས་པའི་ལམ་དུ་ལྕུགས་ཉེ་སྦས་ནས་གསའ་བཟུང་གི་ཡོད། དེ་དག་ཚང་མས་གསའ་ཡི་རིགས་ཚོགས་སྡོངས་ཉེ་ཤུགས་ཆེར་ཕྱིན་ཡོད། དེ་དང་ཆབས་ཅིག་ཏུ་གནའ་བའི་གྲངས་ཚད་ཉུང་དུ་འགྲོ་བ་དེས་ཀྱང་གནའ་བ་ཟས་སུ་སྤྱད་ནས་འཚོ་གནས་བྱེད་མཁན་དེ་རིགས་ལའང་གྱོང་གུན་བཟོས་ཡོད། གསའ་ནི་ས་བབ་དམའ་བའི་ས་ཁུལ་གྱི་རླན་ཚད་དང་དྲོད་ཚད། རླུང་གི་གནོན་ཤུགས། ཉི་འོད་ཐོག་ཡུན་གྱི་འགྱུར་བ་བཅས་འཕྲོད་ཁག་པོ་ཡོད། དེར་བརྟེན་འཛམ་གླིང་ས་ཆ་ཁག་གི་སྲུང་གཟིགས་གླིང་གའི་ནང་དུ་མིས་རྒྱུད་སྤེལ་བྱས་པའི་གསའ་ཡི་གྲངས་ཚད་ཤིན་ཏུ་ཉུང་ཉུང་ཡིན།

གསའ་ནི་ཡ་གླིང་རི་མཐོའི་མཐོ་སྒང་ས་ཁུལ་གྱི་ཆེས་མཚོན་བྱེད་སྲོག་ཆགས་ཀྱི་རིགས་ཤིག་ཡིན་པར་བརྟེན་གསའ་སྲུང་སྐྱོང་ཡག་པོ་བྱེད་པ་དེས་འཛམ་གླིང་རི་མཐོའི་སྲོག་ཆགས་སྲུང་སྐྱོང་བྱ་གཞག་ལ་ཤུགས་རྐྱེན་ཆེན་པོ་ཐེབས་ཀྱི་ཡོད།

པན་ཚུན་བརྩེ་འཛོག་བྱེད་མཁན་གྱི་ཚེ་སྲོག་སྟེ། ཨ་ཉི་མ་མའི་འདོགས་ཁྱི་སྐྱ་བོ་ཆུང་ངུ།

མཚོ་སྔོན་ཛ་སྟོད་ཀྱི་འབྲོག་པ་ཨ་ཉི་མ་མའི་ཕྱུགས་ཀྱི་རྩིད་པས་བསྐོར་བའི་སྦྲ་གུར་ནག་པོ་ཞིག་གི་ནང་དུ་ཙུང་ཛ་དྲག་གི་རྣམ་པ་མངོན་ཞིང་། ཨ་ཉི་མ་མ་དང་ཁོང་གི་ཁྱིམ་མི་རྣམས་ཀྱིས་ཁྱིམ་གྱི་ཁྱི་རྒས་པོ་ཞིག་གི་སྐོར་གླེང་བཞིན་མཆིས།

“ཁྱི་དེས་ཁྱིམ་སྲུང་ཐུབ་པ་མི་འདུག”

“དེ་ནི་ཁོ་ལ་རོགས་པ་མེད་པའི་རྐྱེན་གྱིས་རེད”

“གལ་སྲིད་ཁྱི་མེད་ན་ཕྱུགས་ཀྱི་བདེ་འཛགས་འགན་ལེན་ཐུབ་རྒྱུ་ཧ་ཅང་ཁག་པོ་རེད”

“ཡང་བསྐྱར་ཁྱི་གཉིས་གསོས་པའམ་གསུམ་གསོས་ཀྱང་ཁྱི་དང་མི་གཅིག་པ་རེད། རོགས་པ་དགོས་ཀྱི་རེད”

འདོགས་ཁྱི་ཞིག་སྔོ་འགྲམ་དུ་བསྡད་ཡོད་ཅིང་ཏ་ལམ་སྦྱིན་བདག་གི་སྐད་ཆ་གོ་བ་ལྟར་དུ་སྣང་། ཨ་ནི་མ་མས་ཁྱིས་རྟག་པར་དུ་གི་འདུག་པས་ང་ཕྱུགས་འཚོ་བར་སེམས་པ་ཆགས་ཀྱི་མི་འདུག་ཅེས་བརྗོད། ཚང་མས་ཁྱི་རྐན་ལྷོགས་དེ་ལ་རོགས་པ་ཞིག་འཚོལ་རྒྱུའི་གཏན་འཁེལ་བྱས། དེ་འདྲ་བྱས་ན་ཕལ་ཆེར་ཁོ་ལ་སེམས་སྡུག་དེ་འདྲ་ཡོང་གི་མ་རེད། དེ་ནས་སྦྱིན་བདག་སྐྱེས་པ་ཨ་ནི་མ་མས་སྣག་སྣག་བཞོན་ཏེ་ཕྱི་རུ་ཁྱིམ་ལ་འཚམས་པའི་འདོགས་ཁྱི་ཞིག་འཚོལ་དུ་སོང་།

འབྲོག་པའི་ངོས་ནས་བརྗོད་ན་འདོགས་ཁྱི་ནི་སྤྱིར་བཏང་གི་ཁྱི་ཞིག་མ་ཡིན་པར་ཁྱིམ་སྲུང་མཁན་ཞིག་ཡིན། གོ་ཐོས་ལ་འདོགས་ཁྱིའི་རིགས་ངོ་མ་ཡིན་ན་དུས་གཅིག་ཏུ་སྤྱང་ཀི་གསུམ་དང་འཛིང་ཐུབ་པ་དང་གཟིག་གཅིག་གཏོར་ཐུབ་ཀྱི་ཡོད་ཟེར། འདོགས་ཁྱི་ནི་བློ་བརྟན་འགྱུར་མེད་ཀྱིས་མི་ལ་ལྷག་བསམ་རྣམ་དག་བྱེད་མཁན་ཞིག་ཡིན་པས་འབྲོག་པ་ཚོས་གལ་ཏེ་འདོགས་ཁྱིར་ངེས་པར་དུ་ཁྱི་ཞེས་བརྗོད་དགོས་ནའང་ལྷ་ཡུལ་གྱི་གཟིམ་ཁྱི་ཞེས་བརྗོད་དགོས་པའི་ངོས་འཛིན་བྱེད་ཀྱི་ཡོད།

ཨ་ནི་མ་མ་འབྲོག་པ་ཞིག་གི་ཁྱིམ་དུ་སླེབས་པ་དང་འདོགས་ཁྱི་ཞིག་མཐོང་། ཡིན་ནའང་འདོགས་ཁྱི་དེ་ཙུང་ཆེ་བས་ཁོང་ལ་འདོགས་ཁྱི་ཆུང་ཙམ་ཞིག་དགོས་ཀྱི་ཡོད། འདོགས་ཁྱི་དེས་ཨ་ནི་མ་མའི་འདོད་པ་སྐོང་མི་ཐུབ་པ་ནི་སློས་མེད་རེད། ཁོས་ཡང་བསྐྱར་ས་ཆ་གཞན་དག་ཏུ་ཁྱི་འཚོལ་བར་འགྲོ་རྒྱུའི་སེམས་ཐག་བཅད། འདོགས་ཁྱི་འདམ་ཀ་བྱེད་པར་འདམ་ཀ་བྱེད་སྟངས་ཀྱི་ཚད་གཞི་རབ་དང་རིམ་པ་ཡོད་ཅིང་། དཔེར་ན་པགས་པ་མཐུག་པོ་དང་སྤྱིར་མོ་ཆེན་པོ། ཕྱི་གཟུགས་གཟི་ཉམས་ཆེན་པོ་སོགས་དགོས་ཀྱི་ཡོད། འོན་ཀྱང་གལ་ཆེ་ཤོས་ནི་ཐོག་མར་མིག་ཏུ་སོང་བ་དེ་རང་སྟེ་“ལས་འཕྲོ”ཞེས་པ་དེ་རེད། ཆེད་མངགས་

འདོགས་ཁྲི་གསོ་མཁན་གྱི་དུད་ཚང་ཞིག་ཏུ་ཨ་ཎེ་མ་མ་སླེབས། ས་ཆ་གཞན་དག་གི་མི་མང་པོ་ཞིག་དེ་གར་འདོགས་ཁྲི་ཉོ་བར་ཡོང་གི་ཡོད། ཨ་ཎེ་མ་མས་འདོགས་ཁྲི་ཞིག་མཐོང་བ་དང་དེའི་རིགས་རྒྱུད་ཡག་པོ་འདུག་སྙམ། འོན་ཀྱང་ཁོས་དེ་ཉོ་འདོད་མེད་པས་མུ་མཐུད་དེ་དུད་ཚང་གཞན་དག་ཏུ་བལྟ་བར་སོང་།

སྒུགས་300ལྷག་ཙམ་ཡོད་པའི་ཨ་ཎེ་མ་མ་དངུལ་ལ་ཐོགས་པ་མེད་ཀྱང་སེམས་ནང་ཁོང་གི་རེ་བར་དངུལ་སྤྲད་དེ་རང་ལ་དགོས་པའི་འདོགས་ཁྲི་དེ་རག་ཐབས་བྱེད་ཀྱི་མེད། ཁོང་ཚོའི་སྲོལ་རྒྱུན་དུ་འདོགས་ཁྲི་བཟང་པོ་ནི་རིན་གོང་རྒྱག་ཐབས་མེད་པས་འཁྲོག་པ་ཕན་ཚུན་བར་ལ་འདོགས་ཁྲི་ཉོ་ཚོང་བྱེད་མཁན་ཧ་ཅང་ཉུང་ཉུང་ཡིན། ཨ་ཎེ་མ་མས་ས་ཆ་མི་ཉུང་བ་ཞིག་ལ་བསྐྱོད་ཀྱང་འབྲས་བུ་གང་ཡང་ཐོབ་མེད། འོན་ཀྱང་ཨ་ཎེ་མ་མའི་སེམས་ནང་རང་ཉིད་ལ་དགོས་པའི་འདོགས་ཁྲི་དེ་འཚོལ་བར་བྲེལ་བ་ཡྭ་རྒྱུ་མེད་པ་དང་ལས་ལ་བསྟུན་དགོས་ཀྱི་རེད་སྙམ་གྱི་ཡོད།

ཉིན་ཞིག་ལམ་བར་དུ་མི་གཅིག་འཕྲད་པ་དང་ཁ་བརྡ་བྱེད་སྐབས་མི་དེའི་ཁྱིམ་དུའང་འདོགས་ཁྲི་ཁ་ཤས་ཡོད་པ་ཤེས་རྟོགས་བྱུང་། ཨ་ཎེ་མ་མས་མི་དེ་དང་མཉམ་དུ་ཁོའི་ཁྱིམ་ལ་ཡོད་པའི་འདོགས་ཁྲིར་བལྟ་བར་སོང་། དེ་ནི་ཨ་ཎེ་མ་མར་དགོས་པའི་འདོགས་ཁྲི་དེས་སྣང་མེད་ངང་དུས་ཚོད་དང་ས་ཆ་འཚམ་པ་ཞིག་ཏུ་ཁོང་སླེབས་རྒྱུར་ད་བར་སྒུག་ནས་བསྡད་པ་ལྟར་སྣང་། ཁོས་འདོགས་ཁྲི་སྐྱ་བོ་ཆུང་ངུ་དེ་མཐོང་མ་ཐག་ཁོང་གཉིས་ཕན་ཚུན་ངོ་ཤེས་ཏེ་ལོ་མང་སོང་བའི་ཚོར་སྣང་བྱུང་། འདི་དངོས་གནས་འདོགས་ཁྲི་ཡག་པོ་ཞིག་རེད། སྟེར་མ་ཧ་ཅང་རྩུབ་ལ་གཟུགས་པོ་ཡང་ལྡིང་པོ་འདུག སྤྱིན་བདག་གིས་ཨ་ཎེ་མ་མའི་ལྷག་བསམ་ཟོལ་མེད་ཀྱི་བརྩེ་དུང་དེ་མཐོང་བས་འདོགས་ཁྲི་དེ་སྟེར་རྒྱུར་ཁས་བླངས།

ཨ་ཉི་མ་མར་སེམས་འགྲུལ་ཚད་མེད་ཐེབས་ནས་བྲེལ་འཚུབ་ངང་སྦྲིན་བདག་ལ་ཐུགས་རྗེ་ཆེ་ཞེས་ཞུས་པ་དང་ཕར་ལོག་ནས་གཟའ་སྐར་ལེགས་པ་ཞིག་བལྟས་ཏེ་དུས་ཚོད་གཏན་འཁེལ་བྱུང་རྗེས་ཁོང་གིས་འདོགས་ཁྱི་སྐྱ་བོ་ཆུང་དུ་དེ་བསུ་བར་ཡོང་གི་ཡིན་ཞེས་བརྗོད། བོད་ཀྱི་སྲོལ་རྒྱུན་ལྟར་ན་གཟའ་སྐར་བཟང་ངན་མི་ལྟ་བར་རང་དགར་འདོགས་ཁྱི་བསྣེན་གྱི་མེད། ངེས་པར་དུ་གཟའ་སྐར་བཟང་པོ་ཞིག་བདམས་ནས་བསུ་བར་ཡོང་དགོས་ཀྱི་ཡོད། ཁྱི་བསྙེན་རྒྱུར་གཟའ་སྐར་བཟང་བའི་ཉིན་ཞིག་ལ་ཨ་ཉི་མ་མས་ཁ་བཏགས་ཤིག་འཁུར་ནས་འདོགས་ཁྱིའི་སྦྲིན་བདག་གི་ཁྱིམ་དུ་ཡོང་སྟེ་འདོགས་ཁྱི་སྐྱ་བོ་ཆུང་དུ་དེ་འཁྲིད་ནས་སོང་། འདོགས་ཁྱི་སྐྱ་བོ་ཆུང་དུ་དེ་ཨ་ཉི་མ་མའི་སྤྲའི་ནང་དུ་འཁྱེར་རྗེས་ཁོང་གིས་ཐབ་ནང་གི་མེས་འདོགས་ཁྱི་སྐྱ་བོ་ཆུང་དུ་དེའི་སྣ་ལ་ཐུག་ཙམ་བྱས་ཤིང་། འདོགས་ཁྱི་སྐྱ་བོ་ཆུང་དུ་དེ་དུས་དེ་ནས་བཟུང་སྟེ་ཁྱིམ་དེའི་གྲས་ཤིག་ཏུ་ཚུད་པ་མ་ཟད་ཁོ་ལ་རྒྱལ་སྲས་ཞེས་པའི་མིང་ཞིག་ཀྱང་ཐོབ། ཁྱིམ་དུ་ཡོད་པའི་འདོགས་ཁྱི་རྣན་འཁོགས་དེར་མཐར་རོགས་པ་ཞིག་བྱུང་།

དེ་འདྲའི་བརྩེ་འཛོག་བྱེད་སྟངས་དེས་ཚེ་སྲོག་གཉིས་གཞི་ནས་འདྲ་མཉམ་བྱུང་ཡོད།

འདོགས་ཁྱི།

འདོགས་ཁྱིར་སྒོ་ཁྱི་དང་ཟུང་ཆུའི་ཁྱི། གངས་རིའི་སེང་གེ་ཞེས་བརྗོད་ཀྱི་ཡོད། མཚོ་བོད་མཐོ་སྒང་ནས་ཐོན་ཞིང་གཟུགས་དབྱིབས་མཐོ་ལ་ཆེ་བ་དང་གཟུགས་པོའི་རིང་ཚད་ལ་ཧ་ལམ་ལིའི་སྨིད་120གཡས་གཡོན་དུ་ཡོད་པ་དང་། གཟུགས་སྟོབས་ཆེ་ཞིང་ཟེ་རྔོག་མང་བ་དང་ཤུགས་ཆེ་ཞིང་ཐུ་པོ་ཡོད། ཤོད་སྒྲོལ་ལ་འདོགས་ཁྱི་ནི་ཆེས་སྔ་ཤོས་ཡིན་ལ་འཛམ་གླིང་ཐོག་ཏ་ཅང་དཀོན་པའི་ཁྱིའི་རིགས་ཤིག་ཀྱང་ཡིན།

གདོད་མའི་འདོགས་ཁྱི་ནི་མཚོ་བོད་མཐོ་སྒང་གི་རྒྱ་མཚོའི་ངོས་ལས་མཐོ་ཚད་སྨིད་3000ཡན་ཡོད་པའི་མཐོ་ལ་གྲང་ངར་ཆེ་བའི་ས་ཁུལ་དང་ཨེ་ཤེ་ཡ་དབུས་མའི་ སླུང་ཐང་ས་ཁུལ་དུ་འཚོ་ཞིང་། ཀྲུང་གོའི་བོད་རང་སྐྱོང་ལྗོངས་དང་མཚོ་སྔོན། ཟི་ཁྲིན། ཀན་སུའུ། ཤིན་ཅང་། ཉིང་ཞ་སོགས་ཞིང་ཆེན་དང་ས་ཁུལ། དེ་བཞིན་སོག་པོ་དང་བལ་ཡུལ་ས་ཁོངས་བཅས་ཚང་མ་ནས་འདོགས་ཁྱིའི་རྗེས་ཤུལ་རྙེད་རྒྱུ་ཡོད།

འདོགས་ཁྱི་ནི་འབྲུ་རིགས་དང་ཤ་གཉིས་ཀ་ཟ་མཁན་གྱི་སྲོག་ཆགས་ཡིན་

པ་དང་། འབྲུ་རིགས་དང་ཤ་དེ་བཞིན་ཁྲག་དྲི་དང་རྒྱུག་དྲི་ཁ་བའི་ཟས་རིགས་ཟ་རྒྱུར་དཀའ་པོ་ཡོད་ཅིང་། གྲང་དད་བཟོད་ཐུབ་ཀྱང་ཚ་བ་ཆེན་པོ་ཐེག་ཐུབ་ཀྱི་མེད། ཆ་ཚོར་དང་སྙོམ་ཚོར། རེག་ཚོར་སྐྱེན་པ་དང་། མིག་ཤེད་དང་ལྷེ་ཚོར་ཞན་ཙམ་ཡོད། འདོགས་ཁྱིས་སྲིན་བདག་ལ་ལྷག་བསམ་རྣམ་དག་བྱེད་པ་དང་དྲན་ཤེས་ཀྱི་ནུས་པ་ཆེན་པོ་ཡོད། ཐུ་པོ་ཡོད་ལ་འཛིང་རྒྱུར་དགའ་བ་དང་རྒྱུས་མེད་མི་ལ་རྒོལ་བའི་ནུས་པ་ཆེན་པོ་ལྡན་ཡོད།

འཚོ་བའི་ཁོར་ཡུག་མི་འདྲ་བའི་དབང་གིས་འདོགས་ཁྱིའི་ཕྱི་ཚུལ་ཐད་ལའང་མི་འདྲ་བ་ཡོད་ཅིང་། ཕྱི་ཚུལ་ལེགས་ཤོས་ཀྱི་འདོགས་ཁྱི་སྤུས་མ་ནི་བོད་རང་སྐྱོང་ལྗོངས་ཀྱི་ནག་ཆུ་ས་ཁུལ་ནས་ཐོན་གྱི་ཡོད། རི་བོ་ཏེ་མ་ལ་ཡའི་རི་རྒྱུད་ཀྱི་ཡ་ང་བའི་ཁོར་ཡུག་གིས་འདོགས་ཁྱིར་བརྗིད་ཉམས་ལྡན་པའི་མཛེས་སྡུག་བསྐྲུན་ཡོད་ལ་འདོགས་ཁྱིར་ཁྱད་དུ་འཕགས་ལ་དཔའ་ངར་ཆེ་བའི་གཤིས་རྒྱུད་ཀྱང་ཡོད།

འདོགས་ཁྱིར་“ཤར་ཕྱོགས་ལྷ་ཡི་གཟིམ་ཁྱི”ཞེས་པའི་མིང་ཡོད་པ་དང་། ཡོ་རྒྱུས་སྙིང་“ཁྱི་དགུ་ལས་འདོགས་ཁྱི་གཅིག་གྲུབ”ཅེས་པའི་ཤོད་སྲོལ་ཡོད། འདོགས་ཁྱིས་སྲིན་བདག་ལ་ལྷག་བསམ་རྣམ་དག་བྱེད་པའི་རང་གཤིས་དེས་འདོགས་ཁྱི་ནི་ཕྱུགས་འཚོ་བའི་སྲུང་སྐྱོང་པ་ཡག་ཤོས་ཤིག་ཏུ་གྱུར་པ་རེད།

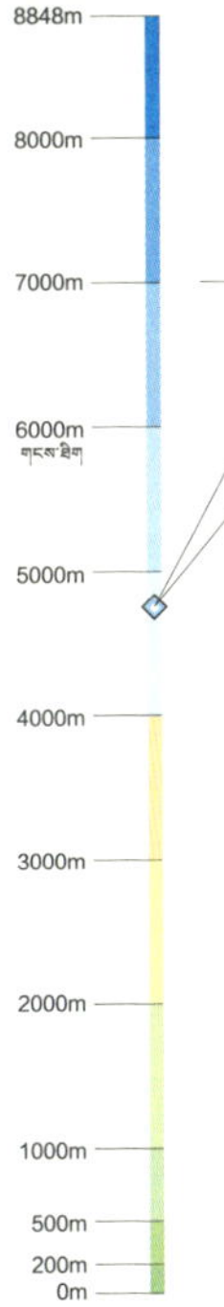

ཨ་མདོ།

བོད་རང་སྐྱོང་ལྗོངས།

རྒྱ་མཚོའི་ངོས་ལས་མཐོ་ཚད་
ཐིད4800ཡོད་པ།

ཨ་མདོ་རྫོང་ནི་བོད་རང་སྐྱོང་ལྗོངས་ཀྱི་བྱང་ཕྱོགས་སུ་ཡོད་པ་དང་ནག་ཆུ་ས་ཁུལ་གྱི་ཁོངས་སུ་གཏོགས་ཤིང་། གྲགས་ཅན་གྱི་གདང་ལའི་རི་རྒྱུད་ཀྱི་ལྷོ་བྱང་གཉིས་ཀྱི་མཚམས་སུ་གནས་ཡོད། ཨ་མདོའི་རྒྱ་ཁྱོན་ཆེན་པོ་ཡོད་པ་དང་ས་དཔྱིབས་རྣམ་འཛིང་ཆེ་ལ་སྤང་ལྗོངས་རྒྱ་ཆེ་བ། གཙང་པོ་དང་མཚེའུ་མང་ཞིང་འབྲུགས་རོམ་འཕྲེད་གཞུང་དུ་ཆགས་ཡོད། ཡ་མཚན་ཅན་གྱི་འབྲི་ཆུའི་ཆུ་འགོ་སྟེ་

གངས་དཀར་རི་རྒྱུད་ཡོ་མང་འཁྱུགས་རོམ་གྱིས་ཡོངས་སུ་བཀབ་སྟེ་མཛེས་སྡུག་ལྡན་ལ་བརྗིད་ཆགས་ཡིད་དུ་འོང་བའི་ཆུ་ཞིལ་ཕོ་བྲང་དང་མཚུངས་ཤིང་། སྐད་གྲགས་ལྡན་པའི་གདང་ལའི་རི་རྩེ་གཟར་པོ་དེ་ནི་རྣམ་པ་འདྲ་མིན་སྣ་ཚོགས་སུ་མངོན་གྱི་ཡོད། ཨ་མདོ་རྫོང་གི་ཁོངས་སུ་ཕུན་སུམ་ཚོགས་པའི་རིག་གནས་གནའ་ཤུལ་དང་མཚར་སྡུག་ལྡན་པའི་རང་བྱུང་མཛེས་ལྗོངས། དེ་བཞིན་དམིགས་བསལ་གྱི་ཡུལ་སྲོལ་གོམས་གཤིས་བཅས་ལྡན་ཡོད་པས་ཀུན་ལ་དང་བ་སྐྱེར་གྱི་ཡོད།

ཨ་མདོའི་རི་བོ་ཆེན་པོའི་རི་གཤམ་དུ་འབྲོག་པ་མང་པོ་ཞིག་འཚོ་སྡོད་བྱེད་ཀྱི་ཡོད་པ་དང་འབྲོག་པ་ཚོས་དེར་ལུག་ཁྱུ་དང་ཁྱུ་བྱས་ཏེ་འཚོ་བཞིན་ཡོད། ཨ་མས་གཟིགས་བཞིན་པར་ལུག་གི་འོ་མ་འཇོ་བའི་དུས་སྐབས་ཤིག་ལ་ལུག་

བདམས་པའི་བྱེད་སྒོ་ཞིག་འགོ་ཚུགས། ཨ་མས་ཕྲུག་ཏུ་ཆོན་ཁྲ་ཅན་གྱི་རྣ་ཆ་བསྐམས་པ་དང་སྐྱེས་པ་ཞིག་གིས་ཞགས་པ་ཞིག་གང་ཐེབས་སུ་གཡུགས། ཞགས་པར་ཐེབས་པའི་ལུག་དེ་དག་དུས་དེ་ནས་བཟུང་སྐྱེ་པོ་ཚོའི་ལས་དབང་ལ་འགྱུར་ལྡོག་བྱུང་ཞིང་། ཆོན་ཁྲ་ཅན་གྱི་རྣ་ཆ་དེ་དག་བདམས་ཟིན་པའི་ལུག་དེ་དག་གི་རྣ་ཅོག་སྟེང་དུ་འདོགས་ཀྱི་ཡོད། ལུག་དེ་དག་སྔར་བཞིན་ལུག་ཁྱུ་དང་མཉམ་དུ་འཚོ་གནས་བྱེད་ཀྱི་ཡོད་ཙང་རྣ་ཆ་དེས་ཁོང་ཚོ་ཚེ་གཅིག་རིང་གཞན་གྱིས་སྲོག་མི་འཕྲོག་པའི་ལས་དབང་ལྡན་པ་མཚོན་ཡོད། ལུག་དེའི་རིགས་ལ"ཚེ་ལུག"ཅེས་བརྗོད་ཀྱི་ཡོད། བོད་རིགས་མི་མང་པོ་ཞིག་གིས་ལུག་ཅིག་ཚེ་ཐར་བཏང་ན་ནད་གཞི་དང་རྐྱེན་ངན་བར་ཆད་ཟློག་གི་ཡོད་པར་ཡིད་ཆེས་བྱེད་ཀྱི་ཡོད།

དུད་འགྲོ་ལ་འང་བདེ་སྐྱིད་ཀྱི་ཚོར་སྣང་ཡོད་དེ། ཚེ་དབང་དང་ཚེ་རིང་།

རྒྱ་མཚོའི་ངོས་ལས་ཚིད་3650ཡོད་པའི་ལྷ་ས།

ལྷ་ས་ནི་བོད་རང་སྐྱོང་ལྗོངས་ཀྱི་ལྟེ་གནས་གྲོང་ཁྱེར་ཡིན་ཞིང་། ལྷ་ས་སྐྱིད་ཆུའི་བར་རྒྱུད་ཀྱི་བྱང་ངོགས་སུ་གནས་ཡོད་པ་དང་། ལྗོངས་ཡོངས་ཀྱི་ཆབ་སྲིད་དང་དཔལ་འབྱོར། རིག་གནས། འཕྲིན་འགྲུལ་བཅས་ཀྱི་ལྟེ་གནས་དང་། ལོ་ངོ་1300ལྷག་ཙམ་གྱི་ལོ་རྒྱུས་ལྡན་པའི་རིག་གནས་གྲགས་ཅན་གྲོང་ཁྱེར་ཞིག་ཡིན།

ལྷ་ས་གྲོང་ཁྱེར་དུ་འཁར་རྒྱུག་བརྩུགས་ནས་འགྲོ་མཁན་གྱི་བགྲེས་སོང་ཞིག་ཡོད་པ་དེས་གོམ་པ་ཁྲུ་རེ་ཁྲོ་རེའི་ངང་ནས་སྐབས་འཛོམས་ནས་བབས་ཏེ་ལུག་ཅིག་ཁྲིད་དེ་ཁྱིམ་ནས་ཐོན། ལྷ་སར་མིང་ལ་ཚེ་དབང་ཞེས་པའི་བགྲེས་སོང་དེ་དང་ཁོང་དང་བྲལ་མྱོང་མེད་པའི་ལུག་དེ་ཉིན་ལྟར་ཞོགས་པ་མཐོང་རྒྱུ་ཡོད་

ཅིང་། བགྲེས་སོང་ཚེ་དབང་གིས་ལུག་དེར་ཚེ་རིང་ཞེས་པའི་མིང་ཞིག་བཏགས་ཡོད། ལུག་འདི་ཆུང་ངུའི་དུས་ནས་ས་ཆ་གང་སར་འཁྲིད་ཀྱི་ཡོད་ཅེས་བགྲེས་སོང་གིས་གསུང་གི་འདུག བགྲེས་སོང་ཉིན་ལྟར་སྐོར་བ་སྐོར་དུ་ཕེབས་སྐབས་ལུག་གིས་ཀྱང་རྟག་ཏུ་ཁོང་གི་རྗེས་སུ་འབྲངས་ནས་འགྲོ་ཡི་ཡོད་པ་དང་། བགྲེས་སོང་སྤྱི་སྐྱོད་རླངས་འཁོར་དུ་འཛུལ་སྐབས་ལུག་གིས་ཀྱང་རང་འགུལ་ངང་འཛུལ་ནས་ཁ་ཁྲུ་སིམ་པོས་བགྲེས་སོང་གི་འཁྲིས་སུ་སྡོད་ཀྱི་ཡོད། ཚེ་རིང་གིས་ཉིན་ལྟར་མཐོང་མང་ཤོས་ནི་སྐོར་བ་སྐོར་མཁན་དེ་ཚོ་ཡིན། སྐབས་རེ་ཁོས་སློ་བུར་དུ་བསྡད་ཏེ་ཁ་ཁྲུ་སིམ་པོའི་ངང་སྐོར་བ་སྐོར་མཁན་ཚོར་ལྟ་ཞིབ་བྱེད་ཀྱི་ཡོད། ལོ་བརྒྱད་ཀྱི་སྔོན་དུ་བགྲེས་སོང་གི་བཟའ་ཟླ་ཚེ་ལས་འདས་ཏེ་ཞག་མ་བཞི་བཅུ་ཞེ་དགུ་སོང་བའི་ཉིན་དེར་བགྲེས་སོང་ཚེ་དབང་གིས་ལུག་དེ་ཉོས་པ་དང་། ལུག་དེར་གཤིན་པོའི་རྣམ་ཤེས་འཁོར་བའི་རེ་བ་བཅོལ་གྱི་ཡོད་ལ་ཁོང་གིས་བཟའ་ཟླར་བཅངས་པའི་དྲན་སེམས་ཀྱང་མཚོན་ཡོད། ཁོང་གིས་མི་ཚེ་གཅིག་གི་རིང་ཐད་དེ་ལྟར་གྱི་ཡིན་ཞེས་བརྗོད་ཀྱི་འདུག

བགྲེས་སོང་གིས་མི་དང་དུད་འགྲོའི་བར་གྱི་འབྲེལ་བ་ནི་ཏ་ཅང་ཟབ་པོ་ཡོད། དུད་འགྲོས་སྐད་ཆ་ཤོད་མི་ཐུབ་ཀྱང་སྙིན་བདག་ཡག་པོ་ཞིག་ཡོད་ན་ཁོ་ལ་ཡང་བདེ་སྐྱིད་ཀྱི་ཚོར་བ་ཞིག་ཡོང་གི་ཡོད་ཅེས་བརྗོད་ཀྱི་འདུག

ཚེ་རིང་གི་བལ་ལོ་ལྟར་ཐེངས་རེ་འབྲེག་གི་ཡོད་ཅིང་། ཚེ་དབང་གི་བུ་མོས་བྲེག་ཟིན་པའི་བལ་རྣམས་བསགས་ནས་བགྲེས་སོང་ཚེ་དབང་ལ་གཙུག་ཕྲུག་

བཟོ་རྒྱུར་ཞར་ཚགས་བྱས་ཡོད། ལོ་བཞིའི་ནང་བགྲེས་སོང་གི་བུ་མོས་ཁོང་ལ་གཙུག་ཕྲུག་གསར་པ་གཉིས་བཟོས་ཡོད། མཐུག་པོ་ཡིན་ལ་དྲོད་ཆེ་བའི་ལུག་བལ་གྱི་གཙུག་ཕྲུག་བཟོས་ཚར་རྗེས་བགྲེས་སོང་གི་བུ་མོས་དེ་འཁུར་ཏེ་བགྲེས་སོང་ཚེ་དབང་ལ་བསྟན་པ་དང་བགྲེས་སོང་ཚེ་དབང་གིས་དྲི་མ་སྨོམ་ཙམ་སྨོམ་ཙམ་བྱས་པས་བློ་ཁ་ཅང་གི་བདེ་པོ་བྱུང་།

ད་རེས་ཉིན་ཤས་ནང་དགུང་ལོ80ལ་ཐེབས་པའི་ཚེ་དབང་སྟུན་ནས་སྐོར་བར་ཐེབས་ཐུབ་མེད། བུ་མོས་ཁོང་ལ་ཁྲིད་ཕྱི་ལ་ཐོན་མ་ཐུབ་པའི་རྐྱེན་གྱིས་འོག་ཁང་དུ་ཡོད་པའི་ལུག་གིས་སྐད་མང་པོ་རྒྱག་གི་འདུག་ཅེས་བརྗོད། བགྲེས་སོང་གི་བུ་མོས་ལུག་ཕྱི་ལ་འཆམ་འཆམ་དུ་ཁྲིད་རྩིས་ཡོད་ཀྱང་ཚེ་རིང་གིས་ཚེ་དབང་མ་གཏོགས་མི་གཞན་དག་སུ་དང་ཡང་ཕྱི་རུ་འགྲོ་ཡི་མེད།

རང་ཉིད་དང་ཚེ་རིང་གི་འབྱུང་འགྱུར་ཐད་ལ་སེམས་ཁྲལ་བྱུང་བས་ཚེ་དབང་གིས་ཁྱིམ་ཚང་གི་ཚོགས་འདུ་ཞིག་འཚོགས་རྒྱུའི་གཏན་འཁེལ་བྱས་པས་བུ་མོ་ཚང་མ་ཁྱིམ་དུ་སླེབས།

བུ་མོ་ཆོས་པ་ཕར། “པཱ་ལགས་ཐུགས་ཁྲལ་ཆེ་ཤོས་ནི་ལུག་དེ་རེད་པས”ཞེས་དྲིས། ཚེ་དབང་གིས། “ཁྱོད་ཚོ་ཤུད་པའི་ངས་སེམས་ཁྲལ་ཆེ་ཤོས་བྱེད་ས་ཁོ་ཡིན”ཞེས་བརྗོད། བུ་མོ་གཅིག་གིས། “ལུག་ཕ་ཡུལ་རིན་སྤུངས་ལ་སྐྱེལ་ན་འགྲིག་གམ”ཞེས་བརྗོད། བགྲེས་སོང་གིས། “ཡོང་གི་མ་རེད། ལུག་རིན་སྤུངས་སུ་སླེབས་རྗེས་ས་ཆུ་མ་འཕྲོད་པར་ཤི་ཡི་རེད”ཅེས་བརྗོད།

བུ་མོ་གཞན་ཞིག་གིས། "ལུག་དེ་ང་ཚོའི་ཨ་མ་འདས་པོའི་ཚབ་ཏུ་བརྩེ་ཡི་ཡོད་པས་སྣ་ལག་ཀྱིས་ཕྱི་ལ་གཏོང་རྒྱུར་བློས་ཐོང་གི་མ་རེད"ཅེས་བརྗོད། བགྲེས་སོང་གིས་དབྱུ་ལྷོག་ལྷོག་གནང་སྟེ་མོས་མཐུན་ཡོད་པའི་རྟགས་མཚན་བསྟན།

སྐབས་དེར་ཚ་མོས་ལུག་ནོར་བུ་གླིང་ཁའི་སྲོག་ཆགས་གླིང་ཁར་སྐྱེལ་རྒྱུའི་གྲོས་འགོ་བཏོན། མོའི་བསམ་པར་དེ་འདྲ་ཡག་ཤོས་རེད། དེ་གར་ལུག་གཅིག་ལས་མེད་པས་ཁོ་རང་གཅིག་པུ་ཁང་པ་གཅིག་ནང་སྡོད་རྒྱུ་ཡོད་པ་དང་གཟའ་སྐྱིན་པ་དང་ཉི་མར་བལྟ་བར་ཕྱིན་ཆོག་སྙམ། ཡིན་ནའང་བགྲེས་སོང་གི་ཐུགས་ལ་དེ་གར་སྐོར་བ་བསྐོར་རྒྱུ་མེད་ལ་སྤོ་ཆས་ཀྱང་ཡག་པོ་མེད་པས་ཚེ་རིང་འཕྲོད་ཀྱི་མ་རེད་སྙམ། ཚེ་རིང་གི་འབྱུང་འགྱུར་ལ་ཚང་མའི་བསམ་འཆར་གཅིག་མཐུན་བྱུང་མེད་ཙང་བགྲེས་སོང་ཁོང་ཏ་ཙང་གི་བློ་བདེ་པོ་དང་ཕྲུ་གུ་ཚོ་ཡང་ཁ་བརྡ་བྱེད་སྐབས་སྣང་བ་སྐྱིད་པོ་བྱུང་ཡོད། ད་རེས་ཀྱི་ཁྱིམ་ཚང་གི་འདུ་འཛོམས་དེར་ནང་མི་རྣམས་དགའ་སྤྲོས་ཁེངས།

བོད་ཀྱི་ལོ་གསར་ལ་སླེབས་གྲབས་ཡོད་ཅིང་། དེ་ནི་བོད་རིགས་ཀྱི་དུས་ཆེན་གལ་ཆེ་ཤོས་ཀྱི་གྲས་ཤིག་ཡིན། བགྲེས་སོང་ཚེ་དབང་གི་བུ་མོ་དང་ཚ་མོས་

ཁང་པའི་ནང་བྲེལ་འཚུབ་ངང་གད་བདར་བྱེད་ཀྱི་ཡོད་པ་དང་། ཁོང་ཚོས་སྐས་འཛེགས་འོག་གི་ལུག་ཚང་དེ་གཙང་འཕྱག་བྱས། སྲོལ་རྒྱུན་ལྟར་ན་ལོ་གསར་ལ་ནང་མི་ཚང་མ་མཉམ་དུ་འཛོམས་ནས་ཁྱིམ་དུ་གསོལ་ཚིགས་རྒྱས་པོ་བཤམས་ཀྱི་ཡོད། ལུག་མགོ་ནི་ལོ་གསར་གྱི་ཟས་གལ་ཆེན་ཞིག་ཡིན་པ་དང་ཅོག་ཙེའི་སྟེང་དུ་འང་ངེས་པར་དུ་ལུག་མགོ་སྒྲིག་སྲོལ་ཡོད། ཚེ་དབང་གི་བུ་ཚ་ཚང་མ་འཛོམས་ཤིང་། ནང་མི་ཚང་མས་དགའ་སྤྲོའི་ངང་གཞས་དང་ཞབས་བྲོ་བརྒྱབ་ནས་ཁང་པའི་ནང་དུ་དགའ་སྤྲོའི་དགོད་སྒྲས་ཁེངས། ཕྲུ་གུ་ཚོས་སྨོན་ཚིག་ལྡན་པའི་ཆང་གཞས་བཏང་སྟེ་ཆང་ཕོར་དང་པོ་དེ་ཚེ་དབང་ལ་བཀུག་ནས་བགྲེས་སོང་ནད་མེད་ཚེ་རིང་ཡོང་བའི་སྨོན་འདུན་ཞུས། ཏ་ཅང་འཁྲུགས་པའི་དུས་སུ་ཚེ་དབང་གིས་ད་དུང་རང་གི་ཚེ་རིང་ལ་བསམ་བློ་གཏོང་གི་ཡོད་ཅིང་། ཁོང་གིས་ཡར་ལངས་ཏེ། ལོ་གསར་གྱི་ཁ་ཟས་ཏོག་ཙམ་འཁྱེར་ནས་ཚེ་རིང་འཚོལ་བར་སོང་། ཁོང་གིས་ཚེ་རིང་ལ་གོས་ཆེན་གྱི་ཕྱི་གུ་བཏགས་ནས་ཁོ་ལ་“ང་ཚོ་

ཡང་ལོ་གཅིག་ཆེ་ཏུ་ཕྱིན་པ་རེད། ཏུས་སང་ད་ཚོད་ང་ཚོ་ད་ཏུང་མཉམ་འཛོམས་ཡོང་རྒྱུ་དང་ལོ་བརྒྱ་འཚོ་ཞིང་སྟོན་བརྒྱ་མཐོང་བའི་རེ་བ་ཡོད"ཅེས་བརྗོད།

ཚེ་དབང་གིས"ངས་དེ་སྔོན་རྒན་རྒོན་ནས་གོ་ཐོས་ལ་ཚེ་ཐར་གཏོང་རྒྱུ་དེ་གཙོ་བོ་ཉ་ལ་བརྟེན་ནས་བཤད་པ་རེད། མི་ཤི་བའི་རྗེས་སུ་རྣམ་ཤེས་ཆུ་བོའི་རྒྱུགས་ཕྱོགས་དང་བསྟུན་ནས་གྲོལ་འགྲོ་ཡི་ཡོད་པ་དང་གལ་ཏེ་ཁྱེད་རང་གིས་ལུག་གཅིག་ཚེ་ཐར་བཏང་ན་ལུག་གིས་ཁྱེད་རང་གི་རྣམ་ཤེས་འཁྱེར་ནས་གྲོལ་འགྲོ་ཡི་རེད་ཅེས་གསུངས་ཀྱི་འདུག"ཅེས་བརྗོད།

བཀྲིས་སོང་གིས་ཚེ་རིང་ཁྲིད་ནས་རི་སྟེང་དུ་སླེབས། རྒྱབ་རིའི་བྲག་སྟེང་དུ་ཚོས་གཞི་དཀར་པོའི་སྐས་འཛེགས་མང་པོ་ཞིག་བྲིས་ཡོད་པ་དང་ཤོད་སྲོལ་ལ་སྐས་འཛེགས་གཅིག་བྲིས་ན་ཁྲིམ་ནས་མི་གྲོངས་ན་རྣམ་ཤེས་སྐས་འཛེགས་ལ་བརྟེན་ནས་བདེ་བ་ཅན་ཞིང་དུ་གཤེགས་ཀྱི་རེད་ཟེར་བ་དང་། སྒྲོག་གཅིག་བསྐྱབས་ན་སྐས་འཛེགས་གཅིག་བཟོས་པ་ཡིན་ཟེར་རོ། །

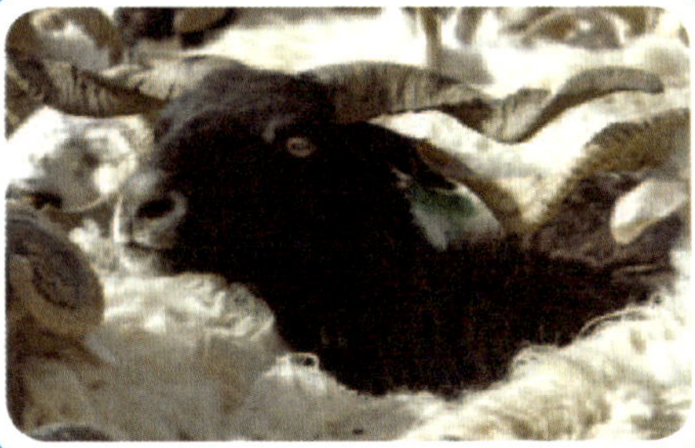

ཚེ་ལུག

བོད་ཀྱི་དགོན་པ་ཁག་དང་དེའི་ཉེ་འཁོར། དེ་བཞིན་ལུག་གསོ་མཁན་ཁྱིམ་ཚང་ཚང་མ་ནས་མཇིང་པར་ཚོན་ཁྲ་ཅན་གྱི་རྣ་ཆ་བཏགས་པའི་ལུག་འགའ་མཐོང་རྒྱུ་ཡོད། ལུག་དེ་དག་གི་སྦྱིན་བདག་ཚང་མ་ནི་བོད་བརྒྱུད་ནང་བསྟན་ལ་བསམ་པ་རྣམ་དག་གིས་དད་པ་བྱེད་མཁན་ཤ་སྟག་ཡིན་པ་དང་། ལུག་དེ་དག་ནི་སྦྱིན་བདག་གིས་རང་བྱུང་ཁམས་སུ་སློད་ནས་སྲོག་གཅོད་ཀྱི་ལས་དབང་ལས་སྐྱོབ་པ་ཞིག་ཡིན། ལུག་དེ་ཚོར་"ཚེ་ལུག"ཅེས་བརྗོད་ཀྱི་ཡོད།

ལུག་གི་སྦྱིན་བདག་ངོས་ནས་བརྗོད་ན། ལུག་ཚེ་ཐར་བཏང་ན་བར་ཆད་སེལ་ནས་དགེ་བ་བསགས་པ་ཞིག་ཡིན། དེར་བརྟེན་ལུག་ཚེ་ཐར་གཏོང་བ་ནི་དགེ་ལས་སྒྲུབ་པ་ཞིག་ཡིན། འབྲོག་པའི་ཁྱིམ་ཚང་གིས་ལུག་གཅིག་ཙམ་མ་ཡིན་པར་ལུག་ཁ་ཤས་ཤིག་རང་དགར་ཚེ་ཐར་བཏང་ཆོག་ཀྱང་ཞིང་ཁུལ་ལམ་གྲོང་ཁྱེར་གྱི་མིས་ལུག་ཚེ་ཐར་གཏོང་འདོད་ན་ཉོ་དགོས་ཀྱི་ཡོད། རབ་བྱུང་ན་གསོད་ལ་ཉེ་བའི་ལུག་ཉོ་ཡི་ཡོད། དེ་འདྲ་བྱས་ན་ཚེ་ཐར་ལ་དམིགས་བསལ་གྱི་དོན་

སྙིང་ལྡན་ཡོད་ཟེར། ཚེ་ལུག་ཡོད་ན་གང་བྱུང་དུ་ཚེ་ཐར་གཏོང་གི་མེད་པར་ཚེ་ཐར་གཏོང་བའི་བྱེད་སྒོ་རབ་དང་རིམ་པ་སྤེལ་དགོས་ཀྱི་ཡོད་པ་དང་། ཕྱིར་ན་སྦྱིན་བདག་གིས་སྔོན་ལ་ཚེ་ལུག་དགོན་པར་གླིང་སྐོར་དུ་ཁྲིད་པ་དང་ད་དུང་རྣ་ཆ་དམར་པོ་བཏགས་པ་སོགས་བྱས་ཏེ་ལུག་ཚེ་ཐར་གཏོང་གི་ཡོད། སྐབས་དེ་ནས་བཟུང་ལུག་དེ་དག་དངོས་སུ་རང་དབང་ཅན་གྱི་ལུག་ཅིག་ཏུ་གྱུར་ཡོད། ཡིན་ནའང་རང་དབང་ཅན་གྱི་ལུག་དེ་དག་ནི་སྐབས་འགར་གཉིང་ཟབ་པའི་ཆོས་ལུགས་ཀྱི་ཤུགས་རྐྱེན་ཐེབས་པ་དང་སྦྱིན་བདག་གི་སེམས་པ་ཤེས་ཀྱི་ཡོད་པ་དང་འདྲ་བར་སྣང་བཞིན་གླིང་སྐོར་སྐོར་མཁན་གྱི་མི་ཚོགས་དང་མཉམ་དུ་བསྐྱོད་དེ་སེམས་གཉིང་ནས་བཀའ་དྲིན་མཚོན་པར་བྱེད་ཀྱི་ཡོད།

ཚེ་ལུག་གི་བསོད་བདེ་ནི་གཤེད་མའི་ལག་ནས་ཐར་བ་ཙམ་མ་ཡིན་པར་དེ་བས་ཁོང་ཚོར་གླིང་སྐོར་དུ་སྐྱོད་མཁན་གྱིས་ཐུགས་འཁུར་བྱེད་ཀྱི་ཡོད། གླིང་སྐོར་དུ་སྐྱོད་མཁན་གྱིས་ཁོང་ཚོར་ལྟོ་ཆས་སྟེར་གྱི་ཡོད་པས་ཁོང་ཚོ་ལྟོ་ཡི་ཆེད་དུ་གང་སར་རྒྱུག་དགོས་ཀྱི་མེད། ཕལ་ཆེར་དེ་འདྲ་ཡིན་པའི་རྐྱེན་གྱིས་ཚེ་ལུག་དེ་དག་གླིང་སྐོར་དུ་སྐྱོད་མཁན་དང་འདྲིས་གཤིབ་བྱུང་ནས་བོད་ཀྱི་དམིགས་བསལ་ལྡན་པའི་ཁྱད་ཆོས་ཤིག་ཏུ་གྱུར་ཡོད།

གླིང་སྐོར་དང་མ་ཎི།

གླིང་སྐོར་བསྐོར་རྒྱུ་ནི་བོད་བརྒྱུད་ནང་བསྟན་ཆོས་ལུགས་ཀྱི་བྱེད་སྒོ་ཞིག་ཡིན་ཞིང་དེའང་དམིགས་བསལ་གྱིས་གཏན་འཁེལ་བྱས་པའི་ལམ་ཞིག་ལ་སྐོར་བ་རྒྱག་པ་དང་སྨོན་ལམ་རྒྱག་གི་ཡོད། བོད་རིགས་དད་ལྡན་མང་ཚོགས་ཀྱིས་གླིང་སྐོར་བསྐོར་ན་དཔེ་ཆ་ཀློག་པ་དང་མཚུངས་ཤིང་སྡིར་བྱས་ལས་ལ་འགྲོད་བཤགས་དང་བར་ཆད་སེལ་བ། བསོད་ནམས་ཀྱི་ཚོགས་གསོག་པ་བཅས་ཀྱི་ཐབས་ཤེས་ཡག་ཤོས་ཤིག་ཏུ་ངོས་འཛིན་བྱེད་ཀྱི་ཡོད། བོད་བརྒྱུད་ནང་བསྟན་གྱི་དད་ལྡན་པས་གླིང་སྐོར་སྐོར་སྐབས་ཁ་ཤས་ཀྱིས་གནས་རི་དང་གནས་མཚོ་སྐོར་བ་དང་། ཁ་ཤས་ཀྱིས་གནས་ཀྱི་གྲོང་དང་དགོན་པར་སྐོར་བ། ཁ་ཤས་ཀྱིས་མཆོད་རྟེན་དང་མ་ཎི་རྡོ་འབུམ་ལ་སྐོར་གྱི་ཡོད། དགེ་བའི་ལས་སྒྲུབ་པའི་བྱ་བ་དེ་རིགས་ཡག་པོ་ཡོང་ཆེད་དུ་བོད་ཀྱི་ས་ཆ་ཁག་གི་མཆོད་རྟེན་དང་དགོན་པར་མ་ཎི་སྐོར་ས་བཟོས་ཡོད་པ་དང་། མི་མང་པོ་ཞིག་གིས་ད་དུང་ལག་ཏུ་མ་ཎི་ལག་སྐོར་འཁྱུར་ཏེ་ངལ་གསོ་བའི་དུས་ཀྱི་ཞོར་དུའང་མ་ཎི་སྐོར་གྱི་ཡོད། ལམ་དུ་སྐྱོད་པའམ་དགོན་པའི་ནང་དུ་འགྲོ་སྐབས་གང་སར་བོད་པའི་ཕྱུ་པ་གྱོན་པའི་བོད་རིགས་མི་སེར་གྱིས་ལག་ཏུ་ཆོས་གཞི་སྣ་ཚོགས་ཀྱི་མ་ཎི་འཁྱུར་ནས་རྒྱུན་ཆད་མེད་པར་སྐོར་གྱི་ཡོད་པ་མཐོང་རྒྱུ་ཡོད། སྣང་ཚུལ་དེ་དག་བོད་དུ་ཧ་ལམ

ས་ཆ་གང་སར་མཐོང་རྒྱུ་ཡོད།

མ་ཉིར་ཆེ་ཆུང་སྣ་ཚོགས་ཡོད་ཅིང་ཆུང་བ་ལག་ཏུ་འཁྱེར་གྱི་ཡོད། ལག་པར་འཁྱེར་ནས་བསྐོར་རྒྱུའི་མ་ཉི་དེ་དག་གི་རྒྱུ་སྤུས་ནི་གསེར་དང་དངུལ། རག་སོགས་ཡོད། མ་ཉིའི་གཞི་ནི་ཀ་རླུམ་གྱི་གཟུགས་དབྱིབས་ཡིན་པ་དང་། མ་ཉིའི་སྟེང་དུ་མ་ཉི་ཡིག་དྲུག་བརྐོས་ཡོད་ཅིང་། མ་ཉིའི་ནང་དུ་སྔགས་ཡིག་བཙུག་ཡོད། མ་ཉི་མང་ཆེ་བ་མཛེས་པོ་བཟོས་ཡོད་པ་དང་། སྟེང་དུ་ཡི་གེ་དང་བྱ། ཕྲུགས་ཐོག་གི་རི་མོ་བརྐོས་ཡོད་པས་བཟོ་རྩལ་གྱི་ཐོན་རྫས་འདྲ་པོ་ཡོད། མ་ཉི་ཁ་ཤས་ཀྱི་སྟེང་དུ་ད་དུང་བྱུ་རུ་དང་ཕ་ལམ་སྤྲས་ཡོད་པས་དེས་ཆོས་ལུགས་ཀྱི་ནུས་པ་ཙམ་མིན་པའི་རིན་ཐང་མངོན་གྱི་ཡོད། ལག་པས་མ་ཉི་ལག་སྐོར་གྱི་ཟུར་དུ་ཨི་ཁྱུང་གཅིག་ཕུག་ནས་ཨ་ལོང་ཆུང་དུ་ཞིག་སྐར་ཡོད་པ་དང་། མ་ཉི་སྐོར་བ་ན་ཨ་ལོང་ཆུང་དུའི་འཁྱིལ་ཤུགས་ལ་བརྟེན་ནས་མ་ཉི་དེ་བས་མགྱོགས་སུ་འཁོར་དུ་འཇུག་གི་ཡོད། མ་ཉི་སྐོར་མཁན་གྱི་བསམ་པར་མ་ཉི་ག་ཚོད་ཀྱིས་མང་བ་འཁོར་ན་དེ་རྩིས་ཀྱིས་དགེ་བའི་ལས་ཀྱང་དེ་བས་མང་བ་གསོག་ཐུབ་སྙམ་གྱི་ཡོད།

མ་ཉི་ཆུང་ཆུང་གི་འཁོར་རྒྱུགས་ག་ཚོད་མགྱོགས་པོ་ཡོད་ནའང་བོད་བརྒྱུད་ནང་བསྟན་གྱི་དད་ལྡན་པས་མ་ཉི་ཆུང་ཆུང་ནི་མ་ཉི་ཆེན་པོ་དང་བསྡུར་ཐབས་མེད་ཅིང་། མ་ཉི་ཆེ་བའི་སྟེང་གི་སྔགས་ནི་མ་ཉི་ཆུང་བ་ལས་མང་བ་ཡོད་པ་དང་། མ་ཉི་ཆེ་བ་སྐོར་བ་གཅིག་བརྒྱབ་པ་ནི་མ་ཉི་ཆུང་བ་སྐོར་བ་གཅིག

བརྒྱབ་པ་ལས་དགེ་བ་ཆེ་བ་གསོག་གི་ཡོད་པར་ངོས་འཛིན་བྱེད་ཀྱི་ཡོད། དེར་བརྟེན་མི་རྣམས་ཀྱིས་དུས་དང་རྣམ་པ་ཀུན་ཏུ་རང་གི་ལག་ཐོག་གི་མ་ཎི་སྐོར་བ་མ་ཟད་ད་དུང་དུས་ཆོད་ཆེད་མངགས་བཅའ་ཏེ་མ་ཎི་ཆེ་བ་སྐོར་བར་འགྲོ་ཡི་ཡོད། མ་ཎི་ཆེ་བ་སྤྱིར་ན་ཚང་མ་དགོན་པའི་མཐའ་འཁོར་དུ་ཡོད་ཅིང་། གྲལ་དུ་སྒྲིག་པའི་མ་ཎི་ཆེན་པོ་དེ་དག་ནི་ཞིང་གི་འཁོར་བརྟེན་སྟེང་དུ་གྲལ་འགྲིག་པོས་གཏན་འཁེལ་བྱས་ཡོད་པས་བལྟས་པ་ཙམ་གྱིས་བརྗིད་ཆགས་ལ་ངོ་མཚར་ལྡན་པ་ཞིག་ཡོད།

མ་ཎི་ཆེ་བར་མཐོ་ཚད་ལ་སྨིད་གཅིག་མིན་ཙམ་ཡོད་པ་དང་། སྐོར་མོའི་ཚངས་ཐིག་ལིའི་སྨིད་40ལྷག་ཙམ་ཡོད། སྤྱིར་མ་ཎི་ལ་རག་ལས་བཟོས་པ་དང་ཞིང་ལས་བཟོས་པ་རིགས་གཉིས་ཡོད། རག་ལས་བཟོས་པའི་མ་ཎིའི་ཕྱི་དབྱིབས་ནི་རག་གི་ཚོན་མདོག་ཡིན། ཞིང་ལས་བཟོས་པའི་མ་ཎི་མང་ཆེ་བའི་ཚོན་མདོག་དམར་པོ་ཡིན། མ་ཎིའི་ཕྱི་ཊུ་དར་དང་ཕྱུགས་ཀྱི་པགས་པས་བཏུམས་ཡོད། མ་ཎི་དེ་དག་སྤྱིར་ན་ལག་པས་འབུད་ཙམ་བྱས་ཀྱང་ལམ་སང་འཁོར་གྱི་ཡོད། མ་ཎི་བསྐོར་ནས་འཁོར་བ་ན་ནང་དུ་བཅུག་ཡོད་པའི་དཔེ་ཆ་རྣམས་ཀློག་པར་མཚོན་གྱི་ཡོད།

མ་ཎི་སྐོར་བ་ནི་བོད་བརྒྱུད་ནང་བསྟན་གྱི་དད་ལྡན་མང་ཚོགས་རྣམས་ཀྱིས་མ་འོངས་འཚོ་བའི་རེ་བ་དང་དེ་བཞིན་རང་ཉིད་ཚེ་ཕྱི་མར་སྨོན་ལམ་འདེབས་པ་ཞིག་ཡིན།

བོད་ཀྱི་ལོ་གསར།

བོད་ལ་དུས་ཆེན་མང་པོ་ཡོད་པ་དང་དུས་ཆེན་གཅིག་པ་ཡིན་ཀྱང་ས་ཆ་མི་འདྲ་བར་ཁྱད་པར་ཡོད། ལོ་གསར་ལ་མཚོན་ན། བོད་རང་སྐྱོང་ལྗོངས་ཞིང་ཁྲི་ས་ཁུལ་ཏེ་ཀོང་པོ་ཁུལ་དུ་བོད་རིགས་མི་སེར་ལ་བོད་ཟླ་བཅུ་པའི་ཚེས་གཅིག་ལ་ཀོང་པོའི་ལོ་གསར་གཏོང་བའི་གོམས་གཤིས་ཡོད་པ་དང་། ལོ་གསར་གྱི་བྱེད་སྒོ་གཙོ་བོ་ནི་ཁྱི་ལ་གསོལ་སྟོན་བཤམས་པ་དང་ལྷེ་དག་བཟའ་བ། ཆུ་ཕུད་ལེན་པ། ཞིང་ལྷ་གསོལ་བ་སོགས་བྱེད་ཀྱི་ཡོད། འོན་ཀྱང་གཙང་ཁུལ་གྱི་བོད་རིགས་མི་སེར་གྱིས་གནའ་སྔ་མོ་ནས་ལོ་རེའི་བོད་ཟླ་བཅུ་གཉིས་པའི་ཚེས་གཅིག་ཉིན་བོད་ཀྱི་སོ་ནམ་ལོ་གསར་གཏོང་གི་ཡོད། འོན་ཀྱང་བོད་པའི་ལོ་གསར་ནི་བོད་རིགས་ཀྱི་དུས་ཆེན་ནང་ནས་ཨང་དང་པོ་དེ་ཡིན་ལ་ལོ་གཅིག་ནང་གི་སྲོལ་རྒྱུན་དུས་ཆེན་རྒྱས་ཤོས་ཤིག་ཡིན།

བོད་ཀྱི་ལོ་གསར་ནི་བོད་ཟླ་དང་པོའི་ཚེས་གཅིག་ནས་ཡིན་པ་དང་རྒྱ་རིགས་ཀྱི་ཞིང་རྩིས་ལོ་གསར་དང་ཧ་ལམ་འདྲ་པོ་ཡོད། ཞིང་རྩིས་དང་བོད་ཀྱི་གནམ་རིག་སྐར་རྩིས་རྩིས་སྟངས་མི་འདྲ་བའི་རྐྱེན་གྱིས་བོད་ཀྱི་ལོ་གསར་དང་ཞིང་རྩིས་ལོ་གསར་གྱི་ཚེས་གྲངས་སྐབས་རེ་གཅིག་པ་དང་སྐབས་རེ་ཁྱད་པར་ཉིན་འགའ་ཤས་ཡོད། བོད་རིགས་ཀྱིས་ནང་པའི་ཆོས་ལུགས་ལ་དད་པ་བྱེད་ཀྱི་ཡོད་པར་བརྟེན་ལོ་གསར་གྱི་བྱེད་སྒོ་ཁག་ལ་ཆོས་ལུགས་ཀྱི་རྣམ་པ་གཏིང་ཟབ་པོ་ལྡན་ཡོད།

ཟེར་སྒྲོས་ལ་ཐང་རྒྱལ་རབས་ཀྱི་སྔོན་ལ་བོད་རིགས་ཀྱིས་སྔོན་ཐོག་སྨིན་པ་ན་ལོ་གསར་དུ་ཚེས་པར་བརྩི་ཡི་ཡོད་པ་དང་རྒྱ་བཟའ་ཀོང་ཇོ་བོད་དུ་ཕེབས་པའི་རྗེས་སུ་ཀྲུང་ཡོན་ས་ཁུལ་གྱི་སྐར་རྩིས་ཚུད་པའི་རིག་གནས་རིམ་བཞིན་བོད་དུ་དར་ཁྱབ་བྱུང་ཞིང་། དེའི་རྗེས་སུ་བོད་ཀྱི་གནའ་བོའི་ལོ་རྩིས་དང་རྒྱ་ནག་གི་ལོ་རྩིས། རྒྱ་གར་གྱི་ལོ་རྩིས་བཅས་ཟུང་འབྲེལ་བྱས་པ་དང་། ཡོན་རྒྱལ་རབས་ཀྱི་དུས་སུ་ལོ་ཁམས་དང་ལོ་རྟགས། འབྱུང་བ་ལྔ་གཅིག་ཏུ་བསྡུས་པའི་ཁྱད་ཆོས་ཅུང་ལྡན་པའི་ལོ་རྩིས་གྲུབ་ཡོད། ལོ་གསར་ཡང་རྟག་ཏུ་ནང་སའི་རྒྱ་རིགས་ཀྱི་ལོ་གསར་དང་དུས་གཅིག་ཏུ་འཁེལ་བའམ་ཡང་ན་ཁྱད་པར་ཆེན་པོ་མེད་པ་དེ་ད་བར་དེ་རང་ཡིན།

ལྷ་ས་ཁུལ་གྱི་མི་རྣམས་ཀྱིས་བོད་ཟླ་བཅུ་གཉིས་པ་ནས་འགོ་བཙུགས་ཏེ་ལོ་གསར་གྱི་གྲ་སྒྲིག་བྱེད་ཀྱི་ཡོད། ཟླ་བཅུ་གཉིས་པའི་ཟླ་དཀྱིལ་ནས་འགོ་བཙུགས་ཏེ་ཁྱིམ་ཚང་ཚང་མས་ཁ་ཟས་བསྲེག་གི་ཡོད། དེ་ནི་མར་དང་གྲོ་ཞིབ་ལས་བཟོས་པ་ཞིག་ཡིན་པ་དང་ཁ་ཟས་ལ་བཟོ་ལྟ་སྣ་ཚོགས་ཡོད། དེ་དང་ཆབས་ཅིག་ཁྱིམ་ཚང་ཚང་མས་ཕྱེ་མར་ཏེ་ཤིང་གིས་བཟོས་པའི་འབོ་ཡི་ནང་དུ་གཡས་སུ་གྲོ་དང་གཡོན་དུ་ཕྱེ་མར་བཀང་བ་དང་། འབོ་ཡི་སྟེང་དུ་ནས་དང་གྲོ་ཡི་སྙེ་མ་ཚོན་ཁྲ་ཅན་བཙུགས་པ། རྩེ་སྒྲོའི་ངོས་སུ་མར་ཚོན་ཁྲ་ཅན་གྱི་བཀྲ་ཤིས་རྟགས་བརྒྱད་དང་ཉི་ཟླ་ལ་སོགས་པའི་བཀྲ་ཤིས་རི་མོས་བརྒྱན་པ་དེ་དང་མེ་ཏོག་བྱ་ཟེ་སོགས་འཛུགས་ཀྱི་ཡོད། སྐེར་ཁ་དང་ཕྱེ་མར། གྲོ་མ་འབྲས་སིལ་དང་ཆང་ཕུད་སོགས་མཆོད་འབུལ་གྱི་དོད་དུ་སྐུ་ཡི་མདུན་དུ་སྒྲིག་གཤོམ་བྱེད་ཀྱི་ཡོད། ཁྱིམ་ཚང་ཚང་མས་ཁྱིམ་ནང་གི་མཆོད་གཤོམ་དང་ཁྱིམ་ཆས་སོགས་ཚང་མ་གཙང་མར་ཕྱིས་པ་དང་མཆོད་གཤོམ་དང་སྐུ་འདྲ་སོགས་ལ་མཛལ་དར་བསྒྲོན་ཞིང་།

གཙང་མར་བཟོས་པའི་ཐབ་དང་ཁང་པའི་གྲུང་ལྡེབས་སུ་རྩམ་པའམ་གྲོ་ཞིབ་ཀྱི་རི་མོ་བྲིས་པའམ་སྣོའི་མདུན་ངོས་ཀྱི་ས་སྟེང་དུ་ས་དཀར་གྱིས་བཀྲ་ཤིས་རི་མོ་འབྲི་སྲོལ་ཡོད། ལོ་གསར་གྱི་ཉི་ཤུ་དགུ་ཉིན་གྱི་དགོང་མོར་ཁྱིམ་ཚང་ཚང་མས་ཁྱིམ་མི་མཉམ་འཛོམས་ཀྱིས་བག་ཐུག་སྟེ་དགུ་ཐུག་འཐུང་གི་ཡོད། དམིགས་བསལ་གྱི་བག་ཚ་ཁ་ཤས་བཟོས་པ་དང་དཀྱིལ་དུ་དཀར་ཡོལ་དང་། བལ། སོལ་བ། སྲུར་པན་སོགས་དོན་སྙིང་མི་འདྲ་བའི་དངོས་པོ་བླུགས་ཏེ་ཐུག་པ་འཐུང་སྐབས་མི་སུ་ལ་ག་རེ་སླེབས་ཀྱང་ཁྱིམ་མི་ཚང་མ་དགོད་སྒྲས་ཁེངས་པ་ཞིག་ཡོང་གི་ཡོད། དགུ་ཐུག་བཏུངས་ཚར་རྗེས་ཁྱིམ་ཚང་ཚང་མས་གདོན་འདྲེ་འབུད་པའི་བྱེད་སྒོ་གཟབ་རྒྱས་ཤིག་སྤེལ་གྱི་ཡོད་ཅིང་། ལོ་གསར་གྱི་ཉིན་དང་པོར་ནམ་མ་ལངས་བའི་སྔོན་ཐོ་རེངས་དུས་སུ་ཁྱིམ་བདག་གིས་ཆུ་ཁར་ཆུ་ཕུད་ལེན་པར་འགྲོ་ཡི་ཡོད་པ་དང་ཆུ་ཕུད་བླངས་རྗེས་གྲོ་ཐུག་དང་སྐོལ་དན་བཀོལ་བ་སོགས་བྱེད་པ་དང་ཚེས་གཅིག་ཉིན་ནི་ཁྱིམ་མི་མཉམ་འཛོམས་བྱེད་པའི་ཉིན་ཞིག་ཡིན་པས་ཁྱིམ་མི་ཚང་མས་གོས་གསར་པ་གྱོན་ནས་ལྷ་ལ་མཆོད་པ་དང་། ཕན་ཚུན་ཕྱི་མར་བཏེགས་ནས་བཀྲ་ཤིས་བདེ་ལེགས་ཞུ་བ། གྲོ་ཐུག་དང་སྐོལ་དན་འཐུང་བ་སོགས་བྱེད་ཀྱི་ཡོད། ཚེས་གཉིས་ནས་བཟུང་སྤུན་ཉེ་གྲོགས་མཆེད་རྣམས་ཕན་ཚུན་མགྲོན་པོར་འབོད་རེས་བྱེད་ཀྱི་ཡོད། ལོ་གསར་རིང་གྲོང་ཁྱེར་དང་གྲོང་གསེབ་ཀྱི་ས་ཆ་གང་སར་ལྷ་མོ་འཁྲབ་པ་དང་བྲོ་འཁྲབ་པ། རྟ་རྒྱུག་པ། མདའ་རྩལ་འགྲན་པ་སོགས་རོལ་རྩེད་སྣ་ཚོགས་རྩེ་ཡི་ཡོད།

༄༅། །འཛམ་གླིང་ཡང་རྩེ། །

རོགས་ལྷ་ལེགས་ཨོས་ནི་སྤྱོད་བཟང་ཁོ་ན་ཡིན་ཞིང་།

སྤྱོད་བཟང་ལྡན་པའི་རོགས་ལྷ་ཡོད་ན་གཞི་ནས་

ཡིད་སྨུག་དང་སེམས་ཧྲེའི་དྲ་བ་ལས་གྲོལ་ཐུབ།

༄། །ཡིད་ཆགས་ཀྱི་ཡུལ་ཞིག །

རྒྱུན་དུ་སའི་ག་ལའི་སྤྱི་ངོས་རྒྱ་མཚོའི་ངོས་ལས་མཐོ་ཚད་སྨིད་150རེ་མཐོ་རུ་སོང་བ་ན། དྲོད་ཚད་1°Cཆག་གི་ཡོད། ཆ་སྙོམས་རྒྱ་མཚོའི་ངོས་ལས་མཐོ་ཚད་སྨིད་4000བརྒལ་བའི་མཚོ་བོད་མཐོ་སྒང་གི་དྲོད་ཚད་ནི་རྟག་ཏུ་འཕྱིད་ཕྱིག་གི་ཏུའུ་གྲངས་གཅིག་མཚུངས་ས་ཁུལ་གཞན་རྣམས་ལས་ཆེས་དམའ་བ་ཡོད། འོན་ཀྱང་ས་བབ་མཐོ་བས་ཉི་འོད་འཕྲོ་ཤུགས་དེ་བས་མང་བ་ཡོད། ཉི་འོད་འཕྲོ་ཤུགས་ཆེ་བ་དེས་དྲོད་ཀྱི་ཤུགས་ཚད་མི་འདང་བ་ཁ་གསབ་ཐུབ་སྟེ་སྐྱེ་དངོས་མི་འདང་བ་ཁག་ཞུམ་པ་མེད་པར་འཚར་སྐྱེས་ཐུབ་ནས་མཐོ་སྒང་གི་ས་གཞིར་ཚེ་སྲོག་གི་ནུས་པ་འགྱུར་ལྡན་པ་བྱུང་།

ཆ་སྙོམས་རྒྱ་མཚོའི་ངོས་ལས་མཐོ་ཚད་སྨིད་3650ཡོད་པའི་ལྷ་ས།

དགུན་དུས་ཡིན་ཀྱང་ལྷ་སའི་ཁྲོམ་གཞུང་དུ་སྔར་བཞིན་འཁྲུག་ཆ་དོད་པོ་ཡོད། རོང་གཞུང་དུ་ཆགས་པའི་གྲོང་ཁྱེར་དེར་ལོ་རེར་ཉི་འོད་ཐོག་ཡུན་སྤྱིའི་དུས་གྲངས་ཆུ་ཚོད་3000ལས་བརྒལ་གྱི་ཡོད་པ་དང་། ཆ་སྙོམས་ཉིན་རེར་ཉི་འོད་ཆུ་ཚོད་18དང་སྐར་མ་16ཐོག་གི་ཡོད་པས་འཕྲེད་ཐིག་གི་ཏུའུ་གྲངས་གཅིག་པ་ཡིན་པའི་ཀྲུང་གོའི་ཤར་ཕྱོགས་ཁུལ་དང་བསྡུར་ན་ཏ་ལམ་ཕྱེད་ག་ཙམ་དང་། ཟེ་ཁྲོན་གྱི་གཞོང་ས་དང་བསྡུར་ན་ལྡབ་2ཙམ་གྱིས་མང་བ་ཐོག་གི་ཡོད། དེར་བརྟེན་“ཉི་འོད་གྲོང་ཁྱེར”ཡང་བརྗོད་ཀྱི་ཡོད། འདིར་དེང་རབས་ཀྱི་འཚོ་བའི་མཚམས་ཚིགས་དང་ལྡན་ལ་གནའ་བོའི་སྲོལ་རྒྱུན་ཡང་རང་སོར་གནས་ཡོད།

ལྷ་སའི་མི་མང་པོ་ཞིག་གི་ཞོགས་པ་ནི་ཇ་མངར་མོ་འཐུང་རྒྱུ་ནས་འགོ་འཛུགས་ཀྱི་ཡོད། དེ་ནི་ཇ་པ་ཏི་དང་འོ་མ་མཉམ་དུ་བསྐོལ་ནས་བཟོས་པའི་བཏུང་བའི་རིགས་ཤིག་ཡིན། པི་ཙེ་གཅིག་ཁྲིར་ནས་རྒྱུས་མངའ་ཡོད་པའི་སྟོད་གནས་ཐོག་བསྟད་དེ་དཏུལ་སིལ་མ་རྣམས་རང་དགར་ཅོག་ཙེའི་སྟེང་དུ་འཇོག་གི་ཡོད་པ་དང་། དཏུལ་ནོར་གྱི་རིད་སྙམ་པའི་སེམས་ཁྲལ་བྱེད་མཁན་མེད། ཕན་ཚུན་ངོ་ཤེས་ཀྱི་མེད་ཀྱང་མཉམ་དུ་ཁ་བརྡ་གློད་ཀྱི་ཡོད། ཅོག་ཙེའི་སྟེང་གི་དཏུལ་སིལ་མ་རྣམས་མཉམ་དུ་འདྲེས་ཤིང་མི་རྣམས་ཀྱིས་ཇ་འཐུང་བཞིན་འཐུང་བཞིན་གྲོགས་པོར་གྱུར་ཏེ་ཆ་འཕྲིན་སྣ་ཚོགས་མཉམ་སྤྱོད་བྱེད་ཀྱི་ཡོད། སྐར་ཡང་བུལ་ཐུག་གང་བཏུང་བ་ནས་མཚར་སྡུག་ལྡན་པའི་ཉི་འོད་འོག་སོ་སོའི་ཉིན་གཅིག་གི་ལས་འགོ་འཛུགས་ཀྱི་ཡོད།

ལྷ་སའི་ཇ་མངར་མོ།

ཇ་མངར་མོར་ལོ་ངོ་བརྒྱ་ཕྲག་གི་ལོ་རྒྱུས་ལྡན་ཡོད་པ་དང་བོད་ཀྱི་བཟའ་བཏུང་རིག་གནས་ཁྲོད་དུ་ཁྱད་ཆོས་དམིགས་བསལ་ལྡན་ཡོད། ཇ་མངར་མོ་ནི་པ་ཏི་བསྐོལ་ཏེ་དེའི་སྟེང་དུ་འོ་མའམ་འོ་ཐམ་བརྒྱབ་ནས་བསྐོལ་བ་དང་བྱེ་མ་ཀ་ར་བརྒྱབ་ནས་གཡོས་སྦྱོར་བྱས་པ་ཞིག་ཡིན་པ་དང་དྲི་ཞིམ་གྱི་འོ་དྲི་དང་པ་ཏིའི་དྲི་བསྲུང་མཉམ་དུ་སྤྲིལ་བས་མངར་ལ་ཞེན་པ་མི་ལོག་པ་དང་འཚོ་བཅུད་ཕུན་སུམ་ཚོགས་པོ་ལྡན་པས་མི་རྣམས་ཀྱིས་དགའ་པོ་བྱེད་ཀྱི་ཡོད། དེང་འདིར་ཇ་མངར་མོ་ནི་བཟའ་བཏུང་གི་ཁྱབ་ཁོངས་ཙམ་མ་ཡིན་པར་བོད་ཀྱི་རིག་གནས་ཀྱི་གྲས་ཤིག་ཏུ་གྱུར་ཡོད།

བོད་རིགས་ལ་ཇ་འཐུང་བའི་གོམས་གཤིས་སྔར་ནས་ལྡན་ཀྱང་ཇ་མངར་མོ་ནི་ཕྱི་ནས་ནང་དུ་དར་བ་ཞིག་ཡིན། ཇ་མངར་མོའི་འབྱུང་ཁུངས་སྐོར་ལ་བོད་ཀྱི་དམངས་ཁྲོད་དུ་ཤོད་སྲོལ་ཁག་གཉིས་ཡོད། གཅིག་ནི་དབྱིན་དམག་གིས་བོད་ལ་བཙན་འཛུལ་བྱས་རྗེས་ཕྱི་རྟ་ཇ་འཐུང་བའི་གོམས་གཤིས་ཤིག་འཁྱེར་ཡོང་བ་དང་། བོད་རིགས་མི་མང་པོ་ཞིག་ལའང་དབྱིན་ཇིའི་མིའི་ཤུགས་རྐྱེན་ཐེབས་ནས་ཇ་མངར་མོ་འཐུང་རྒྱུ་དེ་འཚོ་བའི་གོམས་གཤིས་ཤིག་ཏུ་ཆགས་

ནས་ད་བར་རྒྱུན་འཁྱོངས་བྱས་པ་ཞིག་རེད་ཟེར་བ་དང་། གཅིག་ཤོས་ནི་གཡུང་ཀྲིང་གི་དུས་སུ་ཀ་ཤི་སྨིར་གྱི་ཡུལ་གྲུར་བ་མང་པོ་ཞིག་བོད་དུ་བྲོས་བྱོལ་དུ་ཡོང་ཞིང་ཆིང་རྒྱལ་རབས་དུས་སུ་བོད་དུ་ཡོང་མཁན་སྔ་ཤོས་ཀྱི་མུའུ་སི་ལིན་ཡིན་པ་དང་འཚོ་ཐབས་ཀྱི་སླད་དུ་མུའུ་སི་ལིན་དེ་ཚོས་ཇ་མངར་མོའི་ཚོང་རྒྱག་གི་ཡོད་ཟེར།

ལྷ་སའི་ཇ་མངར་མོ་ནི་བོད་དུ་སྐད་གྲགས་ཆེན་པོ་ཡོད་ཅིང་ཇ་ཁང་ནི་ལྷ་སའི་ཁྲུག་ཀྱོག་གང་སར་ཡོད། གཙུག་ལག་ཁང་གི་མཐའ་འཁོར་ནས་མིང་མ་ཤེས་པའི་སྲང་ལམ་ཆུང་ཆུང་ཁག་གི་བར་དུ་ཇ་ཁང་མང་པོ་མཐོང་རྒྱུ་ཡོད་ལ་ཇ་འཐུང་མཁན་ཡང་བར་མཚམས་ཆད་ཀྱི་མེད།

ཇ་ཁང་ནི་བོད་རིགས་དད་ལྡན་པས་སྐོར་བར་བསྐྱོད་རྗེས་ངལ་གསོ་རྒྱག་ས་ཞིག་ཡིན་ལ་ལྷ་ས་བས་ངལ་གསོ་བའི་ས་ཆ་ཞིག་ཀྱང་ཡིན། ཚང་མས་དེར་ཇ་འཐུང་སྐབས་སྤྱིར་ན་གྲོགས་པོ་བཞི་ལྔ་མཉམ་འཛོམས་བྱས་ཏེ་ཅོག་ཙེར་སྐོར་ནས་ཅོག་ཙེའི་སྟེང་དུ་དངུལ་སིལ་མ་མང་པོ་ཞིག་འཇོག་གི་ཡོད་པ་དང་། ཞབས་ཞུ་བས་མི་ཚང་མའི་ཇ་ཕོར་ནང་དུ་ཇ་བླུགས་རྗེས་ཅོག་ཙེའི་སྟེང་ནས་དངུལ་སིལ་མ་བསྡུ་ཡི་ཡོད། ཇ་ཁང་ནང་དུ་ཚང་མས་སེམས་ལ་གང་དྲན་ལྷུག་གླེང་དང་ནས་ཆབ་སྲིད་དང་འཚོ་བ། དད་སེམས། ཁྱིམ་ཚང་བཅས་ཀྱི་སྐོར་གླེང་སྟེ་ཏ་ལམ་ཅོག་ཙེ་ཚང་མ་ནི་ཚོགས་ར་ཆུང་དུ་ཞིག་དང་མཚུངས་པར་གྱུར།

ཇ་ཁང་ནི་ལྷ་སའི་འཚོ་བའི་ཉམས་སྣང་དོད་ཤོས་དང་ཁྲོམ་གཞུང་གི་རིག་གནས་མངོན་གསལ་དོད་ཤོས་ཀྱི་ས་ཆ་ཞིག་ཡིན་ཞེས་བརྗོད་ཆོག

བུལ་ཐུག

བུལ་ཐུག་ནི་སྒྲོལ་རྒྱུན་བོད་ཟས་ནང་མེད་དུ་མི་རུང་བའི་ཟས་རིགས་ཤིག་ཡིན། ཕྱི་ཚུལ་ནས་བལྟས་ན་བུལ་ཐུག་དང་རྒྱ་ནག་གི་རྒྱ་ཐུག་བར་ཁྱད་པར་ཆེན་པོ་མེད་ཀྱང་བྲོ་བ་འདྲ་ཡི་མེད། བུལ་ཐུག་ཐེངས་དང་པོ་འཐུང་མཁན་ཞིག་ཡིན་ཕྱིན་ཕྱི་ངོས་མཉེན་པོ་དང་ནང་དུ་མཁྲིགས་པོ་ཡིན་ལ་ཚོས་པོ་མ་བྱུང་བར་ཐུག་པའི་དཀྱིལ་རྗེན་པ་ལྷ་བུའི་ཚོར་སྣང་ཡོད་ཀྱང་དོན་དངོས་ཐོག་དེ་ནི་བུལ་ཐུག་གི་ཁྱད་ཆོས་ཤིག་ཡིན།

བུལ་ཐུག་ནི་མཚོ་བོད་མཐོ་སྒང་གི་གྲོ་ཟས་ཤིག་ཡིན། དེའི་རྒྱུ་ཆ་གཙོ་བོ་ནི་གྲོ་ཞིབ་ཡིན།

བུལ་ཐུག་ནི་སྔོན་ལ་ཐུག་པ་བཟོས་ནས་བཙོས་རྗེས་གྲང་སངས་གཏོང་གི་ཡོད། ཐུག་པ་འཐུང་བའི་སྐབས་སུ་གྲང་སངས་བཏང་ཟིན་པའི་ཐུག་པ་ཚག་ཤའི་ཁུ་བའི་ནང་དུ་ཚ་པོ་བཟོས་ནས་ཚ་པོ་ཆགས་རྗེས་བཏོན་ན་འགྲིག་པ་དང་། ཚོས་ཟིན་པའི་བུལ་ཐུག་ཕོར་པའི་ནང་དུ་བླུགས་པ་དང་དེའི་སྟེང་དུ་ཚག་ཤའི་

ཁུ་བ་ལྷག་ལྷག་དང་ཚག་ཤའི་ཐུག་སྔོར་བླུགས་ཤིང་བོད་པའི་དམར་འདུར་ཏོག་ཙམ་བརྒྱབ་པ་དང་། ད་དུང་ལ་ཕུག་སྐྱུར་ཚལ་སྡེར་མ་ཆུང་ཆུང་གང་བཤམས་པ་ན་དེ་ནི་བྲོ་བ་ཞིམ་པའི་བོད་ཐུག་ཡིན།

བཏུལ་ཐུག་གི་སྙིང་བཅུད་ནི་ཚ་སོབ་སོབ་ཀྱི་ཤ་ཁུ་དེ་ཡིན། དྲི་མ་ཞིམ་ལ་ཞེ་མེར་ལང་རྒྱུ་མེད་པའི་ཤ་ཁུའི་སྟེང་དུ་ཙྭ་དང་ཙོང་ཏོག་ཙམ་བརྒྱབ་ན་བོད་ཐུག་གི་བྲོ་བ་དེ་བས་ཞིམ་དུ་འགྲོ་ཡི་ཡོད། བཏུལ་ཐུག་གི་ཁུ་བ་ནི་ཚག་ཏུས་བསྐོལ་བའི་ཁུ་བ་ཡིན་པ་ལས་སྦྱོར་རྡ་གཞན་དག་མེད། འོན་ཀྱང་བྲོ་བ་ཧ་ཅང་གི་ཞིམ་པོ་ཡོད།

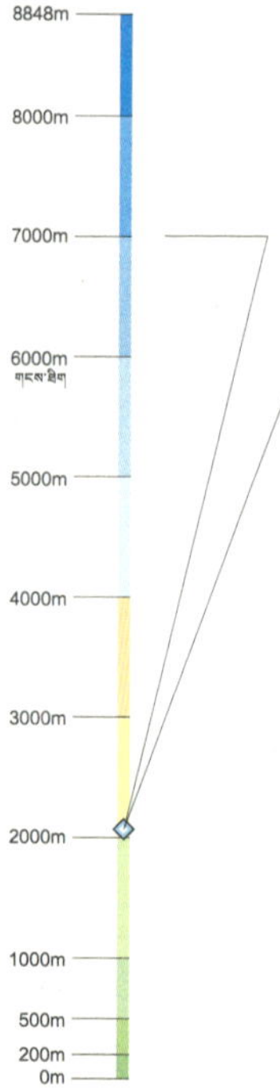

འདྲེན་ཐང་།
བོད་རང་སྐྱོང་ལྗོངས།

 རྒྱ་མཚོའི་ངོས་ལས་མཐོ་ཚད་རྨིད2040ཡོད་པ།

ལྷ་སའི་གནམ་གཞིས་ཡག་པོ་ཡོད་པ་ནི་རི་རྒྱུད་ཅིག་གི་རྐྱེན་ལས་བྱུང་བ་ཡིན།

ཧི་མ་ལ་ཡ་ནི་གངས་འཁྱགས་ཀྱི་ཕ་ཡུལ་ཡིན་ཞིང་སའི་གོ་ལའི་ཐོག་གི་ས་ཆ་མཐོ་ཤོས་ཤིག་ཡིན་པ་དང་། རི་རྒྱུད་དུ་འབབ་ཆུའི་གཟར་ཚད་ཤིན་ཏུ་རིང་བའི་གྲོག་རོང་རིམ་པར་ཆགས་ཡོད། དེ་དག་ནི་རྡོད་གཤེར་གྱི་རླུང་རྒྱུན་རྒྱུགས་སའི་ལམ་ཞིག་ཡིན། འདི་གར་བཞའ་ཚན་ལྷན་ལ་ཉེ་འོད་འཁྲོ་ཚད་ཀྱང་ཤིན་ཏུ་ཡག་པོ་ཡོད།

བཟོད་སྒོམ་དང་གཅེས་སེམས་ལས་བྱུང་བའི་འབྲས་བུ་སྟེ། སྦྲང་རྩོར་བུའི་ལག་རྟགས།

འདྲེན་ཐང་ནི་བོད་རང་སྐྱོང་ལྗོངས་གཞིས་རྩེ་གྲོང་ཁྱེར་གཏིང་སྐྱེས་རྫོང་གི་མངའ་འོག་གྲོང་རྡལ་ཞིག་ཡིན་ཞིང་། རྫོང་ནས་བརྩིས་ན་ལྷོ་ནུབ་དང་ཧི་མ་ལ་ཡའི་རི་རྒྱུད་བར་མཚམས་ཀྱི་ལྷོ་ངོས་རི་ལྡེབས། ཇོ་མོ་གླང་མའི་ཤར་ལྷོའི་མཚམས་ཀྱི་གནའ་བོའི་ནགས་ཚལ་ཁུལ་དུ་གནས་ཡོད་པ་དང་། གྲོག་རོང་གཡང་གཟར་ཆེ་ལ་ཆུ་བོ་དྲག་ཏུ་རྒྱུག་ཅིང་། འདི་གར་གནའ་བོའི་ནགས་ཚལ་གྱིས་ཁེངས་ཤིང་རི་སྐྱེས་སྲོག་ཆགས་དང་རྩི་ཤིང་སྣ་ཚོགས་ཡོད། 1989ལོར་འདྲེན་ཐང་གྲོང་རྡལ་ནི་ཇོ་མོ་གླང་མའི་རྒྱལ་ཁབ་རང་བྱུང་སྲུང་སྐྱོང་ཁུལ་གྱི་གྲས་སུ་བཅུག་པ་རེད།

འདྲིན་ཐང་གི་གྲོག་རོང་ཞིག་གི་ནང་དུ་ཤར་པ་བས་འབྲས་མྱུག་འཛུགས་བཞིན་ཡོད། ཤར་པ་བ་ནི་གཙོ་བོ་ཀྲུང་གོའི་བོད་རང་སྐྱོང་ལྗོངས་དང་། ནེ་པ་ལ་དང་ཧིན་རྡུའི་ས་ཁོངས་སུ་གནས་སྡོད་བྱེད་ཀྱི་ཡོད། ཁོ་ཚོས་འདེབས་པ་ནི་མོན་ཆག་ཅེས་པའི་ལོ་ཏོག་གི་རིགས་ཤིག་ཡིན་པ་དང་ལོ་ཏོག་དེ་རིགས་སྨིན་པའི་དུས་སུ་སྐྱེ་མའི་བཟོ་ལྟ་ནི་བྱ་དེའི་རྐང་པ་འདྲ་པོ་ཡོད།

འདིར་ད་དུང་སྦྲང་ནོར་བུའི་རིགས་ཤིག་འཚར་སྐྱེས་ཡོང་གི་ཡོད་པ་དེར་རི་བོ་ཧི་མ་ལ་ཡའི་གཡང་གཟར་བྲག་སྟེང་གི་སྦྲང་ནོར་བུ་ཞེས་བརྗོད་ཀྱི་ཡོད། དེ་ནི་འཛམ་གླིང་ཐོག་གཟུགས་སྡོབས་ཆེ་ཤོས་ཀྱི་སྦྲང་ནོར་བུ་ཞིག་ཡིན། རྒྱ་མཚོའི་ངོས་ལས་མཐོ་ཚད་སྨིད་4000ཡན་དུ་འཕུར་ཏེ་མཐོ་སྒང་སྟེང་གི་གནམ་གཤིས་ལས་ཞུམ་པ་མེད་པའི་མེ་ཏོག་འཚོལ་གྱི་ཡོད། ཁོང་ཚོའི་སྦྲང་ཚང་ནི་རྒྱུན་དུ་སྔོར་མོའི་ཚངས་ཐིག་སྨིད་གཉིས་ལས་བརྒལ་བ་དང་། གྲོག་རོང་དཀྱིལ་གྱི་གཡང་གཟར་ཆེ་ཤོས་ཀྱི་བྲག་སྟེང་མཐོ་པོར་དཔྱངས་ནས་ཡོད།

ཆུ་གཉིས་མཉམ་དུ་འདུས་པ་དང་རྗེབ་ནས་ཐ་རླབས་སྨིད་200ཡན་ཕྱུར་ཞིང་བྲག་རི་གཡང་གཟར་གྱི་དབུས་སུ་དེ་སྔ་མིས་འཕྲུ་སྨྱོང་མེད་པའི་སྦྲང་ནོར་བུའི་སྦྲང་ཚང་ཞིག་ཡོད།

ཤར་པ་བ་ནི་རྫོ་མོ་གླང་མར་འཛེགས་མཁན་མི་གྲངས་མང་ཤོས་ཀྱི་མིའི་རིགས་ཤིག་ཡིན། ཉེ་མས་ལོ་ལྟར་རི་མཐོན་པོར་འཛེགས་ནས་སྦྲང་ཚང་སློག་གི་ཡོད། ཁོས་འདི་ལྟར་བྱེད་པ་ནི་སྦྲང་རྩི་ཁོ་ནའི་ཆེད་དུ་མ་ཡིན་པར་ལས་འགན་གལ་ཆེ་ཞིག་སྒྲུབ་ཀྱི་ཡོད།

ཉིན་གཅིག་ཤར་པ་བ་ཁ་ཤས་ཤིག་གིས་ཡང་སྦྲང་ཚང་སློག་རྒྱུའི་སྐོར་གྲོས་

བསྟུར་བྱེད་ཀྱི་འདུག

“གཅིག་པོ་བསམ་གཏན་ལགས་དུས་ཚོད་ཡོད་དམ”ཞེས་མི་ཞིག་གིས་སྐད་ཆ་དྲིས།

བསམ་གཏན་གྱིས། “ས་ཆ་དེར་མཐོ་ཚད་ག་ཚོད་འདུག”ཅེས་དྲིས།

མི་དེས“སྨིད་200ལྷག་འདུག”ཅེས་ལན་བཏབ།

བསམ་གཏན་གྱིས་བསམ་བློ་དྲུག་གསུམ་བཙོ་བརྒྱད་བཏང་སྟེ། “དེ་གར་ཉེན་ཁ་ཆེན་པོ་ཡོད་རེད། ཁྱིམ་དུ་ལས་ཀ་མང་བས་འགྲོ་ཐུབ་པ་མི་འདུག”ཅེས་བརྗོད།

བསམ་གཏན་གྱི་བཟའ་ཟླས“གོང་དུ་རྒན་རྒོན་དང་འོག་ལ་ཕྲུ་གུ་ཡོད་པས་ཁྱེད་རང་ལ་འགལ་རྐྱེན་བར་ཆད་བྱུང་ན་ཅི་བྱེད”ཅེས་བརྗོད།

གྲོང་ཚོའི་ནང་གི་སྦྲང་རྩི་འཐུ་མཁན་ལོ་ན་རྒན་ཤོས་དང་ཉམས་མྱོང་མང་ཤོས་ཤིག་ཡིན་ནའང་ས་ཆ་དེར་སྤྲག་སྣང་སྐྱེ་ཡི་ཡོད། ཁོང་ཚོས་ས་ཆ་དེར་གཡང་གཟར་ཆེ་ལ་གཡོལ་ས་མེད་པ་དང་དངོས་གནས་ཉེན་ཁ་ཤིན་ཏུ་ཆེན་པོ་ཡོད་ལ་གལ་ཏེ་སྦྲང་ནོར་བུས་སོ་བརྒྱབ་ན་དེ་མ་ཐག་མིག་གི་མདུན་དུ་ནག་ཐོམ་མེར་གྱུར་ནས་དྲན་པ་ཐོར་བ་དང་། ཚབས་ཆེ་ན་ཤི་རྒྱུར་སྒྲུག་ནས་སྡོད་རྒྱུ་རེད། གལ་སྲིད་གཡང་དུ་ལྷུང་བ་ན་འོག་ཏུ་ལང་ལོང་དྲག་ཏུ་རྒྱུག་པའི་ཆུ་བོ་ཡིན་པས་གཡོལ་ས་རྩ་བ་ནས་མེད་ཅེས་བརྗོད།

ཉེ་མས“འདི་ནི་ངས་མཐོང་བའི་ནང་ནས་ཉེན་ཁ་ཆེ་ཤོས་ཀྱི་ས་ཆ་ཞིག་ཡིན”ཞེས་བརྗོད་ཀྱི་འདུག

ཉེན་ཁ་དེ་འདྲ་ཞིག་ཡོད་པ་ཤེས་ནའང་བླ་ན་མེད་པའི་འགན་འཁྲིས་ཁོང་ཚོར་དཀའ་བར་མི་འཇེམས་པར་མདུན་དུ་བསྐྱོད་རྒྱུའི་བློ་ཐག་གཅོད་དུ་བཙུག་ཡོད། ཁོ་ཚོས་དྲན་གསལ་ལ་མི་གསུམ་བཞི་མ་གཏོགས་དེ་སྔོན་དེ་གར་འཛེགས་

མཁན་བྱུང་མེད།

དེར་གལ་ཆེ་ཤོས་ཤིག་ནི་པོ་ཆོས་སྨྱུག་མ་བཅད་ནས་དཔལ་འབར་བཟློས་ཏེ་མི་ སྤྱར་ནས་སྟོན་ལ་དུ་བས་སྦྲང་ནོར་བུ་འབུད་དགོས་པ་དེ་ཡིན། ཧི་མ་ལ་ཡའི་གཡང་སའི་བྲག་སྟེང་གི་སྦྲང་ནོར་བུ་ནི་སྦྲང་ནོར་བུའི་རིགས་ལས་ཕར་རྐོལ་གྱི་ནུས་པ་དང་དུག་ནུས་ཆེ་ཤོས་ལྡན་པ་ཞིག་ཡིན་ཞིང་སྦྲང་ནོར་བུས་ཤེས་ཚོར་མ་བྱུང་བའི་སྟོན་ནས་དུ་བ་གྲ་སྒྲིག་ཡག་པོ་བྱེད་དགོས། དེ་འདྲ་མ་བྱས་ན་མཇུག་འབྲས་བསམ་ཡུལ་ལས་འདས་པ་ཐོན་རྒྱུ་རེད།

བསམ་ཡུལ་ལས་འདས་པ་ཞིག་ལ་པོ་ཆོས་དཔལ་འབར་གྲ་སྒྲིག་བྱེད་བཞིན་པའི་སྐབས་སུ་གློ་བུར་དུ་ཆར་པ་འབབ་སྟེ་དཔལ་འབར་ཤི་ནས་དུ་བ་ཡང་ཡལ། སྦྲང་རྩི་འཐུ་རྒྱུ་འགོ་མ་བཙུགས་སྔོན་ནས་སྦྲང་ཚང་ཐད་དེ་དཀྲིག སྦྲང་རྩི་འཐུ་མཁན་ལ་དུ་ཞག་གི་སྲུང་སྐྱོང་མེད་པར་བརྟེན་སྦྲང་ནོར་བུ་སྟོང་ཕྲག་གིས་བསྐོར་ནས་ཏུབ་བཙེམ་བྱས། དེ་ནི་ཏན་ཏོན་ཚོར་ཆག་སྒོ་བྱུང་སྐབས་འཕྲད་པའི་གནས་ཚུལ་ཞིག་རེད།

ཆར་པ་འབབ་ཤུགས་ཆེ་ཏུ་ཆེ་ཏུ་སོང་སྟེ་དཔལ་འབར་ཐེངས་གཉིས་པ་དེ་ཡང་ཤི། ཆར་ཆེན་གྱིས་ཆུ་པོ་དེ་སྐད་ཅིག་ཉིད་དུ་ཆུ་ཐླུང་རབ་མེད་ཅིག་ཏུ་གྱུར། གྲོག་རོང་ནང་གི་ཆུང་བུ་ཡང་རྒྱུག་ཤུགས་ཆེ་ཏུ་སོང་།

ཁོང་ཆོས་སླར་ཡང་དཔལ་འབར་ཐེངས་གསུམ་པ་དེ་གྲ་སྒྲིག་བྱས། གལ་ཏེ་ཐེངས་འདི་ལ་ཡང་མ་འགྲིག་ན་གཡུག་བཞག་རྒྱུ་ལས་མེད། གང་ཡིན་ཞེ་ན་དུས་ཚོད་ཕྱི་པོ་ཆགས་ན་པོ་ཆོའི་འཆར་གཞི་སྒྲུབ་ཐབས་མེད།

ཁོང་ཆོས་མྱུ་མཐུད་དེ་དཔལ་འབར་ལ་མེ་སྤྱར་བ་དང་སྦྲང་ཚང་འཐུ་མཁན་གྱིས་ཐག་པར་འཕྱུད་ནས་སྦྲང་ཚང་གི་ཉེ་འགྲམ་དུ་སླེབས། པོ་ཆོས་

གཟིབ་ཆེན་པོ་ཞིག་སྤྲང་ཚང་ལ་སྤྱར་བ་དང་སྨྱུག་མའི་དབྱུག་གུས་འཛིན། སྤྲང་ཚང་སྙིང་དུ་ད་དུང་སྤྲང་ནོར་བུ་མང་པོ་བསྡད་ཡོད་པ་དང་། དེ་ཚོས་སློ་བུར་དུ་སྤྲང་རྩི་འབྲུ་མཁན་གྱི་གདོང་དང་ལག་པའི་སྟེང་དུ་མཆོངས་ནས་ཡོང་གི་ཡོད། འོན་ཀྱང་ཁོང་གིས་སྤྲང་ཚང་རྡོག་རྡོག་ཆེན་པོ་རེ་རེ་ཚུར་བླངས་ཏེ་ལས་འགན་ལེགས་སྒྲུབ་བྱས་ཡོད། ཉེ་མས་དགའ་སྤྲོའི་ངང་ནས“ཚང་མས་གྲ་སྒྲིག་བྱོས”ཞེས་སྐད་བརྒྱབ། ཁོ་ཚོས་མཉམ་དུ་ཐག་པ་འཛིན་པ་དང་གཡང་གཟའི་ཐོག་ཏུ་དཔྱངས་ནས་བསྡད་ཡོད་པའི་སྤྲང་རྩི་འབྲུ་མི་ཡར་ལ་འཛིན།

བླངས་ཟིན་པའི་སྤྲང་ཚང་དང་སྤྲང་རྩི་ངེས་པར་དུ་མཚན་མོ་དེ་རང་དུ་ལས་སྣོན་བྱེད་དགོས་ཀྱི་ཡོད། དེ་ལྟར་བྱུང་ན་སྤུས་ལེགས་ཤོས་ཀྱི་གསེར་མདོག་ལྡན་པའི་སྦྲ་ཆིལ་བཟོ་ཐུབ་པ་དང་དེ་ནི་ཁོ་ཚོའི་ལས་འགན་ཡིན། འདིར་ཀྱང་གོ་དང་ནེ་པ་ལའི་མཐའ་མཚམས་ས་ཁུལ་ཡིན་པས་ཉེ་མའི་སྦྲ་ཆིལ་ནེ་པ་ལའི་མིར་བཙོངས་ཏེ་ཁོ་ཚོའི་དགོས་ངེས་ཀྱི་འཚོ་བའི་མཁོ་ཆས་དང་བཟོ་པོ་རྒྱག་གི་ཡོད།

ཀ་ཏ་མན་ཌུ
ནེ་པ་ལ།

རྒྱ་མཚོའི་ངོས་ལས་མཐོ་ཚད་སྨིད1370ཡོད་པ།

ཀ་ཏ་མན་ཌུ་ནི་ནེ་པ་ལའི་རྒྱལ་ས་ཡིན་ཞིང་ལོ་ངོ་1000ལྷག་གི་ལོ་རྒྱུས་ལྡན་པའི་གནའ་བོའི་གྲོང་ཁྱེར་ཞིག་ཡིན། ཀ་ཏ་མན་ཌུའི་སྤུས་ལེགས་ཀྱི་ཨར་སྐྲུན་སྒྱུ་རྩལ་དང་ཤིང་དང་རྡོ་ཡི་བརྐོས་དཀྲོལ་ནི་ནེ་པ་ལའི་གནའ་བོའི་རིག་གནས་ཀྱི་མཚོན་རྟགས་ཤིག་ཏུ་གྱུར་ཡོད།

ཀ་ཏ་མན་ཌུའི་གྲོང་ཁྱེར་ཡོངས་ལ་དགོན་པ་ཆེ་ཆུང་མི་འདྲ་བ2700ལྷག་ཙམ་ཡོད་པ་དང་ཆོས་ལུགས་རིག་གནས་གཏིང་ཟབ་པོ་ཡོད་པ་མ་ཟད་

སའི་གོ་ལ་རྫིལ་པོའི་ལྷ་སྐུ་བཟོ་སྐྲུན་གྱི་ལྟེ་གནས་ཞིག་ཀྱང་ཡིན།

ཤར་པ་བ་དེ་དག་གིས་དཀའ་ལས་མང་པོ་བརྒྱབ་ནས་ཐོབ་པའི་རྩ་ཆེའི་གསེར་མདོག་ཅན་གྱི་ཕྲ་ཚོམ་དེ་དག་ཀ་ཏ་མན་རྟུའི་བཟོ་རྩལ་པ་ཚོས་ལྷ་སྐུའི་ལུགས་པར་དུ་བེད་སྤྱོད་བྱེད་ཀྱི་ཡོད། ཧི་མ་ལ་ཡའི་ཕྲ་ཚོམ་ལུགས་པར་གྱིས་བཟོས་པའི་ལྷ་སྐུ་ནི་ཧ་ཅང་ཚགས་དམ་པོ་ཡོད་ལ་བཀྲག་མདངས་ཀྱང་ཆེན་པོ་ལྡན་ཡོད།

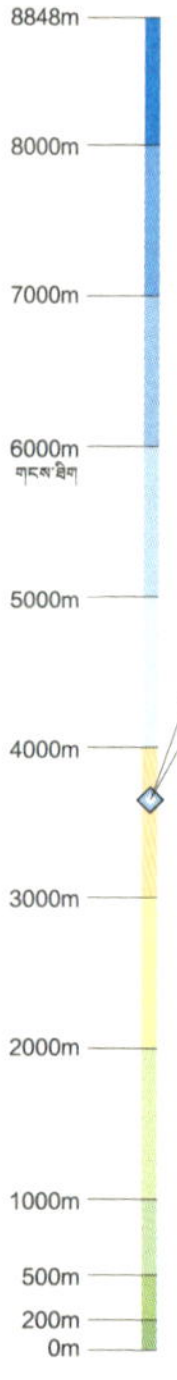

པད་གྲོང་རྫལ།

བོད་རང་སྐྱོང་ལྗོངས།

རྒྱ་མཚོའི་ངོས་ལས་མཐོ་ཚད་སྨིད3700ཡོད་པ།

པད་གྲོང་རྫལ་ནི་བོད་རང་སྐྱོང་ལྗོངས་ཉིང་ཁྲི་གྲོང་ཁྱེར་གྱི་ཁོངས་སུ་གཏོགས་ཤིང་། ཡར་ཀླུངས་གཙང་པོའི་གྲོག་རོང་ཆེན་མོའི་འཛུལ་སྒོར་གནས་ཡོད།

པད་གྲོང་རྫལ་དུ་རི་བོ་ཧི་མ་ལ་ཡའི་ཁུག་ཀྱོག་གཞན་ཞིག་ཏུ་དབྱིབས་ཡོངས་སུ་གྱུར་བའི་སྤང་ནོར་བུའི་རིགས་ཤིག་ཡོད་ཅིང་། དེ་གའི་ཤོད་སྲོལ་ལྟར་ན་སྤང་ནོར་བུས་ཁྱིམ་ཚང་གང་ཞིག་ཏུ་སྤང་ཚང་བསགས་ན་ཁྱིམ་ཚང་དེ་རྒྱུད་རྟ་ཡག་པོ་ཡོང་གི་ཡོད་པ་

མཚོན་གྱི་ཡོད།

སྒོ་ར་ཞིག་གི་ནང་དུ་སྦྱིན་བདག་སྐྱེས་པ་ཞིག་དང་ཕྲུ་གུ་སྒོ་རའི་ནང་དུ་རྩེད་མོ་རྩེ་བཞིན་ཡོད་པ་དང་མདའ་གཡབ་སྟེང་གི་སྦྲང་ནོར་བུ་ནི་སྔར་བཞིན་ཁ་ཁུ་སིམ་མེར་བསྡད་ཡོད། སྦྱིན་བདག་སྐྱེས་པ་དེས་ཆང་འཐུང་བཞིན་དགོད་བྲ་ཆེན་པོ་སྒྲོག་སྐབས་གཞི་ནས་སྦྲང་ནོར་བུས་ཟིང་སློང་ཏོག་ཙམ་རྒྱག་གི་ཡོད་ཀྱང་ཁོ་ཚོས་སྦྱིན་བདག་ལ་གནོད་པ་སྐྱེལ་མྱོང་མེད།

སྟོན་དུས་དང་དགུན་དུས་ཀྱི་དུས་ཚིགས་འབྲེལ་མཚམས་ཀྱི་ཉིན་ཞིག་གློ་བུར་དུ་སྦྲང་ནོར་བུ་ཚང་མ་འཕུར་ནས་སོང་བ་དང་། སྦྲང་ཚང་དང་སྦྲང་ཚང་ཕྱེད་ཀ་ཙམ་ཟིན་པའི་སྦྲང་རྩི་བཞག་ཡོད། སྦྱིན་བདག་སྐྱེས་པ་དེས་སྐས་འཛེག་ཐོག་འཛེགས་ནས་སྦྲང་རྩི་དེ་དག་བཏུས་ཏེ་ཁོ་ཚོའི་ནང་མིའི་ལག་རྟགས་སུ་

ཉར་ཚགས་བྱས། ཁོང་གིས་གཟབ་ནན་དང་སྲུང་ཚང་ལ་སྐྱོན་མི་ཐོར་རྒྱུ་གང་ཐུབ་བྱས་ཏེ་སྲུང་ནོར་བུ་དེ་དག་སང་ལོར་སྤུ་མཐུད་ལོག་ཡོང་རྒྱུའི་རེ་བ་བཅངས་ཀྱི་ཡོད། དཀའ་ལས་ཏོག་ཙམ་ཡང་རྒྱག་མི་དགོས་པར་ཁྱིམ་མི་ཚང་མས་རང་བྱུང་ཉིད་ཁུའི་ཐྲོ་བ་མྱངས་ཐུབ་ཡོད། རང་བྱུང་གི་ཚེ་སྲོག་དེ་རིགས་ཀྱིས་སྲུད་པ་དང་སྐྱེས་སུ་ཕུལ་བ་ནི་ཁྱིམ་ཚང་གི་ཁྱིམ་མིའི་བཟོད་སྒོམ་དང་བརྩེ་སེམས་ལས་བྱུང་བ་ཞིག་ཡིན།

ཧི་མ་ལ་ཡས་གདུག་རྩུབ་ཆེ་ཤོས་ཀྱི་སྲུང་ནོར་བུ་གསོ་སྐྱོང་བྱས་ཡོད་ལ་གཏོང་ཕོད་ཆེ་ཤོས་ཀྱི་སྲུང་ནོར་བུ་ཡང་གསོ་སྐྱོང་བྱས་ཡོད།

ཧི་མ་ལ་ཡའི་གཡང་གཟར་བྲག་རིའི་སྟེང་གི་སྤྲང་ཉོར་བྱ།

ཧི་མ་ལ་ཡའི་གཡང་གཟར་བྲག་རིའི་སྟེང་གི་སྤྲང་ཉོར་བྱ་ནི་འཛམ་གླིང་ཐོག་སྤྲང་ཉོར་བྱ་ཆེ་ཤོས་ཤིག་ཡིན་པ་དང་། ཧི་མ་ལ་ཡའི་རི་འདབས་སུ་འཚོ་ཞིང་ཁོ་ཚོའི་སྤྲང་ཚང་ཚང་མ་མཐོ་ཚད་རྨིད་བརྒྱ་ཡན་གྱི་བྲག་རི་གཡང་གཟར་སྟེང་དུ་ཡོད། དེར་བརྟེན“གཡང་གཟར་བྲག་རིའི་སྟེང་གི་སྤྲང་ཉོར་བྱ”ཞེས་བརྗོད་ཀྱི་ཡོད།

བྲག་རི་གཡང་གཟར་སྟེང་གི་སྤྲང་ཉོར་བྱ་ནི་སྤྱིར་ན་རྒྱ་མཚོའི་ངོས་ལས་མཐོ་ཚད་རྨིད1000-3500ཡི་གཡང་གཟར་དུ་བབ་སྡོད་བྱེད་ཀྱི་ཡོད་པ་དང་། སྤྲང་ཉོར་བྱར་དུས་ཚིགས་ལ་གཞིགས་ནས་བབ་སྡོད་བྱེད་པའི་གོམས་གཤིས་ཤིག་ཡོད་ཅིང་། དགུན་ཁར་ས་བབ་དམའ་བའི་དྲོ་ཁུལ་དུ་གནས་སྤོ་བྱེད་ཀྱི་ཡོད་པ་དང་དབྱར་ཁར་རི་བོ་མཐོ་ཞིང་བསིལ་བའི་ཁུལ་དུ་གནས་སྤོ་བྱེད་ཀྱི་ཡོད། སྤྲང་ཉོར་བྱའི་གཟུགས་པོའི་རིང་ཚད་ལ་ལིའི་རྨིད་17-18ཡོད་པ་དང་སྤྱིར་བཏང་གི་སྤྲང་ཉོར་བྱ་ལས་ལྷབ་ཁ་ཤས་ཀྱིས་ཆེ་བ་ཡོད།

དཔྱིད་ཀ་དང་སྟོན་ཁར་སྤྲང་རྩི་འཐུ་བའི་དུས་ཚིགས་སུ་སླེབས་སྐབས་ཧི་མ་ལ་ཡའི་རི་ཁུལ་གྱི་སྤྲང་རྩི་འཐུ་མཁན་གྱིས་ཐག་སྐས་སྟེང་འཁྱུད་དེ་ཚེ་སྲོག་གི་

ཉིན་ཁར་མི་འཛོམ་ལ། སྤྲང་ནོར་བུ་ཁྲི་སྟོང་མང་པོས་སོ་བཏབ་ཀྱང་མི་སླེབ་པར་བྲག་རི་གཡང་གཟར་སྟེང་གི་སྤྲང་ཚང་དང་སྤྲང་རྩེ་འབྲུ་ཡི་ཡོད། ཁོ་ཚོས་མི་རབས་ནས་མི་རབས་བརྒྱུད་སྤྱོད་བྱས་པའི་ལག་རྩལ་དང་ལག་ཆ་ཐེབས་ཆག་བེད་སྤྱོད་བྱེད་ཀྱི་ཡོད་པ་དང་། ལོ་མང་རིང་གི་སྤྲང་རྩེ་འབྲུ་ཐབས་ལ་ཡང་ཧ་ལམ་འགྱུར་བ་གང་ཡང་ཕྱིན་མེད།

སྤྲང་རྩེ་འབྲུ་མཁན་གྱི་ལས་བགོས་ཁ་གསལ་པོ་བརྒྱབ་ཡོད་པ་དང་། སྤྲང་རྩེ་འབྲུ་བའི་བརྒྱུད་རིམ་ཧྲིལ་པོར་ཆུ་ཚོད་གཉིས་གསུམ་འགོར་གྱི་ཡོད། ཁོ་ཚོས་སྔོན་ལ་དུ་བ་གློད་དེ་སྤྲང་ནོར་བུ་སྤྲང་ཚང་ནས་འཕུར་དུ་བཅུག་པ་དང་དེ་རྗེས་ཐག་སྐས་ལ་བརྟེན་ནས་གཡང་གཟར་སྟེང་དུ་འཛེགས་ཀྱི་ཡོད། དེ་ནས་མུ་མཐུད་དེ་སྤྲང་རྩེ་འབྲུ་མཁན་གྱིས་རྒྱུག་པ་སོགས་ལག་ཆ་ཐེབས་ཆག་སྤྱད་ནས་མཁོགས་མྱུར་སྤྲང་ཚང་མར་ལེན་གྱི་ཡོད། སྐབས་དེར་ཁོང་ཁྲོ་ལངས་ནས་བསྡད་ཡོད་པའི་བྲག་རི་གཡང་གཟར་སྟེང་གི་སྤྲང་ནོར་བུས་སྤྲང་རྩེ་འབྲུ་མཁན་ལ་སྣོར་བཙོམ་བྱེད་པར་ཡོང་གི་ཡོད། འོན་ཀྱང་བདེ་ལྷུག་འཁྲུག་ལ་སྤྲང་རྩེ་འབྲུ་རྩལ་མཁས་པའི་སྤྲང་རྩེ་འབྲུ་མཁན་གྱིས་འཚབ་འཚུབ་མེད་པར་སྤྲང་རྩེ་འབྲུ་བའི་ལས་རྣམས་ལེགས་པར་སྒྲུབ་ཀྱི་ཡོད།

སྤྲང་རྩེ་འབྲུན་མཁན་ལ་བྱུང་བའི་སྤྲང་རྩེ་དང་སྤྲང་ཚང་སླར་ཡང་ལས་སྟོན་བྱས་ཏེ། ཞིང་ཚད་སྤྱི་རྒྱ་ཁྱོན་གཉིས་ཡས་མས་ཀྱི་སྤྲ་ཚོལ་གྱི་ཕ་གུ་གུ་བཞི་རེ་

རེ་བཟོ་ཡི་ཡོད། སྦྲང་རྩི་དང་སྦྲ་ཚིལ་དེ་དག་གྲོང་མི་ཚོས་ཁག་གཅིག་རང་ཉིད་ཀྱི་ཟས་སུ་ཉར་བ་དང་གཞན་དག་རྣམས་འཚོ་བའི་མཁོ་རྫས་དང་བཟའ་ཆས་དང་བརྗེ་པོ་རྒྱག་གི་ཡོད།

རི་བོ་ཧི་མ་ལ་ཡ་ཁུལ་གྱི་སྦྲང་རྩི་འཐུ་མཁན་གྱིས་སྦྲང་ནོར་བུ་ནི་ལྷས་གནང་བ་ཞིག་ཡིན་པ་དང་སྦྲང་རྩི་འཐུ་བར་ཁོ་ཚོས་མེས་པོའི་ཞབས་རྗེས་དེད་དེ་ལྷ་ཡི་གནང་བ་བཞིན་འཚོལ་དགོས་པའི་ཡིད་ཆེས་བྱེད་ཀྱི་ཡོད། ལོ་ངོ་ཁྲི་སྟོང་མང་པོའི་རིང་སྦྲང་རྩི་འཐུ་མཁན་གྱིས་སྦྲང་ཚང་རྩ་སྟོང་གཏོང་མྱོང་མེད་པར་ད་དུང་ཁག་གཅིག་སུ་མཐུད་བཞག་སྟེ་སྦྲང་ཚང་སླར་ཡང་རྒྱ་ཆེར་གཏོང་རྒྱུར་རེ་སྨུག་བྱེད་ཀྱི་ཡོད། སྲོལ་རྒྱུན་གྱི་སྦྲང་རྩི་འཐུ་ཐབས་དེ་རིགས་ཀྱིས་སྦྲང་བུའི་ཚོགས་རྣམས་སུ་མཐུད་འཕེལ་རྒྱས་འགྲོ་ཐུབ་པ་མ་ཟད་སྲོལ་རྒྱུན་གྱི་སྦྲང་རྩི་འཐུ་ཐབས་རྒྱུན་མཐུད་བྱེད་ཐུབ་པ་བྱུང་ཡོད།

ཤར་པ་བ།

ཤར་པ་བ་ནི་ཀྲུང་གོའི་མཐའ་མཚམས་རི་ཁུལ་གྱི་རྒྱལ་ཁོངས་ལས་བརྒལ་བའི་མི་རིགས་ཤིག་ཡིན་པ་དང་། "རི་བོ་ཧི་མ་ལ་ཡའི་ཁུར་པོ་འཁུར་མཁན"ཞེས་པའི་སྙན་གྲགས་ལྡན་ཡོད། ཤར་པ་བ་ནི"ཤར་ཕྱོགས་ཀྱི་མི"ཞེས་པའི་དོན་ཡིན་ཞིང་། ནུབ་ཏུ་སྐྱས་སྤོས་བྱས་པའི་ཀྲུང་གོའི་གནའ་བོའི་ཏང་ཤང་ཆང་རིགས་ཀྱི་གདུང་རྒྱུད་ཡིན། ད་ལྟ་ཏ་ལམ་མི་40000ཡོད། གཙོ་བོ་ནེ་པ་ལར་གཞིས་ཆགས་

ཡོད་པ་དང་ཀྲུང་གོའི་བོད་ལྗོངས་ཀྱི་མངའ་ཁོངས་སུ་ཧ་ལམ་མི་1200ཡོད་པ་རེད། ཤར་པ་བ་དེ་དག་རྒྱལ་ཁབ་མི་གཅིག་པའི་ནང་དུ་འཚོ་བ་སྐྱེལ་གྱི་ཡོད་རུང་ཁོ་ཚོས་ཡུན་རིང་རྙོག་འཛིང་ཆེ་བའི་ལོ་རྒྱུས་ཀྱི་འཕེལ་རིམ་ཁྲིད་སྟེ་ཕྱི་བར་གསུམ་དུ་རང་ཉིད་ཀྱི་ཐུན་མོང་མ་ཡིན་པའི་མི་རིགས་ཀྱི་རིག་གནས་རྒྱུན་འཁྱོངས་མཐའ་གཅིག་ཏུ་བྱས་ཡོད།

ཤར་པ་བ་ནི་རྒྱ་མཚོའི་ངོས་ལས་མཐོ་ཚད་སྨི་5000ཡས་མས་ཀྱི་རི་མཐོའི་ས་ཁུལ་དུ་གནས་སྡོད་གཙོ་བོ་བྱེད་ཀྱི་ཡོད་པ་དང་། འཚོ་བའི་གོམས་གཤིས་དང་ཆོས་ལུགས་ཀྱི་གོམས་གཤིས་ལ་རང་བྱུང་ཁོར་ཡུག་དང་སྲོལ་རྒྱུན་རིག་གནས་ཀྱི་ཤུགས་རྐྱེན་ཐེབས་ཤིང་། འཚོ་བའི་གོམས་གཤིས་མང་པོ་ཞིག་བོད་རིགས་དང་འདྲ་པོ་ཡོད། ཁོ་ཚོར་རུས་མིང་མེད་ཅིང་མིང་ཁོ་ན་ཡིན་པ་དང་མིང་ནི་བོད་རིགས་དང་འདྲ་པོ་ཡོད། ཤར་པ་བ་ལ་རང་ཉིད་ཀྱི་སྐད་ཡོད་པ་དང་ཡི་གེ་མེད། ཤར་པ་བས་ནང་བསྟན་ཆོས་ལུགས་ལ་དད་པ་བྱེད་ཀྱི་ཡོད།

མཐོ་སྒང་ས་ཁུལ་དུ་འཚོ་བ་སྐྱེལ་གྱི་ཡོད་པར་བརྟེན་ཤར་པ་བ་མང་པོ་ཞིག་གིས་བ་ཕྱུགས་འཚོ་བ་དང་བལ་ལས་སྔོན་བྱ་རྒྱུ་ཚུད་པའི་ཞིང་ལས་དང་འབྲོག་ལས་བྱེད་ཀྱི་ཡོད། ཁོ་ཚོས་རྩི་འདེབས་བྱེད་པའི་ལོ་ཏོག་གཙོ་བོ་ནི་སྙ་དམ་དང་ཞོག་ཁོག སོན་ཚག བྲ་བོ། སྲན་རིགས་བཅས་ཡིན།

ཡུན་རིང་མཐོ་སྒང་དུ་འཚོ་བ་སྐྱེལ་བས་ཤར་པ་བར་དམིགས་བསལ་གྱི་

གཟུགས་བྱད་དང་རྣམ་པ་ཞིག་ལྡན་ཡོད། ཁོ་ཚོའི་སློ་དབུགས་ཀྱི་ཤོང་ཚད་གཞན་ལས་ལྷག་པ་ཡོད་པ་དང་། ཁྲག་རྒྱུན་ནང་དུ་ཁྲག་རིལ་དམར་པོའི་སྤྲི་དཀར་གྱི་གར་ཚད་སྤྱིར་བཏང་གི་མི་ལས་མཐོ་བ་ཡོད།

དུས་རབས་20ཡི་ལོ་རབས་20ནས་བཟུང་ཤར་པ་བས་རི་འཛེགས་པར་སྣེ་ཤན་བྱེད་པ་དང་ཁུར་པོ་འཁུར་མཁན་བྱེད་ཀྱི་ཡོད། ཁོང་ཚོ་གཟུགས་གཞི་ཐང་པོ་ཡོད་པ་དང་ལ་དུག་རྒྱག་གི་མེད་ལ། དཀའ་སྤྱད་སྙིང་རུས་ཆེ་ཞིང་རིར་འཛེགས་པའི་ཐབས་ཀྱང་མཁས་པོ་ཡོད། དེ་བརྟེན་ཇོ་མོ་གླང་མར་འཛེགས་མཁན་རི་འཛེགས་རུ་ཁག་ཚང་མའི་ཁྲིད་དུ་ཏ་ལམ་ཤར་པ་བའི་གཟུགས་བརྙན་མཐོང་རྒྱུ་ཡོད། ཁོ་ཚོ་ནི་ཇོ་མོ་གླང་མར་འཛེགས་ཐུབ་མཁན་གྱི་མི་གྲངས་མང་ཤོས་ཀྱི་རིགས་ཚོགས་གཅིག་ཡིན་ལ་རྐྱེན་ལམ་དུ་ཤོར་བའི་མི་གྲངས་ཀྱང་མང་ཤོས་ཤིག་ཡིན། མིའི་རིགས་ཀྱིས་ཇོ་མོ་གླང་མར་འཛེགས་པའི་ལོ་རྒྱུས་ཐོག་ཤར་པ་བའི་བྱས་རྗེས་ནི་ཟུབ་ཐབས་མེད་པ་ཞིག་རེད། རྒྱལ་ཁབ་ཁག་གི་རི་འཛེགས་རུ་ཁག་ལ་སྣེ་ཤན་བྱ་རྒྱུ་དང་རྒྱབ་སྐྱོར་ཞབས་འདེགས་ཞུ་རྒྱུ་ནི་དེང་སྐབས་ཤར་པ་བའི་དཔལ་འབྱོར་ཡོང་ཁུངས་གཙོ་བོའི་གྲས་ཤིག་ཡིན།

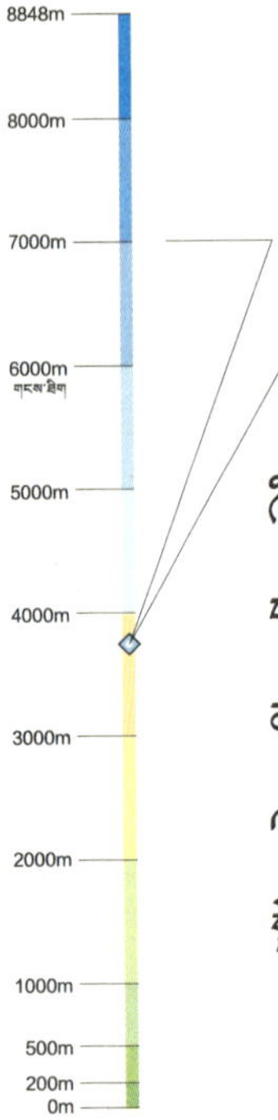

སྙེ་མོ།
བོད་རང་སྐྱོང་ལྗོངས།

རྒྱ་མཚོའི་ངོས་ལས་མཐོ་ཚད་སྨིད3800ཡོད་པ།

སྙེ་མོ་རྫོང་ནི་ལྷ་ས་གྲོང་ཁྱེར་མངའ་འོག་གི་རྫོང་ཞིག་ཡིན་ཞིང་། བོད་རང་སྐྱོང་ལྗོངས་ཀྱི་དབུས་ལྗོངས་ཁུལ་དང་ཡར་ཀླུངས་གཙང་པོའི་བར་རྒྱུད་བྱང་ངོས་སུ་ཡོད་པ་དང་། ལྷ་ས་གྲོང་ཁྱེར་ནས་ལྷོ་ནུབ་ཀྱི་སྤྱི་ལེ་140སར་གནས་ཡོད། སྙེ་མོའི་སྲོལ་བཟོ་རྩལ་ལ་ལོ་རྒྱུས་ཡུན་རིང་ལྡན་པ་མ་ཟད། སྙེ་མོ་ནི་གྲགས་ཅན་བོད་ཀྱི་སྲོལ་ཤོག་མའི་ཐོན་ཡུལ་གྱི་གྲས་ཤིག་ཀྱང་ཡིན།

དཔར་འདེབས་བྱེད་པ་སྟེ། སྟོབས་རྒྱལ་གྱི་བོད་ཤོག

སྙེ་མོ་རྫོང་ཁོངས་སུ་ཡོད་པའི་ཡར་ཀླུངས་གཙང་པོ་རྒྱུག་ཁུལ་གྱི་རི་འདབས་ཤིག་ཏུ་མེ་ཏོག་ཟིང་སྐྲ་མང་པོ་ཞིག་ཞལ་ཁ་རབ་ཏུ་ཕྱེ་ནས་ཡོད།

ལུག་ཕྲུས་མེ་ཏོག་སོས་པ་དེ་རིགས་ལ་སུན་སྣང་སྐྱེས་པ་ཇི་བཞིན་རྩ་བ་ནས་ཟ་ཡི་མེད། མེ་ཏོག་དེ་རིགས་ལ་མི་རྣམས་སྐྲག་དགོས་པའི་མིང་ཞིག་ཡོད་པ་དེ་ནི་རྩུ་རེ་ལྕུག་ཟེར་བ་དེ་ཡིན།

དེ་ཡང་མ་གཞི་རྩུ་རེ་ལྕུག་ལ་དུག་ཡོད་པས་ནམ་རྒྱུན་མི་རྣམས་ཀྱིས་དུག་ཤིང་ལ་བརྩིས་ཏེ་ལག་པར་མ་རེག་པ་བྱེད་ཀྱི་ཡོད་ཀྱང་སྟོབས་རྒྱལ་གྱིས་དེ་ནི་དངོས་པོ་ཡག་པོ་ཞིག་ཏུ་ངོས་འཛིན་གྱི་ཡོད། དེར་བརྟེན་ཁོ་ཚོས་ཆེད་མངགས་ས་སྟོང་ཞིག་བཅལ་ནས་ས་རྐོད་སློག་པ་མ་ཟད། མི་གཞན་གྱིས་ལོ་ལྟར་དང་

རྒྱུད་རིང་པོས་པོ་ཏོག་འདེབས་པ་ལྟར་མཛེས་སྡུག་ལྡན་པའི་རྩྭ་རེ་ལྷུག་དེ་རིགས་འདེབས་ཀྱི་ཡོད།

རྩྭ་རེ་ལྷུག་གི་དུག་ནི་ཚ་བར་ཡོད་པ་དང་དེ་ནི་སྟོབས་རྒྱལ་ལ་དགོས་ངེས་དེ་ཡིན་ཞིང་སྟོབས་རྒྱལ་གྱིས་ཞིང་ཁའི་ནང་ནས་རྩྭ་རེ་ལྷུག་དེ་ཚོ་ཚ་བཀོག་བཏང་ནས་འཁྱུར་ཡོང་། བཀོག་ཡོང་བའི་རྩྭ་རེ་ལྷུག་གི་ལོ་མ་རྣམས་དོར་ཏེ་ཚ་བ་ཉར་གྱི་ཡོད་པ་དང་པགས་པ་བཤུས་ནས་དུམ་བུར་བཏང་སྟེ་བཙོས་རྗེས་རྫ་ཡིས་བརྡུང་ནས་ཞིབ་ཞིབ་བཟོ་ཡི་ཡོད། སྟོབས་རྒྱལ་གྱིས་སྲོལ་རྒྱུན་གྱི་ལག་ཤེས་ལ་བརྟེན་ཏེ་བཙོས་ནས་ཞིབ་ཞིབ་བཟོས་ཟིན་པའི་རྩྭ་རེ་ལྷུག་གི་ཚ་བས་ཤོག་བུའི་སྙི་མ་བཟོ་ཡི་ཡོད། ཤོག་བུའི་སྙི་མ་དེ་རིགས་ལས་བཟོས་པའི་ཤོག་བུ་ཤོག་ལྷེ་རེ་རེ་བཞིན་སྒོ་ར་འི་ནང་དུ་གྲིབ་སྐམ་བཏང་ནས་བཞག་ཡོད།

སྟོབས་རྒྱལ་གནས་སའི་ཉེ་ཝེགས་གྲོང་ཚོར་ལོ་ངོ་1300ཡི་ཤོག་བུ་བཟོ་བའི་ལོ་རྒྱུས་ཡོད་ཅིང་། སྟོབས་རྒྱལ་གྱིས“འདི་ནི་མེས་པོའི་ཤུལ་བཞག་ཡིན་པས་ངས་ལག་རྩལ་འདི་བརྒྱུད་སྐྱོད་ཐུར་ཐག་ཅེད་ཀྱི་ཡིན”ཞེས་བཤད།

སྟོབས་རྒྱལ་གྱིས་བསྐམས་ཟིན་པའི་ཤོག་ལྷེ་ལག་པས་ཐེར་ཐེར་བཟོས་པ་དང་དེ་རྗེས་ཞིབ་ཕྲའི་ངང་ཁ་ཕྱེ་ཡི་ཡོད། རྩྭ་རེ་ལྷུག་གིས་རྒྱུ་ཆ་གཙོ་བོ་བྱས་ཏེ་བཟོས་པའི་བོད་ཤོག་ལ་མཉེན་ཞིང་སྲ་བ་དང་འབུས་མི་ཟ་བ། ཆོས་གཞི་བརྟན་པ། སྲོད་ཡུན་རིང་བ་བཅས་ཀྱི་ཁྱད་ཆོས་ལྡན་ཡོད།

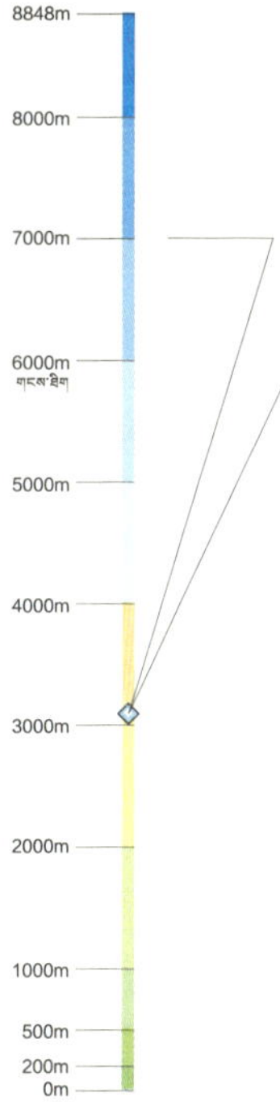

སྡེ་དགེ

ཟེ་ཁྲོན་ཞིང་ཆེན།

རྒྱ་མཚོའི་ངོས་ལས་མཐོ་ཚད་སྨིད3188ཡོད་པ།

སྡེ་དགེ་རྫོང་ནི་ཟེ་ཁྲོན་ཞིང་ཆེན་དཀར་མཛེས་བོད་རིགས་རང་སྐྱོང་ཁུལ་གྱི་ནུབ་བྱང་ཕྱོགས་སུ་གནས་ཡོད། སྡེ་དགེ་དཔར་ཁང་ནི་སྡེ་དགེ་རྫོང་ཁོངས་ཀྱི་ས་སྐྱ་པའི་གྲུབ་མཐའི་དགོན་པ་སྡེ་དགོན་ཆེན་དགོན་གྱི་ནང་དུ་ཡོད་ཅིང་། དེར་སྔ་མོ་ནས་དཔེ་ཆ་བསྡུ་ཉར་ཕུན་སུམ་ཚོགས་པོ་བྱས་ཡོད་ཁར་གྲུབ་མཐའ་མང་པོའི་དཔེ་ཆ་མཉམ་འདུས་བྱས་ཡོད་པས་སྙན་གྲགས་འཛམ་བུའི་གླིང་དུ་ཁྱབ་ཡོད། སྡེ་དགེ་

པར་ཁང་ལ་ད་བར་ལོ་ངོ་270ལྷག་ཙམ་གྱི་ལོ་རྒྱུས་ལྡན་ཞིང་། དཔར་ཁང་ནང་དུ་བོད་ཀྱི་རིག་གནས་ཁྲོད་ཀྱི་གསུང་རབ་མང་ཆེ་བ་ཉར་ཚགས་བྱས་ཡོད་ལ་རྩ་ཆེའི་རིག་གཞུང་སྣ་ཚོགས་པོད་830ལྷག་ཙམ་ཡོད་པས་བོད་ཀྱི་ལོ་རྒྱུས་དང་ཆབ་སྲིད། དཔལ་འབྱོར། ཆོས་ལུགས། གསོ་རིག་སོགས་ཞིབ་འཇུག་བྱ་རྒྱུར་རིན་ཐང་ཧ་ཅང་ཆེན་པོ་ལྡན་ཡོད། དཔར་ཁང་ལ་ད་ལྟ་དཔར་ཤིང་ཁྲི་30ལྷག་ཙམ་ཡོད་པ་མ་ཟད། ད་དུང་ལག་པས་དཔར་ཤིང་བརྐོ་བའི་ལག་རྒྱུན་རྒྱུད་འཛིན་བྱས་ཏེ་མུ་མཐུད་《བསྟན་འགྱུར》དང་《བཀའ་འགྱུར》སོགས་དཔར་འདེབས་བྱེད་བཞིན་ཡོད། དཔར་འདེབས་བྱས་པའི་གློགས་བམ་གྱི་རྒྱུ་ཆར་ཞིབ་དཔྱད་བྱས་ཡོད་ལ་དཔར་རྒྱག་གི་བཟོ་རྩལ་ཡང་སྨུས་ལེགས་ཡིན་ཞིང་། ལས་རིམ་ཚང་མར་སྨུས་ཚད་ཀྱི་ཚད་གཞི་ནན་པོ་ཡོད་པ། གློགས་བམ་གྱི་ཡིག་འབྲུ་ཁ་གསལ་

126

བ། ཡུན་རིང་བཟོ་ལྟ་འགྱུར་གྱི་མེད་པ་བཅས་ཡིན།

སྡེ་དགེ་དཔར་ཁང་དུ་སྟོབས་རྒྱལ་གྱིས་བཟོས་པའི་ཤོག་བུར་ཆེ་སྲོག་གསར་པ་གཅིག་སྦྱིན་ཡོད། མཉེན་ཞིང་སྲ་བའི་ཤོག་ལྡེ་རེ་རེ་བཞིན་ཞིང་དུ་དྲས་པ་དང་དེ་རྗེས་ཆུ་ལ་སྦངས་ཤིང་རིལ་རིལ་བཟོས་ནས་ཆུ་ལས་བཏོན་ཏེ་ཕྱི་ཏུ་གྲིབ་སྐམ་གཏོང་གི་ཡོད། དེང་འདིར་བོད་ཤོག་བེད་སྤྱོད་མང་ཤོས་ནི་གནའ་བོའི་པར་ཤིང་དཔར་འདེབས་ཤོག་བུར་སྤྱོད་ཀྱི་ཡོད།

ཞོགས་སྔ་པོར་དཔར་ཁང་གི་སྒོ་ཕྱེ་མ་ཐག་མཚན་གཅིག་རིང་གྲིབ་སྐམ་བཏང་བའི་ཤོག་བུ་དཔར་ཁང་ནང་དུ་བསྐྱིལ་དགོས་ཤིང་། ཤོག་བུ་དཔར་ཁང་ནང་དུ་བསྐྱིལ་བ་དེ་ནས་བཟུང་ཤོག་བུ་དང་དཔར་ཤིང་བར་གྱི་འབྲེལ་བ་དངོས་སུ་འགོ་ཚུགས་པ་མཚོན་གྱི་ཡོད།

དེ་ཡང་དཔར་ཤིང་སྟེང་དུ་ཁ་མདོག་མཛེས་པའི་སྣག་ཚ་བྱུགས་པ་དང་། དྲས་ཟིན་པའི་བོད་ཤོག་དེའི་སྟེང་དུ་བཞག་སྟེ་ལྟེབ་རིལ་གྱིས་བསྣན་པས་བསྣན་ཐེངས་རེ་ལ་ཤིང་པར་ཐོག་གི་ཡི་གེ་རྣམས་ཤོག་བུའི་སྟེང་དུ་ཁྲ་ལམ་མེར་གསལ་གྱི་ཡོད། འདིར་མི་ཚོས་ཤོག་བུ་དང་དཔར་ཤིང་དབར་གྱི་འབྲེལ་བ་དམ་ཟབ་མཐོང་བས་སེམས་སུ་ཁུ་སིམ་ཞིང་སྤྲོ་སྣང་ལྡན་པའི་སྣང་བ་ཞིག་ཡོང་གི་ཡོད། དཔར་འདེབས་ནི་སྐྱུབ་པ་རྒྱག་པ་དང་འདྲ་ཞིང་། དཔར་བརྟབ་ཟིན་པའི་དཔེ་ཆ་རྣམས་ལག་པས་དྲས་པ་དང་དབུར་ཏེ་རྒྱག་པ། སྣག་ཚ་སྐུས་པ་བཅས་བྱས་ཏེ་མཐའ་མར་དཔེ་ཆ་ཆ་ཚང་བ་ཞིག་དཔར་འདེབས་ཟིན་པ་ཡིན། ཤོག་བུ་དེ་དག་དུས་དེ་ནས་བཟུང་སྐྱེ་དང་ལྡན་པས་དད་པ་བྱ་ཡུལ་གལ་ཆེན་ཞིག་ཏུ་གྱུར་ཏོ། །

བོད་ཤོག

མི་ཆོས་བོད་ཀྱི་ལོ་རྒྱུས་ནི་བོད་ཤོག་སྟེང་དུ་བཀོད་ཡོད་ཅེས་བརྗོད་ཀྱི་ཡོད། བོད་ཤོག་ནི་རྩ་རེ་ལྕུག་དང་སོ་མ་སོགས་རྩི་ཤིང་གི་ཆོལ་རྒྱུ་རྫ་རྩི་དང་བ་ཚྭ་སོགས་སྦྱད་དེ་ལས་རིམ་བཅུ་གྲངས་བརྒྱུད་ནས་བཟོས་པ་ཞིག་ཡིན། རྒྱུ་ཆ་དེ་དག་མང་ཆེ་བ་སྨྲོས་བཟོ་བྱེད་ཀྱི་རྒྱུ་ཆ་དང་སྨན་རྫས་ཡིན་པས་མ་གནས་མཐོ་ཙམ་ཡོད།

ཤོག་བུ་བཟོ་བའི་ལག་རྩལ་ནི་ཀྲུང་གོའི་གནའ་རབས་ཀྱི་གསར་གཏོད་ཆེན་པོ་བཞིའི་གྲས་ཤིག་ཡིན་པ་དང་། བོད་རིགས་ཀྱི་ཤོག་བུ་བཟོ་བའི་ལག་རྩལ་དེ་ལོ་ངོ་1300སྔོན་གྱི་རྒྱ་བོད་གཉེན་འབྲེལ་ལས་བྱུང་བ་ཞིག་ཡིན། ལོ་རྒྱུས་དེབ་ཐེར་ལ་གཞིགས་ན་ཐང་རྒྱལ་རབས་ཀྱི་གོང་མ་དང་བོད་ཀྱི་གནའ་བོའི་བཙན་པོའི་རྒྱལ་རྒྱུད་གཉིས་གཉེན་འབྲེལ་བྱས་པ་དང་རྒྱ་བཟའ་ཀོང་ཇོ་བོད་དུ་ཕེབས་སྐབས་རྒྱའི་དཔེ་ཆ་དང་གསུང་རབ་མང་པོ་བོད་དུ་བསྣམས་ཡོད་ཅིང་། ཐང་གི་རྒྱལ་པོ་གཞོ་ཙུང་དུས་སུ་བོད་ཀྱི་བཙན་པོ་གདན་དྲངས་པ་དང་ཐང་རྒྱལ་རབས་ཀྱི་ཆང་སྐྱལ་སྟངས་དང་ཤོག་བུ་བཟོ་རྩལ། ལྕུགས་བཙོ་སྦྱངས། འཁབ་ཐག་འཁེལ་སྟངས་སོགས་ཐད་ཀྱི་ལག་ཤེས་བོད་དུ་བསྣམས་ཡོད་ཟེར་བས། ཤོག་བུ་བཟོ་བའི་ལག་རྩལ་ཡང་དུས་དེ་ནས་བཟུང་བོད་དུ་རྩ་བ་ཚུགས་པ་ཞིག་ཡིན་པ་སྨྲ་ག་ལ་དགོས།

ཡིག་སྒྱུར་བྱས་ཏེ་དཔེ་ཆ་བཟོ་བར་ཤོག་བུ་དགོས་སྐབས་བོད་རིགས་ཀྱིས་རྒྱ་རིགས་ཀྱི་ཤོག་བཟོའི་ལག་རྩལ་སྦྱུ་མཐུད་དེ་སློབ་སྦྱོང་དང་ཞིབ་འཇུག་བྱས་ཏེ་ས་ཆ་དེ་རང་ནས་རྒྱུ་ཆ་བླངས་ཤིང་མཐའ་མར་བོད་ས་གནས་ཀྱི་དམིགས་བསལ་ཁྱད་ཆོས་ལྡན་པའི་བོད་ཤོག་ཐོན་སྐྱེད་བྱེད་ཐུབ་ཡོད། ལོ་ངོ་སྟོང་ཕྲག་མང་པོའི་རིང་བོད་ཤོག་གིས་བོད་ཀྱི་ཤེས་རིག་འཕེལ་རྒྱས་གཏོང་བར་ཤུགས་རྐྱེན་ཟབ་མོ་ཐེབས་ཡོད།

བོད་ཤོག་གི་རྒྱུ་ཆ་གལ་ཆེ་ཤོས་ནི་རྩ་རེ་ལྕུག་གི་རྩ་བ་ཚོ་རྒྱུ་ཡིན་ཞིང་། རྩ་རེ་ལྕུག་ནི་དུག་ལྡན་གྱི་རི་སྐྱེས་རྩ་ཞིག་ཡིན། རྩ་དེ་རིགས་ལ་དུག་ཡོད་པར་བརྟེན་བོད་ཤོག་ལ་འབུ་རྒྱག་པ་དང་ཙི་ཙིས་ཟ་བའི་སེམས་ཁྲལ་བྱེད་དགོས་ཀྱི་མེད་ལ་རུལ་ལྷད་མི་འགྲོ་བའི་ཁྱད་ཆོས་ཀྱང་ལྡན་ཡོད། བོད་ཤོག་གི་ སྲུས་ཚད་བརྟན་པ་དང་། ཧར་ཤན་ཆེ་ཞིང་ལྷེབ་སྒྲིལ་རྒྱག་བདེ་བ། སྨུག་ཚ་ལས་སླ་པོར་མི་མཆེད་པ། ཡུན་རིང་ལོ་མང་སོང་ཡང་ཚོན་མདོག་འགྱུར་གྱི་མེད། དེར་བརྟེན་ཆོས་ལུགས་ཀྱི་རྩ་ཆེའི་བསྟན་བཅོས་དང་སྲིད་གཞུང་གི་གཞུང་ཡིག་འབྲི་རྒྱུ་དང་པར་འདེབས་བྱ་རྒྱུར་བེད་སྤྱོད་མང་པོ་གཏོང་གི་ཡོད། ཕོ་བྲང་པོ་ཏ་ལ་དང་གཙུག་ལག་ཁང་སོགས་ལ་བོད་ཤོག་ཐོག་ནས་པར་འདེབས་བྱས་པའི་དཔེ་ཆ་གྲངས་མེད་ཉར་ཚགས་བྱས་ཡོད་པ་མ་ཟད། དེས་ན་ལོ་ངོ་སྟོང་གི་དུས་ཡུན་བརྒྱུད་ཀྱང་དཔེ་ཆ་དེ་དག་ལ་ཉམས་ཆག་གཏན་ནས་མི་ཡོང་བའི་རྒྱུ་རྐྱེན་གཙོ་བོ་ནི་བོད་རིགས་མེས་པོ་རྣམས་ནས་བོད་ཀྱི་དམིགས་བསལ་ཁྱད་ཆོས་ལྡན་པའི་བོད་ཤོག་བེད་སྤྱོད་བྱས་པས་ཡིན།

2006ལོའི་ཟླ་5པར་བོད་ཤོག་གི་སྲོལ་རྒྱུན་ལག་རྩལ་དེ་ཀྲུང་གོའི་ཐེངས་དང་པོའི་རྒྱལ་ཁབ་རིམ་པའི་དངོས་མིན་རིག་གནས་ཤུལ་བཞག་གི་གྲངས་ཐོ་ཅན་མིང་མཐོའི་ནང་བཅུག་ཡོད་པ་མ་ཟད། 2009ལོར་ཚེ་རིང་སྟོབས་རྒྱལ་ལ་ཡང་རྒྱལ་ཁབ་རིམ་པའི་དངོས་མིན་རིག་གནས་ཤུལ་བཞག་ནང་གི་དཔེ་མཚོན་རང་བཞིན་ལྡན་པའི་རྒྱུན་འཛིན་མཁན་གྱི་མཚན་སྙན་ཐོབ་ཡོད།

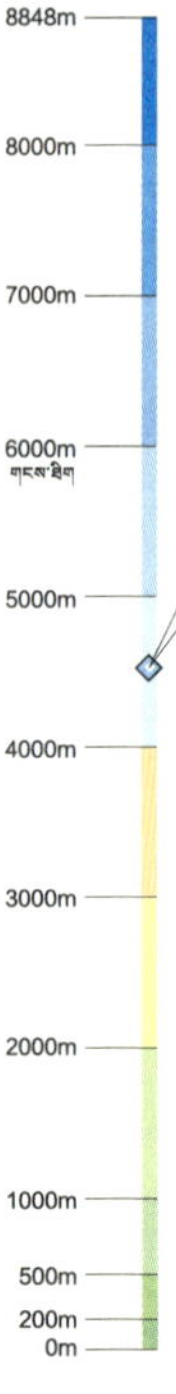

དངས་ར་གཡུ་མཚོ།
བོད་རང་སྐྱོང་ལྗོངས།

རྒྱ་མཚོའི་ངོས་ལས་མཐོ་ཚད་ཆིད4528ཡོད་པ།

དངས་ར་གཡུ་མཚོ་ནི་བོད་རང་སྐྱོང་ལྗོངས་ནག་ཆུ་ས་ཁུལ་ཉི་མ་རྫོང་དུ་གནས་ཡོད་པ་དང་། རྒྱ་ཁྱོན་སྤྱི་ལེ་ངོས་གྲུ་1400དང་། རིང་ཚད་ལ་སྤྱི་ལེ་70ཞེང་ཚད་ལ་སྤྱི་ལེ་20ཡོད་ཅིང་། བོད་ཀྱི་གནའ་བོའི་བོན་ཆོས་དང་ལྡན་པའི་གནས་མཚོ་ཆེ་ཤོས་ཤིག་ཡིན། དངས་ར་གཡུ་མཚོ་ལྷོ་བྱང་ཕྱོགས་སུ་རྒྱུག་ཅིང་དབྱིབས་ལྷམ་མཐིལ་ལྟར་ཡོད་ལ་ཕྱོགས་གསུམ་རི་བོས་བསྐོར་བ་དང་མཚོ་འགྲམ་གྱི་ཐང་རྒྱ་ཆེན་པོ་ཡོད་པས་བོད་བྱང་ཐང་གི་འབྲོག་ཁུལ་གཙོ་བོ་ཞིག་ཡིན་པ་དང་། རང་བྱུང་སྲུང་སྐྱོང་ཁུལ་དང་རང་བྱུང་

མཛེས་སྡོངས་གཅིག་ཏུ་འབྲིལ་བའི་ཡུལ་སྐོར་ཁྲུལ་ཞིག་ཡིན།

རྒྱ་མཚོའི་ངོས་ལས་མཐོ་ཚད་རྨིད་4500ཡན་གྱི་སར་ལོ་ཏོག་མང་ཆེ་བ་ཏ་ལམ་སྐྱེ་ཐུབ་ཀྱི་མེད། འོན་ཀྱང་དེ་གའི་མི་རྣམས་ཀྱིས་སྔར་བཞིན་ས་མཐོའི་གནམ་གཤིས་ལ་མི་སྐྲག་པར་རྩ་ཆེའི་མཐོ་སྒང་གི་ལོ་ཏོག་ཅིག་བཏབ་ཀྱི་ཡོད་པ་སྔེ་ནས་བཏབ་ཀྱི་ཡོད། ནས་ནི་བོད་ཀྱི་མཐོ་སྒང་ཁོ་ནར་ཡོད་པའི་གནའ་བོའི་ལོ་ཏོག་གི་རིགས་ཤིག་ཡིན་ཞིང་ད་ལྟ་རིགས་70ལྷག་ཙམ་ཡོད།

བགྲེས་སོང་ཞིག་གིས་དྭངས་ར་གཡུ་མཚོའི་དྭངས་གཙང་གི་མཚོ་ཆུར་ཁ་ཕྱོགས་ནས་དད་སེམས་ཆེན་པོས་སྨོན་ལམ་འདེབས་བཞིན་མཆིས། དྭངས་ར་གཡུ་མཚོ་ནི་གནའ་བོའི་བོན་ཆོས་ཀྱི་གནས་མཚོ་ཆེ་ཤོས་ཤིག་ཡིན་པ་དང་། ངག་རྒྱུན་དུ་ལོ་རྗེ་སྟོང་ཕྲག་གི་སྔོན་དུ་འདི་གར་སྐད་གྲགས་ལྡན་པའི་ཞང་ཞུང་

རྒྱལ་རབས་ཀྱི་ལྷེ་གནས་ཁུལ་ཡིན་ཟེར་ཞིང་། རྒྱ་མཚོའི་ངོས་ལས་མཐོ་ཚད་སྨིད་4500ཡོད། འོན་ཀྱང་རྒྱ་ཆེ་བའི་མཚོ་ངོས་དང་མཚོ་འགྲམ་གྱི་རི་བོ་ལས་ དྲོད་གཤེར་ལྡན་པའི་གནམ་གཤིས་ཤིག་བསྐྲུན་ཡོད། གནས་མཚོའི་འགྲམ་གྱི་ས་ཆ་ཚུང་དུ་ཞིག་གི་སྟེང་ཞིང་ཁ་ཁ་ཤས་ཤིག་ཡོད་ཅིང་ཞིང་ཁ་དེ་དག་ཆེན་པོ་མེད་ཀྱང་ཞིང་ཁ་སོ་སོར་མིང་རེ་བཏགས་ཡོད་པ་སྟེ"ཕ་མོའི་གཞུ་གྲུ"དང་"ཟླ་བ་ཤར་བའི་ས་ཆ"སོགས་ཟེར་བ་ལས་སྤྱིན་བདག་གིས་ས་ཞིང་ལ་མཐོང་ཆེན་བྱེད་ཀྱི་ཡོད་པ་ཤེས་ཐུབ།

ས་ཞིང་ནི་དེ་འདྲའི་རྩ་ཆེན་ཡིན་ཞིང་ལོ་ཏོག་འདེབས་ལས་བྱེད་པར་དུས་ཚོད་རྩིས་རྒྱག་མཁས་པོ་དགོས་པས་གྲོང་ཚོའི་ནང་དུ་དམིགས་བསལ་གྱི་ལས་ཀའི་འགོ་མིང་སྟེ་ཞིང་དཔོན་ཞེས་པ་ཞིག་བྱུང་། ཞིང་དཔོན་སྟོབས་རྒྱལ་གྱི་ཕ་ནི་ཞིང་དཔོན་ཡིན་པ་དང་སྤྱི་བོ་ཡང་ཞིང་དཔོན་ཡིན།

འོགས་པ་སྤྲ་པོ་ནས་སྟོབས་རྒྱལ་གྱིས་གྲོང་ཚོའི་ཁང་པ་རྙིང་པ་ཞིག་གི་མདུན་དུ་ཡོང་སྟེ་ལག་པས་ཞིབ་ཚགས་པོས་དམིགས་བསལ་གྱི་ཚད་འཛིན་ས་ཞིག་འཚོལ་གྱི་ཡོད། ཚད་འཛིན་ས་དེར་བསླེབས་ཏེ་ཁོང་གིས་རི་སྟེང་གི་ཉི་མར་བལྟས་ནས་ཚད་འཛིན་ས་གཞན་དེར་ལྟ་ཡི་ཡོད།

གནའ་བོའི་གནམ་རིག་ལ་གཞིགས་ནས་སྟོབས་རྒྱལ་གྱིས་ཕོག་རྩིས་རྒྱག་པ་དང་དེ་རྗེས་ཚེས་ཆ་བཟང་བའི་ཉིན་ཞིག་གཏན་འཁེལ་བྱས། ཞིང་དཔོན་གྱིས་ཧོ་དམ་བྱེད་དགོས་ངེས་ནི་ཆུ་ཡིན་པ་དང་ཞིང་ཁ་ནི་དྭངས་ར་གཡུ་མཚོའི་ཕྱོགས་སུ་ཁ་ཕྱོགས་ཡོད་ཀྱང་དེ་ནི་གནས་མཚོ་ཡིན་ལ་ཚྭ་མཚོ་ཡིན་པས་ས་ཞིང་ལ་ཆུ་གཏོང་ཐབས་མེད། གྲོང་ཚོ་ཡོངས་ཀྱི་བེད་སྤྱོད་བྱེད་པའི་ཆུ་ཚང་མ་རི་སྙིང་གི་གངས་ཆུར་བརྟེན་གྱི་ཡོད།

གཉའ་སྤྲོ་བྱེད་པ་ནི་གྲོང་ཚོའི་དཔྱིད་ཀའི་མཛད་སྒོ་རྒྱས་ཤོས་ཤིག་ཡིན་པ་དང་། རྨོ་འགོ་དང་སོན་འདེབས་མ་བྱས་པའི་སྔོན་གྱི་རྨོད་གཉའ་གཅོག་པ་དང་རྟེན་འབྲེལ་དང་བཀྲ་ཤིས་བདེ་ལེགས་ཞུ་བ་ཞིག་ཡིན། ཉིན་དེའི་ཞོགས་པར་མི་རྣམས་ཀྱིས་ངོ་གདོང་བཀྲུས་པ་དང་སྐྲ་ཤད་ཅིང་དུས་ཆེན་གྱི་གཟབ་མཆོར་རྒྱས་པར་སྤྲས་ཏེ་ཁྱིམ་ཚང་ཚང་མས་རང་གི་ཁྱིམ་ནས་འཕྱུར་བའི་ཆང་རྣམས་མཉམ་དུ་བཞག སྟེ་མི་རྣམས་གྲོང་ཚོའི་ཐིང་ཆུའི་འགྲམ་དུ་བསྡད་ནས་སྟོབས་རྒྱལ་གྱིས་ལོ་སྔོན་མར་ཕྱོགས་བསྡོམས་བྱེད་པ་དང་ད་དུང་ལོ་རྗེས་མའི་བསམ་ཚུལ་ཤོད་པར་ཉན་བཞིན་ཡོད། སྟོབས་རྒྱལ་གྱིས"ང་ཚོའི་ས་ཞིང་མུའུ་260ལྷག་ཙམ་ལ་ཆུ་གཏོང་རྒྱུ་བསྡད་ཡོད་པས་རེ་རེ་བཞིན་གཏོང་དགོས"ཞེས་བརྗོད།

སྟོབས་རྒྱལ་གྱིས་ཡུལ་མི་ཚོར་ལས་ཀའི་སྐོར་སྐན་སེང་ཞུས་ཚར་བ་དང་ཡུལ་མི་རྣམས་ཀྱིས་ཆང་ཕུད་གཏོར་ལན་གསུམ་བྱས་ཏེ་སྤྲོ་སྐྱིད་གཏོང་འགོ་ཚུགས། ཚང་མས་མངར་སིལ་ལྡན་པའི་བདུད་རྩི་ཆང་དང་ཞིམ་པའི་ཟས་ལ་རོལ་བ་དང་། ད་དུང་ཤུགས་རྩལ་འགྲན་པ་དང་སུས་རྡོ་ཆེན་རྫིང་གི་དབུས་སུ་འཛོག་ཐུབ་མིན་བལྟ་ཡི་ཡོད། མི་རྣམས་ཀྱིས་རྡོ་ཆེན་པོ་རེ་རེ་བཞིན་བརྩེགས་ནས་རྡོ་ཡི་ཀ་བ་བཟོས་པ་དང་། ད་དུང་དེར་ཁ་བཏགས་བསྒྲོན་གྱི་ཡོད་ལ་ཞིང་

དཔོན་སློབ་རྒྱལ་གྱི་གཟུགས་པོའི་སྟེང་རྩམ་པ་གཏོར་ནས་མ་འོངས་ལོ་ལ་བཀྲ་ཤིས་སྨོན་འདུན་ཞུ་ཡི་ཡོད། ཕྲུ་གུ་ཚོས་ཀྱང་མི་རྣམ་པ་དང་མཉམ་དུ་ཡུར་བུའི་ནང་དུ་རྒྱུག་བཞིན་པའི་དྭངས་གཙང་གི་གངས་ཆུ་གཏོར་རེས་བྱས་ནས་དགའ་སྤྲོའི་ངང་རྩེད་འཇོར་རོལ་བཞིན་ཡོད།

གཉའ་སྤྲོའི་ཉིན་གཉིས་པར་ཐིང་བུར་ཆུ་ཡོངས་སུ་ཁེངས་པའི་འགྲམ་དུ་ད་དུང་ཨ་མཐུད་རིམ་གྲོ་བྱེད་བཞིན་ཡོད་ཅིང་དུས་ཆེན་ཚར་བའི་རྗེས་སུ་ཆུ་སྒོ་ཕྱེས་ནས་ཆུ་གློད་པ་དང་སོན་ཡང་སྐྱར་ཡང་ས་ཞིང་སྟེང་དུ་སླེབས་པ་ཡིན།

འདི་གར་རི་གྲོང་གུ་དོག་པོ་ཡིན་ན་ཡང་ས་ཞིང་གིས་སྐྱེ་བོར་བསམ་པའི་འཆར་སྒོ་ཚད་མེད་སྟེར་གྱི་ཡོད།

ཞིང་དཔོན་སློབ་རྒྱལ་གྱི་གྲོང་ཚོའི་མི་རྣམས་སྔར་བཞིན་དགའ་སྤྲོས་རོལ་བཞིན་ཡོད་པ་དང་དཀྱུང་ལོ་བརྒྱད་ཙུར་སོན་པའི་རྣམ་མོ་མཚོ་མོ་གཉིད་དུ་ཡུར་ཞིང་། ཁོང་གི་བློ་ཁ་ནི་རང་ཉིད་དང་མཚོ་མ་ཡིན་པའི་གཅེན་མོར་ཕྱོགས་ཡོད།

མཚོ་མོའི་གཅེན་མོའི་མིང་ལ་དབང་མོ་ཞེས་ཟེར་བ་དང་ཁོང་གིས་སེམས་ཁྲལ་ཆེ་ཤོས་བྱེད་ཡུལ་དེ་ཡིན། དབང་མོ་ནི་དད་སེམས་ཆེ་བའི་སྒྲུབ་པ་རྒྱག་མཁན་ཞིག་ཡིན་པ་དང་། ལོ་ངོ་20ལྷག་གི་སྔོན་ནས་བཟུང་ཁོ་རང་གཅིག་པུར་གནས་མཚོ་དྭངས་ར་གཡུ་མཚོའི་འགྲམ་དུ་སྒྲུབ་པ་བརྒྱབ་ནས་བསྡད་དེ་གྲོང་ཚོའི་ནང་དུ་ཐེངས་གཅིག་མ་གཏོགས་ལོག་ཡོང་མེད། དབང་མོ་རི་སྟེང་གི་མཚམས་ཁང་ཆུང་དུ་ཞིག་གི་ནང་དུ་སྡོད་ཀྱི་ཡོད། ལོ་ན་ཧ་ཅང་མཐོ་པོར་སླེབས་ཤིང་རྐང་པ་ཐང་པོ་མེད་པས་འགྲོ་སྐྱོད་བྱ་རྒྱུ་ཁག་པོ་ཡོད་ཙང་ཁོང་གིས་ཉིན་ལྟར་མཚོ་འགྲམ་དང་གནས་རིར་སྐོར་བ་ཐེངས་གཅིག་རྒྱག་གི་ཡོད།

གཅེན་གཅུང་གཉིས་དེ་སྔོན་ཐུག་འཕྲད་བྱེད་པའི་དུས་ནི་ལོ་ཕྱེད་སྔོན་དུ་

དགེ་བའི་སེམས་པ་ཅི་རིགས་པ་ཡག་ཤོས་ཤིག་སྟེ། ལོ་ན་བརྒྱད་བཅུའི་མཚེས་མ་གཅེན་གཅུང་།

ཡིན། ཉེ་ཚར་གཅེན་མོ་གཟུགས་པོ་བདེ་པོ་མེད་པ་གོ་ཐོས་བྱུང་བས། མཚོ་མོ་བློ་བདེ་པོ་མ་བྱུང་བར་ཞོགས་པ་སྔ་པོ་ནས་ལངས་ཏེ་གཅེན་མོར་བག་ལེབ་སྤུམ་བཀྲག་སོགས་བཟོས་ཏེ་རི་སྐེང་དུ་གཅེན་མོར་ལྟ་བར་ཡོང་།

མཚོ་མོས་གཅེན་མོར། "བདེ་པོ་ཡིན་ནམ"

"མགྱོགས་པོ་ཚུར་ཤོག"ཅེས་གཅེན་མོ་དབང་མོས་འཚབ་འཚུབ་ངང་བཤད། གཅེན་མོས་མི་གཞན་གྱིས་བརྙན་ལེན་འཕྲུལ་ཆས་ཀྱིས་ཕོ་གཉིས་པར་ལེན་བྱེད་ཀྱི་ཡོད་པ་ཤེས་ཏེ་གཅུང་མོར། "དེ་བསྟན་ཡས་རེད་དམ"ཞེས་དྲིས།

གཅུང་མོས། "བརྙན་འཕྲིན་པར་ལེན་བྱེད་ཀྱི་ཡོད་རེད། པར་ལེན་བྱས་ཚར་

རྗེས་བསྟན་གྱི་རེད་”ཅེས་ཁོང་ལ་བཤད།

“ཀན་འཁོགས་མང་པོ་ཡོད་ཀྱང་ང་རང་གཉིས་པར་ལེན་བྱེད་དགོས་པ་གང་ཡིན་ནམ”ཞེས་གཅེན་མོས་སླར་ཡང་མཚོ་མོར་དྲིས།

མཚོ་མོས་གཅེན་མོར། “ང་གཉིས་མཆེ་མ་ཡིན་པ་དང་ལོ་ན་ཡང་མཐོ་པོ་ཡིན་པས་རེད”ཅེས་ལན་བཏབ།

གཅེན་མོས“དེ་འདྲ་རེད་དམ”ཞེས་བཤད། “སྐྱེས་དུས་མཉམ་དུ་སྐྱེས་པ་དང་རྒས་པའི་དུས་སུ་ཡང་མཉམ་དུ”ཞེས་གཅེན་གཅུང་གཉིས་ཀྱིས་ཁ་བརྡ་བྱས་ནས་བསྡད།

“ངའི་མིག་གིས་ད་ལྟ་གསལ་པོ་དེ་ཙམ་མཐོང་གི་མི་འདུག རང་གང་འདྲ་འདུག”

“ངས་རི་སྟེང་གི་ལུག་དེ་ཚོར་ལྟ་དུས་གསལ་པོ་དེ་ཙམ་མཐོང་གི་མི་འདུག”“གང་ལྟར་ངས་གསར་འགྱུར་ནང་གི་ཡི་གེ་མཐོང་གི་མི་འདུག་པས་ཡིད་

སྡུག་གི་འདུག   ཡིན་ན་ཡང་སེམས་ནང་ལ་ལོ་ན་དེ་འདྲར་སྣིབས་ཡོད་པས་སེམས་སྐྱོངས་དགོས་པ་ལས་ལུས་པོ་སྐྱོངས་དགོས་མེད་སྣམ་ཀྱི་འདུག ཤོག ཟོ་དང་། སྒྲ་བ་ཞིག་ལྟོས་དང་། གང་འདྲ་འདུག"

"རང་ཡང་ཏོག་ཙམ་ཟོ་དང་" "ང་ཟ་གི་མིན། སོས་འཕེད་ཀྱི་མི་འདུག གང་འདྲ་འདུག ཞིམ་པོ་འདུག་གམ། འགྲིག་འདུག་གམ། "

"ཞིམ་པོ་འདུག དེར་བྱེ་མ་ག་ར་སྣུག་འདུག་པས་ཏ་ཙང་གི་ཞིམ་པོ་འདུག"

གཅེན་གཅུང་གཉིས་མཉམ་དུ་མཚོ་འགྲམ་དུ་འཆམ་འཆམ་ལ་སྐྱོད་པ་དང་ཏ་ལམ་རྫོགས་རྒྱུ་མེད་པའི་སྐད་ཆ་ཤོད་རྒྱུ་ཡོད། གཅེན་གཅུང་གཉིས་ཀྱིས་སོ་སོའི་འཚོ་བར་འདོད་པ་ཆེན་པོ་ཁེངས་ནས་ཡོད། དབང་མོ་ད་ལྟ་ཁྲུ་སེམ་པའི་འཚོ་བར་གོམས་ཡོད་ཅིང་། ཁོང་གིས་གཅུང་མོར"དགེ་བའི་སེམས་ནི་རིགས་པ་ཡག་ཤོས་ཤིག་ཡིན་པས་དགེ་སེམས་ཀྱི་རིགས་པ་ཡོད་ན་གཞི་ནས་བསྲུན་སྣང་དང་བློ་ཐག་མི་ཆོད་པ་ཡོང་གི་མ་རེད"ཅེས་བཤད།

ནས།

ནས་ནི་སྐླེ་མ་ཅན་གྱི་སྐྱེ་དངོས་སོ་བའི་རིགས་ཀྱི་ལོ་ཏོག་ཅིག་ཡིན་པ་དང་། དེའི་ཕྱི་ནང་གི་ལྤགས་པ་ཕྱེ་རྒྱུ་ཡོད་ལ་འབྲུ་རྡོག་དམར་རྗེན་མངོན་ཐུབ་པས་སོ་བ་འབྲུ་དང་ཡང་ན་ནས་ཞེས་བརྗོད་ཀྱི་ཡོད་པ་དང་། ནས་ལ་ནས་དཀར་དང་། ནས་ནག ནས་ལྗང་ནག་སོགས་ཀྱི་རིགས་དབྱེ་རྒྱུ་ཡོད་ཅིང་། ཀྲུང་གོའི་བོད་རང་སྐྱོང་ལྗོངས་དང་མཚོ་སྔོན། ཟི་ཁྲོན། ཡུན་ནན་སོགས་ས་ཁུལ་ནས་གཙོ་བོ་ཐོན་གྱི་ཡོད་པ་དང་བོད་རིགས་མི་དམངས་ཀྱི་འབྲུ་རིགས་གཙོ་བོ་ཡིན་ཞིང་། ད་ལམ་བོད་ཀྱི་འབྲུ་རིགས་ལོ་ཏོག་གི་བརྒྱ་ཆ་ཕྱེད་ཀ་ཡན་ཟིན་གྱི་ཡོད། ས་བབ་མཐོ་ལ་གྲང་ངར་ཆེ་བའི་ས་ཁུལ་ཁ་ཤས་སུ་80%ཡན་ཡང་ཟིན་གྱི་ཡོད། མཚོ་བོད་མཐོ་སྒང་དུ་ནས་བཏབ་པའི་ལོ་རྒྱུས་ཡུན་རིང་ལྡན་ཡོད་པ་དང་། མཚོ་བོད་མཐོ་སྒང་དུ་མི་རིགས་ཀྱི་ཁྱད་ཆོས་ཕུན་སུམ་ཚོགས་པའི་ནས་ཀྱི་རིག་གནས་ཤིག་གྲུབ་ཡོད།

ནས་ནི་མཚོ་བོད་མཐོ་སྒང་གི་འབྲུ་རིགས་ལོ་ཏོག་གཙོ་བོ་ཤིག་ཡིན་པའི་ཆ་ནས་བོད་རིགས་མི་དམངས་ཀྱིས་དགའ་པོ་བྱེད་ཀྱི་ཡོད་པ་དང་། སྐྱེ་བོ་རྣམས་

ཀྱིས་སྐོར་གཞས་རྒྱག་པ་དང་ལ་གླུ་ལེན་པ། དམངས་ཁྲོད་སྒྲུང་གཏམ་ཤོད་པ་སོགས་ཀྱི་རྣམ་པའི་ཐོག་ནས་ནས་ལ་བསྟོད་གླུ་འབུལ་བ་དང་ཆབས་ཅིག་ནས་ཀྱི་འབྱུང་ཁུངས་ཀྱི་ཤོད་སྒྲོལ་དང་ནས་རྫོ་འདེབས། ནས་བརྔ་བ། ནས་སྟོན་བསྡུ། ནས་བརྡུང་བ། རྩམ་པ་འཐག་པ་དང་ཆང་བཙོ་བ་སོགས་ཀྱི་ཐད་གཟུགས་བརྙན་གསོན་ཉམས་ལྡན་པའི་སྒོ་ནས་བརྗོད་ཀྱི་ཡོད། བོད་རིགས་ས་ཁུལ་དུ་ནས་སོན་གྱི་འབྱུང་ཁུངས་སྐོར་ལ་ལྷ་སྒྲུང་དང་། ངག་རྒྱུན། དམངས་གླུ་སོགས་མང་པོ་ཁྱབ་གདལ་ཕྱིན་ཡོད་ཅིང་། ནང་དོན་མང་ཆེ་བ་ནི་ཁྱི་དང་བྱ། ཁྲུང་ཁྲུང་སོགས་སྒྲོག་ཆགས་ཀྱིས་ནས་ཀྱི་སོན་མི་ཡུལ་དུ་འཁྱེར་ཡོང་བའི་རྒྱུད་རིམ་བཀོད་ཡོད། མཚོན་བྱེད་རང་བཞིན་ཆེ་ཤོས་ནི་《བོད་རིགས་ཀྱི་རིག་གཞུང་ལོ་རྒྱུས》ནང་དུ་བཀོད་པའི་ལྷ་སྒྲུང་《ནས་སོན་གྱི་འབྱུང་ཁུངས》ཞེས་པ་དེ་ཡིན། དེའང་ཨ་མྱུག་ཅེས་པའི་རྒྱལ་སྲས་ཤིག་ཡོད་དེས་སྦྲུལ་གྱི་རྒྱལ་པོའི་ས་ནས་ནས་ཀྱི་སོན་བརྐུས། མཐར་སྦྲུལ་གྱི་རྒྱལ་པོས་ཤེས་ཏེ་ཁོ་ཁྱི་གཅིག་ལ་སྒྱུར་བའི་ཁྲིམས་ཆད་བཅད། དེ་རྗེས་ཡུལ་གྱི་རྒྱལ་པོ་ཆེན་པོ་ཞིག་གི་སྲས་མོས་ཁོ་ལ་དགའ་བར་གྱུར་པས་ཁོ་སླར་ཡང་མི་ཡི་ལུས་སུ་སྒྱུར། ཁོ་གཉིས་ཀྱིས་དཀའ་སྤྱད་ཀྱི་ལས་ཀ་བྱས་ཏེ་སེར་ཐིང་ཐིང་གི་ནས་ལས་བཟོས་པའི་དྲི་ཞིམ་འཐུལ་བའི་རྩམ་པ་ཟ་རྒྱུ་དང་ཞིམ་མངར་ནས་ཆང་འཐུང་རྒྱུ་བྱུང་བ་རེད། ཅེས་ཟེར། དེར་བརྟེན་མི་ཚོས་ལོ་ལྟར་ནས་གསར་པ་ལས་བཟོས་པའི་རྩམ་པའི་ཐོ་བ་མྱང་སྐབས་སུ་སྔོན་ལ་སྤགས་རྡག་གོང་གཅིག་བཟོས་ནས་ཁྱི་ལ་སྟེར་ཏེ་ཁྱིས་མི་ལ་ནས་ཀྱི་སོན་འཁྱེར་ཡོང་བའི་དྲིན་ལན་མཚོན་ཐབས་བྱེད་ཀྱི་ཡོད་པ་རེད།

ནས་ལ་འཚོ་བཅུད་ཀྱི་རིན་ཐང་ཕུན་སུམ་ཚོགས་པོ་དང་མངོན་གསལ་གྱི་གསོ་རིག་ཐོག་བདེ་སྲུང་གི་ནུས་པ་ལྡན་ཡོད། ནས་ཀྱིས་ནས་ཆང་བསྐོལ་ཚོག་པ་དང་། ནས་ནི་བོད་རིགས་ཀྱི་རྩམ་པའི་རྒྱུ་ཆ་གཙོ་བོ་ཡང་ཡིན།

རྩམ་པ་ནི་བོད་རིགས་ཞིང་འབྲོག་པའི་སྲོལ་རྒྱུན་གྱི་ཟས་གཙོ་བོའི་གྲས་ཤིག་ཡིན་ཞིང་། རྩམ་པ་བཟོ་བའི་རྒྱུ་ཆ་གཙོ་བོ་ནས་ཡིན་པ་དང་རྩམ་པ་འཐག་སྟངས་སྟབས་བདེ་པོ་ཡོད། འབྲུ་བཀྲུས་ནས་སྐམ་རྗེས་བརྔོས་ཏེ་འཐག་ན་འགྲིག་ཅིང་། འོ་ཇ་ཚ་པོའི་ནང་དུ་མར་བཞུ་བ་དང་དེའི་སྟེང་རྩམ་པ་ཕྲན་ཙམ་བླུགས་ནས་མཛུབ་མོས་སྤྲུགས་གཡོས་ཏེ་རྡག་གོང་དུ་སྒྲིལ་ནས་བཟས་ནའང་ཆོག་ལ། ད་དུང་ཆུ་ཡི་ནང་རྩམ་པ་དང་ཤ་ཕྲན་ཙམ། སྔོ་ཚལ་བཅས་བརྒྱབ་ནས་ཐུག་པ་བསྐོལ་ནའང་ཆོག རྩམ་པ་ཟ་སྐབས་སྟབས་བདེ་བ་དང་འཁུར་ན་སྟབས་བདེ་བས་ཏུ་བ་སྐྱུས་སྐྱོའི་འབྲོག་པའི་འཚོ་བ་དང་ཧ་ཅང་འཚམས་པོ་ཡོད། བོད་རིགས་ཞིང་འབྲོག་མང་ཚོགས་ཀྱིས་ཐག་རིང་ལ་ཐོན་སྐབས་རྩམ་པ་རས་ཕད་དམ་ཐང་ཁུག་ནང་བླུགས་པ་དང་ཆབས་ཅིག་མར་དང་། ཇ། ཚྭ། ཕོར་པ་བཅས་འཁྱེར་ཏེ་འགྲོ་ཡི་ཡོད་པས་ཆུ་བྱུང་ན་ཞིམ་པའི་ཟ་མ་བཟས་ཆོག་ཆོག་ཡིན།

ནས་ཀྱི་རྩམ་པའི་འཚོ་བཅུད་རིན་ཐང་ནི་ཤུན་ལྡན་འབྲས་སོབ་དང་། ཨ་ཤོམ། གྲོ་ཞིབ་བཅས་ལས་མཐོ་བ་ཡོད། དེ་ནི་བོད་རིགས་ཀྱི་སྲོལ་རྒྱུན་བཟའ་ཆས་ཡིན་པ་མ་ཟད། དེང་སྐབས་བོད་ཟས་ཀྱི་ཆ་ནས་ལྷ་སའི་ཟ་ཁང་ཆེན་མོའི་ནང་དུའང་གཏོང་གི་ཡོད། ཆོས་ལུགས་བྱེད་སྒོའི་ཁྲོད་དུ་བོད་རིགས་ཀྱིས་རྩམ་པ་སྟོར་ནས་བདེ་བའི་སྨོན་ལམ་འདེབས་ཀྱི་ཡོད།

གཉའ་སྒྲོ།

དཔྱིད་ཀ་ནི་སྐྱེ་སྟོབས་ཀྱི་དཔལ་རབ་ཏུ་འབར་ཞིང་རེ་བས་ཁེངས་པ་ཞིག་ཡིན། ལོ་གསར་བཏང་བའི་རྗེས་སུ་དགུན་གཅིག་མལ་དུ་ཉལ་བའི་སྐྱེ་དངོས་ཐ་དག་མལ་ལས་ལངས་འགོ་ཚུགས་ཤིང་། དེ་ནི་ལས་འགོ་གསར་པ་ཞིག་འགོ་ཚུགས་གྲབས་ཡོད་པའི་སྟོན་རྟགས་ཤིག་ཡིན། བོད་ཀྱི་གཉའ་སྒྲོ་ནི་དཔྱིད་དུས་ཀྱི་དུས་ཆེན་ཞིག་ཡིན།

གཉའ་སྒྲོ་ནི་དཔྱིད་ཀའི་རྨོ་འདེབས་འགོ་ཚུགས་པའི་བྱེད་སྒོ་ཞིག་ཡིན་ལ་བོད་ཀྱི་ཞིང་ཁུལ་མང་ཚོགས་ཀྱིས་དཔྱིད་ཀ་ཞིང་རྨོན་འདེབས་བྱེད་པར་རྟེན་འབྲེལ་ཞུ་བའི་དུས་ཆེན་ཞིག་ཀྱང་ཡིན། བོད་དུ་དཔྱིད་ཀ་ཚུགས་པའི་རྗེས་སུ་ས་གཞིར་དྲོད་སླེབས་ཤིང་གངས་འཁྱགས་ཞུ་ཡི་ཡོད། བོད་ཀྱི་དཔྱིད་དུས་ཀྱི་དུས་ཆེན་གལ་ཆེ་ཞིག་ཡིན་པའི་ཐོག་ནས་བཤད་ན་བོད་ཀྱི་གཉའ་སྒྲོའི་དུས་ཚོད་

གཏན་འཇགས་ཤིག་མ་ཡིན་པར་ལོ་དེའི་བོད་ཀྱི་ལོ་ཐོའི་ཐོག་གཉའ་སྲོའི་དུས་གནད་ཁྲིད་པར་བ་གང་དུ་འཁེལ་མིན་དང་ས་ཁུལ་དེ་གའི་གནམ་རིག་ཐོག་ནས་སྔོན་རྩིས་བྱེད་ཀྱི་ཡོད། བོད་ཀྱི་གཉའ་སྲོའི་དུས་དང་རྒྱ་རིགས་ཀྱི་ཞིང་རྩིས་དུས་ཚིགས་ཉེར་བཞིའི་ཁྲོད་ཀྱི་ཆར་འབབ་དང་འདྲ་པོ་ཡོད། ཉམས་མྱོང་མང་པོ་ཡོད་པའི་ཞིང་པས་དུས་ཚིགས་དེའི་ནང་དུ་དཔྱིད་དབྱུགས་ཟིན་ཚེས་ལ་བརྟག་ནས་ཟླ་ཚད་འཚམས་པའི་ཉིན་ཞིག་བདམས་ཏེ་རྨོ་འདེབས་འགོ་འཛུགས་བྱེད་ཀྱི་ཡོད།

གཉའ་སྲོའི་ཉིན་དེར་བོད་ཀྱི་ཞིང་ཁུལ་གྱི་དད་ལྡན་ཕོ་མོས་དུས་ཆེན་གྱི་གཟབ་མཆོར་སྤྲས་ཤིང་། ལག་ཏུ་དཀར་གཙང་ཁ་བཏགས་འཁྱེར་ནས་རང་གི་བསྐལ་བའི་ཆང་འཁུར་ཏེ་ཞིང་ཁའི་ནང་ཡོང་ནས་རྨོད་གཉའ་བཅག་ཅིང་དགའ་སྤྲོའི་བྲོ་གར་འཁྲབ་ཀྱི་ཡོད་པ་དང་། གནམ་དུ་བསང་རྫས་སྟོར་ནས་ལྷ་རྒྱལ་འཕེན་ཏེ་ལོ་དེའི་ནང་ཆར་ཆུ་དུས་ལ་འབབ་པ་དང་། འབྲུ་རིགས་སྣ་ལྔ་ལོ་ལེགས་ཡོང་བའི་སྨོན་འདུན་ཞུ་ཡི་ཡོད་ལ་མི་རྣམས་ཀྱིས་ཞིང་རྨོ་བ་དང་སོན་འདེབས་པ་སོགས་ཀྱི་ལས་འགོ་ཚར་བའི་རྗེས་སུ་གྲོང་ཚོ་ཡོངས་ཀྱི་ཐུན་གཙོན་མཉམ་འཛོམས་བྱས་ཏེ་ཆང་འཐུང་བ་དང་ཞབས་བྲོ་རྒྱག་པ་བཅས་བྱས་ནས་ལོ་གསར་གཏོང་བ་ལྟ་བུའི་འཁྲུག་ཆ་དོད་པོ་བྱེད་ཀྱི་ཡོད།

གཉའ་སྲོས་གངས་ལྗོངས་ས་མཐོའི་སྤྱི་ཚོགས་འཕེལ་རྒྱས་ཕྱིན་པའི་རྟགས་ཤིག་མཚོན་གྱི་ཡོད་ལ་བོད་རིགས་མི་སེར་གྱིས་ལོ་ལེགས་ཡོང་བའི་འདུན་པ་དང་བདེ་སྐྱིད་འཚོ་བར་རེ་སྨོན་བྱེད་པ་ཡང་མཚོན་གྱིན་ཡོད།

བོད་ཀྱི་ཆོས་ལུགས།

བོད་ཀྱི་ཆོས་ལུགས་ནི་གཙོ་བོ་བོད་བརྒྱུད་ནང་བསྟན་ཆོས་ལུགས་དང་། བོན་ཆོས། དམངས་ཁྲོད་ཆོས་ལུགས་བཅས་རིགས་ཁག་གསུམ་ལས་གྲུབ་པ་དང་། དེ་མིན་ད་དུང་དབྱི་སི་ལན་ཆོས་ལུགས་དང་གནམ་བདག་ཆོས་ལུགས་ཀྱང་ཡོད་ཅིང་། མིག་སྔར་བོད་རང་སྐྱོང་ལྗོངས་སུ་ཁྲོན་བསྡོམས་བོད་བརྒྱུད་ནང་བསྟན་ཆོས་ལུགས་ཀྱི་དགོན་པ་1700ལྷག་ཡོད་པ་དང་དགོན་པར་སྡོད་མཁན་གྲྭ་བཙུན་ཁྲི་4ལྷག་ཡོད། བོན་གྱི་དགོན་པ་80ལྷག་དང་བཙུན་པ་3000ལྷག་ཙམ་ཡོད། དད་ལྡན་མང་ཚོགས་ཁྲི་13ལྷག་ཙམ་ཡོད་པ་དང་། དབྱི་སི་ལན་གྱི་ཆོས་ཁང་4དང་དབྱི་སི་ལན་གྱི་དད་ལྡན་མང་ཚོགས་3000ལྷག་ཙམ་ཡོད། གནམ་བདག་ལྷ་ཁང་1དང་ཆོས་དད་པ་700ལྷག་ཙམ་ཡོད།

ཆོས་ལུགས་དེ་དག་གིས་བོད་ཀྱི་ས་ཁུལ་མི་འདྲ་བ་དང་ཆ་ཤས་མི་འདྲ་བར་སྤྱི་ཚོགས་ཀྱི་ཤུགས་རྐྱེན་ཐེབས་ཚད་འདྲ་ཡི་མེད་ཅིང་། ཆོས་ལུགས་ཀྱི་རིགས་དབྱེ་རིག་པའི་ཐད་ནས་བལྟས་ན་བོད་བརྒྱུད་ནང་བསྟན་ཆོས་ལུགས་དང་བོན་ཆོས། དེ་བཞིན་དབྱི་སི་ལན་གྱི་ཆོས་ལུགས། གནམ་བདག་ཆོས་ལུགས་བཅས་ནི་ལྷའི་རིག་པའི་ཆོས་ལུགས་ཀྱི་ཁོངས་སུ་གཏོགས་པ་དང་། དེ་མིན་དམངས་ཁྲོད་ཆོས་ལུགས་ལ་རྒྱུད་རིམ་ལྡན་པའི་རིགས་པའི་གཞུང་ལུགས་མེད་པ་དང་། ཆེད་མངགས་བྱེད་སྒོ་སྤྱིལ་ཡུལ་དང་ཆོས་ལུགས་ལས་རིགས་པའི་ཚོགས་པ་མེད། ཕན་ཚུན་འབྲེལ་བའི་ངོས་ནས་བལྟས་ན། ལོ་རྒྱུས་ཐོག་བོད་

བརྒྱུད་ནང་བསྟན་ཆོས་ལུགས་དང་བོན་ཆོས་བར་དུས་ཡུན་རིང་པོའི་ནང་དུ་ཕན་ཚུན་ཁས་ལེན་མི་བྱེད་པ་དང་མདུང་རྩེ་ཁ་སྤྲོད་བྱས་ཡོད་ལ་ཡང་ཕན་ཚུན་ཤུགས་རྐྱེན་ཐེབས་རེས་དང་ཕན་ཚུན་སེམས་འཇུལ་ཡང་བྱས་ཡོད་པ་དང་། ཆབས་ཅིག་པོ་ཆོས་ཀྱང་དམངས་ཁྲོད་ཆོས་ལུགས་ཀྱི་ནང་དོན་མང་པོ་ཞིག་བསྡུ་ལེན་བྱས་ཡོད། བོད་ཀྱི་དབྱི་སི་ལན་ཆོས་ལུགས་དང་གནམ་བདག་ཆོས་ལུགས་ཀྱི་དད་ལྡན་པའི་གཞི་ཁྲོན་བསྡོམས་བཅས་ཀྱིས་ཅུང་ཞུང་བ་ཡོད་པ་དང་ཤུགས་རྐྱེན་ཐེབས་ཚད་ཀྱང་ས་ཁུལ་ཆ་ཤས་ཙམ་ལ་ཡིན། འོན་ཀྱང་སྤྱིའི་ཐོག་སྟོབས་ཆེའི་གོ་གནས་བཟུང་བའི་བོད་བརྒྱུད་ནང་བསྟན་དང་བོན་ཆོས་བར་ཕན་ཚུན་འཆམ་པོ་ཡོད།

བོད་ཉིང་པའི་དམངས་ཡོངས་ཆོས་དད་ཟེར་བ་ནི། དོན་དངོས་ཐོག་ཆོས་སྲིད་ཟུང་འབྲེལ་ལམ་ལུགས་ཀྱིས་བཟོས་པའི་ཡ་མ་གཟུགས་ཀྱི་སྤྱི་ཚོགས་སྣང་ཚུལ་གྱི་རིགས་ཤིག་རེད། དུས་རབས་དེའི་དུས་སུ་མི་རྣམས་རང་དབང་མེད་པའི་རྣམ་པ་ཞིག་གི་ཁྲོད་དུ་གནས་ཡོད་པས་ཆོས་དད་རང་མོས་ཀྱི་ཁེ་དབང་ནི་རྩ་བ་ནས་མེད། བོད་དུ་དམངས་གཙོའི་བཅོས་བསྒྱུར་བྱས་པའི་བརྒྱུད་རིམ་ནང་བཀས་བཀོད་རྒྱུད་འཛིན་ཞིང་བྲན་ལམ་ལུགས་རྩ་མེད་བཟོས་པ་དང་ཆབས་ཅིག་དགོན་པ་དང་མཐོ་རིམ་གྲྭ་པའི་བཀས་བཀོད་རྒྱུད་འཛིན་གྱི་དམིགས་བསལ་དབང་ཆ་དང་བཀྲ་གཞོག་ལམ་ལུགས་ཀྱང་རྩ་མེད་བཟོས་ཏེ་རྒྱ་ཆེའི་སེར་སྐྱ་མི་དམངས་ལ་ཆོས་དད་རང་མོས་ཀྱི་ཁེ་དབང་སྲུང་སྐྱོབ་ཐུབ་པ་དང་།

དགོན་པར་ད་དུང་བསྡད་པའི་གྲྭ་བཙུན་དང་དེ་ཚོའི་འཚོ་བར་ཐུགས་འཁུར་ཡག་པོ་ཐོབ་ཡོད། བོད་དུ་དམངས་གཙོའི་བཅོས་བསྒྱུར་བྱས་པའི་རྗེས་སུ་བོད་ཀྱི་སེར་སྐྱ་མང་ཚོགས་ལ་དངོས་གནས་ཀྱི་མི་ལུས་རང་དབང་དང་ཆོས་དད་རང་མོས་བྱུང་ཡོད་པ་རེད། དེང་སྐབས་བོད་དུ་དད་ལྡན་སྐྱེ་བོ་ཕོ་མོ་ཚོས་རླུང་དར་བསྐོར་བ་དང་མ་ཎི་རྡོ་འབུམ་བརྩིགས་པ། གྲགས་ཅན་དགོན་པ་འགའི་ཕྱི་ནང་དུ་ཕྱག་འཚལ་བ། སྐོར་བ་རྒྱག་པ། མཆོད་མཇལ་ཞུ་བ་བཅས་བྱེད་མཁན་གྱི་དད་ལྡན་མང་ཚོགས་གང་སར་མཐོང་རྒྱུ་ཡོད། མནའ་མ་བསུ་ལེན་དང་གཤིན་པོའི་རྗེས་འཇུག་བྱེད་སྒོའི་ནང་གི་ཆོས་ལུགས་ཀྱི་རྣམ་པ་ལྡན་པའི་གོམས་སྲོལ་ལའང་ཡོངས་སུ་བརྩི་འཇོག་བྱེད་ཀྱི་ཡོད། བོད་ཀྱི་དད་ལྡན་མང་ཚོགས་ཀྱིས་རང་མོས་ངང་ཁྱིམ་དུ་མཆོད་ཁང་བཟོ་བ་དང་མཆོད་གཤོམ་སྒྲིག་གཤོམ་བྱས་ཚོག་ལ་རང་མོས་ངང་དགོན་པ་དང་གནས་རི། གནས་མཚོར་མཆོད་མཇལ་དུ་ཕྱིན་ཆོག་པ། རི་བསྐོར་དང་གནས་བསྐོར། མཆོད་འབུལ། ཆོས་འདོན་པའམ་ཆོས་ལུགས་ཀྱི་བྱེད་སྒོ་གཞན་དག་ལ་ཞུགས་ཆོག་གི་ཡོད་པ་རེད།

བོད་ཀྱི་གདོད་མའི་ཆོས་ལུགས་ཏེ་བོན་ཆོས།

བོན་ཆོས་ལ་བོན་པོའི་ཆོས་ལུགས་ཀྱང་ཟེར། འཛམ་གླིང་ཐོག་ཆེས་སྔ་ཤོས་ཀྱི་ཆོས་ལུགས་ཀྱི་གྲས་ཤིག་ཡིན། སྔར་ནང་པའི་ཆོས་ལུགས་གྲུང་གོར་མ་ཁྱབ་གོང་དུ་གནའ་རབས་ཀྱི་ཐུ་བོད་དང་ཞང་ཞུང་ས་ཁུལ་དུ་དར་ཁྱབ་ཆེན་པོ་བྱུང་ཡོད། དེའི་ནང་དུ་བོད་ལུགས་གསོ་རིག་དང་། གནམ་རིག སྐར་རྩིས། ནག་རྩིས། ས་ཁམས། རི་མོ། མཚན་ཉིད་རིག་པ་སོགས་ཚུད་ཡོད་པ་དང་། དེས་བོད་དང་དེའི་མཐའ་འཁོར་ས་ཁུལ་གྱི་མི་རིགས་རིག་གནས་ལ་ཤུགས་རྐྱེན་ཆེན་པོ་ཐེབས་ཡོད། བོན་ཆོས་ཀྱི་འབྱུང་གནས་ནི་ཞང་ཞུང་ཡིན་ཞིང་དེང་གི་བོད་རང་སྐྱོང་ལྗོངས་ཀྱི་མངའ་རིས་ས་ཁུལ་དུ་ཡིན།

བོད་རིགས་ཀྱིས་བོན་ཆོས་ལ་དད་མོས་བྱེད་པ་དང་བོན་ཆོས་རིག་གནས་ནི་བོད་རིགས་སྲོལ་རྒྱུན་རིག་གནས་ཀྱི་ཉིང་བཅུད་རྣལ་མ་ཞིག་རེད། འཛམ་གླིང་ཐོག་གི་ས་ཕྱོགས་གཞན་དག་གི་མིའི་རིགས་འཕེལ་རྒྱས་ཀྱི་བརྒྱུད་རིམ་དང་འདྲ་བར་བོད་རིགས་ཀྱིས་གནའ་བོའི་དུས་ནས་ཡུན་རིང་གི་གདོད་མའི་ཆོས་ལུགས་ཀྱི་དུས་སྐབས་ཤིག་བརྒྱུད་ཡོད་པ་དང་། གདོད་མའི་མིས་གནམ་ས་དང་རི་ཀླུང་། ཉི་ཟླ། གཟའ་སྐར་སོགས་རང་བྱུང་ཁམས་ཀྱི་གནས་སྟངས་དང་འགྱུར་བར་བསམ་ཡུལ་ལས་འདས་པའི་ཀློག་འགྱུར་གྱི་ཚོར་སྣང་ཞིག་ཡོང་གི་ཡོད། དེར་བརྟེན་རང་བྱུང་གི་བྱ་དངོས་ཡོད་དགུར་བཀུར་ཞེང་སྐྲག་སྣང་བྱེད་པ་དང་

དད་གུས་བྱེད་པའི་བློ་སྐྱེ་བ་དང་རིམ་བཞིན་ཆོས་ལུགས་སུ་འགྱུར་བ་མ་ཟད། གདོད་མའི་ཆོས་ལུགས་ཀྱི་རྨང་གཞིའི་ཐོག་ཕྱི་ནས་དར་བའི་རིག་གནས་ཀྱི་ཤུགས་རྐྱེན་བསྡུ་ལེན་བྱས་པས་བོད་རིགས་ས་ཁུལ་རང་བཞིན་གྱི་ཁྱད་ཆོས་ལྡན་པའི་ཡུལ་དེ་རང་གི་ཆོས་ལུགས་ཏེ་བོན་ཆོས་གྲུབ། བོན་ཆོས་ཀྱིས་གནའ་དུས་གནམ་དང་ས། ཆུ། མེ། གངས་རི་སོགས་རང་བྱུང་དངོས་པོར་དད་གུས་གཙོ་བོ་བྱེད་ཀྱི་ཡོད་པ་དང་། དེའི་རྗེས་སུ་སྲུང་མར་དད་གུས་དང་མེས་པོར་དད་གུས་བྱ་རྒྱུ་དེ་རིམ་བཞིན་དད་གུས་བྱ་རྒྱུ་གཙོ་བོར་འགྱུར་ཡོད། སྤྱི་ལོའི་དུས་རབས་7པའི་ནང་རྒྱ་གར་གྱི་སངས་རྒྱས་ཆོས་ལུགས་བོད་དུ་དར་བའི་རྗེས་སུ་བོན་ཆོས་དང་རྒྱ་གར་གྱི་སངས་རྒྱས་ཆོས་ལུགས་བར་ཕན་ཚུན་ཁས་ལེན་མ་བྱས་ཀྱང་ཕར་ཕྱོགས་ཀྱི་ནང་དོན་མང་པོ་ཞིག་བསྡུ་ལེན་ཡང་བྱེད་ཀྱི་ཡོད། ལོ་ངོ་སྟོང་ཕྲག་རིང་ལ་ཕན་ཚུན་མཐུན་ཐབས་བྱས་ཏེ་བོན་ཆོས་དང་བོད་ཀྱི་ནང་བསྟན་ཆོས་ལུགས་བར་གྱི་ཆོས་ཀྱི་སྙིང་པོའི་ཐོག་མཉམ་འདྲེས་བྱུང་བས་ཆོས་ལུགས་གཉིས་བར་གྱི་འབྲེལ་བ་དམ་དུ་ཕྱིན་ཞིང་། བོན་ཆོས་ལ་བོད་བརྒྱུད་ནང་བསྟན་ཆོས་ལུགས་ཀྱི་ཤུགས་རྐྱེན་ཐེབས་ནས་དཔེ་ཆ་ཁག་གཅིག་བོན་གྱི་དཔེ་ཆར་འགྱུར་བ་མ་ཟད། ཆོས་ཀྱི་སྙིང་པོ་བརྒྱུད་སྤེལ་བྱས་ཡོད་ལ། བོད་བརྒྱུད་ནང་བསྟན་གྲུབ་མཐའ་ཁག་གིས་ཀྱང་བོན་ཆོས་ཀྱི་ནང་དོན་འགའ་དང་ཚོ་ག་བྱེད་སྟངས་འགའ་བསྡུ་ལེན་བྱས་ཡོད་པ་རེད། དེང་སྐབས་བོད་རང་སྐྱོང་ལྗོངས་ཀྱི་ཤར་ཁུལ་དང་ནུབ་ཁུལ་གྱི་ས་ཁུལ་ཁ་ཤས་སུ་བོན་ཆོས་སྔར་བཞིན་སྤེལ་གྱི་ཡོད།

བོད་བརྒྱུད་ནང་བསྟན་ཆོས་ལུགས།

སངས་རྒྱས་ཆོས་ལུགས་ནི་སྤྱི་ལོའི་དུས་རབས་7པར་ཀྲུང་གོའི་དབུས་རྒྱུད་ས་ཁུལ་དང་དེ་བཞིན་ཧིན་རྡུ། ནེ་པ་ལ་སོགས་ས་ཁུལ་ནས་བོད་དུ་དར་བ་ཞིག་ཡིན་ཞིང་། རང་ཉིད་གནས་པ་དང་འཕེལ་རྒྱས་འགྲོ་བའི་ཆེད་དུ་སངས་རྒྱས་ཆོས་ལུགས་བོད་དུ་དར་བའི་རྗེས་བོད་རང་གི་ཆོས་ལུགས་ཏེ་བོན་ཆོས་དང་དམངས་ཁྲོད་ཆོས་ལུགས་ཀྱི་ནང་དོན་དང་རྣམ་པ་ཧ་ཅང་མང་པོ་ཞིག་བསྡུ་ལེན་བྱས་པ་མ་ཟད་མཐའ་འཁོར་ས་ཁུལ་གྱི་རིག་གནས་སྣ་མང་གི་གྲུབ་ཆའི་ཤུགས་རྐྱེན་ཐེབས་ཤིང་རིམ་བཞིན་ས་གནས་ཀྱི་ཁྱད་ཆོས་དང་མི་རིགས་ཀྱི་ཁྱད་ཆོས་ལྡན་པའི་བོད་ཡིག་གི་གནའ་དཔེ་འབོར་ཆེན་དང་ཕུན་སུམ་ཚོགས་པའི་ཆོས་ལུགས་ཀྱི་རིགས་པའི་གཞུང་ལུགས་དང་། ཆོས་ལུགས་ཀྱི་སྙིང་པོ། ཆ་ཚང་བའི་དགོན་པའི་རྩ་འཛུགས་ཀྱི་སྒྲིག་གཞི་སོགས་གྲུབ་པ་དང་། ཤིན་ཏུ་ནན་པའི་དཔེ་ཆ་སྦྱོང་བའི་ལམ་ལུགས་དང་སྒོམ་སྒྲུབ་ཀྱི་གོ་རིམ། དེ་བཞིན་དམིགས་བསལ་གྱི་ཡང་སྲིད་ཕེབས་པའི་ལམ་ལུགས་སོགས་ཆོས་ལུགས་ཁྱབ་སྤེལ་གཏོང་བའི་མ་ལག་ཁྲོད་དུ་རྒྱ་སྐད་ཁོངས་ཀྱི་སངས་རྒྱས་ཆོས་ལུགས་（རྒྱ་བརྒྱུད་ནང་བསྟན་ཆོས་ལུགས་）པ་ལིའི་སྐད་ཀྱི་སངས་རྒྱས་ཆོས་ལུགས་（ལྷོ་བརྒྱུད་ནང་བསྟན་ཆོས་ལུགས་）དང་མི་འདྲ་བའི་ཆ་ཚང་བའི་ཡན་ལག་ཅིག་གྲུབ་ཅིང་། དེར་བོད་བརྒྱུད་ནང་བསྟན་ཆོས་ལུགས་ཞེས་ཟེར་བ་ཡིན།

བོད་བརྒྱུད་ནང་བསྟན་འཕེལ་རྒྱས་འགྲོ་བའི་ཁྲོད་དུ་གྲུབ་མཐའ་དང་ཡན་

ལག་གི་གྲུབ་མཐའ་མང་པོ་ཞིག་ཆགས་ཡོད་པ་དང་། དེའི་ཁྲོད་ཀྱི་གྲུབ་མཐའ་འགའ་བོད་ཀྱི་སྲོལ་རྒྱུན་སྤྱི་ཚོགས་རིག་གནས་ཁྱབ་ཁོངས་དང་དེ་ལས་ལྷག་པའི་ཀྲུང་གོའི་ལོ་རྒྱུས་ཐོག་རྒྱ་ཆེ་གཏིང་ཟབ་ཀྱི་ཤུགས་རྐྱེན་ཐེབས་ཡོད་ཅིང་། དམིགས་སྤར་གྲུབ་མཐའ་གཙོ་བོ་ནི་རྙིང་མ་བ་དང་། ས་སྐྱ་བ། བཀའ་བརྒྱུད་པ། དགེ་ལུགས་པ་སོགས་ཡོད། དེའི་ནང་ནས་དགེ་ལུགས་པ་ཆགས་པའི་ལོ་རྒྱུས་ཅུང་ཐུང་ཡང་བོད་བརྒྱུད་ནང་བསྟན་ཆོས་ལུགས་གྲུབ་མཐའ་ཁག་གི་ཁྲོད་དུ་གཙོ་བོའི་གནས་བབ་བཟུང་ཡོད། ཏཱ་ལའི་བླ་མ་དང་པཎ་ཆེན་ཨེར་ཏི་ཎི་ནི་དགེ་ལུགས་པའི་ཡང་སྲིད་ཕེབས་པའི་བླ་མ་ཆེ་ཤོས་གཉིས་ཡིན།

བོད་བརྒྱུད་ནང་བསྟན་གཙོ་བོ་ནི་ཀྲུང་གོའི་བོད་རང་སྐྱོང་ལྗོངས་དང་མཚོ་སྔོན། ཀན་སུའུ། ཟི་ཁྲོན་བཅས་བོད་རིགས་ས་ཁུལ་དང་། སོག་རིགས་དང་ཧོར་རིགས། ཡུས་ཀུའུ་རིགས། མོན་པ་རིགས་བཅས་འདུས་སྡོད་ས་ཁུལ་དུ་ཁྱབ་སྤེལ་ཕྱིན་ཡོད། རྒྱ་དང་འཇང་། ལྷོ་པ། ཕུའུ་སྨི་སོགས་མི་རིགས་ཁྲོད་དུ་ཡང་དད་ལྡན་པ་ཅུང་དུ་ཡོད། བོད་བརྒྱུད་ནང་བསྟན་ཆོས་ལུགས་ལོ་རྒྱུས་ཀྱི་འཕེལ་རིམ་ནང་དུ་ཕྱི་རྗེས་སུ་འབྲུག་ཡུལ་དང་ནེ་པ་ལ། སོག་པོ་སོགས་རྒྱལ་ཁབ་དང་ཀ་ཤི་སྨིར་ས་ཁུལ། ཨུ་རུ་སུའི་བུ་ལི་ཡ་ཐའེ། ཁ་འར་མེ་ཁེ་སོགས་ས་ཁུལ་དུ་ཁྱབ་ཡོད། དུས་རབས་20པའི་དུས་སྨད་ནས་བཟུང་ཡོ་རོབ་དང་ཨ་མེ་རི་ཀ་སོགས་སུ་ཁྱབ་ཡོད་པ་རེད།

བོད་རང་སྐྱོང་ལྗོངས་ཀྱི་འབྲིན་ཐང་དུ་སྟོང་ནོར་བུའི་སྟོང་ཚང་འཐུ་བའི་ལས་ཀ་མཇུག་སྒྲིལ་ནས་མི་རྣམས་ཀྱིས་སྐྱ་བརྔན་བཟོ་བའི་ལས་འགན་གྲུབ་ཅིང་། ཟླ་བ་བཞི་ལྷག་ཙམ་ཕྱིན་ཟིན་པས། ད་ལྟ་མི་རྣམས་ཡང་བཙས་མ་བཏྲ་བའི་ལས་ལ་བྲེལ་བཞིན་ཡོད།

འདི་གར་ལོ་ཏོག་གཙོ་བོ་ནི་མོན་ཆག་ཡིན་ཞིང་གཙོ་བོ་བུད་མེད་ཀྱིས་འཐུ་ཡི་ཡོད། ལོ་ཚོས་སྐབས་པར་སླེ་པོ་འཁུར་བ་དང་ལག་ཏུ་གྲི་གུག་འཁྱེར་ནས་བདེ་ལྷུག་འཁྱུག་པོས་སྙེ་མ་རེ་རེ་བཞིན་འཐུ་ཡི་ཡོད། བཏུས་ཟིན་པའི་མོན་ཆག་རྣམས་ས་འཕོད་སྐོམ་པོའི་ས་སྟེང་དུ་བཀྲམས་ནས་གྲིབ་སྐམ་གཏོང་བ་དང་དཔྱིད་དུས་འབྲུ་རིགས་སུ་སྤྱོད་ཀྱི་ཡོད།

མོན་ཆག་སྙེ་གཟུགས་དབྱིབས་བྱ་དེའི་རྐང་པ་འདྲ་བའི་འབྲུ་རིགས་དེ་

རིགས་ལ་དམིགས་བསལ་གྱི་ཚོ་སྲོག་གི་ནུས་ཚད་ཅིག་ལྡན་ཡོད། ལོ་གཅིག་རིང་དཀའ་ལས་བརྒྱབ་ནས་བྱུང་བའི་མོན་ཆག་ནི་མང་ཆེ་བ་བུད་མེད་ཚོས་ཨ་རག་སྐོལ་གྱི་ཡོད། མོན་ཆག་གི་ཨ་རག་འཐུང་སྐབས་རྒྱ་སྐོལ་ལྦུགས་དགོས་པ་དང་པི་ཤིང་བཙུགས་ནས་འཐུང་གི་ཡོད། དེ་ནི་དེ་གའི་སྐྱེས་པ་རྣམས་ཀྱིས་དགའ་པོ་བྱེད་པའི་འཐུང་བྱ་ཞིག་ཡིན།

བཟ་བསྡུ་ཚར་ལ་ཉེ་བའི་སྐབས་སུ་གྲོང་ཚོའི་ནང་གི་ཁྱིམ་ཚང་ཞིག་གི་ཁང་པ་གསར་དུ་བརྒྱབ་ཟིན་ཞིང་། མི་རྣམས་ཀྱི་དགའ་འདོད་ཀྱི་སྒྲའི་ཁྲོད་དུ་བགྲེས་སོང་ཞིག་གིས་ཟླ་དམ་དང་ཁ་བཏགས་གདུང་མའི་སྟེང་དུ་བཀོན་པ་དང་དེ་ནས་དགའ་སྟོར་རོལ་འགོ་ཚུགས།

དགའ་སྟོའི་རོལ་རྩེད་ཁྲོད་དུ་མོན་ཆག་གི་ཨ་རག་འཐུང་རྒྱུ་དེ་ནི་གལ་ཆེ་ཤོས་ཤིག་ཡིན་ཞིང་། ལྷང་ལོ་བརྒྱབ་པའི་སྐྱེས་པ་ཚོས་མོན་ཆག་ཨ་རག་འཐུང་བ་དང་གླུ་ལེན་གར་འཁྲབ་བྱེད་ཅིང་། གླུ་གར་དེ་དག་ནི་སེམས་ཀྱི་གཏིང་ནས་

གླངས་པ་ཞིག་ཡིན་པས་ཚང་མ་དགའ་སྤྲོས་ངལ་བ་ཚོར་གྱི་མེད། ལོ་ན་90སོན་པའི་རྫོ་བོ་ལགས་ཀྱིས་ཀྱང་སྤྲོ་སྣང་ལྡན་པའི་ངང་ཨ་རག་བཞེས་ཀྱི་འདུག མི་རྣམས་ཀྱིས་པེ་（ཛ་མ་）ཆེན་པོ་ཞིག་གི་ནང་དུ་པེ་ཤིང་འགའ་ཤས་བཙུགས་ནས་མཉམ་དུ་བཏུང་ནས་མཉམ་དུ་བཟི་ཞིང་། སྤྲོ་སྐྱིད་དེ་འདྲ་ཉིན་མཚན་གསུམ་བྱེད་ཀྱི་ཡོད།

བཞ་བསྟུ་ཚར་བའི་རྗེས་སུ་མི་རྣམས་ཀྱིས་རྐང་ཐང་མར་ཉིན་ཞིག་ནགས་ཚལ་སྟུག་པོའི་ཁྲོད་དུ་ངོ་མཚར་ཅན་གྱི་ཆུ་ཚན་ཞིག་ཡོད་པ་དེ་རྒྱུག་པར་བསྐྱོད་ཀྱི་ཡོད་ཅིང་། ཆུ་ཚན་འདིར་རང་བྱུང་གི་ཆུ་མིག་དགུ་ཡོད་པ་དང་། དེས་ངལ་རྩོལ་པ་ཚོའི་ལོ་གཅིག་གི་ངལ་དུབ་སེལ་བར་བྱེད་ཀྱི་ཡོད། གལ་ཏེ་ཆུ་ཚན་འདིར་དད་གུས་མ་བྱུས་ན་ཆུ་ཚན་གྱི་ཆུར་ནུས་མེད་ཅིང་། དེ་ནི་མི་རབས་ནས་མི་རབས་བར་བརྒྱུད་པའི་གསང་བ་ཞིག་ཡིན།

འདི་ནི་འཛམ་གླིང་ཡང་རྩེའི་དཀྱིལ་དབུས་ཤིག་ཡིན་ལ་མིའི་རིགས་ཀྱིས་འདིར་འཚོ་གནས་དང་ངལ་རྩོལ་བྱུས་པར་ས་གཞིས་གནང་བའི་ལག་བཏགས་ཤིག་ཀྱང་ཡིན།

མོན་ཆག་དང་མོན་ཆག་ཨ་རག

མོན་ཆག་ནི་ཚ་ཁྲུལ་གྱི་ཐན་པ་ཐེག་ཐུབ་པའི་ལོ་ཏོག་གི་རིགས་ཤིག་ཡིན་པ་དང་། སྙེ་མ་ཅན་གྱི་རྩྭའི་ཁོངས་སུ་གཏོགས་ཤིང་ཚོས་སེར་ཁྲ་དང་སྨྱིང་ཆེན་ལ་ཧྲེ་རི་ཀའི་ཁྲ་སོགས་ཟེར་ཞིང་། སྙེ་མའི་སྦྲོ་ཀྱོག་ཀྱོག་བྱ་དེའི་རྐང་པ་དང་འདྲ་བས་རྒྱ་སྐད་དུ་བྱ་རྐང་(鸡爪)མོན་ཆག་ཅེས་མིང་དུ་ཆགས། མོན་ཆག་ནི་ཧྲེ་སྨྱིང་ནས་བྱུང་ཞིང་འདེབས་གསོའི་ལོ་རྒྱུས་ཧ་ཅང་གི་རིང་པོ་ལྡན་ཡོད། བོད་དུ་མོན་ཆག་མང་ཆེ་བ་མི་ཏོག་དང་རྫ་ཡུལ། ཉིང་ཁྲི་སོགས་ཀྱི་རྫོང་ཚུད་པའི་རྒྱ་མཚོའི་ངོས་ལས་མཐོ་ཚད་སྨིད་2500འོག་གི་དྲོད་གཤེར་ལྡན་པའི་ས་ཁུལ་དུ་སྐྱེ་ཡི་ཡོད་པ་དང་། མོན་ཆག་ནི་ཤར་པ་བ་དང་མོན་པ། ལྷོ་པ་རིགས་བཅས་ཀྱི་མིའི་འབྲུ་རིགས་གལ་ཆེ་ཞིག་ཡིན། ཁོ་ཚོས་མོན་ཆག་འབྲུ་རིགས་ལ་སྤྱོད་པ་མ་ཟད་ད་དུང་ཁོ་ཚོར་མོན་ཆག་གི་ཨ་རག་སྐོལ་བའི་གོམས་གཤིས་ཤིག་ཡོད། མི་རིགས་ཁག་གི་མོན་ཆག་གི་ཨ་རག་སྐོལ་སྟངས་ལག་རྩལ་ཧ་ལམ་འདྲ་པོ་ཡོད་པ་དང་དེ་ཡང་སྔོན་ལ་མོན་ཆག་བཙོས་ནས་གྲང་སང་བཏང་རྗེས་ཆང་རྩི་བཏབ་སྟེ་སྐོལ་ཁོག་ནང་དུ་ཉིན་ཤས་སྐོལ་གྱི་ཡོད། མོན་ཆག་ཨ་རག་སྐོལ་སྟངས་འདྲ་པོ་ཡོད་ཀྱང་མི་རིགས་ཁག་གི་མོན་ཆག་ཨ་རག་འཐུང་སྟངས་ཐད་ལ་ཁྱད་པར་མི་འདྲ་བ་ཡོད།

མོན་པ་རིགས་དང་ལྷོ་པ་རིགས་ཀྱིས་མོན་ཆག་ཨ་རག་འཐུང་སྐབས་སློལ་ནས་ལངས་ཟིན་པའི་ཨ་རག་གཤམ་དུ་ཐིམ་བུ་ཡོད་པའི་སྨྱུག་མདོང་ནང་བླུགས་པ་དང་རྒྱ་གྲང་མོ་བླུགས་ནས་གང་འཚམས་སོང་རྗེས་ཐིམ་ཚང་ཕྱི་སྣེ་ཨ་རག་བླུགས་སྡོད་ནང་བླུགས་ཏེ་ཐད་ཀར་འཐུང་གི་ཡོད། འོན་ཀྱང་འདྲིན་ཐང་གི་ཤར་པ་བའི་མོན་ཆག་གི་ཨ་རག་ནི་འཛིབ་ནས་འཐུང་གི་ཡོད། སློལ་ནས་ལངས་པའི་མོན་ཆག་ཛ་མའི་ནང་དུ་བླུགས་ནས་སྨྱུག་མའི་པི་ཤིང་བཙུགས་ཏེ་འཐུང་བ་དང་སྔར་ཡང་རྒྱ་ཁོལ་ཏོག་ཙམ་བླུགས་ནས་དཀྲུག་དཀྲུག་བཏང་ན་ཡང་ཨ་རག་འཐུང་ཐེངས་གཅིག་ཡོང་གི་ཡོད། སླ་ཙ་སླ་ཙ་ཕྱིན་ཏེ་མཐའ་མར་བྲོ་བ་མེད་པར་གྱུར་བ་ན་སྔར་ཡང་མོན་ཆག་གི་སྤང་སྤྲུམ་གསར་པ་བརྗེ་ཡི་ཡོད། ཨ་རག་དེ་རིགས་ནི་མི་རེ་རེས་ཨ་རག་ཛ་མ་རེ་བླངས་ནས་འཐུང་ཚོག་ལ་མི་བཞི་ལྔ་ཙམ་གྱིས་ཁ་བརྡ་གློད་བཞིན་དུ་ཛ་མ་གཅིག་གི་ནང་ནས་རེས་མོས་ཀྱིས་འཛིབ་ནས་འཐུང་ཚོག

མོན་ཆག་ཨ་རག་ནི་ཤར་པ་བའི་སྐྱིད་སྡུག་བྱ་བ་གང་དུའང་བེད་སྤྱོད་བྱེད་ཀྱི་ཡོད། གོ་ཐོས་ལ་ཤར་པ་བའི་བུད་མེད་ཕྲུ་གུ་བཙས་པའི་རྗེས་སུ་མོན་ཆག་གི་ཨ་རག་འཐུང་ན་འོ་མ་འབབ་མང་བ་དང་། སྐྱེས་པས་ངལ་རྩོལ་བྱས་ནས་ལུས་པོར་ངལ་དུབ་ཐོག་པ་ན་མོན་ཆག་གི་ཨ་རག་བཏུང་ན་ལུས་པོ་ཡོངས་རྫོགས་

བདེ་པོ་ཡོང་གི་ཡོད་ཟེར། གྲོང་ཚོའི་ནང་དུ་ཁྱིམ་ཚང་སུ་འདྲ་ཞིག་ཏུ་ཕྱུ་གུ་སྐྱེས་ན་མི་རྣམས་ཀྱིས་ཨ་རག་སྐྱེལ་ཏེ་རྟེན་འབྲེལ་མཚོན་ཐབས་བྱེད་ཀྱི་ཡོད་ལ་ཁྱིམ་ཚང་སུ་ཞིག་གི་རྐུས་འཕོགས་གྲོངས་ནའང་མི་རྣམས་ཀྱིས་ཨ་རག་འཁྱེར་ནས་སེམས་གསོ་གཏོང་བར་ཡོང་གི་ཡོད། མི་གཞན་གྱིས་རང་ལ་ཕན་པ་བསྐྱུན་ན་བཀའ་དྲིན་མཚོན་པར་བྱེད་ཆེད་དེ་བས་ཨ་རག་རྫ་མ་གང་ཕུལ་གྱི་ཡོད།

འདྲེན་ཐང་གི་མོན་ཆག་ཨ་རག་གར་པོ་མེད། འོན་ཀྱང་བཏུང་པའི་རྗེས་སུ་ཤུགས་ཆེན་པོ་ཡོད། མངར་བ་དང་སྐྱུར་བ། ཁ་བ་བཅས་ཀྱི་བྲོ་བ་ལྡན་པའི་ཨ་རག་གི་ཁུ་བ་ རྡོད་འཛམ་དལ་འབུར་ཁྲག་རྩའི་ནང་དུ་ཁྱབ་ཅིང་འདྲེན་ཐང་གི་ཤར་པ་བའི་གཤིས་ཀ་དང་འདྲ་བར་རྙོག་འཛིང་མེད་ལ་རྒོད་སེམས་ཀྱི་ཡིད་དབང་འཕྲོགས་ཤུགས་དེའང་མེད། ད་ལྟ་འདྲེན་ཐང་གི་མོན་ཆག་ཨ་རག་བཟོ་རྩལ་རྒྱལ་ཁབ་རིམ་པའི་མངོན་མིན་རིག་གནས་ཤུལ་བཞག་མིང་ཐོའི་ནང་དུ་བཀོད་ཡོད།

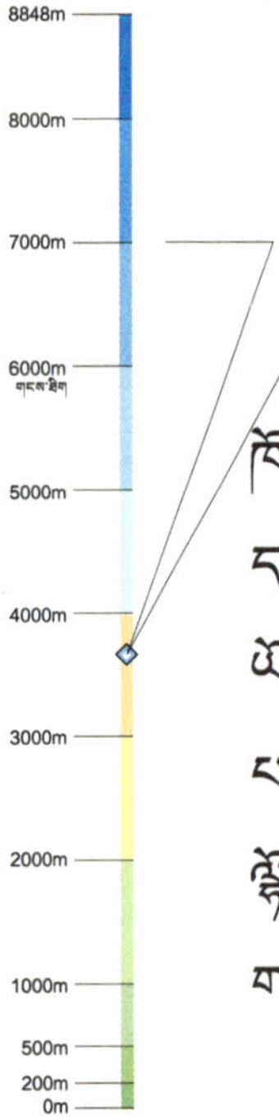

གྲ་ནང་།

བོད་རང་སྐྱོང་ལྗོངས།

རྒྱ་མཚོའི་ངོས་ལས་མཐོ་ཚད་སྨིད3680ཡོད་པ།

གྲ་ནང་རྫོང་ནི་བོད་རང་སྐྱོང་ལྗོངས་ལྷོ་ཁ་གྲོང་ཁྱེར་གྱི་ཁོངས་སུ་གཏོགས་པ་དང་། གནས་ཡུལ་བོད་ལྗོངས་ཀྱི་དབུས་དང་ལྷོའི་ཕྱོགས། ཡར་ཀླུངས་གཙང་པོའི་དབུས་རྒྱུད་དུ་གནས་ཡོད། ཡར་ཀླུངས་གཙང་པོས་རྫོང་རྩེལ་པོ་ཏ་ལམ་ཆེ་ཆུང་མཉམ་པའི་ལྷོ་བྱང་ངོགས་གཉིས་སུ་དཀྱིལ་གཤགས་བཏང་ཡོད་ཅིང་། ལྷོ་བྱང་རི་བོའི་མཐོ་ཚད་ཆ་མཚུངས་ལ་གཙང་འགྲམ་ངོགས་གཉིས་སུ་རོང་ས་ཡིན།

གྲ་ནང་ལ་རིག་དངོས་གནའ་ཤུལ་མང་བ་དང་། རིག་སྒྲུན་གནས་སྟོངས་མཛེས་སྡུག་ལྡན་པ། ཡར་ཀླུངས་གཙང་པོའི་ངོགས་གཉིས་ཀྱི་ཡུལ་ལྟོངས་མཚར་སྡུག་ལྡན་པ་བཅས་ཡོད་པས། ཆོས་དད་པའི་གནས་མཇལ་བྱ་ཡུལ་ཡིན་ལ་ཡུལ་སྐོར་སྤྲོ་འཆམ་བྱེད་སའི་གནས་མཆོག་ཅིག་ཀྱང་ཡིན། གྲ་ནང་ནི་ཉེ་འདབས་སུ་ཤིང་གྲ་མའི་ཚལ་གྱིས་བསྐོར་ཡོད་པས་དེའི་ནང་ཡོག་གི་ཡུལ་ལ་གྲ་ནང་ཞེས་བྱ་བ་ཡིན་ནོ།།

ཡར་ཀླུངས་གཙང་པོའི་ཆུ་བོའི་བར་རྒྱུད་ཀྱི་གྲ་ནང་གི་ས་ཁོངས་སུ་ས་ཆ་ཞིག་ཏུ་བྱེ་ཕུང་ཞིག་ཡོད། བྱེ་ཕུང་ཆགས་སྟངས་ནི་གཙང་པོའི་ཆུ་ཁ་མཐོ་དམའ་དེ་དུས་ཚོགས་ལ་བརྟེན་ནས་འགྱུར་བ་འགྲོ་གི་ཡོད་པ་དང་། དགུན་ཁ་ཆུ་ཉུང་དུ་སོང་བས། ཆུ་རྒྱུག་ས་ཕྱིར་མངོན་ཞིང་། ས་མཐོའི་གྲང་རླུང་གིས་རྒྱུན་ཆད་མེད་པར་བྱེ་རྡུལ་ཆུ་ངོགས་ཏུ་འཐུར་ཏེ་བྱུར་བུར་ཁྱིངས་ནས་ཆགས་པ་ཞིག་རེད།

བྱེ་ཐང་རི་མོ་ལྟ་བུར་གྱུར་བ་སྟེ། ས་མཐོའི་བྱེ་བཅོས་པ་བསོད་ནམས།

བསོད་ནམས་ནི་འདི་གའི་བྱེ་མ་བཅོས་སྐྱོང་བྱེད་མཁན་ཞིག་ཡིན་ཞིང་ཉིན་ལྟར་བྱེ་ཐང་དེའི་སྟེང་དུ་སྐྱོད་ཀྱི་ཡོད།

བྱེ་རླུང་གི་ཁྲོད་དུ་རྟག་ཏུ་ཤིང་འཛུགས་བྱེད་མཁན་གྱི་མི་མང་པོའི་གྲིབ་གཟུགས་མཐོང་རྒྱུ་ཡོད་ཅིང་། བྱེ་རླུང་འཇགས་པ་ན་མི་ཚོགས་འཁྲུག་ཆ་དོད་པོ་ཆགས་ཀྱི་ཡོད། དེ་ནི་གཞི་རྒྱ་ཆེ་བའི་རྒྱལ་ཁབ་ཀྱི་ལས་གྲྭ་ཞིག་ཡིན་པ་དང་། བྱེ་མ་བཅོས་སྐྱོང་བྱ་རྒྱུ་ནི་ཡུན་ཐུང་འགྲུབ་པའི་ལས་ཀ་ཞིག་མིན་པར་དང་རྒྱུད་རིང་པོ་ཡོད་དགོས།

བསོད་ནམས་ཀྱིས“ལྷུང་མ་ཡག་པོ་ཞིག་འཛུགས་འདོད་ཡོད་ན་སྔོན་ལ་ཆུའི་གནད་དོན་ཐག་གཅོད་བྱེད་དགོས། དེར་བརྟེན་སྔོན་ལ་ཁྲིན་པ་འདྲུ་

དགོས་པ་དང་དེ་རྗེས་ས་འོག་ཆུ་སྦྲུག་སྦྲས་ནས་ཆུ་གཏོར་འཚག་ཁྲུང་སྐར་དགོས"ཞེས་བཤད།

བྱེ་ཐུང་འོག་ནས་ཆུ་འདྲེན་རྒྱུར་དཀའ་ལས་ཁག་པོ་དེ་ཙམ་མེད་ཀྱང་ཆུ་སྦྲུག་རྟག་ཏུ་བྱེ་མས་འགག་ནས་རྒྱང་རིང་གི་བྱེ་ཐུང་སྟེང་དུ་ཆུ་འདྲེན་ཐུབ་ཀྱི་མེད།

བྱེ་མ་བཅོས་སྐྱོང་བྱེད་པར་ཐབས་ཤེས་གཅིག་པོ་ན་མ་ཡིན་ཏེ། ཁོ་ཚོས་སྤྱུར་པ་དང་རྒྱ་ལྕང་གིས་བྱེ་ཐུང་བསྐོར་བ་དང་། དེ་རྗེས་རྒྱུག་ཐུང་གིས་བྱེ་ཐུང་ཐོག་ས་ཁོངས་དབྱེ་ཞིང་། ད་མིག་ཆུང་ངུ་དེ་ཚོའི་ནང་དུ་སྡོང་ཐུང་འདེབས་བཙུགས་བྱེད་ཀྱི་ཡོད། ཉེ་འོད་ཤུགས་ཆེའི་འོག་ངལ་རྩོལ་པ་རྣམས་ཀྱིས་བྱེ་ཐུང་

ཉི་ཊོ་མཚར་ལྡན་པའི་རི་མོ་བྲིས་པ་ལྟ་བུ་བཟོས་ཡོད།

སྐབས་འགར་བསོད་ནམས་ཀྱིས་ལོ་ན་གཞོན་དུས་བཏབ་པའི་ལྦུང་མར་ལྟ་བར་ཕྱིན་ནས་ལྦུང་མའི་སྒྲ་ཉན་གྱི་ཡོད། ལོ་ངོ་30ལྷག་ཙམ་སོང་ཞིང་། བསོད་ནམས་ཀྱིས་ལྦུང་མ་ག་ཚོད་བཏབ་ཡོད་པ་དྲན་གྱི་མེད། ཉིན་ཞིག་ལུང་ཕྲུག་དེ་ནགས་ཚལ་ཞིག་ཏུ་འགྱུར་རྒྱུ་ཡིན་པ་ནི་ཁོ་ལ་ཡིད་ཆེས་ཡོད།

མཐོ་སྒང་མིའི་སྤྲོ་སྣང་གི་རང་གཤིས་ཏེ། ཨར་ཀ་གཙོག་པ།

རྒྱ་མཚོའི་ངོས་ལས་ཧྲིད་3860ཡོད་པའི་བོད་ལྗོངས་ལྷུན་གྲུབ།

དེ་ནི་བོད་ཁོ་ནར་གཞི་ནས་མཐོང་ཐུབ་པའི་དམིགས་བསལ་གྱི་རྣམ་པ་ཞིག་སྟེ། ངལ་རྩོལ་བྱེད་སྐབས་སྐན་ཞིང་འཛེབས་པའི་དགའ་སྤྲོའི་སླུ་སྒྲས་ཁེངས་པ་དེ་ཡིན། མཐོ་སྒང་གི་ས་གཞི་ནས་དམིགས་བསལ་གྱི་ཨར་རྒྱག་རྒྱུ་ཆ་སྟེ་ཨར་ཀ་འདོན་གྱི་ཡོད་ཅིང་། ཨར་ཀ་སྡོག་འདོན་ཟིན་རྗེས་རྫོག་ནས་ཧྲུག་ཧྲུག་བཟོས་ཏེ་ཁང་པའི་ཐོག་དང་མཐིལ་ཞལ། གོང་ལའི་ཉ་རྒྱབ་སོགས་ལ་ཨར་ཀ་བེད་སྤྱོད་བྱེད་པའི་བརྒྱུད་རིམ་དེར་ཨར་ཀ་གཙོག་པ་ཞེས་བརྗོད་ཀྱི་ཡོད།

ཨར་ཀ་གཙོག་རྒྱུ་ནི་མཉམ་སྦེལ་གྱི་ངལ་རྩོལ་ཞིག་ཡིན་པ་དང་། མི་མང་པོ་ཞིག་གིས་མཉམ་དུ་སྒྲུབ་དགོས་ཀྱི་ཡོད། ཨར་ཀ་གཙོག་སྐབས་མཐིལ་ཞལ་ལྟ་བུར་མཚོན་ན་ཐོག་མར་ཨར་ཀ་རྫབ་པ་ཞེས་པ་དེ་ཁོད་སྙོམས་བཏིང་ནས་

འཁོག་རྗེ་གཞུ་མཁན་གྱི་གྲལ་སྟར་བསྒྲིགས་ཏེ་ཕར་འགྲོ་ཚུར་འགྲོ་བྱས་ནས་བརྟན་པོ་མ་ཆགས་བར་འཁོག་རྗེ་དལ་པོར་གཞུ་དགོས། དེ་ནས་རྒྱ་སིམ་སིམ་གཏོར་ནས་སྲ་བརྟན་བྱུང་མཚམས་བར་རྫོབ་ཅེས་པ་དེ་གཏོར་ནས་གོང་ལྟར་བཅག དེ་རྗེས་ནས་ཁྲ་ཞེས་པ་དེ་བཀྲམ་སྟེ་སྐམ་བཅག་གང་འཚམ་བྱས་ནས་རྒྱ་གཏོར། སྨུག་ཞོ་བསླངས་པ་ཞེས་འདག་ཞོ་བསླངས། དེ་རྗེས་གྲལ་སྟར་བསྒྲིགས་ཏེ་བཞའ་ཐག་མ་ཆོད་བར་ཕར་རྒྱུག་ཚུར་རྒྱུག་གིས་འཁོག་རྗེ་གཞུ་དགོས། འཁོག་རྗེར་འདམ་པ་མི་དགོས་པ་དང་སྐམ་སྲ་ཐོན་སྐབས་རྒྱ་རྗེ་འཇམ་པོས་དབུར་རྒྱག་དགོས། ཨར་ཀ་ཐེངས་གཅིག་བཅག་པར་དུས་ཚོད་ཉིན་ལྔ་ནས་གསུམ་བར་སྤྱད་ན་ལེགས། ཨར་ཀ་བཅག་པའི་ཐོག་ཁར་འབྱར་ཤུགས་ནུས་པ་ཏ་ཅང་གི་ཆེན་པོ་ཡོད་པར་བརྟེན་གཅིག་ནས་ལོ་མང་རིང་སྲུང་ཐུབ་པ་དང་། གཉིས་ནས་ཤིང་གི་གདུང་མར་འདེགས་སྐྱོར་ཐུབ་ནས་གས་ཆག་མི་ཡོང་བ། གཞན་ཡང་ཐོག་རྡིབ་ཀྱི་མེད།

ཨར་ཀ་གཅོག་མཁན་གྱི་གཞོན་ནུ་བུ་ཞིག་གིས་གནའ་བོའི་ངལ་རྩོལ་བྱེད་སྟངས་དེར་དེང་རབས་ཀྱི་རྣམ་པ་ཞིག་སྤྲས་ཤིང་། ཕོ་གསར་ཚོས་ལུས་རྩལ་གྱི་གོས་གྱོན་པ་དང་། བུ་མོ་ཚོས་ཕྱུ་པ་གྱོན་པ་སོགས་ཕོ་ཚོས་བཟོ་ལྟ་སྣ་ཚོགས་ཀྱི་གོས་གྱོན་ཞིང་། དགའ་སྤྲོའི་གླུ་གཞས་སྙན་འཛིབས་ལྡན་ལ་ཞབས་བྲོའི་གོམ་སྟབས་གྲལ་སྒྲིག་ཅིང་། གཞོན་ནུ་དེ་དག་གིས་ད་དུང་ཁྲིམ་ལམ་ཞབས་བྲོའི་སྟངས་

སྐབས་འདྲ་བ་དེ་དག་སྲོལ་རྒྱུན་སྐངས་སྐབས་ནང་དུ་བཙུག་ཡོད་ཅིང་། ཨར་ག་གཅོག་པ་ནི་དཀའ་ལས་ཏ་ཅང་ཆེ་ཞིང་རྒྱང་གྱུར་གྱི་ངལ་རྩོལ་ཞིག་ཡིན་ནའང་དེ་སྤྲོ་སྣང་ལྡན་ཞིང་མི་ཚང་མས་བློ་ཁ་སྐྱོགས་སའི་ལས་ཀ་ཞིག་ཏུ་གྱུར་ཡོད། སྤྲོ་སྣང་ལྡན་པ་ནི་ས་མཐོའི་མི་རྣམས་ཀྱི་རང་གཤིས་ཤིག་ཡིན།

ཨར་ག་གཅོག་སྐབས་སྒྲ་གང་ཞིག་ལེན་པ་དེ་གཙོ་བོ་ཙམ་མ་ཡིན་པར་རང་ཉིད་ཀྱི་ཁྲང་ལག་གི་སྐངས་སྐབས་རང་མོས་ལྡན་པ་དང་སེམས་ཀྱི་གཏིང་ནས་སྤྲོ་སྣང་ལྡན་པ་དེ་ཡིན།

བོད་མིས་ཨར་ག་ནི་རྡོ་མ་ཡིན་ལ་འདམ་བག་ཡང་མ་ཡིན་ཏེ་ས་གཞི་ཆེན་པོའི་སྙིང་བཅུད་ཡིན་ཞེས་བརྗོད་ཀྱི་ཡོད།

ཨར་ཀ་གཙོག་པ།

ཨར་ཀ་གཙོག་པ་ནི་བོད་རིགས་ཀྱི་ཁང་པའི་ཐོག་གམ་ཁང་པའི་མཐིལ་ཞལ་གཏོང་བའི་སྲོལ་རྒྱུན་གྱི་ཨར་སྐྲུན་བྱ་ཐབས་ཤིག་ཡིན་པ་དང་། ས་གནས་དེ་རང་དུ་དམིགས་བསལ་དུ་ཡོད་པའི་ཨར་ཀའི་ས་ཞེས་པའི་འདམ་བག་དང་རྡོ་ཕྲུག་སྙིང་དུ་ཆུ་གཏོར་རྫེས་མཐིལ་དང་ཐོག་ཁར་བཏིང་བ་དང་། སླར་ཡང་བཙག་བཙག་ཐེངས་མང་བཏང་བ་ན་མཐིལ་དང་ཁང་པའི་ཐོག་མཁྲེགས་པོ་དང་ཁོད་སྙོམས་པོ། ཐིགས་པ་མི་རྒྱག་པ་བཅས་ཡོང་གི་ཡོད།

ཨར་འདམ་དང་འདམ་འདྲེས་ས་སོགས་དེང་རབས་ཀྱི་ཨར་སྐྲུན་རྒྱུ་ཆ་ཐོན་སྐྱེད་མ་བྱུས་པའི་སྔོན་ལ་ནང་སའི་ཨར་སྐྲུན་ལ་སྤྱིར་བཏང་སོ་ཕག་དང་རྫ་

གཡམ་སོགས་ཨར་རྒྱག་རྒྱུ་ཆ་གཙོ་བོར་བེད་སྤྱོད་བྱེད་ཀྱི་ཡོད་ཅིང༌། མཚོ་བོད་མཐོ་སྒང་དུ་གསོ་རླུང་མི་འདང་བའི་རང་བྱུང་ཁོར་ཡུག་རྐྱེན་གྱིས་སོ་ཕག་དང་རྫ་གཡམ་བསྲེག་རྒྱུ་ལས་སླ་པོ་མེད་པར་བརྟེན་བོད་རིགས་ཀྱི་གནའ་བོའི་ཨར་སྐྲུན་ལག་རྩལ་མང་ཆེ་བར་ས་གནས་དེ་རང་དུ་དམིགས་བསལ་དུ་ཡོད་པའི"ཨར་ཀའི་ས"ཨར་སྐྲུན་གྱི་རྒྱུ་ཆར་སྤྱོད་ཀྱི་ཡོད་པ་མ་ཟད་ད་བར་བརྒྱུད་སྤྲོད་བྱས་ཡོད།

ཨར་ཀ་ནི་བོད་སྐད་ཡིན་པ་དང་ཁང་པར་ཞལ་བ་གཏོང་བྱེད་ཀྱི་ས་མཁྲེགས་པོ་ཞིག་ཡིན་ཞིང་རླུང་གིས་ཟད་པའི་རྡོ་ཐལ་བྲག་རྡོ་འམ་བྱེ་འབྱུར་བྲག་རྡོའི་རིགས་ཤིག་རྡོག་ནས་རྡུག་རྡུག་བཟོས་ཏེ་རྫོབ་དང་བར་རྫོབ་ནས་ཁྲ་ཞིས་ཞིབ་རྩིང་ཁག་གསུམ་དུ་དབྱེ་ཡོད་པ་དང༌། དེའི་རྫས་འགྱུར་གྱི་གྲུབ་ཆ་གཙོ་བོ་ནི་ཐན་སྐྱུར་ཀལ་ཡིན། ཨར་ཀ་ནི་སྦྱིར་བཏང་བྱས་ན་ཨར་སྐྲུན་བྱེད་སྐབས་ཁང་པའི་ཐོག་དང་མཐིལ་དུ་བེད་སྤྱོད་བྱེད་ཀྱི་ཡོད་ཅིང༌། ཨར་ཀ་གཙོག་པར་ལས་རིམ་ཆ་ཚང་ཞིག་ཡོད། སྔོན་ལ་ཨར་ཀའི་ས་རྡོག་ནས་རིལ་རིལ་བཟོས་ཏེ་རྩུབ་པ་ནས་ཞིབ་པའི་བར་གོ་རིམ་བཞིན་ཚུ་རྒྱག་གིན་རྒྱག་གིན་འཐོག་རྫོས་བརྡུང་བ་དང་བཅག་བཅག་བྱེད་དགོས་ཤིང་དེ་ཡང་ས་ངོས་ཁོད་སྙོམས་ཤིང་གཙང་མ་མ་ཆགས་བར་དུ་བཅག་བཅག་བྱེད་དགོས་ཀྱི་ཡོད། དེ་རྗེས་རང་བྱུང་

སྤྱིན་རིགས་དང་སྦྲུམ་ཞག་སྟེ། ཡག་ཤོས་སུ་སྤྱོས་དཀར་སྦྲངས་པའི་སྦྲུམ་ཚ་པོ་བླུག་ན་ཆུ་འགོག་པའི་ནུས་པ་ཡོད།

རྒྱུན་གཏན་བདག་སྐྱོང་བྱེད་སྐབས་ད་དུང་རྟག་ཏུ་ལུག་ཕྲུག་གི་པགས་པར་མར་བྱུགས་ནས་རྫོག་ཕྱིས་བརྒྱབ་ན། ཞ་ལའི་ངོས་ནི་ཁོད་སྙོམས་ཤིང་གཙང་བ་སྟེ་གསར་པ་ལྟ་བུ་ཆགས་ཀྱི་ཡོད། ཐབས་ཤེས་དེ་རིགས་སྤྱད་དེ་བཟོས་པའི་ཁང་པའི་ཞལ་བར་བལྟས་པ་ཙམ་གྱིས་རྗེ་ཀ་མ་ཏུ་ལྟ་བུར་མཇོན་ཞིང་། ཁོད་སྙོམས་ལ་འཇམ་ཤ་དོད་པ་མ་ཟད་མཁྲིགས་ལ་རྡར་ཤན་ཆེན་པོ་ཡོད།

བོད་རིགས་མི་དམངས་ལ་ཡུན་རིང་གི་ངལ་རྩོལ་བྱེད་པའི་ནང་དུ་ངལ་རྩོལ་བྱེད་པ་དང་ཆབས་ཅིག་གླུ་ལེན་པའི་གོམས་གཤིས་ཤིག་ཆགས་ཡོད། ཞིང་པས་སྟོན་ལས་བྱེད་པ་དང་ཞིང་ཁ་འདེབས་པ། ཡང་ན་འབྲོག་པས་ཕྱུགས་འཚོ་བའམ་ཝོ་དཀྲུག་པ་ལ་སོགས་པའི་ལས་རིགས་སྣ་ཚོགས་ག་རེ་བྱས་ཀྱང་གཞས་དང་ཞབས་བྲོ་དང་བྲལ་ཐབས་མེད་ཅིང་ཨར་ཀ་གཅོག་པར་ཡང་དེ་ལྟར་ཡིན། ཨར་ཀ་གཅོག་པ་ནི་མཉམ་སྡེབ་ཀྱི་ངལ་རྩོལ་ཞིག་ཡིན་ཞིང་། མི་མང་པོས་མཉམ་དུ་གཞོགས་འདེགས་བྱས་ཏེ་སྒྲུབ་དགོས་པ་དང་། གླུ་སྒྲས་དཀའ་ངལ་ཆེ་ལ་འགྱུར་

བ་མེད་པའི་ལུས་པོའི་ངལ་རྩོལ་དེ་བློ་བདེ་ལ་བག་ཕེབས་ཤིང་ཡང་ཤ་དོད་པོར་གྱུར་བ་དང་། ངལ་རྩོལ་ལས་གྲུབ་ཀྱང་མཐོར་འདེགས་ཐུབ་པ་མ་ཟད་ངལ་རྩོལ་པའི་སེམས་སུ་སྤྲོ་སྣང་ལྡན་པ་དེ་རྒྱུན་འཁྱོངས་བྱེད་ཐུབ་ཀྱི་ཡོད། ཨར་ཀ་གཙོག་པའི་སྐབས་སུ་ལེན་པའི་གླུ་གཞས་མང་ཆེ་བ་ནི་ས་གནས་དེ་གའི་དམངས་ཁྲོད་ཀྱི་གླུ་གཞས་ཡིན་པ་དང་ནང་སའི་ལས་གཞས་དང་འདྲ་པོ་ཡོད།

ཨར་ཀ་གཙོག་པའི་སྐབས་སུ་ཨར་ཁ་གཙོག་མཁན་རྣམས་ཁག་གཉིས་སུ་བགོས་ནས་གླུ་ཤགས་རྒྱག་བཞིན་ཨར་ཀ་གཙོག་པ་དང་གླུ་སྒྲའི་ རྟ་དབྱངས་དང་ཆབས་ཅིག་མི་རྣམས་ཀྱིས་རྐང་པ་དང་ལག་པ་མཉམ་དུ་འགུལ་བ་དང་གྲལ་སྒྲིག་པོས་ས་མཐིལ་དུ་འབོག་རྗེ་ཞུས་ནས་མཁྲིགས་པོ་བཟོ་ཡི་ཡོད་པ་དང་ལས་ཡུལ་ཧ་ཅང་བརྗིད་ཆགས་ལྡན་པ་ཞིག་ཡོད། དེང་སྐབས་ཨར་ཀ་གཙོག་རྒྱུ་ནི་སྲོལ་རྒྱུན་གྱི་ཨར་སྐྲུན་བཟོ་རྩལ་ཙམ་མ་ཡིན་པར། བོད་ཀྱི་དམིགས་བསལ་ཁྱད་ཆོས་ལྡན་པའི་དམངས་སྲོལ་མཛེས་ལྗོངས་ཤིག་ཏུ་གྱུར་ཡོད།

༄༅། །འཛམ་གླིང་ཡང་རྩེ། །

དཀའ་ངལ་ཅན་ལ་སྨིན་པ་བཏང་ན་བཟང་པོར་བཟང་ལན་ལྡན་པས། གཞན་གྱི་ཆེད་དུ་བསམ་བློ་གཏོང་དགོས།

༄༅། །མཐོ་སྣང་གི་སྒྲ་དབྱངས། །

འཛམ་གླིང་གི་ཡང་རྩེ་ནི་བྱང་སྟོ་དང་ལྷོ་སྟོ་གཉིས་དང་བསྡུར་ན་དེ་བས་ཁྱད་ཆོས་ཕུན་སུམ་ཚོགས་པོ་ཡོད་ཅིང་། འབྲེལ་ཆགས་ཀྱི་རི་རྒྱུད་དང་བརྗིད་ཆགས་ཀྱི་གངས་རི། སྙིང་འཇགས་ཀྱི་མཚོའུ་བཅས་ཀྱིས་མཛེས་སྤུག་ལྡན་པའི་མཐོ་སྒང་ལ་མཛེས་རྒྱན་སྤྲས་ཤིང་། རི་གསེབ་ཀྱི་གཞོངས་ས་དང་གྱེན་མ་གསེག་གི་ཁུལ་དུ་རྒྱ་ཆེ་ལ་མཐའ་ཡས་པའི་རྩྭ་ཐང་ཡོད་ཅིང་། འབྲོག་པ་ཚོས་གཅེས་པར་འོས་ལ་ཁྱད་ཆོས་སྣ་མང་ལྡན་པའི་ཕ་ཡུལ་ལ་གླུ་དབྱངས་གྲངས་མེད་ལེན་བཞིན་མཆིས།

རྒྱ་མཚོའི་ངོས་ལས་མཐོ་ཚད་སྨིད་4800ཡོད་པའི་བོད་ལྗོངས་ཨ་མདོ།

ཨ་མདོའི་རྩྭ་ཐང་ནི་བོད་བྱང་ཐང་གི་རྩྭ་ཐང་ཆེན་པོ་བཞིའི་གྲས་ཤིག་ཡིན་ཞིང་། རྩྭ་ཐང་གི་རྒྱ་ཁྱོན་བོད་བྱང་ཐང་རྩྭ་ཐང་གི་ཕྱེད་ཀ་ལྷག་ཙམ་ཟིན་ཡོད། ལོ་གཅིག་དུས་གཅིག་གི་རྟ་རྒྱུག་དུས་ཆེན་ནི་ཨ་མདོའི་རྩྭ་ཐང་གི་འབྲོག་པ་རྣམས་ཀྱི་དུས་ཆེན་གལ་ཆེན་ཞིག་ཡིན།　ཉིན་ཤས་ཀྱི་སྔོན་ནས་མི་རྣམས་ཀྱིས་ཕྱོགས་བཞི་མཚམས་བརྒྱུད་ནས་མཉམ་དུ་འཛོམས་ཏེ་གུར་བརྒྱབ་ནས་འདུ་འཛོམས་བྱ་རྒྱུའི་སྟ་གོན་བྱེད་ཀྱི་ཡོད།　དེ་སྔོན་འབྲོག་པ་རྣམས་ཀྱིས་རྟ་བཞོན་ནས་ཡོང་གི་ཡོད་པ་དང་། ལམ་ཐག་རིང་ལ་དཀའ་ངལ་ཆེན་པོ་ཡོད། ད་ལམ་ལོ་དེ་དག་ནང་འབྲོག་པ་རྣམས་ཀྱི་འཚོ་བའི་ཆུ་ཚད་གོང་མཐོར་སོང་བས་ཚང་མར་རང་ཉིད་ཀྱི་རླངས་འཁོར་ཡོད།　འབྲོག་པའི་རླངས་འཁོར་མང་ཆེ་བ་ནི་ཕྱིའི་ཁ་ཡིན་པས་རླངས་འཁོར་ནང་དུ་རྟ་དང་གུར་སྤྲུགས་པ་དང་ཁྱིམ་མི་རྣམས་ཁྲིད་དེ་རྩྭ་

མི་དང་རྟ་ནི་འདྲ་མཉམ་སྐྱེ། ཧོ་རྗེ་དང་ཧིས་ཅེ།

ཐང་དུ་ཡོང་གི་ཡོད།

ཀུར་གྱི་ཁྱུལ་ཁག་གཉིས་མྱུར་དུ་རང་བཞིན་གྱིས་གྲུབ་ཅིང་། ཁག་གཅིག་ནི་སྤྲོ་སྐྱིད་གཏོང་བར་ཡོང་མཁན་དང་། ཁག་གཅིག་ནི་འགྲན་སྟུར་ལ་ཞུགས་མཁན་ཡིན། རྟ་ཆུ་ཁར་ཁྲིད་ནས་སྦྱིན་བདག་གིས་རྟ་ཆུ་བོའི་ནང་དུ་འགྲོ་བཅུག་དེ་ནི་རྩྭ་ཐང་ཐོག་གི་གནའ་བོའི་རྟ་འདུལ་བའི་ཐབས་ཤེས་ཤིག་ཡིན། ཤོད་སྲོལ་ལ་འཁྲུགས་ལྟར་གྲང་བའི་ཆུས་རྒྱུག་རྟའི་གཟུགས་པོའི་སྙིང་གི་"ཀླངས་པ"སྙོམ་སྒྲིག་བྱེད་ཀྱི་ཡོད་ཟེར་བས་སྦྱིན་བདག་གིས་ད་ལམ་རྟས་རྒྱུག་པའི་དུས་ཚོད་ནང་རྟའི་ལུས་ནུས་ཤོར་ཚད་ཀྱི་གནས་ཚུལ་ལ་གཞིགས་ནས་རྟ་ཆུའི་ནང་དུ་སྡོད་པའི་དུས་ཚོད་རིང་ཐུང་གཏན་འཁེལ་བྱེད་ཀྱི་ཡོད།

ཚེ་རིང་དར་རྒྱས་ཀྱིས་ཀྱང་ཁོང་གི་རྟ་རྐན་དེ་ཁྲིད་ནས་སླེབས་ཤིང་། བུ་སྟོབས་རྒྱལ་གྱིས་ཁ་མི་གྲགས་པར་དེའི་རྗེས་སུ་འབྲངས་ནས་ཁ་ཁུ་སིམ་པོས་ལྟ་

ཞིབ་བྱེད་ཀྱི་ཡོད།

བུ་སྟོབས་རྒྱལ་ནི་རྟ་ལ་དགའ་པོ་ཡོད་པ་དང་མིང་ལ་ཤེས་ཚེ་ཟེར་བའི་རྟ་རྒན་དེ་ལ་དེ་བས་དགའ་པོ་ཡོད་པ་ཚེ་རིང་དར་རྒྱས་ཀྱིས་ཤེས་ཀྱི་ཡོད། ན་12ལ་སོན་པའི་ཤེས་ཚེ་ལ་བྱ་དགའ་ཨང་དང་པོ་ཐེངས་ལྔ་ཐོབ་མྱོང་ཡོད་ཅིང་། རྟ་རྒྱུག་འགྲན་བསྡུར་ནང་ཞུགས་མྱོང་བའི་འབྲོག་པ་ཡིན་ཕྱིན་ཤེས་ཚེ་ངོ་མི་ཤེས་མཁན་མེད། ཐེངས་ཤིག་འགྲན་སྡུར་ནང་ཁོའི་རྨིག་པར་རྨས་སྐྱོན་ཐོག་ཀྱང་ཁོས་སྔར་བཞིན་ཨང་དང་པོ་བླངས་ཡོད།

ཉིན་ལྟར་རྡོ་རྗེས་ཤེས་ཚེ་ལ་ཞིབ་ཕྲའི་ངང་ནས་མཇུག་མ་གསར་པ་ཞིག་སླ་ཡི་ཡོད་པ་དང་རྡོ་རྗེའི་རེ་བ་ཆེ་ཤོས་ནི་ཤེས་ཚེ་བཞོན་ནས་ཨང་དང་པོ་ལེན་རྒྱུ་དེ་ཡིན་པ་ཚང་མས་མཐོང་ཐུབ།

རྟ་རྒྱུག་འགྲན་སྡུར་ནང་ཞུགས་མཁན་རྟ་པ་མང་ཆེ་བ་ནི་ལོ་ན་བདུན་ནས་བཅུའི་ཡས་མས་ཀྱི་ཕྲུ་གུ་ཡིན་ཞིང་། ཁོ་ཚོར་ལུས་སྟོབས་ཆུང་བའི་དགེ་མཚན་ལྡན་ཡོད་ཀྱང་འགྲན་བསྡུར་གྱི་ཨང་རིམ་ཡག་པོ་ཞིག་ཐོབ་པར་རྩེར་སོན་གྱི་རྟ་རྩལ་དགོས་ཀྱི་ཡོད།

རྡོ་རྗེ་ངེས་པར་དུ་དངོས་ཡོད་ལ་བསླབ་བཅུག་དགོས་པ་ཨ་ཕས་ཤེས་ཀྱི་ཡོད།

རྡོ་རྗེས་སྐད་ཤུགས་ཆུང་ངུས"ཨ་ཕ་སང་ཉིན་ངས་རྟ་བཞོན་ཏེ་འགྲན་བསྡུར་ནང་ཞུགས་ཆོག་གམ"ཞེས་དྲིས།

ཨ་ཕས་ངང་རྒྱུད་རིང་པོའི་སྒོ་ནས་རྡོ་རྗེར"རང་གིས་རྟ་བཞོན་སྟངས་དེ་འགྲིག་གི་མི་འདུག ཕྱིར་བཏང་གི་རྟ་ལ་དེ་འདྲ་བཞོན་ན་འགྲིག་ཀྱང་རྒྱུག་ནས་འགྲོ་སྐབས་ལག་པ་དེ་འདྲ་བྱ་རྒྱུ་མེད། དེ་འདྲ་བྱས་ན་རྟ་བཟང་ལ་རང་གིས་བཞོན་ཐུབ་ཀྱི་མ་རེད། རང་གིས་ཚེ་རིང་ཆོས་དབྱིངས་(གཅུང་པོ)ལ་བསྡུར་ཐུབ་ཀྱི་མ་རེད། ཚེ་རིང་ཆོས་དབྱིངས་ཀྱིས་ལོ་དྲུག་ནས་རྟ་པ་བྱས་པས་རང་གིས་དངོས་གནས་བསྡུར་ཐུབ་ཀྱི་མ་རེད། ཁ་ལ་ཉོན་ཅིག"ཅེས་ཨ་ཕས་ལན་བཏབ།

ཨ་ཕའི་སྐད་ཆ་གོ་བ་དང་རྡོ་རྗེས་དབང་མེད་དུ་མགོ་སྒུར་སྒུར་བྱས་ནས་སྐད་ཤུགས་ཆུང་ངུས་ངུས། ཚེ་རིང་དར་རྒྱས་ཀྱིས་རྡོ་རྗེའི་མགོ་ལ་བྱིལ་བྱིལ་བྱེད་བཞིན་བུ་ལ་སེམས་གསོ་བཏང་།

འགྲན་བསྡུར་བྱ་རྒྱུ་མིག་གི་ཁ་རྩར་སླེབས་པས་ཆར་པ་འབབ་ཀྱང་མི་རྣམས་ཀྱིས་རྟ་འདུལ་རྒྱུ་མཚམས་འཇོག་བྱེད་ཀྱི་མེད།

རྟ་རྒྱུག་དུས་ཆེན་གྱི་མཛད་སྒོ་འགོ་ཚུགས་ཤིང་མཛེས་ཤིང་ལྷ་ན་སྡུག་པའི་གུར་དང་། དཔའ་ཞིང་བདེ་ལྷུག་འཁྱུག་པའི་རྟ་རྒྱུག དེ་བཞིན་ལུས་ལ་གཟབ་མཆོར་སྤྲས་པའི་མི་ཚོགས་བཅས་ཉིན་བདུན་གྱི་རབ་དགའི་རོལ་རྩེད་དུས་ཆེན་འགོ་ཚུགས་པ་ཚོར་དུ་བཅུག་ཡོད། འོན་ཀྱང་ཕྱོགས་གཞན་ཞིག་ཏུ་འགྲན་སྡུར་ནང་ཞུགས་མཁན་གྱི་ཚེ་རིང་དར་རྒྱས་ཀྱི་ཁྱིམ་ཚང་རྒྱུན་གཏན་དང་མི་འདྲ་བའི་ཁ་ཁུ་སིམ་པོར་བསྡད་ཡོད།

ཚེ་རིང་དར་རྒྱས་ཁྲིམ་གྱི་གུར་ནང་དུ་ཨ་ཕས་བུ་སྐྱོབས་རྒྱལ་ལ“རང་གིས་ངེས་པར་དུ་རྟ་ལ་ཤ་ཚ་བྱེད་དགོས། ང་ཚོ་བོད་རིགས་དང་ལྷག་པར་དུ་རྩྭ་ཐང་སྡེང་གི་མིའི་ཐོག་ནས་བརྗོད་ན་མི་དང་རྟ་ནི་འདྲ་མཉམ་རེད”ཅེས་བཤད།

“ཨ་ཕ་ང་ཚོའི་རྟས་སང་ཉིན་ཨང་དང་པོ་ལེན་ཐུབ་ཀྱི་རེད་དམ”ཞེས་བཤད།

“དེ་ངེས་གཏན་མེད། རྟ་200ལྷག་ཙམ་མཉམ་དུ་རྒྱུག་གི་ཡོད་པས་འདིར་ཨང་དང་པོ་ལེན་འདོད་པ་ནི་ལས་སླ་པོའི་དོན་ཞིག་མ་ཡིན”ཞེས་བཤད།

ཉིན་གཉིས་པའི་ཞོགས་པ་སྔ་པོ་ནས་གཙུང་པོ་ཚེ་རིང་ཆོས་དབྱིངས་འཁྱེར། ཁོ་ནི་ཕས་གཏན་འཁེལ་བྱས་པའི་རྟ་པ་ཡིན། ལོ་ན་ཆེན་པོ་མིན་ནའང་སྐྱུན་ཉེ་ཚང་མས་ཚེ་རིང་གི་རྟ་རྩལ་ནི་མཁའ་ཡི་སྤྲིན་ཐོག་ཆུ་རྒྱུག་པ་ཇི་བཞིན་སྐྱེས་སྐྱོབས་ཀྱི་རྩལ་ལྡན་ལ་ལྷན་སྐྱེས་ཀྱི་རྟ་རྩལ་པ་ཞིག་ཡིན་ཞེས་བརྗོད་ཀྱི་ཡོད།

འགྲན་བསྡུར་མགྱོགས་མྱུར་འགོ་ཚུགས་གྲབས་ཡོད་པ་དང་། ཨ་ཕས་སློ་བུར་དུ་ཚེ་རིང་གིས་ཁྲིམ་གྱི་རྟ་གསར་པ་དེ་བཞོན་ནས་འགྲན་བསྡུར་ནང་ཞུགས་དགོས་པ་དང་རྟ་རྨན་ཤིས་ཅེ་སྐྱུན་ཉེའི་ཕྱུ་གུར་སྤྲོད་རྒྱུའི་ཐག་བཅད།

ཨ་ཕས་བུ་ལ“བདེ་འཇགས་ནི་གལ་ཆེ་ཤོས་ཡིན་པས་རྟ་ཕན་ཚུན་རྟུང་ཁ་རྒྱག་རྒྱུ་མེད། རྟ་ཁ་ཡག་པོ་བཀག་དགོས་པ་ལས་རང་ཉིད་གཅིག་པུར་བསམ་བློ་གཏོང་མི་ཉན”ཞེས་བརྗོད།

རྒྱུག་ཆེན་ཐེར་བའི་སྤྱི་ལེ་བརྒྱད་ཀྱི་རྟ་རྒྱུག་འགྲན་བསྡུར་དེ་ལམ་སེང་འགོ་འཛུགས་གྲབས་ཡོད། འགྲན་རའི་ནང་དུ་མི་ཚོགས་ཀྱིས་ཁེངས་ཤིང་མི་རྣམས་ཀྱིས་དུས་ཆེན་གྱི་གཟབ་མཚར་སྤྲས་པ་མ་ཟད། རང་ཉིད་ཀྱི་སེམས་གཏིང་ནས་དགའ་པོ་ཡོད་པའི་རྟ་ལ་མཛེས་རྒྱན་གང་ཡོད་སྤྲས།

རྡོ་རྗེ་རྟ་པར་མ་བསྐོས་ཀྱང་ཁོས་སྔར་བཞིན་ཤིས་ཅེ་ཁྲིད་ནས་འགྲན་རར་སྐྱོད།

རྟ་རྒྱུག་འགོ་ཚུགས་པའི་སྐབས་དེར། རྟ་པ་ཚོས་ལུས་པོ་ཆུང་ཆུང་ཡིན་ན་

ཡང་འགན་འཁྲིའི་སེམས་པ་དོར་མེད། རྟ་པོ་200ལྷག་ཙམ་སྐད་ཅིག་ཉིད་དུ་རྒྱུགས་ཏེ་སོང་། རྟ་མང་པོ་ཞིག་མྱུར་ཚད་མགྱོགས་སུ་མི་བཏང་བའི་སྔོན་ནས་རྗེས་སུ་ལུས། ལྟད་མོ་བའི་མི་ཚོགས་ཀྱིས་རྫོགས་མཐའ་མེད་པའི་སྐད་སྒྲ་འབྲུག་སྐད་ལྟར་བ་ལྟར་དུ་གྲགས་ནས་རྟ་པ་ཚུང་དུ་དེ་ཚོར་དར་སྒྲ་སྐྱུལ། མི་རྣམས་ཀྱི་འདོད་སྒྲའི་ཁྲོད་དུ་རྟ་པ་རེ་རེ་བཞིན་གཅིག་མཇུག་གཉིས་མཐུད་ཀྱིས་མཐའ་སྣེར་སླེབས།

ཤེས་ཅེར་ཨང་ལྔ་པ་ཐོབ་ཅིང་དེ་ཡང་ཨང་རིམ་མི་དམན་པ་ཞིག་ཡིན། འོན་ཀྱང་རྗོ་རྗེའི་བསམ་པར་སྤུན་མཆེད་ཁྲིམ་གྱི་རྟ་པས་རྟ་ཡག་པོ་བཙོན་སྐམ། མི་མང་པོ་ཞིག་གིས་ཤེས་ཅེར་ཁ་བཏགས་བསྐྱོན་པ་དང་རྗོ་རྗེར་ཡང་ཁ་བཏགས་བསྐྱོན། ཁ་བཏགས་ཀྱིས་བསྐོར་བའི་རྗོ་རྗེས་རང་ཉིད་ཀྱི་བཙོ་ཤོས་ཀྱི་རྟ་དེ་ཁྲིད་ནས་འགྲོ་སྐབས་ཐིག་ཉམས་ལྡན་པའི་དཔའ་བོ་ཞིག་དང་མཚུངས།

ཚེ་རིང་ཆོས་དབྱིངས་ཀྱིས་རྟ་གསར་པ་དེ་བཙོན་པས་ཨང་རིམ་ཐོབ་མེད། འོན་ཀྱང་ཁོ་ནི་ལོ་ན་བདུན་ལས་སོན་མེད་པའི་བྱིས་པ་ཞིག་ཡིན་པས་ཁོས་ཕམ་ཁ་བྱུང་བར་བློ་ཕམ་ཡིད་ཆད་མི་བྱེད་པར་སེམས་གཏིང་ནས་དར་ཤུགས་ཆེ་རུ་བཏང་སྟེ་ལོ་རྗེས་མའི་འགྲན་བསྡུར་ལ་རེ་བ་བྱེད་ཀྱི་ཡོད།

དགའ་སྟོན་རོལ་རྩེད་ཚར་བའི་རྗེས་སུ་མི་རྣམས་གཅིག་མཇུག་གཉིས་མཐུད་ཀྱིས་ཁྲིམ་དུ་ལོག་སོང་། ཚེ་རིང་དར་རྒྱས་དང་བུ་གཉིས་ཀྱིས་ཀྱང་གུར་དང་རྟ་ཆས་བསྡུ་གསོག་བརྒྱབ། ཕ་བུ་གསུམ་གྱིས་སྤང་གི་སྟེང་དུ་བསྡད་པ་དང་ཚེ་རིང་དར་རྒྱས་ཀྱིས་སྙིང་རྗེ་ཆེན་པོའི་སྒོ་ནས་བུ་གཉིས་ཀྱི་མགོ་ལ་བྱིལ་བྱིལ་བཏང་། ཁོང་གིས་ད་རེས་རྟ་རྒྱུག་འགྲན་བསྡུར་གྱི་དུས་ཆེན་དེ་བརྒྱུད་ནས་ཁོ་ཚོ་ཡང་ཆེ་རུ་ཕྲན་ཙམ་ཕྱིན་ཡོད་པ་ཚོར་སྣང་བྱུང་།

རྟ་རྒྱུག་དུས་ཆེན།

ཅང་ཤེས་རྟ་པོ་ནི་བོད་རིགས་ཀྱི་མི་རབས་ནས་མི་རབས་བར་གྱི་རོགས་པ་ཡིན། དེར་བརྟེན་བོད་དུ་རྟ་དང་འབྲེལ་བའི་དུས་ཆེན་ནི་མེད་དུ་མི་རུང་བ་ཞིག་སྟེ། ས་ཁུལ་ཁག་གིས་རྟ་རྒྱུག་འགྲན་བསྡུར་རམ་རྟ་རྒྱུག་འདུ་འཛོམས་བྱེད་པ་དེ་ཡིན། བོད་ཀྱི་ས་ཁོངས་རྒྱ་ཆེ་ཞིང་རྟ་རྒྱུག་གི་བྱེད་སྒོ་ཀ་ལམ་གཅིག་པ་ཡིན་ནའང་དུས་ཚོད་དང་རྣམ་པ། ནང་དོན་སོགས་ཀྱི་ཐད་ལ་ཁྱད་པར་ཡོད།

རྟ་ལ་དགའ་པོ་བྱེད་པ་ནི་བོད་རིགས་ཀྱི་རང་གཤིས་ཤིག་ཡིན་ལ་རྟ་རྒྱུག་འགྲན་བསྡུར་ནི་དེ་བས་བོད་རིགས་མི་དམངས་ཀྱི་རོལ་རྩེད་འཚོ་བའི་ནང་དོན་གཙོ་བོ་ཞིག་ཡིན། དེ་ནི་ཞིང་འབྲོག་མང་ཚོགས་ཀྱིས་ཁོམ་པའི་དུས་ཚོད་ལ་འདུ་འཛོམས་བྱས་ཏེ་ཞིང་འབྲོག་ལས་ཀྱི་ཐོན་སྐྱེད་ཉམས་མྱོང་སྤེལ་རེས་བྱེད་ཡུལ་ཞིག་ཡིན་པ་མ་ཟད། མི་རིགས་ཀྱི་སྙིང་སྟོབས་སྟོན་ས་ཞིག་ཀྱང་ཡིན། དམངས་ཁྲོད་དུ་རྒྱུན་འཛིན་བྱས་པའི་བོད་རིགས་ཀྱི་དུས་ཆེན་ཁྲོད་དུ་རྟ་རྒྱུག་བྱེད་སྒོ་ནི་

ཏ་ལམ་མེད་དུ་མི་ཉུང་བ་ཞིག་ཡིན་པ་དང་། བྱེད་སྒོ་དེར་ཡུན་རིང་གི་ལོ་རྒྱུས་ལྡན་ཡོད། བོད་རིགས་ཀྱི་དམངས་སྲོལ་དུས་ཆེན་ཁྲོད་དུ་རྟ་རྒྱུག་འགྲན་བསྡུར་ནི་གཙོ་གཞིའི་རྣམ་པའི་ཐོག་ནས་དུས་ཆེན་ཐོག་མངོན་གྱི་ཡོད་པ་མ་ཟད། དེ་བས་གལ་ཆེ་བ་ཞིག་ནི་རྟ་ལ་བརྩེ་གདུང་ཟབ་མོ་ལྡན་པའི་བོད་རིགས་མི་དམངས་ཀྱིས་དམིགས་བསལ་གྱི་མི་རིགས་ཁྱད་ཆོས་ལྡན་པའི་རྟ་རྒྱུག་རིག་གནས་བརྟོད་ཡོད། བོད་རིགས་ཀྱི་རྟ་རྒྱུག་འགྲན་བསྡུར་མང་པོ་ཡོད་དེ་དཔེར་ན། བོད་བྱང་ཐང་གི་རྟ་རྒྱུག་དང་རྒྱལ་རྩེའི་མདའ་དམག་དུས་ཆེན། དར་མདོའི་རྟ་རྒྱུག་དུས་ཆེན། འཕན་པོའི་རྟ་རྒྱུག་དུས་ཆེན། དཔའ་རིས་ཀྱི་རྟ་རྒྱུག་དུས་ཆེན། འདམ་གཞུང་གི་（འདམ་སྙེ་རིམ་）རྟ་རྒྱུག་དུས་ཆེན། དིང་རིའི་རྟ་རྒྱུག་དུས་ཆེན་སོགས་ཡོད།

རྒྱལ་རྩེ་མདའ་དམག་དུས་ཆེན་ནི་གཞིས་རྩེ་གྲོང་ཁྱེར་རྒྱལ་རྩེའི་མང་ཚོགས་ཀྱི་སྲོལ་རྒྱུན་གྱི་དུས་ཆེན་ཞིག་ཡིན། མདའ་དམག་གི་དོན་ནི་རྟ་རྒྱུག་ནས་མདའ་འཕེན་པའི་དོན་ཡིན། འོན་ཀྱང་ལོ་ངོ་600སྔོན་ནས་འགོ་བཙུགས་པའི་དུས་ཆེན་དེ་ནི་ཐོག་མར་རྟ་རྒྱུག་འགྲན་པ་ཙམ་མ་ཡིན་པར་དཔལ་འཁོར་ཆོས་སྡེ་དགོན་དང་དཔལ་འཁོར་མཆོད་རྟེན་ཕྱུག་བཏབ་མཁན་རྒྱལ་རྩེ་ཆོས་རྒྱལ་རབ་བརྟན་ཀུན་བཟང་འཕགས་དང་མཁས་བཙུན་བཟང་གསུམ་ལྡན་པའི་ཁོང་གི་མེས་པོར་མཆོད་འབུལ་ཞུ་བ་ཡིན། ཐོག་མའི་དུས་སུ་ཆོས་ལུགས་ཀྱི་བྱེད་སྒོ་མང་པོ་ཡོད་ཀྱང་རིམ་བཞིན་རྟ་རྒྱུག་གཙོ་བོར་གྱུར་ཡོད། དེ་སྔོན་རྒྱལ་རྩེ་མདའ་

དམག་ནི་ལོ་རེའི་བོད་ཟླ་བཞི་པའི་ཚེས་བཅུ་དགུའི་གཡས་གཡོན་དུ་སྤེལ་གྱི་ཡོད་པ་དང་། གོས་སྐུ་འགྲེམས་པ་དང་འཆམ་རྒྱག་པ། རིམ་གྲོ་བྱེད་པ་སོགས་ཆོས་ལུགས་ཀྱི་བྱེད་སྒོ་སྤེལ་གྱི་ཡོད་ལ་རྟ་རྒྱུག་དང་རྟ་རྩལ་འགྲན་པ། སྤྲེ་ག་འགྲན་པ་སོགས་བྱེད་ཀྱི་ཡོད། ད་ལྟའི་མདའ་དམག་དུས་ཆེན་ཚང་མ་ཞིང་ལས་དལ་བའི་དུས་ཀྱི་ཟླ་བ་དྲུག་པར་སྤེལ་གྱི་ཡོད། དུས་ཆེན་རིང་རྒྱལ་རྩེ་གྲོང་ཁྱིལ་པོར་དགའ་སྟོའི་འདུ་ལོང་གི་རྣམ་པས་ཁེངས་ཀྱི་ཡོད།

བོད་བྱང་ཐང་རྟ་རྒྱུག་འགྲན་བསྡུར་དུས་ཆེན་ནི་དབྱར་ཁ་སྤེལ་གྱི་ཡོད་པས་དབྱར་སྐྱིད་ཀུང་ཟེར་གྱི་ཡོད་པ་དང་། བོད་བྱང་ཐང་དུ་གཞི་རྒྱ་ཆེ་ཤོས་ཀྱི་སྲོལ་རྒྱུན་དུས་ཆེན་ཞིག་ཡིན་པ་དང་ལོ་རེའི་བོད་ཟླ་དྲུག་པའི་ནང་སྤེལ་གྱི་ཡོད། དུས་ཚོད་ཉིན་ལྔ་ནས་བཅོ་ལྔ་བར་མི་གཅིག་པ་ཡོད། རྒྱལ་རྩེ་ལས་བོད་བྱང་ཐང་གི་རྩྭ་ཐང་ཡངས་ཤིང་རྒྱ་ཆེ་བས་དེ་བས་རྟ་རྒྱུག་འགྲན་རྒྱུར་བྱ་རྒྱུར་འཚམས་པོ་ཡོད་ཅིང་། དུས་ཆེན་སྔོན་གྱི་ཉིན་ཁ་ཤས་རིང་བོད་བྱང་ཐང་གི་ས་ཕྱོགས་ཁག་གི་འབྲོག་པས་ལུས་ལ་གཟབ་མཆོར་སྤྲས་པ་དང་། ཆང་དང་ཞོ། ཤ་སྐམ་པོ་སོགས་ཁྱེར་ནས་འགྲན་རའི་མཐའ་འཁོར་དུ་མཚར་སྤུག་ལྡན་པའི་གུར་ཕུབ་པ་དང་ཕྱོགས་བཞི་མཚམས་བརྒྱད་ནས་འགྲན་རའི་ཕྱོགས་སུ་ཡོང་གི་ཡོད། རྟ་རྒྱུག་འགྲན་བསྡུར་ནང་རྟ་རྒྱུག་ནས་མདའ་འཕེན་པ། རྟ་རྩལ་རྩེད་པ་སོགས་སྲོལ་རྒྱུན་རྣམ་གྲངས་ཕུད་པའི་ད་དུང་རྡོ་འཕྱོགས་པ་དང་ཐག་པ་འཐེན་པ། གོ་སར་སྒྲུང་ཤོད་པ་སོགས་ཀྱི་བྱེད་སྒོ་སྤེལ་གྱི་ཡོད་པ་དང་ཆབས་ཅིག་ད་དུང་ཚོང་འདུས་ཚོགས་ཀྱི་ཡོད།

རྩྭ་ཐང་གི་རྟ་རྒྱུག་འགྲན་བསྡུར་ལ་རིང་རྒྱུག་དང་ཐུང་རྒྱུག རྟ་རྒྱུག་མདའ་འཕེན། རྟ་རྩལ་འགྲན་པ་སོགས་ཀྱི་རྣམ་གྲངས་ཡོད་པ་དང་། རིང་རྒྱུག་ལ་ཡང་

རྒྱུག་ཆེན་དང་རྒྱུག་ཆུང་། འགྲོས་བཅས་ཁག་གསུམ་ཡོད་ཅིང་རྟ་པ་ནི་སྤྱིར་བཏང་ཚང་མ་ལོ་བཅུ་ཡས་མས་ཀྱི་བྱིས་པ་ཤ་སྟག་ཡིན། འགྲན་བསྡུར་འགོ་མ་ཚུགས་གོང་རྟ་ཐང་ཐོག་མཁས་བརྩུན་བཟང་གསུམ་གྱི་བླ་མས་རྟ་པ་ཚང་མར་ཕྱག་དབང་དང་སྨོན་ལམ་སྐྱོན་གྱི་ཡོད། མི་མདའི་སྒྲ་གྲགས་མ་ཐག་རྟ་བཅུ་གྲངས་སམ་བརྒྱ་ཕྲག་གིས་སྒློག་འཁྲུག་པ་ཇི་བཞིན་རྒྱུགས་པ་དང་མཐའ་གཉིས་སུ་ཡོད་པའི་འབྲོག་པ་ཁྲི་སྟོང་མང་པོས་ཀི་བརྒྱབ་ནས་རྟ་པར་ངར་ཤུགས་སྐྱེ་རུ་འཇུག་གི་ཡོད། རྟ་རྒྱུག་འགྲན་བསྡུར་ནང་ཨང་དང་པོ་ཐོབ་མཁན་ལ་རྒྱུན་དུ་རྟ་གཅིག་གམ་རྟ་གཅིག་གི་རིན་པ་རི་བའི་དངུལ་གྱི་བྱ་དགའ་ཐོབ་ཀྱི་ཡོད། བྱ་དགའ་མཐོ་ཤོས་ནི་ཨང་དང་པོ་ཐོབ་མཁན་གྱི་གཟི་བརྗིད་ཡིན་པ་ནི་བརྗོད་མེད་ཡིན་པས་མི་རྣམས་ཀྱིས་གཅིག་མཇུག་གཉིས་མཐུད་ངང་བཀྲ་ཤིས་པའི་ཁ་བཏགས་སྤྲོན་པ་དང་ཚོ་པ་འཐམ་འབྲོག་རའི་མིས་ད་དུང་རྒྱལ་ཁ་ཐོབ་མཁན་གྱི་རྟ་ཁྲིད་ནས་དགའ་འཁོད་ཀྱི་ཁྲོམ་སྐོར་བྱེད་ཀྱི་ཡོད། རྟ་པ་དང་ཁོའི་རྟ་ནི་མགྱོགས་མྱུར་འབྲོག་ཁུལ་དུ་སྐད་གྲགས་ཆེན་ནས་གང་དུ་བསྐྱོད་ཀྱང་མགྲོན་པོ་གལ་ཆེ་ཇི་བཞིན་སྣེ་ལེན་ཞུ་ངེས་ཡིན།

རྟ་རྒྱུག་འགྲན་བསྡུར་དུས་ཆེན་ནི་རྒྱུན་དུ་འཚོགས་པའི་དངོས་ཟོག་བརྗེ་རེས་ཀྱི་འདུ་ཚོགས་ཀྱང་ཡིན་པས། འབྲོག་པ་ཚོས་རྟ་རྒྱུག་འགྲན་བསྡུར་དུས་ཆེན་ཐོག་རང་ཉིད་ཀྱིས་ཐོན་སྐྱེད་བྱས་པའི་ཞིང་འབྲོག་ཐོན་ཟོག་ཉོ་འཚོང་བྱེད་ཀྱི་ཡོད་པ་སྟེ། དཔེར་ན་མར་དང་ཚྭ་སོགས་ཚོང་གི་ཡོད་པ་མ་ཟད་རང་ཉིད་ལ་དགོས་པའི་ཐོན་སྐྱེད་དང་འཚོ་བའི་སྤྱོད་ཆས་ཉོ་ཡི་ཡོད།

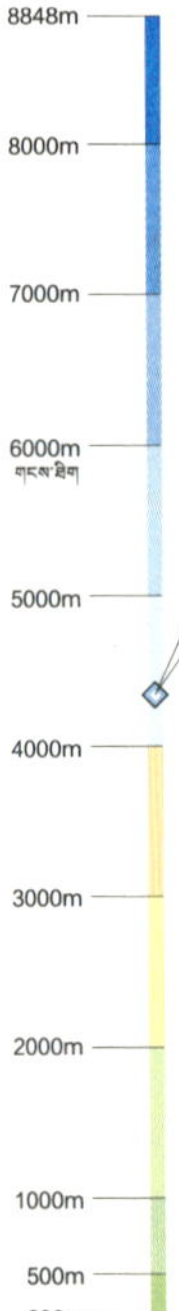

སྟོད་ལུང་བདེ་ཆེན།

བོད་རང་སྐྱོང་ལྗོངས།

རྒྱ་མཚོའི་ངོས་ལས་མཐོ་ཚད་སྨིད4300ཡོད་པ།

སྟོད་ལུང་བདེ་ཆེན་ནི་བོད་རང་སྐྱོང་ལྗོངས་ཀྱི་ལྟེ་གནས་ལྷ་ས་གྲོང་ཁྱེར་གྱི་མངའ་འོག་རྫོང་ཞིག་ཡིན་པ་དང་། ལྷ་ས་གྲོང་ཁྱེར་གྱི་ནུ་འདབས་སུ་གནས་ཡོད་ཅིང་། གྲོང་ཁྱེར་ལྟེ་བའི་བར་དུ་ཏ་ལམ་སྤྱི་ལེ་12ཡོད། བོད་ཀྱི་དབུས་ལྗོངས་ཁུལ་དང་ཡར་ཀླུངས་གཙང་པོའི་བར་རྒྱུད། ལྷ་ས་སྙིད་ཆུའི་ཆུ་གཤག་ཁུལ་དང་། དེའི་ཆུ་ལག་སྟོད་ལུང་སྐྱུ་ཆུའི་གཡས་གཡོན་གྱི་ས་ཆར་གནས་ཡོད་པ་དང་། གཙོ་བོ་ཞིང་ལས་དང་ཞིང་འབྲོག་མཉམ་ལས་བྱེད་ཀྱི་ཡོད། སྟོད་ལུང་ནི་རོང་སྟོད་བདེ་ཆེན་ཏེ་བདེ་བ་ཆེན་པོའི་དོན་ཡིན་ནོ། །

དར་ཤིང་ལ་མཇལ་ཁ་ཞུ་བ་སྟེ། ས་ག་ཟླ་བ།

མཚོ་བོད་མཐོ་སྒང་དུ་ད་དུང་དུས་ཆེན་ཞིག་ཡོད་པ་སྟེ་ས་ག་ཟླ་བ་ཞེས་པ་དེ་ཡིན། མི་རྣམས་ཀྱིས་ཕྱོགས་བཞི་མཚམས་བརྒྱུད་ནས་ཡོང་སྟེ་དར་ཆེན་བཞེངས་པར་མཇལ་ཁ་དང་ཕྱག་འབུལ་ཞུ་ཡི་ཡོད།

དར་ཤིང་དེར་མཐོ་ཚད་ལ་ཆེད་29ཡོད་པ་དང་ལྗིད་ཚད་ལ་ཏུན་2-3ཡོད་ཅིང་ཕྱུགས་ཀྱི་རྒྱུན་བུ་དང་དར་ཚོན་སྣ་ལྔའི་དར་ཅོག་གིས་བཏུམས་ཡོད། མི་ཁྲི་ཕྲག་མང་པོས་དགོན་པའི་ཐང་ཆེན་གྱི་མདུན་དུ་ཁྲུ་སིམ་མེར་བསྡད་དེ་དད་པ་ཆེན་པོས་དར་ཆེན་བཞེངས་རྒྱུ་སྒུག་ནས་སྡོད་པ་དང་། དགོན་པའི་རབ་བྱུང་པའི་གཅིག་གྱུར་གྱི་བཀའ་བཀོད་ལ་ཉན་ནས་ཐག་པ་མཉམ་དུ་འཐེན་ཞིང་། ཇ་རོལ་དུང་བརྡའི་ཁྲོད་དུ་སྐྱེ་བོ་རྣམས་ཀྱིས་འཚང་ཁ་ཤིག་ཤིག་ངང་ཡར་ལངས་ཏེ་དར་ཆེན་གྱི་རྩ་བ་བརྟན་པོ་ཡོང་རྒྱུར་ནུས་ཤུགས་གང་ཡོད་བཏོན་ཏེ་རྗེ་དབོར་རྒྱུ་ཧབ་ཐོབ་རྒྱག་པ་དང་། དད་ལྡན་པ་ཚོས་མགོ་བོ་དར་ཆེན་ལ་གཏུགས་ཏེ་དད་གུས་ཆེན་པོས་སྨོན་ལམ་འདེབས་བཞིན་མཆིས།

ས་ག་ཟླ་བ།

བོད་ཟླ་བཞི་པ་ནི་བོད་ཀྱི་ས་ག་ཟླ་བ་ཡིན།

བོད་ཟླ་བཞི་པར་བོད་ཀྱི་གནམ་རིག་སྐར་རྩིས་ལས་"ས་ག་ཟླ་བ"ཞེས་བརྗོད་ཀྱི་ཡོད་པ་དང་བོད་ཀྱི་གནམ་རིག་སྐར་རྩིས་ནང་གི་རྒྱ་སྐར་ཉེར་བརྒྱད་ལས་རྒྱ་སྐར་ས་གས་ཉ་བ་ཡར་ངོའི་ཟླ་བ་འཆར་བའི་དུས་ཡིན་པས་ས་ག་ཟླ་བ་ཞེས་བརྗོད། བོད་བརྒྱུད་ནང་བསྟན་གྱི་ཆོས་ལུགས་སྲོལ་རྒྱུན་དུ་ཟླ་བ་འདི་དང་སྟོན་པ་ཤཱཀྱ་ཐུབ་པའི་ཆོས་ཕྱོགས་ཀྱི་མཛད་པ་དང་འབྲེལ་བ་ཤིན་ཏུ་ཟབ་པས་ཟླ་བ་འདིར་ཆོས་ཀྱི་མཛད་སྒོ་སྣ་ཚོགས་སྤེལ་ནས་སྟོན་པ་ཐུགས་རྗེ་ཅན་ལ་དྲན་གསོ་ཞུ་ཡི་ཡོད། བོད་རིགས་དད་ལྡན་མང་ཚོགས་ཀྱིས་ཟླ་བ་དེའི་ནང་མཆོད་མཇལ་ཞུ་བ་དང་ཆོས་དཔེ་ཀློག་པ། རྐྱང་ཕྱག་འཚལ་བ། སྲོག་གཅོད་སྤངས་ནས་ཚེ་ཐར་གཏོང་བ་སོགས་དགེ་ལས་སྒྲུབ་ཀྱི་ཡོད་པ་དང་། དགོན་པ་ཆེ་ཆུང་མེད་པ་ཚང་མས་ཆོས་ཀྱི་ཚོ་ག་སྣ་ཚོགས་སྤེལ་གྱི་ཡོད།

བོད་ཟླ་བཞི་པའི་ཚེས་བཅོ་ལྔ་ཉིན་སངས་རྒྱས་ཤཱཀྱ་ཐུབ་པ་སྐུ་བལྟམས་པ་

དང་། སངས་རྒྱས་པ། སྐུ་མྱུ་ངན་ལས་འདས་པ་བཅས་ཀྱི་ཉིན་མོ་ཡིན་པ་དང་། དེ་ཉིན་ཆོས་འབུལ་དང་དགེ་ལས་བྱེད་སྒོ་སྣ་ཚོགས་རྒྱ་ཆེར་སྤེལ་གྱི་ཡོད། “ས་ག་ཟླ་བ”འཆར་རིམ་བཞིན་སྐོར་ལམ་ཁག་སོ་སོར་སྐྱི་བོ་ཚུ་ཡི་ཐ་ རླབས་འཕྱུར་བ་བཞིན་གཅིག་རྗེས་གཉིས་མཐུད་ཀྱིས་གཡས་སྐོར་ཡང་ནས་ཡང་དུ་རྒྱག་གི་ཡོད་ཅིང་། དད་ལྡན་པ་ཚོས་ལག་གཡས་པས་མ་ཎི་སྐོར་བ་དང་གཡོན་མས་ཕྲེང་བ་བགྲང་ནས་ཁ་ནས་མ་ཎི་འདོན་པ་དང་། དེ་བཞིན་ཆོས་རྫམ་དང་ཚང་ཕུད་གཏོར་ཏེ་སྟན་ལ་གདངས་རིང་བའི་བསང་གཏོང་བའི་སྐད་སྒྲ་དང་རྒྱུན་ཆད་མེད་པའི་བསང་གི་དུ་བས་ཁེངས་བཞིན་ཡོད། ནང་བསྟན་ཆོས་ལ་དད་པའི་བོད་རིགས་མང་ཚོགས་ཀྱིས་གླིང་སྐོར་རྒྱག་པ་དང་སྨོས་ཕུལ་བ། བསང་གཏོང་བ། དཀར་ཟས་ཟ་བ། ཚེ་ཐར་གཏོང་བ་སོགས་བྱས་ཏེ་ཁོང་ཚོས་སྙིང་དབུས་ནས་བཀའ་དྲིན་ཅན་གྱི་བདག་ཅག་སྟོན་པ་ཤཱཀྱ་ཐུབ་པར་དྲན་གསོ་ཞུ་ཡི་ཡོད།

ས་ག་ཟླ་བར་གནའ་སྔ་མོ་ནས་ཕྱུག་པོས་དབུལ་པོར་སྦྱིན་པ་གཏོང་བ་ནི་ས་ག་ཟླ་བའི་སྲོལ་རྒྱུན་གོམས་གཤིས་ཤིག་ཏུ་གྱུར་ཡོད་ཅིང་། དེས་མ་ཚད་ཆོས་ལུགས་ཐོག་ཆོས་ཆ་བཟང་བའི་ཉིན་ཚེ་ཐར་གཏོང་རྒྱུ་ནི་དེ་བས་དགེ་ལས་ཤིན་ཏུ་ཆེ་བ་ཞིག་ཏུ་བརྩི་ཡི་ཡོད། ཉིན་དེའི་རིང་ལྷ་ས་སྐྱིད་ཆུའི་ཆུ་ཁར་ཚེ་ཐར་གཏོང་མཁན་ཧ་ཅང་མང་པོ་ཡོད།

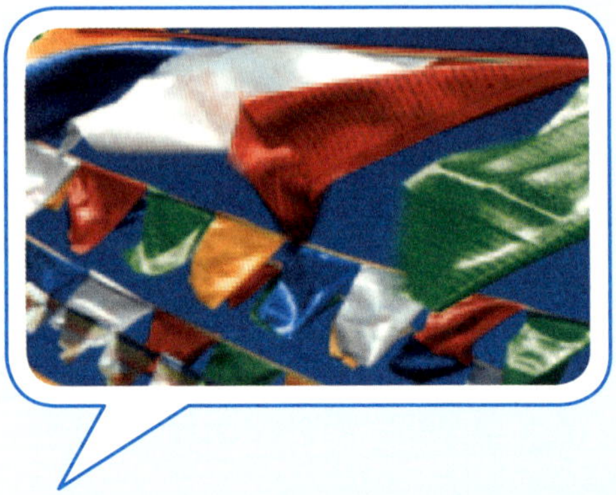

དར་ལྕོག

བོད་ཀྱི་ལ་རྩེ་དང་རི་ཟུར། གཙང་འགྲམ་དང་ཆུ་དོགས། ཐོག་ཁ། དེ་བཞིན་དགོན་པ་སོགས་ས་ཆ་ག་ས་ག་ནས་རླུང་པོས་ལྷབ་ལྷུབ་ཏུ་གཡོ་བའི་དར་ཚོན་སྣ་ལྔའི་དར་ལྕོག་མཇལ་རྒྱུ་ཡོད། (དར་ལྕོག་དེ་རིགས་ལ་རླུང་དར་རམ་རླུང་རྟ་ཞེས་པ་དང་རླུང་ཞེས་གཡོ་བའི་ཆ་ནས་རླུང་ཞེས་པ་དང་། དར་ཞེས་རྒྱུ་དར་རས་ཡིན་པས་སོ) རླུང་རྟའི་གོ་དོན་ཏེ་རླུང་ནི་དར་གྱི་སྟེང་དུ་དཔར་བའི་སྨོན་ཚིག་གི་ཡི་གེ་རྣམས་བརྒྱུད་བསྒྲགས་མཁན་གྱི་ལག་ཆའམ་བྱེད་ཐབས་ཤིག་དང་། ཡི་གེ་དེ་རྣམས་སྐྱེལ་མཁན་གྱི་གཟུགས་མེད་ཀྱི་རྟ་པོ་ཞིག་ལ་ངོས་བཟུང་བ་ཡིན་ཞིང་ཡི་གེ་དེ་དག་རླུང་རྟ་ལ་བརྟེན་ནས་ས་ཕྱོགས་གང་སར་བརྒྱུད་བསྒྲགས་བྱེད་ཀྱི་ཡོད། སྤྱིར་ཞིང་འབྲོག་མང་ཚོགས་ཚོས་ས་ཆ་དེ་དག་རྒྱུད་སྐབས་རྟ་ལས་འབབ་སྟེ་སྨོན་ལམ་འདེབས་ཀྱི་ཡོད།

དར་ལྕོག་དེ་དག་སྟེང་དུ་ཆོས་ལུགས་ཀྱི་ནང་དོན་གྱི་ཡི་གེ་བཀོད་ཡོད་པ་

དང་བོད་བརྒྱུད་ནང་བསྟན་གྱི་དད་ལྡན་པ་ཚོས་རླུང་གིས་བསྐྱོད་པའི་དར་ལྕོག་ལྷབ་ལྷུབ་ཏུ་གཡོ་བ་ན་དཔེ་ཆ་ཐེངས་གཅིག་ཀློག་པ་དང་འདྲ་བར་ལྷ་ལ་སྨོན་ལམ་འདེབས་ཀྱི་ཡོད་པར་སྙམ་གྱི་ཡོད། དེ་ལྟར་དར་ལྕོག་ནི་མི་དང་ལྷའི་བར་གྱི་འབྲེལ་ལམ་ཞིག་ཏུ་གྱུར་ཡོད་ཅིང་། དར་ལྕོག་ཡོད་སར་ལྷ་ཡོད་པ་མཚོན་ལ་མི་རྣམས་ཀྱིས་ལྷ་ལ་སྐྱབས་བཙོལ་ཞུ་བ་ཡང་མཚོན་གྱི་ཡོད།

དར་ལྕོག་ལ་རིང་ཐུང་སྣ་ཚོགས་ཡོད་པ་དང་། རི་མོ་ཡང་མི་འདྲ་བ་ཡོད་ཅིང་། སྟེང་དུ་སྔགས་ཀྱི་ཡི་གེ་དང་མ་ཎི། ལྷ་སྐུའི་པར། བཀྲ་ཤིས་པའི་དངོས་པོའི་རི་མོ་སོགས་དཔར་ཡོད་ཅིང་། དར་ལྕོག་སྤྱིར་བཏང་བྱས་ན་ཐང་སྟེར་དང་དགོན་པའི་མདུན་གྱི་དར་ཤིང་ཐོག་སྒྲོན་གྱི་ཡོད། དར་ལྕོག་ཐུང་ཐུང་ནི་སྤྱིར་ན་སྔོན་པོ་དང་། དཀར་པོ། དམར་པོ། ལྗང་ཁུ། སེར་པོ་བཅས་ཚོས་གཞི་ལྔ་ལས་གྲུབ་པ་དང་དར་ལྕོག་གི་ཐོག་ཏུ་ཡི་གེ་དང་བྱ་དང་རི་དྭགས་སོགས་ཀྱི་རི་མོ་ཡོད་ཅིང་། ཐག་པ་རིང་པོ་ཞིག་ལ་སྒྲོག་ནས་མི་སྡེ་ཤུལ་བའི་རི་ཟུར་དུ་འཕྱེད་དུ་འགེལ་གྱི་ཡོད། ཁང་པའི་ཐོག་ཁའི་སྟེང་དུ་འགེལ་བའི་དར་ལྕོག་རྣམས་སྤྱིར་བཏང་བྱས་ན་ཡི་གེ་མེད་པའི་སྐར་ཟུར་ཁྲ་དམར་དར་ལྕོག་ཡིན་ཅིང་། སྟེང་དུ་ཚོས་གཞི་སྔོན་པོ་དང་། དཀར་པོ། དམར་པོ། ལྗང་ཁུ། སེར་པོ་བཅས་ལྔ་ཡི་དར་རས་ལྷེབ་ལྷེབ་དང་འོག་ཏུ་ཚོས་གཅིག་མའི་དར་རས་ཆེ་བ་གཅིག་ལ་མཐའ་ལྷུགས་བསྒར་ཡོད།

ཚོན་ཁྲ་སྣ་ལྔའི་དར་ལྕོག་གི་ཚོན་སྣ་སོ་སོར་ནང་དོན་རེ་ཡོད་དེ། སྤྱིར་བཏང་བྱས་ན་དར་ལྕོག་སྔོན་པོ་ནི་གནམ་སྔོན་པོའི་མཚོན་རྟགས་དང་། དར་ལྕོག་དཀར་པོ་ནི་སྤྲིན་དཀར་པོའི་མཚོན་རྟགས། དར་ལྕོག་དམར་པོ་ནི་མེ་དམར་པོའི་མཚོན་རྟགས། དར་ལྕོག་ལྗང་ཁུ་ནི་ཆུ་ལྗང་ཁུའི་མཚོན་རྟགས། དར་ལྕོག་སེར་པོ་ནི་ས་སེར་

པོའི་མཚོན་རྟགས་བཅས་ཡིན་པར་ངོས་འཛིན་བྱེད་ཀྱི་ཡོད། དེ་ལྟར་ན་དར་ལྕོག་གི་སྟེང་ནས་འོག་བར་གྱི་གོ་རིམ་སྒྲིག་སྟངས་ཀྱང་གཏན་འཁེལ་ཡིན་པ་སྟེ། དཔེར་ན་སྟེང་དུ་གནམ་སྔོན་པོ་དང་འོག་ཏུ་ས་སེར་པོའི་རང་བྱུང་ཁམས་ཆེན་པོ་ཡུན་རིང་འགྱུར་མེད་ལྟར་ཚོན་སྣ་སོ་སོའི་དར་ལྕོག་གི་གོ་རིམ་ཡང་འགྱུར་བ་མེད། ད་དུང་རྒྱུན་དུ་མཐོང་མང་བའི་ཡི་གེ་མེད་པའི་དར་ལྕོག་སྐར་ཟླུར་ཁྲ་དམར་གྱི་འོག་ཏུ་མཐའ་ལྷུགས་སྐར་བའི་དར་ལྕོག་གཙོ་བོ་ཞིག་ཡོད། འོག་གི་དར་ལྕོག་གཙོ་བོ་དེའི་ཚོས་གཞི་ཡང་དར་ལྕོག་གཞན་དག་དང་འདྲ་བར་སྣ་ཁ་ལྔ་ཡོད་པ་དང་། མཐའ་ལྷུགས་ཀྱི་ཚོས་གཞི་ཡང་ཚོས་སྣ་ལྔ་ཡོད། འོན་ཀྱང་གཉམ་གྱི་དར་ལྕོག་གཙོ་བོའི་ཚོས་གཞི་དང་འདྲ་ཡི་མེད། ཡི་གེ་མེད་པའི་སྐར་ཟླུར་ཁྲ་དམར་གྱི་དར་ལྕོག་དེ་དག་རྒྱུན་དུ་གྲོང་མི་ཚོའི་ཐོག་ཁའི་སྟེང་དུ་བསྐར་གྱི་ཡོད་ཅིང་དོན་དངོས་ཐོག་ཁང་པ་དེའི་ནང་དུ་སྡོད་མཁན་ཁྱིམ་ཚང་གི་དམིགས་བསལ་གྱི་མཚོན་རྟགས་ཤིག་ཏུ་གྱུར་ཡོད། དར་ལྕོག་གཙོ་བོ་དེའི་ཚོས་གཞིས་ཁྱིམ་ཚང་དེའི་ནང་གི་གུས་བཀུར་ཆེ་ཤོས་བྱེད་པའི་བགྲེས་སོང་གི་ལོ་རྟགས་མཚོན་པ་དང་། ཡང་ན། ལྷུགས་སམ། ས་འམ། ཤིང་ངམ། མེ་འམ། ཆུ་མཚོན་ཞིང་། ལྷུགས་ལོར་དཀར་པོ་དང་། ས་ལོར་སེར་པོ། ཤིང་ལོར་ལྗང་ཁུ། མེ་ལོར་དམར་པོ། ཆུ་ལོར་སྔོན་པོ་བཅས་བེད་སྤྱོད་བྱེད་ཀྱི་ཡོད། དར་ལྕོག་གཙོ་བོའི་མཐའ་ལྷུགས་ཀྱི་ཚོས་གཞི་ཡང་རང་དགར་སྡེབ་སྒྲིག་བྱ་རྒྱུ་མེད་པར་བོད་ཀྱི་ལོ་ཐོའི་ནང་གི་མ་བུ་དགྲ་གྲོགས་ཀྱི་མ་བུའི་རྩ་བའི་རིག་པ་དང་བསྟུན་དགོས་པ་ཡིན། ལོ་གསར་པའི་ནང་དུ་ཏ་ལམ་ཁྱིམ་ཚང་ཚང་མས་དར་ཚོས་ལ་བལྟས་ནས་དར་ལྕོག་གསར་པ་བཛེ་ཡི་ཡོད། དེ་མིན་པའི་གལ་ཆེའི་ཉིན་མོ་སྟེ་ཚོས་ལུགས་ཀྱི་དུས་ཆེན་དང་། མེས་པོར་མཆོད་འབུལ་བྱེད་པ། ཁང་པ་གསར་སྤོ་

བྱེད་པ། གཉེན་སྒྲིག་བྱེད་པ། ཕུང་པོ་དུར་དུ་འདྲེན་པ། ཐ་ན་ས་ཆ་འགར་མཚོད་མཇལ་དུ་འགྲོ་བ་དང་དོན་དག་གཙོད་པར་འགྲོ་བ་སོགས་ལའང་མི་རྣམས་ཀྱིས་དར་ལྕོག་བསྒྲར་སྲོལ་ཡང་ཡོད།

མ་ཎི་ཡིག་དྲུག་བཀོད་པའི" རླུང་རྟའི"དར་ལྕོག་རླུང་གིས་འགུལ་སྐབས"ཧུར་ཧུར་ཧུར"ཞེས་པའི་སྒྲ་སྒྲོག་པ་དེ་ནི་ཆོས་འདོན་པ་དང་འདྲ་བར་བརྩིན་མི་རྣམས་ཀྱིས་དགོན་པའམ་ཡང་ན་ས་སྟོང་གཞན་དུ་མཐོ་ཚད་ཆེད་ཁ་ཤས་ཡོད་པའི་དར་ཤིང་བཙུགས་ནས་དར་ལྕོག་ལྷགས་གདོང་དུ་མཐོ་པོར་བསྒྲར་གྱི་ཡོད། ལོ་རེའི་བོད་ཟླ་བཞི་པའི་ཆོས་བཅོ་ལྔ་ཉིན（སྟོན་པ་འཁྲུངས་པའི་ཉིན་མོ）སྲོལ་རྒྱུན་གྱི་དར་ལྕོག་བརྗེ་བའི་མཛད་སྒོ་སྲེལ་གྱི་ཡོད། མཛད་སྒོ་དེར་གཙོ་བོ་ཆོས་བརྟོན་ནས་སྨོན་ལམ་འདེབས་པ་དང་། རིམ་གྲོ་མཆོད་འབུལ་བྱེད་པ། དར་ཤིང་རྙིང་པ་བསྡུ་བ། གསར་པ་སྒྲིང་བ། རི་སྐོར་དུ་འགྲོ་བ་སོགས་བྱེད་སྲོལ་ཡོད། སྲོལ་རྒྱུན་གྱི་ཚོ་ག་མཆོད་འབུལ་བྱེད་པའི་ཁྲོད་དུ་དར་ཤིང་མར་ཕབ་པ་ན་ཆོས་གཞི་ལོག་པའི་དར་ལྕོག་རྙིང་པ་རྣམས་ཆོས་དད་པ་དང་ཡུལ་སྐོར་བས་ཏབ་ཐོབ་རྒྱུག་གི་ཡོད་ཅིང་ཁོ་ཚོས་ལོ་གཅིག་བསྒྲར་བའི་དར་ལྕོག་གིས་བར་ཆད་དང་བགེགས་སེལ་གྱི་ཡོད་པའི་ཡིད་ཆེས་བྱེད་ཀྱི་ཡོད། ཡིན་ནའང་དུས་ཚོད་ཐུང་ཐུང་ཞིག་གི་ནང་དུ་མི་རྣམས་ཀྱིས་དར་ལྕོག་གསར་པ་དང་ཁ་བཏགས། དེ་བཞིན་སྨན་སྣ་སོགས་མཆོད་འབུལ་གྱི་རྫས་རྣམས་དར་ཤིང་ཐོག་བསྒྲར་ནས་མཛད་སྒོ་གཟབ་རྒྱས་སྲེལ་བའི་རྗེས་སུ་དར་ལྕོག་ཡར་བསྒྲིང་གི་ཡོད།

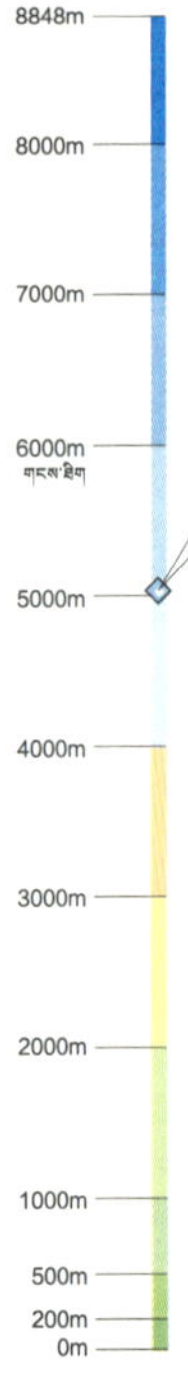

ཕོ་མ་གཡུ་མཚོ།

བོད་རང་སྐྱོང་ལྗོངས།

རྒྱ་མཚོའི་ངོས་ལས་མཐོ་ཚད་སྨིད5010ཡོད་པ།

ཕོ་མ་གཡུ་མཚོ་ནི་སྣ་དཀར་རྩེ་རྫོང་དུ་ཆགས་ཡོད་པ་དང་། རྒྱ་ཁྱོན་སྤྱི་ལི་ངོས་གྲུ290ཡོད་ཅིང་། བོད་ལྷོ་རྒྱུད་ཀྱི་མཚེའུ་ཆེ་ཤོས་ཤིག་ཡིན། གངས་རི་དང་མཚོ་ཆུ། དགུང་སྔོན། སྤྲིན་དཀར་པོ་བཅས་ལས་པར་གྱིས་བྲིས་འདྲའི་མཛེས་ལྗོངས་གྲུབ་ཡོད་ཅིང་། མཚོ་དཀྱིལ་དུ་གླིང་ཕྲན་（ལྷ་ཆེན་དང་། ལྷ་ཆུང་། ལྷ་ཁབ）ཆུང་དུ་གསུམ་ཡོད། མཚོ་འགྲམ་དུ་རྩྭ་ཆུ་བཟང་ཞིང་རི་སྐྱེས་སྲོག་ཆགས་སྣ་ཚོགས་ཡོད། མཚོ་མོ་འདི་ནི་བོད་ཀྱི་གྲགས་ཅན་གཡུ་མཚོ་བཞིའི་གྲས་ཤིག་ཡིན་ལ། ཤོད་སྲོལ་ལྟར་ན་སློབ་དཔོན་པདྨ་འབྱུང་གནས་ཀྱིས་རབ་གནས་

ལྷ་མཚོ་ཕོ་མ་གཡུ་མཚོའི་སྦྲོ་ཉམས་ཏེ། མཐུད་གྲོང་ཚོའི་ལུགས

གནང་བ་ཞིག་ཡིན་པས་ཧ་ཅང་རྩ་ཆེན་ཞིག་ཡིན་ཟེར།

རྒྱ་མཚོའི་ངོས་ལས་མཐོ་ཚད་སྨིད་5000ཡས་མས་ཡོད་པའི་ས་ཆ་ནི་མི་རྣམས་རྒྱུན་གཏན་འཚོ་བ་སྐྱེལ་ས་དཀའ་ངལ་ཆེ་ཤོས་ཀྱི་ཚད་ཅིག་ཡིན་ཞིང་། མཐུད་གྲོང་ཚོའི་མི་རྣམས་ཀྱིས་མི་རབས་ནས་མི་རབས་བར་རྒྱ་མཚོའི་ངོས་ལས་མཐོ་ཚད་སྨིད་5000ལྷག་ཡོད་པའི་འབྲོག་ར་འདིར་འཚོ་བ་སྐྱེལ་གྱིན་ཡོད། དེ་སྔོན་མཐུད་གྲོང་ཚོ་ནི་ཕོ་མ་གཡུ་མཚོའི་ལྷ་ཁབ་གླིང་ཕྲན་དུ་གནས་ཡོད་པ་དང་རྗེས་སུ་མཚོ་འགྲམ་དུ་སྤོས་པ་རེད།

དགུན་ཁ་སླེབས་ཤིང་རྩྭ་ཐང་གི་སྐྱ་རྩྭ་ཉུང་དུ་ཉུང་དུར་སོང་བས་མཐུད་གྲོང་ཚོའི་མི་ཚོས་གསོ་ཚགས་བྱས་པའི་ར་ལུག་ཆིག་སྟོང་ལྷག་ཙམ་དེ་དག་གྲང་ལྷུང་གི་ཁྲོད་དུ་རྟོག་ཐོན་མི་བྱེད་ཀ་མེད་དུ་འགྱུར་ཞིང་། དེ་ཡང་སྟར་བའི་ས་ཐག་རིང་བའི་ས་ཕྱོགས་སུ་སྔ་རྩ་འཚོལ་བར་བསྐྱོད།

འདི་གའི་དགུན་དུས་སུ་གཟན་རྩྭ་ཤིན་ཏུ་དཀོན་སྟབས་མཚོ་འགྲམ་གྱི་ཨབ་ར་ཡང་གནས་བཟོད་བདེ་པོ་མེད་ཅིང་། རྒྱུན་དུ་ས་ཕྱུག་གི་འགྲམ་ཕོ་ནར་རྩྭ་བཟས་ནས་སྡོད་མཁན་དེ་ཚོ་ཡང་དེ་རིང་ས་ཐག་ཅུང་རིང་སར་ཉེན་མཚངས་མི་རྒྱག་ཀ་མེད་དུ་གྱུར་བས་དེ་ནི་ཞ་མོར་གོ་སྐབས་ཐུད་པ་ཞིག་མ་ཡིན་ནམ། ཨབ་ར་ཞིག་རང་ཚང་དང་ཁ་བྲལ་ཏེ་གློ་རྩེ་གཅིག་སྒྲིམ་གྱིས་རྩྭ་ཟ་བཞིན་ཡོད་ཅིང་། མི་རིང་བར་བར་ཆད་ཡོང་བ་ནི་ཕོའི་གློ་ཡུལ་ལའང་མ་འཆར་མོད། ཤོད་རྒྱུ་འགོར་ཡང་ཡོང་རྒྱུ་མགྱོགས་པའི་དཔེ་ལྟར་སྒློ་བུར་དུ་སྙིང་རྗེར་འོས་པའི་ཨབ་ར་དེ་ཉིད་དེ་མ་ཐག་ཞ་མོའི་ཞིམ་ཟས་སུ་གྱུར།

དགུན་གཞུང་གཅིག་རིང་ཕྱུགས་འཚོར་རོལ་བས་ས་ཆ་གཞན་དག་རྣམས་རྩྭ་མེད་སྐྱ་ཐེར་དུ་གྱུར་བས་ན་ད་ལྟ་ཕོ་མ་གཡུ་མཚོའི་མཚོ་དཀྱིལ་གྱི་ལྷ་ཆེན་ལྷ་ཆུང་དང་ལྷ་ཁབ་གཉིས་སུ་རྩྭ་ར་ཆ་ཚང་བསྡད་ཡོད་པ་ལས་ས་ཆ་གཞན་དག་རྣམས་རྩྭ་མེད་སྐྱ་ཐེར་དུ་གྱུར་ཡོད། ལུག་ཛི་བས་ལོ་གཅིག་ནང་གི་དུས་ཚོད་གལ་ཆེ་ཤོས་དེ་དང་སྐྱུག་ཐུབ་ན་གཞི་ནས་ལུག་རྣམས་ཕར་ཕྱོགས་སུ་འདེད་ཐུབ་པའོ། །འདི་ནི་ཕོ་མ་གཡུ་མཚོའི་ལོ་གཅིག་ནང་ཆེས་གྲང་ངར་ཆེ་ཤོས་ཀྱི་དུས་ཚོད་ཅིག་ཡིན་པས་ན། མཚོ་མཐིལ་ནས་དྲོད་ལྡན་གྱི་ལྡང་མདོག་མངོན་ན་ཡང་མཚོ་ཁའི་འཁྱགས་སྙིང་ནི་གནམ་ས་གཞན་ཞིག་སྟེ་མེ་ལོང་ཆེ་མོའི་ངོས་དང་འདྲ་བ་ཡིན། ཉེ་འཁོར་གྱི་གཟན་རྩྭ་རྙེད་དཀའ་བས་ལུག་འཚོ་སའི་བར་ཐག་ཀྱང་ཛེ་རིང་ནས་ཛེ་རིང་དུ་སོང་སྟེ་སྤྱི་ལེ་བཅུ་ཕྲག་ཁ་ཤས་ཀྱི་རྒྱང་ཁྲད་ཆོད་པར་གྱུར།

ལུག་ཛི་བ་གཉིས་པོས་ལྷས་རའི་ནང་གི་ལུག་ཁྱུར་ལྟ་བཞིན་དུ“གལ་ཏེ་སང་ཉིན་གནམ་གཤིས་ཡག་པོ་མ་བསྟན་པར་གྲང་ལྷགས་བརྒྱབ་ཆེ་མངལ་ལྡན་གྱི་མ་མོ་དེ་ཚོ་འཁྱགས་པའི་སྙིང་དུ་འགྱེལ་ནས་ཤི་ན་ཚང་མའི་འཚོ་བར་གྱོང་གུན་ཕོག་ངེས་རེད”ཅེས་བཤད།

ཐོ་རེངས་ཀྱི་ཆུ་ཚོད་5པ་ཙམ་ནས་མི་རྣམས་ཀྱིས་གོ་ཐལ་ཐུབ་ཐུབ་བཟོས་ཏེ་ལྷ་ཁབ་གླིང་ཐང་དུ་སྐྱོད་སའི་མཚོ་ཐོག་གི་འཁྱགས་སྟེང་དུ་འདིང་འགོ་ཚུགས། མཚོ་སྟེང་དུ་གོ་ཐལ་བཏིང་བའི་ལམ་ཆུང་དེ་ནི་ཤིན་ཏུ་གལ་ཆེན་པོ་ཞིག་ཡིན་ཏེ། གོ་ཐལ་གྱིས་ལུག་འཁྱགས་སྟེང་དུ་འདྲེད་བརྡབ་ཤོར་རྒྱུ་སྔོན་འགོག་ཐུབ་པས་མངལ་ལྡན་མ་མོ་འདྲེད་བརྡབ་ཤོར་ནས་ཤི་སྐྱོན་མི་ཡོང་བ་བྱེད་ཀྱི་ཡོད། སྐབས་དེར་མ་མོ་མང་པོ་ཞིག་ལ་མངལ་འཁོར་ཡོད་པས་སྐྱུས་སྒོ་བྱེད་བཞིན་པའི་ལུག་ཁྱུའི་ངོས་ནས་བརྗོད་ན་འདྲེད་བརྡབ་མི་ཤོར་བ་བྱ་རྒྱུ་ནི་གལ་ཆེའི་ནང་གི་དོན་ཆེའོ། ། ཉམས་མྱོང་ལྟར་ན། ཕོ་ཚོ་ངེས་པར་དུ་ནམ་མ་ལངས་སྔོན་ནས་བསྐྱོད་དགོས་ཤིང་། རྒྱུ་མཚན་ནི་ཉི་དྲོས་སུ་མཚོ་ངོས་ན་གྲང་ལྷགས་ལྡང་བ་ཡིན་པས། ལུག་ཁྱུ་དེ་བས་འགྲོ་ཁག་པར་གྱུར་བས་སོ། །

དགུན་དུས་ཀྱི་ཉི་འོད་འོག་ཏུ་ལུག་ཁྱུ་གྲལ་སྟར་རིང་པོ་བསྒྲིགས་ནས་ཁྱུ་པའི་སྣེ་ཁྲིད་འོག་གོ་ཐལ་གཏིང་བའི་ལམ་ཆུང་དོག་མོའི་ཐོག་ནས་ལྷ་ཁབ་ཀྱི་ཕྱོགས་སུ་སྐྱོད་པའི་ཚུལ་ནི་བརྗིད་ཉམས་ཤིན་ཏུ་ཆེ། ལམ་བར་ན་རྟག་ཏུ་ལུག་འཁྱགས་པའི་སྟེང་འདྲེད་རྡར་ཤོར་ནས་འགྱེལ་འགྲོ་ཡི་ཡོད་ཅིང་སྐབས་དེར་འབྲོག་པས་ག་ལེར་ལུག་སྐྱོར་ནས་ཡར་བསླངས་ཏེ་མུ་མཐུད་འགྲོ་འཇུག་ལ། རྐང་པ་ཚུགས་མི་ཐུབ་མཁན་གྱི་ལུག་འབྲོག་པས་པང་པར་བཏབ་ནས་འགྲོ་ཡི་ཡོད།

ལུག་ཁྱུ་ལྷ་ཁབ་ཏུ་འཚོར་བའི་དུས་ཚོད་སྔོན་དཔག་མི་ཐུབ་ཅིང་། གལ་ཏེ་གནམ་གཤིས་ཡག་ལ་ལྷགས་པ་མ་བརྒྱབ་ན་ཉིན་ཕྱེད་ལས་མི་འགོར་མོད། འོན་ཏེ་ལྷགས་པ་བརྒྱབ་ན་དུས་ཚོད་དེ་བས་མང་བ་འགོར་གྱི་ཡོད་ཅེས་བརྗོད་ཀྱི་འདུག དཀའ་ཚེགས་ཆེན་པོས་འགྲུལ་བཞུད་བྱས་མཐར་ལུག་ཁྱུ་ལྷ་ཁབ་ཏུ་འཚོར། བོད་ཀྱི་ལོ་གསར་སྔ་ནུབ་ཏུ་ལྷ་ཁབ་ཏུ་ཡོད་པའི་ལུག་ལ་རེས་འཁོར་གྱིས་བལྟ་བར་འགྲོ་རྒྱུ་ནི་མཐུད་གྲོང་ཚོའི་སྐྱེས་པ་རྣམས་ཀྱི་ལས་འགན་ཡིན། ལུག་ཁྱུས་འདིར་

གཟའ་འཁོར་གཉིས་རིང་རྩ་རྒྱུགས་ཚད་བཟས་ནས་སྡོད་ཀྱི་ཡོད།

ཁོར་ཡུག་གང་འདྲ་ཞིག་ཡིན་ནའང་མིའི་རིགས་ཀྱིས་རང་ཉིད་ཀྱི་རོགས་པ་འདོར་གྱི་མེད། མཐུད་གྲོང་ཚོའི་ངོས་ནས་བརྗོད་ན། ལུག་ཁྱུ་རྣམས་བདེ་པོའི་ངང་ནས་དགུན་སྒྲོལ་ཐུབ་པ་བྱ་རྒྱུ་ནི་གྲོང་ཚོ་ཡོངས་ཀྱི་བྱ་བ་གལ་ཆེན་ཞིག་ཡིན། ལུག་གུ་དང་པོ་དེ་སྐྱེས་པས་མིག་དམར་གྱིས་ཏ་ཅང་གི་དགའ་པོའི་སྒོ་ནས་མར་སྣེར་ཏེ་ཁོ་ལ་འཚོ་བཅུད་ཁ་སྣོན་བྱས།

ལུག་གུ་དེ་བས་མང་བ་ཞིག་སྤྲ་ཐུར་དུ་སྐྱེས་ཤིང་། ཉིན་10སོང་བ་ན། ཕོ་མ་གཡུ་མཚོའི་འཁྲུགས་པ་ཞུ་བའི་རྒྱ་ཁྱོན་ཊེ་ཆེར་ཕྱིན། འཁྲུགས་པའི་མཐུག་ཚད་སླབ་ཏུ་ཕྱིན་པ་དང་ལུག་གིས་རྩ་ཟ་བའི་དུས་ཚོད་ཀྱང་ཐུང་དུ་བཏང་ནས་ངེས་པར་དུ་མཚོ་ངོས་ཀྱི་འཁྲུགས་པ་མ་ཞུ་བའི་སྔོན་ལ་ལུག་ཁྱུ་མཐུད་གྲོང་ཚོར་འཁྱོར་བ་བྱེད་དགོས་ཀྱི་ཡོད། མཚོ་ངོས་ཀྱི་འཁྲུགས་པར་སེར་ཀ་གས་པའི་སྒྲ་ནི་ཕྱིན་ནག་ཁྲོད་ཀྱི་བར་མཚམས་ཆད་མེད་ཀྱི་འབྲུག་སྒྲ་དང་མཚུངས།

བོད་ཀྱི་ལོ་གསར་ཟིན་གྲབས་ཡོད་པ་དང་མཐུད་གྲོང་ཚོའི་མི་རྣམས་ཀྱིས་ལོ་གསར་གྱི་གྲ་སྒྲིག་བྱེད་ཀྱི་ཡོད་པས་ལྷ་ཁབ་ཏུ་ལུག་འཚོ་མཁན་མིག་དམར་ཡང་ཚུར་ལོག་རན་ཡོད། མིག་དམར་གྱི་ཨ་མ་དང་བཟའ་ཟླས་དུས་ཡུན་རིང་པོར་ལུག་བལ་གྱི་མལ་གཟན་བཏགས་ནས་མིག་དམར་ལོག་ཡོང་བར་བསུ་བ་ཞུ་རྩིས་ཡོད། བུད་མེད་གཉིས་ཀྱིས་ལས་ཀ་བྲེལ་འཚབ་དང་ལས་བཞིན་ཡོད་པ་དང་། ཁོག་མའི་ནང་དུ་ཕྲངས་པ་ཆིལ་ཆིལ་དུ་ཐོན་པའི་ཟས་བཙོ་བཞིན་ཡོད་ཅིང་། ཨ་མས་ལས་ཀ་ལས་ཀྱིན་དུ་གླུ་དེ་ལྟར་བླངས་པ་སྟེ། ངེད་ཚོའི་གཞོན་པའི་དུས་བཟང་འཆར་སོང་། །གསེར་སྐྱོགས་ཆ་གཅིག་བརྟེགས་ནས་མཆོད་ཆང་བཀྲུགས་ཡོད། །ངེད་ཚོའི་གཞོན་པའི་དུས་བཟང་འཆར་སོང་། །གསེར་སྐྱོགས་སེར་ཁ་དྭངས་བས་མིག་ལ་མཛེས། །ཡར་སླུངས་ལྷུང་གསར་ལགས། །ཞབས་དག་སྐྱོན་པ་

མ་གནང་། །དེད་ཚོའི་གཞོན་པའི་དུས་བཟང་འཆར་སོང་། །

ལོ་གསར་གྱི་ཉིན་དེར། མཐུད་གྲོང་ཚོའི་མི་རྣམས་ཀྱིས་སླར་ཡང་ཕོ་མ་གཡུ་མཚོའི་མཚོ་ངོས་ཀྱི་འཁྱགས་སྟེང་དུ་གོ་ཐལ་བཏིང་ནས་ལམ་ཆུང་ཞིག་བཟོས། ཁོ་ཚོའི་ལུག་གིས་རྫ་རྒྱུགས་ཚད་བཟས་ཏེ་ལྷ་ཁབ་ནས་ཁྱིམ་དུ་ལོག་ཐེབས། ལུག་ཁྱུས་བརྒྱུད་པའི་ལམ་ཆུང་འགྲམ་གྱི་མཚོ་ངོས་འཁྱགས་པ་རྣམས་ག་ལེར་ཞུ་བ་དང་། ཉིན་20སྔོན་གྱི་ལུག་ཁྱུ་དང་མི་འདྲ་བར་འགོར་ཚད་མང་དུ་ཕྱིན་ཡོད་ཅིང་འཁྱགས་པས་དེ་བས་མང་བའི་ལྗིད་ཚད་འཕུར་དགོས་པས་ཉེན་ཁ་དེ་བས་ཆེ། འདི་ནི་ལྷ་ཁབ་ཀྱིས་སྨྲོ་སྣང་ཆེན་པོས་སྡེ་ལེན་གཟབ་རྒྱས་བྱས་པ་བརྒྱུད་སླར་ཡང་ཚེ་སྲོག་དེ་བས་མང་བ་ཞིག་སྐྱེས་འཚར་བྱུང་ཞིང་། ལུག་ཁྱུའི་ཁྲོད་དུ་ལུ་གུ་མང་པོ་འཕར། འོན་ཀྱང་མཐུད་གྲོང་ཚོའི་གྲོང་མིས་ཚང་མ་བདེ་འཇགས་ཡིན་པ་ཤེས་ཀྱི་ཡོད། ལུག་རྫིའི་བློ་གྲོས་དང་མི་རབས་ནས་མི་རབས་བརྒྱུད་སྦྲོད་བྱས་པའི་ལུག་འཚོ་སྟངས། ད་དུང་ལུ་གུ་དང་འཁྱགས་པ། ལྷ་ཁབ་བཅས་ཀྱིས་མཐུད་གྲོང་ཚོར་མ་འོངས་པའི་རེ་བ་ཞིག་སྦྱིན།

རྩ་ཐང་མཁའ་དབྱིངས་ཀྱི་གནའ་བོའི་སྙན་དབྱངས་ཏེ། གཡུ་རྐོང་ཀྱི་རྐོང་སླིང་།

རྒྱ་མཚོའི་ངོས་ལས་མཐོ་ཚད་ཧྨིད་4800ཡོད་པའི་བོད་ལྗོངས་ཨ་མདོ།

ཨ་མདོའི་རྩ་ཐང་ནི་སྐང་གཤོང་མུ་འབྲེལ་དུ་ཆགས་ཤིང་ཁོད་སྙོམས་མེད་ལ་གངས་ས་ག་ནས་བྲག་རྫོའི་རི་འབུར་མཐོང་རྒྱུ་ཡོད། རི་འབུར་དེ་དག་ནང་དུ་རྩ་ཐང་ཐོག་གི་ལྷ་བྱའི་རིགས་ཤིག་གནས་ཡོད་པ་སྟེ། བྱ་རྐོང་ཡིན། བྲག་རི་གཡང་གཟར་གྱི་སྟེང་དུ་མ་བོས་མགྲོན་པོ་གཡུ་རྐོང་སླེབས་ཤིང་། ལོ་ན་50ལྷག་ལ་སོན་པའི་གཡུ་རྐོང་གྱིས་རང་ཉིད་བློ་ཡིད་ཁེངས་པའི་དངོས་པོ་ཞིག་འཚོལ་བཞིན་ཡོད། གཞིས་ནིང་ལོར་གཡུ་རྐོང་གི་སླིང་གཤགས་བཅོས་བྱས་པ་དང་། ད་ནིང་ཡང་ཁོང་གི་མིག་གཡོན་མ་རྩ་བའི་ཆར་མཐོང་རྒྱུ་མེད་པས་རང་ཉིད་ཀྱི་རྩ་ཆེ་ཤོས་ཀྱི་ལག་རྩལ་ད་དུང་བརྒྱུད་སྤྲོད་བྱེད་ཐུབ་མེད་པར་བརྟེན་ཁོང་གིས་དངངས་འཚབ་བྱེད་ཀྱི་ཡོད།

རྐོང་སླིང་ནི་བྱ་རྐོང་གི་གཤོག་པའི་རུས་པས་བཟོས་པའི་གླིང་བུའི་རིགས་

ཤིག་ཡིན་པ་དང་ལོ་ངོ་སྟོང་ཕྲག་གི་ལོ་རྒྱུས་ལྡན་ཞིང་། རྩྭ་ཐང་སྟེང་དུ་འཚོ་སྡོད་བྱེད་མཁན་གྱི་མི་རྣམས་ཀྱིས་ཕྱུགས་འཚོ་སྐབས་འབུད་གཏོང་བྱས་ནས་མི་གཞན་མེད་པར་རང་ཉིད་ཁེར་རྐྱང་གི་སྐྱོ་སྣང་སེལ་བར་བྱེད་ཀྱི་ཡོད།

གཡུ་རྐོད་ཀྱི་བུ་མོ་གཉིས་པོ་ཁྲིན་ཧྲུར་སློབ་གྲྭ་ཆེན་མོར་འགྲོ་བཞིན་ཡོད་པ་དང་། གུང་སེང་ལ་ནང་དུ་ལོག་སྟེ་པ་ཕར་ལས་ཀ་བྱེད་རོགས་བྱེད་ཀྱི་ཡོད་ཅིང་། གུང་སེང་སྐབས་དུས་ཁོམ་ཡོད་དུས་བུ་མོ་གཉིས་ཀྱིས་པ་ཕའི་རྐོད་གླིང་གི་སྐོར་གླེང་མོལ་བྱེད་ཀྱི་ཡོད།

གཅིན་མོས་གཙུང་མོར་"ཁྱོད་ཀྱིས་རྐོད་གླིང་གཏོང་ཤེས་ཀྱི་ཡོད་དམ"ཞེས་བཤད།

གཙུང་མོས་"དེ་ཙམ་ཤེས་ཀྱི་མེད"ཅེས་བཤད།

གཅིན་མོས་"སོར་མོ་འགྲུལ་མི་ཤེས་ན་ཁག་པོ་ཡོད"ཅེས་བཤད།

"པ་ཕ་དགུང་ལོ་མཐོ་རུ་མཐོ་རུ་འགྲོ་ཡི་ཡོད"

"ད་ག་རེད"ཅེས་གཙུང་མོས་མུ་མཐུད་དེ་བཤད།

"རྐོད་གླིང་དེ་གཅིག་ལས་རྙེད་མེད"

གཡུ་རྐོད་ལ་བུ་མོ་གཉིས་ཡོད་ཀྱང་ད་ལྟ་ཁོང་གིས་བུ་མོར་བརྒྱུད་སྤྲོད་བྱེད་པའི་རྐོད་གླིང་གཅིག་ལས་མེད་ཅིང་ལོ་ན་མཐོ་རུ་འགྲོ་བ་དང་ཆབས་ཅིག་ལུས་པོ་སྐྱོ་རུ་འགྲོ་བས་བརྒྱུད་སྤྲོད་བྱ་རྒྱུ་དེ་ནི་ཁོང་གིས་སེམས་ཁྲལ་ཆེ་ཤོས་བྱེད་ཡུལ་ཞིག་ཡིན། ཁོང་གིས་སླར་ཡང་རྐོད་གླིང་གཅིག་བཟོ་རྒྱུའི་སེམས་ཐག་བཅད་དེ་སྤག་སྤག་བཙོན་ནས་ཕྱུགས་བཞིར་རྩྭ་ཐང་སྟེང་གི་འབྲོག་པ་འཚོལ་བར་སོང་། ཁོང་གིས་འབྲོག་པ་ན་གཞོན་ཞིག་ལ་"གལ་སྲིད་ཁྱོད་ཀྱིས་རུས་པ་དེ་འདྲ་མཐོང་ན་ང་ལ་ཉར་རོགས། ང་ལ་འཚོལ་རོགས་གནང"ཞེས་པའི་རེ་བ་བཏོན།

"ལགས་སོ"

"ཐུགས་རྗེ་ཆེ"

འབྲོག་མོ་ཞིག་གིས་ཙུས་པ་ག་རེ་དགོས་ཀྱི་ཡོད་པ་ཕོ་མོས་ཤེས་ཀྱི་མེད་ཅེས་བཤད། གཡུ་རྔོད་ཀྱིས་ཁོང་ལ། དེ་ནི་བྱ་རྔོད་ཀྱི་གཤོག་པའི་དཀྱིལ་གྱི་ཙུས་པ་རེད་ཅེས་བཤད།

འབྲོག་པས་གཡུ་རྔོད་ལ"བྱ་རྔོད་ཤི་བ་མཐོང་མ་བྱུང་། གལ་ཏེ་ཡོད་ན་ཁྱེད་ལ་ཁ་པར་བརྒྱབ་ཆོག"ཅེས་བཤད།

འབྲོག་པ་གཞན་ཞིག་གིས་རྔོད་གླིང་ལ་མཛུབ་མོ་བཙུགས་ནས་གཡུ་རྔོད་ལ"འདི་ཁྱེད་ཀྱིས་བཏང་ན་འགྲིག་གི་རེད་དམ"ཞེས་དྲིས།

"བཏང་ན་འགྲིག་གི་རེད། ངས་སྐབས་བདེ་ཞིག་གཏང་ཆོག"ཅེས་བརྗོད་ནས་བཏང་བས་སླན་འཛེབས་ལྡན་པའི་གླིང་བུའི་སྒྲ་བསྒྲགས།

གཡུ་རྔོད་ཀྱིས་ཁོང་གི་ པླ་ལགས་དང་ཨ་ཁུས། བྱ་རྔོད་ཀྱི་ཚེ་ཚད་ལོ་ཁྲི་གཅིག་སྔོད་ཀྱི་ཡོད་པ་དང་རང་བཞིན་ངང་མཁའ་དབྱིངས་སུ་ལྡིང་སྟེ་ལྡིང་བཞིན་ལྡིང་བཞིན་མཐོ་རུ་མཐོ་རུ་སོང་ནས་མཁའ་དབྱིངས་སུ་འཇའ་ལྟར་ཡལ་ནས་འགྲོ་ཡི་ཡོད་ཅེས་གསུངས་པ་ཐོས་མྱོང་ཡོད་ཅེས་བཤད། ཁོང་གི་མིག་ཡག་པོ་མེད་ཀྱང་ད་དུང་རྔོད་གླིང་སྨུ་མཐུད་བརྒྱུད་སྦྲོད་བྱ་རྒྱུའི་བསམ་བློ་དེ་དོར་མེད། གལ་ཏེ་ཁོང་ཤི་ན་སེམས་ཁྲལ་ཆེ་ཤོས་ནི་མེས་པོས་ཁོང་ལ་བཞག་པའི་རྔོད་གླིང་ཁོང་གིས་བརྒྱུད་སྦྲོད་མི་ཐུབ་པ་དེ་ཡིན།

སྨུ་མཐའ་མི་མངོན་པའི་རྩྭ་ཐང་སྟེང་དུ་བྱ་རྔོད་ཀྱི་ཙུས་པ་རྙེད་པ་བྱ་རྒྱུ་ནི་ཏ་ཅང་གི་ཁག་པོ་ཞིག་རེད། འོན་ཀྱང་གཡུ་རྔོད་ལ་བྱ་རྔོད་ཀྱི་ཙུས་པ་ཏན་ཏན་རྙེད་ཐུབ་པའི་ཡིད་ཆེས་ཡོད། གཡུ་རྔོད་ཏ་ལམ་རེ་ཐག་ཆད་པའི་དུས་སུ་ཁོང་ལ་འབྲོག་པ་ཞིག་གིས་བྱ་རྔོད་ཀྱི་ཙུས་པ་རྙེད་བྱུང་ཞེས་པའི་འཕྲིན་ལན་ཞིག་འབྱོར།

གཡུ་རྔོད་ཀྱིས་མགྱོགས་མྱུར་ཁྱིམ་ཚང་དེར་འཚམས་འདྲིར་བསྐྱོད་ནས་སྔོ་

རའི་ནང་འཇུལ་བ་དང་བར་ཐག་གང་འཚམས་ནས་“ཁམས་བཟང་། ཁམས་བཟང་”ཞེས་འབོད།

སྒྲིན་བདག་གིས་བྲེལ་འཚུབ་ངང་ནས་“ཁམས་བཟང་། ཡར་ཕེབས་དང་”ཞེས་བཤད།

“ ལགས་སོ”

འགྲོག་པ་དེས་བྱ་རྒོད་ཀྱི་ཊུས་པ་སྒྲིལ་བའི་རས་སེར་པོ་གཅིག་བཏོན། གཡུ་རྒོད་ཀྱིས་བྲེལ་འཚུབ་ངང་ནས་“ཁྱེད་ཀྱིས་དེ་ཁ་ཕྱིས་ནས་བསྟན་དང་”ཞེས་བཤད།

“ངས་ཁ་ཕྱིས་ཆོག”ཅེས་བརྗོད་བཞིན་དུ་བྱ་རྒོད་ཀྱི་ཊུས་པ་དེ་གཡུ་རྒོད་ལ་སྤྲད།

“ཡག་པོ་འདུག ཏ་ཙང་གི་ཡག་པོ་འདུག ངས་སེར་ཁ་ཡོད་མེད་ལྟ་ཡི་ཡིན། གལ་ཏེ་སེར་ཁ་ཡོད་ན་ཕན་ཐོགས་ཀྱི་མ་རེད”

གཡུ་རྒོད་ཀྱིས་ཙུང་ བློ་མ་བདེ་བའི་ངང་ནས་ཊུས་པ་ལག་པར་ཞར་ཏེ་ཡང་སྐོར་བསྐྱར་སྐོར་གྱིས་བརྟག་དཔྱད་ཞིབ་ཕྲ་བྱས།

“རེད་དམ”

གཡུ་རྒོད་ཀྱིས་དགའ་སྤྲོར་ཆེན་པོས“ཁྱེད་ལ་དངོས་འབྲེལ་གྱི་བྱ་རྒོད་ཀྱི་རུས་པ་ཡག་པོ་ཞིག་རྙེད་འདུག”ཅེས་བཤད།

སྨིན་བདག་གིས་གཡུ་རྒོད་ལ“ཉིན་ཁ་ཤས་སྔོན་དུ་རྙེད་བྱུང”ཞེས་ལན་བཏབ།

གཡུ་རྒོད་ཀྱིས་ཡང་བསྐྱར“གང་ནས་རྙེད་བྱུང་ངམ“ཞེས་དྲིས།

“སྟག་ཡག་རི་བོའི་སྟེང་དུ་བྱ་རྒོད་འཛིང་ནས་ཤི་འདུག”ཅེས་སྨིན་བདག་གིས་བརྗོད།

རྒོད་གླིང་བཟོ་བའི་བྱ་རྒོད་ཀྱི་རུས་པ་ནི་རྟག་ཏུ་བསམ་ཡུལ་ལས་འདས་པའི་སྒོ་ནས་རྒོད་གླིང་རྒྱུན་འཛིན་བྱེད་མཁན་གྱི་ལག་ཏུ་རག་གི་ཡོད་པ་གཡུ་རྒོད་ཀྱིས་ཡིད་ཆེས་བྱེད་ཀྱི་ཡོད།

དེ་ནི་གཡུ་རྒོད་ལ་མི་ཚེ་འདིར་རག་པའི་བྱ་རྒོད་ཀྱི་རུས་པ་མཐའ་མ་དེ་ཡིན་ཡང་སྲིད། དེར་བརྟེན་ཁོང་གིས་དེར་ཧ་ཅང་རྩ་ཆེན་བྱེད་པ་དང་གཟབ་གཟབ་བྱས་ནས་ཉར་ཏེ་ཡུན་རིང་བར་རྒོད་གླིང་བཟོས་མེད།

གཡུ་རྒོད་ཀྱིས་རྒོད་གླིང་བཟོ་བའི་ལག་ཆ་བཏོན་ཏེ་བཏུབ་པ་དང་། ཚད་འཇལ་བ། ཁུང་བུ་འབིགས་པ། བརྡར་བ་བཅས་བྱས་ཏེ་རྒོད་གླིང་བཟོས་ནས་བཏང་བས་སྙན་འཛེབས་ལྡན་ལ་དམིགས་བསལ་གྱི་སྒྲ་ཞིག་རྒོད་གླིང་ལས་བསྒྲགས་ཡོད། སྤོ་བོ་ལགས་ཀྱིས་སྤ་ལགས་ལ་བརྒྱུད་སྤྲོད་གནང་བ་དང་། སྤ་ལགས་ཀྱིས་གཡུ་རྒོད་ལ་བརྒྱུད་སྤྲོད་གནང་ཞིང་། ད་ལྟ་ཁོང་གིས་བུ་མོར་བརྒྱུད་སྤྲོད་བྱས་པས་གཞི་ནས་དེ་རྒྱུན་འཛིན་ཐུབ་ཡོད། ཁོང་གཉིས་ལ་མཐའ་མཇུག་ཏུ་རང་ཉིད་ལ་རྒོད་གླིང་རེ་ཡོད་པས་བུ་མོ་གཉིས་ཧ་ཅང་དགའ་པོ་བྱུང་།

བོད་རིགས་ཀྱི་རྐོད་གླིང་།

རྐོད་གླིང་ནི་བོད་རིགས་ཀྱི་ཁྱད་ཆོས་ལྡན་པའི་རོལ་ཆའི་རིགས་ཤིག་ཡིན་པ་དང་། བྱ་རྐོད་ཀྱི་གཤོག་པའི་རུས་པ་རིང་ཤོས་དེས་བཟོས་པ་ཞིག་ཡིན་པས་མིང་དེ་ལྟར་ཐོགས། རྐོད་གླིང་ཁྱབ་ཡུལ་གཙོ་བོ་ནི་བོད་རང་སྐྱོང་ལྗོངས་དང་། མཚོ་སྔོན། ཟི་ཁྲོན། ཀན་སུའུ་ཞིང་ཆེན་གྱི་བོད་རིགས་ས་ཁུལ་དུ་ཡིན་པ་དང་རྒྱུན་དུ་རྒྱང་དཀྲོལ་བྱེད་ཀྱི་ཡོད།

བོད་རིགས་ཀྱི་རྐོད་གླིང་ནི་རྡོ་བ་སྐྱུས་སྤྱོའི་དུས་རབས་ནས་བྱུང་ཞིང་། ད་བར་ལོ་ངོ་1700ལྷག་ཙམ་གྱི་ལོ་རྒྱུས་ལྡན་ཡོད། གནའ་སྔ་མོའི་རྐོད་གླིང་ནི་རྡོ་བ་སྐྱུས་སྤྱོའི་འཁྲོག་པས་སྐབས་བདེའི་ཁྲུང་བུ་བརྟོལ་ནས་བཟོས་པ་ཞིག་ཡིན་པ་དང་རང་ཉིད་ཕྱུགས་འཚོ་བར་འགྲོ་སྐབས་བློ་སེམས་བདེ་མོ་ཡོང་ཆེད་གླིང་བུ་གཏོང་གི་ཡོད།

བོད་རིགས་ཀྱི་རྐོད་གླིང་གི་རིང་ཚད་སྤྱིར་བཏང་ལ་ལིའི་སྨིད24-26བར་ཡོད་པ་དང་། སྦུབས་ཀྱི་གཞུང་ལ་ལིའི་སྨིད་1.5གཡས་གཡོན་དུ་ཡོད་ཅིང་། སྦུབས་སྟོང་ཡིན་ལ་ཤུར་སྒྲ་འདོན་བྱེད་མེད་པ་དང་། སྟེང་འོག་སྣེ་གཉིས་ཀྱི་འབུད་གཏོང་ཁ་ཁོག་སྟོང་ཡིན་ལ་སྦུབས་འོག་གི་སྣེ་རྡ་སྒྲ་ཐོན་ཁུང་བུ་གསུམ་བརྟོལ་ཡོད། བཟོ་བའི་སྐབས་སུ་སྔོན་ལ་སྣེ་གཉིས་ཀྱི་རུས་ཚིགས་འབྲེག་པ་དང་། གོང་འོག་གཉིས་ཀྱི་སྣེ་ཡི་ཁ་བརྡར་ནས་འཕོད་སྙོམས་པོ་བཟོ་བ། ཧང་མར་བཏོན་པ་བཅས་བྱེད་དགོས་ཀྱི་ཡོད། སྣེ་གཉིས་ཀྱི་སྦུབས་ཁ་འཛིང་དབྱིབས་ཅན་དང་། གོང་གི་ཁ་ཅུང་ཆེ་ཞིང་འོག་གི་ཁ་ཅུང་ཆུང་བ་ཡོད་ལ། འོག་གི་ཁ་ནས་

གོང་དུ་མཚམས་རེ་རེའི་བར་དུ་ལིའི་ རྨིད2.2ཡས་མས་ཡོད་ཅིང་། ཁུང་བུ་གཅིག་གི་སྐོར་མོའི་ཚངས་ཐིག་ལ་ལིའི་རྨིད0.7དང་། ཅུང་འཛོང་དབྱིབས་ཀྱི་སྦྲ་ཐོན་ཁུང་བུ་ཡོད་པ་བཅས་སོ། །སྦྲ་ཐོན་ཁུང་བུ་འདོན་པའི་ལག་རྩལ་ལ་དང་དོད་ཆེན་པོ་བྱེད་ཀྱི་ཡོད་པ་དང་། དམངས་ཁྲོད་དུ་མང་ཆེ་བ་སོར་མོ་དང་དཀྱིལ་མཐུབ་བར་གྱི་ཉུས་མདོང་ཐོག་ཞེང་ཚད་དེ་ཚད་ལྡན་གྱི་བར་མཚམས་ལ་བརྩི་ཡི་ཡོད།

ཀོད་གླིང་གི་རིང་ཐུང་ལ་ཁྱད་པར་ཡོད་པ་མ་ཟད། སྦུབས་ཀྱི་ཁ་ཆེ་ཆུང་ལ་ཡང་ཁྱད་པར་ཡོད། དེར་བརྟེན་སྦྲ་ཐོན་ཁུང་བུར་ཡང་ཆེ་ཆུང་ཡོད། ཀོད་གླིང་སྦྲ་ཐོན་སྦུགས་ཁ་བརྗོལ་རྗེས་ད་དུང་གླིང་བུའི་སྟེང་དུ་རི་མོ་དང་ཡི་གེ་བཀོས་ཀྱི་ཡོད་ཅིང་། བཟོས་ཚར་རྗེས་ཀོད་གླིང་ནི་སྒྱུས་ལེགས་བཟོ་རྩལ་གྱི་ཐོན་རྫས་ལྟ་བུ་ཞིག་ཆགས་ཀྱི་ཡོད།

བོད་རིགས་ས་ཁུལ་དུ་དམིགས་བསལ་གྱི་ས་ཁམས་ཁོར་ཡུག་དང་གནམ་གཤིས་རྐྱེན་གྱིས་ཀོད་གླིང་བཟོ་བའི་རྒྱུ་ཆ་བྱ་ཀོད་ཀྱི་གསོག་པའི་ཉུས་པ་འཚོལ་སྒྱུར་ཏ་ཅང་གི་དཀའ་ལས་ཁག་པོ་ཡོད་ཅིང་། རྒྱ་མཚོའི་ངོས་ལས་མཐོ་ཚད་རྨིད་4000ལྷག་ཡོད་པའི་རི་བོ་མཐོན་པོ་ཁོ་ནའི་སྟེང་ནས་གཞི་ནས་རྙེད་སྲིད། ཤོད་སྲོལ་ལ་བྱ་ཀོད་ཀྱིས་ཚེ་མཇུག་ཉེ་མའི་ཕྱོགས་སུ་འཕུར་ནས་གོ་ཐལ་མ་ཆགས་པར་འགྱུར་གྱི་ཡོད་ཟེར་བར་བརྟེན་ས་ངོས་ཐོག་བྱ་ཀོད་ཀྱི་ཉུས་པ་མཐོང་རྒྱུ་ཏ་ཅང་དཀོན་པོ་ཡིན། སྐབས་འགར་གནམ་གཤིས་ཏ་ཅང་ཞན་པའི་རྐྱེན་གྱིས་བྱ་ཀོད་ཀྱིས་གངས་རི་བརྒལ་མི་ཐུབ་པར་ཤི་བ་ན་གཞི་ནས་མི་རྣམས་ལ་བྱ་ཀོད་ཀྱི་གསོག་པ་རྙེད་ཀྱི་ཡོད། ཀོད་གླིང་བཟོ་བའི་རྒྱུ་ཆ་ཏ་ཅང་གི་རག་ཁག་པོ་ཡོད་པར་བརྟེན་ཀོད་གླིང་བཟོ་བའི་གནའ་བོའི་ལག་རྩལ་འདི་ལག་རྒྱུན་ཆད་པའི་ཉེན་ཁར་གྱུར་ཡོད།

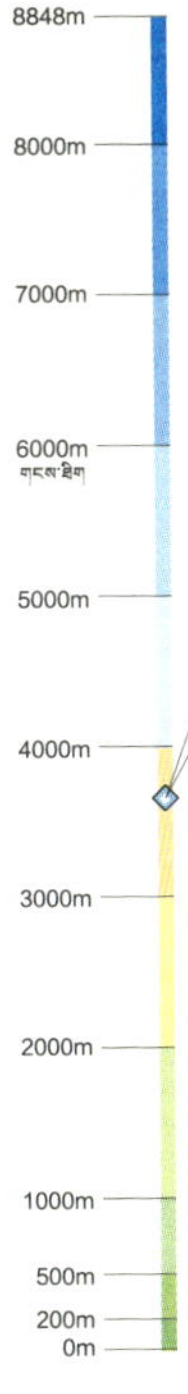

ཨ་ཕྱུག

ཟེ་ཁྲོན་ཞིང་ཆེན།

རྒྱ་མཚོའི་ངོས་ལས་མཐོ་ཚད་སྨིད3680ཡོད་པ།

ཨ་ཕྱུག་ནི་ཟེ་ཁྲོན་ཞིང་ཆེན་དཀར་མཛེས་བོད་རིགས་རང་སྐྱོང་ཁུལ་སྡེ་དགེ་རྫོང་གི་མངའ་འོག་ཤང་གཅིག་ཡིན་པ་དང་། སྡེ་དགེ་རྫོང་གི་ལྷོ་བྱང་ཁུལ་དུ་གནས་ཡོད་ཅིང་། སྡེ་དགེ་རྫོང་གྲོང་བར་སྤྱི་ལེ206ཡོད། ཤོད་སྒྲོལ་ལ་བོད་རིགས་ཀྱི་དཔའ་བོའི་ལོ་རྒྱུས་སྙན་ངག《གེ་སར་རྒྱལ་པོའི་སྒྲུང》གི་གཙོ་བོའི་མི་སྣ་གེ་སར་རྒྱལ་པོ་འདི་གར་འཁྲུངས་པ་དང་། ཨ་ཕྱུག་རྫ་ཐང་རྟིལ་པོ་ནི་རི་བོ་སྔོ་ཞིང་ཆུ་མོ་དྭངས་བ་དང་། ས་ངོས་ཡངས་ཤིང་རྒྱ་ཆེ་བ།

ཐག་རིང་མུ་སྦྲེལ་རི་བོས་མཐའ་ནས་བསྐོར་ཞིང་གྲགས་ཅན་གྱི་ཉག་ཆུ་ནི་དེ་བརྒྱུད་ནས་འགྲོ་ཡི་ཡོད། ཨ་ཕྲུག་ཤང་ནི་འདུ་འཛོ་ཆེ་བའི་གྲོང་ཁྱེར་ལས་ཐག་རིང་དུ་གནས་ཡོད་པ་དང་། གཉིང་ཟབ་ཅིང་གཞུང་དྲང་ལ་བབ་ཆགས་པའི་དམངས་སྲོལ་གོམས་གཤིས་ནི་དྲི་ཞིམ་གྱི་ཆང་དང་། ཞོ་སོས་པས་བསུ་བ་ཞུ་བ་འདི་འདྲ་ཡིན་ལ། བློ་བག་ཡངས་པ་དེས་ཡུལ་སྐོར་བ་ཚང་མར་ཡུན་རིང་བར་དུ་མྱོང་ཚོར་ཡག་པོ་ཞིག་འཇོག་གི་ཡོད་དོ། །

ཨ་ཕྲུག་ནི་གེ་སར་རྒྱལ་པོའི་ཕ་ཡུལ་ཡིན་ཞིང་། གེ་སར་རྒྱལ་པོའི་འཁྲུངས་ཡུལ་དང་། འཚར་ལོངས་དེ་བཞིན་ཆེ་གཅིག་དགྲ་འདུལ་བྱེད་པའི་ས་ཆ་གཙོ་བོ་ཞིག་ཡིན། གེ་སར་རྒྱལ་པོ་སྤྱི་ལོ1038ལོར་འཁྲུངས་པ་དང་། 1119ལོ་སྟེ་དགུང་ལོ་81ལ་གཤེགས། གེ་སར་བྱིས་པའི་དུས་ནས་ཁྱིམ་ཚང་དབུལ་ཞིང་ཕ་མ་གཉིས་དང་ཕན་ཚུན་ཆགས་ས་བཏེན་ས་བྲལ་ཏེ་ཕྱུགས་འཚོས་ནས་འཚོ་བ་སྐྱེལ་གྱི་ཡོད་ཅིང་། དགུང་ལོ་16ཐོག་རྟ་རྒྱུག་འགྲན་ནས་རྒྱལ་པོར་འཁོད། ཁོང་ནི་ཐབས་ལ་མཁས་ཤིང་རྟུས་ལེགས་པ་དང་དཔའ་མཛངས་གཉིས་དང་ལྡན་ལ། མི་ཚེ་གཅིག་རིང་བཙན་པོའི་གཉའ་གནོན་དང་ཉམ་ཐག་གི་འགོ་འཁྲིད། དབུལ་པོར་ཀུན་སྐྱོབ་གནང་ནས། ཚོ་པ་ཆེ་ཆུང་150ལྷག་ཙམ་གཅིག་གྱུར་བཟོས་ཏེ་གླིང་གི་རྒྱལ་ཁམས་སྲ་བརྟན་རྒྱ་སྐྱེད་བཏང་། ཁོང་གིས་མི་རྣམས་ལ་མི་ངན་དང་གདོན་འདྲེ་བཏུལ་རྒྱུར་རོགས་རམ་དང་། ས་གཞིའི་ཐོག་ངལ་རྩོལ་བྱེད་པའི་ཐབས་རྩལ་བརྒྱུད་སྤྲོད་གནང་ཡོད། ཁོང་གི་མཛད་རྣམ་ནི་འཛམ་གླིང་ཐོག་ལོ་རྒྱུས་སྙན་ངག་རིང་ཤོས་ཤིག་ཡིན་ལ་ད་ལྟ་ཡང་མུ་མཐུད་ཤོད་བཞིན་ཡོད་པ་དང་གསར་

གེ་སར་རྒྱལ་པོ་དང་འབྲེལ་བའི་ལས་དབང་སྟེ། སྒྲུང་མཁན་སྲི་ཐར་རྡོ་རྗེ།

གཏོང་བྱེད་བཞིན་ཡོད་པའི་ལོ་རྒྱུས་སྣན་ངག་ཅིག་ཡིན།

ད་ལྟ་མཚོ་བོད་མཐོ་སྒང་དུ་སྒྲུང་མཁན་སྒྲུ་རྩལ་པ་100ལྷག་ཙམ་ཡོད་ཅིང་། སྔར་བཞིན་ས་ཕྱོགས་ཁག་ཏུ་གེ་སར་རྒྱལ་པོའི་སྒྲུང་ཤོད་བཞིན་ཡོད།

རྒྱ་མཚོའི་ངོས་ལས་མཐོ་ཚད་རྨིད་3650ཡོད་པའི་བོད་ལྗོངས་ལྷ་ས།

སྲི་ཐར་རྡོ་རྗེ་ནི་བོད་ལྗོངས་སློབ་གྲྭ་ཆེན་མོའི་དམིགས་བསལ་གྱི་སློབ་མ་ཞིག་ཡིན་ལ་ད་བར་ལོ་ན་ཆུང་ཤོས་ཀྱི་གེ་སར་རྒྱལ་པོའི་སྒྲུང་ཤོད་མཁན་སྒྲུ་རྩལ་པ་ཞིག་ཡིན་པ་མ་ཟད། ཁོ་ཚོའི་ཁྲོད་ཀྱི་སློབ་ཆེན་སློབ་མ་གཅིག་པུ་དེའང་ཡིན། ཁོང་གི་གླིང་སྒྲུང་ཆ་ཚང་ཟིན་ཐོ་འགོད་ཐུབ་པའི་ཆེད་དུ་སློབ་གྲྭས་ཡུན་རིང་སྒྲ་འཇུག་གི་འཆར་གཞི་ཞིག་གསར་བཟོས་བྱས་ཡོད།

སྲི་ཐར་རྡོ་རྗེས་སྒྲུང་ཤོད་མཁན་གྱི་འཕྲུལ་ཆས་གྱོན་ཏེ་འཕྲུལ་གཏོང་ཁང་

དུ་འཇུལ་ནས་《གེ་སར་རྒྱལ་པོའི་སྒྲུང་》སྒྲ་འཇུག་བྱེད་འགོ་ཚུགས།

མཚོ་མོ་ནམ་མཁའ་ལྟར་ཆགས་པའི་སྟེང་ལ་མེ་ཏོག་གི་མེ་ལྕེ་འབར་བའི་བཞུགས་ཁྲིའི་སྟེང་གི་གེ་སར་ནོར་བུ་དགྲ་འདུལ་གྱིས་ས་ཕྱོགས་ཁག་གི་ལྷ་རྣམས་གདན་དྲངས་ཏེ། འདྲེ་སྲིན་གདོན་བགེགས་རྣམས་བཏུལ་ཞིང་། འདས་པའི་འདྲེ་སྲིན་ལ་ཕྱི་མ་བདེ་བའི་སླད་དུ་ཐུགས་སྨོན་མཛད་པ་དང་། གླིང་རྗེ་གེ་སར་རྒྱལ་པོ་ཡི་དམ་ཐུགས་རྗེ་ཆེན་པོའི་བསྙེན་མཚམས་སུ་བཞུགས་ནས། འཛམ་གླིང་གི་འགྲོ་བ་རྣམས་ལ་བདེ་སྐྱིད་ཀྱི་ཉི་མ་ཤར་བ་ཡོང་བའི་སྨོན་ལམ་མཛད་པ་དང་། རྔ་ཐང་སྟེང་དུ་ལྷ་རྟ་ཆིབས་ནས་བྱ་འཕུར་བ་བཞིན་དུ་རྒྱུགས་སོ། །

སྲི་ཐར་རྡོ་རྗེས་སྒྲུང་ཤོད་སྐབས་མིག་གཉིས་བཙུམ་ཞིང་ཧ་ལམ་འཛིག་རྟེན་འདི་མ་ཡིན་པར་གཞན་ཞིག་ཏུ་སླེབས་ཏེ་རང་ཉིད་རྒྱབ་སྐྱུར་གྱི་ཚོད་དུ་སླེབས་པ་ལྟར་བྱེད་ཀྱི་ཡོད། དེ་འདྲ་བྱས་ནས་ཕྱི་དྲོ་གཅིག་རིང་ངལ་གསོ་མ་བརྒྱབ་པར་མུ་མཐུད་དེ་སྒྲུང་ཆུ་ཚོད་བཞི་བཤད་ཀྱང་ངལ་བའི་ཚོར་སྣང་མེད་པར་དེ་ལས་ལྷག་སྟེ་དཔྱིད་རླུང་གི་བདེ་བ་སྟེར་བ་ཇི་བཞིན་དེའི་ནང་དབྱིངས་སུ་ཚུད།

སྲི་ཐར་རྡོ་རྗེས་གལ་སྲིད་ཁོའི་ གློར་ཡོད་པའི་སྒྲུང་རྣམས་བཤད་ཚར་བར་བྱེད་པར་ཆུ་ཚོད་100དགོས་པ་དང་གྲངས་ཚད་དེ་ད་དུང་མུ་མཐུད་ནས་མང་དུ་འགྲོ་ཡི་རེད་ཅེས་ཟེར།

བོད་རིགས་ཀྱི་སྲོལ་རྒྱུན་ལྟར་ན་སྲི་ཐར་རྡོ་རྗེ་སྒྲུང་མཁན་ཆགས་སྟངས་ནི་ལྷ་ཡིས་གནང་བ་སྟེ་དགེ་རྐྱེན་མེད་པར་རང་བཞིན་གྱི་བབ་སྒྲུང་གི་སྒྲུང་མཁན་ཞིག་རེད་ཅེས་བརྗོད་ཀྱི་ཡོད་པ་དང་གེ་སར་རྒྱལ་པོའི་སྒྲུང་ཤོད་མཁན་མང་ཆེ་

བས་ཡི་གེ་ཤེས་ཀྱི་མེད།

སྤྱི་ཐར་རྗོ་རྗེས་ཉིན་ལྟར་ཞིབ་འཇུག་ཁང་གི་དགེ་རྒན་དང་མཉམ་དུ་སྒྲུང་མཁན་བགྲེས་སོང་ཚོའི་སྒྲུང་གི་ནང་དོན་སྒྲིག་སྒྱུར་བྱེད་ཀྱི་ཡོད། སྔོན་མ་སྒྲུང་མཁན་མང་པོ་ཞིག་གིས་ཡི་གེ་ཤེས་ཀྱི་མེད་ཀྱང་གེ་སར་རྒྱལ་པོའི་སྒྲུང་པོད་བརྒྱ་ཕྲག་ཤོད་ཐུབ་པ་ནི་དངོས་འབྲེལ་ཡ་མཚན་ཞིག་རེད། སྤྱི་ཐར་རྗོ་རྗེས་སྒྲུང་མཁན་བགྲེས་སོང་ཚོའི་སྒྲུང་ཤོད་པའི་སྲོལ་རྒྱུན་རྒྱུན་འཛིན་བྱས་ཏེ་གནའ་བོའི་སྒྲུ་རྩལ་རྣམ་པ་དེ་རིགས་རྒྱུན་འཛིན་ཐུབ་ཡོད། ཡིན་ནའང་ཁོང་ནི་གེ་སར་རྒྱལ་པོའི་སྒྲུང་ཤོད་མཁན་རྒན་རབས་ཚོ་དང་མི་འདྲ་བར་ཁོང་ནི་སློབ་གྲྭ་ཆེན་མོའི་སློབ་ཕྲུག་ཅིག་ཡིན། སློབ་གྲྭའི་ནང་དུ་ཁོང་ནི་སློབ་གྲོགས་གཞན་དང་འདྲ་བར་ཁང་རྩེད་སྤོ་ལོ་རྒྱག་པ་དང་ལག་རྩེད་སྤོ་ལོ་རྒྱག་པ་བཅས་འཚོ་བའི་རྣམ་པ་ནི་སྤྱིར་བཏང་གི་སློབ་གྲྭ་ཆེན་མོའི་སློབ་ཕྲུག་དང་ཁྱད་པར་མེད།

“ད་ལྟ་སེང་འབྲུག་སྟག་རྩེ་རུ་གེ་སར་རྒྱལ་པོ་དང་གླིང་གི་དཔའ་ཐུལ་སུམ་ཅུ། ཡང་ཐུལ་དམ་པའི་མི་བདུན། ཞི་ཐུལ་ཁྲ་སླག་སྤྱང་གསུམ་བཅས་ཀྱིས་སྟག་གཟིག་ནོར་རྫོང་ཕབ་ནས་གླིང་གི་འབངས་ལ་གནང་བ་དང་ཁོང་ཚོར་ཐུགས་སྨོན་བསྐྱོན”

མཐོ་སྒང་དུ་རྩ་བ་ཚུགས་པའི་གླུ་སྒྲ་དེ་གནའ་བོའི་སྲོལ་རྒྱུན་དང་ད་ལྟའི་སྣང་ཚུལ་བར་རྒྱུན་ཆད་མེད་པར་གླུ་སྒྲའི་ཁྲིད་དུ་འབྲེལ་བཞིན་མཆིས།

《གེ་སར་རྒྱལ་པོའི་སྒྲུང་》

《གེ་སར་རྒྱལ་པོའི་སྒྲུང་》ནི་བོད་རིགས་མི་དམངས་ཀྱིས་ཐུན་མོང་ཐོག་
གསར་གཏོད་བྱས་པའི་དཔའ་བོའི་ལོ་རྒྱུས་སྙན་ངག་རིང་པོ་ཞིག་ཡིན། དེ་ནི་
ཐོག་མར་བོད་ཀྱི་དམངས་ཁྲོད་དུ་དར་ཁྱབ་བྱུང་ནས་ལོ་ངོ་སྟོང་ཕྲག་སོང་བའི་
ཁ་རྒྱུན་གྱི་རྩོམ་རིག་ཅིག་ཡིན་པ་དང་། ད་ལྟ་དཔེ་ཆ་དང་དཔེ་དེབ་བཟོས་ཡོད།
དཔེ་ཆ་ཆ་ཚང་ལ་ཁྲོན་བསྡོམས་པོད་120ལྷག་ཙམ་དང་། ཚིག་རྐང་ཁྲི་100ལྷག་
ཙམ། ཡིག་འབྲུ་ཁྲི་2000ལྷག་ཙམ་བཅས་ཡོད་པས་འཛམ་གླིང་ཐོག་ལོ་རྒྱུས་སྙན་
ངག་རིང་ཤོས་ཤིག་ཡིན་ལ་“ཤར་ཕྱོགས་ཀྱི་གནའ་བོའི་ཧེ་མར་གྱི་ལོ་རྒྱུས་སྙན་
ངག”ཅེས་བསྟོད་པ་བྱེད་ཀྱི་ཡོད།

གེ་སར་རྒྱལ་པོ་ནི་ཁ་རྒྱུན་དུ་སློབ་དཔོན་པདྨ་འབྱུང་གནས་ཀྱི་སྤྲུལ་པ་ཡིན་
ཞེས་པ་དང་། སྐུ་ཚེ་རིལ་པོ་དམག་ལ་གཞོལ་ཞིང་དགྲ་འདུལ་གཉེན་སྐྱོང་དང་།
ནང་ཆོས་དར་སྤེལ། རིག་གནས་ཁྱབ་སྤེལ་བཅས་མཛད་པས་བོད་རིགས་མི་
དམངས་རྣམས་ཀྱིས་སྤོབས་པ་སྐྱེ་འོས་པ་ཞིག་དང་འགྲན་ཟླ་བྲལ་བའི་དཔའ་
བོ་ཞིག་ཡིན། 《གེ་སར་རྒྱལ་པོའི་སྒྲུང་》ནི་ཧ་ལམ་གནའ་བོའི་བོད་རིགས་ཏུས་
རྒྱུད་ཀྱི་སྤྱི་ཚོགས་ཐོར་ཞིག་ཏུ་འགྲོ་འགོ་ཚུགས་པ་དང་བྲན་གཡོག་ལམ་ལུགས་

ཀྱི་སྲིད་དབང་རིམ་བཞིན་ཆགས་པའི་ལོ་རྒྱུས་ཀྱི་དུས་མཚམས་སུ་སྨྱུ་གུ་རྒྱུས་ཤིང་། ཐུ་རྗོད་རྒྱལ་རབས་ཐོར་ཞིག་ཏུ་སོང་བ་དང་། བོད་རིགས་ཀྱི་སྤྱི་ཚོགས་སུ་སྔེ་གཟར་ཆེན་པོ་ལངས་ཤིང་འགྱུར་བ་ཆེན་པོ་འགྲོ་བའི་དུས་སྐབས་ཏེ། དེ་ཡང་བོད་ཀྱི་སྤྱི་ཚོགས་བྲན་གཡོག་ལམ་ལུགས་ནས་བགས་བཀོད་རྒྱུད་འཛིན་ཞིང་བྲན་ལམ་ལུགས་སུ་བར་བརྒྱལ་བྱེད་པའི་ལོ་རྒྱུས་ཀྱི་དུས་མཚམས（དུས་རབས་10པ་ནས་དུས་རབས12པའི་དུས་འགོ）སུ་རིམ་བཞིན་རྒྱ་ཁྱབ་བྱུང་བ་ཞིག་ཡིན།

《གེ་སར་རྒྱལ་པོའི་སྒྲུང་》ནི་བོད་རིགས་ཀྱི་གནའ་བོའི་ལྷ་སྒྲུང་དང་། གཏམ་རྒྱུད། སྙན་ངག གཏམ་དཔེ་སོགས་དམངས་ཁྲོད་རྩོམ་རིག་གི་རྨང་གཞིའི་ཐོག་འཕེལ་རྒྱས་བྱུང་བ་ཞིག་ཡིན་ཞིང་། གནའ་བོའི་བོད་རིགས་རིག་གནས་ཀྱི་གྲུབ་འབྲས་ཆེ་ཤོས་ཤིག་ཡིན། དེས་མི་སྣ་གཙོ་བོ་གེ་སར་གྱིས་སྐུ་ཚེ་ཧྲིལ་པོར་གཏུམ་སྤྱོད་ལ་མི་སྐྲག་པ་དང་། དཀའ་ངལ་དང་ཉེན་ཁར་མི་འཛེམས་ཤིང་། ཏ་ལས་དགོས་པའི་བློ་སྟོབས་དང་ཡ་མཚན་ཆེ་བའི་སྟོབས་ཤུགས་ཀྱིས་ཕྱོགས་བཞིའི་དགྲ་བོ་བཏུལ་བ་དང་། གདོན་འདྲེ་འཆམ་ལ་ཕབ་པ། བཙན་པོའི་ཁ་གནོན་མཛད་པ། ཉམ་ཆུང་གི་རྒྱབ་རྟ་བྱེད་པ། མི་དམངས་ལ་བདེ་སྐྱིད་བསྐྲུན་པ་བཅས་ཀྱི་དཔའ་བོའི་མཛད་རྗེས་མཚོན་པར་བྱས་ཡོད་ཅིང་། བདེན་པས་མ་རྡུང་བ་ལས་རྣམ་པར་རྒྱལ་བ་དང་། འོད་ཟེར་གྱིས་མུན་ནག་ལས་རྣམ་པར་རྒྱལ་བའི་འཐབ་རྩོད་བྱས་པར་བསྟོད་གླུ་ཕུལ་ཡོད།

སྒྲུང་གཏམ་འདིས་འཛིག་རྟེན་གསར་གཏོད་དུས་སྐབས་ནས་འགོ་བཙུགས་ཏེ་ཀླབས་ཆེན་གྱི་ནང་བསྟན་ཆོས་ལུགས་ཀྱི་གོང་མའི་སློབ་དཔོན་གསུམ་གྱི་ཕྱིར་བཏང་མ་ཡིན་པའི་མཛད་རྗེས་གླེང་བ་དང་། དེའི་ནང་ནས་སྙན་གྲགས་ཆེ་ཤོས་ནི་སློབ་དཔོན་ཆེན་པོ་པདྨ་འབྱུང་གནས་ཡིན་པ་དང་། སྐབས་དེར་བོད་ལ་རྙོག་ཟིང་བཟོ་མཁན་རྣམས་ཁོང་གིས་མནའ་ཤོག་གིས་དམ་ལ་བཏགས། འོན་ཀྱང་གདོན་འདྲེ་མང་པོ་ཞིག་ཐད་དེ་འཆམ་ལ་ཕབ་མི་ཐུབ་པར་བརྟེན། དེའི་

རྗེས་སུ་སླར་ཡང་ཟིང་ལངས་པ་དང་། བོད་དུ་གདོན་འདྲེ་དང་སྐྱེས་སྤོའི་འཁྲུག་པའི་ཚེ་པས་དབང་སྒྱུར་བྱས་ནས་རྒྱལ་ཕྲན་མང་པོར་གྱེ། རྒྱལ་ཕྲན་ཁག་གི་རྒྱལ་པོ་རྣམས་ནི་མ་ཙུངས་འདོད་ཧམ་ཅན་ཞ་སྣུག་ཡིན། རྣམ་པ་དེ་དག་ལྷིང་འཇགས་ཡོང་ཆེད་ལྷ་མང་པོ་ཞིག་གིས་ངེས་པར་དུ་གནམ་ནས་དཔའ་བོ་ཞིག་གདན་དྲངས་ཏེ་མ་ཙུངས་པ་དག་འདུལ་བར་གཏོང་དགོས་པའི་གཏན་འཁེལ་བྱས། མཐར་ཚངས་པ་དཀར་པོའི་བུ་ཆུང་ཉོས་ཐོས་པ་དགའ་མི་ཡུལ་དུ་བཏང་། ཐོས་པ་དགའ་མི་ཡུལ་དུ་སླེབས་རྗེས་སུ་ཀླུ་མོའི་བུ་ཞིག་ལ་འཁྲུངས་ཤིང་། ཇོ་རུ་ཞེས་འབོད་པ་དང་གླིང་གི་རྒྱལ་སྲས་སུ་གྱུར། གླིང་ནི་བོད་ཀྱི་ཤར་ཕྱོགས་འབྲི་ཆུ་དང་ཡར་ཀླུངས་གཙང་པོའི་བར་དུ་གནས་ཡོད། ཇོ་རུ་ནི་དམིགས་བསལ་གྱི་ཡུལ་ཞིག་ཏུ་འཁྲུངས་པ་དང་འཚར་ལོངས་བྱུང་བ་ཞིག་ཡིན། གླིང་གི་དཔའ་བོ་རུབ་འཛོམས་ཀྱིས་རྟ་རྒྱུག་འགྲན་ནས་དཔའ་བོའི་ཚོགས་ལས་ཇོ་རུས་རྟ་རྒྱུག་གི་རྒྱལ་ཁྲླངས་པས་རྒྱལ་པོར་བསྐོས། གེ་སར་རྒྱལ་པོ་ཞེས་མཚན་སྙན་ཐོབ། གེ་སར་རྒྱལ་པོས་གདོན་འདྲེ་འཆམ་ལ་ཕབ་པ་དང་འབངས་ཀྱི་རྒྱུ་ནོར་འཕྲོག་བཅོམ་བྱེད་མཁན་གྱི་བཙན་འཛུལ་པ་མཐར་སྐྲོད་བཏང་བ་མ་ཟད་རྒྱལ་ཁབ་ལ་ངོ་ལོག་སྟེ་དགྲ་ལ་མགོ་འདོགས་བྱེད་མཁན་གྱི་གཡོ་ཅན་ལ་མཐུན་ཐབས་མེད་པའི་སྒོ་ནས་འཐབ་རྩོད་བྱས་པས་ཚེ་པར་རང་དབང་དང་ཞི་བདེ། བདེ་སྐྱིད་བཅས་ཐོབ་ཡོད། དགུང་ལོ་80སོན་པ་དང་། གེ་སར་རྒྱལ་པོས་དམྱལ་བའི་ནང་དུ་རང་ཉིད་ཀྱི་སྐྱུ་ཟླ་དང་ཡུམ་བསྐྱབ་པར་བསྐྱོད་ཅིང་། མཐར་ས་སྟེང་གི་རྒྱལ་པོ་ལས་གྲོས་ཏེ་སྐྱུ་ཟླ་དང་ལྷན་དུ་མཁའ་དབྱིངས་སུ་གཤེགས་སོ། །

ལོ་རྒྱུས་སྔོན་ངག་དེས་མི་རིགས་འཕེལ་རྒྱས་ཀྱི་གལ་ཆེའི་ལོ་རྒྱུས་ཀྱི་དུས་མཚམས་དང་དེའི་སྤྱི་ཚོགས་ཀྱི་གཞི་རྩའི་གྲུབ་གཞིའི་རྣམ་པ་མཚོན་ལ་མི་དམངས་མང་ཚོགས་ཀྱི་མཛེས་སྡུག་ལྡན་པའི་འདུན་པ་དང་། བླ་ན་མེད་པའི་ཕུགས་བསམ་བརྗོད་པ་དང་། རྟོག་འཛིང་ཆེ་བའི་མི་རིགས་ཀྱི་འབྲེལ་བ་དང་དེ་རིམ་བཞིན་གཅིག་གྱུར་གྱི་བརྒྱུད་རིམ་དུ་འགྲོ་བཞིན་ཡོད་པ་བརྗོད་ཡོད་

པས་དེ་ནི་གནའ་བོའི་བོད་རིགས་ཀྱི་སྤྱི་ཚོགས་ལོ་རྒྱུས་དང་། མི་རིགས་ཀྱི་འགྲོ་འོང་། ཀུན་སྤྱོད་ཀྱི་འདུ་ཤེས། དམངས་སྲོལ་གོམས་གཤིས། དམངས་ཁྲོད་རིག་གནས་སོགས་གནས་ཚུལ་ལ་ཞིབ་འཇུག་བྱེད་པའི་རྒྱབ་ཆེན་གྱི་གསུང་རྩོམ་ཞིག་ཡིན།

《གེ་སར་རྒྱལ་པོའི་སྒྲུང》ལ་ད་དུང་དམིགས་བསལ་ཞིག་ཡོད་པ་སྟེ། དེ་ནི་འཛམ་གླིང་སྟེང་གི་ལོ་རྒྱུས་སྙན་ངག་གསོན་པོ་ཞིག་ཡིན་ཞིང་། ད་ལྟ་ཡང་དམངས་ཁྲོད་སྒྲུང་མཁན་མི་སྟ་བརྒྱ་ལྷག་ཡོད་ལ། ཀྲུང་གོའི་བོད་དང་ཟི་ཁྲིན། ནང་སོག མཚོ་སྔོན་སོགས་ཀྱི་ས་ཁུལ་དུ་སྒྲུང་ཕབ་བཞིན་ཡོད་པ་མ་ཟད་དེའི་བརྒྱུད་རིམ་ནང་དུ་སྙན་ངག་ལུགས་ཀྱི་ནང་དོན་དང་གཞི་རྒྱ་ཆེ་རུ་གཏོང་བཞིན་ཡོད་པ་རེད།

《གེ་སར་རྒྱལ་པོའི་སྒྲུང》ཤོད་མཁན་ལ་"སྒྲུང་མཁན"ཞེས་བརྗོད་ཀྱི་ཡོད་ཅིང་"སྒྲུང་མཁན"གྱི་སྐད་པའི་ནང་དུ་ཡང་སྙིང་གེ་སར་གྱི་སྒྲུང་ག་ཚོད་ཡོད་མེད་དང་། སྒྲུང་དེ་དག་གང་འདྲ་བྱས་ཏེ་ཤེས་ཡོད་མེད་སོགས་ནི་གེ་སར་ལ་ཞིབ་འཇུག་བྱེད་པའི་ཁྲོད་ཀྱི་དམིགས་བསལ་གྱི་ཁྱད་ཆོས་ལྡན་པའི་སྣང་ཚུལ་ཞིག་ཡིན་ལ་ཕྱི་ཕྱོགས་ནས་དོ་སྣང་བྱེད་པའི་ཡ་མཚན་ཅན་གྱི་གླིང་གཞི་ཞིག་ཀྱང་ཡིན།

ཁ་ནས་གང་བཤད་རྩོམ་དུ་ཆགས་པ་དང་ཡི་གེ་ན་གཅིག་ཀྱང་མི་ཤེས་པའི་སྒྲུང་མཁན་གྱིས་བཤད་པའི་སྒྲུང་ལ་"ཕབ་སྒྲུང"ཞེས་ཟེར་བ་དང་། གནམ་དང་ལྷ་ཡིས་གནང་བའི་སྒྲུང་ཕབ་ནས་ཤོད་མཁན་དུ་བརྗོད་ཀྱི་ཡོད་ཅིང་། བོད་རིགས་ཀྱིས་སྒྲུང་པ་དེ་རིགས་ཀྱིས་བཤད་པའི་སྒྲུ་རྩལ་གྱི་ནང་དོན་ཚང་མ་ལྷས་ཁོང་ཚོར་གནང་བ་ཞིག་ཏུ་ངོས་འཛིན་བྱེད་ཀྱི་ཡོད། རྟོག་ཞིབ་བྱས་པར་གཞིགས་ན་ཀྲུང་གོའི་བོད་རིགས་གནས་སྡོད་བྱེད་ཁུལ་དུ་ད་ལྟ《གེ་སར་རྒྱལ་པོའི་སྒྲུང》ཤོད་མཁན་གྱི་སྒྲུ་རྩལ་པ་140ལྷག་ཡོད་པ་དང་སྒྲུ་རྩལ་པའི་ཁྲོད་དུ"ལྷས་གནང་བའི་སྒྲུང་པའི"བསྡུར་ཚད་ཏ་ཅང་མང་པོ་ཡོད་པ་རེད། "ལྷས་གནང་བའི་སྒྲུང་པའི"སྐོར་གེ་སར་ཞིབ་འཇུག་བྱེད་མཁན་གྱི་ནང་དུ་ལྟ་བ་མི

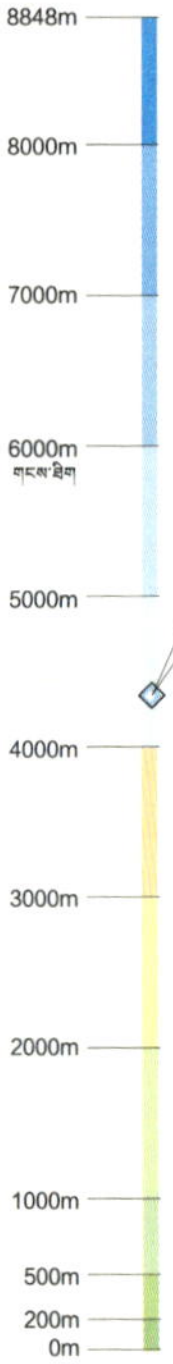

མོན་འཚེར།

བོད་རང་སྐྱོང་ལྗོངས།

རྒྱ་མཚོའི་ངོས་ལས་མཐོ་ཚད་རྨིད4300ཡོད་པ།

གཅིག་པ་ཡོད་ཅིང་དཔེ་ལྟ་བར་གཏན་འཕེལ་བ་ཞིག་བྱུང་མེད།

མོན་འཚེར་ཤང་ནི་བོད་རང་སྐྱོང་ལྗོངས་མངའ་རིས་ས་ཁུལ་སྒར་རྫོང་མངའ་འོག་གི་ཤང་གྲོང་ཞིག་ཡིན་ཞིང་། བོད་རང་སྐྱོང་ལྗོངས་ཀྱི་ཆེས་ནུབ་ཁུལ་དང་། སེང་གེ་ཁ་འབབ་དང་སྒར་གཙང་པོ་རྒྱུག་ཁུལ་དུ་གནས་ཡོད། འདིར་དེ་སྔ་མཚོ་བོད་མཐོ་སྒང་གི་ཆེས་སྔ་ཤོས་ཀྱི་རིག་གནས་ལྟེ་གནས་ཡིན་པ་དང་གནའ་བོའི་ཞང་

སྙིང་འཛུགས་དང་སྒྲོད་པ་སྟེ། ཚུལ་ཁྲིམས་ཀྱི་བོད་སྨན།

ཞུང་རྒྱལ་རབས་ཀྱི་འབྱུང་གནས་ཡིན།

ཚུལ་ཁྲིམས་ནི་མོན་འཚོར་འགྲོག་ཁུལ་གྱི་དགོན་པའི་ནང་གི་རབ་བྱུང་བ་ཞིག་ཡིན་ལ་བོད་ལུགས་སྨན་པ་ཞིག་ཀྱང་ཡིན། ཚུལ་ཁྲིམས་ཀྱིས་ཆུང་དུའི་དུས་ནས་དགེ་བའི་བཤེས་གཉེན་གྱི་རྗེས་སུ་འབྲངས་ནས་བྲག་ཕུག་འདིའི་ནང་དུ་སྒྲུབ་པ་བརྒྱབ་སྟེ་ད་བར་ལོ་ངོ་30ལྷག་ཙམ་སོང་བ་དང་། བྲག་ཕུག་དེའི་ནང་དུ་ཚུལ་ཁྲིམས་ཀྱིས་རིག་པ་སྦྲིམ་སྟེ་དགེ་བའི་བཤེས་གཉེན་གྱིས་ཁོང་ལ་གནང་བའི་སྨན་པའི་ལག་རྩལ་ཞིབ་འཇུག་བྱེད་བཞིན་ཡོད།

ཚུལ་ཁྲིམས་ལ་སློག་ཆས་སྣ་ཚོགས་ཡོད་དེ། ཀུ་ཤུའི་ལག་ཐོགས་ཁ་པར་དང་། ཟིན་དེབ་སློག་ཀླད། ཀུ་ཤུའི་ངོས་ལེབ་སློག་ཀླད་སོགས་ཡོད། གནའ་བོའི་བྲག་ཕུག་

ནང་དུ་ཁོང་གིས་འཕྲིན་ཐྲ་བཏང་སྐྱོད་བྱས་ནས་རང་ཉིད་ལ་དགོས་པའི་ཡིག་ཚགས་བཅལ་འཚོལ་དང་ཞིབ་འཇུག་བྱེད་ཀྱི་ཡོད་ཅིང་། ཁོང་གིས་བཟོས་པའི་བོད་སྨན་ཁྲིད་དུ་སྨན་རྫས་ཀྱི་གྲུབ་ཆ་གལ་ཆེ་ཤོས་ཤིག་ནི་དམིགས་བསལ་གྱི་རྩོའི་རིགས་ཤིག་ཡིན། ཚུལ་ཁྲིམས་ཀྱིས་ལོ་ལྟར་དུས་ཚོད་ངེས་འཚམ་ཞིག་སྤྱད་དེ་རྩོ་དེ་འཚོལ་བར་འགྲོ་ཡི་ཡོད་པ་དང་། ཁོང་གིས་རྩྭ་ཐང་སྟེང་དུ་འཚོལ་ཞིང་མཚོ་འགྲམ་དུ་ངོས་ལེན་སྒྲིག་ཀླད་སྤྱད་ནས་གཟུགས་བརྙན་པར་ལེན་བྱེད་ཀྱི་ཡོད། ཡངས་ཤིང་རྒྱ་ཆེ་བའི་བོད་བྱང་ཐང་གི་རྩྭ་ཐང་སྟེང་དུ་ལམ་ནོར་ཐེབས་ཉེན་ཆེན་པོ་ཡོད་པས་ཚུལ་ཁྲིམས་ལ་རྟག་ཏུ་འགྲོགས་པས་རོགས་པ་བྱེད་དགོས་ཀྱི་ཡོད། ཁོང་གིས་འགྲོགས་པར་རང་ཉིད་ཀྱིས་དེ་སྔོན་འདི་གར་ལམ་ཞིག་ཡོད་པ་དྲན་གྱི་འདུག་ཟེར་བ་དང་། འགྲོགས་པས་ཁོང་ལ་ས་སྟེང་དུ་ས་ཁྲ་བྲིས་ནས་ཁ་ཕྱོགས་བསྟན་གྱི་ཡོད། སྐབས་འགར་འགྲོགས་པས་ད་དུང་སྤག་སྤག་གམ་མོ་ཏས་ཁོང་ལམ་གང་མཚམས་སུ་སྐྱེལ་གྱི་ཡོད།

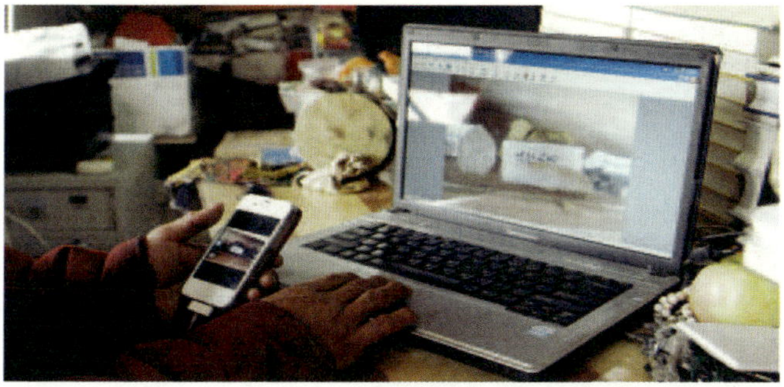

ད་རེས་ཚུལ་ཁྲིམས་ལ་རྙེད་པ་ནི་སྙིང་གྲིབ་ཕོག་པའི་ནད་བཅོས་པའི་ཡ་མཚན་ཅན་གྱི་རྡོ་ཞིག་ཡིན། རྡོ་རྙེད་པའི་རྗེས་སུ་གནས་མཚོ་མ་ཕམ་གཡུ་མཚོའི་ནང་གི་ཆུས་རླངས་བཅོས་རྒྱག་དགོས་ཀྱི་ཡོད། བོད་སྨན་ལྷད་མེད་ཅིག་བཟོ་བའི་ཆེད་དུ་ཚུལ་ཁྲིམས་ཀྱིས་དཀའ་ངལ་ལ་མི་འཛེམས་པར་གནས་མཚོ་མ་ཕམ་གཡུ་མཚོར་བསྐྱོད་ནས་གནས་ཆུ་བླངས།

ཁོང་གིས་རྩ་ཆེའི་རྡོ་རྡོག་རྡོག་ཆེན་པོ་ཞིག་བརྡུང་ནས་ཞིབ་ཞིབ་བཟོས་ཏེ་སྐོལ་སྣོད་ནང་བླུགས་པ་དང་དེ་ནས་གནས་ཆུ་བླུགས་ནས་རླངས་བཅོས་བརྒྱབ་པ་མ་ཟད། ད་དུང་རྩྭ་སྨན་མང་པོ་ཞིག་བླུགས་པ་དང་། དེ་རྗེས་སླར་ཡང་རྡོ་བཀྲུས་ནས་ཕྱེ་མ་བཟོ་ཡི་ཡོད། སྣོ་ནུས་ཡོད་ཚད་བཏོན་ཏེ་བཟོས་པའི་རྩ་ཆེའི་བོད་སྨན་དེ་དག་ཚུལ་ཁྲིམས་ཀྱིས་དགོས་མཁོ་ཆེ་བའི་མི་རྣམས་ལ་གནང་དགོས་སྤྲེར་བ་དང་ལྷག་མར་ལུས་པའི་སྨན་ཁུག་ཆུང་ངུའི་ནང་གི་སྨན་རྣམས་རང་གི་དགེ་བའི་བཤེས་གཉེན་ལ་ཕུལ། དེའི་རྗེས་སུ་ཁོང་གིས་ད་དུང་ཡུན་རིང་མ་སོང་བའི་ཉིན་ཞིག་སླར་ཡང་རྡོ་འཚོལ་བར་འགྲོ་ངེས་ཡིན།

རེ་བ་ཆེན་པོས་ཚུལ་ཁྲིམས་ལ་སྙིང་འཇགས་དང་རང་བྱུང་ཁམས་ལ་བསྟུན་བཅུག་པ་དང་། ཡང་སྙིང་འཇགས་དང་ནས་སྤྲོད་བཅུག་པ་དེ་ནི་མཐོ་སྒང་ནས་ཕྱུར་བའི་སྐད་སྒྲ་དང་། ཉི་འོད་དང་དུ་བླངས་ནས་ཕོན་སྐྱེད་ཀྱི་འབྲས་བུ་སྤྲོད་པ་ཞིག་ཡིན།

བོད་ལུགས་གསོ་རིག་དང་བོད་སྨན།

བོད་ལུགས་གསོ་རིག་ལ་ལོ་རྒྱུས་ཡུན་རིང་ལྡན་ལ་ཆ་ཚང་བའི་རིགས་པའི་གཞུང་ལུགས་དང་ཕུན་སུམ་ཚོགས་པའི་ནད་ཐོག་གི་ལག་ལེན་ཉམས་མྱོང་ལྡན་ཡོད། ལོ་ངོ་སྟོང་ཕྲག་མང་པོའི་རིང་ལ་རྒྱ་རིགས་ཀྱི་གསོ་རིག་དང་ཧིན་རྡུ། ནེ་པ་ལེ། སི་ལི་ལན་ཁ་སོགས་མི་རིགས་ཀྱི་གསོ་བ་རིག་པའི་སྙིང་བཅུད་བསྡུ་ལེན་རྒྱ་ཆེ་བྱས་ཏེ་ཀྲུང་ཧྭ་མི་རིགས་ཀྱི་གསོ་རིག་ཁྲོད་དུ་རང་ལུགས་གསར་གཏོད་བྱས་ནས་བོད་མི་རིགས་ཀྱི་རྒྱུད་སྲོལ་དང་དར་རྒྱས་ཀྱི་སྐྱིད་དུ་ཞབས་འདེགས་གལ་ཆེ་ཞུས་ཡོད།

གནའ་བོའི་དུས་སུ་མཚོ་བོད་མཐོ་སྒང་གི་བོད་རིགས་མེས་པོས་ནད་རིགས་དང་འཐབ་རྩོད་བྱེད་པའི་བརྒྱུད་རིམ་ནང་དུ་རྩི་ཤིང་གི་ནུས་པ་དང་དེ་སྨན་བཅོས་ཐོག་སྦྱོད་པའི་ཉམས་མྱོང་ཁག་གཅིག་རིམ་བཞིན་ཤེས་རྟོགས་བྱུང་བ་དང་།

རྫོན་རྒྱག་པའི་བརྒྱུད་རིམ་ནང་དུ་སྲོག་ཆགས་ཁག་གཅིག་གི་ལུས་ལ་སྨན་ནུས་ཡོད་ལུགས་རིམ་བཞིན་ཤེས་རྟོགས་བྱུང་ཡོད། སྤྱི་ལོའི་སྔོན་གྱི་དུས་རབས་3པའི་དུས་ནས་བོད་ལ"དུག་ཡོད་ན་སྨན་ཡོད"ཅེས་པའི་བརྗོད་སྲོལ་ཡོད་ཅིང་། དེའི་རྗེས་སུ་ཡང་མར་གྱིས་ཁྲག་གཅོད་པ་དང་། ནས་ཆང་གི་སྙིང་མས་ཕྱིའི་རྨ་ཁ་གསོ་བའི་ཤེས་བྱ་ཤེས་རྟོགས་བྱུང་ཡོད་ཅིང་། རང་བྱུང་ཁམས་ལ་ཤེས་རྟོགས་དང་ཐོན་སྐྱེད་འཕེལ་རྒྱས་ཕྱིན་པ་དང་སྦྲགས་བོད་རིགས་མི་དམངས་ཀྱིས་ཕུན་སུམ་ཚོགས་པའི་སྨན་དང་སྨན་བཅོས་ཀྱི་ཉམས་མྱོང་རིམ་བཞིན་གསོག་འཇོག་བྱས་ཡོད།

བོད་ལུགས་གསོ་རིག་གི་ལྟ་བར་འཇིག་རྟེན་ནི་འབྱུང་བ་ཆུང་བ་ལྔ་སྟེ（ལྕགས་དང་ཤིང་། ཆུ། མེ། ས）དང་འབྱུང་བ་ཆེ་བ་ལྔ་སྟེ（རླུང་དང་། མེ། ས། ཆུ། ནམ་མཁའ）ལས་གྲུབ་པ་དང་། འབྱུང་བ་ཆུང་བ་ལྔས་མིའི་ལུས་པོའི་སྙིང་གི་སྙིང་དང་། གློ་བ། མཆིན་པ། མཆེར་པ། མཁལ་མ་བཅས་དོན་ལྔ་སྐྱོན་པ་དང་། འབྱུང་བ་ཆེ་བའི་ནང་འཇིག་རྟེན་ཆགས་པ་དང་། འཇིག་རྟེན་ཆགས་པས་འབྱུང་བ་ཆེ་བ་ལྔའི་འཁོར་སྐྱོད་ལ་བསྟུན་གྱི་ཡོད་པའི་ངོས་འཛིན་བྱེད་ཀྱི་ཡོད་ཅིང་། "རླུང་"ནི（གཡོ་བའི་ཆ་དང་།）"མཁྲིས་པ"ནི（མེ）"བད་ཀན"ནི（ཆུ་དང་ས）བཅས་ཀྱིས་མིའི་ལུས་པོའི་ཉེས་རྒྱུ་གཙོ་བོ་ཆེ་བ་གསུམ（ཉེས་རྒྱུ་གསུམ་གྱི་རིག་པ）གྲུབ་ཅིང་། ཉེས་རྒྱུ་གང་ཞིག་རྒུད་པ་ན་ནད་གཞི་ཐོག་གི་ཡོད། བོད་ཀྱི་གསོ་བ་རིག་པས་དེའི་དམིགས་བསལ་གྱི་ཉེས་རྒྱུ་གསུམ་གྱི་རིག་པ་དང་། ལུས་

ཟུངས་བདུན་དང་དྲི་མ་གསུམ་གྱི་རིག་པའི་གཞུང་ལུགས་ཀྱི་རྨང་གཞི་བྱས་ཏེ། རིག་པའི་གནས་ཀྱི་ཁྱབ་ཁོངས་མང་པོའི་ནང་དུ་རང་ཉིད་ཀྱི་དམིགས་བསལ་གྱི་བྱས་རྗེས་བཞག་ཡོད།

བོད་ལུགས་གསོ་རིག་གིས་མི་ལ་ནད་ཕོག་པའི་རྐྱེན་ནི་ཁོར་ཡུག་དང་། གནམ་གཤིས། ཟས་སྤྱོད་བཅས་ཀྱི་རྐྱེན་དང་། ལུས་པོའི་ནང་གི་ཉེས་རྒྱུ་གསུམ་འཁྲུག་པ་ལས་བྱུང་བར་ངོས་འཛིན་བྱེད་ཀྱི་ཡོད། ནད་གཞི་བརྟག་དཔྱད་བྱེད་པའི་ཐབས་གཙོ་བོ་དྲིས་ནས་བརྟག་པ་དང་བལྟས་ནས་བརྟག་པ། རེག་ནས་བརྟག་པ་གསུམ་ཡིན། ལྟ། རེག དྲིས་གསུམ་གྱི་བརྟག་དཔྱད་བྱས་ཏེ་ཐོབ་པའི་འབྲས་བུ་དབྱེ་ཞིབ་ཕྱོགས་བསྡོམས་བྱས་ནས་ནད་ལངས་པའི་རྒྱུ་རྐྱེན་ལས་ནད་ཀྱི་ངོ་བོ་ཐག་གཅོད་བྱེད་ཀྱི་ཡོད། དེའི་ཐོག་ནས་བོད་ལུགས་གསོ་རིག་གི་ཕྱོགས་འགའ་ཤས་ཀྱི་ཐད་ཀྲུང་ལུགས་གསོ་རིག་གི་རིག་གཞུང་གི་ཤུགས་རྐྱེན་ཐེབས་ཡོད་པ་མཐོང་ཐུབ།

བོད་ལུགས་གསོ་རིག་གི་སྨན་གཞུང་གཙོ་བོ་ནི་《རྒྱུད་བཞི》ཡིན། 《སྨན་གཞུང་རྒྱུད་བཞི》ཡང་བྱ་ཞིང་། དུས་རབས་8པར་སྐད་གྲགས་ལྡན་པའི་བོད་ལུགས་གསོ་རིག་པ་མཁས་ཅན་གཡུ་ཐོག་ཡོན་ཏན་མགོན་པོ་སོགས་ཀྱིས་བརྩམས། 《རྒྱུད་བཞིའི》ནང་དོན་ཏ་ཅང་ཕུན་སུམ་ཚོགས་པོ་ཡོད་ཅིང་། ནད་རིགས་སྣ་ཚོགས་ཀྱི་དབྱེ་འབྱེད་དང་། ལུས་ཁམས། ན་ལུགས་ན་རྐྱེན། བརྟག་དཔྱད་སྨན་བཅོས། སྨན་སྦྱོར་སོགས་ཚུད་ཡོད།

བོད་ལུགས་གསོ་རིག་གི་ནད་གཞིར་ཚ་ནད་དང་གྲང་ནད་རིགས་ཆེ་བ་ཁག་གཉིས་སུ་དབྱེ་བ་དང་། སྨན་རྫས་ཀྱི་སྨན་བཅོས་ལ་ཕོག་ཏུ་གཏོང་བ་དང་། ཕྱི་བཅོས་རིགས་གཉིས་སུ་དབྱེ་ཡོད། ཕོག་སྨན་ལ་ཚ་བས་གྲང་བའི་ནད་རྣམས་སེལ་བ་དང་། སིལ་གྱིས་ཚྭད་ཀྱི་ནད་རྣམས་སེལ་བའི་རྩ་དོན་སྤྱོད་ཀྱི་ཡོད། དེར་བརྟེན་བོད་སྨན་སྨན་སྦྱོར་ལ་གྲང་བའི་རང་བཞིན་དང་ཚ་བའི་རང་བཞིན་གྱི་དབྱེ་བ་ཡོད། ནད་གཞི་རིགས་ཁག་ལ་ཁྱད་ཆོས་མི་འདྲ་བ་ལྡན་ཡོད་པར་བརྟེན་སྨན་བཅོས་བྱེད་པའི་སྐབས་སུ་ད་དུང་སྨན་རྫས་ཀྱི་བྲོ་བའི་ངོ་བོ་དང་། ལྷག་པར་ཏུ་སྨན་རྫས་ཀྱི་ནུས་པར་གཞིགས་པ་དང་། ན་ཚུལ་ལ་བསྟུན་ནས་སྨན་བེད་སྤྱོད་བྱེད་ཀྱི་ཡོད། ཕྱི་བཅོས་ལ་མེ་བཙའ་རྒྱག་པ་དང་། ཁྲག་གཏར་བ། མེ་བུམ་རྒྱག་པ། ཚྭད་མར་གྱིས་ཁྲག་བཀག་པ། ནས་ཀྱི་སྤང་སྐུམ་ཕྱི་ཡི་རྫ་ཁར་འབྱུག་པ་སོགས་ཡོད། རྒྱུན་སྤྱོད་སྨན་ནི་སྨན་རྫས་སྣ་ཚོགས་སྦྱོར་སྡེ་བྱས་ནས་བཟོས་པའི་སྦྱོར་སྨན་ཞིག་ཡིན་པ་དང་། ཁྲོན་བསྡོམས་རིགས་1400ལྷག་ཡོད་ཅིང་དེའི་ཁྲོད་ནས་ཁག་གཅིག་ནི་མཚོ་བོད་མཐོ་སྒང་གི་དམིགས་བསལ་གྱི་ཐོན་རྫས་ཤིག་ཡིན། མཚོ་བོད་མཐོ་སྒང་གི་ས་དབྱིབས་དམིགས་བསལ་ཡིན་པ་དང་། སྨན་རྫས་ཐོན་ཁུངས་ཕུན་སུམ་ཚོགས་ལ། སྨན་རིགས་རྩི་ཤིང་རིགས་1000ལྷག་ཡོད་ཅིང་། རྒྱལ་ཡོངས་ཀྱི་སྨན་རིགས་རྩི་ཤིང་སྤྱི་ཡོངས་ཀྱི་ཕྱེད་ཀ་ལྷག་ཙམ་ཟིན་གྱི་ཡོད།

༄། །འཛམ་གླིང་ཡང་རྩེ། །

ཆེ་སྒྲོག་ཡིག་ཕྲིན།

བསྐྱབ་བྱ་ཡིག།

༄༅། །དགེ་བར་འཛུག་པའི་རྒྱུ། །

སའི་གོ་ལའི་ཐོག་མིའི་རིགས་ཀྱི་ཤེས་རིག་ཤེས་རྟོགས་བྱུང་བ་མང་ཆེ་བ་ནི་ཆུ་བོའི་རྒྱུད་དང་། གཙང་པོའི་འགྲམ་ལས་བྱུང་ཞིང་། ཨེ་ཤེ་ཡའི་གཙང་པོ་ཆེན་པོ་དང་ཆུ་བོ་ཆེན་པོ་གལ་ཆེ་ཤོས་ཁྱེད་ཀ་ལྷག་ཙམ་གྱི་འབྱུང་རྩ་མཚོ་བོད་མཐོ་སྒང་ནས་ཡིན། གངས་རི་དང་འཁྱགས་རོམ་གྱིས་ཆུ་བོའི་སྣད་རྒྱུད་མི་གྲངས་དུང་ཕྱུར་བཅུ་ཕྲག་ལ་ཟྭ་མེད་ཆུ་དང་ངེས་ཤིག་གྲ་སྒྲིག་བྱས་ཡོད། འདིར་བགྲང་གིས་མི་ལངས་པའི་མཚོ་དང་མཚེའུ། དེ་བཞིན་ཡ་མཚན་ཅན་གྱི་ཆུ་ཚན་ཡོད་ཅིང་། ཆུ་བོའི་རོ་བཅུད་ཁྲིད་དུ་ཚེ་སྲོག་གི་སྟོབས་ཤུགས་རྒྱུན་ཆད་མེད་པར་ཤུགས་ཆེར་འགྲོ་བཞིན་ཡོད།

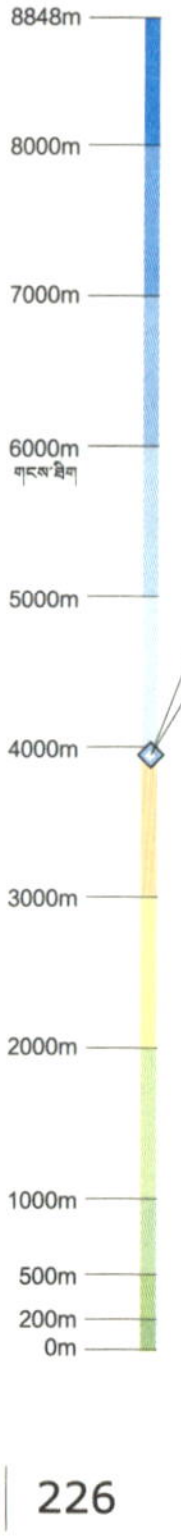

སྤུ་ཧྲེང་།
བོད་རང་སྐྱོང་ལྗོངས།

རྒྱ་མཚོའི་ངོས་ལས་མཐོ་ཚད་ཆིད3900ཡོད་པ།

སྤུ་ཧྲེང་རྫོང་ནི་བོད་རང་སྐྱོང་ལྗོངས་ཀྱི་ལྷོ་ནུབ་དང་། མངའ་རིས་ས་ཁུལ་གྱི་ལྷོ་ངོས། ལྷོ་ངོས་ནི་པ་ལ་དང་ཧིན་རྡུའི་ཁྲིམ་མཚོས་སུ་གནས་ཤིང་། བོད་ཀྱི་གལ་ཆེའི་ཚོང་འགྲུལ་གྱི་སྒོ་ཁ་ཞིག་ཡིན། སྤུ་ཧྲེང་ས་ཆ་ནི་ཧི་མ་ལ་ཡའི་རི་བོའི་ལྷོ་ཟུར་གྱི་གྲོག་རོང་ཁུལ་དང་། སྣན་མོ་ཨ་ཕི་རི་བོ་དང་ནག་བསྙི་གངས་རིའི་བར་གྱི་ཆུ་བོ་རྨ་བྱ་ཁ་འབབ་ཀྱི་རོང་ཁུལ་དུ་ཆགས་ཡོད་ཅིང་།

ཐག་རིང་ནས་ཡོང་བ་སྟེ། ཧིན་རྡུའི་གནས་མཇལ་བ།

ས་དབྱིབས་གྱུ་དོག་ལ་ཟླ་ག་ལ་ནས་བཞའ་ཚོན་ཅན་གྱི་མཁའ་ཀླུང་རྒྱུག་པ་དེས་དེ་གར་མིའི་སེམས་ཁམས་ལ་འཕྲོད་པའི་ཁྱབ་རྒྱ་ཆུང་བའི་གནམ་གཤིས་ལྡན་ཡོད། སྤུ་ཧྲེང་གི་གནམ་གཤིས་དྲོ་འཇམ་ལྡན་ལ་ཆར་ཆུ་འབབ་ཚད་ཅུང་མང་ཞིང་། མངའ་རིས་ས་ཁུལ་ནང་གི"གངས་རིས་སྐོར་བའི་ས་ཆ་ཞིག་ཡིན" སྤུ་ཧྲེང་གི་བྱང་ངོས་ཁུལ་དུ་གྲགས་ཅན་གྱི་གནས་རི་གངས་རིན་པོ་ཆེ་དང་། སྨན་མོ་ནག་བསྐྱི་རི་བོ་དང་། གནས་མཚོ་མ་ཕམ་གཡུ་མཚོ། བདུད་མཚོ་ལ་ལྔ་མཚོ་བཅས་ཡོད་པ་དང་། གནའ་ཤུལ་ནི་འཁོར་ཚགས་དགོན་པ་དང་། བཤད་འཕེལ་གླིང་དགོན་པ་སོགས་ཡོད་ཅིང་། གྲགས་ཅན་གྱི་སངས་རྒྱས་ཆོས་ལུགས་ཀྱི་གནས་མཇལ་ཞུ་ཡུལ་ཞིག་དང་། སྤོངས་རྒྱུ་བས་དགའ་པོ་བྱེད་ཡུལ་ཞིག་ཡིན།

ཀྲུང་ཧྲིན་མཐའ་མཚམས་བྱང་ལའི་ལུང་མདོ་སྟེ་ཀྲུང་གོའི་ སྤྱི་ཧྲེང་དུ་ལུས་པོ་ངལ་དུབ་ཀྱིས་མནར་ཡང་ཡིད་སྤྲོ་སྣང་ལྡན་པའི་ཧྲིན་ཇུ་བ་ཁྲུ་གཅིག་སླེབས་ཡོད། ཁོ་ཚོས་ཆུ་བོ་གང་གཱའི་གླུང་ཐང་ནས་རྒྱ་མཚོའི་ངོས་ལས་མཐོ་ཚད་རྨིད་5000ལ་ཉེ་བའི་མཐོ་སྒང་སྤྱི་ཧྲེང་དུ་ཡོང་བ་ནི་མི་ཚེ་གཅིག་རིང་གི་འཆར་གཞི་བཟོས་པའི་དོན་ཞིག་སྒྲུབ་མཁན་ཡིན། ཁོ་ཚོས་ཀླངས་འཁོར་དུ་བསྡད་དེ་དམིགས་སར་བསྐྱོད་བཞིན་ཡོད་ཅིང་། ལམ་བར་དུ་སེམས་འགུལ་ཚད་མེད་ཐེབས་ཡོད།

“ད་ཐེངས་འགྲུལ་སྐྱོད་བྱེད་པའི་དམིགས་ཡུལ་གཙོ་བོ་ནི་རང་ཉིད་ལ་འགྱུར་བ་གཏོང་རྒྱུ་ཡིན་པ་དང་། རང་ཉིད་ཀྱི་མཐོང་རྒྱ་ཆེ་རུ་གཏོང་ཆེད་ང་ཚོས་འདིར་ཡོང་བ་ཡིན། ལྷས་ང་ཚོ་འདིར་ཁྲིད་བྱུང” ཞེས་གནས་སྐོར་བ་ཞིག་གིས་བཤད།

གནས་སྐོར་བ་དེ་ཚོས “གནས་མཚོ”སྟེ་མ་ཕམ་གཡུ་མཚོའི་འགྲམ་དུ་ལངས་ནས་དད་གུས་ཆེན་པོས་སྨོན་ལམ་འདེབས་པ་དང་ཆབས་ཅིག་ལག་གཉིས་ཀྱི་སོར་མོ་སྦྱར་ནས་དྭངས་གཙང་གི་མཚོ་མོར་ཕྱོགས་ཏེ་རང་ཉིད་ཀྱི་དད་གུས་མཚོན་པར་བྱེད་ཀྱི་ཡོད། ཁ་རྒྱུན་དུ་ལུག་ལོར་མཚོ་སྐོར་རྒྱག་དགོས་པ་དང་སྐོར་བ་ཐེངས་གཅིག་བརྒྱབ་ན་རྒྱུན་གཏན་གྱི་ལོར་སྐོར་བ་བཅུ་གསུམ་བརྒྱབ་པ་དང་མཚུངས་པ་ཡིན་ཞེས་བརྗོད་ཀྱི་ཡོད་པས་ལུག་ལོར་མཚོ་སྐོར་རྒྱག་མཁན་མི་མང་པོ་ཡོད།

གངས་རིན་པོ་ཆེ་ནི “གངས་ཆེན་གནས་རིའམ”“གངས་རིའི་ནོར་

བུའི"དོན་ཡིན་ཞིང་། བོད་སྲོལ་དུ་དེ་ནི་བོན་གྱི་ཆོས་ལུགས་དང་། ནང་བསྟན་ཆོས་ལུགས། ཧིན་རྡུའི་ཆོས་ལུགས། གཅེར་བུའི་ཆོས་ལུགས་བཅས་ཀྱིས་ཐུན་མོང་ཐོག་གཏན་དུ་འཁེལ་བའི"འཛིག་རྟེན་གྱི་ལྟེ་གནས"ཤིག་ཡིན་ཞིང་། ཧིན་རྡུའི་ཆོས་ལུགས་ཀྱི་ལྷ་གཙོ་བོ་གནས་སའི་ཡུལ་ཡིན།

གངས་རིན་པོ་ཆེར་བསྐོར་བའི་འཁྱུགས་རོམ་200ལྷག་ཙམ་ཡོད་ཅིང་། དེ་ཚོའི་བཞུར་ཆུ་མཐའ་མཇུག་ཏུ་ཆུ་བོ་བཞི་རུ་འདུས་ཤིང་། ཆུ་བོ་དེ་དག་ནི་ཆུ་བོ་ཡར་ཀླུངས་གཙང་པོ་དང་། ཆུ་བོ་གང་གཱ། ཧིན་རྡུ་ཆུ་བོ་སོགས་ཏེ་ཨེ་ཤེ་ཡའི་ཆུ་བོ་ཆེན་པོ་འགའ་ཞིག་གི་ཆུ་འགོ་གཙོ་བོ་ཡིན།

གངས་རིན་པོ་ཆེ་ནི་གངས་རིའི་ཁྲོད་ཀྱི་གནས་རི་མཐོ་ཤོས་དང་། ཆུ་བོ་

༄། །འཛམ་གླིང་ཡང་རྩེ། །

རྣམས་ཀྱི་འབྱུང་རྩ་ཡིན།

གནས་མཚོ་མ་ཕམ་གཡུ་མཚོ་ནི་ཤོད་སྐོར་དུ་ལྷ་ཆབ་ཞུགས་ཀྱི་གནས་ཡིན་ཞེས་པ་དང་། མཚོ་ཆུས་སེམས་ནང་གི་དྲི་མ་དང་སེམས་ནད་དག་གི་ཡོད་ཅེས་བརྗོད་ཀྱི་ཡོད།

ཧིན་རྡུ་ནས་གནས་མཇལ་དུ་ཡོང་མཁན་དེ་དག་གིས་གནས་མཚོའི་འགྲམ་དུ་ཚ་ག་གཟབ་རྒྱས་སྤེལ་ཞིང་། གནས་མཇལ་དུ་ཡོང་མཁན་ཞིག་གིས་“ངའི་སེམས་ལ་ད་རེས་ཡུལ་སྐོར་དུ་ཡོང་བ་དེ་བཟའ་ཟླར་སྤྲོད་རྒྱུའི་ལག་བཏགས་ཤིག་ཏུ་བརྩི་ཡི་ཡོད། ང་ཚོ་ཚང་མའི་རེ་བར་སླར་ཡང་ཐེངས་གཅིག་ཡོང་ཐུབ་ན་བསམས་ཀྱི་འདུག”ཅེས་བརྗོད།

ཡུལ་སྐོར་མཇུག་སྒྲིལ་བ་དང་རིག་པ་གསལ་ཞིང་གྲུང་ཤ་དོད་དུ་སོང་ལ། ཁོ་ཚོས་མི་ཚེ་གཅིག་རིང་ཁས་ལེན་བྱས་པ་དེ་ཡང་སྐབས་དེར་ལེགས་གྲུབ་བྱུང་བ་ཡིན་ནོ། །

གནས་མཚོ་དང་གནས་རི།

བོད་རིགས་འཚོ་བ་སྐྱིལ་སའི་གངས་ལྗོངས་མཐོ་སྒང་ནི་གནམ་གཤིས་གྲང་ངར་ཆེ་ཞིང་། མི་སྡེ་ཉུང་བའི་ཁུལ་ཞིག་ཡིན། ཡ་མཚན་ཆེ་ཞིང་ཚོད་དཔག་དཀའ་བའི་རང་བྱུང་ཁོར་ཡུག་ལས་དེ་གར་འཚོ་བ་སྐྱིལ་མཁན་བོད་རིགས་ཀྱི་གནའ་བོའི་མེས་པོས་མཐོ་སྒང་གི་རི་བོ་ཚང་མ་དང་། ཆུ་བོ་ཚང་མ། མཚོ་དང་མཚེའུ་ཚང་མ། དེ་བཞིན་ནགས་ཚལ་སྤྱུག་པོ་ཚང་མར་ལྷ་གནས་ཡོད་ཅིང་། ལྷ་དེ་དག་གིས་འཇིག་རྟེན་གྱི་ཐམས་ཅད་ཁ་ལོ་བསྒྱུར་བཞིན་ཡོད་པ་དང་། མིའི་རིགས་ཀྱི་སྐྱེ་ཤ་ན་འཆི་དང་། སྐྱིད་སྡུག་ལེགས་ཉེས་གཏན་འཁེལ་བྱེད་ཀྱི་ཡོད་པར་ཁས་ལེན་བྱེད་ཀྱི་ཡོད། དེར་བརྟེན། གནས་མཚོ་དང་གནས་རིར་དད་པ་བྱེད་པ་ནི་བོད་རིགས་ཀྱི་གདོད་མའི་དད་མོས་བྱེད་པའི་ནང་གི་རང་གཤིས་ཀྱི་ཁྱད་རྟགས་ཆེ་ཤོས་ལྡན་པའི་དད་གུས་ཀྱི་རྣམ་པ་ཞིག་ཏུ་གྱུར་ཡོད་ཅིང་། བོད་རིགས་ཀྱི་གདོད་མའི་ཆོས་ལུགས་དང་བོད་བརྒྱུད་ནང་བསྟན་ཆོས་ལུགས། དམངས་ཁྲོད་དམངས་སྲོལ་རིག་གནས་བཅས་ཚང་མའི་ཐད་གནའ་བོའི་སྲོལ་རྒྱུན་དེ་དག་སྔར་སྲོལ་ཇི་བཞིན་རྒྱུན་འཛིན་ཐུབ་ཡོད་པས་གནས་རི་དང་གནས་མཚོར་དད་གུས་བྱེད་པ་དེ་བོད་མི་རིགས་ཀྱི་ལོ་རྒྱུས་ཡུན་རིང་ལྡན་པའི་མང་ཚོགས་ཀྱི་དད་གུས་བྱེད་པ་ཞིག་ཏུ་འགྱུར་ཡོད། དད་གུས་དེ་རིགས་ལས་བཟོད་

སྙོམ་ཆེ་བའི་ནང་བསྟན་ཆོས་ལུགས་ཀྱི་འཇིག་རྟེན་ཁམས་དང་མི་ཚེའི་ལྟ་བའི་སྐོར་གྱི་གནས་ལུགས་མངོན་གྱི་ཡོད་པ་དང་ཆབས་ཅིག་བོད་རིགས་མི་དམངས་ཀྱིས་ཞི་བདེ་དང་བདེ་འཇགས་ལ་བརྩོན་ལེན་བྱེད་པའི་འདུན་པ་བཟང་པོ་ཞིག་ཀྱང་མཚོན་གྱི་ཡོད།

བོད་ལ་གནས་རི་དང་གནས་མཚོ་ཤིན་ཏུ་མང་པོ་ཡོད་པ་དང་། དེའི་ནང་ནས་འཛམ་གླིང་ཡོངས་ཀྱིས་ཁས་ལེན་བྱེད་པའི་གནས་རི་ནི་གངས་རིན་པོ་ཆེ་ཡིན་ལ་སྐད་གྲགས་ཆེ་ཤོས་ཀྱི་གནས་མཚོ་ནི་མ་ཕམ་གཡུ་མཚོ་ཡིན། གངས་རིན་པོ་ཆེ་དང་། སྔོན་མོ་ནག་བསྐྱི་དེ་བཞིན་མ་ཕམ་གཡུ་མཚོ། ལ་ལྔ་མཚོ་བཅས་རི་གཉིས་དང་མཚོ་གཉིས་ལས་གྲུབ་པའི་ཁུལ་དེར་"གནས་རི་གནས་མཚོའི"ས་ཆ་ཞེས་བརྗོད་ཀྱི་ཡོད།

གངས་རིན་པོ་ཆེ་དང་། མ་ཕམ་གཡུ་མཚོ་གཉིས་ཀ་བོད་རང་སྐྱོང་ལྗོངས་ཀྱི་མངའ་རིས་ས་ཁུལ་དུ་གནས་ཡོད་ཅིང་། གངས་རིན་པོ་ཆེ་ནི་གངས་ཏི་སེའི་རི་རྒྱུད་ཀྱི་རི་རྩེ་མཐོ་ཤོས་དེ་ཡིན་པ་དང་། རྒྱ་མཚོའི་ངོས་ལས་མཐོ་ཚད་སྨི་6638ཡོད། གངས་རིན་པོ་ཆེ་ནི་གནས་རི་ཞིག་ཡིན་ཞིང་། སེང་གེ་ཁ་འབབ་དང་། རྟ་མཆོག་ཁ་འབབ། གླང་ཆེན་ཁ་འབབ། རྨ་བྱ་ཁ་འབབ་བཅས་ཆུ་བོ་བཞི་ཡི་འབྱུང་རྩ་དེ་ཡིན། ཆུ་བོ་བཞི་པོ་དེ་དག་ཧིན་རྟུ་ཆུ་བོ་དང་། ཡར་ཀླུངས་གཙང་པོ་（བྲཧ་མ་ཊ་ཕུ་ཏྲ）ཆུ་བོ་གང་གཱ་སོགས་ཀྱི་ཆུ་འགོ་ཡིན། འདིར་གནའ་དུས་ནས་བཟུང་ནང་པ་སངས་རྒྱས་ཆོས་ལུགས་ལ་དད་པ་བྱེད་མཁན་ཚོའི་སེམས་ནང་གི་"འཛམ་གླིང་གི་ལྟེ་བ"ཡིན།

རྒྱ་གར་གྱི་ཆོས་ལུགས་དང་བོད་བརྒྱུད་ནང་བསྟན་ཆོས་ལུགས་ཀྱི་དད་

ལྷུན་པ་ཚོས་འདི་ནི་"གནས་རིར"བརྩི་ཡི་ཡོད། "གནས་རི"ཡི་ཤར་ལྷོའི་སྤྱི་ལེ་20སར་ད་དུང་"གནས་མཚོར"གྲགས་པའི་མ་ཕམ་གཡུ་མཚོ་ཡོད། མ་ཕམ་གཡུ་མཚོར་མཐོ་ཚད་རྒྱ་མཚོའི་ངོས་ལས་སྨིད་4588ཡོད་པ་དང་། རྒྱ་ཁྱོན་སྤྱི་ལེ་ངོས་གྲུ་412ཡོད་ཅིང་འཛམ་གླིང་སྟེང་གི་ཚྭ་མེད་ཀྱི་མཚོ་མཐོ་ཤོས་དེ་ཡིན། བོད་ཀྱི་ལོ་རྒྱུས་ཡིག་ཆར་བཀོད་པར་གཞིགས་ན། འདི་གར་རྒྱ་རིགས་ཀྱི་ལྷ་སྲུང་ནང་གི་ནུབ་ཕྱོགས་ཀྱི་རྗེ་བཙུན་སྒྲོན་མའི་བཞུགས་གནས་"ཡོ་ཁྲི་ལྷ་མཚོ"ཡིན་པ་དང་། རྒྱ་གར་གྱི་ནང་པ་སངས་རྒྱས་ཆོས་ལུགས་དད་ལྡན་པས་འདིར་"གནས་མཚོ"ཞེས་གྲགས་པ་ཡིན། གནས་མཚོ་དང་གནས་རི་ནི་བོན་ཆོས་དང་། ནང་བསྟན་ཆོས། ཧིན་རྡུའི་ཆོས། གཅེར་བུའི་ཆོས་བཅས་ལ་དད་པ་བྱེད་མཁན་ཚོའི་གནས་མཆོག་ཡིན་ལ་མངའ་རིས་ས་ཁུལ་གྱི་གྲགས་ཅན་གྱི་ཡུལ་སྐོར་མཛེས་ལྗོངས་ཀྱི་གྲས་ཤིག་ཡིན།

ཉེ་བའི་ལོ་ཤས་ནང་གནས་མཚོ་དང་གནས་རི་ནི་རྒྱལ་ཁབ་རིམ་པའི་གཞིར་ས་སྲུང་སྐྱོང་ཁུལ་གཙོ་གནད་ཀྱི་རྣམ་གྲངས་ནང་བཙུག་ཡོད། ལོ་ལྟར་རྒྱལ་ཁབ་ཀྱིས་མ་དངུལ་འབོར་ཆེན་བཏང་སྟེ་འདི་གའི་འབྱུང་ཁམས་ཁོར་ཡུག་སྲུང་སྐྱོང་བྱེད་ཀྱི་ཡོད། ལོ་རེའི་དབྱར་ཁར་ཧིན་རྡུ་དང་། ནེ་པ་ལ་དང་། ཀྲུང་གོའི་བོད་རང་སྐྱོང་ལྗོངས་ཀྱི་གནས་སྐོར་བ་བཅས་ཀྱིས་གཅིག་མཇུག་གཉིས་མཐུད་ངང་དེ་གར་གནས་མཇལ་ལ་ཡོང་ནས་དགེ་བ་གསོག་བཞིན་མཆིས།

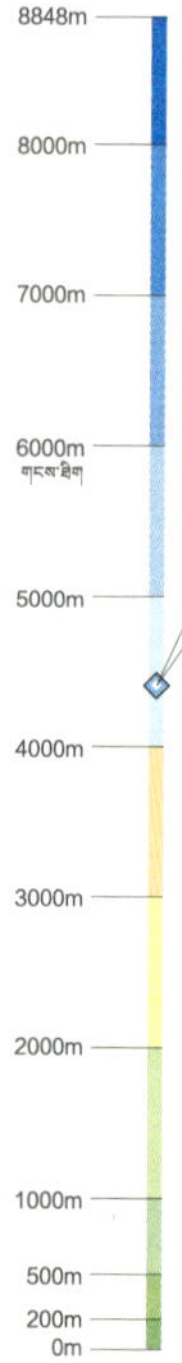

སྨར་ཁམས།

བོད་རང་སྐྱོང་ལྗོངས།

རྒྱ་མཚོའི་ངོས་ལས་མཐོ་ཚད་སྨིད4317ཡོད་པ།

འབྲི་ཆུ་དང་རྫ་ཆུའི་ཆུ་འགོར་ཤེས་རིག་གི་སླད་དུ་བསམ་པའི་འཆར་སྒོའི་བར་སྣང་ཞིག་སྤྲིན་ཞིང་། འདས་ཟིན་པའི་ལོ་མང་རིང་ལ་ས་གནས་ཁག་གིས་མི་རྣམས་ཀྱིས་ཆུ་འགོ་འཚོལ་རྒྱུར་འབད་བརྩོན་ལྷོད་མེད་བྱས་ཡོད། དེ་ནི་མིའི་རིགས་ལ་རང་ཉིད་གང་ནས་ཡོང་བ་ཤེས་རྟོགས་བྱ་རྒྱུར་ཕན་ཐོགས་ལྡན་པས་ཡིན། རྫ་ཆུ་གདང་ལ་ནས་བྱུང་ཞིང་། ཕྲེད་རྒྱུག་རི་རྒྱུད་དུ་སླེབས་རྗེས་གཡུ་འབྲུག་འཁྱུག་པ་ལྟར་ཀྱག་ཀྱོག་ཏུ་རྒྱུག་འགྲོ་ཡི་ཡོད།

རང་བྱུང་ཁམས་དང་མཉམ་ལས་བྱེད་པ་སྟེ། སྨར་ཁམས་ཀྱི་ཚྭ་ཞིང་།

སྨར་ཁམས་རྫོང་ནི་བོད་རང་སྐྱོང་ལྗོངས་ཀྱི་ཤར་ལྷོའི་ངོས་སུ་གནས་ཡོད་པ་དང་། སི་ཁྲོན་དང་། ཡུན་ནན། བོད་བཅས་ཞིང་ལྗོངས་གསུམ་འབྲེལ་མཚམས་སུ་ཡོད་ཅིང་། ཤར་སི་ཁྲོན་ཞིང་ཆེན་གྱི་འབའ་ཐང་རྫོང་དང་ཆུ་བོས་བཅད་ཡོད་ཀྱང་རིག་ཐུབ་པ་དང་། ལྷོ་ཡུན་ནན་ཞིང་ཆེན་བདེ་ཆེན་རྫོང་དང་འབྲེལ་ཞིང་། བྱང་དང་ནུབ་བོད་རང་སྐྱོང་ལྗོངས་ཆབ་མདོ་ས་ཁུལ་གྱི་འགོ་འཇོ་རྫོང་དང་། བྲག་གཡབ་རྫོང་། མཛོ་སྒང་རྫོང་བཅས་གསུམ་དང་འབྲེལ་ཡོད།

སྨར་ཁམས་ནི་གནའ་དུས་ནས་བོད་ཤར་ལྷོའི་རྒྱལ་སྒོ་དང་། དྲེལ་པས་བོད་དུ་ཇ་འཚོང་འགྲུལ་བྱེད་པའི་གནའ་ལམ་གྱི་ས་ཚིགས་དང་པོ་ཡིན་ཞིང་། དེང་འདིར་ཡང་སི་ཁྲོན་དང་བོད་བར་དང་། ཡུན་ནན་དང་བོད་བར་གྱི་གཞུང་

ལམ་གཉིས་ཀྱི་འབྲེལ་མཚམས་ཀྱི་ས་ཆ་ཡིན་ལ། དམངས་སྲོལ་རྣམ་པ་ཡང་སྤྱར་བཞིན་ཤུགས་ཆེ་ལྡན་ཡོད། སྨར་ཁམས་ནི་ངོ་མཚར་ཤིན་ཏུ་ཆེ་བའི་དག་པའི་ཞིང་ས་ཞིག་ཡིན་པ་དང་། ཆུ་ནུས་དང་། གཏེར་ཁ་དང་། ནགས་ཚལ་སོགས་ཀྱི་ཐོན་ཁུངས་ཕུན་སུམ་ཚོགས་པོ་ཡོད་པ་མ་ཟད། ད་དུང་གཞན་ལ་མེད་པའི་རང་བྱུང་གི་མཛེས་ལྗོངས་སྣ་ཚོགས་དང་། གངས་རི་དང་ནགས་ཚལ་སྟུག་ལ། རྨ་ཆུ་དང་འབྲི་ཆུ་འཁྱིད་གཞུང་དུ་རྒྱུག་ཅིང་། གདོང་མའི་ནགས་ཚལ་སྔོ་ཐིང་ཐིང་དུ་ལྡན་ཡོད། ཛ་ཆུའི་རོང་ཁུལ་གྱི་ཕྱོགས་གཉིས་སུ་ཚྭ་ལ་བརྟེན་ནས་འཚོ་ཐབས་བྱེད་མཁན་གྱི་མི་རིགས་ཁག་གཉིས་གཞིས་ཆགས་ཡོད། ཆུ་བོའི་སྟོད་རྒྱུད་དུ་བོད་རིགས་དང་ཆུ་བོའི་སྨད་རྒྱུད་དུ་འཇང་རིགས་ཡོད། ཆུ་བོའི་སྟོད་རྒྱུད་བོད་རིགས་ཀྱིས་གནམ་བདག་ཆོས་ལུགས་ལ་དད་པ་མང་བ་བྱེད་ཀྱི་ཡོད་པ་དང་། ཆུ་བོའི་སྨད་རྒྱུད་ཀྱི་འཇང་རིགས་ཀྱིས་སངས་རྒྱས་ཆོས་ལུགས་ལ་དད་པ་མང་བ་བྱེད་ཀྱི་ཡོད། མི་རིགས་གཉིས་ཀྱིས་ཆོས་ལུགས་ལ་དད་པ་བྱེད་སྟངས་མི་འདྲ་ཡང་ཕན་ཚུན་འཆམ་མཐུན་དང་མཉམ་གནས་བྱེད་ཀྱི་ཡོད། འདི་ནས་ཚྭ་རིགས་

གཉིས་ཐོན་གྱི་ཡོད་ཀྱང་རྒྱུན་འཛིན་པ་གཅིག་རང་ལས་ཐོན་པ་ཞིག་ཡིན།

ཛ་ཆུའི་འགྲམ་ནས་རང་བྱུང་ཁམས་ཀྱི་རྩྭའི་འདྲེས་ཚད་ཏ་ཅང་མང་བའི་རྩྭ་ཆུ་མགོ་འདོན་བྱ་ཡི་ཡོད། མི་རྣམས་ཀྱིས་ཤིང་སྒྲོམ་ཀང་ཁྲི་ཡིས་རྩྭ་ཞིང་སྐྱོར་ཤིང་། ཀང་ཁྲི་ཚང་མའི་ནང་དུ་རྩྭ་ཆུས་ཁེངས་ནས་བསྡད་ཡོད། རྩྭ་བཟོ་བའི་གསང་བ་རྗོགས་ཐུབ་མཁན་ནི་འདིར་ཡོད་པའི་བུད་མེད་རྣམས་ཡིན།

རྩྭ་བཟོ་བཞིན་པའི་བུད་མེད་ཅིག་གིས"རྩྭ་བཟོ་སྟངས་ནི་གྲོང་མིའི་ས་ནས་སྦྱངས་པ་ལས་ཨ་མས་བསླབ་མ་བྱུང་། བཟའ་ཟླའི་གཅེན་མོས་ང་ལ་བསླབས་བྱུང་། ཀན་རབས་པ་ཚོས་འདི་གར་ལོ་ངོ་1000ལྷག་གི་རྩྭ་བཟོ་བའི་ལོ་རྒྱུས་ཡོད་ཅེས་གསུང་གི་འདུག"ཅེས་བཛོད།

རྩྭ་ཞིང་ནི་ས་གནས་དེ་གའི་ས་སྨུགས་ལ་བརྟེན་དགོས་ཤིང་། ས་སྨུགས་མི་འདྲ་བར་བརྟེན་ནས་རྩྭའི་ཚོས་གཞི་ཡང་འདྲ་ཡི་མེད། ཆུ་བོའི་སྟོད་རྒྱུད་ནས་རྩྭ་དཀར་ཐོན་པ་དང་། ཆུ་བོའི་སྨད་རྒྱུད་ནས་རྩྭ་དམར་ཐོན་གྱི་ཡོད།

ཉི་འོད་དང་། རླུང་དང་། ཆུ་བཅས་ཀྱིས་རྒྱུག་ཕྱོགས་ནི་གཅིག་ནས་རྫེད་འཛོར་རོལ་བ་དང་ཕྱོགས་གཅིག་ནས་རྩྭ་ཐོན་སྐྱེད་བྱེད་པ་ལྟར་དུ་སྣང་། རྩྭ་ཆུའི་ཤེལ་གཟུགས་ཀྱིས་ཉི་འོད་འོག་ཏུ་འོད་ཟེར་ཆེམ་ཆེམ་འཕྲོ་བཞིན་མཆིས། བུད་མེད་རྣམས་ཀྱིས་སྐེད་པ་སྒུར་ཏེ་རྩྭ་ཞིང་ནང་གི་དཀར་མདངས་བཀྲ་བའི་རྩྭ་རྣམས་ཁྱིམ་གྱིས་ཕར་སློག་ཚུར་སློག་བྱེད་བཞིན་ཡོད། རྩྭ་བཟོ་རྒྱུ་ནི་འདི་གར་སྒྲོ་སྣང་ལྡན་པའི་ལས་ཀ་ཞིག་ཡིན་པ་དང་། རིག་གནས་ཀྱི་རྒྱུན་འཛིན་ཞིག་ཀྱང་ཡིན།

རྩྭ་ཞིང་གཅིག་ནས་རྩྭ་རབ་འབྲིང་མཐའ་གསུམ་ཐོན་གྱི་ཡོད་ཅིང་། བུད་མེད་ཀྱིས་རྩྭ་བཟོས་ཏེ་སྐྱེས་པས་འཚོང་བ་དེ་ནི་འདི་གའི་སྲོལ་རྒྱུན་དུ་ཆགས་ཡོད། རྩྭ་དེ་དག་རྩྭ་ཁུག་ནང་དུ་བླུགས་ནས་འཕྲེད་རྒྱུག་རི་རྒྱུད་བརྒལ་ནས་འགྲོ་

མཁན་གྱི་དྲིལ་པར་སྒྲུད་དེ་སླར་ཡང་ཡུན་རིང་གི་ལམ་བར་བརྒྱུད་ནས་རི་རྒྱབ་ཏུ་དཔོར་གྱི་ཡོད། འདི་ནི་རྟོག་འཛིང་ཆེ་བའི་ཁོར་ཡུག་ཁྲོད་དུ་མིའི་རིགས་ཀྱིས་རང་བྱུང་ཁམས་དང་མཉམ་ལས་བྱས་པའི་བསམ་པའི་འགྲུལ་ཤུགས་གསལ་པོར་སྟོན་པ་ཞིག་ཡིན།

གནས་འགོ་དགོན་པའི་གཉེར་པ་རབ་བྱུང་བས་ད་ལྟ་ཁྲིམ་ནས་ཚྭ་སོས་པ་ཉོས་ཡོད་པ་དང་། ཚྭ་ཞིང་ལས་ཐོན་པའི་ཚྭ་བརྒྱབ་ནས་བཟོས་པའི་སྦོ་ཚལ་ལ་ཡང་བསྐྱུར་སྤྱོད་རྫས་གཞན་དག་མ་བརྒྱབ་ཀྱང་བྲོ་བ་ཞིམ་པོ་ཡོད།

སྨར་ཁམས་ཀྱི་ཚྭ་ལ་དགའ་པོ་བྱེད་མཁན་ནི་གནའ་བོའི་དགོན་པ་དེའི་རབ་བྱུང་བ་ཁོ་ན་ཙམ་མ་ཡིན། དགེ་འདུན་པ་ཚོས་རྟག་ཏུ་ཚྭ་དང་འབྲུ་དགོན་པའི་ཕྱི་ཙུ་གཏོར་བ་དང་། རི་སྐྱེང་གི་སྲོག་ཆགས་ཚོས་བག་ཕེབས་ངང་དུས་ཚོད་གཏན་འཁེལ་དུ་ཞོགས་ལྟོ་ཟ་བར་ཡོང་གི་ཡོད་ཅིང་། སྲོག་ཆགས་མང་པོ་ཞིག་གིས་འདི་གར་རང་གི་ཁྱིམ་ལ་བརྩི་ཡི་ཡོད།

ཙྭ་ཁ་རོང་གི་ཙྭ་ཞིང་།

ཙྭ་ཁ་རོང་གི་ཙྭ་ཞིང་ནི་བོད་རང་སྐྱོང་ལྗོངས་སྨར་ཁམས་རྫོང་གི་ལྷོ་ངོས་སུ་གནས་ཡོད་ཅིང་། སའི་ཆགས་ཡུལ་བོད་རང་སྐྱོང་ལྗོངས་དང་། སི་ཁྲོན། ཡུན་ནན་བཅས་གསུམ་གྱི་འབྲེལ་མཚམས་སུ་ཡིན་པ་དང་། ལྷོ་ཏུ་འབྲི་ཆུ་ཡོད་པ་དང་། ནུབ་ཏུ་རྫ་ཆུ་ཡོད་ཅིང་། རང་བྱུང་གི་ཐོན་ཁུངས་ཕུན་སུམ་ཚོགས་པོ་ཡོད་ལ། "ཙྭ་ཁ་རོང"ཞེས་པའི་མིང་དེ་ནི་ས་གནས་དེ་ག་ནས་ཙྭ་ཐོན་པ་མ་ཟད་ཙྭ་ཆུའི་ཁྲོན་པ་དྲུས་ནས་སྟོག་འདོན་བྱེད་ཀྱི་ཡོད་པས་ཡིན། ད་ལྟ་འདིར་ཙྭ་ཁ་རོང་རང་བྱུང་སྲུང་སྐྱོང་ཁུལ་དུ་གྱུར་ཡོད།

ཙྭ་ཁ་རོང་གི་ཙྭ་ཞིང་ནི་འཛམ་གླིང་ཐོག་ས་ཆ་འདི་ཁོ་ནར་ཡོད་པའི་རིག་སྐྲུན་གནས་ལྗོངས་ཤིག་ཡིན་ཞིང་། འདིར་ལོ་རྒྱུས་ཐོག་བོད་ནས་འཇང་ཡུལ་དུ་སྐྱོད་པའི་ལམ་གཙོ་བོ་དེ་ཡིན་ལ་ཡུན་ནན་གྱི་ཇ་བོད་དུ་དབོར་སྐབས་བརྒྱུད་དགོས་ངེས་ཀྱི་ལམ་ཞིག་ཀྱང་ཡིན། ཙྭ་ཁ་རོང་གི་ཙྭ་ཞིང་ནི་"དྲིལ་པས་ཇ་བོད་དུ་ཚོང་འགྲུལ་བྱེད་པའི་གནའ་བོའི་ལམ"གྱི་ཐོག་ཏུ་ད་ལྟ་བར་དུ་གནས་པའི་སྲོལ་རྒྱུན་གྱི་གནའ་བོའི་ཙྭ་སྐམ་པའི་ཡུལ་ལྗོངས་འབའ་ཞིག་ཡིན། ལོ་ངོ་བརྒྱ་ཕྲག་གི་ལོ་རྒྱུས་ལྡན་པའི་ཙྭ་ཁ་རོང་གི་གནམ་བདག་ཆོས་ཁང་ནི་བོད་དུ་མིག་སྔར་ཉར་ཚགས་ཐུབ་པ་མ་ཟད་རྒྱུན་མཐུད་བེད་སྤྱོད་བྱེད་བཞིན་པའི་གནམ་བདག་ཆོས་ལུགས་བཟོ་བཀོད་གཅིག་པུ་དེ་ཡིན། འཇང་རིགས་དང་བོད་རིགས་ཀྱི་ས་གནས་དེ་གའི་རིག་གནས་དང་། འཇང་རིགས་ཀྱི་སྔོན་པའི་ཆོས་ལུགས། བོད་རིགས་ཀྱི་བོད་བརྒྱུད་ནང་བསྟན་ཆོས་ལུགས། དེ་བཞིན་དུས་རབས་19པར་དེར་དར་བའི་

གནམ་བདག་ཆོས་ལུགས་ཀྱི་རིག་གནས་རྣམས་འཕྲེད་རྒྱུག་རི་བོའི་རོང་ཁུལ་གནའ་བོའི་གྲོང་རྡལ་འདིར་འཆམ་མཐུན་དང་ནས་མཉམ་གནས་བྱེད་བཞིན་ཡོད།

ཚྭ་ཁ་རོང་གི་ཚྭ་ལས་ཐོན་སྐྱེད་བྱེད་སྟངས་ནི་འཛམ་གླིང་ཐོག་སྔར་བཞིན་སྲོལ་རྒྱུན་གྱི་སྔོག་འདོན་བྱེད་སྟངས་དེ་རང་ཡིན། ཚྭ་སྔོག་འདོན་བྱེད་པ་དང་། ཚྭ་སྐམ་པ། ཡག་སྨྱུག་རྒྱུག་པ་ནས་གཙང་མ་བཟོ་བའི་བར་འཕྲུལ་ཆས་གང་ཡང་བེད་སྤྱོད་མི་བྱེད་པར་ཚང་མ་མིའི་ལག་པས་བྱེད་ཀྱི་ཡོད། ཚྭ་ཞིང་གྲུ་བཞི་རེ་རེར་སྲོམ་ཞིང་ཆེ་བའི་ཤིང་ཆས་སྒྲོམ་བཟོས་པ་དང་། དེ་རྗེས་དེའི་སྟེང་དུ་པང་ལེབ་མཁྲེགས་པོ་རིམ་པ་གཅིག་འཕྲེད་དུ་བཏིང་ནས་སླར་ཡང་བྱེ་ས་ཞིབ་ཞིབ་རིམ་པ་གཅིག་འདིང་གི་ཡོད། དེ་ལྟར་བྱས་པས་ཚྭ་ཆུ་མཁའ་ལ་རླངས་འགྱུར་ཐུབ་པ་དང་། འོག་ཏུ་ཐིམ་ཐུབ་ཅིང་། བྱ་ཐབས་སྟབས་བདེ་ལ་སྤྱོད་སྒོ་ཆེན་པོ་ཡོད། ཉིན་ལྟར་ཞོགས་པ་བུད་མེད་རྣམས་ཀྱིས་ཟོམ་དང་མཁྲིགས་རྒྱུག་འཁུར་ཏེ་གཙང་འགྲམ་གྱི་ཚྭ་ཆུའི་ཁྲོན་པ་ནས་ཚྭ་ཆུ་བླངས་ནས་རི་སྐེད་དུ་འཁུར་ཡོང་གི་ཡོད། ཁོང་ཚོས་ཚྭ་ཆུ་སྔོན་ལ་རང་ཁྱིམ་གྱི་ཚྭ་རྫིང་ནང་དུ་བླུགས་ནས་ལྷད་རྣམས་བསིངས་བཙུག་པ་དང་། དེ་རྗེས་སླར་ཡང་ཚྭ་ཞིང་ནང་དུ་བླུགས་ཏེ་ཤེལ་གཟུགས་མ་ཆགས་བར་དུ་རླུང་གིས་ཚྭ་བསྐམ་དུ་འཇུག་གི་ཡོད། གནའ་བོའི་ཐབས་ཤེས་དེ་རིགས་ཁོ་ནས་རྗེ་ཚྭའི་ནང་གི་རང་བྱུང་ནུས་ཚད་གསོག་འཇོག་ཐུབ་པ་སྟེ། དེ་ཡང་རང་བྱུང་ཁམས་ཆེན་པོའི་ཉི་འོད་དང་། རྒྱ་མཚོ། རི་མཐོ་བཅས་ཀྱི་རང་བྱུང་ནུས་ཚད་ལས་བྱུང་བ་དེ་གའི་མི་རྣམས་ཀྱིས་ཡིད་ཆེས་བྱེད་ཀྱི་ཡོད། ཚྭ་ལས་ནི་ས་གནས་དེ་གའི་གྲོང་མིའི་ཞོར་ལས་ཡོང་འབབ་གཙོ་བོ་ཡིན།

ཚྭ་ཁ་རོང་ནས་ཐོན་པའི་ཚྭ་ལ་དམིགས་བསལ་གྱི་ཁྱད་ཆོས་མང་པོ་ཡོད་ཅིང༌། རྫ་ཆུའི་ཆུ་ངོགས་གཡས་གཡོན་གཉིས་ལས་ནུབ་ཀྱི་ཆུ་ངོགས་ཀྱི་ས་དབྱིབས་ཀྱེན་ཐུར་ཆུང་བ་དང༌། ཚྭ་ཞིང་ཙུང་ཞིང་ཁ་ཆེ་ལ་ཐོན་སྐྱེད་བྱས་པའི་ཚྭའི་མདོག་དམར་སྐྱ་ཡིན་ཞིང༌། ཚྭ་སྡོག་འདོན་བྱེད་པའི་དུས་ཚོད་ལེགས་ཤོས་ནི་མང་ཆེ་བ་ཟླ་3པ་ནས་5པའི་བར་ཡིན་པས་དཔྱིད་ཀའི་ཚྭ་དང༌། ཡང་ཁ་ཅུ་ཚྭ་ཞེས་འབོད་སྲོལ་ཡོད། གཙང་པོའི་ཤར་ངོགས་ཀྱི་ས་དབྱིབས་ཙུང་གྲུ་དོག་པ་དང༌། ཚྭ་ཞིང་གྲུ་བཞི་ཆགས་ཀྱི་མེད་ཅིང༌། ཐོན་སྐྱེད་བྱས་པའི་ཚྭ་ཡི་ཆོས་གཞི་དཀར་རྐྱང་ཡིན་ཞིང༌། ཚྭ་དཀར་ཞེས་འབོད་ཀྱི་ཡོད། ཚྭའི་ཆོས་གཞི་དཀར་དམར་རིགས་གཉིས་དང་ས་རྒྱུ་འབྲེལ་བ་ཡོད་ཅིང༌། ཚྭ་དམར་གྱི་ཐོན་འབབ་མཐོ་པོ་ཡོད་ཀྱང་གོང་ཚད་དམའ་བ་དང༌།ཚྭ་དཀར་མང་ཆེ་བ་གཙང་པོའི་ཤར་ངོགས་ཀྱི་ས་མཐོར་ཚྭ་ཞིང་བཟོས་ཏེ་སྐམ་ནས་ཆགས་པ་དང༌། འབོར་ཚད་ཉུང་ཞིང་གོང་ཚད་ཙུང་མཐོ་བ་ཡོད། ཚྭ་ཁ་རོང་གི་ཚྭ་ཞིང་ལ"ཉི་འོད་དང་རླུང་གི་བརྩམས་ཆོས"ཞེས་བརྗོད་ཀྱི་ཡོད་པ་དང༌། འཛམ་གླིང་ཐོག་སྔར་ལྷར་རྒྱུན་འཛིན་ཐུབ་པའི་གནའ་བོའི་རིག་གནས་ཀྱི་གནའ་ཤུལ་ཞིག་ཡིན་ཞིང༌། གདོད་མའི་ཚྭ་སྐམ་ཐབས་ཡོད་ན་མེད་ན་དང་ས་གནས་དེ་གའི་དམིགས་བསལ་གྱི་རང་བྱུང་ཁོར་ཡུག་ལས། རང་བྱུང་ཁམས་དང་མི་ཆོས་མཉམ་འདྲེས་གཅིག་གྱུར་གྱིས་འཛམ་གླིང་ཐོག་གི་ཡུལ་ལྗོངས་ངོ་མཚར་ཅན་ཞིག་གྲུབ་ཡོད།

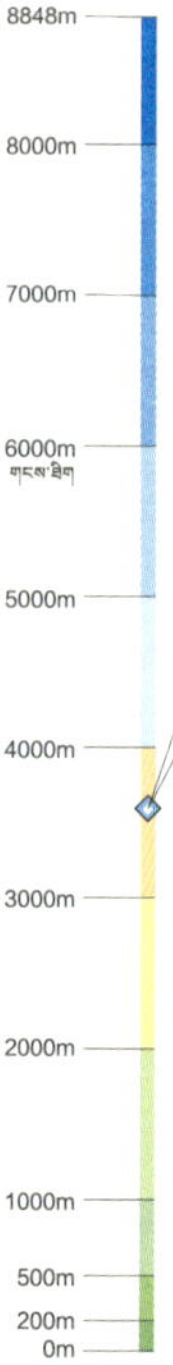

ཆུ་ཤུར།
བོད་རང་སྐྱོང་ལྗོངས།

རྒྱ་མཚོའི་ངོས་ལས་མཐོ་ཚད་
མི་ཊར3600ཡོད་པ།

ཆུ་ཤུར་རྫོང་ནི་ལྷ་ས་གྲོང་ཁྱེར་གྱི་ཁོངས་སུ་གཏོགས་ཤིང་། ལྷ་ས་གྲོང་ཁྱེར་དང་བར་ཐག་ཏ་ལམ་སྤྱི་ལེ་50ཙམ་ཡོད། གནས་ཡུལ་ནི་བོད་ཀྱི་དབུས་ཁུལ་དང་ལྷ་ས་སྐྱིད་ཆུའི་སྨད་རྒྱུད། ཡར་ཀླུངས་གཙང་པོའི་བར་རྒྱུད་ཀྱི་བྱང་ངོགས་སུ་ཡིན། ས་དབྱིབས་རྟེལ་པོ་ཤར་དང་ནུབ་ཙུང་མཐོ་བ་དང་། དཀྱིལ་ཁུལ་གྱི་ལྷ་ས་སྐྱིད་ཆུ་དང་ཡར་ཀླུངས་གཙང་པོའི་འབྲེལ་མཚམས་ནི་ཙུང་དམའ་བ་ཡོད། ཆུ་ཤུར་ཏེ་ཆུ་འབབ་སའི་ས་ཤུར་ཡིན་པས་དེ་ལྟར་ཐོགས།

གཙང་པོར་གཡོ་འགྱུལ་ཐེབས་པའི་སྟོབས་ཤུགས་ཏེ། འཇུན་པ་གྲོང་ཚོའི་ཀོ་གྲུ།

ལྷ་སའི་སྐྱིད་ཆུ་ཡར་ཀླུངས་གཙང་པོ་དང་གཅིག་ཏུ་མ་འདྲེས་པའི་སྔོན་དུ་གྲོང་ཚོ་ཚུང་ཚུང་ཞིག་བརྒྱུད་ནས་རྒྱུག་འགྲོ་ཡི་ཡོད་པ་དེ་ནི་འཇུན་པ་གྲོང་ཚོ་ཡིན། གྲོང་ཚོ་དེ་ནི་བོད་རང་སྐྱོང་ལྗོངས་སུ་ཁྱིམ་ཚང་ཚང་མས་ཉ་ལས་གཙོ་བོ་བྱས་ཏེ་མི་རབས་ནས་མི་རབས་བརྒྱུད་དེ་ཉ་འཛིན་ནས་འཚོ་བ་སྐྱེལ་མཁན་གྱི་ཉ་པའི་གྲོང་ཚོ་གཅིག་པུ་དེ་ཡིན།

ཉིན་ཞིག་གྲོང་མི་པད་མས་གཙང་འགྲམ་དུ་ཡོང་ནས་ཆུ་ནང་ནས་ཀོ་བ་ཞིག་བཏོན། འདི་ནི་གྲོང་ཚོའི་ནང་དུ་ཀོ་བ་མཉེད་པའི་སྲོལ་རྒྱུན་གྱི་ཐབས་ཤེས་ཤིག་རེད།

པད་མས་རོགས་པ་བདུན་བརྒྱད་ཙམ་བོས་ཏེ་ཕོ་ཚོས་ཕྱུགས་ཀྱི་ཀོ་བ་འགའ་ཞིག་ཆུ་ནང་ནས་ཡར་བཏོན་ཏེ་འཚེམ་རྩིས་བྱེད་ཀྱི་ཡོད། ཕོ་ཚོས་ཀོ་བ་མ་

དྲས་སྟོན་ལ་ཐིག་གཏན་ནས་རྒྱག་མི་དགོས་པར་བྱང་ཆུབ་པའི་ཉམས་མྱོང་ཁོ་ནར་བརྟེན་ནས་གྲིས་དྲས་ཀྱི་ཡོད་པ་དང་། ཀོ་བ་ཆེན་པོ་ཞིག་དྲས་རྗེས་ཁོ་ཚོས་ད་དུང་མཐའི་ཀོ་བ་འགའ་དྲས་ནས་རྒྱུན་བུ་ཕྲ་མོ་བཟོས་ཏེ་རྒྱུན་བུ་ཕར་འབྲེལ་ཚུར་མཐུད་བྱས་ནས་ཀོ་བ་རློན་པ་ཆ་ཚང་ཞིག་གྲུ་དབྱིབས་ཀྱི་ཤིང་སྒྲོམ་སྟེང་དུ་བཅེམས། ཀོ་བ་སྐམ་རྗེས་ཤིང་སྒྲོམ་གྱི་སྟེང་དུ་དམ་པོར་སྡོད་ཀྱི་ཡོད། བརྒྱུད་རིམ་ཧྲིལ་པོར་ལྕགས་ཀྱི་གཟེར་གཟེར་རྗོག་གཅིག་ཀྱང་བེད་སྤྱོད་མ་བྱས་པར་ཀོ་བའི་རྐྱང་ཤུགས་དང་རྒྱག་པའི་བར་བཞག་པའི་ཁ་ཤོར་བརྟེན་ནས་ཀོ་གྲུ་ཞིག་གི་བཟོ་ལྟ་དེ་ལྟར་གྲུབ་པ་ཡིན། དེའི་རྗེས་སུ་ཁོ་ཚོས་སྣར་ཡང་པད་ཁའི་སྣུམ་ཀོ་གྲུར་འབྱུག་པ་དང་། སྣུམ་རྣམས་ཀོ་བའི་ཐོག་ཡོངས་སུ་སིམ་པ་ན་ཀོ་གྲུ་བཟོས་ཚར་བས་ཆུ་ནང་དུ་གཏོང་ཆོག་གི་ཡོད།

གྲུ་དེ་རིགས་ལ་ཀོ་གྲུ་ཞེས་བརྗོད་ཀྱི་ཡོད་པ་དང་དེ་སྔོན་ཀྲུང་གོའི་ས་ཆ་འགའ་ཤས་སུ་ཆུ་ཐོག་གི་འགྲིམ་འགྲུལ་ལག་ཆ་གཙོ་བོ་ཞིག་ཡིན་པ་དང་ལོ་ངོ་སྟོང་གི་ལོ་རྒྱུས་ལྡན་ཡོད། འཇུན་པ་གྲོང་ཚོའི་གྲོང་མིས་བཟོས་པའི་ཀོ་གྲུ་ནི་ཉ་འཛིན་རྒྱུར་བེད་སྤྱོད་བྱེད་པའི་ཀོ་གྲུ་ཡིན་ཞིང་། དེ་ནི་ཁོ་ཚོའི་འཚོ་ཐབས་ཀྱི་ལག་ཆ་ཡིན་པས་ཁོང་ཚོར་ཧ་ཅང་གི་གལ་ཆེན་པོ་ཡོད། ཀོ་གྲུ་རེ་བཟོས་གྲུབ་རྗེས་གྲོང་མི་ཚང་མས་རྟེན་འབྲེལ་བྱེད་ཀྱི་ཡོད་ཅིང་། ཁོ་ཚོས་ཀོ་གྲུ་རྒྱབ་ཏུ་འཁུར་ནས་ལག་པས་ཀོ་གྲུའི་ཁ་ཤིང་རྡུང་བཞིན་དགའ་སྤྲོའི་ངང་ཞབས་བྲོ་རྒྱག་གི་ཡོད། ཀོ་གྲུ་ནི་ཟ་ཆེན་ཞིག་དང་འདྲ་བར་གཙང་ཆུའི་སྟོབས་ཤུགས་ལ་གཡོ་འགུལ་ཐེབས་ཀྱི་ཡོད།

ཆོས་ལུགས་ལ་དད་སེམས་ལྡན་པའི་རྐྱེན་གྱིས་བོད་རིགས་སྡོད་ཁུལ་གྱི་མི་མང་པོ་ཞིག་གིས་ཉ་འཛིན་པ་དང་ཉ་ཟ་རྒྱུར་འཛེམ་གྱི་ཡོད། ཡིན་ནའང་སྒྲོལ་རྒྱུན་འགའ་ཞིག་ལས་བོད་ཀྱི་ཉ་གྲོང་གཅིག་པུ་དེ་ཆགས་ཡོད། འཇུན་པས་ཉ་

འཛིན་པའི་སྐྱུང་གནའ་སྔ་མོ་ནས་དམངས་ཁྲོད་དུ་ཤོད་རྒྱུན་ཡོད་པ་དང་། འདིར་རྔོ་ཞིང་ཞུང་བས་མི་རྣམས་ཉ་འཛིན་ནས་འཚོ་ཐབས་བྱེད་རྒྱུ་ལས་མེད་པས་འཚོ་བ་སྐྱེལ་ཐབས་དེ་རིགས་སྔར་ནས་ད་བར་རྒྱུན་མཐུད་བྱེད་ཀྱི་ཡོད་ཅེས་ས་ཆ་དེ་གའི་མིས་བརྗོད།

གྲུ་གསར་པ་ཆུ་ནང་དུ་སྐྱོད་པ་དང་ཡང་ཉ་འཛིན་པའི་འགོ་ཚུགས་པ་ཡིན། རྒྱུས་མངའ་ཆེ་བའི་དྲི་ངད་འཐུལ་བས་ན་ཉ་པའི་སེམས་སུ་སྤྲོ་བ་སྐྱེར་ཞིང་། ཁམ་བུའི་མེ་ཏོག་ཡོངས་སུ་བཞད་པའི་དུས་སུ་དེ་གའི་མི་རྣམས་ཉ་འཛིན་པར་འགྲོ་ཡི་ཡོད། ཁོང་ཚོས་སྐབས་དེར་ཉ་ཤ་ཞིམ་པོ་ཡོད་པ་མ་ཟད་མིའི་ལུས་ལ་ཕན་ཐོགས་ཡོད་པའི་ཡིད་ཆེས་བྱེད་ཀྱི་ཡོད། ཁོ་ཚོས་མི་གཉིས་གསུམ་ཚོ་ཆུང་གཅིག་བྱས་ནས་ཀོ་གྲུ་འཁྱུར་ནས་ཉ་འཛིན་པར་བསྐྱོད་ཅིང་། ཀོ་གྲུས་ཆུ་མོའི་སྙིང་དུ་ལྡིང་ཞིང་ཉ་དྲྭ་བའི་ནང་དུ་ཐེབས་རྒྱུར་སྒུག་ནས་སྡོད་ཀྱི་ཡོད། ཁོ་ཚོས་འཛིན་པའི་ཉ་མང་ཆེ་བ་ལྷ་སའི་ཆུ་ཐོན་ཁྲོམ་རར་ཚོང་གི་ཡོད།

འཇུན་པ་ཉ་གྲོང་།

འཇུན་པ་ཉ་གྲོང་ནི་ཆུ་ཤུར་རྫོང་ཆུ་ཤུར་གྲོང་རྡལ་ཚར་པ་ནང་གྲོང་ཚོའི་ནང་ཁུལ་དང་། ལྷ་ས་སྐྱིད་ཆུ་དང་ཡར་ཀླུངས་གཙང་པོ་མཉམ་དུ་འདྲེས་སའི་ཆུའི་ལྟོ་ངོགས་སུ་གནས་ཤིང་། མི་རབས་རིམ་བརྒྱུད་ཉ་འཛིན་ནས་འཚོ་བ་སྐྱེལ་མཁན་གྱི་བོད་ཀྱི་ཉ་གྲོང་གཅིག་པུ་དེ་ཡིན། དེ་གར་ཡུལ་ལྗོངས་རྣམ་པར་མཛེས་ཤིང་། ཐུན་མོང་མ་ཡིན་པའི་ཉ་གྲོང་གི་རིག་གནས་ལྡན་ཡོད། ལོ་རེའི་ཟླ་གསུམ་པར་རྟག་པར་"ཉ་འཛིན་དུས་ཆེན"བཏང་ནས་ཀོ་གྲུ་འཁྱུར་ནས་ཞབས་བྲོ་རྒྱག་གི་ཡོད།

དོན་དངོས་ཐོག་བོད་ཡུལ་དུ་ཉ་མང་པོ་ཡོད་ཅིང་། འབྲི་ཆུ་དང་རྨ་ཆུ། ཡར་ཀླུངས་གཙང་པོ་བཅས་ཀྱི་ཆུ་འགོ་བོད་དུ་ཡོད་པ་དང་། ཆུ་ཏ་ཅན་གཙང་ཞིང་གཙང་པོའི་ནང་གི་ཉའི་རིགས་ཀྱང་ཏ་ཅན་གི་མང་པོ་ཡོད། འོན་ཀྱང་ཆོས་ལུགས་ཀྱི་དད་མོས་དང་སྲོལ་རྒྱུན་གོམས་གཤིས་ལས་བོད་རིགས་ས་ཁུལ་གྱི་མི་མང་ཆེ་བས་ཉ་ཟ་ཡི་མེད། སངས་རྒྱས་ཆོས་ལུགས་ལ་དད་པ་ཆེན་པོ་བྱེད་མཁན་བོད་རིགས་མང་ཆེ་བས་ཉ་འཛིན་པ་དང་སྲོག་གཅོད་པར་འཛེམ་བྱ་ཆེན་པོ་བྱེད་ཀྱི་ཡོད། དེ་དང་ཆབས་ཅིག་བོད་རིགས་ས་ཁུལ་གྱི་གདོད་མའི་ཆོས་ལུགས་བོན་ཆོས་ཀྱི་ལྟ་བ་ལྟར་ན་ཆུ་ནང་དུ་འཚོ་བཞིན་པའི་ཉའི་རིགས་དང་སྦྲུལ་པ་སོགས་ཚང་མ་

“སླུ”ཡི་རིགས་ཡིན་པ་དང་། སྲོག་མི་གཙོད་པ་མ་ཟད་ཐུག་རེག་ཙམ་ཡང་བྱ་མི་འུང་བར་འཛེམ་བྱ་བྱེད་དགོས་ཀྱི་ཡོད། དེར་བརྟེན་བོད་རང་སྐྱོང་ལྗོངས་ཀྱི་ཞིང་ཁུལ་དང་འབྲོག་ཁུལ་དུ་མི་རྣམས་ཀྱིས་ཏ་ལམ་ཉ་དང་ཕྱིག་སྲིན་རིགས་ཀྱི་ཤ་ཟ་ཡི་མེད་ཅིང་ཉ་འཛིན་ནས་འཚོ་བ་སྐྱེལ་མཁན་དེ་བས་ཏ་ཅང་ཉུང་ཉུང་ཡིན། འོན་ཀྱང་གྲོང་ཚོ་ཡོངས་ཀྱི་མི་ཚང་མས་ཉ་འཛིན་ནས་འཚོ་བ་སྐྱེལ་མཁན་བོད་ལྗོངས་ཙམ་མ་ཟད་ཐ་ན་མཚོ་བོད་མཐོ་སྒང་ཧྲིལ་པོའི་སྟེང་དུའང་འདྲེན་པ་ཉ་གྲོང་ནི་དམིགས་བསལ་འབབ་ཞིག་ཡིན།

ཟེར་སྒྲོས་ལ་གནའ་སྔ་མོའི་དུས་སུ་ལྷ་སའི་སྐྱིད་ཆུའི་ནང་དུ་གཤོག་པ་སྐྱེས་པའི་ཉ་མང་པོ་ཡོད་པ་དང་ཕོ་ཚོས་གནམ་ལ་འཕུར་ནས་ཉི་ཟླའི་འོད་ཟེར་བསྒྲིབས་པས་ས་སྟེང་གི་སྲོག་ཆགས་དང་བྱ་དངོས་ཡོད་དགུར་ཉི་འོད་མེད་པའི་རྐྱེན་གྱིས་རིམ་བཞིན་འཆི་འགྲོ་ཡི་ཡོད། དེ་དག་ལྷས་གཟིགས་ནས་ཐུགས་མི་སྤྲོ་བར་གྱུར་ཏེ་འཕྲུལ་མ་ཉིད་དུ་འཇུན་པའི་པདྨ་བླ་མཚོ་སྲུང་མཁན་གྱི་ཉ་པ་སྤང་ལེབ་འཛིན་པ་ལ་གྲོང་མི་རྣམས་ཁྲིད་ནས་གཤོག་པ་སྐྱེས་པའི་ཉ་དེ་དག་མེད་པ་བཟོ་དགོས་པ་དང་སྦྲགས་དེ་ནས་བཟུང་ཕོ་ཚོར་ཉ་བཟས་ཆོག་པའི་བཀའ་གནང་། སྤང་ལེབ་འཛིན་པས་གཤོག་པ་སྐྱེས་པའི་ཉ་དེ་རྣམས་དང་ཉིན་མཚན་དགུའི་རིང་དམག་འཐབ་དྲག་པོ་བྱས་མཐར་དམག་ལས་རྒྱལ། འཇུན་པ་གྲོང་གི་ཉ་འཛིན་པ་དང་ཉ་ཟ་བའི་སྲོལ་རྒྱུན་དེ་ནས་འགོ་ཚུགས་པ་རེད་ཟེར་བ་དང་ད་ལྟ་ཡང་འཇུན་པ་བས་སྤང་ལེབ་འཛིན་པ་ཕོ་ཚོའི་མེས་པོར་བཀུར་གྱི་ཡོད།

དེ་ནི་ཡ་མཚན་ཅན་གྱི་ཟེར་སྒྲོས་ཙམ་ཞིག་ཡིན་པ་ནི་སྨོས་མེད་ཅིག་རེད། འཇུན་པ་བས་ཉ་འཛིན་ནས་འཚོ་བ་སྐྱེལ་བ་ནི་གཙོ་བོ་ཡུལ་དེ་མཐའ་གསུམ་རི་ཡིས་བསྐོར་ཞིང་། གཞོགས་བྱང་ངོས་ལྷ་སའི་སྐྱིད་ཆུ་དང་ཐག་ཉེ་པོ་ཡོད་པ་དང་། གྲོང་ཚོའི་ནང་དུ་མི་མང་ལ་ས་ཞིང་ཉུང་བས་ཉ་འཛིན་རྒྱུར་བརྟེན་ནས་ལྟོ་གོས་

འཚོལ་རྒྱུ་དེ་རང་ཡིན། འཇུན་པ་ཉ་གྲོང་ནི་གྲོང་ཚོ་ཆུང་ཆུང་ཞིག་ཡིན་ན་ཡང་དེ་ལྷ་སའི་སྐྱིད་ཆུ་དང་ཡར་ཀླུངས་གཙང་པོ་གཉིས་མཉམ་དུ་འདྲེས་ཁུལ་དུ་གནས་ཡོད་ཅིང་འདིར་ཉ་རིགས་ཀྱི་ནོར་མཛོད་དང་དམིགས་བསལ་གྱི་ས་བབ་གནས་ཡུལ་ལས་བོད་ཁུལ་དུ་སྐད་གྲགས་ལྡན་པའི་ཉ་གྲོང་ཞིག་ཆགས་པ་རེད།

ལྷ་སའི་སྐྱིད་ཆུའི་ཉ་རིགས་ཀྱི་རྒྱུད་ཁ་ཅང་ཕུན་སུམ་ཚོགས་པོ་ཡོད་ཅིང་། ཉ་ཁ་པ་དང་། སལ། ཅ། རྨ་བོ། དལ་སྟབས་སྟབས་པ། སྣ་ཁ་ལེབ། གཏུམ་པ་སོགས་ཡོད་པ་དང་། དེའི་ཁྲོད་ནས་སྐད་གྲགས་ཆེ་ཤོས་ནི་གཏུམ་པ་ཡིན། ཉ་དེ་རིགས་ལ་སྐལ་རུས་གཙོ་བོ་ཞིག་ཡོད་པ་ཕུད་ཁ་ལམ་རུས་པ་གཞན་མེད་པ་དང་ལྷ་སའི་སྐྱིད་ཆུའི་དམིགས་བསལ་གྱི་ཐོན་རྫས་ཤིག་ཡིན་ལ་ལྷ་སར་རིན་གོང་ཡང་ཁ་ཅང་མཐོ་པོ་བྱས་ནས་འཚོང་ཐུབ་ཀྱི་ཡོད། བོད་ཀྱི་ལོ་གསར་དང་ས་ག་ཟླ་བའི་ངལ་གསོ་ཕུད་པའི་ལྷ་སའི་སྐྱིད་ཆུར་ལོ་གཅིག་དུས་བཞི་ཚང་མར་ཉ་རྒྱག་གི་ཡོད། དུས་ཚིགས་ཡག་ཤོས་ནི་ཟླ་བ་གསུམ་པ་བཞི་པ་དང་། ལོ་རེའི་ཟླ་བ་བདུན་པ་བརྒྱད་པ་ནི་ལྷ་སའི་ཉ་གཏུམ་པ་འཛིན་པའི་དུས་ཚིགས་ཡག་ཤོས་ཡིན།

འཇུན་པ་བས་ཉ་འཛིན་སྐབས་བོད་ཁོ་ནར་ལྡན་པའི་ཀོ་གྲུ་བེད་སྤྱོད་བྱེད་ཀྱི་ཡོད་པ་དང་། ཀོ་གྲུ་ནི་ཁ་ཅང་ཡང་པོ་ཡོད་ཅིང་ཀོ་གྲུ་གཅིག་ལ་ཁ་ལམ་གཡག་གི་ཀོ་བ་ཆ་ཚང་བཞི་སྦྱད་ནས་ཤིང་གིས་བཟོས་པའི་སྒྲོམ་གཞིར་བརྒྱང་རྒྱག་དགོས་པ་དང་ཀོ་བ་སྐམ་པོ་ཆགས་པ་ན་སྒྲོམ་གཞིའི་ཐོག་བརྒྱང་ཡག་པོ་ཐེབས་ཀྱི་ཡོད། རྟག་པར་ཆུ་ལས་སྒྲོལ་ཏེ་ཚུར་ལོག་ཡོང་རྗེས་ཀོ་གྲུ་རྣམས་སྐམ་དགོས་ཀྱི་ཡོད། ཀོ་གྲུ་ཆུང་ངུ་ཞིག་གིས་མི་དར་མ་གསུམ་ཐེག་ཐུབ་ཅིང་གྲུ་མཐིལ་འཁོད་སྣོམ་པོ་ཡོད་པས་ཁ་ཅང་གི་བརྟན་པོ་ཡོད། ཉ་རྒྱག་སྐབས་མི་གཅིག་གིས་འཁྲིག་ལ་མི་གཉིས་ཀྱིས་ཀྲང་ཆག་སྣེ་གཙོ་བོ་དྲ་བ་འགྲེམས་པའི་ཐབས་སྤྱོད་ཀྱི་ཡོད།

བོད་རང་སྐྱོང་ལྗོངས་ཀྱི་ཆུ་བོ་འམ་རྒྱུག་ཆུ་མང་པོ་ཞིག་གི་གཏིང་ཚད་ཟབ་པོ་མེད་པ་དང་ཆུའི་འབོར་ཚད་ནམ་དུས་རང་བཞིན་གྱིས་འགྱུར་བ་ཆེན་པོ་འགྲོ་བ་འམ་ཡང་ན་རི་མཐོ་གཡང་གཟར་ན་ལང་ལོང་དང་དྲག་ཏུ་རྒྱུག་གི་ཡོད། དེ་དག་ཚང་མར་ཤིང་གྲུ་གཏོང་ཐབས་མེད། ཀོ་གྲུ་ནི་བོད་ཀྱི་ཡུལ་དུ་རྒྱུ་ཆ་འཚོལ་བདེ་བ་དང་ཆུར་འཛུལ་སྐབས་བདས་བའི་རྗེས་ལ་རློན་ཞིང་མཉེན་ཆ་ལྡན་པས་ཆུ་འོག་གི་བྲག་རྡོར་རྡུང་ཁ་བརྒྱབ་ཀྱང་སྐྱོན་ཤོར་གྱི་མེད་པ་མ་ཟད་ཡང་པོ་ཡང་ཡོད་པར་བརྟེན་ཆུའི་གཏིང་རིང་ཐུང་གང་འདྲ་ཞིག་ཡོད་ཏུང་སྐྱོལ་ཐུབ་ཀྱི་ཡོད། ཀོ་གྲུ་བེད་སྤྱོད་བྱེད་པར་ད་དུང་ཕན་ཐོགས་གཞན་ཞིག་ཡོད་པ་སྟེ། གདོད་མའི་འཕྲུལ་ཆས་ཡིན་པའི་གྲུ་ཡིས་ཆུ་བོའི་གྱེན་དུ་འགྲོ་སྐྱོད་མི་ཐུབ་པས་འགྲོ་སར་སླེབས་རྗེས་མང་ཆེ་བ་མི་ཤུགས་ཀྱིས་གྲུ་ཐག་འཐེན་ནས་ཆུ་བོའི་གྱེན་དུ་བསྐྱོད་དགོས་ཀྱི་ཡོད། འོན་ཀྱང་ཀོ་གྲུ་ནི་ཆུ་ནང་གྱེན་དུ་སྐྱོད་ཐབས་མེད་ན་གྲུ་པ་མི་གཅིག་གིས་རྒྱབ་ཏུ་འཁུར་ནས་མདུན་དུ་སྐྱོད་ཚོག ལ་བརྒྱབ་ཀླུང་བརྒལ་བྱས་ཀྱང་སྣང་དག་མི་དགོས་པ་ཡིན། ཀོ་གྲུ་རྒྱབ་ཏུ་འཁུར་ནས་ཐག་རིང་འགྲུལ་བཞུད་བྱས་པས་མཉན་པ་ཚོའི་ལུས་སྟོབས་ཐང་པོ་ཡོང་བར་སྦྱོང་བརྡར་ཐུབ་པ་མ་ཟད་མཐོ་སྒང་གི་མཉན་པ་ཁོ་ནར་ལྡན་པའི་བྲོ་གར་གྱི་རིགས་ཤིག་སྟེ་ཀོ་རྩེད་རྩེ་རྒྱུར་ཡང་སྦྱོང་བརྡར་ཐུབ་ཀྱི་ཡོད། ཀོ་ཐོས་སུ་བྲོ་གར་དེ་རིགས་ནི་བོད་ཀྱི་སྲོལ་རྒྱུན་གྱི"གཡག་རྩེད"ལས་བྱུང་བ་ཡིན་ཟེར།

ཀོ་རྩེད་ནི"ཨ་ར་བ"ཞིག་གིས་སྣེ་ཁྲིད་ནས་ཀོ་གྲུ་འཁྱེར་བའི་མི་ཚོས་ལག་པས་ཀོ་གྲུའི་ཁ་ཤིང་རྡུང་བཞིན་པར་ཞབས་བྲོ་རྒྱག་གི་ཡོད། གཞས་ཚིག་དང་བསྟུན་ནས་ཕྱག་འཚལ་ཞེས་པའི་སྐབས་ཐོད་པ་ས་ལ་གཏུགས་པ་དང་འཕྲེད་ཉལ་ཞེས་པའི་ཚེ་ཟུར་སློག་པ་སོགས་བྱས་ཏེ་ཞབས་བྲོ་དང་སྒྲུ་སྒྲ་སྙན་ཞིང་འཇེབས་ལ་ཤུགས་ཀྱང་ལྡན་པ་དང་། བློ་གཤོགས་ཆེ་ལ་བབ་ཆགས་པོ་ཡོད། 2008ལོར་འཛུན་པ་ཉ་གྲོང་གི་ཀོ་རྩེད་རྒྱལ་ཁབ་རིམ་པའི་དངོས་མེད་རིག་

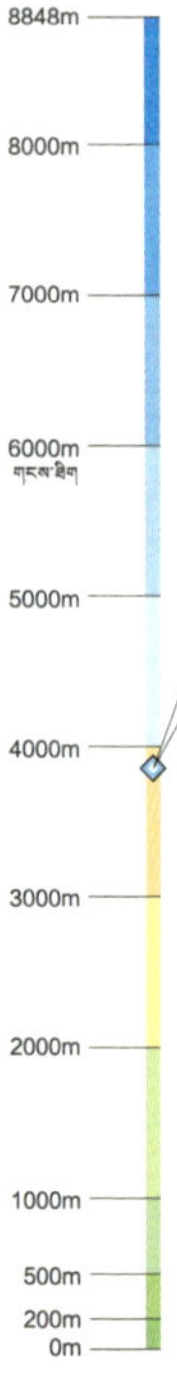

སྙེ་མོ།
བོད་རང་སྐྱོང་ལྗོངས།

རྒྱ་མཚོའི་ངོས་ལས་མཐོ་ཚད་སྨིད3800ཡོད་པ།

གནས་ཤུལ་བཞག་ཏུ་བཙུག་ཡོད།

མཚོ་བོད་མཐོ་སྒང་གི་སྐྱེ་བོ་རྣམས་ཀྱིས་ཆུ་བོ་ཚང་མའི་ནང་དུ་ཆུ་ལྷ་དང་ཉ་ཡོད་པར་ངེས་འཛིན་བྱེད་ཀྱི་ཡོད། འོན་ཀྱང་སྙེ་མོ་ཐོན་པ་ཡི་ཆུའི་ནང་དུ་ཉ་གཅིག་ཀྱང་མེད།

ཐོན་པའི་ཆུའི་ནང་དུ་གནའ་བོའི་ཤུག་པ་ཆུ་བོས་འདེད་བཞིན་ཡོད། ཤོད་སྲོལ་ལ། དེ་སྔོན་ཤུག་པ་བཟོ་དགོས་པས་

ལྷོ་གྲོས་མི་འདྲ་བ་སྣེ། བོད་ཀྱི་བདུག་སྤོས་ཀྱི་གསང་བ།

ཤུག་པས་ཉ་རིགས་ཀྱི་ཚེ་སྲོག་ལ་མི་གནོད་པའི་སྐད་དུ་འགོ་དཔོན་གྱིས་ཉའི་རིགས་ཚང་མར་ཆུ་དེའི་ནང་འཇུལ་མི་ཆོག་པའི་བཀའ་ཕབ་པས་དེ་གའི་ཆུ་ནང་དུ་ད་བར་ཉ་མེད་ཅེས་བརྗོད་ཀྱི་ཡོད། མི་མང་པོས་དཀའ་བ་སྤྱད་ནས་ཉར་ཚགས་བྱས་པའི་ཤུག་པ་དེ་དག་ག་རེ་བཟོ་རྒྱུར་བེད་སྤྱོད་བྱེད་ཀྱི་ཡོད་དམ།

སྐྱེ་མོ་བ་ཆེ་རིང་རྫོ་རྗེ་དང་བཟའ་ཟླས་དུས་ཚོད་གང་ཙམ་སོང་བའི་རྗེས་སུ་རང་གི་ཁྱིམ་དུ་གསོག་འཇོག་བྱས་ཡོད་པའི་ཤུག་པ་རྣམས་སོག་ལེས་དྲས། ཚེ་རིང་རྫོ་རྗེས་སོག་ལེས་དྲས་པའི་ཤུག་པར་ཀོང་ཀོང་དྲུས་པ་དང་སླར་ཡང་ཤུག་པ་ཆུའི་སྣྲོམ་ནང་དུ་བླུགས། ཆུ་སྣྲོམ་ནང་དུ་ཆུས་ཤུག་པ་དེད་ནས་བརྡར་ཏེ་ཤིང་

གི་སྐྱོ་མ་ཐོན་གྱི་ཡོད། ཤིང་གི་སྐྱོ་མ་དེ་དག་ཤིང་གིས་བཟོས་པའི་སྒྲོས་ཕག་ནང་བླུགས་ནས་རྟུང་སྟེ་གཟུགས་དབྱིབས་ཐོན་རྗེས་གྲིབ་སྐམ་གཏོང་བ་དང་། དེ་རྗེས་ཚེ་རིང་རྡོ་རྗེས་སྨན་གྱི་རྒྱུ་ཆ་ཁག་སྦྱོར་སྡེབ་བྱེད་ཀྱི་ཡོད།

ཚེ་རིང་རྡོ་རྗེས་ཁོང་གིས་གྲ་སྒྲིག་བྱེད་པའི་སྨན་རྫས་གཙོ་བོ་ནི་ན་གི་དང་། ཁ་ཆེ་ཤ་སྐམ། གླ་རྩི་སོགས་ཡིན་ཞིང་དེ་གསུམ་ག་ནི་སྨན་རྫས་རྩ་ཆེན་ཡིན་པ་དང་། རིན་གོང་མཐོ་པོ་ག་ཚོད་ཡོད་ཀྱང་བདུག་སྤོས་བཟོ་བར་སྨན་རྫས་དེ་དག་ངེས་པར་དུ་དགོས་ཅེས་བརྗོད།

ཁོང་གིས་རྡོ་རིལ་གྱིས་སྨན་རྫས་སྣ་ཚོགས་དབུར་ཏེ་ཕྱེ་མ་བཟོས་ཤིང་། སྨན་ཕྱེ་དེ་དག་དང་ཤུག་པའི་སྤོས་ཕག་གི་ཕྱེ་མ་ཆུ་དང་མཉམ་དུ་བསྲུབས་པ་དང་། དེ་རྗེས་སྤོས་རྣས་བཞའ་རློན་ཅན་གྱི་ཕྱེ་མ་དེ་དག་བཙིར་ནས་ཕྲ་པོ་རིང་པོ་བཟོ་ཡི་ཡོད། ལས་རིམ་དེ་ནི་ཧོབ་སྟེ་བལྟས་ན་སླབས་བདེ་པོ་ཞིག་ཡིན་ན་

ཡང་དོན་དངོས་ཐོག་ཕོ་མང་གི་ལག་ལེན་དངོས་ནང་སྤྱོད་བཀར་བྱས་ན་མ་གཏོགས་ཁོང་དུ་ཚུད་མི་ཐུབ་པས་ལས་སླ་པོ་ཞིག་གཏན་ནས་མ་ཡིན། ཚེ་རིང་རྗེ་རྗེས་རིང་ཐུང་མི་གཅིག་པའི་སྦྱོར་དེ་དག་གྲིས་རིང་ཐུང་གཅིག་པར་བཅད་དེ་ཁོད་སྙོམས་པོས་སེང་ཚགས་ནང་དུ་གྲིབ་སྐམ་གཏོང་གི་ཡོད། སྨན་རྫས་རྩ་ཆེན་ལས་བཟོས་ཤིང་། མཐོ་སྒང་གི་ཉི་འོད་དང་འབབ་ཆུའི་དྲི་མ་ལྡན་པ་དེ་ནི་བོད་ཀྱི་བདུག་སྦྱོར་ཡིན། བདུག་སྦྱོར་ནི་གསོ་བོ་ལྷ་ལ་འབུལ་གྱི་ཡོད་པ་དང་། ཡང་ནད་འགོག་དང་འབྲུ་སྐྱོན་སྟོན་འགོག གདོན་བགེགས་འགོག་པ་སོགས་ལ་སྤྱོད་ཀྱི་ཡོད།

ཚེ་རིང་རྗེ་རྗེས་མི་རྣམས་ཀྱིས་སྙོམ་པའི་བདུག་སྦྱོར་ཀྱི་དྲི་ངད་ནི་མངར་སྐྱུར་སྣ་ཚོགས་ཡོད། མངར་མོ་མིན་ལ་སྐྱུར་མོ་ཡང་མ་ཡིན་པའི་ཨ་རག་ནི་ཨ་རག་ཡག་པོ་ཞིག་ཏུ་ངོས་འཛིན་བྱེད་པ་ཇི་བཞིན་དྲི་མ་ཞིམ་པོས་མིའི་བློ་ངོར་བདེ་བ་སྐྱེར་བའི་ཚོར་སྣང་ཡོང་གི་ཡོད་ཅེས་བཤད།

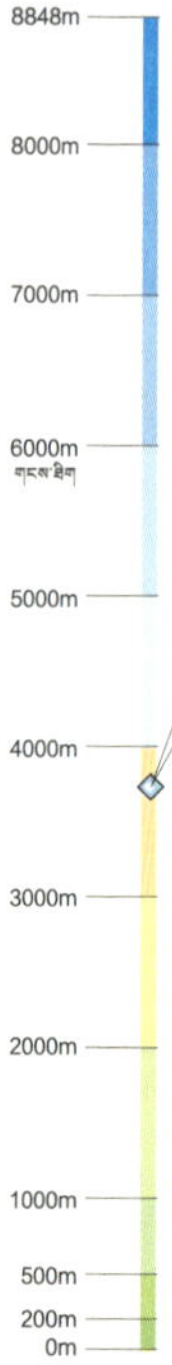

སྨིན་གྲོལ་གླིང་དགོན་པ།
བོད་རང་སྐྱོང་ལྗོངས།

རྒྱ་མཚོའི་ངོས་ལས་མཐོ་ཚད་སྨིད3760ཡོད་པ།

སྨིན་གྲོལ་གླིང་དགོན་པ་ནི་བོད་རང་སྐྱོང་ལྗོངས་ལྷོ་ཁ་ས་ཁུལ་གྲ་ནང་རྫོང་གྲ་ཕྱི་ཤང་ཐར་པ་གླིང་གྲོང་ཚོར་གནས་ཡོད་པ་དང་། ཕྱི་ལོའི་དུས་རབས་17པའི་དུས་དཀྱིལ་ལ་ཐོག་མར་བཞེངས་ཤིང་། བོད་བརྒྱུད་ནང་བསྟན་རྙིང་མ་བའི་དགོན་ཆེན་དྲུག་གི་གྲས་ཤིག་ཡིན། སྨིན་གྲོལ་གླིང་དགོན་པའི་བདུག་སྤོས་ནི་ཉེ་རིང་གང་སར་སྐད་གྲགས་ཆེན་པོ་ཡོད།

དམ་ཆོས་བསྟན་འཛིན་ནི་སྨིན་གྲོལ་གླིང་དགོན་པའི་འགན་འཛིན་པ་ཡིན་ལ་བདུག་སྤོས་བཟོ་རྩལ་གྱི་རྒྱུད་འཛིན་པ་ཞིག་ཀྱང་ཡིན། འདི་གའི་བདུག་སྤོས་ལ་ངོ་མཚར་ལྡན་པའི་རྫས་སྦྱོར་ལྡན་པ་མ་ཟད་དེ་བས་དམིགས་བསལ་གྱི་བེད་སྤྱོད་ཀྱང་ཡོད།

སྨིན་གྲོལ་གླིང་དགོན་པར་གནའ་བོའི་ནང་བསྟན་བཤད་གྲྭ་ཡོད་པས་ས་ཕྱོགས་ཁག་གི་ལོ་ཆུང་རབ་བྱུང་བ་མང་པོས་འདི་གར་སློབ་སྦྱོང་བྱེད་པར་ཡོང་འདོད་བྱེད་ཀྱི་ཡོད་པ་དང་། དེ་གར་ཡོད་པའི་ལོ་ཆུང་རབ་བྱུང་པ་རྣམས་ཀྱིས་ཇ་དྲག་གི་ཚོད་གླིང་བྱས་ནས་ཤེས་རིག་གི་བརྡར་ཤ་གཅོད་ཀྱི་ཡོད། དགོན་པས་སློབ་ཚན་བར་མཚམས་མེད་པར་བཀོད་སྒྲིག་བྱས་ཡོད་ཀྱང་སློབ་ཚན་གཅིག་ཡོད་པ་དེས་ཁོང་ཚོ་ཅུང་ལྷོད་པོ་ཡོང་གི་ཡོད།

དཀའ་བར་མི་འཛེམས་པའི་རབ་བྱུང་པ་དེ་ཚོའི་ངོས་ནས་བརྗོད་ན་བདུག་སྤོས་བཟོ་རྒྱུ་ནི་སློབ་གསེང་གི་བྱེད་སྒོ་ཞིག་དང་གཅིག་མཚུངས་ཡིན། རབ་བྱུང་པ་ཚོས་སྤོས་ཀྱི་རྒྱུ་ཆ་རིགས་མི་འདྲ་བ་འདེམ་སྒྲུག་བྱེད་པ་དང་ཞིབ་ཚགས་ཀྱིས་རྒྱ་མར་བཀྲུག་པ་མ་ཟད་སྤོས་ཀྱི་རྒྱུ་ཆ་དེ་དག་ཞིབ་མོར་བཏགས་ནས་ཆུ་དང་བསྲེས་ཏེ་གནའ་བོའི་ཤིང་གིས་བཟོས་པའི་སྤོས་སྣའི་ནང་དུ་བཙིར་ནས་རིང་པོ་བཟོ་ཡི་ཡོད།

བདུག་སྤོས་ནི་ས་གནས་མི་འདྲ་བ་སོ་སོར་བྱེ་བྲག་བཟོ་སྐྲངས་མི་འདྲ་བ་མང་པོ་ཡོད་ཅིང་། ལོ་ན་གཞོན་པའི་རབ་བྱུང་པ་ཚོས་རང་གིས་བཟོས་པའི་བདུག་སྤོས་དགེ་བའི་བཤེས་གཉེན་ལ་སྤྱན་འབུལ་ཞུ་དགོས་པ་དང་། ཁོང་ཚོས་ཁས་ལེན་གནང་ན་གཞི་ནས་མཐའ་མཇུག་གི་ལས་རིམ་དུ་བཅུག་ཚོག་པས་སྨིན་གྲོལ་གླིང་གི་བདུག་སྤོས་ནི་ས་གནས་གཞན་གྱི་བདུག་སྤོས་དང་མི་འདྲ་བའི་དམིགས་བསལ་ཁྱད་ཆོས་ལྡན་ཡོད།

བདུག་སྤོས།

བདུག་སྤོས་ནི་བོད་བརྒྱུད་ནང་བསྟན་རིག་གནས་ཀྱི་གཞི་རྟེན་གལ་ཆེའི་གྲས་ཤིག་ཡིན། བོད་ཀྱི་ས་ཁུལ་དུ་དགོན་པ་འམ་ཡང་ན་ཕྱིར་བཏང་མི་སེར་གྱི་ཁྱིམ་ཚང་གང་དུ་བསྐྱོད་ཀྱང་ཞིམ་མངར་ལྡན་པའི་རྩྭའི་དྲི་མ་དང་མར་དྲི་འདྲེས་པའི་དྲི་མ་ཡ་མཚན་ཅན་ཞིག་ཁ་ཡི་ཡོད། དྲི་མ་དེ་དག་ནི་བོད་ཁུལ་གྱི་ཆོས་ལུགས་རྣམ་པ་དང་འདྲ་བར་བོད་ཀྱི་ས་ཁུལ་ཁུག་ཀྱོག་གང་སར་ཁྱབ་ཡོད་ཅིང་། དེ་ནི་བདུག་སྤོས་ཀྱི་དྲི་མ་ཡིན།

བདུག་སྤོས་ཐོག་མར་འབྱུང་བའི་དུས་ཚོད་གཏན་འཁེལ་ཞིག་ཁུངས་སྐྱེལ་ར་སྤྲོད་ཐུབ་མེད་ཙང་། ཅུང་ཡིད་རྟོན་ཙང་བའི་ཤོད་སྲོལ་ཞིག་ནི་སྤྱི་ལོའི་དུས་རབས་7པའི་རྗེས་སུ་ཐོན་མི་སམ་བྷོ་ཊས་སངས་རྒྱས་ཆོས་ལུགས་ཀྱི་འབྱུང་གནས་རྒྱ་གར་ནས་བདུག་སྤོས་བཟོ་བའི་ལག་རྩལ་བསྣམས་ཕེབས་པ་མ་ཟད་ལྷ་སའི་ཉེ་འདབས་སྙེ་མོར་བོད་ཀྱི་དམིགས་བསལ་གྱི་ཁྱད་ཆོས་ཆེན་པོ་ལྡན་པའི་བདུག་

སྤོས་བཟོ་སྟངས་ལག་རྩལ་འཕེལ་རྒྱས་ཕྱིན་ཏེ་ད་བར་ལོ་ངོ་1300ལྷག་སོང་ཡོད། སངས་རྒྱས་ཆོས་ལུགས་བོད་དུ་དར་བ་དང་ཆབས་ཅིག་མཁས་དབང་མང་པོས་བདུག་སྤོས་བཟོ་སྟངས་ཁྱབ་སྤེལ་གནང་བ་བརྒྱུད་བོད་ཀྱི་བདུག་སྤོས་རིམ་བཞིན་བོད་ཀྱི་སེར་སྐྱ་ཚང་མས་བེད་སྤྱོད་བྱེད་པའི་འབུལ་རྫས་དང་རྒྱུན་སྤྱོད་བདུག་རྫས་ཤིག་ཏུ་འགྱུར་ཡོད།

བདུག་སྤོས་བཟོ་བའི་སྤྲོལ་རྒྱུན་གྱི་རྒྱུ་ཆ་ཧ་ཅང་མང་པོ་ཡོད་ཅིང་། སྤྱིར་བཏང་བྱས་ན་ཤུག་པའི་སྡོང་པོའམ་ཡོ་འབོག་ཤིང་གི་སྡོང་པོ་ནི་རྒྱུ་ཆ་གཙོ་བོ་ཡིན་པ་དང་། གཞན་ཡང་ཁ་ཆེ་ཤ་སྐམ་དང་སླ་རྩི། ཙན་དན་དཀར་པོ། དམར་པོ། གུ་གུལ་སོགས་སྤོས་ཀྱི་རྒྱུ་ཆ་རིགས་བཅུ་ཕྲག་ཁ་ཤས་བསྡུར་ཚད་རན་པོས་རྒྱུ་ཆ་གཙོ་བོ་དང་སྦྱོར་བ་བྱས་ཏེ་བཟོ་ཡི་ཡོད། བདུག་སྤོས་རྫས་སྦྱོར་གྱི་རྒྱུ་ཆ་གཙོ་བོ་བོད་རང་ནས་ཐོན་པ་ཡིན་པ་སྨྲ་མི་དགོས་ལ་དེའི་ཐོག་ཏུ་ད་དུང་རྒྱ་མི་རིགས་དང་ཡང་ན་ཕྱི་ཡུལ་ནས་ཐོན་པའི་སྤོས་རྫས་ཀྱང་འདྲེས་སྦྱོར་བྱེད་དགོས་ཀྱི་ཡོད། ཞེས་རྟོགས་བྱུང་བར། བདུག་སྤོས་བཟོ་བའི་རྒྱུ་ཆ་གཙོ་བོ་ཤུག་པ་ནི་ས་བབ་མཐོ་བའི་ས་ཆར་རིང་པོ་སྐྱེས་ཀྱི་མེད་པ་དང་། གནའ་སྔ་མོ་ནས་ད་བར་ས་ཐག་རིང་པོ་ནས་དབོར་འདྲེན་བྱེད་ཀྱི་ཡོད། བདུག་སྤོས་བཟོ་བའི་རྫས་ཁ་ཤས་ཐ་ན་ནང་ས་ནས་དབོར་འདྲེན་བྱེད་པའམ་ཡང་ན་རྒྱ་གར་སོགས་ཨེ་ཤེ་ཡ་ལྷོ་མའི་རྒྱལ་ཁབ་ཁག་ནས་ཀྱང་ནང་འདྲེན་བྱེད་ཀྱི་ཡོད། དེར་བརྟེན་བོད་ཀྱི་བདུག་སྤོས་ནི་རིག་གནས་སྣ་མང་མཉམ་དུ་འདྲེས་པའི་ཐོན་དངོས་ཤིག་ཡིན་ཅེས་བརྗོད་ཀྱང་ཆོག་གོ །

བདུག་སྤོས་ནི་དུས་རྟག་ཏུ་བོད་རིགས་མི་དམངས་ཀྱི་འཚོ་བ་དང་འདྲེས་ཡོད། བདུག་སྤོས་སྦྱོར་རྫས་ནང་དུ་ཉུང་མཐར་བོད་སྨན་ཁག་གཉིས་གསུམ་དང་

མང་ན་བོད་སྨན་ཁག་བཅུ་ཕྲག་ཡོད། སྲོལ་རྒྱུན་གྱི་ལག་པས་བཟོས་པའི་བདུག་སྤོས་ཀྱི་ལོ་རྒྱུས་ཁྲིད་དུ་སྙེ་མོ་རྫོང་ཐོན་པ་གྲོང་ཚོ་དང་། ལྷ་སའི་ནུབ་ཕྱོགས་སྟོད་ལུང་བདེ་ཆེན་རྫོང་། ལྷོ་ཁ་སྨིན་གྲོལ་གླིང་དགོན་པ་བཅས་གསུམ་ལ་སྲོལ་རྒྱུན་བདུག་སྤོས་ཐོན་ཁུལ་ཆེན་པོ་གསུམ་ཞེས་བརྗོད་ཀྱི་ཡོད།

བདུག་སྤོས་བཟོ་བའི་ལས་རིམ་དང་པོ་ནི་སྔོན་ལ་ཤུག་པའི་སྡོང་པོ་དུམ་བུ་ཆུང་ཆུང་འགར་བཅད་ནས་པགས་པ་བཤུ་དགོས་ཀྱི་ཡོད། པགས་པ་བཤུས་ཟིན་པའི་སྡོང་དུམ་གྱི་དཀྱིལ་དུ་ཁུང་བུ་བརྟོན་ནས་དེའི་ནང་དུ་ཤིང་གཟེར་དམ་པོ་ཞིག་བཏབ་སྟེ་ཤུག་པའི་ཕུར་པ་དེ་ཤུག་པའི་ཡུ་སྐོར་ཐོག་བཀོན་ནས་ཤུག་པ་ཆུས་འབུད་དེད་བྱས་ཏེ་ཚང་མ་ཤུག་པའི་འདག་ཕྱེ་མ་ཆག་བར་དུ་ཤུག་པ་དེ་དག་ཉིན་མཚན་ལྟོས་མེད་རྗེ་གཅལ་གཏིང་བའི་ཞ་ཁའི་དཀྱིལ་དུ་བརྡར་ཀྱི་ཡོད། ལས་རིམ་གཉིས་པ་ནི་བརྡར་ཟིན་པའི་ཤུག་པའི་འདག་ཕྱེ་རྣམས་ཉི་སྐམ་བཏང་ནས་སྤོས་ཕག་བཟོ་དགོས་ཀྱི་ཡོད། ཉི་སྐམ་གཏོང་བའི་བརྒྱུད་རིམ་ཁྲོད་དུ་ཆུའི་འབོར་ཚད་མང་ཉུང་དང་ཉི་སྐམ་གཏོང་བའི་དུས་ཚོད་ཚང་མ་གལ་ཆེན་ཡིན་ཏེ་ཆུ་ཉུང་དྲགས་ན་སྐམ་ཤས་ཆེ་བས་ཤུག་པའི་འདག་ཕྱེ་རྣམས་རླུང་གིས་དེད་དེ་འཕུར་འགྲོ་བ་དང་། ཆུ་མང་དྲགས་ན་བསྐམ་རྒྱུར་དུས་ཚོད་མང་པོ་འགོར་གྱི་ཡོད་པ་མ་ཟད་གལ་ཏེ་ཉི་སྐམ་གཏོང་བའི་དུས་ཚོད་རིང་དྲག་ནས་ཤུག་པར་སྤར་ནས་ལྡན་པའི་དྲི་མ་རྣམས་ཡལ་འགྲོ་ཡི་ཡོད་པས་ལས་རིམ་དེར་ཉམས་མྱོང་ཕུན་སུམ་ཚོགས་པོ་དགོས་ཀྱི་ཡོད། ལས་རིམ་གསུམ་པ་ནི་སྤོས་ཕག་ཡང་བསྐྱར་ཕྱེ་མ་བཟོས་ནས་སྤོས་ཀྱི་རྫས་སྣ་ཚོགས་དང་མཉམ་དུ་འཕུར་ཏེ་སྤོས་ཀྱི་འདམ་བག་བཟོ་རྒྱུ་དེ་ཡིན། མཉམ་བསྲེས་བྱས་པའི་སྤོས་ཀྱི་རྫས་ནི་སྤྱིར་བཏང་བོད་སྨན་རིགས་བཅུ་ཕྲག་བསྲེས་ནས་བཟོས་པ་ཞིག་ཡིན་ཞིང་། སྤོས་ཀྱི་

རྩས་མི་འདྲ་བར་དྲི་མ་དང་ཚོན་མདོག ནུས་པ་བཅས་ཀྱང་འདྲ་ཡི་མེད། ལས་རིམ་བཞི་པ་ནི་བཟོ་ལྟ་བཟོ་རྒྱུ་དེ་ཡིན། སྤོས་ཀྱི་རྩས་སྣ་མང་བསྲེས་པའི་དྲི་ཞིམ་ལྡན་པའི་འདམ་བག་སྤོས་རྣའི་ནང་དུ་བཙུག་ནས་བཙིར་བ་ན་བཟོ་དབྱིབས་རིང་པོའི་བདུག་སྤོས་ཐོན་གྱི་ཡོད། བརྒྱུད་རིམ་དེ་ནི་སྤོས་བཟོ་མཁན་ལ་ལག་རྩལ་ཡོད་མེད་དང་ངང་རྒྱུད་རིང་པོ་ཡོད་མེད་ཀྱི་ཚོད་བགམ་བྱེད་ས་ཞིག་ཡིན། ལས་རིམ་ལྔ་པ་ནི་ཉི་སྐམ་གཏོང་རྒྱུ་དེ་ཡིན། དེ་ཡང་བདུག་སྤོས་བཟོ་བའི་ལས་རིམ་མཐའ་མཇུག་དེ་ཡིན། ཉི་སྐམ་གཏོང་བར་ངེས་པར་དུ་ཉི་འོད་འདང་ངེས་དགོས་ཀྱང་དྲོད་ཚད་མཐོ་པོ་མེད་པའི་སར་སྐམ་དགོས་པ་ལས་རྒྱུན་རིང་པོ་ཉི་མར་བསྐྱོ་མི་རུང་། ཉིན་གཉིས་གསུམ་རིང་ཉི་སྐམ་བཏང་བའི་རྗེས་བདུག་སྤོས་ཐུམ་སྒྲིལ་བརྒྱབ་ཚོག དེ་ལྟར་བདུག་སྤོས་བཟོས་ཚར་བ་ཡིན།

ཆིང་རྒྱལ་རབས་དུས་སུ་བོད་དང་ནང་སའི་དབར་ལ་འགྲོ་འོང་མང་པོ་ཡོད་ཅིང་བདུག་སྤོས་ནི་གོང་མའི་འབུལ་རྟེན་དངོས་རྩས་གལ་ཆེ་ཞིག་ཡིན། བདུག་སྤོས་ནང་སར་ཁྱབ་རྗེས་མགྱོགས་མྱུར་མཐོ་རིམ་སྤྱི་ཚོགས་ནང་དུ་དར་ཁྱབ་ཆེན་པོ་བྱུང་ཡོད། དེང་སྐབས་བོད་ཀྱི་ས་ཁུལ་དུ་ཡུལ་སྐོར་གྱི་བྱ་གཞག་བྱ་འཕུར་བ་ལྟར་འཕེལ་རྒྱས་ཕྱིན་པ་དང་སྦྲགས་བདུག་སྤོས་རིམ་བཞིན་མི་རྣམས་ཀྱིས་ཤེས་རྟོགས་ཐུབ་པ་མ་ཟད་བདུག་སྤོས་ཐོན་རྩས་མང་པོ་ཞིག་ཀྱང་ཚང་མས་དགའ་པོ་བྱེད་པའི་ཡུལ་སྐོར་བའི་དྲན་རྟེན་ཞིག་ཏུ་གྱུར་ཡོད།

ཟླང་རྡོར་ཐུབ་པ་སྟེ། ས་ག་ཟླ་བའི་རིང་གི་བཀའ་མའི་ཚོག་མང་དཀྱིལ་འཁོར།

སྨིན་གྲོལ་གླིང་གི་སྐུ་ཞབས་དམ་ཆོས་བསྟན་འཛིན་ལགས་ཀྱིས་ཟོམ་ཞིག་ཁྱེར་ནས་ཕྱེ་རྒྱུང་ཁྲོད་དུ་བསྐྱོད་དེ་ཕྱེ་ཐང་བཅལ་ནས་དམིགས་བསལ་གྱི་ཕྱེ་མ་ཞིག་འཚོལ་གྱི་ཡོད།

ཡར་ཀླུངས་གཙང་པོའི་འགྲམ་གྱི་རི་བོ་ཞིག་གི་སྟེང་ནས་སྤུས་ཀ་དག་ལ་སོབ་སོབ་ཡིན་པའི་རྡོ་ཞིག་ཐོན་གྱི་ཡོད་པས་རྡོ་དེ་དག་འདེམས་སྒྲུག་བརྒྱབ་ནས་ཞིབ་མོར་རྡོག་པ་ན་ཤིན་ཏུ་དཀར་བའི་ཕྱེ་རྡུལ་ཆགས་ཤིང་། དགོན་པའི་སྐུ་ཞབས་ཀྱིས་ཕྱེ་རྡུལ་དེ་དག་ལག་པའི་སློམ་པ་རེ་རེས་ཟོམ་ནང་དུ་བླུགས་ཏེ་དགོན་པར་ཁྱེར་ཡོང་།

དགོན་པའི་ནང་དུ་ཁྱེར་ཡོང་བའི་ཕྱེ་མ་དཀར་པོ་དེ་དག་ལ་ཤུགས་

བསྟན་གྱི་དོན་སྙིང་ལྡན་པའི་ཚོས་སེར་པོ་དང་ལྗང་ཁུ། དམར་པོ། སྔོན་པོ། ནག་པོ་སོགས་སྣ་ཚོགས་བརྒྱབ་པ་དང་། རབ་བྱུང་བ་ཚོས་སྤོས་སྤར་བ་དང་ཆོས་སྒྲོགས་ནས། ལོ་ཆུང་གི་རབ་བྱུང་བ་ཚོས་དགེ་བའི་བཤེས་གཉེན་དང་ལྷན་དུ་ལོ་གཅིག་ནང་གི་སློབ་ཚན་གལ་ཆེ་ཤོས་ཏེ་དཀྱིལ་འཁོར་བཞེངས་རྒྱུར་ཞིབ་འཇུག་དང་དངོས་སྦྱོང་བྱེད་ཀྱི་ཡོད།

དགོན་པའི་འདུ་ཁང་གི་ཞལ་བ་གཙང་མར་ཕྱིས་ཡོད་ཅིང་། རབ་བྱུང་བ་ཚོས་ཞིབ་ཅིང་ཚད་ལྡན་གྱི་ཐིག་ཚད་ཐོག་ནས་སྐུད་པས་ཞལ་བའི་སྟེང་དུ་དཀྱིལ་འཁོར་བྲིས་ཐིག་འདེབ་བཞིན་ཡོད། ཏ་ཅང་ཕྲ་བའི་དཀྱིལ་འཁོར་བྲིས་ཐིག་དཀར་པོ་དེ་དག་ལས་རིམ་བཞིན་ཐིག་ཚད་ཚད་ལྡན་ཡིན་ལ་རྟོག་འཛིང་

ཆེ་བའི་རི་མོ་ཞིག་ཐོན། རི་མོ་འདི་ནི་སྔ་ས་ནས་ཁོ་ཚོའི་སེམས་ཀྱི་གཏིང་དུ་ཡོད་པ་དང་། དེ་དག་ཚང་མ་ནི་ཁོ་ཚོས་ངལ་བ་སྤྱད་དེ་བྱང་ཆུབ་པ་དང་ཉམས་མྱོང་ལ་བརྟེན་ནས་བྱུང་བ་ཞིག་ཡིན། རབ་བྱུང་བ་ཚོའི་སོར་མོ་གཉིས་ཀྱི་བར་ལས་ལྷུང་བའི་ཚོན་ཁྲ་ཅན་གྱི་རྡུལ་ཚོན་ལས་སེམས་གཏིང་གི་གཟུགས་བརྙན་དེ་འབྲི་འགོ་བཙམས་ཤིང་། རབ་བྱུང་བ་40ལྷག་ཙམ་གྱིས་སྡོད་གནས་མི་འདྲ་བ་ཕྱོགས་བཞི་ནས་ཁག་སོ་སོར་ བློ་རྩེ་གཅིག་སྒྲིམ་གྱིས་མཚར་སྡུག་ལྡན་པའི་བཟོ་སྐྲུན་ཞིག་སྐྲུན་བཞིན་ཡོད།

རྡུལ་ཚོན་ལས་གྲུབ་པའི་བཟོ་སྐྲུན་དེར་ནང་བསྟན་པས་དཀྱིལ་འཁོར་ཞེས་བརྗོད་ཀྱི་ཡོད། ནང་པ་སངས་རྒྱས་པས་དཀྱིལ་འཁོར་ནི་ལྷ་ཡི་ཕོ་བྲང་ཞིག་ལ་ངོས་འཛིན་བྱེད་ཀྱི་ཡོད་པ་དང་། རབ་བྱུང་བ་རྣམས་ཀྱིས་བཞེངས་ཟིན་པའི་དཀྱིལ་འཁོར་ནི་མཚར་སྡུག་ལྡན་པ་ཞིག་ཡོད། གལ་ཏེ་རང་ཉིད་ཀྱིས་དངོས་སུ་མ་མཐོང་ན་མིག་མདུན་གྱི་ཚོན་མདོག་རྣམ་པར་བཀྲ་བའི་འཇིག་རྟེན་དེ་རྡུལ་ཚོན་ལས་བཞེངས་པ་ཞིག་ཡིན་པ་མི་རྣམས་ཀྱིས་ཡིད་ཆེས་རྩ་བ་ནས་བྱེད་

དཀའ་བ་ཞིག་ཡིན། བཞེངས་ཟིན་པའི་དཀྱིལ་འཁོར་དེར་ས་ག་ཟླ་བ་ཤར་བ་དང་དད་ལྡན་པ་ཆོས་ཕྱག་འཚལ་དང་མཇལ་ཁ་ཞུ་བར་ཡོང་གི་ཡོད།

ས་ག་ཟླ་བ་ནི་བོད་ཟླ་བཞི་པ་ཧྲེལ་པོ་ཡིན། ངག་རྒྱུན་དུ་དེ་ནི་སྟོན་པ་ཤཱཀྱ་ཐུབ་པ་སྐུ་བལྟམས་པ་དང་སངས་རྒྱས་པ། སྐུ་མྱ་ངན་ལས་འདས་པའི་རྗེས་དྲན་གྱི་ཟླ་བ་ཡིན་ཞེས་བརྗོད་ཀྱི་ཡོད། དད་ལྡན་པ་ཆོས་ཟླ་དེར་ཆོས་སྒྲོགས་པ་དང་དགེ་ལས་སྒྲུབ་པ། སེམས་ཅན་ཚེ་ཐར་གཏོང་བ་སོགས་བྱས་ན་རྒྱུན་གཏན་ལས་ལྷག་པའི་ཕན་ཡོན་ལྡབ་འགྱུར་ཡོད་པའི་ཡིད་ཆེས་བྱེད་ཀྱི་ཡོད།

རྒྱ་མཚོའི་ངོས་ལས་མཐོ་ཚད་སྨིད3650ཡོད་པའི་བོད་ལྗོངས་ལྷ་ས།

ཉིན་ཤས་ནང་ལྷ་སའི་ཆུ་ཐོན་ཁྲོམ་རའི་ཐོག་ཉ་ཉོ་མཁན་མང་དུ་ཕྱིན་ཡོད་ཅིང་། གྲོང་ཁྱེར་ནང་གི་ཁྱིམ་ཚང་ཞིག་གིས་སྒོར་3000ལྷག་གི་ཉ་ཉོས་ཏེ་ཁོ་ཚོས་ཉ་རྣམས་གསོ་རླུང་བླུག་པའི་འཁྱིག་ཤོག་ནང་དུ་བླུགས་ཏེ་ཡར་ཀླུངས་གཙང་པོའི་འགྲམ་ནས་སྐྱོད་བཞིན་ཡོད་པ་དང་། རྒྱ་ཆེ་བའི་གཙང་འགྲམ་དུ་ཁོ་ཚོས་རླངས་འཁོར་ཁ་བཀག་སྟེ་འཁྱིག་ཤོག་ཁ་ཕྱེ་བ་དང་ཁ་ནས་སྨོན་ལམ་འདེབས་བཞིན་ཉ་རྣམས་གཙང་པོའི་ནང་དུ་གློད། ཁོ་ཚོས་ས་ག་ཟླ་བར་ཚེ་ཐར་བཏང་ན་དགེ་བ་དེ་བས་མང་བ་ཡོང་གི་ཡོད་པའི་ཡིད་ཆེས་བྱེད་ཀྱི་ཡོད།

སྨིན་གྲོལ་གླིང་དགོན་པར་རབ་བྱུང་པ་ཚོས་སྒྲུབ་ཆེན་གྱི་བསྐྱེད་རྫོགས་ལ་འཇུག་ཅིང་ཛ་རྫུང་སྦུབ་ཆལ་དཀྲོལ་བཞིན་དུ་མཐར་ས་ག་ཟླ་བའི་ཉིན་གལ་ཆེ་ཤོས་ཀྱི་སྒྲུབ་ཆོས་ཚོགས་ཀྱི་ཡོད། མི་རྣམས་ཀྱིས་གཅིག་མཇུག་གཉིས་མཐུད་ངང་ནས་དཀྱིལ་འཁོར་གྱི་འགྲམ་དུ་ཡོང་སྟེ་ལག་ཏུ་བདུག་སྤོས་སོགས་མཆོད་རྫས་བསྣམས་ནས་ཁ་ཁུ་སིམ་པོས་སྒུག་ནས་བསྡད་ཡོད། དེ་ནི་ཁོ་ཚོས་ཚོན་མདོག་རྣམ་པར་བཀྲ་བའི་རྡུལ་ཚོན་ལས་གྲུབ་པའི་འཇིག་རྟེན་དེ་སྒོ་བུར་འགྱུར་ལྡོག

འགྲོ་བ་དང་མེད་པར་གྱུར་བ་དེ་བདེན་དཔང་དཔྱོད་རྒྱུ་རེད། མཇལ་ཁ་ཞུ་བའི་བྱེད་སྒོ་ཁག་གྲུབ་པའི་རྗེས་སུ་དགེ་འདུན་པ་ཚོས་ངལ་བ་ཚད་མེད་སྤྱད་དེ་བཏོད་པའི་འབུར་གཟུགས་ཀྱི་རི་མོ་ལྷ་བུའི་ཡི་དམ་གྱི་ཕོ་བྲང་འཁྱིལ་ཙམ་གྱི་དུས་ཚོད་ནང་དུ་ཁོ་ཚོས་ཚམ་ཚོམ་གཏན་ནས་མེད་པར་གཤིགས་གསོལ་གནང་བ་དང་། ཚོན་ཁྲ་ཅན་གྱི་རྡུལ་ཚོན་རྣམས་ཅུབ་ཅུབ་བཟོས་ནས་བུམ་པའི་ནང་དུ་བླུགས་ཏེ་ཆུ་བོའི་ནང་དུ་བཤངས་པ་ནི་ལོ་རྗེས་མར་ཡང་ཞི་བདེ་དང་ལོ་ཕྱུགས་ལེགས་པའི་བཀྲ་ཤིས་མཚོན་རྟགས་ཤིག་ཡིན།

དཀའ་བ་སྤྱད་ནས་པང་དུ་བླང་ཚོག་ལ། སླ་མོས་ས་ལ་དོར་ཡང་ཚོག་ཅིང་། ཐེངས་མ་རེ་རེ་བཞིན་སྲུབ་པ་དང་། ཡང་ཐེངས་མ་རེ་རེ་བཞིན་བསྐྱུན་ཏེ། གྲ་རྒྱས་ལྡན་པའི་དཔང་པོ་བྱེད་སྒྲོང་ལ་མཛེས་སྡུག་ཡང་སྟོན་སྒྲོང་། འོན་ཀྱང་བྱེ་མ་ནི་མཐའ་མ་བྱེ་མ་དེ་རང་དུ་འགྱུར་རྒྱུ་རེད། དེ་ནི་ཕལ་ཆེར་དཀྱིལ་འཁོར་གྱི་དོན་སྙིང་གི་གནས་དེ་ཡིན།

རྡུལ་ཚོན་དཀྱིལ་འཁོར།

བོད་བརྒྱུད་ནང་བསྟན་ཁྲིད་དུ་དམིགས་བསལ་ཡོད་ལ་སྨུས་ཀ་དག་པའི་ཆོས་ལུགས་ཀྱི་སྒྱུ་རྩལ་ཞིག་ཡོད་པ་སྟེ་རྡུལ་ཚོན་དཀྱིལ་འཁོར་ཡིན།

དཀྱིལ་འཁོར་ལ་སམ་སྐྲི་ཏའི་སྐད་དུ་མཎྜལ་ཞེས་བྱ་བ་དང་། དཀྱིལ་འཁོར་ནི་གནའ་བོའི་རྒྱ་གར་གྱི་རྒྱུད་སྡེ་འཛིན་པས་སྒོམ་སྒྲུབ་བྱ་ཐབས་ལས་བྱུང་བ་ཡིན་ཞིང་། དཀྱིལ་འཁོར་འབྲི་བྱའི་གཞིར་ཤིང་གི་སྒྲོམ་གྲུ་བཞི་བསྒྲིགས་ནས་སྟེང་དུ་ཐོད་པའི་ནང་དུ་ཡི་དམ་གྱི་གཟུགས་བརྙན་བཀོད་པ་ན་དཀྱིལ་འཁོར་གྱི་རྩ་བའི་དབྱིབས་དེ་གྲུབ་པ་ཞིག་ཡིན།

རྡུལ་ཚོན་གྱི་དཀྱིལ་འཁོར་ལ་རྡུལ་ཚོན་མཎྜལ་ཡང་བརྗོད་ཀྱི་ཡོད། ལོ་ངོ་2500སྔོན་ནས་སངས་རྒྱས་ཤཱཀྱ་ཐུབ་པ་སྐུ་ངོ་མས་རྡུལ་ཚོན་གྱི་དཀྱིལ་འཁོར་བཀོད་རྒྱུའི་བཀའ་གནང་བ་དང་། མཛེས་སྡུག་ལྡན་པའི་ཆོས་ལུགས་ཀྱི་སྒྱུ་རྩལ་དེ་རྒྱལ་རབས་རིམ་བརྒྱུད་ཀྱིས་རྒྱུན་འཛིན་བྱས་ཤིང་། དུས་རབས་བཅུ་གཅིག་པའི་དུས་སུ་རྒྱ་གར་ནས་བོད་དུ་དར་བ་མ་ཟད་ད་བར་རྒྱུན་འཛིན་ཐུབ་ཡོད།

རྡུལ་ཚོན་དཀྱིལ་འཁོར་དུ་སྤྱོད་པའི་ཚོན་ཁྲ་ཅན་གྱི་བྱེ་མ་ནི་དམིགས་བསལ་རྡོ་རྫོག་ནས་བྱེ་མ་དཀར་པོར་ཚོས་བརྒྱབ་པ་ལས་གྲུབ་པ་ཞིག་ཡིན་པ་དང་། བྱེ་རྡུལ་ལ་སྦྱར་ནས་ལྡན་པའི་ཆོས་གཞི་དཀར་པོ་ཕུད་པའི་ད་དུང་ནག་

པོ་དང་སྔོན་པོ། དམར་པོ། སེར་པོ། ལྗང་ཁུ་བཅས་ཁྲོན་བསྒོམས་ཚོས་སྣ་རིགས་བདུག་ཡོད་ཅིང་། དཀར་པོ་ཕུད་པའི་དེ་མིན་གྱི་ཚོས་གཞི་བཞི་པོ་དེ་དག་ལའང་མཚོ་དང་བར། སྐྱ་བཅས་རིམ་པ་གསུམ་དུ་དབྱེ་སྟེ་ཁྲོན་བསྒོམས་ཚོས་སྣ་བཅུ་བཞི་སྦྱོར་བ་བྱེད་ཀྱི་ཡོད། སྤྱིར་བཏང་ནས་བརྗོད་ན་སྔོན་པོ་དང་སེར་པོ། དམར་པོ། ལྗང་ཁུ། དཀར་པོ་ལྟ་ནི་རྩ་བའི་ཚོས་གཞི་ཡིན་ཞིང་ཕྱོགས་ལྔའི་ལྷ་དང་ཕྱོགས་ལྔའི་ཤེས་རབ་དང་དོ་མཉམ་དུ་གོ་བ་ཡིན།

རྡུལ་ཚོན་དཀྱིལ་འཁོར་བཞེངས་པར་སྦྱོང་བརྡར་ཡག་པོ་ཐེབས་པའི་དགེ་འདུན་པ་མང་པོས་མཉམ་སྦྲུབ་བྱེད་དགོས། རྡུལ་ཚོན་དཀྱིལ་འཁོར་མ་བཞེངས་སྔོན་དུ་རབ་བྱུང་བས་སྔོན་ལ་སྡིངས་ཆའི་ཐིག་ཀེར་ཐིག་དང་ཟུར་གཏད་ཐིག་སྐོར་མོ་སོགས་འབྲི་དགོས་ཤིང་། དེ་ནི་རི་མོའི་མཚོན་བྱ་བཀོད་སྒྲིག་བྱ་རྒྱུ་གཏན་འཁེལ་བྱེད་པའི་རྨང་གཞི་ཞིག་ཡིན། དེ་ནས་ཁོ་ཚོས་དཀྱིལ་འཁོར་བྲིས་ཐིག་བཏབ་པ་དང་སླར་ཡང་དབུས་ནས་འགོ་བཙུགས་ཏེ་དཔེ་རིས་བྲིས་ཏེ་རིམ་བཞིན་ཕྱི་ཕྱོགས་སུ་རྒྱ་ཆེར་གཏོང་གི་ཡོད། གོ་རིམ་ཚང་མར་སྟོན་པའི་བཀའ་ལྟར་རྒྱུད་སྡེའི་ལུགས་བཞིན་བཞེངས་དགོས་ཤིང་། དཀྱིལ་འཁོར་བཞེངས་མཁན་གྱི་དགེ་འདུན་པ་ཚང་མས་དཀྱིལ་འཁོར་བཞེངས་སྐབས་སྦྱོང་བརྡར་ནན་པོ་བྱས་ཏེ་ཞིབ་ཕྲའི་བཞེངས་སྐབས་ཚང་མ་སེམས་སུ་བརྟན་པོར་ངེས་དགོས་པ་ལས་རང་འདོད་ལྟར་གསར་གཏོད་བྱས་ཆོག་གི་མེད།

དཀྱིལ་འཁོར་བཞེངས་རྒྱུར་ངལ་བ་ཆེ་ཞིང་ཞིབ་ཅིང་ཕྲ་བའི་བརྒྱུད་རིམ་བརྒྱུད་དགོས་ཀྱི་ཡོད། དགེ་འདུན་པས་རྟུལ་ཚོན་ས་སྟེང་དུ་འགྲེམ་པའམ་ཆེད་མངགས་བཟོས་པའི་སློང་དབྱིབས་ཀྱི་བྱེ་མ་བླུགས་སྣོད་ནང་དུ་བླུགས་པ་དང་སླར་ཡང་མ་དཔེའི་སྟེང་དུ་ཚགས་རྒྱག་གི་ཡོད། ཐབས་ཤེས་གང་འདྲ་ཞིག་སྤྱད་ཀྱང་ཚང་མར་ཞིབ་ཅིང་ཕྲ་བའི་སྒོ་ནས་རྟུལ་ཚོན་སྤྱད་དེ་བྲིས་དགོས་པ་མ་ཟད། བློ་རྩེ་གཅིག་སྒྲིམ་བྱས་ཏེ་དཔེ་རིས་ཧྲིལ་པོ་ངེས་པར་དུ་འབྲེལ་ཆགས་པོ་དགོས་ཤིང་གཟབ་གཟབ་ཕྲན་ཙམ་མ་བྱས་ཀྱང་རྐང་རྗེས་ལག་བསུབ་ཆགས་རྒྱུ་ཉག་གཅིག་ཡིན། དཀྱིལ་འཁོར་ཆེ་ཆུང་མི་འདྲ་བར་རྒྱུན་དུ་ཉིན་ཁ་ཤས་སམ་ཟླ་བ་ཁ་ཤས་ཀྱི་དུས་ཚོད་རིང་ཐུང་མི་འདྲ་བ་དགོས་ཀྱི་ཡོད། མཐར་ལེགས་གྲུབ་བྱུང་བའི་རྟུལ་ཚོན་དཀྱིལ་འཁོར་གྱི་ཚོན་མདོག་རྣམ་པར་བཀྲ་ཞིང་བྱེ་རྟུལ་ལ་བརྟེན་པའི་རིམ་བརྩེགས་ཀྱི་ཚོར་སྣང་ཆེན་པོ་ལྡན་པའི་མཚམས་སྦྱོར་བ་དེས་ཆོས་ལུགས་ཀྱི་སྙིང་པོ་སྐྱོན་མེད་ངང་བརྒྱུད་བསྒྲགས་བྱེད་ཀྱི་ཡོད།

དཀྱིལ་འཁོར་ལ་འབྲི་ཆ་སྣ་ཚོགས་ཡོད་ཅིང་། ཆེ་བར་གྲུ་བཞི་རྫིད་གཅིག་མ་དང་། དེ་བས་ཆེ་བའི་དཀྱིལ་འཁོར་གྱི་ཆེ་ཆུང་ལ་རྫིད་ངོས་གྲུ་ལྔ་དྲུག་ཡོད་ཅིང་། ཆོས་ལུགས་ཚོ་ག་ཆེན་པོ་སྤྱིལ་རིམ་བཞིན་དགོན་པའི་དགེ་འདུན་པ་རྣམས་ཀྱིས་དེ་བས་བགྲང་གིས་མི་ལངས་པའི་བྱེ་རྟུལ་གྱིས་ཡ་མཚན་ཆེ་ལ་ཚོན་མདོག་སྣ་མང་གི་ལྷ་ཡི་ཞིང་ཁམས་ཤིག་བཀོད་གནང་གི་ཡོད། འོན་ཀྱང་དཀའ་བ་ཚད་མེད་སྤྱད་དེ་གསར་གཏོད་བྱས་པའི་སྤུས་དག་སྙན་གྲལ་གྱི་བྱེ་མའི་རི་མོ་དེ་

དག་ཆོ་ག་གྲུབ་པའི་རྗེས་སུ་སོམ་ཉི་གཏན་ནས་མེད་པར་འཕྲུག་ནས་ཤུལ་མེད་དུ་གྱུར་གྱི་ཡོད། ཕྱེ་རྡུལ་དེ་དག་བུམ་པའི་ནང་བླུགས་ནས་ཕྱིད་ཀ་ཆོས་ལུགས་ཀྱི་ཆོ་གར་ཞུགས་མཁན་དང་ལྷན་པར་གནང་སྩོལ་ཡོད་པ་དང་། ཕྱིད་ཀ་ཆུ་མིག་གམ་གཙང་ཆུའི་ནང་དུ་བཤངས་ཀྱི་ཡོད་ཅིང་རྒྱུག་ཆུས་སྨོན་ལམ་དང་སྔགས་ཏེ་རྒྱ་མཚོའི་ཕྱོགས་སུ་འཁྱུར་ནས་འཛམ་བུའི་གླིང་དུ་ཁྱབ་འགྲོ་བཞིན་ཡོད།

ཕྱེ་མ་ནི་འཇིག་རྟེན་གྱི་བཟོ་བཀོད་བྱེད་པའི་རྒྱུ་གཙོ་བོ་ཞིག་ཡིན་པ་དང་། རྡུལ་མཚོན་གྱི་དཀྱིལ་འཁོར་ནི་མཛེས་ཤིང་ལྷ་ན་སྡུག་ལ་གཉོད་ཚུང་ཞིང་འགྱུལ་བ་ཙམ་གྱིས་ཞིག་འགྲོ་ཡི་ཡོད་པས་དེས་འཇིག་རྟེན་ནི་མི་རྟག་སྒྱུ་མའི་རང་གཤིས་ངོ་མ་ཡིན་པ་གསལ་སྟོན་ཡག་ཤོས་བྱེད་ཐུབ་ལ་དེ་ནི་ཕྱེ་རྡུལ་གྱི་རྡུལ་མཚོན་དཀྱིལ་འཁོར་གྱིས་མི་རྣམས་ལ་བསམ་གཞིགས་བྱེད་བཅུག་པ་ཡང་ཡིན་ཤས་ཆེ།

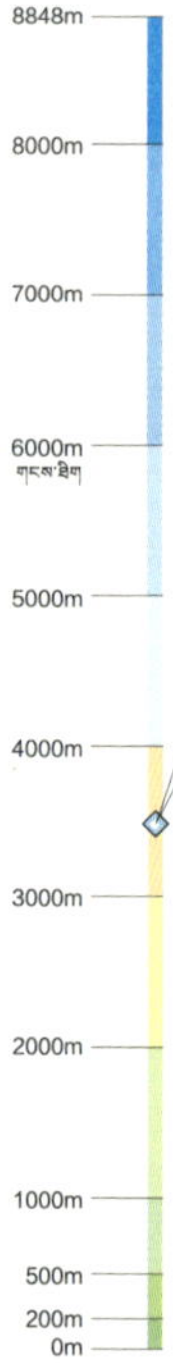

གྲོ་མོ།
བོད་རང་སྐྱོང་ལྗོངས།

 རྒྱ་མཚོའི་ངོས་ལས་མཐོ་ཚད་
རྨིད3500ཡོད་པ།

གྲོ་མོ་ནི་བོད་རང་སྐྱོང་ལྗོངས་ཀྱི་ལྷོ་རྒྱུད་གཞིས་རྩེ་གྲོང་ཁྱེར་གྱི་ཁོངས་སུ་གཏོགས་ཤིང་། གཞིས་རྩེ་ནས་བར་ཐག་སྤྱི་ལེ་390ཡོད་པ་དང་། ལྷ་ས་ནས་བར་ཐག་སྤྱི་ལེ་580ཡོད། དེའི་ས་ཁོངས་སུ་རི་བོ་སྔོ་ཞིང་ཆུ་བོ་དྭངས་བ་དང་གནམ་གཤིས་ཚ་གྲང་སྙོམ་པ། ཆུ་འགོ་འབེལ་ཞིང་ཐོན་ཁུངས་ཕུན་སུམ་ཚོགས་པོ་ཡོད་པས"བོད་ཀྱི་རི་ཀླུང་མཛེས་པའི་ལྷོ་རྒྱུད་ཆུང་ངུ"ཞེས་པའི་མཛེས་སྡུག་གི་མཚན་སྙན་འབོད་སྲོལ་ཡོད། གྲོ་མོ་རྫོང་གི་ཕག་རི་གྲོང་

ནད་ཅན་དུག་སྐྱེས་ཡོང་བའི་སྟོབས་ཤུགས་ཏེ། ཡ་མཚན་ཅན་གྱི་བྲག་རྫོང་ཆུ་ཚན།

རྫལ་ལ་མཐོ་ཚད་རྒྱ་མཚོའི་ངོས་ལས་སྨིད་4360ཡོད་པ་དང་། "འཛམ་གླིང་སྙིང་གི་གྲོང་རྫལ་མཐོ་ཤོས"ཞེས་པའི་སྙན་གྲགས་ལྡན་ཡོད། གྲོ་མོའི་ས་ཁོངས་སུ་རང་བྱུང་དང་རིག་སྐྱུན་ཡུལ་སྐོར་གྱི་ཐོན་ཁུངས་ཕུན་སུམ་ཚོགས་པོ་ཡོད་ལ་གྲོ་མོའི་མཐའ་མཚམས་ཀྱི་ཉེ་ཚོང་ཡང་འཕྲུག་པོ་ཡོད།

མི་1000ལྷག་ཙམ་ལས་མེད་པའི་གྲོ་མོ་གྲོང་རྫལ་ཆུང་ངུ་དེར་བལྟས་ཙ་ན་སྨན་ཁང་ཞིག་དང་འདྲ་པོ་ཡོད།

ལོ་16ལ་སོན་པའི་པད་མར་སེ་བ་ཏུས་ཉམས་པའི་ནད་ཐོག་ཡོད་ཅིང་། ཁོ་མོའི་བློ་ལ་རྐང་རྒྱག་ངང་མནའ་མར་འགྲོ་རྩིས་མེད། གྲོང་རྫལ་ཆུང་ངུ་དེའི་ནང་དུ་ཡ་མཚན་གྱི་སྨན་ཁང་ཞིག་ཡོད་པ་དེས་ཁོ་མོའི་ནད་དེ་བཅོས་ཐུབ་ཀྱི་ཡོད་པ་གོ་ཐོས་བྱུང་བས་ཨ་མས་ཁོང་མོ་ཁྲིད་ནས་གྲོང་རྫལ་ཆུང་ངུ་དེར་སླེབས།

སྨན་པས་པད་མར་སློག་པར་བརྒྱབ་པ་དང་ཤིང་ལ་རྒྱུན་གཏན་ཟས་ལ་དོ་སྣང་བྱེད་དགོས་པ་དང་། གལ་ཏེ་དོ་སྣང་མ་བྱས་ན་ཕོ་མོའི་ནད་དྲག་སྐྱིད་ཡག་པོ་ཡོང་གི་མ་རེད་ཅེས་བརྗོད། པད་མར་སྨན་བཅོས་བྱེད་མཁན་རབ་འབྱམས་སྨན་པ་དེའི་མིང་ལ་པ་སངས་ཞེས་པ་དང་། པ་སངས་ཀྱིས་ནད་པར་སྨན་ཤོག་བྲིས་པའི་ནང་དུ་རྟག་ཏུ་ཆུ་ཚན་རྒྱག་དགོས་པ་བྲིས་ཀྱི་ཡོད། ཤོད་སྲོལ་ལ་བྱ་རྒོད་ཅིག་གཤོག་པ་ཆག་ནས་ཆུ་ཚན་དེའི་ནང་དུ་ལྷུང་ཞིང་ཉིན་བདུན་སོང་བའི་རྗེས་སུ་བྱ་རྒོད་དེ་ཡ་མཚན་ལྡན་པའི་སྒོ་ནས་འཕུར་ནས་སོང་བས་ཆུ་ཚན་དེར་བྱ་རྒོད་ཆུ་ཚན་ཞེས་བཏགས་པ་རེད་ཟེར།

བྱ་རྒོད་ཆུ་ཚན་ལ་འགྲོ་བའི་འགྲིམ་འགྲུལ་སྟབས་བདེ་པོ་ཡོད་པ་དང་། ཆུ་ཚན་རྒྱག་པར་ཡོང་མཁན་གྱིས་ཆུ་ཚན་གྱི་ཆུ་ཡག་པོ་ཡོད་པ་མ་ཟད་འབྱུང་ཆུ་ཡང་བྱས་ཆོག་ཅེས་ཚང་མར་བརྗོད་ཀྱི་ཡོད་པས་དེར་ཡོང་མཁན་མི་མང་པོ་ཡོད།

འདིར་ཆུ་ཚན་མི་འདྲ་བ་ཁག་12ཙམ་ཐོར་དུ་གནས་ཡོད་ཅིང་། ཆུ་ཚན་འགའ་ཤས་ནི་རྡོ་ཕན་ཚུན་བརྡར་ན་གཞི་ནས་ཆུ་ཐོན་གྱི་ཡོད། གོ་ཐོས་ལ་ཆུ་མིག་ཚང་མར་ནད་གཞི་འགའ་ཤས་ལྷན་དུ་བཅོས་པའི་ནུས་པ་ཡོད་ཟེར། མི་རྣམས་ཀྱིས་ཆུ་ཚན་ཁག་སོ་སོའི་ནང་དུ་རེས་མོས་བྱས་ཏེ་འཇུལ་ནས་སྐད་ཆ་ཅི་ཡང་གླེང་བཞིན་ཡོད་པས་ཆུ་ཚན་གྱི་རྫིང་བུ་ཁག་ཀུང་སྤྱི་ཚོགས་ཀྱི་འབྲེལ་བ་བྱེད་སའི་དྭ་བ་ལྟ་བུ་ཞིག་ཆགས་ཡོད། ན་ཆུང་མ་པད་མས་འདི་གར་མི་མང་པོ་ཞིག་ངོ་ཤེས་ཀྱི་ཡོད་ལ་སྤྱི་ཚོགས་སྟེང་གི་གནས་ཚུལ་ཡང་རྒྱུས་མངའ་མང་པོ་བྱུང་ཡོད། འདི་གར་ཉིན་ལྟར་ས་ཆ་གཞན་དག་ནས་རྡོག་ཁྲིས་འཕུར་ཏེ་འཁར་རྒྱུག་བཙུགས་ནས་ཡོང་མཁན་གྱི་མི་ཡོད་ལ་ཉིན་ལྟར་དེ་ནས་ཐོན་འགྲོ་མཁན་

ཡང་ཡོད། བྱ་རྒོད་ཆུ་ཚན་གྱི་ཕྱི་རུ་དྲག་སྐྱེད་བྱུང་བའི་མིས་དབྱུགས་པའི་འཁར་རྒྱུག་མི་ཉུང་བ་ཞིག་ཡོད་ཅིང་། འཁར་རྒྱུག་དེ་དག་གིས་བྱ་རྒོད་ཆུ་ཚན་གྱི་ཕན་ནུས་དཔེ་མི་སྲིད་པ་ཡོད་པ་བདེན་དཔང་ཐུབ་པ་དང་མི་མང་པོ་ཞིག་གིས་ཆུ་ཚན་བརྒྱབ་རྗེས་ཐོག་མར་རེངས་པོར་འགྱུར་ཡོད་པའི་རྐང་པ་འགུལ་སྐྱོད་བྱེད་ཐུབ་ཀྱི་ཡོད། ནད་པ་ཞིག་གིས་པ་སངས་ལ་ཁོང་གི་རྐང་པའི་རུས་པའི་གཞོགས་ཁ་ཤས་ད་དུང་ན་གི་འདུག་ཟེར་བ་དང་པ་སངས་ཀྱིས་ནད་གཞི་སྟུག་ཏུ་འགྲོ་ཡི་མ་རེད། ག་ལེར་སྐྱོད་པ་ཡིན་ན་དྲག་སྐྱེད་ཡོང་གི་རེད་ཅེས་བཤད།

ཨེམ་རྗེ་པ་སངས་ཀྱིས་ཆུ་ཚན་ལ་དཔེ་མི་སྲིད་པའི་ཕན་ནུས་དེ་འདྲ་ཡོད་པའི་རྒྱུ་མཚན་གང་ཡིན་པ་རྟག་ཏུ་ཤེས་འདོད་བྱེད་ཀྱི་ཡོད་ཅིང་། ཁོང་གིས་ཆུ་ཚན་གྱི་ཆུ་ཤེལ་དམ་ནང་བླུགས་ཏེ་བརྟག་དཔྱད་བྱ་ཡུལ་དུ་ཆུ་ཚན་གྱི་ཆུའི་གྲུབ་ཆ་གང་ཡོད་མེད་རྗེས་འགྱུར་བརྟག་དཔྱད་བྱ་རྒྱུར་སྐྱེལ་རྒྱུའི་བསམ་བློ་འཁོར་བ་དང་། །གློག་འགྱུར་གྱི་ཚོར་སྣང་ཤིན་ཏུ་ཟབ་པའི་ཆུ་ཚན་གྱི་ཆུར་ཚན་རིག་གི་ཐོག་ནས་ལྟ་འདོད་བྱེད་ཀྱི་ཡོད། ཁོང་གིས་དབྱེ་ཞིབ་བྱས་ནས་ཐོབ་པའི་འབྲས་བུ་ནི་ཆུ་ཚན་ནང་དུ་མིའི་ལུས་ལ་ཕན་པའི་གཏེར་རྒྱུ་འགའ་ཞིག་དངོས་གནས་ཡོད་པ་དེ་ཡིན།

འདིར་སྨན་གྱི་ལུང་པ་ཞེས་བརྗོད་ཀྱི་ཡོད་པ་དང་རི་སྟེང་ནས་བོད་སྨན་བཟོ་བའི་རྒྱུ་ཆ་འགའ་ཞིག་རྙེད་ཀྱི་ཡོད་པས་པ་སངས་ཀྱིས་རྟག་ཏུ་རི་ལ་སྨན་རྩྭ་འཐུ་བར་འགྲོ་ཡི་ཡོད། སྨན་རྒྱུ་དེ་དག་དང་ཆུ་ཚན་གྱི་ཡ་མཚན་ཅན་གྱི་ཕན་ནུས་བར་ལ་ཕལ་ཆེར་འབྲེལ་བ་ཡོད་པ་པ་སངས་ཀྱིས་བསམ་བློ་གཏོང་བཞིན་ཡོད།

ནད་པ་དེ་དག་གིས་ལྷོད་ལྷོད་ངང་མིག་མངས་རྒྱག་པ་དང་ཉི་མ་བསྲོ་ཞིང་ཁ་བརྡ་སྤྲོད་ཀྱི་ཡོད་པས་ཨེམ་རྗེ་པ་སངས་ཀྱི་བློ་ངོར་ནད་པའི་ངོས་ནས

བཙོད་ན་སྨན་བཅོས་གལ་ཆེ་ཤོས་ནི་ཕལ་ཆེར་ཁོར་ཡུག་ཡིན་པ་རེམ་བཞིན་ཤེས་རྟོགས་བྱུང་། འདིར་མི་རྣམས་ཀྱིས་རང་ཉིད་ནད་པ་ཡིན་པར་ངོས་འཛིན་བྱེད་ཀྱི་མེད་པར་ཁོ་ཚོས་ཆུ་ཚན་ནང་ཞུགས་པ་དང་སྨན་ཟ་བ། ཁ་བཏ་སྒྲོད་པ། ཉི་མ་བསྲོ་བ། ད་དུང་རོལ་རྩེད་དམ་ཡང་ན་དེར་ཧོན་ཐོར་ནས་ཀྲུང་ཀྲུང་མ་བསྡད་པར་སེམས་པ་ལྷོད་ལྷོད་བྱས་ནས་སྡོད་ཀྱི་ཡོད། ཁོ་ཚོ་རང་བྱུང་ཁྲིད་དུ་འཚར་སྐྱེད་བྱུང་བ་དང་། རང་བྱུང་ཁྲིད་དུ་དྲག་སྐྱེད་ཡོང་གི་ཡོད། རི་བོའི་སྟེང་དུ་ཀླུང་པོས་དར་ཚོན་སྣ་ལྔ་ལྷབ་ལྷུབ་ཏུ་གཡོ་ཞིང་། མཁའ་དབྱིངས་སུ་ཆོས་རྩམ་གཏོར་བ་དེ་དག་གིས་ལྷག་བསམ་རྣམ་དག་གི་སྨོན་ལམ་འདེབས་མཁན་དང་ལྡན་མང་ཚོགས་ཀྱི་འདུན་པ་བཟང་པོ་འགྲུབ་པའི་རེ་བ་བཅོལ་བཞིན་ཡོད། དེ་ཡང་ནད་པ་དྲག་སྐྱེད་ཡོང་བའི་འགྲུལ་ཤུགས་ཆེ་ཤོས་ཤིག་ཡིན་སྲིད།

མཚོ་བོད་མཐོ་སྒང་དུ་ཆུ་ཚན་600ལྷག་ཙམ་ཡོད་ཀྱང་ཆུ་ཚན་ཡོད་ཚད་ལ་གང་བྱུང་དུ་ཆུ་ཚན་རྒྱག་རྒྱུ་འཚམས་པོ་མེད།

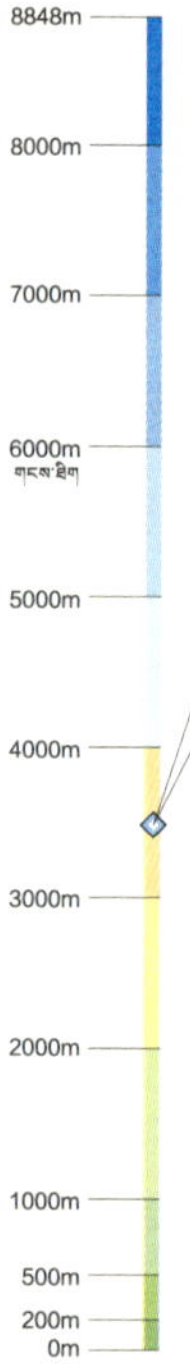

འབའ་ཐང་།
སི་ཁྲོན་ཞིང་ཆེན།

རྒྱ་མཚོའི་ངོས་ལས་མཐོ་ཚད་སྨིད3300ཡོད་པ།

འབའ་ཐང་རྫོང་ནི་སི་ཁྲོན་ཞིང་ཆེན་དཀར་མཛེས་ཁུལ་གྱི་ནུབ་རྒྱུད་དུ་གནས་ཡོད་པ་དང་། འབའ་ཐང་མཚོ་ཤུ་རོང་རྒྱལ་ཁབ་ནགས་ཚལ་སྤྱི་གླིང་ལ་རང་བྱུང་ཆ་རྐྱེན་དམིགས་བསལ་ལྡན་ཞིང་། ས་དབྱིབས་དང་ས་བབ་རྙོག་འཛིང་ཆེ་ལ། ཡུལ་ལྗོངས་ཐོན་ཁུངས་སྣ་མང་ཡ་མཚན་ལྡན་པས་མཛེས་སྡུག་ལྡན་པའི་རང་བྱུང་འབྱུང་ཁམས་ཀྱི་ནོར་མཛོད་དང་། འབྱུང་ཁམས་ཡུལ་སྐོར་མཁན་གྱི་ལྷ་ཡུལ་ལྟ་བུ་ཞིག་ཡིན་པས"ཀྲུང་གོའི་ཤམ་ཧྲ་ལ་ཆེན་པོ་འབྱུང་ཁམས་ཡུལ་སྐོར་ཁུལ་གྱི་མུ་ཏིག"ཅེས་པའི་མཚན་སྙན་ལྡན་ཡོད།

རང་ཤུགས་སུ་འབྲེལ་བ་ཆགས་པ་སྟེ། མགོ་སྐད་གི་བརྩེ་དུང་།

འབབ་ཐང་དུ་ས་འོག་ཚ་ཉུས་མང་ལ་ཆུ་མིག་གང་སར་ཡོད་ཅིང་། བར་མཚམས་མེད་པར་འཐོར་བའི་ཆུ་ཚན་གྱི་ཆུའི་དྲོད་ཚད་90℃ཟིན་གྱི་ཡོད། དྲོད་ཚད་མཐོ་བའི་ཆུ་ཚན་གྱི་ཆུ་ནི་ཆུ་མིག་ལས་ཐོན་ཞིང་། རི་གསེབ་ཀྱི་མཁའ་ཀླུང་ཁྲོད་དུ་ཆུ་མིག་གི་ཆུའི་རླངས་པས་ཁེངས་ནས་ཡོད།

ས་ཆ་གཞན་དག་གི་སློབ་ཆེན་དུ་སློབ་སྦྱོང་བྱེད་བཞིན་པའི་ལྷ་མོས་སྒྲུག་གཟེབ་གཅིག་འཁུར་ནས་ཡོང་། ད་ལྟ་ཁོང་དགུང་ཁའི་གུང་གསེང་ཡིན་ཞིང་ཉེ་ཆར་ཁོང་ལ་བལྟས་ན་སེམས་ནད་ཕྲན་ཙམ་ཡོད་པ་འདྲ་པོ་འདུག

ལྷ་མོའི་སྒྲུག་གསེབ་ནང་དུ་སྒོ་ང་ཁ་ཤས་བླུགས་ཡོད། ཁོང་གིས་སྒྲུག་གསེབ་དེ་བར་མཚམས་མེད་པར་གྱེན་དུ་འཕྱུར་བཞིན་པའི་ཆུ་མིག་གི་ཆུ་ཚ་པོའི་ནང་དུ་བླུགས། ཆུ་མིག་ནང་དུ་བཙོས་པའི་སྒོ་ངའི་སེར་རིལ་ནི་སོས་ལ་ཕྱི་ཡི་སྒྲི་དཀར་ཞིམ་པོ་ཡོད། ལྷ་མོས་དེ་རིང་བཙོས་པའི་སྒོ་ང་ནི་ཁོང་གི་སེམས་ནང་གི་མི་དེ་ལ་འབུལ་མཁན་རེད།

རི་གཤམ་གྱི་ནེའུ་གསིང་གཡུ་ཡི་སྤང་ལྗོངས་སྟེང་དུ་ཕྱུགས་རྣམས་བག་ཕེབས་དང་ནས་སྩོ་ལྡང་གི་རྩྭ་ལ་རོལ་བཞིན་མཆིས།

ཤེས་རབ་ཀྱིས་ཁྲིམ་གྱི་སྒོ་ནས་ཐོན་ཏེ་ཕ་ལ་"སྤ་ལགས་ང་ཕྱུགས་ལ་བལྟ་བར་འགྲོ་ཡི་ཡིན"ཞེས་བརྗོད། པ་ཕས་ཁོ་ལ་"ཕྱུགས་རྣམས་རྩྭ་ཚུ་གང་ལེགས་སར་དྲོངས་ཤིག"ཅེས་མངགས་བཅོལ་བྱས།

ཤེས་རབ་ནི་ཤང་དུ་ལས་ཀ་བྱེད་ཀྱི་ཡོད་ཅིང་། དེ་རིང་ཁོས་རྩྭ་ཐང་སྟེང་དུ་ཕྱུགས་འཚོ་བར་འགྲོ་ཡི་ཡིན་ཟེར་བ་ནི་དོན་དངོས་ཐོག་ཁོང་གི་དགའ་རོགས་ཐུག་རྒྱུའི་ཆེད་དུ་རེད། ཁོས་ཕྱུགས་རྣམས་འཚོ་བཞིན་པའི་སྐབས་དེར་ལྷ་མོས་སྐྱུག་གསེབ་གཅིག་འཁྱུར་ནས་ཡོང་གི་ཡོད་པ་དང་ལག་པ་གཡུག་ནས་ཁོ་ལ་ལག་བརྡ་བྱས།

ཤེས་རབ་ཀྱིས་གོམ་པ་འགག་སྐྱོད་ནས་ལྷ་མོ་བསུས་ཤིང་། ལྷ་མོར་"འདིར་སྡོད་དོ"ཞེས་བརྗོད་ནས་ཁོ་གཉིས་སྤང་གི་སྟེང་དུ་གླིང་མོལ་བྱེད་བཞིན་བསྡད། ཤེས་རབ་ཀྱིས་"ལྷ་མོར་ཁྱོད་ག་དུས་ཡོང་བ་ཡིན་ནམ"ཞེས་དྲིས།

"རྒྱུན་རིང་མ་སོང"ཞེས་ལྷ་མོས་ལན་བཏབ།

"ད་ལྟ་གང་དུ་འགྲོ་འམ"ཞེས་ཤེས་རབ་ཀྱིས་ལྷ་མོར་དྲིས།

ལྷ་མོས་"མཚོ་སྔོར་དུ་འགྲོ། ངས་སྒོ་ང་ཁ་ཤས་འཁྱེར་ཡོད"ཅེས་བརྗོད།

" སྒོ་ང་གང་དུ་ཡོད། ག་པར་བཙོས་པ་ཡིན" "ཕ་གིར"ཞེས་ལྷ་མོས་མཛུབ་མོ་བཙུགས།

ཤེས་རབ་ཀྱིས་"གཅིག་ཟ་ཡི་ཡིན"ཞེས་བརྗོད།

"ཚོས་འདུག་གམ"ཞེས་ལྷ་མོས་དྲིས། "ཚོས་འདུག ཞིམ་པོ་འདུག"

ཤེས་རབ་ཀྱིས་དགའ་སྤྲོའི་ངང་སྒྲ་ཚུང་ལེན་བཞིན་ན་གཞོན་གཉིས་ཀྱིས་མཚོ་སྔོར་དུ་དལ་པོར་སྐྱོད་པ་དང་། སེམས་དབུས་ནས་སྨོན་ལམ་འདེབས་བཞིན་བརྩེ་དུང་ཡང་རིམ་བཞིན་ཟབ་ཏུ་སོང་། ཁོ་ཚོའི་ཕ་ཡུལ་འབབ་ཐང་ནི་

ཤིན་ཏུ་མཛེས་ཤིང་། རྒྱང་རིང་ནས་བལྟས་ན་གནས་རི་དང་ནགས་ཚལ་གྱིས་ཁེངས་པ་དང་ཉེ་སར་དྭངས་ཤིང་གཙང་བའི་མཚོ་ཕྱུ་མཚོ་ཡོད། འབོད་སྒྲ་བསྒྲགས་པ་ཙམ་གྱིས་མཚོ་ཕྱུའི་མཚོའི་ནང་གི་ཉ་ཆུང་རྣམས་མཚོ་ཁར་རྒྱུག་ཡོང་གི་ཡོད་ཟེར་བས། ཤེས་རབ་ཀྱིས་སྐད་སྒྲ་བསྒྲགས་མ་ཉིད་དུ་དངོས་འབྲེལ་ཉ་ཁྱུ་གཅིག་རྒྱུག་ནས་ཡོང་།

ལྷ་མོས“ཡོང་གི་འདུག ཡོང་གི་འདུག ཉ་མང་པོ་ཡོང་གི་འདུག”ཅེས་དགའ་སྤྲོའི་ངང་ནས་བརྗོད།

མཚོ་ཆུ་དྭངས་ཤིང་མཚོ་མཐིལ་གསལ་བས་ལྷ་མོ་དང་ཤེས་རབ་ཀྱིས་ཆུ་ནང་དུ་ཟས་རིགས་དབྱུགས་པས་ཉ་དེ་བས་མང་བ་ཞིག་རྒྱུག་ནས་འོངས། ལྷ་མོས་གལ་སྲིད་སློབ་གྲྭ་བདེ་བླག་ངང་ཐོན་ཐུབ་ན་ཕོ་མོས་ཕ་ཡུལ་དུ་ལོག་ནས་ཕ་ཡུལ་ལ་ལེགས་སྐྱེས་འབུལ་བསམ་པ་ཡོད་ཅེས་བརྗོད།

ཤེས་རབ་ཀྱིས་ལྷ་མོའི་སྐད་ཆ་ཐོས་རྗེས་སེམས་ཧ་ཅང་དགའ་པོ་བྱུང་ཡང་གཉིས་ཀ་འཛམ་ཞིང་གཞུང་དྲང་ཅན་གྱི་བོད་རིགས་གཞོན་པ་དེ་ནི་ཁ་མཁས་པོའི་སྨྲ་ནས་བརྩེ་དུང་མངོན་པར་བྱེད་མཁན་ཞིག་མིན་པས་སྒློ་བུར་དུ་གསོལ་བ་སྨོན་ལམ་འདེབས་པའི་རླུང་རྟའི་ཤོག་བུ་མཁའ་དབྱིངས་སུ་གཏོར། ཚོན་ཁྲ་ཅན་གྱི་ཤོག་ལྷེ་དེ་དག་གིས་གཞོན་ནུའི་སེམས་གཏིང་གི་རེ་བ་དང་ཕུགས་འདུན་འཁུར་ཏེ་གནས་རི་དང་གནས་མཚོའི་བར་དུ་ལྡིང་བར་བྱེད་ཀྱི་ཡོད།

བདེ་སྐྱིད་ཀྱི་བརྩེ་དུང་སྙིང་དབུས་སུ་བཅངས་པ་ནི་ནགས་ཚལ་གྱི་ཡལ་འདབ་རྒྱས་པ་ཇི་བཞིན་གཏིང་ཟབ་ཏུ་འགྲོ་བཞིན་མཆིས། ཕ་ཡུལ་གྱི་མཛེས་ལྗོངས་ཀྱིས་དགོས་མེད་གཏམ་དོར་ཞིང་། རང་བྱུང་གི་ཕོར་ཡུག་ཁྲོད་དུ་མི་དང་མིའི་དབར་གྱི་བརྩེ་དུང་འབྲེལ་བ་ཡང་རང་ཤུགས་སུ་ཆགས་ཐུབ་པ་ཡོང་གི་ཡོད།

བོད་ཀྱི་ས་འོག་ཆ་རྒྱུས་ཀྱི་ཆུ་ཚན།

བོད་ཀྱི་ཆུ་ཚན་གྱི་གྲངས་ཚད་རྒྱལ་ཡོངས་ཀྱི་ཨང་དང་པོར་སླེབས་ཀྱི་ཡོད་ཅིང་། མཐོ་སྒང་དུ་ཆུ་ཚན་ཆེ་ཆུང་སྟོ་ཚོགས་བགྲང་གིས་མི་ལངས་པ་ཡོད་པ་མ་ཟད་ཆུ་ཚན་གྱི་རིགས་ཀྱང་ཧ་ཅང་གི་མང་པོ་ཡོད་པ་དང་། ཧ་ལམ་འཛམ་གླིང་ཐོག་གི་ཆུ་ཚན་གྱི་རིགས་ཚང་མ་ཚུད་པ་སྟེ། དཔེར་ན་ཆུ་ཚན་འབར་གས་དང་། ནམ་དུས་ཀྱི་ཆུ་ཚན། ཆུ་དྲོན་མོའི་ཆུ་ཚན། མཐོ་སྒང་གི་ཆུ་ཚ་པོའི་ཆུ་མིག ཆུ་གཞུང་གྱེན་འཕྱུར་ཆུ་ཚན། འདམ་བག་ཚ་པོའི་ཆུ་མིག ས་འོག་ཆ་རྒྱུས་རླངས་གཟུགས་སོགས་ཚུད་ཡོད། བོད་ཀྱི་ཆུ་ཚན་ཆགས་ཚུལ་ནི་དམིགས་བསལ་གྱི་ས་གཤིས་གྲུབ་ཚུལ་དང་ས་ཁམས་ཁོར་ཡུག་ལེགས་ཆ་ལས་བྱུང་བ་ཞིག་ཡིན་པ་དང་། ཆུ་ཚན་དེ་དག་ཚང་མ་རང་བྱུང་ཁམས་ཀྱིས་གནང་བ་ཞིག་རེད།

བོད་དུ་ཆུ་ཚན་རྒྱག་པ་ནི་སྲོལ་རྒྱུན་གྱི་བོད་ལུགས་གསོ་རིག་གི་སྨན་བཅོས་བྱ་ཐབས་ཤིག་ཡིན། དུས་རབས་བརྒྱད་པའི་དུས་མཇུག་ཏུ་བོད་ལུགས་གསོ་རིག་གསར་གཏོད་པ་གཡུ་ཐོག་ཡོན་ཏན་མགོན་པོས་མཛད་པའི་《རྒྱུད་བཞིའི》ནང་དུ་ལུས་ཟུངས་གསོ་ཞིང་རོ་བཅའ་གསོ་བ་དང་། ལུས་གསོ་ཞིང་ཚེ་བསྲིངས་བ། རླུང་ཞི་ཞིང་རྟུལ་གཙོག་པ། གདོང་གསོ་ཞིང་བུ་འཕོར་བ་སོགས་ཆུ་ཚན་གྱི་ནུས་པ་ཆེད་མངགས་གསུངས་ཡོད། ཆུ་མིག་ནང་དུ་ལུས་པོ་ཆབ་ཞུགས་བྱས་ཆོག་ལ་བཏུང་ཡང་ཆོག་པ་ཡིན། བོད་ལུགས་གསོ་བ་རིག་པའི་གཞུང་ལུགས་ལྟར་ན་ཁམ་བུའི་མེ་ཏོག་བཞད་པའི་སྐབས་སུ་ནད་རྣམས་ལང་བའི་དུས་ཡིན་པས་ཆུ་ཚན་བརྒྱབ་ན་ནད་རྣམས་ལངས་ནས་གསལ་བ་དང་། སྟོན་དུས་ཆུ་ཚན་བརྒྱབ་ན་ནད་ཀྱི་རྩ་བ་བཅོས་པ་ཡིན།

བོད་ཀྱི་ཆུ་ཚན་གྱི་རིག་གནས་ལོ་རྒྱུས་ཡུན་རིང་ལྡན་ཞིང་དུས་ཡུན་རིང་པོའི་ནང་དུ་བོད་ལུགས་གསོ་རིག་དང་ཆོས་ལུགས་གཞི་གཅིག་ཏུ་འབྲེལ་ཡོད། ཆུ་ཚན་གྱི་ལུམས་རྒྱག་ཐབས་ནི་བོད་ཀྱི་དམངས་ཁྲོད་དུ་དར་ཁྱབ་ཧ་ཅང་ཆེན་པོ་བྱུང་ཡོད་ཅིང་། བཅོས་ཐབས་དེ་རིགས་སྐབས་བདེ་ལ་ཕན་ནུས་ཆེ་བ་དང་།

དུག་སྐྱོན་དང་ཞོར་སྐྱོན་མེད་པའི་ཁྱད་ཆོས་ལྡན་ཡོད། བོད་རིགས་ཀྱི་མེས་པོས་ཆུ་ཚན་ཆགས་པའི་ས་འོག་ཏུ་ཚ་ནུས་ལྡན་པའི་གཏེར་དངོས་སྣ་ཚོགས་ཏེ་དཔེར་ན་མུ་ཟི་དང་། ཅོང་ཞི། བྲག་ཞུན། རྡོ་སོལ། མཚུར་སེར་སོགས་ཡོད་པ་དང་གཏེར་དངོས་དེ་དག་གིས་ཆུ་ཚ་པོ་བཟོས་པས་རང་བྱུང་གི་ཆུ་ཚན་ཆགས་པར་ངོས་འཛིན་བྱེད་ཀྱི་ཡོད། ཆུ་ཚན་མི་འདྲ་བར་གཏེར་དངོས་འདུས་ཚད་མི་འདྲ་བ་ལས་དྲི་མ་དང་། ཚོན་མདོག ཕན་ནུས་མི་འདྲ་བ་ཡོད་པས་ནད་མི་འདྲ་བ་བཅོས་རྒྱུར་སྤྱོད་ཆོག་པ་ཡིན། དཔེར་ན་མུ་ཟིའི་ཆུ་ཚན་གྱི་ཆུ་ནི་མདོག་སེར་ལ་ཁ་ཏིག་ཁ་བ་དང་། པགས་འབྲུམ་དང་མཛེ་ནད་སོགས་བཅོས་ཐུབ་པ། ཅུང་ཞིའི་ཆུ་ཚན་གྱི་ཆུ་ནི་དྭངས་ཤིང་དྲི་བ་མེད་པ་དང་། ཕོ་བ་སླུག་པོ་དང་། མཁལ་ནུས་ཉམས་པ། དུག་ཕོག་པ། གབ་ཚད་བཅས་བཅོས་ཐུབ་པ། མཚུར་གྱི་ཆུ་ཚན་གྱི་ཆུ་ནི་ནག་ལ་ཉོག་པ་ཡིན་པ་དང་། སྙིན་ནད་དང་། དལ་ནད་ཀྱི་ཕོ་བའི་གཉན་ཚད་བཅོས་ཐུབ་པ། བྲག་ཞུན་གྱི་ཆུ་ཚན་གྱི་ཆུ་ནི་སླུག་པོ་ཡིན་པ་དང་དྲི་བ་ཁ་ཏིག་ཡིན་པ། ཕོ་བ་སླུག་པོའི་ནད་དང་། དྲེག་གྲུམ་ནད། གཅིན་དུག་ཕོག་པ་དང་སྐྲ་ཐབ་བཅས་བཅོས་ཐུབ་པ། རྡོ་སོལ་གྱི་ཆུ་ཚན་གྱི་ཆུར་གཞོབ་དྲི་ཁ་ཞིང་། མ་འཇུ་བའི་ནད་བཅོས་ཐུབ་པ་ཡིན། རྒྱུན་དུ་ཆུ་ཚན་བརྒྱབ་པ་ན་རྒྱུན་མཐོང་གི་པགས་པའི་ནད་དང་ཡན་ལག་རེངས་པའི་ནད། རྒྱབ་གཞུ་རྐེད་ཀྱོག་ནད་སོགས་ལ་སྨན་བཅོས་བྱས་པའི་ཕན་ནུས་ཡག་པོ་ཐོན་གྱི་ཡོད།

བོད་ལྗོངས་ཀྱི་ཆུ་ཚན་གཅིག་བསྡུས་བྱེད་ཚད་མང་ཤོས་ཀྱི་ས་ཁུལ་ནི་གཞིས་རྩེ་ས་ཁུལ་ཡིན་པ་དང་། ཡོངས་ཁྱབ་ངང་ཁས་ལེན་བྱེད་པའི་བོད་ཀྱི་ཆུ་ཚན་ཆེན་པོ་བཞི་ནི་ཡངས་པ་ཅན་གྱི་ཆུ་ཚན་དང་ལྷ་རྩེའི་ཆུ་ཚན། པེ་པེ་ལུང་ཆུ་ཚན། བྱ་དཀར་གྲེན་འཕྱུར་ཆུ་ཚན་བཅས་ཡིན། ཆུ་ཚན་བཞི་པོའི་ནང་ནས་གསུམ་གཞིས་རྩེར་ཡོད། ཆུ་ཚན་དེ་དག་གིས་ཡུལ་སྐོར་དང་སྨན་བཅོས་སོགས་ཀྱི་ཐད་ཚང་མར་རིན་ཐང་གལ་ཆེ་ལྡན་ཡོད།

བོད་ཀྱི་མཐའ་འཁོར་གྱི་བོད་རིགས་ས་ཁུལ་དུའང་ཆུ་ཚན་མང་པོ་ཡོད་ཅིང་སི་ཁྲོན་ཞིང་ཆེན་འབའ་ཆུ་ཚན་ནི་དེའི་གྲས་ཤིག་ཡིན།

༄༅། །འཛམ་གླིང་ཡང་རྩེ། །

བདག་གིས་བདག་ཁོ་ནར་མི་སེམས་ཏེ།

བདག་གིས་ད་དུང་རྫེས་རབས་པ་ལ་བསམས་དགོས་ཤིང་།

དེ་ཡང་ཁོ་ཚོའི་རྒྱུ་ནོར་ཡིན་པས་སོ།།

༄། །རི་གྲོང་གི་བྲུ་སྦྲུག །

ས་ཕྲུན་གྱི་འཕར་འདིགས་འགྲུལ་སྐྱོད་ལས་མཚོ་བོད་མཐོ་སྒང་བསྐྲུན་ཞིང་། འགྲུལ་སྐྱོད་དྲག་པོའི་ཁུལ་དུ་རི་རྒྱུད་ཆགས་པ་དང་། རི་རྒྱུད་དེ་དག་ལས་འཛམ་གླིང་གི་ཡང་རྩེ་གྲུབ་ལ། སྐས་རིམ་དབྱིབས་ཀྱི་འབབ་ཆུའི་གཟར་ཚད་དེ་ཡང་བྱུང་། གངས་རི་དང་། ས་སྟོང་། ནགས་ཚལ། གྲོག་རོང་བཅས་མཉམ་དུ་གནས་པ་ལས་མིའི་རིགས་ཀྱི་འགྲུལ་སྐྱོད་བྱ་རྒྱུ་ཕུན་སུམ་ཚོགས་སུ་ཕྱིན་ཡོད། མི་རྣམས་ཀྱིས་རི་བོ་ལྷ་ཡི་གནས་སུ་རྩི་ཡི་ཡོད་ལ་རི་བོ་རང་གི་ཁྱིམ་དུའང་རྩི་ཡི་ཡོད།

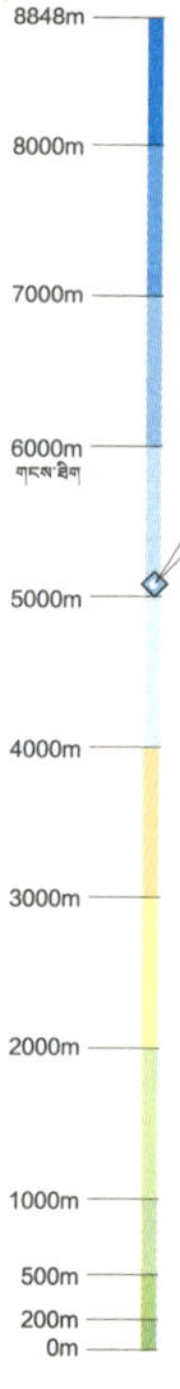

རོང་ཕུ་དགོན།

བོད་རང་སྐྱོང་ལྗོངས།

རྒྱ་མཚོའི་ངོས་ལས་མཐོ་ཚད་སྨིད5154ཡོད་པ།

རོང་ཕུ་དགོན་ནི་བོད་རང་སྐྱོང་ལྗོངས་གཞིས་རྩེ་གྲོང་ཁྱེར་དིང་རི་རྫོང་པ་གསུམ་གྲོང་ཚོའི་ལྷོ་ཕྱོགས་རི་བོ་ཇོ་མོ་གླང་མའི་འོག་གི་རོང་ཕུ་ལུང་ཤུར་གྱི་ཤར་ནུབ་གཞོགས་ཀྱི་རི་རྩེར་གནས་ཡོད་ཅིང་། རྒྱ་མཚོའི་ངོས་ལས་མཐོ་ཚད་སྨིད5154ཡོད་པས་འཛམ་གླིང་ཐོག་རྒྱ་མཚོའི་ངོས་ལས་མཐོ་ཚད་མཐོ་ཤོས་ཀྱི་དགོན་པ་ཞིག་ཡིན། རོང་ཕུ་དགོན་ནས་ཇོ་མོ་གླང་མའི་རི་རྩེ་བར་ཏ་ལམ་སྤྱི་ལེ་20ལས་མེད་པར་བརྟེན་འདིར་བྱུང་ལྷེབས་ནས་ཇོ་རིར་འཛེགས་པའི་སྐར་

ཇོ་རིར་འཛེག་མཁན་གྱི་མིར་སྨོན་འདུན་ཞུ་བ་སྟེ། ངག་དབང་སངས་རྒྱས་དང་རོང་ཕུ་དགོན།

ས་ཆེན་མོ་ཆགས་ཡོད། དེ་ནས་ལྷོ་ཕྱོགས་སུ་རྒྱང་བལྟ་བྱས་ན་ཇོ་རིར་གཟིགས་ཏེ་པར་ལེན་བྱེད་པའི་ས་ཆ་ལེགས་ཤོས་ཤིག་ཡིན་ཞིང་། སྒོ་ཡི་ཕྱི་རུ་ཡོད་པའི་མ་ཎི་རྫོ་བརྩིགས་དེ་པར་ལེན་མཁན་གྱིས་རྟག་ཏུ་ཇོ་རི་པར་ལེན་བྱེད་པའི་མདུན་ལྗོངས་བྱེད་ཀྱི་ཡོད། རོང་ཕུ་དགོན་པའི་ཚོགས་ཆེན་གྱི་མདུན་དུ་ཀ་གདུང་ལ་བཀོས་བརྒྱབ་པའི་ལྟད་མོ་བལྟ་སའི་སྟེགས་བུ་ཞིག་ཡོད། དུས་ཆེན་གལ་ཆེ་སླེབས་པའི་སྐབས་སུ་ས་གནས་དེ་གའི་མང་ཚོགས་ཚང་མ་དེ་གར་རབ་བྱུང་བའི་འཆམ་ལ་ལྟད་མོ་བལྟ་བར་ཡོང་གི་ཡོད། རོང་ཕུ་དགོན་ནི་བོད་ཀྱི་རྙིང་མའི་ལུགས་ཀྱི་དགོན་པ་ཞིག་ཡིན་ཞིང་། 1899 ལོར་ཕྱག་བཏབ།

ངག་དབང་སངས་རྒྱས་ཀྱིས་རོང་ཕུ་དགོན་སྲུང་ནས་ལོ་20འགྲོ་ཡི་ཡོད།

ཁོང་གཅིག་པུས་དགོན་པའི་ནང་གི་ཁྱད་དུ་འཕགས་པའི་བྲག་ཕུག་དེ་སྲུང་ཞིང་། ནྫ་བདེ་པོའི་ངང་སྡོད་སྐབས་སུ་ཁོང་ལ་ནང་རིག་པའི་སློབ་དཔོན་ཆེན་མོ་བཞུགས་ཡོད་པའི་ཚོར་སྣང་ཞིག་ཡོང་གི་ཡོད་པ་དང་། ཁོང་གིས་འདིར་དཀའ་བ་ཁྱད་བསད་ཀྱིས་ཆོས་ལ་སློབ་སྦྱོང་བྱེད་བཞིན་ཡོད།

ཤོད་སྒྲོལ་དུ། དགོན་པ་དེའི་རྒྱབ་དང་ཧི་མ་ལ་ཡའི་རི་རྒྱུད་ཁྲོད་དུ་ལྷ་མོ་ཚེ་རིང་མཆེད་ལྔ་བཞུགས་ཡོད་ཟེར་བ་དང་། རི་རྩེ་གཙོ་བོར་རི་བོ་ཇོ་མོ་གླང་མ་ཞེས་བརྗོད་ཀྱི་ཡོད་ལ་གངས་མཐོན་མཐིང་རྒྱལ་མོ་ཞེས་ཀྱང་ཟེར། དེའི་མཐོ་ཚད་རྒྱ་མཚོའི་ངོས་ལས་སྨིད་8844ཡོད་པ་དང་། མཐའ་འཁོར་དུ་ད་དུང་རྒྱ་མཚོའི་ངོས་ལས་མཐོ་ཚད་སྨིད7000བརྒལ་བའི་རི་བོ་40ལྷག་ཙམ་འཁྱིལ་ངེར་ལངས་ནས་ཡོད་ཅིང་། འདི་གར་འཁྱགས་རོམ་དང་གངས་ཀྱི་ཕ་ཡུལ་ཡིན་ལ་སའི་གོ་ལའི་རྩེ་མོ་ཡང་ཡིན།

1952ལོར་རི་བོ་ཇོ་མོ་གླང་མ་ནི་འཛམ་གླིང་གི་རི་བོ་མཐོ་ཤོས་སུ་གཏན་

འཁེལ་བྱས་པ་དང་། དེ་ནས་བཟུང་སྐྱེ་མི་རྣམས་ཀྱིས་རྒྱུན་ཆད་མེད་པར་འཛོམས་ཀྱི་ཡོད། ད་བར་མི་4000ལྷག་ཙམ་གྱིས་རྒྱལ་ཁའི་ངང་རི་རྩེར་འཛེགས་ཡོད་པ་རེད།

སངས་རྒྱས་ཀྱི་ངོས་ནས་བརྗོད་ན། ཇོ་རི་ནི་ལྷ་ཡི་གནས་ཤིག་ཡིན། གནའ་ཆོས་མ་བྱུས་གོང་ནས་སངས་རྒྱས་ལ་ཕྱུ་གུ་ཡོད་པ་དང་། ཁོང་གི་བུ་གསུམ་ཀ་རི་འཛེག་རྩ་ཁག་གི་ནང་དུ་ཡོད་ཅིང་། བུ་འབྲིང་བས་ཇོ་རིར་ཐེངས་བདུན་འཛེགས་སྐྱོང་ཡོད།

བུ་ཆུང་བ་བཀྲ་ཤིས་ནི་རི་འཛེག་རྩ་ཁག་གི་མ་བྱུན་བྱེད་ཀྱི་ཡོད་པ་དང་། ཁེར་རྐྱང་དུ་རི་ཁྲོད་འཁྱིམ་མཁན་གྱི་པ་ཕར་ཁོང་གིས་རྟག་ཏུ་བལྟ་བར་འགྲོ་ཡི་ཡོད། ཉིན་དེར་ཁོས་ཡང་རི་ལ་འགྲོ་རྒྱུའི་གྲ་སྒྲིག་བྱེད་ཀྱི་ཡོད། ཨ་མས་ཕོ་ལ་པ་ཕར་བསྐུར་རྒྱུའི་ཙ་ལག་གྲ་སྒྲིག་བྱས་པ་མ་ཟད། ཕོ་ལ་པ་ཕར་ག་རེ་དགོས་ཀྱང་དུས་ཐོག་ཏུ་ཕོ་ཚོར་འབྲེལ་བ་གྱིས་ཤིག་ཟེར་བའི་ཁ་ལན་སྐུར།

བཀྲ་ཤིས་ཀྱིས་ཇོ་ཡི་སྐས་འཛེག་རེ་རེ་བཞིན་འཛེགས་ཏེ་པུ་ལགས་བཞུགས་པའི་ཁང་ཆུང་དེར་སླེབས། ཁོས་འཁྱུར་ཡོང་བའི་སྨན་རྣམས་པུ་ལགས་ལ་ཕུལ་བ་དང་"དེ་ཞལ་ལག་མཆོད་པའི་རྗེས་སུ་མཆོད་དགོས། དེ་ཕུས་མོའི་སྙིང་དུ་སྦྲུར་རྒྱུ་རེད"ཅེས་དོ་ཁུར་ཆེན་པོའི་ངང་ནས་པ་ཕར་བཤད། པ་ཕས་ཕོ་ལ་སྐབས་འགར་ན་ཚ་ཆེན་པོ་གཏོང་གི་འདུག་ཅེས་བཤད། བཀྲ་ཤིས་ཀྱིས་ཀོ་ཡོལ་བཏོན་ནས་པ་ཕའི་ཕུས་མོའི་སྙིང་དུ་སྦྲུར་བ་དང་ཆབས་ཅིག་པ་ཕར་"རྒྱུན་གཏན་ནས་གཟབ་གཟབ་མང་ཙམ་གནང་དགོས། དོན་དག་འདུག་ན་ཞལ་པར་སྐྱོན་ཤོག"ཅེས་བརྗོད། ཕ་བུ་གཉིས་ཀྱིས་རི་སྙེང་ནས་རྒྱང་བལྟ་བྱེད་བཞིན་དུ་བསྡད།

བཀྲ་ཤིས་ཀྱིས"ང་ཇོ་མོ་གླང་མའི་རི་ལ་འཛེག་འདོད་འདུག རི་རྩེ་ནས་ས་ཆ་གང་ཡིན་པ་ཚང་མ་མཐོང་ཐུབ་བམ"ཞེས་པ་ཕར་བསམ་ཚུལ་སྨྲེང་།

"འཛམ་གླིང་གི་ས་ཆ་མང་ཆེ་བ་མཐོང་ཐུབ། འོན་ཀྱང་ང་ཚང་གི་ཆུང་ཆུང་རེད"ཅེས་པ་ཕས་བརྗོད།

"ངས་རི་འཛེག་མཁན་ལ་ཞབས་འདེགས་ལོ་གཉིས་ཞུས་པ་ཡིན། ད་ལྟ་རེ་བ་ཆེ་ཤོས་ནི་གཅིན་པོ་དང་འདྲ་བར་ཇོ་རིར་ཐེངས་གཅིག་འཛེག་འདོད་འདུག གལ་ཏེ་ངས་རི་རྩེར་འཛེགས་ནས་འཛམ་གླིང་མཐོང་ན་ང་ཚང་གི་དགའ་པོ་ཡོང་བ་འདུག"ཅེས་བཀྲ་ཤིས་ཀྱིས་བརྗོད།

"རི་འཛེག་པར་གཟབ་གཟབ་བྱ་དགོས། རི་རྩེར་སླེབས་སྐབས་དཀའ་ལས་མང་པོ་རྒྱག་དགོས་རེད། རི་འཛེག་སྐབས་གཟབ་གཟབ་ནན་པོ་བྱེད་དགོས། དེ་ནི་ངའི་རེ་བ་ཡིན"ཞེས་པ་ཕས་བཤད།

བཀྲ་ཤིས་ཐོན་པ་དང་ངག་སངས་ཀྱིས་སྔར་བཞིན་རང་ཉིད་གཅིག་པུ་དགོན་པ་སྲུང་ནས་ཇོ་རིར་འཛེག་ཐོད་མཁན་གྱི་མི་ཚང་མར་སྨོན་ལམ་འདེབས་བཞིན་ཡོད། ཁོང་གིས"ངའི་བསམ་པར་ཇོ་རིར་འཛེག་མཁན་གྱི་མི་ཚང་མ་ནི་སྙིང་སྟོབས་ཧ་ཅང་ཆེ་བའི་མི་རེད། ངའི་རེ་བ་ཆེ་ཤོས་ཤིག་ནི་ཁོ་ཚོ་བདེ་བདེ་ཐང་ཐང་དང་། ཚང་མ་བདེ་ཐག་ཐུབ་ན་སྙམ་གྱི་འདུག"ཅེས་བརྗོད།

ངག་སངས་ནི་ཇོ་རི་དང་ཐག་ཉེ་ཤོས་ཀྱི་གྲོང་མི་ཞིག་ཡིན།

རི་བོ་ཧི་མ་ལ་ཡའི་རི་རྒྱུད་དང་རི་བོ་ཇོ་མོ་གླང་མ།

རི་བོ་ཧི་མ་ལ་ཡའི་རི་རྒྱུད་ནི་འཛམ་གླིང་ཐོག་གི་རྒྱ་མཚོའི་ངོས་ལས་མཐོ་ཚད་མཐོ་ཤོས་ཀྱི་རི་རྒྱུད་ཅིག་ཡིན་པ་དང་། ཤར་ནུབ་ཕྱོགས་ཀྱི་མཉམ་གཤིབ་ཏུ་ལྡན་པའི་རི་རྒྱུད་གཅིག་པ་མང་པོ་ལས་གྲུབ་ཅིང་། དེའི་གཙོ་བོ་ཁག་ནི་ཀྲུང་གོ་དང་རྒྱ་གར། ནེ་པ་ལ་བཅས་ཀྱི་འབྲེལ་མཚམས་ཐིག་གི་ཐོག་གནས་ཡོད་པ་དང་། ཁྱོན་རིང་ཚད་ལ་སྤྱི་ལེ་2400ཡོད་པ་དང་། ཞེང་ཚད་ལ་ཧ་ལམ་སྤྱི་ལེ་200-300ཡོད་ཅིང་། རི་རྩེ་མཐོ་ཤོས་ལ་ཆ་སྙོམས་བྱས་ན་རྒྱ་མཚོའི་ངོས་ལས་མཐོ་ཚད་སྨིད་6200ཡོད། དེའི་ཁྲོད་ནས་རྒྱ་མཚོའི་ངོས་ལས་མཐོ་ཚད་སྨིད་8844.43ཡོད་པའི་འཛམ་གླིང་ཐོག་གི་ཡང་རྩེ་དང་པོ་སྟེ་རི་བོ་ཇོ་མོ་གླང་མ་ནི་རི་བོ་ཧི་མ་ལ་ཡའི་དུམ་བུ་བར་མའི་ཀྲུང་གོ་དང་ནེ་པ་ལའི་ས་མཚམས་སུ་ཀྱོང་ངེར་ལངས་ནས་ཡོད་པ་དང་། མཐའ་འཁོར་དུ་སྨིད་7000ཡན་ཡོད་པའི་རི་རྩེ་42ཡོད་ཅིང་། དེའི་ཁྲོད་ནས་སྨིད་8000བརྒལ་བ་4ཡོད། ཧི་མ་ལ་ཡ་ནི་ལེགས་སྦྱར་གྱི་སྐད་དེ་བོད་སྐད་དུ་རི་བོ་གངས་ཅན་ཞེས་ཟེར།

རི་བོ་ཧི་མ་ལ་ཡའི་རི་རྒྱུད་ཀྱི་ལྷོ་ནས་བྱང་དུ་རྩ་བའི་ཆར་ཁུལ་གསུམ་དུ་དབྱེ་ཞིང་། ལྷོ་ཁུལ་ནི་རི་ཞོལ་གྱི་རི་མ་ཐང་དམའ་བའི་ཁུལ་ཡིན་པ་དང་། རྒྱ་མཚོའི་ངོས་ལས་མཐོ་ཚད་སྨིད་700-1000ཡས་མས་ཡོད། དབུས་ཁུལ་ནི་ཧི་མ་ལ་ཡ་ཆུང་བའི་རི་ཁུལ་ཡིན་པ་དང་རྒྱ་མཚོའི་ངོས་ལས་མཐོ་ཚད་སྨིད་3500-4000ཡས་མས་ཡོད། བྱང་ཁུལ་ནི་རི་བོ་ཧི་མ་ལ་ཡ་ཆེ་བའི་ཁུལ་ཡིན་ཞིང་། ཧི་མ་ལ་ཡའི་རི་རྒྱུད་གཙོ་བོ་ཡིན་པ་དང་། རི་བོ་མཐོ་པོ་མང་པོ་ལས་གྲུབ་ཡོད། ཞེང་ཚད་ལ་ཀ་ལམ་སྤྱི་ལེ་50-60ཡོད་ཅིང་ཆ་སྙོམས་རྒྱ་མཚོའི་ངོས་ལས་མཐོ་ཚད་སྨིད་6000ཡོད་པ་དང་། རི་རྩེ་བཅུ་གྲངས་ཀྱི་མཐོ་ཚད་རྒྱ་མཚོའི་ངོས་ལས་སྨིད་7000ཡན་ཡོད་ཅིང་། དེའི་ཁྲོད་དུ་འཛམ་གླིང་ཐོག་གི་རི་རྩེ་དང་པོ་རི་བོ་ཇོ་མོ་གླང་མ་ཚུད་ཡོད། རི་རྩེ་ཁག་ལ་ལོ་རྒྱུན་ཕོར་གངས་འཁྱགས་ཀྱིས་ཁེངས་ནས་ཡོད།

རི་བོ་ཇོ་མོ་གླང་མའི་བྱང་ལྡེབས་ནི་ཀྲུང་གོའི་བོད་ཀྱི་མངའ་ཁོངས་སུ་ཡོད་པ་དང་། ལྷོ་ལྡེབས་ནི་ནེ་པ་ལའི་མངའ་ཁོངས་སུ་ཡོད།

ཇོ་མོ་གླང་མ་བརྗིད་ཆགས་ཤིང་ རླབས་ཆེ་བ་དང་། བརྗིད་ཉམས་ལྡན་པ། ས་གཤིས་ཀྱི་ཁོར་ཡུག་དམིགས་བསལ་ལྡན་པ། རི་རྩེའི་དྲོད་ཚད་དམའ་ཤོས་ལོ་ལྟར་ སྨད་ཀོར་འོག་གི་30℃ལས་དམའ་བ་ཡོད། རི་སྙིང་གི་ས་ཆ་འགར་ལོ་ལྟར་གངས་

གསོག་ཐེབས་ནས་ཞུ་ཡི་མེད་ཅིང་། འཁྲུགས་རོམ་དང་། འཁྲུགས་ལྷེབས། ནགས་ལྟར་འཁྲིང་བའི་འཁྲུགས་པའི་མཚོད་རྟེན་བཅས་ག་ས་ག་ནས་རིག་ཐུབ།

རི་བོ་རྫོ་མོ་སླང་མའི་བརྗིད་ཆགས་གཟུགས་བརྙན་གྱི་ཤུགས་རྐྱེན་ཐེབས་ཤུགས་ཆེན་པོ་ཡོད་ཅིང་། ཀྲུང་ཧྭ་མི་དམངས་སྤྱི་མཐུན་རྒྱལ་ཁབ་ཀྱི་མི་དམངས་ཤོག་སྒོར་པར་གཞི་བཞི་པའི་ཤོག་སྒོར་བཅུ་ཐམ་པའི་རྒྱབ་ངོས་སུ་རི་བོ་རྫོ་མོ་སླང་མའི་པར་རིས་བཀོད་ཡོད།

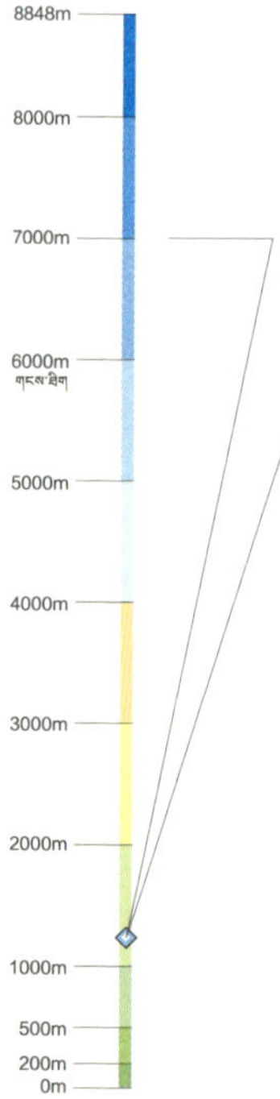

མེ་ཏོག

བོད་རང་སྐྱོང་ལྗོངས།

རྒྱ་མཚོའི་ངོས་ལས་མཐོ་ཚད་སྨིད1200ཡོད་པ།

མེ་ཏོག་རྫོང་ནི་བོད་རང་སྐྱོང་ལྗོངས་ཉིང་ཁྲི་གྲོང་ཁྱེར་མངའ་འོག་གི་རྫོང་ཞིག་ཡིན། བོད་རང་སྐྱོང་ལྗོངས་ཀྱི་ཤར་ལྷོའི་ཁུལ་དུ་གནས་ཤིང་། རྫོང་སྲིད་གཞུང་དེ་མེ་ཏོག་གྲོང་རྡལ་དུ་ཡོད། མེ་ཏོག་གི་གནས་ཡུལ་ནི་ཡར་ཀླུངས་གཙང་པོའི་སྨད་རྒྱུད་དུ་ཡིན་པ་དང་། ཧི་མ་ལ་ཡའི་རི་རྒྱུད་ཤར་སྣེ་དང་ལྷོའི་རི་གཤམ་དུ་གནས་ཡོད། མངའ་ཁོངས་ནང་གི་གྲོང་མི་གཙོ་བོ་ནི་མོན་པ་རིགས་དང་ལྷོ་པ་རིགས་ཡིན། བརྗིད་ཆགས་ཡིད་དབང་འཕྲོག་པའི་རི་བོ་གནམ་ལྟུགས་འབར་བ་དང་། རྒྱ་ལ་རྩེ་

གནའ་བོའི་རོ་བཅུད། མི་ཏོག་གི་རྫ་ཁོག

གཏུམ་ཡང་མི་ཏོག་ཏུ་ཡོད། རི་རྩེ་འདི་གཉིས་ནི་ལྷོ་ཧི་མ་ལ་ཡའི་རི་རྒྱུད་མཐོ་ཤོས་ཀྱི་རི་རྩེ་གཉིས་ཡིན་པ་དང་། རི་རྩེར་ལོ་ཧྲིལ་པོར་དུང་ལྟར་དཀར་བའི་གངས་ཀྱིས་ཡོངས་སུ་བརྒྱན་པ་དང་། རི་རྩེའི་ལྷོ་ལྡེབས་ཀྱི་ས་ཆ་གང་སར་ཚ་ཁུལ་དང་ཚ་བའི་ས་ཁུལ་གྱི་རྩི་ཤིང་སྐྱེས་ཡོད་པས་མཛེས་གསལ་དོད་པོའི་བསྒྱུར་བ་ཞིག་ཆགས་ཡོད། སྐད་གྲགས་ལྡན་པའི་ཡར་ཀླུངས་གཙང་པོའི་གྲོག་རོང་ཆེན་མོའི་གཙོ་གནད་ཚང་མ་དེའི་མངའ་ཁོངས་སུ་གནས་ཡོད། མི་ཏོག་ནི་བོད་ཀྱི་རྒྱ་མཚོའི་ངོས་ལས་ས་བབ་དམའ་ཤོས་དང་། ཁོར་ཡུག་ཡག་ཤོས་ཀྱི་ས་ཆ་ཞིག་ཡིན་པ་དང་། བོད་དུ་ཚ་གྲང་སྙོམས་ཤོས་དང་ཆར་ཆུ་འབབ་ཚད་འབེལ་ཤོས། སྐྱེས་ཁམས་སྲུང་ཉར་ལེགས་ཤོས་བཅས་ཀྱི་ས་ཆ་ཞིག་ཀྱང་ཡིན། མི་ཏོག་ལ་སླེབས་པ་དང་ཆུ་ཚོད་ཁ་ཤས་ནང་དུ་རི་བོ་མཐོ་ཞིང་གྲང་ངར་ཆེ་བའི་ས་ཁུལ་

ནས་ཚ་བ་ཆེ་ཞིང་ཆར་ཆུ་མང་བའི་རྣམ་པ་འདྲ་མིན་སྣ་ཚོགས་སྐྱོང་ཚོར་ཐུབ་ཀྱི་ཡོད་ལ། རང་བྱུང་མཛེས་ལྗོངས་ཕུན་སུམ་ཚོགས་ལ་རྣམ་པར་བཀྲ་བ་ཡོད།

ཡར་ཀླུངས་གཙང་པོའི་གྲོག་རོང་ཆེན་མོ་ནི་འཛམ་གླིང་གི་གཏིང་ཟབ་ཤོས་དང་རིང་ཤོས་ཀྱི་གྲོག་རོང་ཞིག་ཡིན་ལ་མཚོ་བོད་མཐོ་སྒང་གི་ཆུ་རླུང་འགྲོ་ལམ་གལ་ཆེ་ཞིག་ཡིན། འདིར་རྩི་ཤིང་སྡུག་པོས་ཁེངས་ཤིང་ཆར་ཆུ་འབེལ་པོ་ཡོད། མེ་ཏོག་ནི་གྲོག་རོང་གཏིང་དུ་ཡོད།

ཞོགས་པ་ཞིག་མོན་པ་རིགས་ཏུང་རུང་གིས་གནམ་དྭངས་པ་དང་བསྟུན་ནས་མགྱོགས་མྱུར་རི་གཤམ་དུ་བསྐྱོད། ཉེ་ལམ་ཁོང་གིས་ཕྱི་ལ་སྐྱོད་སྐབས་རྟག་ཏུ་རང་གི་བུ་ཆུང་བ་སྐར་ཆུང་ཁྲིད་འགྲོ་ཡི་ཡོད།

གྲོག་རོང་འདི་ནི་འཛམ་གླིང་ཐོག་ཆར་པ་འབབ་ཡུལ་ཆེ་ཤོས་ཁུལ་དུ་གནས་ཡོད་པ་དང་། ཆར་པ་མི་འབབ་པའི་དུས་སུ་གྲོག་རོང་གི་གཡང་གཟར་ཐོག་མི་མང་པོས་རྡོ་སྡོག་འདོན་བྱེད་ཀྱི་ཡོད། རྡོ་ནག་ཅེས་པའི་རྡོ་དེ་རིགས་རྒྱུ་འབོལ་པོ་ཡོད་པ་དང་། མོན་པ་རིགས་ཀྱིས་དེས་རྡོ་ཁོག་བཟོ་ཡི་ཡོད། རྡོ་ཁོག་བཟོ་རྒྱུ་ནི་ཕ་ཚ་བུ་རྒྱུད་དུ་བརྒྱུད་སྤྲོད་བྱས་པའི་ལག་རྩལ་ཞིག་ཡིན་ཞིང་ཏུང་རུང་གི་རེ་བར་བུ་ཆུང་བས་ཁྱིམ་ལས་རྒྱུན་འཛིན་བྱ་རྒྱུའི་རེ་བ་བྱེད་ཀྱི་ཡོད།

ཏུང་རུང་དང་བུས་མཉམ་དུ་ལྕགས་ཀྱི་ཏོག་ཙེས་རི་སྟེང་ནས་རྡོ་ཁོག་བཟོ་བྱེད་ཀྱི་རྡོ་ལིངས་པོར་བཀོག་ནས་ནང་དུ་འཁྱུར་འགྲོ་བའི་ལམ་བར་དུ་དཀའ་ངལ་ཆེན་པོ་མི་ཡོང་བའི་ཆེད་དུ་ཁོང་གཉིས་ཀྱིས་རྡོ་ཁོག་བཟོ་བའི་ལས་རིམ་དང་པོ་དེ་ས་ཆ་དེ་ག་རང་དུ་འགོ་བཙུགས་ནས་བྱེད་ཀྱི་ཡོད། རྡོ་ལ་ཏོག་ཙེ་དང་སྟ་རེས་བཟོ་ལྟ་བཏོན་ནས་རྡོ་ཆེན་པོ་དེ་དག་རྡོ་ཁོག་གི་ཆེ་ཆུང་ཙམ་བཟོས་པས་ལྗིད་ཚད་ཏ་ཅང་ཆུང་དུ་སོང་ཡོད། དེ་རྗེས་ཕོ་གཉིས་ཀྱིས་སླེ་པོའི་ནང་དུ་རྡོ་བླུགས་ནས་སྐལ་

པར་འགྱུར་ཏེ་ནང་ལ་ཡོག་ནས་ལས་སློན་བྱ་རྒྱུའི་གྲ་སྒྲིག་བྱེད་ཀྱི་ཡོད།

ཕ་བུ་གཉིས་ཀྱིས་ཤིན་ཏུ་ཐྱི་བའི་རྫ་སྐལ་པར་འགྱུར་ནས་བདེ་ཐུག་འབྲུག་པོས་རི་ལམ་ཐོག་ཡར་འཛེག་མར་འབབ་བྱས་ཤིང་། མོན་པ་རིགས་ཀྱི་མིའི་ངོས་ནས་བརྗོད་ན་རྫ་སྐལ་པར་འགྱུར་ནས་བྲག་རི་གཡང་གཟར་སྟེང་དུ་འགྲོ་བ་ནི་འཆར་ཅན་གྱི་ལས་ཀ་ཞིག་ཡིན་པས་དཀའ་ངལ་ཧ་ཅང་ཆེན་པོ་མེད།

ཁྲིམ་དུ་འཁོར་རྗེས་ཁོང་གཉིས་ཀྱིས་ད་དུང་རྫ་ཁོག་ལ་སྤར་བས་ལྷག་པའི་ལས་སློན་བྱེད་དགོས་ཀྱི་ཡོད། རྫ་ཁོག་བཟོ་བར་ལག་རྩལ་ངེས་ཅན་ཞིག་དགོས་ཀྱི་ཡོད་པ་དང་། སྣ་གྲི་རྒྱག་པའི་ཤུགས་ཚད་ཧ་ཅང་གི་གལ་པོ་ཆེ་ཞིག་ཡིན་ཞིང་། རྫ་ཁོག་སྲབ་པོ་དང་སྒོར་ཆ་སྙོམ་པོ་དགོས་པར་བརྟེན་དེ་དག་ཚང་མར་ཐབས་ཤེས་དང་ལག་རྩལ་མཁས་པོ་དང་ངང་རྒྱུད་རིང་པོ་དགོས་ཀྱི་ཡོད། གོ་ཐོས་ལ་རྒྱ་འབོལ་པོ་ཡིན་པའི་རྫ་ཁོག་ནི་མེ་ཏོག་གི་ས་ཆ་ནས་ཁ་བྲལ་བ་ན་མཁྲིགས་པོར་འགྱུར་གྱི་ཡོད་ཟེར།

བུས་རྫ་ཁོག་འདྲ་སྐབས་ཁུང་ཧུང་གིས་གཞོགས་ནས་ཁྲིད་སྟོན་བྱེད་ཀྱི་

ཡོད། ཁོང་གིས་བུ་ལ“ནང་ལོགས་ཀྱི་འབབ་རེ་འབུ་རེ་ཡོད་སར་གཞོག་བརྒྱབ་ནས་ཁོད་སྙོམས་པོ་བཟོ་དགོས”ཞེས་བཤད།

མེ་ཏོག་ནི་ཀྲུང་གོའི་མཐའ་མཇུག་གཞུང་ལམ་ཤར་སྐྱོད་ཐུབ་པའི་རྫོང་ཞིག་ཡིན། སྐྱིལ་འདྲེན་གྱི་དཀའ་གནད་ཐག་གཅོད་བྱས་རྗེས་ཏུང་ཧྲུང་སྡོད་སའི་གྲོང་ཚོའི་ཧ་ལམ་ཁྱིམ་ཚང་ཚང་མས་རྡོ་ཁོག་བཟོ་ཡི་ཡོད། རྡོ་ཁོག་གཅིག་ལ་མི་དམངས་ཤོག་སྒོར་སྟོང་ཕྲག་གཅིག་ནས་གཉིས་བར་བྱས་ནས་བཙོངས་ཐུབ་ཀྱི་ཡོད་ཅིང་། ཏུང་ཧྲུང་གི་སེམས་ནང་དེ་ནི་བྱ་གཞག་ཡག་ཤོས་ཤིག་ཡིན་པ་མ་ཟད་དེས་བུ་ལ་ཁོའི་ལག་རྩལ་རྒྱུན་འཛིན་བྱ་རྒྱུར་གོ་སྐབས་བློ་འགུགས་བྱེད་པའི་སེམས་ཤུགས་ཀྱང་ཆེ་ཏུ་ཕྱིན་ཡོད།

ཏུང་ཧྲུང་གིས་བུ་ལ“ཤོག་དང་། ཡར་བརྟགས་ནས་ལྟོས་དང་། གང་འདྲ་འདུག ཡག་པོ་བྱས་ནས་ལྟོས་དང་། རང་གིས་སྐོར་བ་རྒྱག་སྐབས་ལག་པར་བདེ་པོ་འདུག་གམ་ལྟོས་དང་། ཕྱི་ལོགས་ཀྱི་བཟོ་དབྱིབས་སྙིང་རྗེ་པོ་འདུག་གམ། ཡང་སྐྱུར་ཧུང་ནས་སྐད་ལ་ཉོན་དང་། སྐད་གཙང་མ་ཡོད་མེད་ཉོན་དང་། གལ་སྲིད་སྐད་སྒྲ་ཏང་ཏང་ཏང་ཞེས་བསྒྲགས་ན་ཡག་པོ་བྱུང་བར་བརྩིས་ཆོག”ཅེས་བཤད།

མོན་པ་རིགས་ནི་སྐྱེས་པའི་ཉིན་དེ་ནས་བཟུང་རྡོ་ཁོག་དང་ཁ་བྲལ་ཀྱི་མེད། རྡོ་ཁོག་ནང་དུ་གདུས་པའི་ཟས་ཀྱི་ཁུ་བར་བྲོ་བ་ཧ་ཅང་ཆེན་པོ་ཡོད་ཅིང་། གོ་ཐོས་ལ་སྙིང་དང་ཅུས་པར་ཡང་ཕན་ཐོགས་བསམ་ཡུལ་ལས་འདས་པ་ཡོད་ཅེས་ཟེར།

ཏུང་ཧྲུང་གི་སྤྱི་བོ་ལགས་ནི་དེ་སྔོན་མེ་ཏོག་ཏུ་སྐད་གྲགས་ལྡན་པའི་རྡོ་ཁོག་བཟོ་མཁན་གྱི་གྲས་ཤིག་ཡིན། ཏུང་ཧྲུང་ཁྱིམ་གྱི་རྡོ་ཁོག་འདི་མེས་པོས་བརྒྱུད་སྤྲོད་གནང་བ་ཞིག་རེད།

བཟའ་ཟླས་རྡོ་ཁོག་ནང་དུ་ཤིན་ཏུ་སོས་པའི་སྨོན་པའི་སྨོན་ཆག་ཨ་རག་བསྐལ་ཡོད། དེ་ནི་སྨོན་ཆག་དང་མ་སོས་ལོ་ཏོག་བསྲེས་ནས་བསྐལ་བའི་ཨ་རག་ཅིག་ཡིན་པ་དང་། ཡུལ་དེར་ཆར་པ་ཟིམ་ཟིམ་རྒྱུན་ཆད་མེད་པར་འབབ་པ་ལས་ཐོག་པའི་གྲུམ་བུའི་ནད་བཅོས་རྒྱུར་ཕན་ཐོགས་ཡོད་པ་མ་ཟད་མི་དང་མིའི་བར་གྱི་འབྲེལ་བ་ཡང་འཛུགས་ཐུབ་པ་ཡིན།

ཏུང་རུང་གིས་བུ་ལ་ (རྡོ་ཁོག་བཟོ་རྒྱུ) ནི་ང་ཚོའི་ནང་གི་ཡོང་འབབ་གཙོ་བོ་དེ་ཡིན་པས་རྗེས་སུ་རང་གིས་རྒྱུན་འཛིན་བྱེད་དགོས། ཕོ་ཁྱོ་ག་ཞིག་ཡིན་པས་ཕ་ཚ་བུ་རྒྱུད་དུ་བརྒྱུད་སྤྲོད་བྱས་པའི་ལག་རྩལ་དེ་དག་ལྷོ་རྩེ་གཅིག་སྒྲིམ་བྱས་ནས་དཀའ་ཚེགས་དང་ངལ་དུབ་ལ་མི་སྐྲག་པར་སྦྱོང་དགོས་ཞེས་བཤད། བུས། ལྷོ་རྩེ་གཅིག་ཏུ་སྒྲིམ་ནས་བྱེད་དགོས་ཀྱི་ཡོད་དམ་ཟེར་བས་ཏུང་རུང་གིས་སེམས་ཐག་བཅད་ནས་བཟོས་པ་ཡིན་ན་དེའི་རྗེས་སུ་ད་དུང་ག་རེ་བྱེད་དགོས་པ་རང་གིས་ཤེས་ཀྱི་རེད། ཏ་རི་རུ་རི་སྤུ་ཙམ་ཡང་བྱ་རྒྱུ་མེད། ལག་རྩལ་ཡག་པོ་ཞིག་ཤེས་པ་བྱ་རྒྱུ་ནི་བུ་ཁྱོད་འཚོ་གནས་བྱེད་པའི་དགོས་ངེས་ཀྱི་བྱ་

ཐབས་ཤིག་ཡིན། དེ་རིང་རང་གི་བྱེད་སྟངས་དེ་ངའི་བློར་འགྲོ་པོ་བྱུང་ཞེས་བུ་ལ་སྨྲུལ་ལྕུག་བྱས།

ཧུང་ཧྲུང་ཁྲིམ་གྱི་རྡོ་ཁོག་གི་སྐྱན་གྲགས་ཆེ་ཧྲུ་ཆེ་ཧྲུ་ཕྱིན་པ་དང་། ཁོང་ཚོའི་རྡོ་ཁོག་གྲོང་ཚོ་ནས་དཔོར་འདྲེན་བྱེད་སྐབས་དཀའ་ལས་ཆེ་ཙམ་ཡོད་པ་མ་ཧ་ཏོག་གྲོང་ཚོའི་ཕྱི་ཡི་ཟ་ཁང་ཁག་གིས་རྡོ་ཁོག་མངགས་མཁན་རྒྱུན་ཆད་མེད་པ་ཡོད། གྲོང་ཚོ་ནི་རི་ལྗིབས་སུ་གནས་ཡོད་པ་དང་། རི་ལམ་ཀྱག་ཀྱོག་ཡིན་པས་སྔོན་ལ་ལ་བརྒྱབ་སློང་གཤགས་ཀྱི་རྡོ་ཁོག་ཏ་ལ་བརྟེན་ནས་རྫོང་གྲོང་དུ་དཔོར་དགོས་པ་དང་། དེ་ནས་གཞུང་ལམ་བརྒྱུད་དེ་མོ་ཏོག་ནས་དཔོར་འགྲོ་ཡི་ཡོད།

ཧུང་ཧྲུང་གིས“ཐུན་མོང་མ་ཡིན་པའི་ལག་རྩལ་འདི་ང་ཚོའི་འདི་གར་ལོ་རྒྱུས་ཡུན་རིང་ལྡན་པ་དང་། ངའི་ཚེ་སྟོད་ཡོངས་སུ་ལག་རྩལ་དེ་ལ་བརྟེན་ནས་འཚོ་བ་སྐྱེལ་བ་ཡིན། དམིགས་བསལ་ཆེན་པོ་གང་མེད་ཀྱང་ངའི་བསམ་པར་ཏ་ཅང་གི་འོས་པ་ཞིག་རེད་སྙམ་གྱི་འདུག”ཅེས་ཟེར་རོ། །

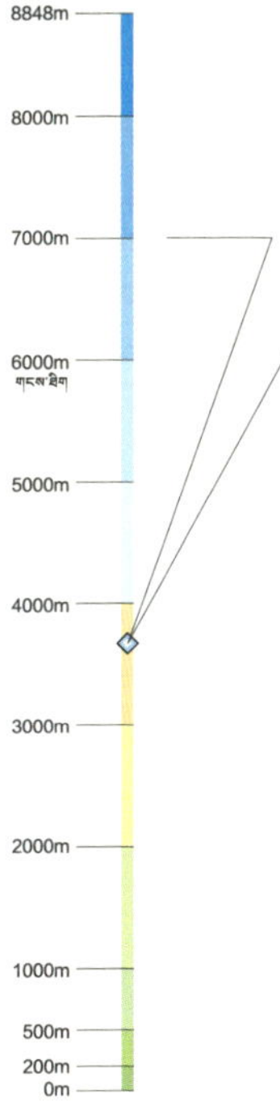

ཀླུ་ནང་།
བོད་རང་སྐྱོང་ལྗོངས།

རྒྱ་མཚོའི་ངོས་ལས་མཐོ་ཚད་
སྨིད3700ཡོད་པ།

ཀླུ་ནང་ནི་ཉིང་ཁྲི་གྲོང་ཁྱེར་བྲག་ཡིབ་གྲོང་རྫལ་ནས་སྤྱི་ལེ་80ཡས་མས་ཀྱི་ཁྲིན་བོད་གཞུང་ལམ་ཐོག་ཆགས་ཤིང་། རི་ཁྲོད་དང་ནགས་རི་སྟུག་པོའི་ཁྲོད་དུ་གནས་ཡོད་པ་དང་། རྒྱ་མཚོའི་ངོས་ལས་མཐོ་ཚད་སྨིད་3700ཡོད། གཞོགས་གཉིས་ཀྱི་སྔོ་བའི་རི་བོ་ནི་དམའ་ས་ནས་མཐོ་སར་ནགས་རྗོབ་སྟུག་པོ་དང་། ཡུན་ཧྲན་གསོམ་ཤིང་། ཤུགས་པའི་སྔོང་པོ་བཅས་ལས་"ཀླུ་ནང་ནགས་ཚལ་རྒྱ་མཚོ"གྲུབ་ཅིང་། དབུས་སུ་གྲོག་ཆུ་གཡུ་འབྲུག་འཁྱུག་པ་ཇི་བཞིན་སྤྱང་གཞོང་གསིང་མའི་དབུས་སུ་

ལྷུང་ལྷུང་དུ་འབབ་བཞིན་མཆིས་ལ་མེ་ཏོག་ཤར་བའི་དུས་སུ་རི་སྟེང་དུ་མེ་ཏོག་ཁྲི་ཕྲག་རབ་ཏུ་བཞད་ཀྱི་ཡོད། སྨུ་ནང་ནི་“སྨུ་རྒྱལ་གྱི་ལུང་ཤུར”དང་“ལྷ་གནས”ཀྱི་དོན་ཡིན་པ་དང་། “རང་བྱུང་གསོ་རླུང་ངོམ་ཁྲུལ”དང་། “སྐྱེ་དངོས་གཞི་རྐྱེན་གྱི་མཛོད”ཅེས་པའི་མཚན་སྙན་གྲགས་སྒྲོལ་ཡོད།

མེ་ཏོག་གི་རྗོ་ཁོག་ཆར་པ་འབབ་ཚད་ཤིན་ཏུ་མང་བའི་ཁུལ་ནས་ཁ་བྲལ་ཏེ། རི་བོ་མཐོ་ཞིང་ནགས་ཚལ་གྱི་རྒྱ་མཚོ་གཞན་ཞིག་སྟེ་སྨུ་ནང་དུ་འགྱོར། བོད་རིགས་བུད་མེད་ཁ་ཤས་ཤིག་གིས་རི་སྟེང་དུ་གཅིག་འཚོལ་བཞིན་ཡོད་ལ་ད་དུང་རྟག་ཏུ་རི་སྟེང་གི་རྩྭ་དང་མེ་ཏོག་གི་གསེབ་ཏུ་གཞོགས་རྒྱག་བཞིན་ཡོད། ཡང་སྙིང་བྱེད་དུས་ཁོ་ཚོས་འཚོལ་བ་དེ་ནི་མཐོ་སྒང་ཁོ་ནར་འཚར་སྐྱེས་བྱུང་བའི་རྩ་ཆེའི་སྨན་རྫས་དབང་ལག་རེད། བཏུས་ཟིན་པའི་སྨན་རྫས་དེ་དག་ཆུས་གཙང་མ་བཀྲུས་ཏེ་རྩི་ཤིང་རིགས་བཅུ་ཕྲག་ཁ་ཤས་དང་། ད་དུང་ས་གནས་དེ་གའི་བོད་བྱའི་ཤ་དང་མཉམ་དུ་རྗོ་ཁོག་ནང་དུ་བླུགས་ཏེ་མེ་ཆུང་དུས་ཚུ་ཚོད་གསུམ་ཙམ་གདུས་རྗེས་རྗོ་ཁོག་བྱ་ཤ་ཞིམ་པོ་ཞིག་ཆགས་ཀྱི་ཡོད། ནགས་ཚལ་ཁྲོད་ཀྱི་དམིགས་བསལ་ཐོན་རྫས་གཅིག་བསྡུས་བྱས་པའི་ཐོག་མེ་ཏོག་གི་རྗོ་ཁོག་ལས་སྐྱེ་བོ་རྣམས་ཀྱིས་སོས་པ་ཡིན་ལ་གནའ་བོའི་བྲོ་བ་ལྡན་པ་ཞིག་ཟ་རྒྱུ་ཡོད།

ཡར་ཀླུངས་གཙང་པོའི་གྲོག་རོང་ཆེན་མོ།

ཡར་ཀླུངས་གཙང་པོ་ནི་ནུབ་ནས་ཤར་གྱི་ཕྱོགས་སུ་སྨིན་གླིང་རྫོང་དང་མེ་ཏོག་རྫོང་གི་འབྲེལ་མཚམས་སུ་རྒྱུག་གི་ཡོད་པ་དང་། རི་བོ་ཏི་མ་ལ་ཡའི་ཤར་མཚམས་ཀྱི་རི་བོ་མཐོ་ཤོས་གནམ་ལྕགས་འབར་བས（རྒྱ་མཚོའི་ངོས་ལས་མཐོ་ཚད་སྨིད་7782ཡོད་པ）ཆུ་ལམ་བཀག་པས་ཁ་ཕྱོགས་བསྒྱུར་དགོས་པ་བྱུང་སྟེ་ཡ་མཚན་ཏ་ཅང་ཆེ་བའི་རྟ་རྨིག་དབྱིབས་ཀྱི་གྲོག་རོང་གུག་ཀྱོག་ཆེན་མོ་ཆགས་ཡོད། 1994ལོར་ཀྲུང་གོའི་ཚན་རིག་མཁས་ཅན་གྱིས་གྲོག་རོང་ཆེན་མོར་ཚན་རིག་གིས་རྟོག་ཞིབ་བྱས་ཤིང་། རྒྱལ་ཁབ་ཐིག་ལེན་ཐིག་ཚད་ཅུད་ཀྱིས་ཁྱབ་བསྒྲགས་བྱས་པའི་གཞི་འཛིན་གྲངས་ལྟར་ན་གྲོག་རོང་ཆེན་མོའི་ཤར་རྟ་ཐོག་ཁ་

གྲོང་ཚོ་ནས་བརྩིས་ཏེ་ལྷོ་མེ་ཏོག་རྫོང་གི་སྤྱི་མཚོ་ཁ་གྲོང་ཚོ་བར་ལ་ཁྲོན་རིང་ཚད་སྤྱི་ལེ་5046ཡོད་ཅིང་། གཉིང་ཟབ་ཤོས་སུ་རྨིད6009ཡོད་པ་དང་། ཆ་སྙོམས་གཉིང་ཟབ་ཚད་རྨིད་2268ཡོད། དེའི་རིང་ཚད་ཨ་རིའི་ཁེ་ལོར་ལྷ་ཏོ་གྲོག་རོང་ཆེན་མོ་ལས་རིང་ཞིང་། གཉིང་ཟབ་ཚད་པེ་རུའི་ཁེ་འར་ཁླ་གྲོག་རོང་ཆེན་མོ་ལས་ཟབ་པ་ཡོད་པས་འཛམ་གླིང་གི་གྲོག་རོང་ཆེན་མོ་ཨང་དང་པོ་ཡིན། 1998ལོའི་ཟླ་9པར་རྒྱལ་སྲིད་སྤྱི་ཁྱབ་ཁང་གིས་གྲོག་རོང་ཆེན་མོར་"ཡར་ཀླུངས་གཙང་པོའི་གྲོག་རོང་ཆེན་མོ"ཞེས་པའི་མིང་དངོས་སུ་ཆོག་མཆན་གནང་ཡོད།

མེ་ཏོག་གི་རྫ་ཁོག

མེ་ཏོག་གི་རྫ་ཁོག་བོད་རང་སྐྱོང་ལྗོངས་མེ་ཏོག་རྫོང་ནས་ཐོན་གྱི་ཡོད། མེ་ཏོག་རྫོང་ནི་ཡར་ཀླུངས་གཙང་པོ་ཧིན་རྡུར་མ་རྒྱུག་པའི་སྔོན་དུ་ཀྲུང་གོའི་མངའ་ཁོངས་སུ་རྒྱུགས་པའི་མཐའ་མའི་རྫོང་དེ་ཡིན་ལ་བོད་རང་སྐྱོང་ལྗོངས་ཀྱི་ཤར་ལྷོའི་ཁུལ་གྱི་ཐག་རིང་ཤོས་ཀྱི་རྫོང་ཞིག་ཡིན། དེར་2013ལོའི་ཟླ་10པར་གཞི་ནས་གཞུང་ལམ་ཤར་གཏོང་ཐུབ་པས་མེ་ཏོག་ནི་ཀྲུང་གོའི་མཐའ་མཇུག་གི་གཞུང་ལམ་ཤར་གཏོང་ཐུབ་པའི་རྫོང་ཞིག་ཡིན།

ཡར་ཀླུངས་གཙང་པོའི་གྲོག་རོང་ཆེན་མོའི་ཆ་རྐྱེན་ཞན་པ་དང་རྟག་ཏུ་རང་བྱུང་གནོད་འཚེ་ཐོན་པ་ལས་མེ་ཏོག་ནི་མཐོ་སྒང་སྟེང་གི་ཁེར་རྐྱང་གླིང་ཕྲན་དང་། དེང་རབས་སྤྱི་ཚོགས་དང་རྒྱང་ཐག་རིང་བའི་དབེན་པའི་སྐྱིད་ཚལ་དུ་གྱུར་བ་མ་ཟད། ཕྱི་ཡུལ་དུ་ལྐོག་གྱུར་གྱི་ས་ཆར་གྲགས་པ་དང་ནང་པ་སངས་རྒྱས་བསྟན

པར་དད་པ་བྱེད་མཁན་ཚོས་"སྤུས་ཡུལ་པདྨ་སྐྲང"ཞེས་བརྗོད་ཀྱི་ཡོད།

མེ་ཏོག་རྫོང་སྤང་ཤིང་ཤང་ནི་སྐད་གྲགས་ཡོད་པའི་མེ་ཏོག་གི་རྡོ་ཁོག་ཐོག་མ་ཐོན་ཁུལ་ཡིན་པ་དང་། ས་གནས་དེ་གའི་མིས་རི་བོ་གནམ་ལྕགས་འབབ་བའི་གཡང་གཟར་སྟེང་གི་རྡོ་ནག་ལས་གདོད་མའི་ལག་ཆས་རྡོ་ཁོག་འདྲུ་ཡི་ཡོད། ཤོད་སྲོལ་དུ། མེ་ཏོག་གི་རྡོ་ནི་ས་ཆ་འདི་གར་ཏ་ཅང་འགོལ་པོ་ཡོད་ཅིང་། ལྕགས་ཀྱི་གྲིས་རྡོ་འདམ་འབག་བཞིན་དུ་གཤགས་ཐུབ་ཀྱི་ཡོད། འོན་ཀྱང་མེ་ཏོག་གི་ཡུལ་ལས་སྒྲོལ་བ་ན་རྡོ་དེ་རིགས་དེ་བས་ལྕགས་ལྟར་མཁྲེགས་པོ་ཡོད་ཅེས་ཟེར། མེ་ཏོག་གི་རྡོའི་ངོ་མཚར་གྱི་ཁྱད་རྟགས་དེ་དག་མིག་སྔར་ད་དུང་ཤེས་རྟོགས་ཐུབ་མེད།

མེ་ཏོག་གི་རྡོ་ཁོག་གི་བཟོ་བའི་རྡོ་ནག་ནི་མེ་ཏོག་རྫོང་གི་མངའ་ཁོངས་"འབྲུགས་རིའི་གཙུག་རྒྱན"ཞེས་པའི་རི་བོ་གནམ་ལྕགས་འབབ་བ་ནས་ཐོན་གྱི་ཡོད། གཡང་གཟར་བྲག་རིའི་སྟེང་ནས་སྔོག་འདོན་བྱས་པའི་རྡོ་དེ་དག་ནི་ལོ་རེའི་ཟླ་བ་བདུན་པ་བརྒྱད་པའི་ནང་དུ་གཅིག་གྱུར་གྱིས་སྔོག་འདོན་བྱས་རྗེས་གཡག་དང་། དྲེལ། རྟ་བཅས་ཀྱིས་རི་གཤམ་དུ་དབོར་ཡོང་ནས་ཡར་གླུགས་གཙང་པོའི་གཙང་ཆུར་ཟླ་བ་གཅིག་ཙམ་སྦངས་ཏེ་གཞི་ནས་ས་ཆ་དེ་གའི་རྡོ་བཟོ་བས་ལག་པས་བཟོ་ཡི་ཡོད།

མེ་ཏོག་གི་རྡོ་ཁོག་གི་ཚོན་མདོག་གཙོ་བོ་ནི་ཁམ་སྐྱ་མདོག་དང་ཐལ་དཀར་མདོག་ཡིན་པ་དང་དབྱི་གཟུགས་འཛོང་དབྱིབས་ཡིན་ལ་ཆེ་ཆུང་སྣ་ཚོགས་ཡོད་ཅིང་། རྡོ་ཁོག་ཆེ་ཤོས་ཀྱི་སྐོར་མོའི་ཚངས་ཐིག་ལ་ཏ་ལམ་ལིའི་སྨིད་30ཡོད་པ་དང་། རྡོ་ཁོག་འབྲིང་བའི་སྐོར་མོའི་ཚངས་ཐིག་ལ་ཏ་ལམ་ལིའི་སྨིད་20ཡོད་

པ། ཛོ་ཁོག་ཆུང་ཤོས་ཀྱི་སྐོར་མོའི་ཚངས་ཐིག་ལ་ཏ་ལམ་ལིའི་སྨིད་10ཡོད། མེ་ཏོག་གི་ཛོ་ཁོག་མཐིལ་གྱི་དབྱིབས་ནི་ལེབ་མོ་དང་གཞུ་དབྱིབས་རིགས་ཡོད་ཅིང་། ཚ་དྲོད་ཡུན་རིང་སྲུང་ཐུབ་པ་དང་། ཚ་པོ་བྱེད་མགྱོགས་པ། ཁོག་མར་མི་སྦྱར་བ། ཚོན་མདོག་བརྟན་པ་བཅས་ཀྱི་ཁྱད་ཆོས་ལྡན་ཡོད་པས་རྒྱ་ཁོག་བཟོ་བ་དང་། ཁུ་བ་གདུས་པ། འབྲས་བཙོ་བ། ཤ་བཙོ་བ། ཚལ་བཙོ་བ་སོགས་ཀྱི་སྤྱོད་ཆས་ཡག་ཤོས་ཤིག་ཡིན། དེའི་ནང་དུ་ཟས་རིགས་བཙོས་ན་དྲི་མ་བཟང་ལ་བྲོ་བ་ཞིམ་པོ་ཡོད། ས་ཆ་དེ་གའི་མིས་བཤད་པར་གཞིགས་ན་ཛོ་ཁོག་དེ་རིགས་རྒྱུན་རིང་བེད་སྤྱོད་བཏང་ན་མིའི་ལུས་ལ་ཕན་ཐོགས་ཡོད་པ་དང་། རྒྱུན་དུ་ཛོ་ཁོག་ནང་དུ་བཙོས་པ་དང་བསྐོལ་བའི་ཟས་རིགས་ཀྱིས་ཁྲག་ཤེད་མཐོ་པོ་དང་། སྙིང་གི་ན་ཚ་སོགས་སྙིང་དང་ཁྲག་གི་ནད་རིགས་ཐོག་པའི་ནད་པར་ཟས་རིགས་ནད་བཅོས་དང་བདེ་སྲུང་གི་ནུས་པ་ཐོན་གྱི་ཡོད།

མེ་ཏོག་གི་ཛོ་ཁོག་ལ་དམིགས་བསལ་གྱི་རྒྱུ་ཆ་དང་། ལག་བཟོའི་ལག་རྩལ། དེ་བཞིན་ཟས་གཡོས་སྦྱོར་བྱས་པའི་བྲོ་བ་དང་འཚོ་བཅུད་བཅས་ལ་ཚོང་ཟོག་གི་རིན་ཐང་དང་ཞར་ཚགས་བྱེད་པའི་རིན་ཐང་ཏ་ཅང་ཆེན་པོ་ལྡན་ཡོད།

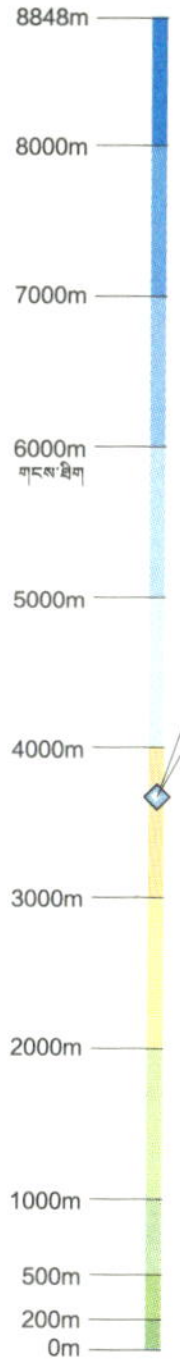

སྨན་གླིང་། བོད་རང་སྐྱོང་ལྗོངས།

 རྒྱ་མཚོའི་ངོས་ལས་མཐོ་ཚད་སྨིད3700ཡོད་པ།

སྨན་གླིང་རྫོང་ནི་བོད་རང་སྐྱོང་ལྗོངས་ཉིང་ཁྲི་གྲོང་ཁྱེར་གྱི་ཁོངས་སུ་གཏོགས་ཤིང་། བོད་རང་སྐྱོང་ལྗོངས་ཀྱི་ཤར་ལྷོའི་ཁུལ་གྱི་གཉན་ཆེན་ཐང་ལྷ་རི་བོ་དང་ཧི་མ་ལ་ཡ་རི་བོའི་བར་དུ་ཆགས་ཡོད་པ་དང་། ལྷོ་ཁུལ་ནི་རྒྱ་གར་དང་ས་མཚམས་འབྲེལ་ཞིང་མཐའ་མཚམས་ས་ཐིག་རིང་ཚད་སྤྱི་ལེ་180ཡོད། ཡར་ཀླུངས་གཙང་པོའི་ཆུ་བོའི་བར་རྒྱུད་ལུང་གཞུང་ཁུལ་དུ་གནས་ཤིང་། ས་དབྱིབས་ཅུང་མཐོ་ལ་ཤར་དམའ་བ་ཡོད། སྨན་

ལྷོ་པ་རིགས་ཀྱི་སྲོལ་རྒྱུན་རྒྱུན་མཐུད་བྱེད་མཁན་ཏེ། སྒྲོ་བོའི་བསམ་དོན།

གླིང་གི་ཡུལ་སྐོར་འབྱུང་ཁུངས་ཕུན་སུམ་ཚོགས་པོ་ཡོད་ཅིང་། ཆུ་མོ་ཡར་ཀླུངས་གཙང་པོའི་གྲོག་རོང་ཆེན་མོ་དང་། རྒྱ་མཚོའི་ངོས་ལས་མཐོ་ཚད་རྨིད་7782ཡོད་པའི་རི་བོ་གནམ་ལྕགས་འབར་བ། གནས་ཡུལ་ལྷོ་པ་གྲོང་ཚོ། གནས་ཡུལ་རོང་གི་གདོད་མའི་ནགས་ཚལ་སོགས་ཡོད། ཆུ་མོ་ཡར་ཀླུངས་གཙང་པོ་ནི་ནུབ་ནས་ཤར་ཕྱོགས་ཀྱི་འཕྲེད་ཀྱི་རྒྱུག་ཡུལ་ས་ཁོངས་ཡོངས་ལ་ཁྱབ་ཡོད། སྨན་གླིང་ནི་སྨན་གྱི་གླིང་ཁ་ཞེས་པའི་དོན་ཡིན།

ཡར་ཀླུངས་གཙང་པོའི་གྲོག་རོང་ཆེན་མོ་སྲོག་ཤིང་དུ་བྱས་པའི་མཚོ་བོད་མཐོ་སྒང་གི་ལྷོ་རྒྱུད་ཁུལ་ནི་རྒྱ་ཆེ་བའི་ནགས་ཚལ་ཞིག་ཡིན།

ཧི་མ་ལ་ཡའི་ལྷོ་རྒྱུད་ཁུལ་གྱི་གྲོག་རོང་ཁུལ་དུ་ལྷོ་པ་རིགས་སྡོད་ཀྱི་ཡོད་ཅིང་། ཁོ་ཚོས་ཐོག་མར་རྔོན་རྒྱག་བྱ་རྒྱུ་གཙོ་བོར་བརྟེན་ནས་འཚོ་བ་སྐྱེལ་གྱི་

ཡོད་པ་རེད། འོན་ཀྱང་རང་བྱུང་སྲུང་སྐྱོང་ཁྱུལ་བཙུགས་པས་ད་ལྟ་འདི་གར་རི་སྐྱེས་སྲོག་ཆགས་རྗོན་རྒྱག་བྱ་རྒྱུ་བཀག་སྡོམ་བྱས་ཡོད་ཅིང་། ནགས་ཚལ་ཁྲོད་ཀྱི་རྗོན་པ་མང་ཆེ་བ་ལས་རིགས་བསྒྱུར་ཡོད་ནའང་ཁོ་ཚོའི་སེམས་སྟར་བཞིན་ནགས་ཚལ་ལ་ཆགས་ཡོད།

རི་གཤམ་དུ་སྲིད་གཞུང་གི་རོགས་སྐྱོར་ལྷོ་པ་རིགས་ཀྱི་ཁྱིམ་ཚང་ཚང་མར་བདེ་སྡོད་ཁང་པ་ཆ་ཚང་རེ་ཡོད། འོན་ཀྱང་རྗོན་པ་རྒས་པོ་ལིང་ཧྲུང་གིས་སྔར་བཞིན་རི་སྟེང་དུ་སྡོད་རྒྱུར་དགའ་པོ་བྱེད་ཀྱི་ཡོད། ཁོང་གི་ཚ་བོ་ཆུང་བ་ཀ་ཆེན་རི་སྟེང་དུ་གཟའ་མཇུག་གཏོང་བར་ཡོང་གི་ཡོད་པས་དེ་རིང་ཁོང་ཧ་ཅང་དགའ་པོ་བྱུང་ཡོད་པ་དང་། ཁོང་གིས་ལུས་ལ་རི་དྭགས་ཀྱི་པགས་པ་གྱོན་ཞིང་སྐེ་རགས་བཅིངས་ཏེ་གྲི་རིང་པོ་ཞིག་བཏགས་ནས་ཁྱིམ་ནས་ཐོན་ཏེ་ཚ་བོ་ཡོང་རྒྱུར་ག་སྒྲིག་བྱེད་བཞིན་ཡོད།

སྨྱུག་མ་ནི་ལག་ཆ་བཟོ་བའི་རྒྱུ་ཆ་གཙོ་བོ་ཞིག་ཡིན། ལིང་ཧྲུང་གིས་སྨྱུག་མའི་ལྷུག་ཕྲན་མང་པོ་བཅད་ཡོད་པ་དང་། ཁོང་གིས་ཁོང་ཚོའི་སྲོལ་རྒྱུན་དུ་དོམ་དང་རི་ཕག་ལ་མདའ་འཕེན་ནས་རྗོན་རྒྱག་བྱེད་པ་ཕུད་པའི་རྗོན་དངོས་གཞན་རྣམས་སྨྱུག་མས་བཟོས་པའི་རྗོན་རྒྱག་ལག་ཆ་སྤྱད་ནས་རྗོན་རྒྱག་གི་ཡོད་ཟེར།

ལིང་ཧྲུང་གིས་སྨྱུག་མ་ཆག་པ་གཅིག་འདྲུད་དེ་རི་གཤམ་དུ་ཡོང་བ་དང་། དེ་རྗེས་ཧ་ཅང་རིང་བའི་སྨྱུག་མ་དེ་དག་རེ་རེ་བཞིན་ཕྲ་པོ་བཟོས།

ལྷོ་པ་རིགས་ཀྱི་ལོ་རྒྱུས་ནི་ལོ་རྒྱུས་མཚོན་པའི་སྐད་ངག་དང་གླུ་གཞས་ཀྱི་ཐབས་ལ་བརྟེན་ནས་བརྒྱུད་སྤྲོད་བྱས་པ་ཞིག་ཡིན། རྒས་པོ་ལིང་ཧྲུང་ནི་རྒྱུན་འཛིན་པ་གལ་ཆེའི་གྲས་ཤིག་ཡིན། ཁོང་གིས་སྨྱུག་གཟེབ་སླ་བཞིན་དུ་གོམས་གཤིས་ལྡན་པའི་སྒོ་ནས་དེ་སྔོན་རི་དྭགས་རྒྱག་པར་འགྲོ་སྐབས་གཏོང་བའི་གླུ

ཚུང་དེ་ལེན་བཞིན་ཡོད། ཚ་བོ་རི་སྐྱིད་དུ་ཡུལ་པོ་མི་ཡོང་བའི་ཆེད་དུ་ཏས་པོ་ལིང་ཧྲུང་གིས་ཚ་བོར་རང་ཉིད་ཕྲུ་གུའི་དུས་ཀྱི་རྩེད་ཆས་ཤིག་བཟོས་ཡོད། ཚ་བོ་ཀ་ཆེན་ད་ལོ་ལོ་10ལ་སླེབས་ཡོད་པ་དང་། རི་སྐྱིད་དུ་སྤོ་བོ་ལགས་ལ་བལྟ་བར་མི་སླེབས་པར་དུས་ཚོད་གང་འཚམས་སོང་ཡོད།

རི་སྐྱིད་དུ་དྭངས་གཙང་ཆུ་ཕྲན་དལ་པོར་རྒྱུག་པའི་ཡུར་བུ་ཚུང་ཚུང་ཞིག་ཡོད་པ་དང་། ལིང་ཧྲུང་གིས་ཁ་ཉེན་བསླུས་པའི་ཉ་འཛིན་གཟེབ་དེ་འཕྲུར་ཏེ་གཟབ་ནན་དང་ནས་ཉ་འཛིན་གཟེབ་ཡུར་བུ་ཚུང་ཚུང་དེའི་ནང་དུ་སྦས་པ་མ་ཟད་རྫོས་ཡག་པོར་བསྟན་ནས་བཞག

ལིང་ཧྲུང་གིས་ཚ་བོ་ཁྲིད་ནས་རི་སྐྱིད་དུ་བསྐྱོད།

"དགུན་ཁ་དོམ་ཡོད་དམ"ཞེས་ཀ་ཆེན་གྱིས་ཡ་མཚན་ཆེན་པོས་སྤོ་བོ་ལགས་ལ་དྲིས།

"དོམ་དཀྲུན་ཁ་ཡོག་མ་རེད། དོམ་དཀྲུན་ཁ་དཀྲུན་ཉལ་རྒྱག་གི་རེད། དབྱར་ཁ་དོམ་སྣ་ཚོགས་ཡོག་རེད"

རི་སྟེང་དུ་སླེབས་མ་ཐག་པའི་ཀ་ཆེན་གྱིས་གང་འདྲ་ཞིག་མཐོང་ན་ཡང་བློ་ལ་ཚང་མ་སྣང་བ་གསར་པ་ཞིག་ཏུ་མངོན་གྱི་ཡོད། ཁོས་སྤྱི་བོ་ལགས་ཀྱི་རྗེས་སུ་འབྲངས་ཏེ་བ་ཕྱུགས་ལ་ལྟོ་སྟེར་བ་དང་། སྤྱི་བོས་བ་མོ་འཛོ་བར་ལྟ་བ། ཁྱི་སྨུག་དང་རྩེད་མོ་རྩེ་བ་སོགས་བྱས། ཡིན་ནའང་སྣང་བ་གསར་པ་དེ་དག་མགྱོགས་མྱུར་ཨ་གསར་ཡལ་ནས་ཀ་ཆེན་གྱིས་རང་གི་ཁུར་ཡོང་བའི་རོལ་རྩེད་འཕྲུལ་ཆས་བཏོན་ནས་རྩེད་མོའི་དབྱིངས་ལ་ཞུགས། སྤྱི་བོས་བློ་ལ་དགོད་བྲོ་བའི་དངོས་པོ་དེ་དག་ཚ་བོར་སྤྲོད་རན་འདུག་སྙམ།

སྤྱི་བོས་ཀ་ཆེན་ཁྲིད་ནས་ཤིང་སྡོང་གི་འོག་ཏུ་སླེབས་པ་དང་ཁོ་ལ་སྒྱུག་མས་བཟོས་པའི་དངོས་པོ་ཞིག་བསྟན། ཁོང་གིས་འཇབ་ཅེ་ཁ་ཕྱེ་ནས་ཀ་ཆེན་ལ"ཁྱིའུ་འཕུར་ནས་ཀུ་ཤུ་ཟ་བར་ཡོང་གི་རེད། དེ་འདྲ་བྱས་ན་འཛུ་ཐུབ་ཀྱི་རེད། རང་གིས་ཚོད་ལྟ་ཞིག་གྱིས་དང"ཞེས་དཔེ་སྟོན་བྱས།

སྨྱུག་མའི་འཇབ་ཅེའི་སྟེང་དུ་ཀུ་ཤུ་ཕྱེད་ཀ་ཞིག་དཔྱང་ནས་བཞག་ཡོད་པ་དང་ཀ་ཆེན་གྱིས་རྒྱུག་པ་ཆུང་ངུ་ཞིག་གིས་སྨྱུག་མའི་འཇབ་ཅེའི་རྩུགས་རྟེན་བྱས། ཡང་ལྕང་མའི་ཡལ་ཀ་འཇབ་ཅེ་ལ་ཐུག་ཙམ་བྱས་པས་“ཐག”སྒྲ་དང་བཅས་ཏེ་ལྕང་མའི་ཡལ་ག་སྨྱུག་མའི་འཇབ་ཅེ་བར་ཏུ་རྩུད།

“རྩེད་མོ་ཡག་པོ་འདུག་གམ”

“འདུག”

བལྟས་པ་ཙམ་ནས་ཀ་ཆེན་གྱིས་དེ་ཚོ་ཚང་མར་དེ་བས་དགའ་པོ་བྱེད་ཀྱི་ཡོད། སྤྱི་བོ་དགའ་པོ་བྱུང་སྟེ་རང་གི་འཛོན་ཐང་ཡོད་ཚད་བཏོན་ཡོང་། ཁོང་གིས་མདའ་གཞུ་གཅིག་བཏོན་ནས་ཀ་ཆེན་ལ་ངས་རང་ལ་འབེན་སྙིང་ལ་བསྡིགས་ཁུང་གང་འདྲ་སྒྲིད་དགོས་པ་སློབ་ཆོག གཞུ་འཐེན་སྟངས་དང་མདའ་འཕེན་སྟངས་རང་ལ་དཔེ་སྟོན་བྱས་ཆོག་ཅེས་བཤད།

ལྷོ་པ་རིགས་ཀྱི་སྲོལ་རྒྱུན་དུ་སྐྱེས་པས་དོམ་དང་རི་ཕག འབྲོང་སོགས་སྲོག་ཆགས་ཆེ་བའི་རིགས་བསད་ན་མི་རྣམས་ཀྱིས་གུས་བཀུར་བྱེད་ཀྱི་ཡོད།

སྤྱི་བོ་ལགས་ནི་ནམ་རྒྱུན་དང་མི་འདྲ་བའི་དགའ་སྤྲོས་ཁེངས་ཤིང་། ལོ་བཅུ་ཕྲག་རིང་རི་དྭགས་བརྒྱབ་མེད་ཙང་སྤྱི་བོ་ལགས་ཀྱི་འཕོང་རྩལ་སྔར་བཞིན་སྨིན་པོ་ཡོད་ཅིང་། ཁོང་གིས་འཕེན་པའི་མདའ་རེ་རེ་བཞིན་ཏན་ཏན་ཏིག་ཏིག་གི་འབེན་སྙིང་ལ་ཕོག་གི་ཡོད། འོན་ཀྱང་ཀ་ཆེན་གྱི་སྤྱི་བོ་ལགས་ཀྱི་དགའ་པོ་དེ་འདྲ་བྱེད་དགོས་པའི་རྒྱུ་མཚན་གང་ཡིན་ཏ་ལམ་ཤེས་ཀྱི་མེད།

དགོང་ཟས་ཟ་བའི་དུས་ཚོད་སླེབས་ཁབས་ཡོད་ཅིང་། རྒས་པོ་ཞིང་ཏུང་གིས་ཚོ་ཁྲིད་ནས་ནགས་ཚལ་ཁྲོད་དུ་རི་དྭགས་ངོ་མ་རྗེན་རྒྱག་བྱེད་པར་བསྐྱོད།

རྒས་པོས་ཁོང་གིས་ལྷོ་པ་རིགས་ཀྱི་ཐོན་སྐྱེད་འཚོ་བའི་གོམས་གཤིས་ཏེ་ཟ་

སྔོད་འགྲོ་གསུམ་ཚུད་པའི་འཚོ་བའི་ཕྱོགས་ཚང་མའི་ཐད་ཆ་ཚང་བ་ཞིག་མི་རབས་རྗེས་མར་བརྒྱུད་སྤྲོད་བྱེད་པའི་བསམ་བློ་ཡོད་ཅེས་བརྗོད།

ཞིང་ཁུང་གིས་ཚ་བོ་ཁྲིད་དེ་རི་སྟེང་ནས་ཤ་མོ་མང་པོ་ཞིག་བཀོག་པ་དང་དེ་རྗེས་ཕོ་གཉིས་ཀྱིས་ཆུ་འགྲམ་དུ་ཕྱིན་ནས་ཉ་འཛིན་གཟེབ་ནང་དུ་ཉ་གང་འདྲ་འཛུལ་ཡོད་མེད་ལྟ་བར་ཕྱིན། ཉ་འཛིན་གཟེབ་བསྣན་པའི་རྫེ་དེ་ཡར་བཀྱགས་པ་དང་ཉ་འཛིན་གཟེབ་ཡར་བཏོན་པས་ཉ་གསོན་པོ་ཁ་ཤས་ཤིག་དེའི་ནང་དུ་འཕག་འཚག་རྒྱག་བཞིན་ཡོད་པ་མཐོང་། དེ་ནི་ཡོང་འབབ་ཉུང་དུ་ཞིག་མ་ཡིན་པར་སྤོ་བོ་དང་ཚ་བོ་གཉིས་ལ་རྫོན་རྒྱག་བྱས་པའི་ཟས་རྒྱས་པོ་ཞིག་ཟ་རྒྱུ་ཡོད་པ་ནི་ཉག་གཅིག་ཡིན།

ནང་དུ་སླེབས་རྗེས་སྤོ་བོས་གཙང་མ་བཟོས་པའི་ཉ་རྣམས་གཅིག་ལ་གཅིག་སྦྲེལ་བྱས་ནས་སྟེང་དུ་སྒུར་པན་བྱུག་སྟེ་ཐབ་ཀྱི་སྟེང་དུ་མེ་ལ་བསྲེག་པ་དང་། ཡང་ཤ་མོའི་ཐོག་ཏུ་ཚྭ་གཏོར་ནས་མཉམ་དུ་གཅིག་ལ་གཅིག་སྦྲེལ་བྱས་ནས་ཐབ་ཀྱི་སྟེང་དུ་བསྲེག ཉ་གཞན་དག་རྣམས་ལ་ཤ་སྨན་སྣ་ཚོགས་བརྒྱབ་ནས་བྲོ་བ་ཆེ་བའི་ཉ་ཐང་ཁོག་མ་གང་བཟོས།

སྤོ་བོས་ཚ་བོར“དེ་སྔོན་མི་ཆ་མེད་པས་རི་སྟེང་ལྟོ་ཆས་བཟོ་བར་སྐྱིར་ན་རྟག་ཏུ་ལུས་ལ་མེ་ལྕགས་གཅིག་འཁུར་ནས་མེ་ཁ་གསོ་དགོས་ཀྱི་ཡོད་”ཅེས་བཤད།

“མེ་ཤིང་སྐམ་པོ་མ་རྙེད་ན་མེ་ཁ་གསོ་ཐུབ་ཀྱི་མ་རེད་པ”

“དེར་བརྟེན་རྒྱུན་གཏན་ནས་རྟག་ཏུ་རི་དྭགས་རྔོན་རྒྱག་བྱེད་སར་ས་ཕུག་འཚོལ་དགོས”

དེ་ནི་སྤོ་བོས་ཡུན་རིང་རེ་སྒྲུག་བྱས་ནས་བསྡད་པ་སྟེ་ཚ་བོར་ནགས་ཚལ་ཁྲོད་དུ་འཚོ་གནས་བྱེད་སྟངས་བརྒྱུད་སྤྲོད་བྱེད་ཐུབ་པ་དེ་ཡིན། ཀ་ཆེན་གྱིས་དེ་

དག་ཡོངས་སུ་རྫོགས་པ་ཤེས་མི་སྲིད་ཀྱང་སྒྲོ་བོའི་ངོས་ནས་བརྗོད་ན་ནགས་ཚལ་དང་ཛོན་པའི་བྱ་བའི་སྐོར་དེ་དག་ཚ་བོར་དངོས་སུ་བརྒྱུད་སྤྲོད་ཐུབ་པ་དེ་ནི་ཁོང་གིས་ཉིན་མཚན་ཀུན་ཏུ་རེ་བ་བྱེད་པ་དེ་ཡིན།

ཀ་ཚེན་གྱིས་སྒྲོ་བོར"བྱས་ན་ཆང་པར་ག་རེ་ཀྱོན་གྱི་ཡོད་དམ"ཞེས་དྲིས།

སྒྲོ་བོས"ལྷམ་ཀྱོན་གྱི་མེད། ལ་བརྒྱབ་ཆུ་བརྒལ་གང་འདྲ་བྱེད་དགོས་ཀྱང་ཆང་རྗེན་མར་འགྲོ་ཡི་ཡོད"

"ཉ་ཧ་ལམ་ཚོས་ཡོད་ཀྱི་རེད"

ཉ་ཤ་བསྲེགས་མའི་དྲི་ཞིམ་ཕྱོགས་བཞིར་འཕྱུལ་བཞིན་ལིང་ཧུང་གིས་ཉ་ཚུར་བླངས་ནས་ཚ་བོར་སྤྲད། སྒྲོ་བོ་དང་ཚ་བོ་གཉིས་ཀྱིས་ཟས་བློ་ཡིད་ཚིམ་པར་ཟས། སྒྲོ་བོས་ཀ་ཚེན་ལ"ཆུ་ནང་གི་ཉ་དང་རི་སྐྱེད་གི་ཤ་མོ་ཚང་མ་ནི་ལྷོ་པའི་མེས་པོས་ང་ཚོ་ཟླ་ཀ་ཚོ་པར་གནང་བའི་ཟས་རིགས་ཤིག་ཡིན་པ་དང་། ད་དུང་ཛོན་རྒྱག་བྱས་པའི་བྱ་དེ་དང་སྒོག་ཆགས་གཞན་དག་ཚང་མ་ནི་གནས་རིས་མིའི་རིགས་ལ་གནང་བ་ཞིག་ཡིན། སྒྲོ་བོས་བཤད་པ་དེ་དག་ཁྱོད་ཀྱིས་ངེས་སོང་ངམ"ཞེས་བཤད།

ཀ་ཚེན་གྱིས་མགོ་ལྩོག་ལྩོག་བྱས་ནས"ངེས་སོང"ཞེས་བརྗོད།

ཐུག་འཕྲད་བྱུང་རིམ་བཞིན་ཏྲས་པོ་ལིང་ཧུང་གིས་སྐད་ཆ་དེ་ཡང་ནས་བསྐྱར་དུ་བརྗོད་ཀྱི་ཡོད། ཉིན་ཞིག་ཀ་ཚེན་གྱིས་ཏན་ཏན་ཤེས་རྟོགས་ཐུབ་པར་ཁོང་ལ་ཡིད་ཆེས་བྱེད་ཀྱི་ཡོད།

དུས་ཐུང་གི་གཟའ་མཇུག་རྫོགས་ཤིང་ལིང་ཧུང་གིས་ཚ་བོ་རི་གཤམ་དུ་སྐྱེལ་བ་དང་ཀ་ཚེན་སླར་ཡང་རང་གི་འཚོ་བར་རོལ། འོན་ཀྱང་སྒྲོ་བོ་དང་ཚ་བོ་གཉིས་གཟའ་འཁོར་རྗེས་མར་ཐུག་རྒྱུའི་ཁ་ཆད་བྱས་སོ། །

ལྷོ་པ་རིགས།

ལྷོ་པ་རིགས་ནི་བོད་རང་སྐྱོང་ལྗོངས་ཀྱི་ཤར་ལྷོའི་ཁུལ་གྱི་ལྷོ་ཡུལ་ས་ཆར་གཙོ་བོར་ཁྱབ་ཡོད་པ་དང་། ཀྲུང་གོའི་གྲངས་ཉུང་མི་རིགས་ཁྲོད་ལྷོ་པ་རིགས་ནི་མི་འབོར་ཉུང་ཉུང་བའི་མི་རིགས་ཤིག་རེད། ལྷོ་པ་ཞེས་པ་ལྷོ་ཕྱོགས་མིའི་དོན་ཡིན། ལྷོ་པ་རིགས་མང་ཆེ་བ་ཡར་ཀླུངས་གཙང་པོའི་ནུབ་ཀྱི་རི་བོ་མཐོ་པོའི་གྲོག་རོང་ཁུལ་དུ་གནས་སྡོད་བྱེད་ཀྱི་ཡོད་ཅིང་། དུས་རབས་20པའི་དུས་དཀྱིལ་བར་དུ་ལྷོ་པ་རིགས་ཀྱི་སྤྱི་ཚོགས་སྔར་བཞིན་གདོད་མའི་སྤྱི་ཚོགས་དུས་མཇུག་གི་བར་མཚམས་སུ་གནས་ཡོད་པ་དང་། འཚོ་བ་སྐྱེལ་སྟངས་གཙོ་བོ་ས་ཞིང་འདེབས་ལས་བྱས་ཏེ་སྐྱེལ་གྱི་ཡོད་པ་དང་རྔོན་རྒྱག་བྱེད་པ་དེས་ཀྱང་བསྟར་ཚད་ཆེན་པོ་ཟིན་གྱི་ཡོད། རི་དྭགས་ཆེན་པོ་རྔོན་རྒྱག་ཐུབ་ན་ཆ་སྙོམས་བགོ་བའི་གནའ་བོའི་གོམས་གཤིས་དེ་ད་བར་སྔར་སྲོལ་རྒྱུན་འཛིན་བྱེད་ཀྱི་ཡོད།

ལྷོ་པ་རིགས་ཀྱིས་མེས་པོས་བརྒྱུད་སྤྲོད་བྱས་པའི་ངག་ཐོག་གི་གཏམ་རྒྱུད་ལ་བརྟེན་ནས་རང་ཉིད་ཀྱི་རིག་གནས་སྲོལ་རྒྱུན་རྒྱུན་འཛིན་བྱེད་ཀྱི་ཡོད། ལྷོ་པ་རིགས་ལ་སོ་སོའི་སྐད་ཡོད་ཀྱང་ཡི་གེ་ནི་རྒྱ་བའི་ཆར་བོད་ཡིག་བེད་སྤྱོད་བྱེད་ཀྱི་ཡོད།

ལྷོ་པ་རིགས་ཀྱི་འཚོ་བའི་གོམས་སྲོལ་ཁྲོད་ལ་བོད་རིགས་ཀྱི་ཤུགས་རྐྱེན་ཟབ་མོ་ཐེབས་ཡོད་ཅིང་། རྒྱུན་གཏན་གྱི་བཟའ་བཏུང་དང་བཟའ་ཆས་བཟོ་སྟངས་རྒྱ་བའི་ཆར་བོད་རིགས་ཀྱི་ཞིང་ཁུལ་དང་འདྲ་པོ་ཡོད། ལྷོ་པ་བས་ཤ་བསྲེགས་མ་དང་། ཤ་སྐམ་པོ། ཕྱུར་བ། བྲ་བོའི་བག་ལེབ་བཅས་ཀྱི་ཟས་ཟ་རྒྱུར་དགའ་པོ་བྱེད་ཀྱི་ཡོད་ལ་ལྷག་པར་དུ་མ་རྨོས་ལོ་ཏོག་བཏུང་ནས་བཙོས་པའི་ཟ་མ་རྫོག་རྫོག་ཟ་ཡི་ཡོད་པ་མ་ཟད་སུར་པན་གྱིས་སྤྱགས་འདེད་བྱ་རྒྱུར་དགའ་པོ་བྱེད་ཀྱི་ཡོད། ལྷོ་པ་བ་མང་ཆེ་བ་སྨྱུར་དད་ཆེན་པོ་ཡོད་ཅིང་། ནས་ཆང་འཐུང་

བ་ཕུད་པའི་ད་དུང་རྒྱུན་དུ་མ་རྫོགས་ལོ་ཏོག་གི་ཆང་ཡང་འཐུང་གི་ཡོད། ལྷོ་པ་རིགས་ཀྱིས་རི་དྭགས་རྔོན་སྐབས་ཁྱིར་བཏང་གོམས་གཤིས་སུ་རི་སྐྱེས་རྩི་ཤིང་གི་དུག་རྫས་སྦྱོར་སྦེབ་བྱས་ཏེ་མདའ་རྩེར་བྱུགས་ནས་གཅན་གཟན་དང་རི་དྭགས་ལ་འཕེན་གྱི་ཡོད། རྔོན་རྒྱག་བྱེད་སྐབས་མང་ཆེ་བ་མཉམ་དུ་རྒྱག་གི་ཡོད་པ་དང་། རྔོན་རྒྱག་བྱས་པའི་རི་སྐྱེས་སྲོག་ཆགས་རྣམས་བགོ་བཤའ་རྒྱག་གི་ཡོད།

ལྷོ་པ་རིགས་སྡོད་གནས་ཁ་འཐོར་ཡིན་པ་དང་འཁྲིམ་འགྲུལ་བདེ་པོ་མེད་པས་ས་གནས་ཁག་གི་ལོ་གསར་གྱི་དུས་ཚོད་ཀྱང་གཅིག་གྱུར་མེད། ཕྱིར་ན་མང་ཆེ་བ་ལོ་རེའི་སྟོན་བསྡུ་བྱས་རྗེས་སུ་གཏན་འཁེལ་བྱེད་ཀྱི་ཡོད། དེས་ན་ལོ་གསར་ལ་རྟེན་འབྲེལ་ཞུ་བ་དེ་ཡང་ལོ་ལེགས་བྱུང་བར་བཀྲ་ཤིས་བདེ་ལེགས་ཞུ་བ་དང་ལོ་གསར་པ་བསུ་བ་དང་རྙིང་པ་སྐྱེལ་བའི་དོན་སྙིང་ཡང་ལྡན་ཡོད། ལོ་གསར་གྱི་སྔ་ནུབ་ཏུ་ཁྱིམ་ཚང་ཚང་མས་འབྲས་ཤུན་བགྲུས་ནས་ཆང་བསྐོལ་བ་དང་། ར་ལུག་དང་ཕག་པ་གསོད་ཀྱི་ཡོད་ལ་ཁྱིམ་ཚང་ཕྱུག་པོས་ད་དུང་བ་ཕྱུགས་ཀྱང་གསོད་ཀྱི་ཡོད། ཕག་པ་དང་བ་ཕྱུགས། ར་ལུག་བཅས་བསད་ན་ཤ་དང་རུས་པ་མཉམ་དུ་རྡོག་ཙམ་རྡོག་ཙམ་གཏུབས་ནས་རིགས་གཅིག་པའི་མི་རྣམས་ལ་བགོ་བཤའ་རྒྱག་གི་ཡོད། ས་ཆ་མང་པོ་ཞིག་ཏུ"རུས་རྒྱུད་གཅིག་འདུས"ཀྱི་གནའ་བོའི་གོམས་གཤིས་སྔར་བཞིན་གནས་ཡོད་པ་དང་། དུས་ཆེན་གཏོང་སྐབས་ཁྱིམ་དུད་སོ་སོས་རང་གི་ཆང་དང་ཤ་འཁུར་ཡོང་ནས་དགའ་སྤྲོ་མཉམ་འཛོམས་བྱེད་ཀྱི་ཡོད་ཅིང་གྲོང་ཚོ་ཡོངས་ཀྱི་ཕོ་མོ་རྒན་གཞོན་ཚང་མས་ས་སྟེང་དུ་བཞུགས་གྲལ་སྒོར་མོར་བསྡད་ནས་ཆང་འཐུང་བའམ་ཡང་ན་ཤ་ཟ་བ་སོགས་དགའ་སྤྲོའི་བྱེད་སྒོ་ཅི་ཡང་སྤེལ་གྱི་ཡོད། ལྷོ་པ་རིགས་ནི་མཐོ་སྒང་གི་གྲོག་རོང་དུ་ཡུན་རིང་འཚོ་བ་སྐྱེལ་ཞིང་། ཀྱིན་གོས་རྒྱབ་པོ་དེས་ཁོ་ཚོ་བློ་གཞོགས་ཆེན་པོ་ཡོད་པ་མཚོན་གྱི་ཡོད། ལྷོ་པ་རིགས་ཀྱི་བུད་མེད་ཀྱིས་རས་ཀྱིས་བཟོས་པའི་སྟོད་ཐུང་བྲང་གཤགས་གོང་བ་མེད་པ་དང་། ཕྱི་རུ་བེའུའི་

པགས་པ། སྨད་ལ་ནང་གོས་སྨུག་གཅིག་མའི་སྨད་གཡོགས་གྱོན་རྒྱུར་དགའ་པོ་བྱེད་ཀྱི་ཡོད། ཁོ་ཚོས་རྒྱན་ཆ་འདོགས་རྒྱུར་དོ་སྣང་ཧ་ཅང་ཆེན་པོ་བྱེད་ཀྱི་ཡོད་ཅིང་། དངུལ་དང་ཟངས་ཀྱི་རྒྱུ་ཆ་ལས་བཟོས་པའི་གདུབ་ཀོར་དང་ཚོགས་ཁེབས་ཞུད་པའི་ད་དུང་སྐོར་བ་བཅུ་ཕྲག་སྐོར་བའི་མུ་ཏིག་གི་མགུལ་རྒྱན་དང་། སྐེད་པར་ཉ་ལྩིབས་ཀྱི་ཕྱི་སྐོགས་བརྒྱུས་པའི་སྐོར་སྐོར་བཅེམས་ནས་ཡོད་པ། ལུས་པོའི་སྟེང་དུ་རྒྱན་ཆ་མང་བར་ལྡིད་ཚད་སྤྱི་ཀྲ་ཁ་ཤས་ལྡན་ཡོད།

ལྷོ་པ་རིགས་ཀྱི་སྐྱེས་པའི་རྒྱན་གོས་ཀྱིས་ནགས་ཚལ་ཁྲོད་ཀྱི་རྗོན་པའི་འཚོ་བའི་ཁྱད་ཆོས་གསལ་པོ་མཚོན་གྱི་ཡོད། ཁོ་ཚོས་མང་ཆེ་བ་བལ་གྱིས་བཏགས་པའི་མགོ་ཤུབས་ནག་པོ་གྱོན་གྱི་ཡོད་པ་དང་སྐལ་པར་འཁྱོང་གི་པགས་པ་སོགས་ལྷེབ་གྱོན་རྒྱག་གི་ཡོད། རྒྱུན་དུ་ཕྱི་ལ་སྐྱོད་སྐབས་སྐྱེས་པས་སྐལ་པར་མདའ་གཞུ་འཁུར་བ་དང་སྐེད་པར་སློ་གྲི་བཏགས་པས་དཔའ་ངར་ཆེ་ཞིང་རྫིག་ཉམས་ལྡན་པ་མངོན་གྱི་ཡོད།

ལྷོ་པ་བས་རང་མི་རིགས་ཀྱི་སྲོལ་རྒྱུན་ལ་བརྩི་མཐོང་ཆེན་པོ་བྱེད་ཀྱི་ཡོད། 2008ལོར་སྨན་གླིང་ལྷོ་པ་རིགས་ཀྱི་རྒྱན་གོས་ནི་ཐེངས་གཉིས་པའི་རྒྱལ་ཁབ་རིམ་པའི་དངོས་མིན་གནའ་ཤུལ་རིག་གནས་ཀྱི་མཚན་བྱང་ནང་བཀོད་ཡོད་པ་དང་། སྨན་གླིང་ལྷོ་པའི་རས་འཐག་ལག་རྩལ་བོད་རང་སྐྱོང་ལྗོངས་རིམ་པའི་དངོས་མིན་གནའ་ཤུལ་རིག་གནས་མཚན་བྱང་ནང་དུ་བཅུག་ཡོད་པ་རེད། རྒྱུན་ཆད་མེད་པར་སྤོག་འདོན་དང་སྲིག་སྒྲིག་གཏིང་ཟབ་བྱས་པ་བརྒྱུད་ལྷོ་པ་རིགས་ཀྱི་སྐད་དང་། དམངས་ཁྲོད་སྒྲུང་གཏམ། ཆང་གཞས། སྨྱུག་མ་སླ་བའི་ལག་རྩལ། དུར་སྐྱེལ་གོམས་སྲོལ། གདོད་མའི་མཆོད་ཆོས་རིག་གནས་སོགས་ཚང་མ་ས་གནས་དེ་གའི་དངོས་མིན་གནའ་ཤུལ་རིག་གནས་མཛོད་དུ་བཅུག་ཡོད་པ་མ་ཟད། ལྷོ་པའི་སྲོལ་རྒྱུན་སྒྱུ་རྩལ་པའི་ལག་ནས་མི་རབས་ནས་མི་རབས་སུ་མུ་མཐུད་གོང་འཕེལ་གཏོང་བཞིན་ཡོད་དོ།།

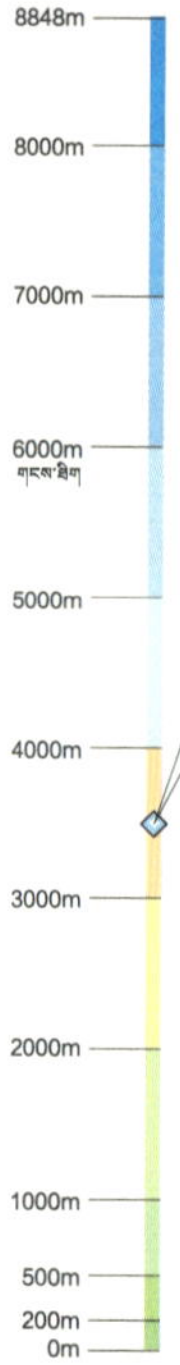

ཀ་མ། བོད་རང་སྐྱོང་ལྗོངས།

རྒྱ་མཚོའི་ངོས་ལས་མཐོ་ཚད་སྨིད3500ཡོད་པ།

གྲོང་རྡལ་རྒྱ་ཆེར་སོང་བ་ལས་ལུང་ཁུག་ནང་གི་མི་རྣམས་ལ་གནམ་ག་བྱེད་རྒྱུ་དེ་བས་མང་དུ་སོང་ཡོད། འོན་ཀྱང་གང་འདྲ་ཞིག་ཏུ་གྱུར་ནའང་མི་རྣམས་ཀྱིས་ཞབས་བྲོ་རྒྱག་པ་དང་། གླུ་ལེན་པ། རང་ཉིད་ཀྱི་སྐད་དང་གྱོན་ཆས་གྱོན་པ། དེ་བཞིན་འཚོ་བའི་ཁྲོད་ཀྱི་གྲངས་མེད་བྱ་བ་ཆུང་ཙག་སོགས་རང་གི་སྲོལ་རྒྱུན་ལྟར་རྒྱུན་འཛིན་བྱེད་བཞིན་ཡོད།

མཐོ་སྒང་གི་རིག་གནས་དང་དད་སེམས། ད་དུང་རྒྱུན་

བྱང་ཆུབ་སེམས་དཔའ་ལྷ་བུའི་འཛུམ་མདངས་ལྡན་པ་སྟེ་ཀརྨ་བདེ་ལེགས།

འཛིན་བྱ་རྒྱུ་གལ་ཆེ་ཤོས་ཤིག་ཡོད་པ་དེ་ནི་དམིགས་བསལ་གྱི་རི་མོ་སྟེ་ཐང་ག་ཡིན།

ཆབ་མདོ་རྫོང་ཀརྨ་ཤང་ནི་བོད་རང་སྐྱོང་ལྗོངས་དང་མཚོ་སྔོན་ཞིང་ཆེན་འབྲེལ་མཚམས་ཀྱི་ལུང་ཁུག་ཁུག་ཀྱོག་ཏུ་གནས་ཡོད། ཀརྨ་ཤང་ནི་བོད་བརྒྱུད་ནང་བསྟན་ཀརྨ་བཀའ་བརྒྱུད་པའི་མ་དགོན་ཀརྨ་དགོན་པའི་མངའ་ཁོངས་དེར་གནས་ཡོད་པ་ལས་མིང་དེ་ལྟར་ཆགས་པ་ཡིན། ནང་བསྟན་དང་འབྲེལ་བ་ལྡན་པའི་ཐང་ག་དང་། སྐུ་བརྙན་རྟུང་བཟོ་སོགས་ཀྱི་སྒྱུ་རྩལ་ཡང་ཐོག་མར་དེ་ནས་འགོ་བཙུགས་ཏེ་མི་རབས་ནས་མི་རབས་བར་བརྒྱུད་སྤྲོད་བྱས་ཡོད།

འཕྲེད་རྒྱུག་རི་རྒྱུད་ཀྱི་ལུང་ཁུག་ནང་གི་ཀརྨ་ལ་ཀརྨ་སྐར་བྲིས་ལུགས་ཞེས་པའི་གནའ་བོའི་འབྲི་རྒྱུན་ཞིག་ཡོད། ལོ་ན་82ལ་སོན་པའི་ཀརྨ་བདེ་ལེགས་ལགས་ནི་ཀརྨ་སྐར་བྲིས་ལུགས་ཀྱི་དགེ་རྒན་ཆེན་མོ་ཞིག་ཡིན། ལོ་ངོ་70ལྷག

ཙམ་རིང་རི་མོ་བྲིས་པའི་ནང་དུ་ལྷ་ཡི་འཛུམ་མདངས་ག་ཚོད་བྲིས་ཡོད་པ་ནི་ཁོང་ལ་གསུང་རྒྱུ་མེད་ཅིང་ཁོང་གི་ཞལ་རས་ཀྱི་འཛུམ་མདངས་ཀྱང་རིམ་བཞིན་བྱང་ཆུབ་སེམས་དཔའ་དང་འདྲ་བར་བྱམས་སེམས་དང་བཟོད་སྒོམ་གྱི་ཁེངས་ནས་ཡོད། ཁོང་གི་རི་མོའི་ནང་དུ་ས་གཞི་ལྷ་བུའི་གཏིང་ཟབ་པ་དང་འཛམ་ཞིང་སྙིང་རྗེ་ལྡན་པ་ཞིག་མངོན་གྱི་ཡོད།

ད་ལོ་ཉིན་ཁ་ཤས་ནང་རྒས་པོ་དང་སློབ་མ་ཚང་མ་ལས་དུས་འཕར་སྟོན་གྱིས་རི་མོ་འབྲི་བཞིན་ཡོད་པ་དང་། དེ་ནི་ཁོ་ཚོས་ཐང་ག་ཡག་ཤོས་ཁག་གཅིག་འབུར་ནས་ལྷ་སར་འགྲེམས་སྟོན་བྱེད་རྩིས་ཡོད། ཁོང་གི་ཚ་བོ་དང་ཚ་མོ་གཉིས་ནི་ཁོང་གི་བག་ཆགས་བཟང་པོའི་འོག་ཏུ་ད་ལྟ་གཉིས་ཀ་ཞུལ་བྱུང་གི་རི་མོའི་དགེ་རྒན་དུ་འགྱུར་ཡོད།

ཐང་གའི་རི་མོ་དེ་རིགས་ལ་རྩ་ཆེན་བྱེད་དགོས་དོན་ནི་དེའི་སྐྱ་བྲིས་དང་རི་མོའི་ཚོན་ཆ་བཀོད་སྒྲིག་བྱ་རྒྱུ་ཙམ་འཛིང་ཆེ་བ་ཙམ་མ་ཡིན་པར་ད་དུང་

དེའི་ཚོས་ནི་རང་བྱུང་གི་ཆོས་ཤིས་ཤིག་ཡིན་པ་མ་ཟད་ཧ་ཅང་དཀོན་པོ་ཞིག་ཡིན། རང་བྱུང་ཁམས་ཆེན་པོ་ལས་བྱུང་བའི་གཏེར་དངོས་དང་རྩི་ཤིང་སོགས་ཀྱི་ཚོས་ནི་རྫས་འགྱུར་གྱི་ཚོས་དང་མི་འདྲ་བར་དེ་བས་དུས་ཚོད་ཀྱི་ཞུན་བརྟར་ཐུབ་ཅིང་། རི་མོ་ཡུན་རིང་གནས་ཐུབ་པ་དང་། དུས་ཚོད་ག་ཚོད་ཀྱིས་རིང་དུ་སོང་ན་རི་མོའི་ཚོན་མདོག་དེ་བས་རང་བཞིན་གྱིས་མཛེས་པོ་ཡོད་པ་ལས་ལོ་རྒྱུས་ཟབ་མོ་ལྡན་པ་ཚོར་ཐུབ་རྒྱུ་ཡིན།

ཁོ་ཚོས་ལས་དུས་འཕར་སྔོན་བྱས་ནས་ལས་ཀ་མཇུར་སྒྲུབ་བྱེད་པའི་སྐབས་དེར་རྨས་སྐྱོན་ཕོག་པའི་བ་གཅིག་ཁོང་གི་ཁྱིམ་གྱི་སྒོའི་ཕྱི་རུ་གྱར་ནས་སླེབས། གོ་ཐོས་ལ་བ་དེར་སྤྱང་ཀིས་སོ་བརྒྱབ་ནས་རྐང་པར་རྨ་བཟོས་ཡོད་པ་དང་། སྐྲངས་སྲོས་ཆེན་པོ་བྱུང་ནས། འགྲོ་བའི་དུས་སུ་འཁྱེང་ཙམ་འཁྱེང་ཙམ་བྱས་ཏེ་འགྲོ་བ་དང་། བལྟས་ཙ་ན་རྒྱུན་རིང་འཚོ་ཐུབ་པ་མི་འདུག་ཟེར།

རྒས་པོས་ལག་ཐོག་གི་ལས་ཀ་མཚམས་བཞག་སྟེ་བ་མོའི་རྨ་ལ་བརྟག་དཔྱད་ཞིབ་ཕྲ་བྱས་པས་རྨ་ཁ་སྨུག་ནག་ཆགས་ཡོད་པ་མཐོང་བས་གདོང་ནས་སྙིང་རྗེ་དང་བློས་དོར་མི་ཐོད་པའི་རྣམ་འགྱུར་ཞིག་མངོན། རྒས་པོས་བ་དེར་ལག་པས་བྱིལ་བྱིལ་བྱེད་བཞིན་བ་དེ་བསྐྱབ་རྒྱུའི་སེམས་ཐག་བཅད།

རྒས་པོས"ངན་སོང་ལ་སྒྲིན་པ་བཏང་ན་བཟང་པོར་བཟང་ལན་ཐོབ་པས་གཞན་ལ་བསམ་གཞིགས་བྱེད་དགོས་པ་དེ་ནི་སྟོན་པས་གསུངས་པ་ཞིག་ཡིན་ཞེས"བཤད།

རི་མོ་འབྲི་བའི་དུས་ཚོད་ཧ་ཅང་ཐུང་ཐུང་ལས་མེད་པ་དང་། དེའི་སྐབས་སུ་ལག་ཐོག་གི་ལས་ཀ་མཚམས་བཞག་ནས་བ་ཞིག་བསྐྱབ་པར་འགྲོ་བར་སློབ་མ་ཚོས་སྐབས་ཤིག་རིང་བསམ་ཤིས་ཐུབ་མེད་ལ་རྒས་པོའི་བསམ་བློ་གཏོང

སྤྱངས་གང་འདྲ་ཡིན་པ་ཤེས་ཀྱི་མེད།

གོ་ཐོས་ལ་ནས་ཀྱིས་རྒྱར་དུག་སེལ་བྱ་ཐུབ་ཀྱི་ཡོད་ཟེར་བས་རྒས་པོས་སློབ་མ་རྣམས་ལ་ཁྲིམ་གྱི་ནས་ཞིང་སྟོན་དུ་བསྐྱ་བཅུག སློབ་མ་ཚོས་བ་ཡི་རྒྱ་ཁ་ཕྱིས་ཏེ་སྨན་ཚུས་བཀྲུས་པ་དང་ད་དུང་རས་སང་དཀར་པོ་དྲས་ནས་གཟབ་ནན་གྱིས་རྒྱ་ཁར་རྒྱ་རས་དཀྲིས།

ཐང་ག་འབྲི་བའི་ལས་ཀ་མུ་མཐུད་བྱེད་བཞིན་ཡོད། སློབ་མ་ཞིག་གིས་བ་ཡི་རྒྱ་ཁར་འབུ་བརྒྱབ་འདུག་པས་ཉིན་ལྟར་རེ་བཞིན་ངེས་པར་དུ་བཀྲུ་དགོས། དེ་ལྟར་མ་བྱས་ན་ནད་གཞི་ཚབས་ཆེར་འགྲོ་བ་འདུག་ཅེས་བཤད། ཕོ་ཚོས་ཀྱང་བ་དེ་ནི་ཧ་ཅང་གི་སྙིང་རྗེ་དགོས་པ་ཞིག་ཡིན་པ་ཚོར་སྣང་བྱུང་།

བ་ཡི་རྒྱ་ཁ་དྲག་སྐྱིད་ཡག་པོ་མ་བྱུང་བར་མི་རྣམས་བློ་ཕམ་བྱེད་པའི་སྐབས་དེར་རྒས་པོས་རང་ཉིད་ངོ་མ་རི་སྟེང་དུ་སྨན་འཐུ་བར་འགྲོ་རྒྱུའི་བློ་ཐག་བཅད། དཀའ་ངལ་ཁྲིད་བསད་བྱས་པས་མཐའ་མར་བཟང་པོར་བཟང་ལན་བྱུང་། རྒས་པོའི་སྨན་གྱིས་བ་གསོན་པོར་གནས་ཐུབ་པ་བྱུང་བ་དང་། རི་མོ་ཡོངས་སུ་རྫོགས་པ་འབྲི་རྒྱུ་དེ་ཡང་དུས་ཐོག་ཏུ་ལེགས་གྲུབ་བྱུང་། རྒས་པོས་དགའ་སྤྲོའི་ངང་ནས་སློབ་མ་ཚོའི་རི་མོར་བརྟག་དཔྱད་བྱེད་བཞིན་སློབ་མ་ཚོར་ཁྱེ་ཡོངས་ནས་ཡག་པོ་བྲིས་འདུག རེ་བར་སློབ་མ་ཚོས་ད་དུང་ཞིབ་ཚགས་འབྲི་དགོས་ཞེས་སྐུལ་ལྕག་གནང་། སྐབས་དེར་ཁང་པའི་ནང་སྦྲང་ནོར་བུ་ཞིག་འཕུར་ཡོང་། རྒས་པོས་སྐེའུ་ཁྲུང་ཕྱེ་ནས་སྦྲང་ནོར་བུ་དེ་ཕྱི་རུ་འཕུར་དུ་བཅུག

ཐང་ག་ཡོངས་རྫོགས་འབྲི་རྒྱུ་ལེགས་གྲུབ་བྱུང་ཞིང་རྒྱས་སྐྱོན་ཐོག་པའི་བ་དེའང་གསོན་པོར་གནས་ཐུབ་པ་བྱུང་ཡོད་པས་རྒས་པོའི་གདོང་ནས་མཐའ་མར་བྱང་ཆུབ་སེམས་དཔའ་དང་འདྲ་བའི་འཛུམ་མདངས་ཤིག་མངོན་ནོ། །

ཐང་ཀ

ཐང་ཀ་ནི་བོད་རིགས་ཀྱི་ཁྱད་ཆོས་དམིགས་བསལ་ལྡན་པའི་རི་མོའི་སྒྱུ་རྩལ་གྱི་རྣམ་པ་ཞིག་ཡིན། དེའི་བཟོ་དབྱིབས་ནི་གནའ་བོའི་རྒྱ་ནག་ཀྱང་ཡོན་ས་ཁུལ་གྱི་སྲོལ་རྒྱུན་གྱི་རི་མོ་སྦྲིལ་མ་དང་འདྲ་པོ་ཡོད། སྲོལ་རྒྱུན་གྱི་ཐང་ཀ་མང་ཆེ་བ་ནི་བོད་བརྒྱུད་ནང་བསྟན་དང་བོན་ཆོས་ཀྱི་བརྩམས་ཆོས་ཡིན་པ་དང་། ནང་དོན་ལ་བོད་རིགས་ཀྱི་ལོ་རྒྱུས་དང་ཆབ་སྲིད། རིག་གནས། སྤྱི་ཚོགས་འཚོ་བ་སོགས་ཁྱབ་ཁོངས་མང་པོ་ཞིག་ཚུད་ཡོད་ཅིང་བོད་རིགས་ཀྱི་ཤེས་བྱ་ཀུན་བཏུས་ཀྱང་བརྗོད་ཀྱི་ཡོད།

ཐང་ཀ་མང་ཆེ་བ་རས་སམ་ཤོག་བུའི་སྟེང་དུ་འབྲི་ཡི་ཡོད་པ་དང་། དེ་རྗེས་གོས་ཆེན་གྱི་གོང་གཤམ་འཚེམ་གྱི་ཡོད། ཐང་ཀ་འགེལ་བདེ་བའི་ཆེད་དུ་སྟེང་གི་ཐང་རྒྱུག་སེར་པོའི་ཐོག་ཏུ་རས་ཐག་ཕྲ་པོ་ཞིག་བསྐར་ཡོད་པ་དང་། འོག་གི་ཐང་རྒྱུག་གི་སྣེ་གཉིས་སུ་སྤུས་ཀ་ལེགས་ཤིང་མཛེས་སྡུག་ལྡན་པའི་ཐང་ཏོག་རེ་བསྐར་ཡོད། རི་མོའི་ཁ་ལ་ (སྣན་རྩེའི་)ཞལ་ཁེབས་ཀྱིས་བཀབ་ཡོད་པ་དེའི་སྟེང་དུ་ལྷུང་སྟོན་ཞེས་པའི་རས་དམར་པོ་ཕྲ་པོ་རིང་པོ་གཉིས་བཏང་ཡོད། ཆོས་ལུགས་ཀྱི་ནང་དོན་ལྡན་པའི་ཐང་ཁ་བཞེངས་བསྐྲུབས་རྗེས་ཐང་གའི་རྒྱབ་ཏུ་ཨོཾ་ཨཱཿཧཱུྃ་ཞེས་པ་ཕྱག་བྲིས་གནང་གི་ཡོད། དེ་ནས་གོང་གཤམ་བསྒྲོན་པའི་རྗེས་སུ་སྦྱིར་ན་བླ་མའི་སྐུ་མདུན་ནས་རབ་གནས་ཞུ་དགོས་པ་དང་རབ་གནས་གྲུབ་རྗེས་གཞི་ནས་ཚད་ལྡན་གྱི་ཐང་ག་ཞིག་བསྒྲུབས་ཟིན་པ་ཡིན།

ཐང་ག་བཞེངས་རྒྱུ་ཧ་ཅང་རྙོག་འཛིང་ཆེན་པོ་ཡོད་པ་དང་། པེད་སྦྱོད་བྱེད་པའི་ཚོས་མང་ཆེ་བ་ནི་རང་བྱུང་གཏེར་རྫས་སམ་རྩི་ཤིང་གི་རྒྱུ་ཆ་ཡིན་པ་

དང་ཆོས་གཞི་ཁམས་དྭངས་ལ་དུས་ཡུན་རིང་པོ་སོང་ཡང་ཆོས་གཞི་མི་ལོག་པར་གནས་ལྡོངས་ཀྱི་ཁྱད་ཆོས་ཟབ་མོ་ལྡན་ཡོད། ཐང་གའི་ཆེ་ཆུང་ཚད་གཞི་གཅིག་གྱུར་མེད་པར་ཆེ་བར་ཐིད་ངོས་གྲུ་བཞུ་ཡོད་པ་དང་ཆུང་བར་ལིའི་ཐིད་ངོས་གྲུ་བཞུ་ཡོད། འོན་ཀྱང་སྙིར་བཏང་གི་ཐང་ག་ནི་རྒྱུན་དུ་ཐིད་ངོས་གྲུ་གཅིག་ནས་གཉིས་བར་ཡོད།

ཐང་གའི་བརྗོད་བྱ་རྒྱ་ཆེ་བ་དང་ནང་དོན་མ་ལུས་ཀུན་བཏུས་ཐུབ་པ་ཞིག་ཡིན་ཞིང་། རགས་བསྡུས་བྱས་ན་ཐང་གའི་བརྗོད་བྱར་ལོ་རྒྱུས་ཀྱི་དོན་རྐྱེན་དང་། སྐྱེ་བོའི་རྣམ་ཐར། ཆོས་ལུགས་ཀྱི་དོན་སྙིང་མཚོན་པའི་རི་མོ། ཡུལ་སྲོལ་གོམས་འདྲིས། དམངས་ཁྲོད་ཤོད་རྒྱུན། ལྷ་སྲུང་། ཨར་ལས་བཀོད་སྒྲིག་བྱེད་ཚུལ་སོགས་ཡོད་ཅིང་བོད་ཀྱི་སྤྱི་ཚོགས་ཆབ་སྲིད་དང་། དཔལ་འབྱོར། རིག་གནས། དམག་དོན། ཆོས་ལུགས་སོགས་ཕྱོགས་ཁག་ཚང་ཡོད། དེའི་ནང་ནས་རྒྱུན་མཐོང་ཆེ་ཤོས་ནི་ཆོས་ལུགས་ཀྱི་བརྗོད་བྱ་ཡིན། བགྲང་གིས་མི་ལང་པའི་ཐང་ག་ཆེ་ཆུང་དེ་དག་ནང་དུ་བོད་ཀྱི་ཤེས་རིག་དང་ལོ་རྒྱུས། འཕེལ་རྒྱས་བཅས་བཀོད་ཡོད།

ཐང་གའི་ཚོན་བྱ་བཀོད་སྒྲིག་བྱེད་སྟངས་ནན་པོ་དང་། ངོ་སྙོམས་པོ། སྣེ་ཁ་འཛོམས་པོ། འགྱུར་བ་མང་བ་བཅས་ཡོད། རི་མོ་འབྲི་སྟངས་གཙོ་བོ་ནི་སྐྱ་བྲིས་དང་ཞིབ་འབྲིའི་ཚོན་འབྱུག་སྟངས་གཙོ་བོ་འཛིན་གྱི་ཡོད།

བཟོ་རྩལ་གྱི་ཐད་ནས་བལྟས་ན་ཚོན་བྲིས་ཐང་ག་ཕུད་པའི་ད་དུང་འཚེམ་དྲུབ་མ་དང་། སྤུ་མའི་ཐང་ག ཐགས་དྲུབ་མ། གོས་བསྒྲིགས་མ། ཨུ་ཏིག་ཐང་ག་སོགས་ཡོད་ཅིང་། བྱ་ཐབས་དེ་དག་སྤྱད་དེ་བཟོས་པའི་ཐང་ག་ནི་འབུར་གཟུགས་ཀྱི་ཉམས་སྣང་དང་སྤུས་དག་གི་ཉམས་སྣང་ལྡན་ལ་གཟུགས་བརྙན་གསོན་ཉམས་ལྡན་པ་ཡོད།

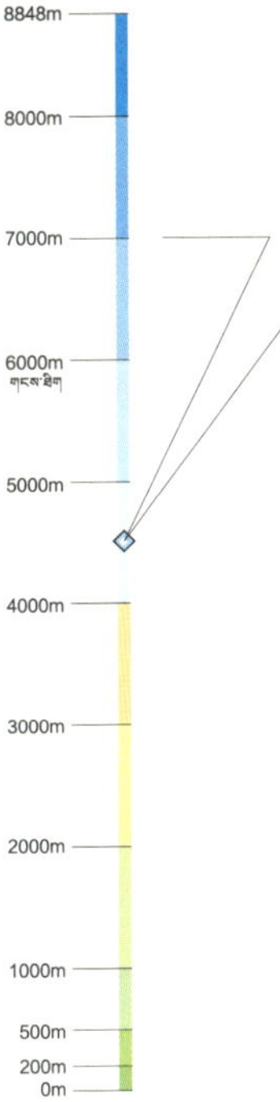

མངའ་རིས།
བོད་རང་སྐྱོང་ལྗོངས།

 རྒྱ་མཚོའི་ངོས་ལས་མཐོ་ཚད་
སྨིད4500ཡོད་པ།

“གནས་རི”གངས་རིན་པོ་ཆེ་ནི་མངའ་རིས་ས་ཁུལ་དུ་གནས་ཡོད། མངའ་རིས་ས་ཁུལ་ནི་བོད་རང་སྐྱོང་ལྗོངས་ཀྱི་ས་གནས་རིམ་པའི་སྲིད་འཛིན་ས་ཁུལ་གྱི་དབྱེ་མཚམས་ཞིག་ཡིན་པ་དང་། འཛམ་གླིང་ཐོག་མི་འཁོར་འདུས་ཚད་ཉུང་ཤོས་ཀྱི་ས་ཁུལ་ཞིག་ཡིན། མངའ་རིས་ནི་མཚོ་བོད་མཐོ་སྒང་བྱང་ཕྱོགས་ཁུལ་ཏེ། བྱང་ཐང་མཐོ་སྒང་གི་ལྟེ་བའི་ས་ཁུལ་དང་། རི་བོ་ཧི་མ་ལ་ཡའི་རི་རྒྱུད། གངས་ཏི་སེའི་རི་

"གནས་རི"ལུས་པོས་འཇལ་བ་སྟེ། རི་སྐོར།

རྒྱུད་སོགས་རི་རྒྱུད་འཛོམས་པའི་ས་ཁུལ་དུ་གནས་ཡོད་ཅིང་། "རི་བོ་གྲངས་མེད་ཀྱི་མེས་པོ"ཞེས་འབོད་ཀྱི་ཡོད་པ་དང་། ཡང་རྒྱལ་ནང་དང་ཕྱི་རྒྱལ་དུ་ཡོད་པའི་གྲགས་ཅན་ཆུ་བོ་འགའ་ཡི་འབྱུང་ཁུངས་ཡིན་པས"ཆུ་བོ་ཐམས་ཅད་ཀྱི་ཆུ་འགོ"ཡང་ཟེར་གྱི་ཡོད། གལ་ཏེ་བོད་ནི"འཛམ་གླིང་གི་ཡང་རྩེ་ཡིན"ཞེས་ན་མངའ་རིས་ནི"ཡང་རྩེའི་སྟེང་གི་ཡང་རྩེ་ཡིན་པ"དང་། ཉི་མ་དང་བར་ཐག་ཉེ་ཤོས་ཀྱི་ས་ཆ་ཞིག་ཡིན། མངའ་རིས་ལ་དམིགས་བསལ་གྱི་ཁྱད་ཆོས་ལྡན་པའི་རང་བྱུང་གི་མཛེས་ལྗོངས་དང་། མུ་འབྲེལ་དུ་ཆགས་པའི་གངས་རི། མཐའ་ཡས་ཀྱི་དྲུ་རི་དྲུ་གླིང་དང་། ནམ་མཁའི་སྐར་ཚོགས་ས་ལ་བཀྲམ་པ་ལྟ་བུའི་མཚོ་དང་མཚེའུ། རྒྱ་ཆེ་ཞིང་མུ་མཐའ་མེད་པའི་སྤང་ཐང་། ཕྱོགས་བཞིར་དལ་ཞིང་ལྷོད་པའི་རི་དྭགས་སྣ་ཚོགས་བཅས་ཡོད། བོད་ཀྱི་སྐད་གྲགས་ཆེ་ཤོས་ཀྱི"གནས་

རི"གངས་རིན་པོ་ཆེ་དང་"གནས་མཚོ"མ་ཕམ་གཡུ་མཚོ་གཉིས་མངའ་རིས་སུ་ཡོད།

མངའ་རིས་ནི་རི་བོ་ཧི་མ་ལ་ཡ་དང་གངས་ཏི་སེ། ཁུ་ནུ་རི་བོ་བཅས་རི་རྒྱུད་མཉམ་དུ་འདུས་པའི་ས་ཆ་ཞིག་ཡིན་ཞིང་། རི་སྣ་མི་གཅིག་པ་གྲངས་མེད་ཡོད་པ་དེ་དག་ཆ་སྙོམས་རྒྱ་མཚོའི་ངོས་ལས་མཐོ་ཚད་སྨིད་4500ལས་བརྒལ་ཡོད་པ་དང་། རྒྱ་ཁྱོན་སྤྱི་ལེ་ངོས་གྲུ་ཁྲི་30ལྷག་ཙམ་དང་གྲོང་མི་ཁྲི་10ལྷག་ཙམ་ཡོད། འདི་གའི་ས་ཆ་མང་ཆེ་བ་ནི་ས་སྟོང་ཤ་སྟག་ཡིན་ཞིང་མི་སྡོད་མཁན་མེད།

མངའ་རིས་ཀྱི་རི་སྣ་མི་གཅིག་པའི་ཁྲོད་དུ་མིག་ལ་བཀྲག་མདངས་ཆེ་ཤོས་ནི་རྒྱ་མཚོའི་ངོས་ལས་མཐོ་ཚད་སྨིད་6638ཡོད་པའི་གངས་རིན་པོ་ཆེ་ཡིན། དེ་ནི་གངས་ཏི་སེའི་རི་རྩེ་གཙོ་བོ་དེ་ཡིན་ཞིང་། བོན་ཆོས་དང་བོད་ལུགས་ནང་བསྟན། རྒྱ་གར་གྱི་ཆོས་ལུགས། གཅེར་བུ་བའི་ཆོས་ལུགས་བཅས་ཀྱིས་གཅིག་མཐུན་གྱིས་དེ་ནི་འཛམ་གླིང་གི་ལྟེ་གནས་སུ་ངོས་འཛིན་བྱེད་ཀྱི་ཡོད་པར་བརྟེན་གངས་རིན་པོ་ཆེར"གནས་རིའི་རྒྱལ་པོ"ཡང་ཟེར།

གངས་རིན་པོ་ཆེའི་རི་རྩེ་ནི་ཧི་མ་ལ་ཡའི་རི་རྩེའི་ཁྲོད་ནས་བརྩིས་ན་རྒྱ་མཚོའི་ངོས་ལས་མཐོ་ཚད་མངོན་གསལ་དོད་པོ་མེད་པར་སྨིད་6638ལས་མེད་ཅིང་མངའ་རིས་ས་མཐོའི་ཐོག་ཏུ་རྒྱང་ཐག་རིང་པོ་ནས་འབུར་དུ་ཐོན་ཡོད་པ་དང་། རི་རྩེ་ནི་ཙོད་པན་བཞིན་འོད་ཆིལ་ཆིལ་དུ་བཀྲ་ཞིང་ཡིད་དབང་འཕྲོག་པ། རྒྱང་རིང་ནས་བལྟས་ན་རི་རྩེ་སྒོར་སྒོར་གཅིག་རང་མཐོང་ཐུབ་ཅིང་། དེ་ནི་གངས་སྐོར་རྒྱག་མཁན་ཚོའི་གནས་མཆོག་མཐོ་ཤོས་དེ་ཡིན། ལོ་ལྟར་དེ་གར་གངས་སྐོར་རྒྱག་མཁན་འཛམ་གླིང་གི་ས་ཕྱོགས་ཁག་དང་ཆོས་ལུགས་ཁག་གི་དད་ལྡན་པ་བར་མཚམས་ཆད་ཀྱི་མེད་པ་དང་། དད་ལྡན་པ་རྣམས་ཀྱིས་སྤྱི་ལེ་50ལྷག་ཙམ་བསྐྱོད་ནས་གངས་རིན་པོ་ཆེར་སྐོར་བ་ཐེངས་གཅིག་བརྒྱབ་ན་མི་

ཚེ་གཅིག་གི་སྡིག་སྒྲིབ་དག་ཐུབ་པ་དང་། གངས་སྐོར་བཅུ་བརྒྱབ་ན་ཚེ་རབས་ལྔ་བརྒྱའི་ནང་དུ་དམྱལ་བའི་སྡུག་བསྔལ་མྱོང་མི་དགོས་པ། སྐོར་བ་བརྒྱ་བརྒྱབ་ན་སངས་རྒྱས་པ། རྟ་ལོར་གངས་སྐོར་གཅིག་བརྒྱབ་ན་དེ་སྔོན་གངས་སྐོར་བཅུ་གསུམ་བརྒྱབ་པ་དང་མཚུངས་པ་བཅས་ཀྱི་ངོས་འཛིན་བྱེད་ཀྱི་ཡོད། ལོ་དེར་ཏག་ཏག་རྟ་ལོ་ཡིན་པ་དང་གངས་སྐོར་རྒྱག་མཁན་དད་ལྡན་པ་རྒྱུན་གཏན་ལས་མང་བ་སླེབས་ཡོད།

ད་དུང་མི་ཁག་གཅིག་གིས་ལྷག་བསམ་དག་པའི་ངང་ནས་དཀའ་ངལ་དེ་བས་ཆེ་བའི་གངས་སྐོར་རྒྱག་རྒྱུ་གདམ་ག་བྱེད་ཀྱི་ཡོད་ཅིང་དེ་ནི་རྐྱང་ཕྱག་འཚལ་ནས་སྐྱོད་རྒྱུ་དེ་ཡིན། རྐྱང་ཕྱག་འཚལ་སྐབས་ལག་གཉིས་ཀྱི་ཐལ་མོ་སྦྱར་ཏེ་ལུས་ངག་ཡིད་གསུམ་ལ་ཕྱོགས་པ་དང་དེ་རྗེས་ཡན་ལག་ལྔ་ས་ལ་བཏུད་དེ་སྔོན་ལམ་འདེབས་པ་དང་། ཡར་ལངས་ཏེ་གོམ་པ་གསུམ་སྤོ་བ（ཏ་ལམ་རང་གི་གཟུགས་པོའི་རིང་ཚད་ཙམ）སླར་ཡང་ཡན་ལག་ལྔ་ས་ལ་བཏུད་པ་དེ་ལྟར་གོག་འགྲོས་བྱས་ཏེ་མདུན་དུ་བསྐྱོད་ཀྱི་ཡོད། བོད་རིགས་ཚོ་དབང་གིས་ཕ་ཡུལ་གཅིག་པ་ཡིན་པའི་མི་གཉིས་དང་མཉམ་དུ་ཉིན་20ཡི་ནང་དུ་གངས་རིན་པོ་ཆེ་ལ་རྐྱང་ཕྱག་འཚལ་ཚར་བ་བྱ་རྒྱུའི་ཁ་ཆད་བྱས།

གངས་སྐོར་རྒྱག་པའི་ལམ་མང་ཆེ་བ་ནི་རྒྱ་མཚོའི་ངོས་ལས་མཐོ་ཚད་རྨིད་

5000ཡས་མས་ཡོད་ཅིང་། ཁོ་ཚོས་དེ་ལྟར་བྱས་ཏེ་ལམ་དུ་གོག་འགྲོས་ཀྱིས་གོམ་གསུམ་སྤོས་ཏེ་ཕྱག་གཅིག་འཚལ་ནས་རྒྱ་མཚོའི་ངོས་ལས་མཐོ་ཚད་རྨིད་5700ཡོད་པའི་ལུང་མདོ་བརྒལ། ཚེ་དབང་གི་ཕྲུ་གུ་གཉིས་ཏག་ཏག་དགུར་ཁའི་གུང་སེང་ཡིན་པས་ཁོ་གཉིས་ཀྱང་པླ་ལགས་དང་མཉམ་དུ་དེ་གར་སླེབས་ཡོད་པ་དང་པླ་ལགས་ཀྱིས་གངས་སྐོར་རྒྱག་པར་ཁོང་གཉིས་ཀྱིས་རོགས་པ་བྱེད་ཀྱི་ཡོད། གངས་སྐོར་རྒྱག་མཁན་གྱི་ཟས་ནི་སྐབས་བདེའི་ཟས་རིགས་ཡིན་པ་དང་། ཁོ་ཚོ་ནི་དད་སེམས་ཤིན་ཏུ་ཆེ་བས་སྐོར་ལམ་གང་ཡིན་པ་དེ་མ་གཏོགས་མགྱོགས་ལམ་ཐུང་དུ་གང་འདྲ་ཡོད་ཀྱང་འགྲོ་ཡི་མེད། ས་མ་ཏུབ་པའི་སྔོན་ནས་མི་གཉིས་ཀྱིས་ཉིན་དེའི་མཐའ་མཇུག་སྐོར་ལམ་གྱི་ས་ཆ་དེ་སེམས་ལ་ངེས་པ་དང་སླར་ཡང་སྔོན་ནས་བཏབ་ཟིན་པའི་གུར་ནང་དུ་སྐྱོད་ནས་ངལ་གསོ་རྒྱག་གི་ཡོད། ཉིན་གཉིས་པར་སྔོན་ལ་ཞག་སྔོད་བྱེད་ས་གསར་པར་གུར་སྐྱིལ་བ་དང་དེ་རྗེས་ཁ་ཉིན་རི་སྐོར་རྒྱག་འཕྲོའི་གནས་དེ་ནས་འགོ་བཙུགས་ཏེ་སླར་ཡང་མུ་མཐུད་ཕྱག་འཚལ་ཏེ་སྐྱོད་ཀྱི་ཡོད།

དགོང་མོ་ཉལ་དུས་ཁོང་ཚོས་གངས་རིན་པོ་ཆེ་ནི་རང་ཉིད་ཀྱི་ སྟེས་མགོར་ཡོད་པ་དང་ཉིན་མོ་གངས་རིན་པོ་ཆེ་མགོ་སྟེང་དུ་ཡོད་པའི་སྣང་བ་འདུག་ཅིང་། ཕྱག་འཚལ་བའི་སྐབས་སུ་གངས་རིན་པོ་ཆེས་ལུས་ཀྱི་ནད་དང་སེམས་ཀྱི་སྡུག་བསྔལ་ཚང་མ་སེལ་ཐུབ་པའི་བསམ་བློ་འཁོར་གྱི་འདུག་ཅེས་ཚེ་དབང་དང་ཁོང་གི་ཕ་ཡུལ་གཅིག་པ་ཡིན་པ་ཚོས་བརྗོད་ཀྱི་འདུག དེ་ལྟར་གངས་སྐོར་རྒྱག་པའི་ལམ་ཆུང་གི་ཚད་རེ་རེ་བཞིན་ཁོ་ཚོས་ལུས་པོས་འཇལ་བཞིན་ཡོད་པ་དང་། ལུས་སྟོབས་རིམ་བཞིན་ཉམས་པ་དང་ཡང་རིམ་བཞིན་གསོས་ནས་ཡོང་གི་ཡོད། ཉིན་20སོང་བའི་རྗེས་ལ་ཚེ་དབང་གྲོང་ཁྱེར་དུ་ལོག་ནས་མུ་མཐུད་དེ་ཆུ་སྐྱིལ་

བའི་ལས་ལས་བཞིན་ཡོད། ཆུ་སྐྱིལ་བའི་སྐབས་སུ་མི་ཚོས་ཚེ་དབང་གིས་རྒྱང་ཕྱུག་འཚོལ་ནས་གནས་རི་སྐོར་བ་རེད་ཅེས་གོ་ཐོས་བྱུང་བ་ན་ཚང་མས་ནང་དུ་གདན་འདྲེན་ཞུ་ཡི་ཡོད། རྒྱང་ཕྱུག་འཚོལ་བ་ནི་དད་སེམས་ཆེ་ཤོས་ཀྱི་གནས་སྐོར་བའི་ཐབས་ཤིག་ཡིན་ལ། རྒྱང་ཕྱུག་འཚོལ་ནས་གངས་སྐོར་རྒྱག་མཁན་ནི་སྐྱེ་བོ་རྣམས་ཀྱིས་གུས་བཀུར་འོས་པའི་དད་སེམས་ཆེ་ཤོས་ཀྱི་དད་ལྡན་པ་ཞིག་ཡིན་པས་ཁོ་ཚོས་ཚེ་དབང་ལ་ཡིད་སྨོན་བྱེད་ཀྱི་ཡོད་ལ་དགའ་མགུ་ཡི་རང་ཡང་བྱེད་ཀྱི་ཡོད།

བོད་ཀྱི་ཆོས་ལུགས་དང་ལོ་རྒྱུས། རིག་གནས་བཅས་ཀྱི་ནང་དུ་གནས་རི་སྐོར་བའི་ནང་དོན་གཏིང་ཟབ་མོ་འདུས་ཡོད་ཅིང་། གནས་རི་ནི་མི་དང་ལྷ། མི་དང་རང་བྱུང་ཁམས་ཟུང་དུ་འབྲེལ་བའི་བསམ་པའི་རི་བོ་དང་། རིག་གནས་ཀྱི་རི་བོ། དད་གུས་ཀྱི་རི་བོ་ཞིག་བཅས་རེད།

རི་སྐོར།

རི་སྐོར་ནི་བོད་ཀྱི་ས་ཕྱོགས་ཁག་ཏུ་དར་ཁྱབ་ཆེ་ལ་ཁྱད་དུ་འཕགས་པའི་ཆོས་ལུགས་ཀྱི་བྱེད་སྒོ་ཞིག་ཡིན། བོད་ཀྱི་ས་ཆ་མང་པོར་རི་སྐོར་རྒྱག་པའི་སྲོལ་རྒྱུན་ཡོད་ཅིང་། ལྷག་བསམ་རྣམ་དག་གིས་ཆོས་ལ་དད་པ་བྱེད་མཁན་ཚོས་ལོ་ལྟར་རི་སྐོར་རྒྱག་གི་ཡོད།

རི་སྐོར་ཞེས་པའི་ནང་གི་རི་ནི་གནས་རི་ལ་ཟེར་ཞིང་། དེ་ཡང་ལེ་དབར་སྟོང་དུ་མུ་འབྲེལ་ནས་ཆགས་པའི་གངས་ཏི་སེའི་རི་རྒྱུད་ཀྱི་རི་རྩེ་གཙོ་བོ་གངས་རིན་པོ་ཆེ་ཡིན། བོད་ཀྱི་དམིགས་བསལ་གྱི་གནམ་གཤིས་དང་མཛེས་པའི་རང་བྱུང་ཁོར་ཡུག་དེ་ཡིས་ཡུལ་གཞན་དག་གི་ཡུལ་སྐོར་བ་ཏ་ཅང་མང་པོའི་ཡིད་དབང་འཕྲོག་སྟེ་བོད་དུ་རི་སྐོར་དུ་ཡོང་མཁན་གྱི་ཡུལ་སྐོར་བ་བར་མཚམས་ཆད་ཀྱི་མེད།

གངས་རིན་པོ་ཆེའི་རི་གཤམ་དུ་ཡོད་པའི་སྐད་གྲགས་ལྡན་པའི་གྲོང་རྡལ་ཆུང་ངུ་དར་ཆེན་ནི་གངས་སྐོར་དུ་སྐྱོད་མཁན་གྱི་འགོ་འཛུགས་ས་དེ་ཡིན་ལ་གངས་སྐོར་གྱི་མཇུག་བསྡུ་ས་ཡང་དེ་ཡིན། ཆེད་མངགས་གངས་སྐོར་རྒྱག་མཁན་ལ་བཙུགས་པའི་གྲོང་རྡལ་ཆུང་ངུ་དེར་ཐོག་མར་དུད་ཚང་ཉི་ཤུ་ཙམ་ལས་མེད་ཀྱང་རྒྱལ་ནང་ནས་གངས་སྐོར་ཡོང་མཁན་གྱི་མི་གྲངས་ལོ་རེ་ནས་ལོ་རེ་མང་དུ་ཕྱིན་ཏེ་ད་ལྟ་དར་ཆེན་གྱི་ས་ཆ་གང་སར་ཟ་ཁང་དང་མགྲོན་ཁང་

གིས་ཁེངས་ཡོད།

གངས་རིན་པོ་ཆེར་གངས་སྐོར་རྒྱག་པར་ཆེ་སྐོར་དང་ནང་སྐོར་ཞེས་རི་ལམ་གཉིས་ཡོད་ཅིང་གངས་སྐོར་རྒྱག་མཁན་མང་ཆེ་བས་ཆེ་སྐོར་རྒྱག་གི་ཡོད་པ་དང་རི་ལམ་དེར་སྤྱི་ལེ་52ཡོད། ལུས་སྟོབས་ཅུང་ཡག་པོ་ཡོད་པ་དང་ལྷག་པར་དུ་ས་གནས་དེ་གའི་མིས་ཉིན་གཅིག་ནང་དུ་སྐོར་བ་འཁོར་གྱི་ཡོད་ཅིང་། ཕྱིར་བཏང་མི་མང་ཆེ་བས་ཉིན་གཉིས་ནང་ཚུན་དུ་སྐོར་བ་འཁོར་གྱི་ཡོད། ཡིན་ནའང་རྒྱང་ཐུག་འཚོལ་ནས་གངས་སྐོར་རྒྱག་མཁན་གྱིས་ཉིན་བཅུ་ནས་བཅོ་ལྔའི་ནང་ཚུན་དུ་གཞི་ནས་སྐོར་བ་ཆ་ཚང་གཅིག་བརྒྱབ་ཚར་གྱི་ཡོད། རྒྱ་མཚོའི་ངོས་ལས་མཐོ་ཚད་སྨིད་5000ཡས་མས་ཡོད་པའི་གངས་སྐོར་གྱི་ལམ་དུ་སྐྱོད་པའམ་ཡང་ན་ཐུག་འཚོལ་ནས་སྤྱི་ལེ་52ཡོད་པའི་རི་ལམ་དུ་སྐོར་བ་ཆ་ཚང་གཅིག་རྒྱག་པར་དད་མོས་དང་སྙིང་རུས་གཉིས་ཀ་ལྡན་དགོས་པ་ཡིན།

གནས་རིའི་མཐའ་འཁོར་དུ་ཆོས་སྐུ་དགོན་དང་། འབྲི་རྭ་ཕུག རྫུ་འཕྲུལ་ཕུག་བཅས་དགོན་ཆུང་བཞི་ཡོད་པ་དང་གངས་སྐོར་ལ་སྐྱོད་ན་ངེས་པར་དུ་དགོན་ཆུང་དེ་དག་ལ་གནས་མཇལ་དུ་འགྲོ་དགོས་པས་དེ་ཡང་གངས་སྐོར་གྱི་གྲས་ཤིག་ཡིན།

གནས་མཇལ་བ།

གནས་མཇལ་ཏེ་མཆོད་མཇལ་ཞེས་ཀྱང་བྱ། དེ་ནི་བོད་བརྒྱུད་ནང་བསྟན་གྱི་དད་ལྡན་པས་ཆོས་ལུགས་ལ་དད་པ་བྱེད་པའི་རྣམ་པ་གལ་ཆེ་ཞིག་ཡིན། བོད་དུ་ལམ་ཆེན་ནས་སྐྱོད་པའམ་ཡང་ན་རི་གསེབ་ཀྱི་ལམ་ཆུང་གང་ནས་སྐྱོད་

ཀྱང་གནས་མཆོག་ལྷ་སར་ཕྱོགས་ནས་རྐྱང་ཕྱག་འཚལ་ཏེ་འགྲོ་མཁན་རྒྱུན་དུ་མཐོང་རྒྱུ་ཡོད་པ་དེ་ནི་བོད་པོ་ནར་ལྡན་པ་ཞིག་ཡིན།

ལུས་ཀྱིས་རྐྱང་ཕྱག་འཚལ་བ་ནི་བོད་བརྒྱུད་ནང་བསྟན་གྱི་དད་ལྡན་པ་ཚོས་ལྷག་བསམ་དག་པས་མཆོད་མཇལ་ཞུ་བའི་རྣམ་པ་ཞིག་ཡིན། བོད་བརྒྱུད་ནང་བསྟན་གྱི་སངས་རྒྱས་དང་ཆོས་ལ་ཡིད་སྨོན་གུས་བཀུར་བྱེད་པར་ལུས་ཀྱི（བྱ་སྤྱོད）དང་། ངག་གི་（འདོན་པ）ཡིད་ཀྱི（དད་སེམས）བཅས་གསུམ་ཀ་ཚང་དགོས་པར་ངོས་འཛིན་བྱེད་ཀྱི་ཡོད། ཕྱག་འཚལ་ནས་གནས་མཇལ་ཞུ་མཁན་གྱི་མིས་ཡན་ལག་ལྔ་ས་ལ་བཏུད་པ་ནི“ལུས”ཀྱིས་གུས་པ་དང་། ཆབས་ཅིག་ཏུ་ཁ་ནས་རྒྱུན་ཆད་མེད་པར་སྨོན་ལམ་འདོན་པ་ནི“ངག”གིས་གུས་པ། སེམས་ཀྱི་གཏིང་ནས་ཆོས་དྲན་པ་དེ་ནི“ཡིད”ཀྱིས་གུས་པ་ཡིན།

རྐྱང་ཕྱག་འཚལ་བ་ལ་ཐག་རིང་ནས་རྐྱང་ཕྱག་འཚལ་ཏེ་ཡོང་བ་དང་། ཉེ་འཁོར་དུ་རྐྱང་ཕྱག་འཚལ་བ། ས་ཆ་དེ་རང་དུ་རྐྱང་ཕྱག་འཚལ་བ་སྟེ་རིགས་གསུམ་ཡོད། ཉེ་འཁོར་དུ་ཕྱག་འཚལ་བ་ནི། སྤྱིར་ན་དགོན་པ་དང་གནས་རི། གནས་མཚོ། གནས་མཆོག་གནའ་ཤུལ་ལ་སོགས་པར་གཡས་སྐོར་བརྒྱབ་ནས་རྒྱུན་ཐུང་ན་ཚུ་ཚོད་འགའ་དང་། རྒྱུན་རིང་ན་ཉིན་བཅུ་འམ་ཟླ་ཕྱེད་ཙམ་རྐྱང་ཕྱག་འཚལ་གྱི་ཡོད། ས་ཆ་དེ་རང་དུ་རྐྱང་ཕྱག་འཚལ་བ་ནི། མཆོད་ཁང་གི་ནང་དུའམ་དགོན་པའི་མཐའ་སྐོར་དུ་དད་ལྡན་པས་རང་གི་མདུན་དུ་ཕྱག་གདན་གཏིང་ནས་ས་ཆ་དེ་རང་དུ་རྒྱུན་ཆད་མེད་པར་རྐྱང་ཕྱག་འཚལ་བ་ཡིན།

རྐྱང་ཕྱག་འཚལ་བའི་སྟངས་སྟབས་ནི་གཏན་འཁེལ་ཞིག་ཡིན་ཞིང་། སྤྱིར་ན་སྔོན་ལ་ལུས་འདྲེང་པོར་སྡོད་པ་དང་། ཁ་ནས་སྨོན་ལམ་འདེབས་བཞིན་དུ་མང་ཆེ་བས་མ་ཎི་ཡིག་དྲུག་འདོན་གྱི་ཡོད། ལག་གཉིས་ཀྱི་ཐལ་མོ་སྦྱར་ཏེ་སྤྱི་

པོའི་སྟེང་དུ་བཞག་ནས་དེ་རྗེས་གོམ་པ་གང་མདུན་དུ་སྤོ་བ་དང་མུ་མཐུད་ལག་གཉིས་ཀྱི་ཐལ་མོ་སྦྱར་ཏེ་གདོང་གི་མདུན་དུ་བཞག་ནས་སླར་ཡང་མདུན་དུ་གོམ་པ་གང་སྤོ་བ། ཡང་ལག་གི་ཐལ་མོ་སྦྱར་བཞིན་དུ་སྙིང་གི་མདུན་དུ་བཞག་ནས་གོམ་པ་ཐེངས་གསུམ་པ་དེ་སྤོས་ཏེ་ལག་གི་ཐལ་མོ་སྙིང་ཁ་ལས་འཕྲལ་ཏེ་མདུན་ངོས་སུ་ས་ལ་ཁ་ཕྱོགས་ནས་ལག་མཐིལ་ས་ལ་ཕབ་པ་དང་། སྔོན་ལ་པུས་མོ་ས་ལ་ཕབ་རྗེས་ལུས་ཡོངས་ས་ལ་ཕབ་ཅིང་དཔྲལ་བ་ས་ལ་ཐུག་པ་བྱེད་ཀྱི་ཡོད། སྐབས་དེར་ཁ་ནས་ཨོཾ་མ་ཎི་པདྨེ་ཧཱུྃ།།ཞེས་མ་ཎི་ཡིག་དྲུག་སོགས་རྒྱུན་ཆད་མེད་པར་འདོན་གྱི་ཡོད། དེ་ལྟར་ཡང་སྐོར་བསྐྱར་སྐོར་དང་མུ་མཐའ་མི་མངོན་པའི་ཐག་རིང་ལམ་དུ་ལ་སླུང་བརྒྱལ་ཏེ་གོམ་པ་རེ་རེ་བཞིན་དུ་གནས་མཆོག་ལྷ་སའི་ཕྱོགས་སུ་སྐྱོད་ཀྱི་ཡོད། དགོང་མོ་མལ་གསོས་རྗེས་ཁ་ཉིན་རྒྱང་ཕྱག་འཚལ་སའི་མཐའ་མཇུག་གི་ས་ཆ་དེ་ནས་སླར་ཡང་འགོ་བཙུགས་ཏེ་ཕྱག་འཚལ་བ་ལས་སྟབས་བསྟུན་སྒྲིད་ལུག་གཏན་ནས་བྱེད་ཀྱི་མེད། དད་ལྡན་པས་རྒྱུན་དུ་ལག་པར་ལག་ཤུབས་དང་པུས་མོར་པུས་ཤུབས། ལུས་ཀྱི་མདུན་དུ་པང་རས་འདྲ་བའི་ཀོ་བའི་པང་ཁེབས་གྱོན་གྱི་ཡོད། དེ་ལྟར་བྱས་ཀྱང་ཁོ་ཚོའི་དཔྲལ་བར་ཕྱག་འཚལ་བ་ལས་ཤ་མཁྲེགས་མཐུག་པོ་ཞིག་ཆགས་ཀྱི་ཡོད།

ཕྱག་འཚལ་བའི་སྐབས་ཀྱི་འགྲུལ་སྐྱོད་བྱེད་སྟངས་ཚང་མར་དོན་སྙིང་ལྡན་ཡོད། ལག་གཉིས་ཀྱི་ཐལ་མོ་སྦྱར་བ་ནི་སངས་རྒྱས་ཀྱི་དགོངས་པ་དང་བཀའ་དང་དུ་ལེན་པ་མཚོན་པ་དང་། ལག་གཉིས་ཀྱི་ཐལ་མོ་སྦྱར་ཏེ་སྤྱི་བོའི་སྟེང་ནས་གདོང་གི་མདུན་དུ་བཞག་པ་དང་། དེ་རྗེས་སྙིང་ཁར་སྦྱར་བ་ནི་གུས་པ་ཆེན་པོས་ལུས་དང་ངག་དང་། ཡིད་གསུམ་སངས་རྒྱས་དང་གཅིག་ཏུ་འབྲེལ་བ་མཚོན་ཞིང་། ཕྱག་འཚལ་བའི་སྐབས་སུ་ཡིད་ནས་སྨོན་ལམ་འདེབས་པ་དང་ངག་ནས་

སྐྱབས་འཇུག་ཞུ་བ་དེ་ལྟར་བྱས་ན་གཞི་ནས་རང་གི་སེམས་ནང་གི་རེ་བ་འགྲུབ་ཀྱི་ཡོད་ཅེས་བརྗོད་སྲོལ་ཡོད།

དེང་རབས་བོད་རིགས་མང་ཚོགས་ཁྲོད་ཀྱི་བོད་བརྒྱུད་ནང་བསྟན་ལ་དད་པ་བྱེད་མཁན་ཚོས་རང་མི་རིགས་ཀྱི་ལོ་རྒྱུས་དང་རིག་གནས་འཕེལ་རྒྱས་གཏོང་བའི་བརྒྱུད་རིམ་དང་། ཕྱི་ནས་ཡོང་བའི་རིག་གནས་སྤྱིལ་རེས་བྱེད་པའི་ཁྲོད་དུ་འཛིག་རྟེན་པའི་ལུགས་དང་དེང་རབས་ཅན་གྱི་ཚད་གཞི་གཉིས་ཀ་ཏ་ཅང་མཐོ་པོ་སླེབས་ཡོད་པ་དང་། དེའི་སྤྱི་ཚོགས་རྣམ་པའི་རིགས་ཀྱང་ཉིན་རེ་བཞིན་དུ་འགྱུར་ལྡོག་མང་པོ་འགྲོ་ཡི་ཡོད། འོན་ཀྱང་འཚོ་བའི་རྣམ་པ་ཇི་ལྟར་འགྱུར་བ་ཕྱིན་ནའང་གནས་མཇལ་ཞུ་བ་དང་ཆོས་ལ་དད་པ་བྱེད་པའི་སེམས་ཁམས་ཀྱི་ཁྱད་ཆོས་ལ་འགྱུར་བ་ཕྱིན་མེད་པ་མ་ཟད་གནས་མཇལ་ཞུ་བའི་རྣམ་པ་ཡང་སྲོལ་རྒྱུན་གྱི་བྱེད་སྟངས་རྒྱུན་འཛིན་ཐུབ་པ་བྱུང་ཡོད།

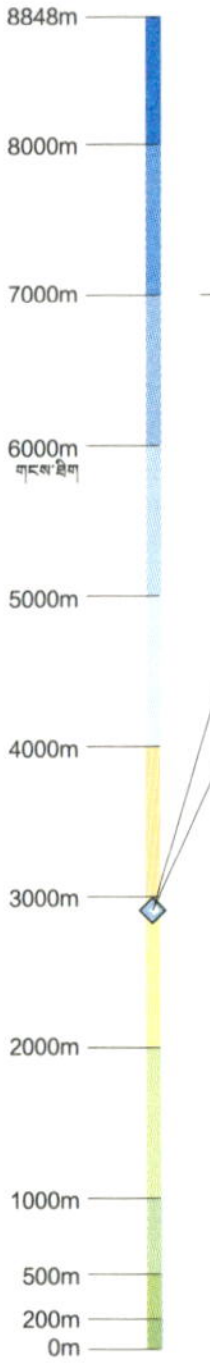

བསྡི་ཡག

བོད་རང་སྐྱོང་ལྗོངས།

ཀྱུ་མཚོའི་ངོས་ལས་མཐོ་ཚད་རྨིད2900ཡོད་པ།

བསྡི་ཡག་ཤང་ནི་བོད་རང་སྐྱོང་ལྗོངས་མངའ་རིས་ས་ཁུལ་རྩ་མདའ་རྫོང་གི་ནུབ་བྱང་ཁུལ་དུ་ཆགས་ཡོད་པ་དང་། མངའ་རིས་ས་ཁུལ་གྱི་རྒྱ་མཚོའི་ངོས་ལས་མཐོ་ཚད་དམའ་ཤོས་ཀྱི་ཤང་ཞིག་ཡིན། བསྡི་ཡག་ནི་གླང་ཆེན་ཁ་འབབ་འགྲམ་གྱི་ཐང་བདེ་མོ་ཞིག་གི་རི་ལྗིབས་སུ་གནས་ཡོད་པ་དང་། གླང་ཆེན་ཁ་འབབ་ཀྱི་གཡོན་གཡས་གཉིས་ཀྱི་རི་བོ་ནི་གྲི་ཡིས་གཞོག་པ་ཇི་བཞིན་གཡང་གཟར་ཆེ་ཞིང་། གཙང་ཆུ་བྲག་ལ་བརྟེན་པའི་ངར་སྒྲ་དང་བཅས་

མངའ་རིས་ཀྱི་ཚོན་མདོག་སྟེ། བསྐྱི་ཡག་གི་ཀུ་ཤུ།

ཏེ་ལང་ཝོང་དུ་རྒྱུག་བཞིན་ཡོད་པས་མངའ་རིས་ཀྱི་མཛེས་ལྗོངས་ཡག་ཤོས་ཤིག་ཡིན། བསྐྱི་ཡག་གི་མི་རྣམས་ནི་གཞུང་དྲང་ལ་བབ་ཆགས་ཤིང་། སེམས་རྩ་འཕོལ་པོ་ཡོད།

མངའ་རིས་ཀྱི་ས་སྟོང་དུ་གཏེར་ནས་བརྟན་པ་ལྟ་བུའི་ནགས་ཚལ་ཞིག་ཡོད་པ་དང་ས་གནས་དེ་གར་དམར་མདངས་བཀྲ་བའི་ཀུ་ཤུའི་ཐོན་འབབ་ཡག་པོ་ཡོང་གི་ཡོད། ཀུ་ཤུ་ནི་རྒྱུན་དུ་མཐོང་རྒྱུ་ཡོད་པའི་ཤིང་འབྲས་ཤིག་ཡིན་ན་ཡང་ཤིང་འབྲས་དེ་རིགས་དེ་གར་སྐྱེས་པ་ནི་ཡ་མཚན་ཞིག་རེད། མུ་མཐའ་མེད་པའི་ས་སྟོང་སྟེང་དུ་མི་རྣམས་ཀྱིས་ཤིང་འབྲས་དེ་ལ་དེ་བས་རྩ་ཆེན་བྱེད་ཀྱི་ཡོད། ཤིང་འབྲས་སྡོང་པོ་དེ་དག་གྲོང་མིའི་ཁང་ཁྱིམ་གྱི་འགྲམ་དུ་ཡོད་པས་ཁྱིམ་ཚང་དེ་དག་གིས་ཀུ་ཤུའི་སྡོང་པོར་བདག་སྐྱོང་ཡག་པོ་བྱེད་ཀྱི་ཡོད། བསྐྱི་ཡག་

གི་ཀུ་ཤུའི་པགས་པ་མཐུག་པོ་ཡོད་པ་དང་དྲི་མ་གཞན་དང་མི་འདྲ་ཞིང་། ཚོན་མདོག་དྭངས་ཤིང་བྲོ་བ་མངར་མོ་ཡོད།

ཆོས་འཛོམས་ཀྱི་ཀུ་ཤུའི་ལྡུམ་ར་རི་སྟེང་དུ་ཡོད་པ་དང་ཀུ་ཤུའི་ལྡུམ་ར་རྒྱ་ཆེ་ཞིང་ས་བབ་མཐོ་པོ་ཡོད་པས་ཁོང་གི་ཀུ་ཤུ་སྨིན་པའི་དུས་ཚོད་གྲོང་ཚོའི་ནང་ནས་ཕྱི་ཤོས་ཤིག་ཡིན། ཆོས་འཛོམས་ཀྱིས། “ཕྲུ་གུ་ཚང་མ་ནང་སར་སློབ་སྦྱོང་བྱེད་ཀྱི་ཡོད་པས། ཁ་པར་བརྒྱབ་ཡོང་སྐབས་ཀུ་ཤུ་གང་འདྲ་འཚར་འདུག་ཆེ་ཆུང་གང་འདྲ་འདུག་ཅེས་འདྲི་ཡི་འདུག དེ་ཡང་ཁོ་ཚོའི་རྒྱུ་ནོར་ཡིན་པས་ངས་རང་ཉིད་ཁོ་ན་བསམས་ནས་མི་སྡོད་པར་ད་དུང་མི་རབས་རྗེས་མའི་ཆེད་དུ་བསམ་བློ་གཏོང་དགོས་ཀྱི་འདུག”ཅེས་བརྗོད་ཀྱི་འདུག

དེ་གའི་ཀུ་ཤུའི་ཐོག་ནས་བརྗོད་ན་ཀུ་ཤུ་སྐྱེལ་འདྲེན་བྱ་རྒྱུ་ནི་དཀའ་གནད་ཆེ་ཤོས་ཤིག་ཡིན། གྲོང་ཚོ་བར་དུ་གཞུང་ལམ་བཟོས་ཡོད་ཀྱང་མཐའ་འཁོར་ནི་རི་བོ་ཤ་སྟག་ཡིན་པས་ལམ་ཐག་རིང་ཞིང་ཀྱག་ཀྱོག་ཡིན་པའི་རྐྱེན་གྱིས་ཀུ་ཤུ་ཉོ་མཁན་ཚོས་རྟག་ཏུ་ལམ་བར་ནས་ཕྱི་བཤོལ་བྱེད་ཀྱི་ཡོད། བསྡི་ཡག་གི་ཀུ་ཤུ་མང་ཆེ་བ་ད་དུང་གྲོང་ཁྱེར་ནང་གི་གྲོགས་པོ་སྤུན་མཆེད་ཀྱི་འགྲེམ་འཚོང་བྱེད་རོགས་ལ་བརྟེན་དགོས་ཀྱི་ཡོད།

ཆོས་འཛོམས་ཀྱིས་གྲོང་མི་གཞན་ཞིག་ལ“རང་གི་ཁྱིམ་ཚང་གི་ཀུ་ཤུ་ཀུང་སིར་བཙོངས་པ་ཡིན་ནམ་ཁྲོམ་ལ་བཙོངས་པ་ཡིན”ཞེས་དྲིས། གྲོང་མི་དེས“ཁྲོམ་ལ་བཙོངས་པ་ཡིན། ད་ལོ་ཀུང་སི་དང་གན་རྒྱ་བཞག་མེད”ཅེས་ལན་བཏབ། ཆོས་འཛོམས་ཀྱིས་དོ་ཁུར་ཆེན་པོ“ཀུ་ཤུ་གང་འདྲ་བྱས་ཏེ་དབོར་བ་ཡིན་ནམ། རླངས་འཁོར་ཐོགས་མར་གླས་པ་ཡིན་ནམ”ཞེས་སྐྱར་ཡང་དྲིས།

“རླངས་འཁོར་ཐོགས་མར་གླས་པ་ཡིན”

ད་ལོ་ནི་ཀུ་ཤུ་ལོ་ལེགས་བྱུང་བའི་ལོ་ཞིག་ཡིན་ཞིང་། ལྷུམ་རའི་ནང་གི་ཀུ་ཤུའི་ཐོན་འབབ་དེ་སྔོན་ལོ་ལས་མང་བས་གལ་སྲིད་ད་དུང་བཙོང་མི་ཐུབ་ན་ཀུ་ཤུ་དེ་དག་ཕྲུགས་རྡོག་ལ་སྟེར་རྒྱུ་ལས་ཕན་ཐོགས་མེད།

ཀུ་ཤུའི་དོན་དག་ལ་དངངས་སྐྲག་བྱས་ཏེ་ཆོས་འཛོམས་ན་བས་སྨན་པས་ཁྱིམ་དུ་ཡོང་ནས་སྨན་ཚུ་བླུགས་བཞིན་དུ་ཁོང་ལ་ཟ་མ་ཡག་པོ་མི་ཟ་བ་དང་ཞོགས་པ་ནས་དགོང་མོ་བར་ངལ་གསོ་མི་རྒྱག་པར་ཀུ་ཤུའི་དོན་དག་ཁོ་ནར་སེམས་ཁྲལ་བྱས་ནས་སྨོད་རྒྱུ་མེད་ཅེས་བཤད། འཚར་སྐྱེས་བཟང་ཞིང་མིག་ལ་འཚེར་བཞིན་པའི་ལྷ་ན་སྡུག་པའི་ཀུ་ཤུ་དམར་པོ་དེ་དག་ནི་མངའ་རིས་ཀྱི་ཚོན་མདོག་ཅིག་ཡིན་ལ་དཀའ་ངལ་ལ་མི་སྐྲག་ཅིང་ལས་ལ་བརྩོན་པའི་མངའ་རིས་བུད་མེད་ཀྱི་ཚོན་མདོག་ཅིག་ཀྱང་ཡིན།

མཐའ་མར་ཆོས་འཛོམས་ཁྱིམ་གྱི་ཀུ་ཤུ་ཉོ་མཁན་བྱུང་ཡོད།

ཆོས་འཛོམས་ཀྱིས་ཀུ་ཤུ་ཉོ་མཁན་ལ་ཁ་པར་བརྒྱབ་སྟེ། ལམ་ནི་སྔོན་མའི་ལམ་ནས་ཐད་ཀར་ཁྱིམ་གྱི་སྒོ་འགྲམ་བར་བཟོས་ཡོད་པས་མོ་ཊ་ཤར་གཏོང་ཐུབ་

ཅིང་ཀུ་ཤུ་ཕྲ་སྲིག་བྱས་ཟིན་པས་ཐད་ཀར་ཡོང་ན་འགྲིག་ཅེས་བཤད།

གཞུང་ལམ་ཀྱག་ཀྱོག་སྟེང་དུ་ཀུ་ཤུ་དཔོར་འདྲེན་བྱེད་མཁན་གྱི་ལྡིང་ཐེག་ རླངས་འཁོར་མགྱོགས་ནས་མྱུར་དུ་སྐྱོད་བཞིན་ཡོད་པ་དང་། གྲོང་ཚོའི་ནང་གི་ བུད་མེད་ཚོས་དགའ་སྤྲོའི་ངང་ནས་སླུ་དབྱངས་ལེན་བཞིན་དུ་ཀུ་ཤུའི་ལྡུམ་རའི་ ནང་དུ་ལས་ལ་བྲེལ་བཞིན་ཡོད། ཕོ་ཚོས་དམར་མདངས་ལྡན་པའི་ཀུ་ཤུ་རེ་རེ་ བཞིན་བཏོག་ནས་སླེལ་པོའི་ནང་དུ་བླུགས་ཏེ་སྐལ་པར་ཁུར་ནས་རི་གཤམ་དུ་ དཔོར་བ་དང་སླར་ཡང་ནན་ཏན་གྱིས་ཤོག་སྐམ་ནང་དུ་བླུགས་ནས་ཐག་རིང་ དུ་དཔོར་རྒྱུའི་ཕྲ་སྲིག་བྱེད་བཞིན་ཡོད། དེ་གའི་ཀུ་ཤུ་ནི་མཐོ་སྒང་གི་ཉི་འོད་ དང་ས་རྒྱུ། བུད་མེད་རྣམས་ཀྱི་ངལ་བ་བཅས་ལས་འཚར་བ་ཞིག་ཡིན་ཞིང་།

མངར་ཞིང་སྐྱུར་ལ་བྲོ་བ་ཞིམ་པ་དང་། ཀུ་ཤུའི་བྲོ་བ་ཡུན་རིང་བར་དུ་ཡལ་གྱི་མེད།

ཀུ་ཤུ་དཔོར་འདྲེན་བྱེད་པར་ད་དུང་ལམ་ཐག་རིང་པོ་ཞིག་བརྒྱུད་དགོས་པ་དང་། ཀུ་ཤུ་དཔོར་མཁན་གྱི་རླངས་འཁོར་གྱིས་ཡ་མཚན་ཅན་གྱི་ས་ཆ་དྲུ་རི་ཞེས་པ་འདི་བརྒལ་ནས་འགྲོ་དགོས་ཀྱི་ཡོད། མཐོ་སྒང་གི་ཉི་འོད་འཁྲོས་པས་མུ་མཐའ་མེད་པའི་དྲུ་རི་ནས་འོད་ཟེར་ཆེམ་ཆེམ་འཕྲོ་ཞིང་བརྗིད་ཆགས་ལྡན་པ་ཞིག་མངོན། ལོ་འབུམ་གྱི་སྔོན་དུ་འདི་གར་རྒྱ་མཚོ་ཆེན་པོ་ཞིག་ཡིན་ཞིང་རྗེས་སུ་རི་རྒྱུད་འབུར་དུ་ཐོན་ནས་མཚོ་ཡི་གཞོངས་ས་མཐོ་རུ་ཕྱིན་པ་དང་། རླུང་དང་ཆུས་ད་ལྟའི་ས་དབྱིབས་དེ་གསར་དུ་བཀོད་པ་ཞིག་རེད།

ཀུ་ཅེ་རྒྱལ་རབས་ཀྱི་དུས་སུ་མི་གྲངས་ཁྲི་བཅུས་དྲུ་རི་དེའི་ཐོག་འཚོ་བ་སྐྱེལ་གྱི་ཡོད་ཅིང་། མི་རྣམས་ཀྱིས་ཐ་ན་དྲུ་རིའི་གཙུག་ཏུ་ཧ་ར་ཡང་གསར་གཏོད་བྱས་ཡོད། མཐའ་མར་ཀུ་ཅེ་རྒྱལ་རབས་ཡ་མཚན་གྱིས་མེད་པར་གྱུར་ཡོད་ཀྱང་ཁོ་ཚོས་ད་དུང་མི་རབས་རྗེས་མར་ཁོ་ཚོ་ས་ཆ་དེའི་སྟེང་དུ་འཚོ་བ་སྐྱེལ་བའི་བག་ཆགས་ཤིག་བཞག་ཡོད།

རྩྭ་མདའ་ཡི་དྲུ་རི།

དྲུ་རི་ནི་རྒྱུག་ཆུ་དང་རླུང་གིས་ཟད་པའི་དམིགས་བསལ་གྱི་ས་རྡོས་ཆགས་ཚུལ་ཞིག་ཡིན་ཞིང་། ས་དབྱིབས་སྣ་ཚོགས་ཕུང་གསོག་ཐེབས་པའི་དངོས་པོ་ལས་གཟུགས་བརྟན་དུ་བསྒྲུབས་པའི་ཤིན་ཏུ་མང་བའི་ཀ་བའི་གཟུགས་ཀྱི་ས་དབྱིབས་ཤིག་ཡིན་ཞིང་། ཐག་རིང་ནས་བལྟས་ན་དྲུ་རི་མང་པོ་འདུས་པ་ལྟར་སྣང་བས་མིང་ཡང་དེ་ལྟར་ཐོབ། ས་རྡོས་ཆགས་ཚུལ་དེ་དག་ས་གཤིས་རིག་པའི་ཐོག་མཚོ་བསྐམ་ནས་བྱུང་བ་ཡིན་ཞེས་བརྗོད་ཀྱི་ཡོད་པ་དང་། ཆགས་ཚུལ་ནི་ལོ་ངོ་ས་ཡའི་སྔོན་ནས་ས་གཤིས་འགྱུར་བ་ལས་ཆགས་པ་ཞིག་ཡིན།

རྩྭ་མདའ་ཡི་དྲུ་རི་ནི་བོད་རང་སྐྱོང་ལྗོངས་མངའ་རིས་ས་ཁུལ་རྩྭ་མདའ་རྫོང་གི་མངའ་ཁོངས་སུ་གནས་ཡོད་ཅིང་སྤྱིའི་རྒྱ་ཁྱོན་ཏ་ལམ་སྤྱི་ལི་ངོས་གྲུ་2464ཡོད་པ་དང་། འཛམ་གླིང་ཐོག་དཔེ་མཚོན་ལེགས་ཤོས་དང་། ཁྱབ་ཡུལ་རྒྱ་ཁྱོན་ཆེ་ཤོས་ཡིན་པའི་དུས་རབས་གསུམ་པའི་སྐབས་སུ་ས་རིམ་རླུང་གིས་ཟད་ནས་ཆགས་པའི་དྲུ་རི་ཞིག་ཡིན།

“རྩྭ་མདའ”ནི་མདའ་ཏུ་རྩྭ་ཡོད་པའི་ས་ཆའི་དོན་ཡིན་ཞིང་། ས་གཤིས་རིག་པ་མཁས་ཅན་གྱིས་ཁུངས་འཚོལ་བྱས་ནས་ར་སྤྲོད་བྱུང་བར། ལོ་ངོ་ཁྲི་100སྔོན་ལ་རྩྭ་མདའ་ནས་སྤུ་ཧྲེང་བར་ནི་མཐའ་སྐོར་དུ་སྤྱི་ལི་500ལྷག་ཙམ་ཡོད་པའི་མཚོ་ཆེན་པོ་ཞིག་ཡིན་ཞིང་། ཧི་མ་ལ་ཡའི་རི་རྒྱུད་ཆགས་པའི་གཡོ་འགུལ་ལས་མཚོ་གཤོངས་མཐོ་རུ་ཕྱིན་པ་དང་། ཆུ་ཁའི་མཐོ་ཚད་རིམ་པར་ཆག་ཅིང་། ཐན་སྐྱོན་དང་གནམ་གཤིས་གྲང་ངར་ཆེ་བའི་ཁོར་ཡུག་ནང་དུ་ཕྱིར་མངོན་པའི་མཚོ་མཐིལ་ལ་ཆུ་རྒྱུན་དང་དུས་ཚོགས་རང་བཞིན་གྱི་རྒྱུག་ཆུས་ཟད་

ནས་འཕྲེད་གཞུང་དུ་དྭ་བ་ལྷར་སྟོན་པའི་གྲོག་རོང་ཆགས་ཤིང་། ཡུན་རིང་ཆར་རླུང་གིས་ཟད་ནས་བྲག་རི་ལས་ཡ་མཚན་ཆེ་བའི་སྣང་ཚུལ་ཞིག་མངོན་ཡོད། ལོ་རྗེ་ཁྲི་འབུམ་སྟོན་ནས་ཞིབ་ཅིང་ཚགས་པའི་བཀོས་དཀྲོལ་བྱས་པ་ལས་གཡང་གཟར་ཅན་གྱི་བྲག་རི་དེ་དག་ལ་བལྟས་ན་མཁར་རྫོང་དང་འཛིང་རག་རེ་རེ་བཞིན་བརྗིད་ཉམས་ལྡན་ཞིང་གེར་རེ་ལངས་པ་དང་། བཟོ་ལྟ་སྣ་མང་ལྡན་ཡོད། དེ་ནི་མངའ་རིས་ས་ཁུལ་གྱི་སྐད་གྲགས་ཆེ་ཤོས་ཀྱི་རང་བྱུང་མཛེས་ལྗོངས་ཤིག་ཡིན་ལ། རང་བྱུང་ཁམས་ཆེན་པོའི་བཟུམས་ཆོས་ཤིག་ཀྱང་ཡིན། 2007ལོར་རྩྭ་མདའ་ཡི་དྲུ་རི་ནི་རྒྱལ་ཁབ་རིམ་པའི་ས་གཤིས་སྤྱི་གླིང་ཁོངས་སུ་བཅུག་ཡོད།

ཀྱང་གོའི་ཨུ་མཐའ་མེད་པའི་ས་གཞིའི་སྟེང་དུ་གེར་ལངས་རྗེ་ཚོགས་དང་དྲུ་རི། གེར་ལངས་ཀྱི་འཁྲུགས་པའི་མཆོད་རྟེན་སོགས་དམིགས་བསལ་གྱི་རང་བྱུང་མཛེས་ལྗོངས་ག་ས་ག་ནས་མཐོང་རྒྱུ་ཡོད། དྲུ་རི་ནི་ཡུན་ནན་དང་ཟི་ཁྲིན། གན་སུའུ། ཤིན་ཅང་སོགས་ཚང་མར་ཡོད་ནའང་། མཐོ་སྒང་གི་གངས་རི་དང་དགུན་སྟོན་གྱིས་གཅིག་ལ་གཅིག་གིས་བརྒྱན་པའི་རྩྭ་མདའི་དྲུ་རི་ནི་སྤར་བཞིན་ཐུན་མོང་མ་ཡིན་པའི་ཁྱད་ཆོས་ལྡན་པ་ཞིག་ཡོད། འདི་གར་ལྷ་ཡི་ཆོ་འཕྲུལ་ལས་གྲུབ་པ་ལྟ་བུའི་རང་བྱུང་ཁམས་ཆེན་པོའི་མཛེས་ལྗོངས་ཕུད་པའི་ད་དུང་ལོ་རྒྱུས་ཀྱི་དོན་སྙིང་ཟབ་མོ་ལྡན་པ་ཞིག་ཀྱང་ཉམས་སུ་མྱོང་ཐུབ། དྲུ་རིའི་ཁྲོད་དུ་ག་ས་གར་གནའ་བོའི་མིའི་རིགས་ཀྱི་ས་ཕུག་གི་གནའ་ཤུལ་ཡོད་ལ་ད་དུང་བྲག་སྟེང་རི་མོ་ཡང་ཡོད་པ་མ་ཟད། སྐབས་ཤིག་རིང་ལ་དར་རྒྱས་ཆེན་པོ་བྱུང་བའི་གུ་གེ་རྒྱལ་རབས་ཀྱི་རྒྱལ་པོའི་ཕོ་བྲང་དང་དགོན་པའི་གནའ་ཤུལ་ཡང་དེ་གར་ཡོད། རྩྭ་མདའི་དྲུ་རི་ནི་རིག་སྨྱུན་འཛུགས་སྐྲུན་དང་ས་བབ་ཁོར་ཡུག་ལེགས་འཛོམས་མཉམ་འདུས་ཀྱི་དམིགས་བསལ་ཁྱད་ཆོས་ལྡན་པའི་མཛེས་ལྗོངས་ཤིག་ཡིན་ནོ།།

གུ་གེ་རྒྱལ་རབས།

གུ་གེ་རྒྱལ་རབས་ཀྱི་གནའ་ཤུལ་ནི་བོད་རང་སྐྱོང་ལྗོངས་མངའ་རིས་ས་ཁུལ་རྩ་མདའ་རྫོང་གྲོང་རྡལ་ནས་ནུབ་ངོས་སུ་སྤྱི་ལེ་18ཡོད་པའི་གནས་སྣང་ཆེན་ཁ་འབབ་འགྲམ་གྱི་རི་སྟེང་དུ་ཆགས་ཡོད་པ་དང་། ཧ་ལམ་ཞིད་ངོས་གྲུ་ཁྲི་18ཀྱི་ས་བཟུང་ཡོད་ཅིང་། གྲུང་གོའི་ཐེངས་དང་པོའི་རིག་དངོས་སྲུང་སྐྱོང་གཙོ་གནད་ཚན་པའི་གྲས་ཤིག་ཡིན། གནའ་ཤུལ་རྫིལ་པོར་ཁྱོན་བསྡོམས་ས་ཕུག་300ལྷག་ཙམ་ཡོད། ད་དུང་མཆོད་རྟེན་དང་དགོན་པ། ཚོམས་ཆེན་སོགས་ཡོད་པས་གནའ་བོའི་ཨར་སྐྲུན་རྒྱ་ཆེན་པོ་ཞིག་ཆགས་ཡོད། རྒྱལ་པོའི་ཕོ་བྲང་དང་དགོན་པ་ནི་ས་བབ་མཐོ་ཤོས་སུ་ཆགས་ཡོད་པ་དང་། གཤམ་དུ་རིམ་བཞིན་འབབས་ཀྱི་སྡོད་ས་དང་ས་ཕུག་ཡོད། རི་གཤམ་དུ་མཁར་གྱི་གྱང་བསྐྲུན་ཡོད་ལ། ཟུར་བཞིར་མཁར་སྒོའི་ལྕོག་ཁང་བརྩིགས་ཡོད། རི་སྟེང་གི་དགོན་པ་དང་ཕོ་བྲང་ནང་དུ་མཛེས་ཤིང་སྤུས་ལེགས་པའི་ལྡེབས་རིས་དང་བཀོས་དཀྱིལ་གྱི་སྐུ་བརྙན་ཉར་ཚགས་བྱས་ཡོད།

གུ་གེ་རྒྱལ་རབས་ནི་བོད་ཀྱི་ལོ་རྒྱུས་ཐོག་དོན་སྙིང་གལ་ཆེ་ལྡན་ཡོད་ཅིང་། དེ་ནི་བཙན་པོའི་བུ་རྒྱུད་ཀྱིས་བོད་ཀྱི་ནུབ་རྒྱུད་མངའ་རིས་ཁུལ་དུ་བཙུགས་པའི་ས་གནས་སྲིད་འཛིན་ཞིག་ཡིན་པ་དང་། དེས་དབང་སྒྱུར་བྱེད་པའི་ཁྱབ་ཁོངས་ཆེས་མང་བའི་སྐབས་སུ་མངའ་རིས་རྫིལ་པོར་ཁྱབ་ཡོད། དེ་ནི་བཙན་པོའི་གདུང་རྒྱུད་ཀྱི་རྒྱུན་འཛིན་ཞིག་ཡིན་པ་མ་ཟད། སངས་རྒྱས་ཆོས་ལུགས་

བོད་དུ་ཐོར་ཞིག་ཏུ་སོང་རྗེས་སླར་ཡང་རྐང་པ་འཛུགས་ས་ཞིག་ཡིན་ལ་དེ་དང་ཆབས་ཅིག་རིམ་བཞིན་ཁྲིན་ཡོངས་སུ་དར་རྒྱས་ཕྱིན་ཡོད།

གུ་གེ་རྒྱལ་རབས་ནི་དུས་རབས་10པའི་དུས་དཀྱིལ་ནས་འགོ་བཙུགས་ཏེ་བསྐྱུན་པ་དང་དུས་རབས་17པའི་དུས་འགོར་སླེབས་སྐབས་བཙན་པོའི་རྒྱལ་རབས་ཐོར་ཞིག་ཏུ་སོང་ཞིང་། ཕྱི་རྗེས་སུ་ཁྲིན་བསྐོམས་རྒྱལ་པོ་16བྱུང་བ་དང་། དེས་བོད་ཀྱི་ནུབ་རྒྱུད་ས་ཆ་ལོ་ངོ་700ལྷག་ཙམ་བཟུང་ཡོད།

གུ་གེར་ཐོག་མར་འབྲེལ་བ་བྱེད་མཁན་གྱི་ནུབ་ཕྱོགས་མི་སྣ་ནི་ཕུའུ་ཐའོ་ཡ་ཡི་ཡེ་ཤུའི་ཚོགས་པའི་ཆོས་སྤེལ་མཁན་ཨན་ཏུང་ཉི་ཨའོ་ཏེའར་ཨན་ཏེ་ལྦ་ཏེ་དང་ཁོང་གི་སྤུན་ཟླ་ཏུན་ནུའུ་ཨའི་འར་མའར་ཁེ་སི་སྟེ་དེ་དུས་ནི་སྤྱི་ལོ་1626ལོར་ཡིན་ཞིང་། དེའི་རྗེས་སུ་ཆོས་སྤེལ་མཁན་གྱིས་གུ་གེར་ཆོས་སྤེལ་ཁང་འགོ་བཙུགས་པ་རེད།

དེ་སྔོན་འོད་སྲུང་འཁྲུ་ཞིང་ཤེས་རིག་ལྡན་པའི་གུ་གེ་རྒྱལ་རབས་དེ་1630ལོའི་རྗེས་སུ་ཡ་མཚན་ངང་མེད་པར་གྱུར་ཅིང་། ད་བར་ཡིག་ཐོག་འཁོད་པ་གང་དུའང་མཐོང་རྒྱུ་མེད། མི་རབས་ནས་མི་རབས་བར་དུ་དེར་གནས་སྡོད་བྱེད་མཁན་བོད་རིགས་མི་སེར་ལའང་གུ་གེ་རྒྱལ་རབས་མེད་པར་འགྱུར་བའི་སྐོར་དམངས་ཁྲོད་དུ་ཤོད་སྲོལ་གང་ཡང་མེད་ཅིང་ཡ་མཚན་ཅན་གྱི་རྒྱལ་རབས་དེས་མི་རབས་རྗེས་མར་བཞག་པ་ནི་གྲོགས་མེད་ཁྲིར་རྐྱང་དུ་ལུས་པའི་མཁར་རྫོང་གི་གནའ་ཤུལ་ཞིག་དང་། ད་དུང་གནའ་ཤུལ་གྱི་ཉེ་འགྲམ་ནས་སྟོག་འདོན་བྱས་པའི་སྐུ་འདྲ་དང་བཀོས་དཀྱིལ། ལྡེབས་རིས་ཡིན། གུ་གེ་རྒྱལ་རབས་ཡ་མཚན་ངང་མེད་པར་གྱུར་བར་མི་རབས་རྗེས་མས་ཚོད་དཔག་སྣ་ཚོགས་བྱེད་ཀྱི་ཡོད་པ་དང་། མིག་སྔར་ཞིབ་འཇུག་པས་ཡོངས་ཁྱབ་ཏུ་ཚོད་རྩིས་བྱས་པར་གཙོ་བོ་རིགས་གཉིས་ཡོད་དེ།

དང་པོ་ནི། ཆོས་ལུགས་ཀྱི་རྐྱེན་གྱིས་ཡིན་པ། བཙན་པོའི་རྒྱལ་རབས་ཐོར་ཞིག་

ཏུ་སོང་བའི་རྗེས་སུ་བོད་ཀྱི་ས་གནས་ཁག་གི་ཚོ་པའི་འགོ་གཙོས་བཅད་བཟུང་བྱས་ཏེ་དམག་འཁྲུག་རྒྱུན་ཆད་མེད་པར་ལངས་ཤིང་། གུ་གེ་རྒྱལ་རབས་དང་ཁྲིམ་མཆོས་རྒྱལ་ཁབ་བར་དུ་དམག་འཐབ་བྱེད་པར་མི་ཤུགས་དང་ནོར་ཤུགས། དངོས་ཤུགས་བཅས་ཧ་ཅང་མང་པོ་ཞིག་དགོས་ཀྱི་ཡོད། འོན་ཀྱང་བོད་བརྒྱུད་ནང་བསྟན་གྱི་ཤུགས་རྐྱེན་ཐེབས་ཤུགས་རྒྱུན་ཆད་མེད་པར་གཏིང་ཟབ་ཏུ་ཕྱིན་པ་དང་བོད་རིགས་མི་སེར་མང་པོ་ཞིག་གིས་མི་གསོད་དམག་འཁྲུག་ལ་སུན་སྣང་དང་ཞེན་པ་ལོག་ནས་དགོན་པར་ཞུགས་ནས་གྲྭ་པ་བྱ་རྒྱུ་གདམ་ག་བྱེད་ཀྱི་ཡོད། དེའི་རྐྱེན་གྱིས་གུ་གེ་རྒྱལ་རབས་ཀྱི་དམག་མིའི་ཡོང་ཁུངས་ལ་ཤུགས་རྐྱེན་ཆེན་པོ་ཐེབས་ཡོད་པ་དང་། ཁྲིམ་མཆོས་རྒྱལ་ཁབ་ཀྱིས་རྒྱུན་མ་ཆད་པར་ནང་འཛུལ་གནོད་སྐྱོལ་དང་བཙན་བཀོ་བྱས་པས་གནམ་བདག་ཆོས་ལ་བརྩི་བཀུར་ཆེན་པོ་བྱེད་མཁན་གྱི་རྒྱལ་པོར་ཐབས་ཤེས་མེད་པར་མངའ་འོག་གི་སངས་རྒྱས་ཆོས་ལུགས་དགོན་པའི་ནང་གི་གྲྭ་པར་བཙན་ཤེད་ཀྱིས་ཕྱི་ཡི་དགྲ་བོའི་བཙན་གནོད་བཀག་འགོག་བྱེད་པར་བཏང་བས་གནམ་བདག་ཆོས་ལུགས་ལ་དད་པ་བྱེད་མཁན་གྱི་གུ་གེ་རྒྱལ་པོ་དང་ནང་བསྟན་ཆོས་ལུགས་པའི་འགོ་གཙོའི་བར་ལ་རྙོང་རར་ཆེ་བའི་འགལ་ཟླ་ལངས་ཤིང་། གྲྭ་དམག་གིས་དམག་དྲངས་ནས་ཕར་རྒོལ་བྱས་པས་མཐའ་མར་གུ་གེ་རྒྱལ་རབས་སྲིན་ཕུང་ཐོར་བ་བཞིན་དུ་མེད་པར་གྱུར།

གཉིས་པ་ནི། ཁོར་ཡུག་གི་རྒྱུ་རྐྱེན་ཏེ། གུ་གེ་རྒྱལ་རབས་མངའ་ཐང་རྒྱས་ཤོས་ཀྱི་སྐབས་སུ་མངའ་རིས་ས་ཁུལ་གྱི་ས་ཆ་མང་པོར་དབང་སྒྱུར་བྱས་ཤིང་། ཐོན་ཁུངས་འཕེལ་ཞིང་མི་འབོར་ཆེ་བའི་ས་གཞིའི་ཐོག་འབངས་མི་ཁྲི་10ཡིས་འཚོ་བ་སྐྱེལ་གྱི་ཡོད། འོན་ཀྱང་རྫ་མདའི་ཉེ་འདབས་སུ་ཐན་སྐྱོན་རིམ་བཞིན་མང་དུ་ཕྱིན་པ་དང་ཁོར་ཡུག་ཇེ་ངན་ཇེ་སྡུག་ཏུ་སོང་ཞིང་། སྤང་ལྗོངས་རིམ་བཞིན་བྱེ་མར་འགྱུར་ནས་མཐར་མེད་པར་འགྱུར་ཏེ་ཞིང་འབྲོག་ལས་ལ་གནོད་

འཚོ་དྲག་པོ་ཕོག་པས་ཞིང་པ་དང་འབྲོག་པ་མང་པོ་ཞིག་གིས་གུ་གེ་ནས་ཐག་རིང་མི་ཡུལ་དུ་བྲོས་བྱོལ་དུ་སོང་བར་བརྟེན་དེ་སྔོན་འོད་སྟོང་ལྡན་པའི་གུ་གེ་རྒྱལ་རབས་དེ་ཉིད་ཉམས་རྒུད་ཀྱི་ཕྱོགས་སུ་གྱུར།

གུ་གེ་རྒྱལ་རབས་ཀྱི་གནའ་ཤུལ་ཁྲོད་དུ་གྲངས་ཚད་ཏ་ཙང་མང་ཞིང་ཆ་ལག་ཚང་ཨ་ཁྲོས་ཀྱི་ལྡེབས་རིས་སྤར་ལྷར་གནས་ཡོད་ཅིང་། ལྡེབས་རིས་དེ་དག་གི་ཁྱད་ཆོས་དམིགས་བསལ་ལྡན་ལ་བཟོ་ལྟ་བཀྲེད་ཉམས་ལྡན་ཞིང་། ཕྱི་ཚུལ་དུ་སྤྱིར་བཏང་གི་ཆོས་ལུགས་ལྷ་སྐུའི་བཟོ་དབྱིབས་ཕུད་པའི་གུ་གེའི་ལྡེབས་རིས་ཀྱིས་ད་དུང་དོན་དངོས་ཀྱི་མི་སྣ་དང་འཇིག་རྟེན་པའི་འཚོ་བའི་རྣམ་པ་མང་པོ་ཞིག་མཚོན་ཡོད་པ་སྟེ། སྟེང་གི་རྒྱལ་པོ་དང་བློན་པོ། འོག་གི་སེར་སྐྱ་དང་བུད་མེད་ཕྲུ་གུ། ཆོས་ཀྱི་འབྱུང་རྟེན་ལས་རིགས་ནས་རྟེན་འབྲེལ་མཛད་སྒོའི་བར། དམངས་ཁྲོད་འཇིག་རྟེན་གྱི་ཉིན་རེའི་འཚོ་བ་ནས་རྒྱལ་པོའི་ཕོ་བྲང་ནང་གི་ཞལ་ཏ་མས་བདུག་སྤོས་ཕུལ་བའི་གནས་ཚུལ་སོགས་སྣ་མང་ཀུན་འདུས་ཡོད་པ་དང་། སྐབས་དེ་དུས་ཀྱི་སྤྱི་ཚོགས་འཚོ་བའི་རྒྱུས་རིམ་རྣམས་ཞིབ་ཅིང་ཕྲ་ལ་མངོན་སུམ་གསལ་རྗེན་གྱི་སྒོ་ནས་བསྐྱར་དུ་བསྟན་ཡོད།

གུ་གེའི་ལྡེབས་རིས་ཀྱི་བཟོ་དབྱིབས་ནི་དོན་དངོས་ཇི་བཞིན་བྲིས་ཡོད་པ་དང་། ཚོན་མདོག་ཚ་པོ་དང་སྐྱ་རིས་ཚགས་ཚུད་ཅིང་མཛེས་རྒྱན་གྱི་ཉམས་སྣང་གཏིང་ཟབ་མོ་ལྡན་ཡོད། ལྡེབས་རིས་འབྲི་རྒྱུའི་རྒྱུ་ཆ་ཚང་མ་ནི་གསེར་དངོས་དང་། རྡོ་ཤིང་སྟེང་དུ་སྦྱིན་སོགས་བསྲེས་པ་ལས་གྲུབ་པ་ཞིག་ཡིན་པ་དང་། ཚོན་ལ་ལྷད་མེད་པ་མ་ཟད། ཡུན་རིང་ཚོན་མདོག་མི་ལོག་པར་བརྟན་པོར་གནས་ཐུབ་པ་དང་། མཛེས་སྡུག་ཡིད་འོང་ལྡན་པའི་ཚོར་སྣང་གི་ནུས་པ་ཞིག་ལྡན་ཡོད། དེར་བརྟེན། གུ་གེའི་ལྡེབས་རིས་ནི་ལོ་ངོ་སྟོང་ཕྲག་ཉི་བ་བརྒྱུད་ཡོད་ཀྱང་སྤར་བཞིན་ལྟ་ན་སྡུག་པ་དང་། བབ་ཆགས་ཤིང་དྲང་བདེན་གྱི་མཛེས་སྣང་མངོན་ཐུབ་ལ་སྒྱུ་རྩལ་གྱི་ཁྱད་ཆོས་ཟབ་མོ་ལྡན་པ་ཞིག་ཡོད།

༄༅། །འཛམ་གླིང་ཡང་རྩེ། །

སྡེ་དགེ་པར་ཁང་དུ་ལས་རིགས་གང་འདྲ་ཞིག་ཡིན་རུང་

ཚང་མར་མཐོ་དམན་གྱི་དབྱེ་བ་ཕྲ་ཡི་མེད།

དེ་གར་གད་རྒྱུག་རྒྱུ་ནི་ཆེ་སྔོན་བསགས་པའི་

བསོད་ནམས་ཤིག་ཏུ་འཛིན་གྱི་ཡོད།

༄། །མཚོ་སྔོན་གྱི་ཐུག་འཕྲད། །

དངོས་མཚོན་པར་གཞི་འདིའི་ནང་དུ་མཐོ་སྒང་གི་མི་སྣ་དང་རང་བྱུང་ཁམས། ཁོར་ཡུག་བཅས་བར་གྱི་འབྲེལ་བ་གླེང་ཡོད། 《འཛམ་གླིང་ཡང་རྩེ》པར་ལེན་བྱེད་པར་སེམས་ཤུགས་དང་སེམས་རྩ་འཕོལ་པོ་ཁོ་ན་ཙམ་མ་ཡིན། པར་ལེན་སྒྲིག་བཟོ་ཚོ་ཆུང་མཚོ་བོད་མཐོ་སྒང་ཐོག་ཏུ་སྐྱོད་པའི་ཉིན་དང་པོ་དེ་ནས་བཟུང་འདི་གའི་མི་སྣ་ཞིག་ཏུ་འགྱུར་བ་དང་དེ་གར་འཚོ་བ་སྐྱེལ་མཁན་གྱི་མི་དང་ལྷན་དུ་འཚོ་གནས་བྱེད་པའི་སྙིང་པོ་ཉམས་ལེན་བྱས་ཡོད།

2013ལོའི་ཟླ་9ཚེས་29ཉིན་《འཛམ་གླིང་ཡང་རྩེ》པར་ལེན་བྱ་རྒྱུ་དངོས་སུ་འགོ་བཙུགས་ཤིང་། སྔ་རྗེས་སུ་ལོ་གཅིག་ལྷག་ཙམ་གྱི་དུས་ཚོད་ནང་དུ་ཞིབ་དཔྱད་ཚོ་ཆུང་6དང་པར་ལེན་སྒྲིག་བཟོ་ཚོ་ཆུང་4ཡིས་མཚོ་བོད་མཐོ་སྒང་གི་ས་ཕྱོགས་གང་སར་ཟབ་འཇུག་བྱས་ནས་ལས་ས་བརྗེ་སྒྱུར་བྱས་པའི་ལམ་ཐག་སྤྱི་ལེ་ཁྲི་10བརྒལ་བ་དང་། ཁྱོན་བསྡོམས་ཉིན་500ལྷག་ཙམ་རིང་པར་ལེན་དང་ཉིན་200མིན་ཙམ་རིང་ལ་མཐའ་མཇུག་གི་སྒྲིག་བཟོ་བྱས། པར་ལེན་བྱེད་པའི་

བརྒྱུད་རིམ་ནང་དུ་པར་ལེན་སྒྲིག་བཟོ་ཚོ་ཚུང་གིས་ས་མཐོའི་ལ་དུག་ཐོག་པ་དང་ལས་ས་བཟེ་སྦྱར་ལན་གྲངས་མང་བ། འཁྲིམ་འགྲུལ་མི་བདེ་བ། ཟ་སྤྱོད་ཀྱི་ཆ་རྐྱེན་སྐྱོ་བ། ནད་ན་བ། མཁའ་དབྱིངས་ནས་པར་ལེན་བྱེད་པའི་འཕྲུལ་ཆས་འཕྲོ་བརླག་འགྲོ་མང་བ་བཅས་ཀྱི་དཀའ་ངལ་ཁྱད་བསད་བྱུས་ཡོད། འོན་ཀྱང་ལོ་གཅིག་ལྷག་ཙམ་རིང་པར་ལེན་བྱེད་པའི་བརྒྱུད་རིམ་ནང་དུ་པར་ལེན་སྒྲིག་བཟོ་ཚོ་ཚུང་ལ་ཡང་རང་བྱུང་ཁམས་ཆེན་པོས་གནང་བའི་དགའ་སྤྲོ་དང་འཛིགས་སྣང་གཉིས་ཀ་ཡང་ཡང་འཕྲད་ཡོད།

ཁྲུང་ཁྲུང་སྐེ་ནག་གི་འཚོ་བ་འགོད་རྒྱུ་ནི་པར་ལེན་ཐོག་མར་བྱེད་པའི་ལས་དོན་གལ་ཆེན་ཞིག་ཡིན། དཔྱིད་ཀར་བྱང་རྒྱ་ཐང་ཐོག་ཁྲུང་ཁྲུང་སྐེ་ནག་མང་པོས་སྒོ་ང་གཏོང་གི་ཡོད་པས། དཔྱིད་ཀ་ཤར་བ་དང་པར་ལེན་བྱེད་པའི་ལས་འགོ་འཛུགས་རྒྱུ་དེ་བརྟག་དཔྱད་ཞིབ་འཇུག་ཐེངས་མང་བྱས་ཏེ་གཏན་འཁེལ་བྱས། འོན་ཀྱང་པར་ལེན་སྒྲིག་བཟོ་ཚོ་ཚུང་དེ་གར་སླེབས་པའི་རྗེས་སུ་ས་ཆ་མང་པོར་ཕྱིན་ཡང་ཁྲུང་ཁྲུང་སྐེ་ནག་མཐོང་རྒྱུ་མེད། དེ་གར་བྱ་རིགས་སྣ་ཚོགས་ཡོད་ཀྱང་མེད་པ་ནི་ཁྲུང་ཁྲུང་སྐེ་ནག་གཅིག་པུ་ཡིན། ཁོ་ཚོས་འཁྲུག་པར་རོགས་པ་གནང་རོགས་ཞུ་རྒྱུ་ལས་མེད་ཅིང་། འབྲོག་པས་མཚོ་དཀྱིལ་གྱི་ས་ཆ་ནག་པོ་དེ་དག་ནི་ཁྲུང་ཁྲུང་སྐེ་ནག་གི་སྒོ་ང་གཏོང་ས་རེད་ཅེས་ཁོ་ཚོར་བཤད།

མཐོ་སྒང་སྙིང་རྒྱུན་དུ་ཁྲུང་ཁྲུང་སྐེ་ནག་ཕྲུ་དང་ཕྲུ་བྱས་ཏེ་མཉམ་དུ་སྡོད་

ཀྱི་ཡོད་པ་མཐོང་རྒྱུ་ཡོད་ཏུང་སྒོ་ང་གཏོང་སྐབས་ཁོ་ཚོས་གབ་ནས་སྡོད་ཀྱི་ཡོད། ནགས་ལས་སྡེ་ཚན་དང་འབྲོག་པས་ཉིན་མང་པོའི་རིང་རོགས་རམ་བྱས་པ་ལས་པར་ལེན་སྒྲིག་བཟོ་ཚོ་ཚུང་གིས་མཐའ་མར་མཚོ་ཁའི་འགྲམ་གྱི་ས་ཆ་ཞིག་ནས་ཁྲུང་ཁྲུང་སྐེ་ནག་གི་ཕང་རྗེས་རྙེད།

ཁྲུང་ཁྲུང་སྐེ་ནག་ནི་དོགས་ཟོན་ཧ་ཅང་ཆེན་པོ་བྱེད་མཁན་གྱི་བྱ་རིགས་ཞིག་ཡིན་པ་དང་། སྐབས་འགར་རྒྱང་ཐག་རིང་པོའི་ས་ནས་མི་ཡོད་པ་ཤེས་ན་ཁོ་ཚོས་ལམ་སེང་ཉེན་བརྡ་གཏོང་གི་ཡོད། དེར་བརྟེན་པར་ལེན་སྒྲིག་བཟོ་ཚོ་ཚུང་གིས་མི་མངོན་པའི་གུར་བེད་སྤྱད་ནས་པར་ལེན་འཕྲུལ་ཆས་གུར་ནང་དུ་སྒྲིག་ནས་ཉེན་མཚན་ལྟོས་མེད་དེ་གར་བསྡད་དེ་ཁྲུང་ཁྲུང་སྐེ་ནག་གི་འགུལ་སྐྱོད་པར་ལེན་བྱེད་ཀྱི་ཡོད། ལས་ཀ་དེ་ནི་ཧ་ཅང་གི་དང་རྒྱུད་རིང་པོ་དགོས་ཀྱང་ཁོ་ཚོས་པར་ཤེལ་ནང་དུ་ཁྲུང་ཁྲུང་སྐེ་ནག་འགུལ་སྐྱོད་བྱེད་པའི་གཟུགས་བརྙན་མཐོང་ཚེ་སེམས་ནང་ཧ་ཅང་གི་བློ་ཡིད་ཚིམ་པོ་བྱེད་ཀྱི་ཡོད།

འཛམ་གླིང་ཡང་རྩེའི་ཁྲིད་ཚོས་གལ་ཆེ་ཤོས་ཞིག་ནི་ས་བབ་མཐོ་པོ་ཡོད་པ་

དེ་ཡིན་པ་དང་མཐུད་གྲོང་ཚོ་ནི་རྒྱ་མཚོའི་ངོས་ལས་མཐོ་ཚད་སྨིད་5000ཡན་གྱི་གྲོང་ཚོ་ཞིག་ཡིན། དེ་གར་པར་ལེན་བྱེད་པ་ནི་མིའི་རིགས་འཚོ་བ་སྐྱིལ་ས་དཀའ་ངལ་ཆེ་ཤོས་འཚོལ་བའི་སྣད་དུ་ཡིན། འདི་གའི་ཁོར་ཡུག་གིས་ས་གནས་དེ་གའི་མི་འཚོ་གནས་བྱེད་པའི་བློ་གྲོས་ལ་ཚོད་བགམ་བྱེད་ཀྱི་ཡོད་ལ་པར་ལེན་ཚོ་ཚུང་གིས་གྲ་སྒྲིག་གང་འདྲ་བྱས་ཡོད་མེད་ལའང་ཚོད་བགམ་བྱེད་ཀྱི་ཡོད།

ཕོ་མ་གཡུ་མཚོར་པར་ལེན་བྱ་རྒྱུ་ནི་པར་ལེན་ཚོ་ཚུང་གི་ཐོག་ནས་བརྗོད་ན་རྒྱུན་ལྡན་མཐོ་སྒང་དུ་བསྐྱོད་པའི་གོ་རིམ་ལས་ཚད་ངེས་ཅན་གྱི་འགལ་བ་དང་། གདམ་ཀ་བྱེད་ཡུལ་མེད་པ་ཞིག་ཡིན། དེ་ནི་ཉིན་གང་ཞིག་ལ་ར་ལུག་མཚོ་ཐོག་གི་འཁྱགས་སྟེང་དུ་དེད་ནས་འགྲོ་དགོས་པ་གཏན་འཁེལ་བྱ་དཀའ་བས་ཡིན། འོན་ཀྱང་ཉིན་གང་འདྲ་ཞིག་ཡིན་ཙང་དེ་ནི་ལོ་གཅིག་ནང་ཆེས་གྲང་

ངར་ཆེ་ཤོས་ཀྱི་དུས་ཚིགས་ཤིག་ཡིན། འདི་གར་མཐོ་སྒང་ས་ཁུལ་ཡིན་པས་མི་རྣམས་ཀྱི་ལུས་གཟུགས་ལ་ངལ་བ་ཆེན་པོ་བྱུང་སྲིད་པར་ལེན་ཚོ་ཚུང་གི་མི་སྣར་ནད་ཀྱིས་མནར་འགོ་ཚུགས།

ལུག་ཁྲི་པར་ལེན་བྱེད་པའི་དུས་སུ་དྲོད་ཚད་ནི་ཀླད་ཀོར་འོག་གི་ཌུ༥20སྐྱག་ཙམ་ལ་སླེབས་ཡོད་པ་དང་དེ་གའི་མཐོ་ཚད་ནི་རྒྱ་མཚོའི་ངོས་ལས་རྨིད་5100ལྷག་ཡིན། པར་ལེན་ཚོགས་ཚུང་གིས་ཉིན་འགའ་བསྟུད་མར་ལྷ་ཁབ་གླིང་ཕྲན་དུ་ཚད་བཏལ་གྱི་ལས་ཀ་བྱས་པས་མི་ཚང་མའི་ལུས་ངལ་བས་མནར། སྐབས་དེར་མི་ཚང་མ་ཉོབ་ནས་དང་ཐོག་མར་སླེབས་པའི་དགའ་སྤྲོའི་ཚོར་སྣང་དེ་མཐོང་རྒྱུ་མེད།

པར་ལེན་ཚོ་ཚུང་གི་ཐོག་ནས་བརྗོད་ན། བོད་དུ་པར་ལེན་བྱེད་པར་དཀའ་ངལ་ཆེ་ཤོས་ནི་ས་བབ་མཐོ་པོ་ཡོད་པ་དེ་ཡིན་ཞིང་། དོན་དངོས་ཐོག་རྒྱ་མཚོའི་ངོས་ལས་རྨིད་5000ཡན་གྱི་ས་ཆར་མིའི་རིགས་འཚོ་སྡོད་བྱ་རྒྱུར་འཚམས་པོ་མེད། ས་ཆ་དེ་གའི་མི་ནི་ས་བབ་མཐོ་བའི་ཁོར་ཡུག་གོམས་ཡོད། འོན་ཀྱང་ནང་སའི་མིའི་ངོས་ནས་བརྗོད་ན་འགྲུབ་སྙོང་ཆེན་པོ་ཞིག་ཡིན། དགུན་ཁར་འདི་

གའི་དབྱང་རླུང་ལྡན་ཚད་ཧ་ལམ་མཚོ་ངོས་ཀྱི་60%ཡིན་པ་དང་ཧ་ལམ་མི་ཞིག་གིས་སྐྱི་རྒྱ་40ནས་60ཡོད་པའི་དངོས་པོ་ལྡིད་པོ་ཞིག་འཁུར་ནས་འབྲུགས་པའི་སྒྲིང་དུ་སྐྱོད་པ་དང་འདྲ་པོ་ཡོད། ཕོ་མ་གཡུ་མཚོ་ཤིན་ཏུ་རྒྱ་ཆེ་བས་ཁོ་ཚོས་ཉིན་ལྟར་སྤྱི་ལེ་ལྔ་དྲུག་སར་བསྐྱོད་དགོས་ཀྱི་ཡོད། པར་ལེན་ཚོ་ཚང་གི་མི་མང་པོ་ཞིག་གི་ངོས་ནས་བརྗོད་ན་ཁོ་ཚོའི་དེ་སྔོན་གྱི་ལས་ཀའི་ཉམས་མྱོང་ཁྲིད་དུ་ཧ་

ལམ་དཀའ་ངལ་དེ་ལས་ཆེ་བའི་པར་ལེན་བྱེད་པའི་ཁོར་ཡུག་འཕྲད་སྲིད་མེད།

མཐུད་གྲོང་ཚོའི་མི་རྣམས་ཀྱིས་མངལ་འཁོར་བའི་ར་ལུག་རྣམས་ལམ་ཐག་སྲི་ལེ་འགའ་ཞིག་ཡོད་པའི་ཉེན་ཁ་ཆེ་བའི་འཁྲུགས་ལམ་བརྒྱུད་དེ་ལྷ་ཁབ་ཆུང་བའི་གླིང་ཕྲན་དུ་ཕྱུགས་རྩྭ་གྲུ་ནོམ་པ་ཞིག་ཟ་རུ་ཁྲིད། མཚོ་ཐོག་གི་རྣམ་པ་དེ་དེ་བས་འབུར་དུ་ཐོན་པ་ཞིག་མཚོན་ཆེད་པར་ལེན་ཚོ་པས་ད་དུང་འཁྲུགས་འོག་ཆུ་ནང་དུ་འཛུལ་ནས་པར་ལེན་བྱས་ཡོད།

ཆུ་འོག་པར་ལེན་མཁན་གྱིས་བརྗོད་པར། མཐོ་སྒང་འདིའི་སྟེང་དུ་ཆུར་འཛུལ་བའི་ཟིན་ཐོ་རྩ་བའི་ཆར་མེད། འདི་གར་ཆུ་འོག་ཏུ་གཏིང་ཚད་སྨིད་ལྔ་ནས་དྲུག་གི་སར་ང་ཚོས་རྒྱ་མཚོའི་ངོས་དང་མཉམ་པའི་མཐོ་ཚད་དུ་ལངས་ནས་བསྡད་པ་དང་ཧ་ལམ་འདྲ་པོ་ཡོད། གལ་ཏེ་ཆུ་ཡི་སྟེང་དུ་ཐོན་ན་གནོན་ཤུགས་དམའ་རུ་སོང་སྟེ་རྒྱ་མཚོའི་ངོས་ནས་དེ་མ་ཉིད་དུ་མཐོ་ཚད་སྨིད་5000སར་སླེབས་པ་དང་ཧ་ལམ་མཚུངས་པས། འདི་གར་ཆུ་འོག་ཏུ་འཛུལ་རྒྱུ་ནི་ཉེན་ཁ་ཧ་ཅང་ཆེ་བ་དང་། གནས་ཚུལ་གང་འདྲ་འཕྲད་མིན་ནི་ཚོད་དཔག་དཀའ་བས་གཟབ་ནན་བྱེད་དགོས་པ་ནི་གཙོ་དོན་ཡིན།

མཐོ་སྒང་གི་ཁོར་ཡུག་ནི་རྙོག་འཛིང་ཆེ་ལ་འགྱུར་ལྡོག་མང་བ་ཞིག་ཡིན་པ་དང་། རྟག་ཏུ་རྒྱུན་གཏན་པར་ལེན་བྱེད་ཐུབ་པའི་སྒྲིག་ཆས་མང་པོ་ཞིག་ལ་ས་བབ་མཐོ་པོ་དེ་འདྲའི་སྟེང་དུ་ཚང་མར་གནས་ཚུལ་ཐོན་གྱི་ཡོད། མཁའ་དབྱིངས་པར་འཕྲུལ་བེད་སྤྱོད་བྱེད་པའི་སྐབས་སུ་འཚོ་རླུང་ཉུང་བའི་རྐྱེན་གྱིས་མཁའ་དབྱིངས་པར་འཕྲུལ་མཁའ་ལ་འཕུར་མི་ཐུབ་པས་མཐའ་མར་ཕོ་མ་གཡུ་མཚོར་མཁའ་དབྱིངས་ནས་པར་ལེན་བྱ་ཐུབ་མེད།

ས་བབ་མཐོ་བ་ལས་འཕྲད་པའི་དཀའ་ངལ་ནི་པར་ལེན་བྱེད་སྐབས་ཀྱི་

དཀའ་ངལ་དེས་སྙིང་བསྟུས་ཐུབ་པ་ཞིག་མ་ཡིན། ཧེ་མ་ལ་ཡའི་གློག་རྩོང་དུ་ས་བབ་དམའ་པོ་ཡོད་པ་དང་། རྩྭ་ཤིང་ཡང་ཕུན་སུམ་ཚོགས་པོ་སྐྱེས་ཀྱི་ཡོད་ཀྱང་ཉེན་ཁ་ནི་སྔར་བཞིན་ཆེན་པོ་ཡོད།

ཁོར་ཡུག་མི་འདྲ་བའི་རྐྱེན་གྱིས་འདི་གའི་འཚོ་བ་དང་ས་གནས་གཞན་གྱི་བར་ལ་གནམ་སའི་ཁྱད་པར་ལྡན་ཡོད། འདི་གར་འཚོ་བ་སྐྱོལ་མཁན་གྱི་མིས་ཚེ་

སྲོག་གི་ཉེན་ཁར་མ་འཛེམས་པར་གཡང་གཟར་འཛེགས་ཏེ་སྒྲང་ནོར་བུའི་སྒྲང་ཚང་འཐུས་ཡོད།

ཤར་པའི་མིའི་ངོས་ནས་བརྗོད་ན་རི་བོ་ཧི་མ་ལ་ཡའི་བྲག་རི་གཡང་གཟར་སྟེང་དུ་འཛེག་རྒྱུ་ནི་རྒྱུན་གཏན་གྱི་བྱ་བ་ཞིག་ཡིན་ཙང་པར་ལེན་ཚོ་ཚུང་ལ་འཚོ་བ་སྐྱེལ་སྟངས་དེ་འདྲ་པར་ལེན་བྱེད་དུ་བཅུག་པ་ནི་དངོས་གནས་ཉེན་ཁ་ཤིན་ཏུ་ཆེ་བ་ཞིག་ཡིན། པར་ལེན་ཚོ་ཚུང་གིས་ཆེད་མངགས་ཀོང་ཤེ་ཡང་རྫོང་ནས་ཆེད་ལས་རི་འཛེག་མཁས་ཅན་གདན་དྲངས་ཏེ་བྲག་རིའི་སྟེང་གི་པར་ལེན་མཁན་དུ་བསྐོས།

ལས་དོན་མི་སྣ་ཚོ་ཚུང་བཞི་ཙ་དབྱེ་བ་སྟེ། བྲག་རིར་འཛེག་མཁན་གྱིས་སྒྲང་རྩི་འཐུ་མཁན་པར་ལེན་བྱ་རྒྱུའི་འགན་འཁུར་རྒྱུ་དང་། པར་ལེན་མཁན་གཅིག་གིས་ནགས་ཚལ་ཁྲོད་ཀྱི་ཤར་པ་བ་པར་ལེན་བྱ་རྒྱུ། པར་ལེན་མཁན་གཞན་དག་གཅིག་གིས་ཐག་རིང་འདུ་བའི་པར་ཆས་ཤེལ་སྒོ་སྤྱད་ནས་ཡུལ་ལྗོངས་རྟིལ་པོ་པར་ལེན་བྱ་རྒྱུ། མཁའ་དབྱིངས་ནས་པར་ལེན་བྱེད་མཁན་ཚོ་

ཚུང་གིས་ཁོར་ཡུག་དང་མིའི་འབྲེལ་བ་པར་ལེན་བྱ་རྒྱུ་བཅས་ཡིན།

སྒྲུང་ནོར་བུའི་སྒྲུང་ཚང་ཆ་ཚང་བ་ཞིག་པར་ལེན་ཐུབ་པའི་ཆེད་དུ་བྲག་རི་པར་ལེན་མཁན་སྔོན་དུ་འགྲོ་དགོས་ཀྱི་ཡོད། འོན་ཀྱང་ཁོང་གིས་འགུལ་སྐྱོད་བྱེད་སྐབས་གཟབ་གཟབ་མ་བྱས་ན་སྒྲུང་ནོར་བུས་ཚོར་ནས་ཁོང་ལ་སོ་བཏབ་སྲིད། སྒྲུང་ནོར་བུ་དེ་དག་ནི་འཛམ་གླིང་ཐོག་གི་སྒྲུང་ནོར་བུ་ཆེ་ཤོས་ཡིན་ཞིང་། གལ་ཏེ་སྒྲུང་ནོར་བུའི་སྤྱི་དཀར་མ་འཕྲོད་པ་དང་སྒྲུང་ནོར་བུ་དེ་འདྲ་གསུམ་བཞིས་སོ་བཏབ་པ་ན་སྲོག་ལ་ཉེན་ཁ་འཕྲད་སྲིད་པ་ཡིན།

ཤར་པ་བས་ཐ་མར་དཔལ་འབར་སྤུར་ནས་དུ་བས་སྒྲུང་ནོར་བུ་འབུད་རྩིས་བྱེད་པའི་སྐབས་དེར་བསམ་ཡུལ་ལས་འདས་པའི་ཆག་སྒོ་བྱུང་བ་སྟེ། མཁའ་དབྱིངས་པར་ལེན་འཕྲུལ་ཆས་བཏང་འཛིན་བྱེད་རྒྱུར་སྐྱོན་ཤོར་ནས་གཙང་ཆུའི་ནང་དུ་ལྷུངས།

དེ་ནི་ཉེན་ཁ་ཤིན་ཏུ་ཆེ་བའི་པར་ལེན་བྱེད་ཐེངས་གཅིག་ཡིན་པ་དང་། པར་ལེན་བྱེད་པའི་སྐབས་འཕྲད་པའི་དཀའ་ངལ་དང་གནད་དོན་རྣམས་བསམ་ཡུལ་ལས་འདས་པ་ཞིག་ཡིན། འོན་ཀྱང་པར་ལེན་ཚོ་ཚུང་གི་སྙིང་སྟོབས་དང་བློ་གྲོས་ལ་བརྟེན་ནས་མཐའ་མཇུག་ཤར་པ་བས་སྒྲུང་ཚང་དང་སྤྲ་ཚིལ་འཐུ་བ་དེ་ཆ་ཚང་པར་ལེན་བྱེད་ཐུབ་ཡོད།

པར་ལེན་བྱ་རྒྱུ་རིམ་བཞིན་གཏིང་ཟབ་ཏུ་ཕྱིན་པ་དང་སྦྲགས་ཁོར་ཡུག་ལ་འཕྲད་པའི་དཀའ་ངལ་ཡང་ཇེ་ཆེར་སོང་ཞིང་། ཀྲུང་གོའི་གཞུང་ལམ་སྤྲེལ་མཐུད་ཐུབ་པ་མཐའ་མཇུག་གི་རྫོང་གྲོང་མེ་ཏོག་ནས་ཁ་བྲལ་རྗེས་པར་ལེན་སྒྲིག་བཟོ་ཚོ་ཚུང་དེ་བས་ལུང་ཁུག་གི་རི་གྲོང་ཞིག་ཏུ་སླེབས། སྐབས་དེར་རླངས་འཁོར་ནི་འགྲོ་ཐབས་མེད་པས་ཡོ་ཆས་དང་སྒྲིག་ཆས་རྣམས་རྟ་དྲེལ་ལ་བཀལ་

ནས་དབོར་འདྲེན་བྱེད་དགོས་བྱུང་ཡོད།

མེ་ཏོག་གི་རྫོ་ཁོག་བཟོ་མཁན་པར་ལེན་བྱེད་པའི་དུས་སུ་པར་ལེན་བྱེད་ས་ཡར་ཀླུངས་གཙང་པོའི་འགྲམ་གྱི་བྲག་རི་གཡང་གཟར་སྟེང་དུ་ཡིན་ཞིང་། ཆར་པ་ཤག་ཤག་ཏུ་འབབ་ནས་རྫོགས་རྒྱུ་མེད། པར་ལེན་མཇུག་འཁྱིལ་ནས་ཚུར་ལོག་ཡོང་བའི་སྐབས་ཀྱི་འགྲོ་ལམ་ནི་ཡར་འཛུལ་བའི་སྐབས་ལས་ཁ་ཙང་གིས་སྡུག་ཏུ་ཕྱིན་ཡོད་པ་དང་གང་ས་གང་དུ་རྫོ་རུད་དང་ས་རུད་ཀྱིས་ཁེངས་ཤིང་། སྐབས་དེར་པར་ལེན་སྒྲིག་བཟོ་ཚོ་པའི་རླངས་འཁོར་གཅིག་ལ་ཉེན་ཁ་འཕྲད་དེ་རླངས་འཁོར་གྱི་བཞི་ཆ་གསུམ་གཡང་སའི་མཐའ་རུ་སླེབས་པས་ཁོ་ཚོས་རླངས་འཁོར་སྟེང་གི་དངོས་པོ་རྣམས་མར་ཕབ་ནས་ཉེན་ཁ་ཆེ་བའི་འདག་རོང་ཁྲོད་

ནས་ཧྲངས་འཕོར་འཐེན་ནས་འདྲུད།

རི་རྒྱུད་གཅིག་ལ་གཅིག་སྦྲེལ་གྱིས་འཛམ་གླིང་ཡང་རྩེའི་སྤྱི་ཁོག་རགས་བྲིས་བྱས་ཤིང་། རི་རྒྱུད་ཀྱི་ཁྲོད་དུ་མི་རྣམས་ཀྱིས་འདི་གར་མི་རབས་ནས་མི་རབས་བར་དུ་རང་ཉིད་ཀྱི་འཚོ་བ་སྐྱེལ་སྟངས་རྒྱུན་འཛིན་བྱས་ཡོད། པར་ལེན་བྱེད་པའི་བརྒྱུད་རིམ་ནང་དགའ་ངལ་ཆེན་པོ་འཕྲད་ནའང་པར་ལེན་སྒྲིག་བཟོ་ཚོ་ཚུང་གི་ལས་དོན་མི་སྣའི་ངོས་ནས་བརྗོད་ན། ཁོང་ཚོས་དྲན་གསོས་བྱེད་པ་མང་ཆེ་ཤོས་ནི་མི་རྣམས་ཀྱིས་བརྗེད་པར་དགའ་བའི་དུས་ཚོད་དེ། པར་ལེན་བྱེད་པའི་བརྒྱུད་རིམ་དང་པར་ལེན་བྱས་པའི་སྐྱུང་གཏམ་ལ་རྟག་ཏུ་ངོ་མཚར་གྱི་རྣམ་པས་ཁེངས་ཡོད་པ་དེ་དག་ཡིན།

རི་རྒྱུད་དང་སྤང་ལྗོངས། ཆུ་བོ། ནགས་ཚལ་བཅས་ཀྱི་རྣམ་པ་དེ་དག་སྟོལ་མར་གཅིག་ནས་གཅིག་ལ་འགྱུར་བ་དང་། གྲོང་ཁྱེར་དང་བྱེ་ཐང་ཐོག་གི་ལས་ས་རྒྱུན་ཆད་མེད་པར་སྤོ་སྒྱུར་བྱེད་པ་དེས་མི་རྣམས་ལ་འཛམ་གླིང་གི་ཡང་རྩེའི་གཟི་ཇམས་དང་བཟོད་སྒོམ་ཚོར་དུ་བཙུག་གི་ཡོད།

དུས་ཚོད་ཀྱི་ཐོག་ནས་བརྗོད་ན་པར་ལེན་ཡོངས་རྫོགས་བྱེད་པའི་དུས་ཚོད་ཀྱི་བཞི་ཆ་གཅིག་ཚང་མ་ཏ་ལམ་ཧྲངས་འཕོར་གྱི་སྟེང་དུ་སྐྱེལ་ཡོད་ཅིང་། པར་ལེན་སྒྲིག་བཟོ་ཚོ་ཚུང་གི་ལས་དོན་མི་སྣ་རྟག་ཏུ་ས་ཆ་ཐག་རིང་པོར་འགྲོ་དགོས་པས་ཞོགས་པ་ནགས་ཚལ་ཁྲོད་དུ་བསྡད་ཡོད་ནའང་ས་སྲིབ་དུས་སུ་བྱེ་ཐང་ཐོག་སླེབས་སྲིད་པ་དང་། དེ་རིང་སྤང་ལྗོངས་སྟེང་དུ་སྒྲོག་ཆགས་པར་ལེན་བྱེད་བཞིན་ཡོད་ཀྱང་སང་ཉིན་གྲོང་ཁྱེར་ནང་དུ་ལོག་ཟིན་པ་སྲིད་པ་ཡིན། མཚོ་བོད་མཐོ་སྒང་གི་ཁ་ཐུག་ཡིན་ལ་སྟབས་བདེའི་གཞུང་ལམ་བཟོས་ཡོད་པ་དེས་ལས་ས་སྤོ་སྒྱུར་བྱེད་པའི་དུས་ཚོད་ངེས་ཅན་ཞིག་ཐུང་དུ་ཕྱིན་ཡོད་པ་དང་། ཏ་

ལམ་འདི་གའི་འགྲོ་ལམ་ད་ལྟ་ནི་ས་ཆ་གང་དུ་པར་ལེན་བྱེད་པར་འགྲོ་འདོད་ཀྱང་ས་ཆ་དེ་གར་སླེབས་ཐུབ་ཀྱི་ཡོད། ལམ་བར་དུ་ཁོང་ཚོས་མཐོང་བའི་ཡུལ་ལྗོངས་ཚང་མ་ནི་ཤིན་ཏུ་མཛེས་པས་དཀའ་ལས་ཤིན་ཏུ་ཁག་པའི་སྐབས་སུའང་ཁོང་ཚོས་རླངས་འཁོར་ནང་དུ་ཧིབ་གཉིད་ཧག་ཙམ་བརྒྱབ་པ་ལས་པར་ལེན་གླིག་བཟོ་ཚོ་ཆུང་ལས་དོན་མི་སྣ་སུ་ཆེའི་གོ་སྐབས་དེ་འཛོ་བརླག་མི་གཏོང་བར་དུས་ཚོད་མང་ཆེ་བ་སྐེའུ་ཁྲུང་ཁྱི་རོལ་གྱི་ཡུལ་ལྗོངས་ལ་མིག་ལྷིར་ལྷིར་གྱིས་བལྟས་ནས་སྡོད་ཀྱི་ཡོད།

པར་ལེན་བྱེད་པའི་ཁྲོད་དུ་པར་ལེན་གླིག་བཟོ་ཚོ་ཆུང་ལ་བོད་ལུགས་སྨན་པ་ཞིག་འཕྲད་པ་དང་། ཁོང་ནི་རང་ཉིད་ཀྱི་ipadལ་སྐྱོན་ཆ་ཐྲན་བུ་ཤོར་ཡོད་པས་དེར་སེམས་ཁྲལ་བྱེད་བཞིན་ཡོད། བོད་ལུགས་གསོ་རིག་སྨན་པ་དེའི་ལས་ཤག་ནི་ཤོད་སྤྱོལ་ལ་ལོ་ངོ་སྟོང་གི་ལོ་རྒྱུས་ལྡན་ཡོད་ཅེས་པའི་བྲག་ཕུག་ཅིག་ཡིན་ཞིང་། འདི་གར་སྒྲིག་ཆས་ཐོན་རྫས་ཆ་ཚང་ཡོད་པ་དང་། ཁོང་གིས་ཌྭ་རྒྱ

སྤྱོད་ནས་རང་ཉིད་ཀྱི་སྨན་རྫས་ལ་ཞིབ་འཇུག་བྱེད་བཞིན་ཡོད། མི་མེད་ལུང་སྟོང་དུ་བསྡད་ཀྱང་བོད་ལུགས་གསོ་རིག་སྨན་པ་དེས་རང་ཉིད་གཅིག་པུ་སྡོད་པར་སེམས་ཡུལ་པོ་བྱེད་ཀྱི་མེད་པས། སྨན་པ་དེའི་འཚོ་བ་སྐྱེལ་སྟངས་ལ་པར་ལེན་སྒྲིག་བཟོ་ཚོ་ཚུང་སྒྲོ་སྣང་སྐྱེས་ཤིང་། ཁོང་གི་བརྒྱུད་མྱོང་བའི་ལོ་རྒྱུས་དང་འཚོ་བའི་གནས་ཚུལ་གྱིས་མི་རྣམས་ལ་མཚོ་བོད་མཐོ་སྒང་གི་གནའ་བོའི་སྲོལ་རྒྱུན་དང་དེང་རབས་ཀྱི་འཕེལ་རྒྱས་མཉམ་འདྲེས་བྱེད་པའི་དངོས་གནས་ཀྱི་ཚོར་སྣང་ཞིག་ཚོར་བཅུག་གི་ཡོད།

དེང་རབས་ཀྱི་འཚོ་བ་སྐྱེལ་སྟངས་པར་ལེན་བྱེད་པ་དང་ཆབས་ཅིག་མི་རྣམས་ཀྱིས་སྲོལ་རྒྱུན་རིག་གནས་ལ་སྲུང་སྐྱོང་བྱ་རྒྱུར་དེ་བས་དོ་སྣང་བྱེད་ཀྱི་ཡོད།

ཚེ་རིང་རྡོ་རྗེ་ནི་བོད་རིགས་ཀྱི་ཤོག་བུ་བཟོ་བའི་ལག་རྩལ་གྱི་དངོས་མིན་རིག་གནས་ཤུལ་བཞག་རྒྱུད་འཛིན་མི་སྣའི་གྲས་ཤིག་ཡིན་པ་དང་། ཁོང་གིས་འབྱུ་བཞིན་པ་ནི་རྩ་རེ་ལྕུག་ཅེས་པའི་རྩི་ཤིང་ཞིག་ཡིན། དུག་ལྡན་པའི་རྒྱུ་ཆ་དེ་རིགས་ལས་བཟོས་པའི་བོད་ཤོག་ལ་ཤོག་བུ་གཞན་དང་མི་འདྲ་བའི་ཁྱད་ཆོས་ཆེན་པོ་ལྡན་ཡོད། འོན་ཀྱང་ལག་པས་བཏུས་པའི་རྩ་རེ་ལྕུག་ཁོ་ནར་བརྟེན་ན་ཤོག་བུ་བཟོ་བའི་རྒྱུ་ཆ་གཏན་ནས་འདང་གི་མེད་པ་དང་། ཉེ་བའི་ལོ་ཤས་ནང་དུ་ཚང་མའི་འཚོ་བའི་ཆུ་ཚད་མཐོ་རུ་ཕྱིན་ཡོད་པས་རི་སྟེང་དུ་རྩ་རེ་ལྕུག་འབྱུ་བར་འགྲོ་འདོད་བྱེད་མཁན་ཡང་མང་པོ་མེད། དེར་བརྟེན་ཚེ་རིང་རྡོ་རྗེས་དེང་རབས་ཀྱི་འཕྲུལ་ཆས་སྤྱད་དེ་རང་ཉིད་ཀྱིས་ས་ཆ་རྒྱ་ཆེན་པོ་ཞིག་རྔོས་པས་རྩ་རེ་ལྕུག་རྒྱ་ཁྱོན་ཆེན་པོ་ཞིག་འདེབས་རྒྱུའི་བསམ་བློ་དེ་མངོན་འགྱུར་ཐུབ་ཡོད།

སྤྲོལ་རྒྱུན་རིག་གནས་ལ་སྲུང་སྐྱོང་བྱ་རྒྱུ་ནི་མཐོ་སྒང་མིའི་ཐུན་མོང་གི་བསམ་བློ་ཞིག་ཡིན། དེར་བརྟེན་བོད་ལྗོངས་སློབ་གྲྭ་ཆེན་མོས《གླིང་གེ་སར་རྒྱལ་པོའི་སྒྲུང》ཤོད་མཁན་སྒྲུ་རྩལ་པ་སྲི་ཐར་རྡོ་རྗེ་སློབ་གྲྭར་སློབ་སྦྱོང་བྱེད་པར་བསྐུས་ཡོད། དེ་སྔོན་ཡིན་ན་སྒྲུ་རྩལ་པ་དེ་རིགས་མང་ཆེ་བ་ཡིག་རྨོངས་པ་ཡིན།

འཁྲབ་འཁྲིད་པས་བརྗོད་པར། སྲི་ཐར་རྡོ་རྗེ་དང་འབྲེལ་གཏུག་བྱེད་སྐབས་ཀྱི་ཐོག་མའི་ཉིན་གཉིས་ནང་དུ་གེ་སར་རྒྱལ་པོའི་སྐོར་གླེང་བ་ཕུད་ཁོང་ལ་སློབ་གྲྭ་ཆེན་མོའི་ཚད་ལྡན་སློབ་མའི་བཟོ་ལྟ་འདུག འཁྲབ་གཏོང་ཁང་དུ་རང་གི་སྒྲུང་གླུའི་ནང་དོན་ཕབ་བཟོ་བྱེད་པའི་སྐབས་སུ་ཁོང་ནི་སྤྲོལ་རྒྱུན་སྒྲུ་རྩལ་པའི་རྒྱུད་འཛིན་པ་ཞིག་ཏུ་མངོན་གྱི་འདུག དེ་ནི་ཧ་ཅང་གི་འགལ་ཟླ་ཞིག་རེད་ལ་རིམ་བརྒྱལ་གཅིག་གྱུར་གྱི་རྣམ་པ་ཞིག་ཀྱང་ཡིན་ཞིང་། ལོ་དེར་སྲི་ཐར་རྡོ་རྗེ་

སློབ་གྲྭ་ཐོན་མཁན་ཡིན་པ་དང་། ཁོང་གིས་རང་འགུལ་ངང་སློབ་གྲྭར་བསྡད་ནས་སྨུ་མཐུད་དེ་སློབ་སྦྱོང་དང་《གླིང་གེ་སར་རྒྱལ་པོའི་སྒྲུང་》ལ་ཞིབ་འཇུག་བྱ་རྒྱུའི་གདམ་ག་བྱས་ཡོད།

ཨར་ག་གཙོག་པ་ནི་བོད་རིགས་ཀྱི་ཁང་པའི་ཐོག་ཁ་འམ་ཁང་པའི་ནང་གི་ས་ངོས་ལ་ཞལ་བ་གཏོང་བའི་སྲོལ་རྒྱུན་ཨར་སྐྲུན་གྱི་ལས་རིགས་ཤིག་དང་། ཞབས་བྲོ་རྒྱག་པ་དང་གཞས་གཏོང་བ། ངལ་རྩོལ་བྱེད་པ་བཅས་མཉམ་དུ་འདྲེས་པའི་རྣམ་པ་ཞིག་སྐྱི་དགའ་སྤྲོའི་རྣམ་པས་ཁྱེངས་པ་ཞིག་ཡོད། དངོས་མཚོན་པར་གཞིའི་ནང་གི་ཨར་ག་གཙོག་སྐབས་དེ་བོད་རིགས་ས་ཁུལ་གྱི་སྲོལ་རྒྱུན་གྱི་ཨར་ག་གཙོག་སྐབས་དང་ཁྱད་པར་མེད་ཀྱང་མི་གཅིག་པ་ནི་གཞོན་ནུ

བྲུ་ཞིག་གིས་དེ་ལ་དེང་སྐབས་ཀྱི་ཉམས་སྣང་བརྗོད་པ་དེ་ཡིན། དགའ་སྤྲོས་ཁེངས་པའི་གཞོན་ནུ་དེ་དག་ནི་ས་མཐོའི་ཉི་འོད་ཀྱིས་ཕོ་ཚོའི་དགའ་སེམས་དེ་བས་ཆེ་རུ་བཏང་བ་ཙམ་ལས་གྲོང་ཁྱེར་ནང་གི་ཁྲིམ་གཞུང་ཞབས་བྲོ་འཁྲབ་མཁན་གྱི་གཞོན་ནུ་ཚོ་དང་མི་གཅིག་པ་མེད།

བོད་ཀྱི་སྐྱིན་གྲོལ་གླིང་དགོན་པ་ནི་ཆེས་གནའ་བོའི་དགོན་པ་ཞིག་ཡིན་ནའང་དེང་རབས་ཀྱི་གསོན་ཤུགས་ཅིག་ཅར་དུ་མངོན་གྱི་ཡོད་ཅིང་། ཡ་མཚན་གྱི་སེམས་ལྡན་པ་དང་རྩེད་འཇོར་རོལ་བར་དགའ་བའི་རབ་བྱུང་སློབ་མ་བྲུ་གཅིག་ལྷག་བསམ་རྣམ་དག་གིས་དཀྱིལ་འཁོར་བཞེངས་རྒྱུར་དབྱིངས་ཚུད་ནས་བསྡད་ཡོད་ཅིང་། སློབ་དཔོན་གྱི་སྣེ་ཁྲིད་འོག་བྱེ་རྡུལ་གྱིས་སངས་རྒྱས་ཀྱི་ཞིང་ཁམས་ཤིག་འབྲི་བཞིན་ཡོད།

སྔར་ཡིན་ན་དཀྱིལ་འཁོར་བཞེངས་པའི་བརྒྱུད་རིམ་ནི་གསང་བ་བྱེད་དགོས་པ་ཞིག་ཡིན་པ་དང་། དགེ་འདུན་པ་ཆོས་ཁོང་ཚོའི་རིག་གནས་སྲུང་སྐྱོང་ཡིན་ཞེས་གཞན་ལ་གསང་གི་ཡོད། འོན་ཀྱང་ད་རེས་རབ་བྱུང་པ་ཆོས་བློ་གཞོགས་ཆེན་པོས་པར་ལེན་སྒྲིག་བཟོ་ཚོ་ཚུང་ལ་དཀྱིལ་འཁོར་བཞེངས་ལུགས་ཆ་ཚང་བསྟན་ཡོད། པར་ལེན་སྒྲིག་བཟོ་ཚོ་ཚུང་གིས་དཀྱིལ་འཁོར་བཞེངས་པ་དང་གཉེགས་གསོལ་གནང་བའི་བརྒྱུད་རིམ་པར་ལེན་བྱས་ཤིང་། དཀྱིལ་འཁོར་བཞེངས་པའི་བརྒྱུད་རིམ་ལ་དུས་ཚོད་ཧ་ཅང་རིང་པོ་དགོས་པ་དང་། དེ་གཉེགས་གསོལ་གནང་བར་སྐར་མ་གཅིག་ཡས་མས་ལས་དགོས་ཀྱི་མེད། གལ་སྲིད་དེ་བས་གཏིང་ཟབ་པའི་ཆོས་ལུགས་ཐོག་གི་དོན་སྙིང་ལ་བསམ་བློ་མ་བཏང་ན་བརྒྱུད་རིམ་དེ་ནི་དོན་དངོས་ཐོག་དོན་དག་གང་འདྲ་ཞིག་ལའང་དཔེ་བྱས་ཆོག་པ་ཡིན།

དམིགས་བསལ་ལྡན་པའི་འཚོ་བའི་ཁོར་ཡུག་གིས་མཐོ་སྒང་མི་ལ་རང་གཤིས་དམིགས་བསལ་ཞིག་བསྐྲུན་ཡོད་ཅིང་། དེ་གར་བྱམས་བརྩེ་དང་གཤིས་བཟང་གི་འདུ་ཤེས་སྤྲ་ས་ནས་མི་ཚང་མའི་སེམས་ནང་ཟབ་མོ་གནས་ཡོད་པས་གྲུང་ཤ་དོད་པོ་དང་བབ་ཆགས་པ། གཟབ་ནན་བཅས་ཚང་མས་མཐོ་སྒང་མི་རྣམས་ཀྱི་བསམ་པའི་ཁྱིར་བཟོ་སྙིང་བསྟུས་དེ་ཙམ་བྱེད་མི་ཐུབ།

པར་ལེན་སྒྲིག་བཟོ་ཚོ་ཚུང་གིས་ཁྲུང་ཁྲུང་སྐྱེ་ནག་པར་ལེན་ཚར་ནས་ལོག་ཡོང་བའི་ལམ་བར་དུ་འཁྱོག་པའི་སྦྲ་གུར་བརྒྱུད་ནས་ཡོང་སྐབས། གཉིས་ཀ་བཟང་བའི་ཨ་མས་སེམས་རྩ་འཁོལ་པོས་མི་ཚང་མར་སྣེ་ལེན་གནང་།

ཚང་མ་ཟས་ལ་རོལ་བཞིན་པའི་སྐབས་དེར་སྤྱང་ཕྲུག་གཅིག་ཐོན་ཡོང་། སྤྱང་ཕྲུག་དེ་ནི་འཁྱོག་པས་ཕྱུགས་འཚོ་བའི་སྐབས་སུ་རྙེད་པ་ཞིག་ཡིན་པ་དང་ཁྱོན་བསྡོམས་སྤྱང་ཕྲུག་6རྙེད་ཡོད་ཅིང་། འཁྱོག་པས་བརྗོད་པར། སྤྱང་ཕྲུག་དེ་

དག་མཐོང་བའི་སྐབས་སུ་ཆུང་ཆུང་ཡིན་པས་སྙིང་རྗེ་སྐྱེ་དགོས་པ་ཞིག་འདུག་འོན་ཀྱང་སྤྱང་ཕྲུག་དེ་དག་ཆེན་པོ་ཆགས་རྗེས་ཕོ་ཚོའི་ལུག་ཁྱུ་ཟ་སྲིད་པས་དེ་ཚོར་ཕོང་ཁྲོའང་ཟ་གི་འདུག་ཟེར།

ཉིན་ཁ་ཤས་ཀྱི་སྔོན་དུ་སྤྱང་ཀིས་གྲོང་ཚོའི་ནང་གི་ལུག་ཁྱུ་བསད་ཡོད་ཅིང་འཕྲོག་པས་སྤྱང་ཕྲུག་ལ་འཛིན་པའི་རྣམ་འགྱུར་ནི་མི་རྣམས་ཀྱི་བསམ་ཡུལ་ལས་འདས་པ་ཞིག་ཡིན།

པར་ལེན་སྒྲིག་བཟོ་ཚོ་ཆུང་གིས་སྤྱང་ཕྲུག་གི་གནས་ཚུལ་ཤེས་ཀྱང་ཡང་སྙིང་གང་འདྲ་བྱས་ཏེ་པར་ལེན་བྱེད་དགོས་པ་ཤེས་ཀྱི་མེད། སྐབས་དེར་ས་གནས་དེ་གའི་འབྲོག་པ་མང་ཚོགས་ཁག་གཅིག་གིས་ཉེན་བརྡ་སྐྱེལ་བར་ཡོང་བ་

ཁོ་ཚོས་སྔེས་དབང་དུ་ཤེས་རྟོགས་བྱུང་། དེ་ནི་སྤྱང་ཀིས་ཁོ་ཚོའི་ལུག་ཁྱུར་འཇབ་རྒོལ་བྱས་ཏེ་ཁོ་ཚོའི་ལུག་20ལྷག་ཙམ་ལ་སོ་བརྒྱབ་ཡོད་པས་ཡིན། དེ་གའི་འབྲོག་པ་ཚོས་སྤྱང་ཀིས་སོ་བརྒྱབ་ནས་ཤི་བའི་ལུག་ཤ་སྤྱང་ཤུག་དེ་ཚོར་སྔེར་བའི་སྐབས་སུ་མི་རྣམས་ཀྱིས་བློ་ཡུལ་ལས་འདས་པའི་བསམ་བློ་ཞིག་འཁོར་སྲིད་ལ་ཆབས་ཅིག་ཏུ་མི་རྣམས་སེམས་འགུལ་ཐེབས་ཐུབ་པའི་འཆམ་མཐུན་གྱི་ཚོར་སྣང་ཞིག་ཀྱང་ཡོང་སྲིད།

འདི་གར་གཉིས་བཟང་གི་མཚོན་ཐབས་ཡག་ཤོས་ནི་མི་དང་སྲོག་ཆགས་བར་གྱི་འབྲེལ་བ་ཡིན། དཔེར་ན་འབབ་ཐང་དུ་འཕྱི་བ་ནི་དངོས་འབྲེལ་ཚོར་བ་ཏ་ཅང་རྣོ་བའི་སྲོག་ཆགས་ཤིག་ཡིན་ཀྱང་འདི་གར་མི་དང་འགྲོགས་རྒྱུར་དགའ་པོ་བྱེད་ཀྱི་ཡོད།

དོན་དངོས་ཐོག་མི་དང་སྲོག་ཆགས་བར་ལ་ཡང་འབྲེལ་བ་གཉིང་ཟབ་པོ་ཞིག་ཡོད་དགོས། ལྷ་སར་པར་ལེན་སྒྲིག་བཟོ་ཚོ་ཆུང་གིས་བགྲེས་སོང་གིས་ཚེ་ལུག་ཁྲིད་ནས་གླིང་སྐོར་ལ་འགྲོ་མཁན་སྔར་བཞིན་ཡོད་ཅེས་གོ་ཐོས་བྱུང་བས་ཁོང་ཚོས་བགྲེས་སོང་དེ་རྙེད་ཐབས་གང་ཐུབ་བྱས་ཡོད། ད་ལྟ་མི་རྣམས་ཀྱི་འཚོ་བའི་རྣམ་པར་འགྱུར་ལྡོག་ཆེན་པོ་ཕྱིན་ཡོད་པས་མི་རྣམས་ཀྱིས་རང་གི་ཚེ་ལུག་ཁྲིད་དེ་གླིང་སྐོར་དུ་འགྲོ་མཁན་དེ་འདྲ་ཏ་ཅང་ཉུང་ཉུང་ཡིན། འོན་ཀྱང་བགྲེས་སོང་གི་ངོས་ནས་བརྗོད་ན་རང་ཉིད་ཀྱིས་མུ་མཐུད་དེ་འཚོ་བ་དེ་འདྲ་སྐྱེལ་རྒྱུར་རེ་སྨོན་བྱེད་ཀྱི་ཡོད།

བགྲེས་སོང་ཁོང་གིས་ལུག་ཁྲིད་དེ་གླིང་སྐོར་དུ་སྐྱོད་པ་མ་ཟད་སྤྱན་མཆེད་ནང་དུ་འགྲོ་སྐབས་ཀྱང་ལུག་ཁྲིད་ནས་འགྲོ་ཡི་ཡོད། ཇ་ཁང་ནང་དུ་ཇ་མངར་མོ་འཐུང་བའི་སྐབས་སུ་ལུག་གིས་ཀྱང་ཁ་ཁྲུ་སིམ་མེར་སྒུག་ནས་སྡོད་ཀྱི་ཡོད་ཅིང་། ལུག་འདི་གང་དུ་སླེབས་ཀྱང་མཐའ་འཁོར་གྱི་དངོས་པོ་ཚང་མ་ཚོར་སྣང་

ཐུབ་ཀྱི་ཡོད། གང་ཡིན་ཞེ་ན་ལུག་དེ་ནི་འཚོ་བ་དེ་རིགས་དང་ཡོངས་སུ་འབྲེལ་འདྲིས་བྱུང་ཡོད་པས་ཡིན། བགྲེས་སོང་དང་ལུག་གི་སྒྲུང་གཏམ་ཐོག་ནས་པར་ལེན་ཚོ་པས་ལྷ་སའི་མིའི་རྒྱུན་ལྡན་གྱི་འཚོ་བ་མཐོང་ཐུབ་ཀྱི་ཡོད་ལ་ཁོ་ཚོ་དང་མཉམ་དུ་དགའ་སྤྲོའི་ངང་ལོ་གསར་ཡང་བཏང་ཡོད།

བོད་ཀྱི་དྭངས་ར་གཡུ་མཚོའི་མི་རྣམས་ནི་གཉའ་སྤྲོའི་དུས་ཆེན་གྱི་དགའ་སྤྲོའི་རྣམ་པའི་ཁྲོད་དུ་གནས་ཡོད་ཅིང་། འབྲུག་ཆ་འདོད་པའི་གཉའ་སྤྲོའི་དུས་ཆེན་པར་ལེན་བྱ་རྒྱུ་ནི་ནང་དོན་གཙོ་བོ་ཡིན། འོན་ཀྱང་དགུང་ལོ་80སོན་པའི་གཅེན་གཅུང་མཆེ་མ་ནི་སྒྲུང་གཏམ་ཧྲིལ་པོའི་ནང་གི་བརྙན་བྱ་གཙོ་བོ་ཞིག་ཏུ་འགྱུར་ཡོད།

བགྲེས་སོང་དེ་གཉིས་ནི་ཧ་ཅང་གཅེས་པར་འོས་པ་ཞིག་ཡིན་ཞིང་། པར་ལེན་སྒྲིག་ཆས་ཁོ་གཉིས་ལ་ཕྱོགས་པའི་དུས་སུ་ཁོ་གཉིས་ཀྱིས་འགྲམ་དུ་ཤོར་

ཤུབ་ཏུ་སྐད་ཆ་ཤོད་བཞིན་ཡོད་པ་དང་པར་ལེན་སྒྲིག་བཟོ་ཚོ་པས་ཁོ་གཉིས་ཀྱིས་ག་རེ་བརྗོད་ཀྱི་ཡོད་པ་ཤེས་ཀྱི་མེད། ཁོ་གཉིས་ཀྱིས་པར་ལེན་སྐོར་བརྗོད་ཀྱི་ཡོད་པ་རྗེས་སུ་གཞི་ནས་ཤེས།

ཁོ་གཉིས་ལ་པར་ལེན་བྱེད་པའི་དུས་ཚོད་ནི་ཧ་ལམ་ཉིན་གཉིས་ཡིན་ཞིང་དུས་ཚོད་རིང་པོ་མ་ཡིན། འོན་ཀྱང་མཆོ་མ་གཉིས་ནས་རི་སྟེང་དུ་སྒྲུབ་པ་རྒྱག་མཁན་གྱི་གཙེན་མོས"བརྟན་འཕྲིན་པར་ལེན་བྱ་རྒྱུ་དངོས་གནས་དཀའ་ལས་འདུག དེ་ལས་སྒྲུབ་པ་བརྒྱབ་ན་ཡག"ཅེས་བརྗོད།

དངོས་མཚོན་པར་གཞིའི་པར་ལེན་སྐྱི་ཁྲབ་པ་སྲུན་ཞའོ་ཀོང་གིས་བརྗོད་པར། ཁོང་གིས་དངོས་མཚོན་པར་གཞི་ལོ་10ལྷག་ཙམ་པར་ལེན་བྱས་པ་ཡིན། མི་འདྲ་མིན་སྣ་ཚོགས་འཕྲད་མྱོང་ཡོད། བོད་དུ་པར་ལེན་བྱེད་པར་བློ་བདེ་ཤོས་

བྱུང་། གང་ཡིན་ཞེ་ན་པར་ལེན་བྱ་ཡུལ་དེ་ཆེས་ཕོ་ཆེ་དང་པར་ལེན་འཕྲུལ་ཆས་ཚང་མར་སྲུན་སྣང་བྱེད་ཀྱི་མི་འདུག་ལ། ཕོ་ཆེས་པར་ལེན་འཕྲུལ་ཆས་དང་ལས་དོན་མི་སྣ་ཡོད་མེད་ལ་སྣང་བ་མ་བཞག་པར་ཚང་མ་རང་ཉིད་ཀྱི་བྱེད་སྟངས་ལྟར་ག་རེ་བྱ་འདོད་ཡོད་པ་དེ་བཞིན་བྱེད་པ་དང་། གང་ཞིག་བརྗོད་འདོད་ཡོད་ན་དེ་བཞིན་བརྗོད་ཀྱི་འདུག་ཅིང་། འདི་ནི་དངོས་མཚོན་པར་གཞིར་དགོས་ངེས་ཀྱི་ཚད་མཐོ་ཤོས་ཤིག་ཡིན།

མཚོ་བོད་མཐོ་སྒང་དུ་བསྐྱོད་ནས་མཐོ་སྒང་དུ་སླེབས་པ་ན་པར་ལེན་སྒྲིག་བཟོ་ཚོ་ཚང་གི་མི་སྣའི་སེམས་པ་གཡོ་འགུལ་ཐེབས་ཐུབ་ལ་བསམ་ཡུལ་ལས་འདས་པའི་གནས་ཚུལ་མང་པོ་ཞིག་འཕྲད་ཀྱི་རེད་སྙམ་ཡང་། དོན་དངོས་ཐོག་ཕོ་ཆེར་སེམས་འགུལ་ཐེབས་ཆེ་ཤོས་ནི་བོད་རིགས་མི་སེར་གྱི་འཛུམ་མདངས་ངོ་མ་དེ་ཡིན། ཕོ་ཆེས་མཐོང་བ་དེའང་རྒྱུས་མངའ་ཁ་ཅང་ཆེ་བའི་ཚོར་སྣང་ཞིག་ཡིན་ཞིང་། ཚོར་སྣང་དེའི་ཁྲོད་དུ་མི་ཕྱེད་དད་པ་ལྡན་པ་དང་། གཤིས་བཟང་ལྡན་པ། བག་ཆགས་པ། ཞུ་ཚུགས་ལྡན་པ་དེ་དག་ནི་ཏག་ཏག་མི་ཉམས་ཡུན་གནས་ཤིག་ཡིན།

༄༅། །འཛམ་གླིང་ཡང་རྩེ། །

མཆོད་དང་། ང་ཚོ་ཡང་ལོ་གཅིག་ཆེ་རུ་ཕྱིན་པ་རེད།

དུས་སང་དུས་ཀྱི་ད་ཚོད་ང་ཚོ་ད་དུང་མཉམ་དུ་ཁྲ་

རོག་རོག་དང་། ལོ་བརྒྱ་ཐུབ་ཅིང་སྟོན་བརྒྱ་མཐོང་བར་ཤོག

༄། །ཡོལ་རྒྱབ་ཀྱི་སྒྲུང་གཏམ། །

འཛམ་གླིང་ཡང་རྩེའི་སྙིང་གི་མཛེས་མ།

《འཛམ་གླིང་ཡང་རྩེ》བསྟན་པའི་རྗེས་སུ་དྲ་གྲོགས་མང་པོས་ཧང་སང་བའི་སྒོ་ནས་མཚོ་བོད་མཐོ་སྒང་དུ་མཛེས་མ་དེ་འདྲའི་མང་བ་ལ་ཨང་། ཕོ་ཚོས་ངོ་ལ་དཀར་དམར་མི་ཐུབ་ནའང་མི་སེམས་ཤོར་བའི་མཛེས་སྡུག་ལྡན་འདུག་ཅེས་ཟེར།

ཆེས་སྣང་བ་སྐྱིད་པའི་འཛུམ་མདངས།

འཛམ་གླིང་ཡང་རྩེའི་མཐོ་ཚད་དེ་ཡང་མཚོ་བོད་མཐོ་སྒང་ཐོག་འཚོ་བ་སྐྱེལ་མཁན་གྱི་སྐྱེ་བོའི་སེམས་ཁམས་དང་བརྩེ་དུང་གི་མཐོ་ཚད་ཅིག་ཡིན་ཞིང་། འཛམ་གླིང་ཡང་རྩེ་ནི་ས་རྒྱུ་ཞན་ལ་འཚོ་སྐྱོད་ཁོར་ཡུག་དཀའ་ཚེགས་ཆེ་ཡང་ཁོ་ཚོའི་འཛུམ་མདངས་ནི་སྔར་བཞིན་ལྷད་མེད་རང་བཞིན་ཞིག་ཡིན་ལ་འཛུམ་མདངས་ཀྱི་ནང་དུ་བརྩེ་སེམས་དང་བདེ་སྐྱིད་ཀྱིས་ཁེངས་ཡོད།

གཅེས་པར་འོས་པའི་སྲོག་ཆགས།

འཛམ་གླིང་ཡང་རྩེའི་སྟེང་དུ་ཁྲུང་ཁྲུང་སྐེ་ནག་དང་། གསའ། ཤ་མོ། སྤྱང་ཀི གཙོད། རྐྱང་། གཡག སྤྲེའུ། འདོགས་ཁྲི། རྟ། སྦྲང་ནོར་བུ། ཨབ་ར་སོགས་སྲོག་ཆགས་རིགས་བཅུ་ཕྲག་ཁ་ཤས་ཡོད་པ་དང་། ཁོ་ཚོ་དང་མིའི་རིགས་བར་འབྲེལ་བ་དམ་ཟབ་ཡོད་ཅིང་ཁོ་ཚོས་ཁྲིད་ཉིད་དགོད་དུ་འཇུག་པ་དང་སེམས་གཉིང་ནས་འཛུམ་མདངས་རྒྱས་སུ་འཇུག་ངེས།

འཛམ་གླིང་ཡང་རྩེས་འོས་སྦྱོར་བྱས་པའི་འཁོར་གཏོང་ཡུལ་སྐོར་ལམ་བུ།

ཁྱེད་བོད་དུ་དངོས་འབྲེལ་སྐྱོད་སྐྱོང་ངམ།　དངོས་འབྲེལ་གྱི་བོད་དུ་ཁྱེད་སྐྱོད་སྐྱོང་ངམ།

ང་ཚོས་ཉིན་500ལྷག་ཙམ་གྱི་དུས་ཚོད་སྤྱད་ནས་མཚོ་བོད་མཐོ་སྒང་གི་གསང་བའི་ཡུལ་60ལྷག་ཙམ་ལ་བསྐྱོད་པ་དང་སྤྱི་ལེ་ཁྲི་10ཡན་ཟིན་གྱི་འདུག ཁྱེད་ལ་བརྗོད་རྒྱུར་དངོས་འབྲེལ་གྱི་མཚོ་བོད་མཐོ་སྒང་ནི་འཛམ་གླིང་ཡང་རྩེ་རེད་འདུག

རླངས་འཁོར་བཏང་ནས་འགྲོ་རྒྱུར་དགའ་བའི་སྤྱན་སྦྱོར་པ་ནས་འགོ་བཙུགས་ཏེ་འཁོར་གཏོང་ཡུལ་སྐོར་བ་དང་འབྲེལ་ཡོད་ལས་རིགས་འགོ་ཁྲིད་པ་36གིས་མཉམ་དུ་གཙོ་གཉེར་བྱས་པའི་ཀྲུང་གོའི་འཁོར་གཏོང་ཡུལ་སྐོར་ལམ་

བུའི་ལོ་རེའི་གདམ་ག་བྱས་འབྲས་དེ་པེ་ཅིན་གྲུང་གོ་རྒྱལ་ཁབ་གྲོས་ཚོགས་ལྟེ་གནས་སུ་ཁྱབ་བསྒྲགས་བྱས་པ་དང་། བོད་ཀྱི་ནང་དོན་དང་འབྲེལ་བའི་དངོས་མཚོན་པར་གཞི་ཆེན་མོ《འཛམ་གླིང་ཡང་རྩེའི》པར་ལེན་ལམ་བུར་“2014ལོའི་འཁོར་གཏོང་ཡུལ་སྐོར་བའི་ལམ་བུ་ཡག་ཤོས”སུ་བདམས་ཐོན་བྱུང་ཡོད།

ལམ་བུ་དེ་ནི་ལྷ་ས་ནས་འགོ་འཛུགས་ཏེ། རྒྱལ་རྩེ་དང་། ཛ་མོ་གླང་མའི་སྐར་ས་ཆེན་མོ། གངས་རིན་པོ་ཆེ། གནམ་མཚོ་ཕྱུག་མོ་སོགས་མཚོ་བོད་མཐོ་སྒང་གི་རིག་བསྐྱུན་ས་ཁམས་དེ་དག་ནི་ཁྱད་ཆོས་ལྡན་ལ་ཤིན་ཏུ་མཛེས་པའི་ས་ཁུལ་ཞིག་ཡིན།

འགྲོ་ལམ་མདོར་བསྟན་པ།

ལྷ་ས་—བྲག་གསུམ་མཚོ་—བྲག་ཡིབ་—ཕད་གྲོང་རྡལ་—སྤོ་མེས་—སྤུང་བཞི་—ཡར་འབྲོག་གཡུ་མཚོ་—ཕུ་མ་གཡུ་མཚོ་—རྒྱལ་རྩེ་—ཁང་དམར་རྫོང་—ཁམ་བུ་ཚུ་ཚན་—འདྲེན་ཐང་གྲོང་རྡལ་—ཇོ་མོ་གླང་མའི་སྒར་ས་ཆེན་མོ་—རོང་ཕུ་དགོན་—དིང་རི་གླིང་པ་—ས་དགའ་—གངས་རིན་པོ་ཆེ་—རྩ་མདའ་—གུ་གེ་རྒྱལ་རབས་—བསྡི་ཡག་ཤང་—འབྲོང་པ་རྫོང་—མཚོ་ཆེན་རྫོང་—སྒྲུང་ཚང་ཤང་—ལ་སྟོད་ཤང་—དུང་མཚོ་ཤང་—ཉི་མ་ཤང་—དྭངས་ར་གཡུ་མཚོ་—དཔལ་མགོན་རྫོང་—གནམ་མཚོ་ཕྱུག་མོ་—ལྷ་ས།

ཁྱོན་ལམ་ཐག ཏ་ལམ་སྤྱི་ལེ་6000ཡོད་པ།

རྡོག་ཐོན་བྱེད་ས་ཡག་ཤོས། ལྷ་ས།

ཐོན་པའི་དུས་ཚོད་ཡག་ཤོས། ཟླ་5-11བར།

འཁོར་གཏོང་ཡུལ་སྐོར་ལམ་གྱི་དམིགས་བསལ་ནི། དེ་ནི་ང་ཚོའི་པར་ལེན་བྱེད་པའི་འགྲོ་ལམ་ལ་གཞིགས་ནས་བཟོས་པ་དང་། ལམ་རེ་རེ་བཞིན་ང་ཚོས་ཏན་ཏན་ཏིག་ཏིག་གིས་བསྐྱོད་པ་ཡིན།

Week 1 ལྷོང་མདོག་གི་ཚ་སྟེ། བྲག་གསུམ་མཚོ།

ལྷ་ས—བྲག་གསུམ་མཚོ་— བྲག་ཡིབ།

བྲག་གསུམ་མཚོ་ནས་ཁྲིན་བོད་གཞུང་ལམ་བར་དུ་སྤྱི་ལེ་44 ཡོད་པ་དང་། ལྷ་ས་བར་དུ་སྤྱི་ལེ་400ཡོད་ཅིང་། མཚོ་མོ་དྭངས་ཤིང་མཚོ་མཐིལ་གསལ་བ་དང་ཕྱོགས་བཞིའི་གངས་རིའི་གྲིབ་གཟུགས་མཚོ་ནང་གསལ་བ་དང་། ངང་པ་སེར་པོ་དང་མཐིང་རིལ། ཁྲུང་ཁྲུང་དཀར་མོ་སོགས་བྱ་རིགས་མཚོ་སྟེང་དུ་འཕུར་ལྡིང་བྱེད་བཞིན་ཡོད་པས་བོད་དུ"སྤུའི་ཅོ་ཚུང་དུ"ཞེས་པའི་མཚན་སྙན་ཡོད།

Week 2 གནམ་དང་ཐག་ཉེ་ཤོས་ཀྱི་ས་ཆ་སྟེ། མཐུད་གྲོང་ཚོ།

བྲག་ཡིབ་— ཕད་གྲོང་རྫལ་— སྤོ་བོ་— སྤང་ཞི་—ཡར་འབྲོག་གཡུ་མཚོ་— ཕོ་མ་གཡུ་མཚོ།

ཡར་འབྲོག་གཡུ་མཚོ་ནས་ཕོ་མ་གཡུ་མཚོའི་བར་དུ་སྣོ་ཞིང་དྭངས་བའི་ནམ་མཁའ་དང་དབྱིངས་སུ་རྒྱུགས་པའི་སྤྲིན་པ། པིར་གྱིས་བྲིས་པའི་རི་མོ་འདྲ་ལ་མེ་ལོང་ལྟ་བུའི་མཚོ་མོ་སོགས་ལྷ་ཡུལ་ཕྱོགས་ཁུ་འདི་གར་འཕོས་པ་འདྲ་ཞིང་། མཚོ་ཁུག་གི་གཤོགས་སུ་འཛམ་གླིང་ཐོག་ས་བབ་མཐོ་ཤོས་ཀྱི་གྲོང་ཚོ་སྟེ་མཐུད་གྲོང་ཚོ་ཡོད།

Week 3 ཁ་ཁྲ་སིམ་པའི་དྲི་ཟའི་ཡུལ།

ཕོ་མ་གཡུ་མཚོ་— རྒྱལ་རྩེ་— ཁང་དམར་རྫོང་— ཁམ་བུ་ཚུ་ཚན།

བོད་དུ་གྲང་ངར་ཆེ་ཡང་ཆུ་ཚན་མང་པོ་ཡོད་ཅིང་། དཔེར་ན། ཁང་དམར་དང་འདྲེན་ཐང་ལྟ་བུ་ཡིན་ཞིང་། ཁམ་བུ་ཚུ་ཚན་ནས་ཐོན་མ་ཐག་གང་སར་གངས་རི་མཐོང་རྒྱུ་ཡོད་ལ་རི་གཤམ་དུ་གཡུ་ལྟར་སྔོ་བའི་སྤང་ལྗོངས་ཡོད།

Week 4 མཐའ་མཇུག་གི་རྣམ་པའི་གླིང་ཕྲན་ཏེ། འདྲེན་ཐང་གྲོང་རྡལ།

ཁམ་བུ་ཚུ་ཚན་—འདྲེན་ཐང་གྲོང་རྡལ།

སྤྱི་ཚོགས་དང་བྲལ་ནས་ཁེར་རྐྱང་དུ་གནས་པའི་འདྲེན་ཐང་གྲོང་རྡལ། འདྲེན་ཐང་གྲོང་རྡལ་ལ་མིག་སྔར་དུས་ཚོགས་རང་བཞིན་གྱི་གཞུང་ལམ་གཅིག་རང་ལས་མེད་ཅིང་། དབྱར་དུས་འགྲོ་སྐྱོད་ཐུབ་པ་ལས་དགུན་དུས་ལམ་འགག་པ་དང་། རྒྱུན་རིང་འགྲིམ་འགྲུལ་མི་བདེ་བ་བཅས་ཀྱིས་དེ་གར་འཚོ་བ་སྐྱེལ་མཁན་གྱི་ཤར་པ་བས་ཏ་ལམ་གཞན་དང་འབྲེལ་ཐག་ཆད་པའི་འཚོ་བ་སྐྱེལ་གྱི་ཡོད། ཡུན་རིང་ཕྱི་ཕྱོགས་དང་ཁ་བྲལ་བའི་རྐྱེན་གྱིས་འདྲེན་ཐང་ཤར་པ་བ་ཁོ་ནར་དམིགས་བསལ་ལྡན་པའི་གདོད་མའི་ལུགས་ཀྱི་རིག་གནས་ཆགས་ཡོད།

Week 5 རོང་ཕུ་དགོན་བསྐོར་བ།

འདྲེན་ཐང་གྲོང་རྡལ་—ཇོ་རིའི་སྐར་ས་ཆེན་མོ་—རོང་ཕུ་དགོན།

རོང་ཕུ་དགོན་ནི་བོད་རང་སྐྱོང་ལྗོངས་གཞིས་རྩེ་གྲོང་ཁྱེར་དིང་རི་རྫོང་པ་གསུམ་ཤར་དུ་གནས་ཡོད་ཅིང་། ས་བབ་མཐོ་ལ་གཟར་ཞིང་གྲང་ཉུག་ཆེ་བ་དང་། འཛམ་གླིང་ཐོག་ས་བབ་མཐོ་ཤོས་ཀྱི་དགོན་པ་ཞིག་ཡིན། དགོན་པ་དེར་གྲྭ་པ་གཅིག་ལས་མེད་ཅིང་གལ་ཏེ་དུས་ཚོད་སྤྱད་ནས་རོང་ཕུ་དགོན་པའི་ཞིབ་ཕྲའི་གནས་ཚུལ་ཤེས་འདོད་ཡོད་ན་ཁེར་རྐྱང་དུ་གནས་པའི་གྲྭ་པ་ཁོང་ལ་འཚམས་འདྲི་ཞུ་བར་བསྐྱོད་ན་འགྲིག

Week 6 བདེ་འགྲོའི་རི་བོ་སྟེ་གངས་རིན་པོ་ཆེ།

རོང་ཕུ་དགོན་— དིང་རི་སྙིང་པ་— ས་དགའ་— གངས་རིན་པོ་ཆེ།

གངས་རིན་པོ་ཆེ་ནི་སྐད་གྲགས་ལྡན་པའི་སངས་རྒྱས་ཆོས་ལུགས་ཀྱི་གནས་མཆོག་གི་གྲས་ཤིག་ཡིན་ལ་འཛམ་བུ་གླིང་གིས་ཁས་ལེན་པའི་གནས་རི་ཞིག་ཡིན། གངས་རིན་པོ་ཆེ་རྟག་ཏུ་སྤྲིན་དཀར་གྱིས་འཁྱིལ་ནས་གངས་རི་ཡོངས་སུ་ཚང་བ་མཇལ་ཁག་པོ་ཡོད་པ་དང་། རི་རྩེར་ལོ་འཁོར་མར་གངས་ཀྱིས་ཁེངས་ཤིང་། རི་རྩེ་ཁྲི་ཡི་སྟེང་ནས་བཛྲིད་ཉམས་ཆེ་ཤོས་དང་། ལྷ་སྣང་ཚོར་སྣང་སྐྱེས་ཤུགས་ཆེན་པོ་ལྡན་པ་ཞིག་ཡིན།

Week 7 གནམ་གྱི་མཐའ་ཡི་མཐའ་སྟེ། མངའ་རིས་བསྐོ་ཡག་ཤང་།

ཙྪ་མདའ་རྫོང་— བསྐོ་ཡག་ཤང་— མཚོ་ཆེན་རྫོང་།

གལ་ཏེ་དུས་ཚོད་འདང་ངེས་ཡོད་ན་ང་ཚོས་དུས་ཚོད་མང་ཙམ་སྤྱད་ནས་འདི་གར་འཚོལ་ཞིབ་དང་འཚམས་འདྲི་ཞུ་བར་ཡོང་ཆོག་སྟེ། དེ་གར་གནའ་བོའི་གུ་གེ་རྒྱལ་རབས་ཡོད་པ་དང་། གནམ་གྱི་མཐའ་སྟེ་བསྐོ་ཡག་ཤང་ནི་མངའ་རིས་ཀྱི་ས་ཆ་མཛེས་ཤོས་གྲས་ཤིག་ཡིན།

Week 8 གནའ་བོའི་གནས་མཚོ་སྟེ། ནྭངས་ར་གཡུ་མཚོ།

ནྭངས་ར་གཡུ་མཚོ་—ཉི་མ་རྫོང་—དཔལ་མགོན་རྫོང་།

བོད་ཀྱི་གནས་རི་མཐའ་རྗེས་རང་འགྲུལ་དུ་ས་གནས་དེ་གའི་གནས་མཚོ་ཡང་མཐའ་ཆོག་ཅིང་། ནྭངས་ར་གཡུ་མཚོ་ནི་བོད་ཀྱི་གནའ་བོའི་གཡུང་དྲུང་བོན་གྱིས་དད་པ་བྱེད་པའི་གནས་མཚོ་ཆེ་ཤོས་ཤིག་ཡིན། བོན་ཆོས་ཀྱི་གནས་རི་དང་གནས་མཚོར་གྲགས་པའི་གངས་རི་ཏ་སྒོ་དང་ནྭངས་ར་གཡུ་མཚོས་མཚོ་འགྲམ་མི་རྣམས་འཚོ་སྐྱོང་བྱས་ཤིང་འདི་ནི་གནའ་བོའི་ཞང་ཞུང་རིག་གནས་ཀྱི་འབྱུང་གནས་ཤིག་ཡིན།

Week 9 ཕྱིར་ལོག་པའི་ལམ་དུ་ཞུགས་པ།

དཔལ་མགོན་རྫོང་—གནམ་མཚོ་—ལྷ་ས།

བོད་ནི་དེ་འདྲའི་ཡ་མཚན་ཅན་ཞིག་ཡིན་པས་ཟླ་བ་2ལྷག་གི་དུས་ཚོད་སྤྱད་ནས་བོད་དུ་ཡུལ་སྐོར་བྱེད་པ་ནི་བྱེད་རིན་ཡོད་པ་ཞིག་ཡིན།

མ་ཁྲབ་པ་མེད་པའི་སེམས་སྨོང་།

《འཛམ་གླིང་ཡང་རྩེ》བོད་རིགས་གཟིགས་མོ་བ་དང་ཟླ་གྲོགས་ཀྱི་དཔྱད་གཏམ་ལེགས་བཏུས།

《འཛམ་གླིང་ཡང་རྩེ》བསྟན་པའི་རྗེས་སུ་རྒྱལ་ཁབ་ཕྱི་ནང་གི་བོད་རིགས་གཟིགས་མོ་བའི་དོ་སྣང་ཆེན་པོ་དང་བསྟོད་བསྔགས་མང་པོ་ཐོབ་ཡོད་ཅིང་། ཁོ་ཚོས་ཟླ་བའི་ཐོག་གཅིག་མཇུག་གཉིས་མཐུད་ཀྱིས་འཕྲིན་ལན་བཞག་ནས་འདི་ནི་རིག་པ་རྩེ་གཅིག་ཏུ་སྒྲིམ་ནས་བཟོས་པའི་བོད་སྐོར་གྱི་དངོས་མཚོན་པར་གཞི་ཡག་ཤོས་ཤིག་ཡིན། དེས་ཁོ་ཚོའི་འཚོ་བ་དང་སྙིང་དབུས་ཀྱི་འཛིག་རྟེན་དངོས་མཚོན་པར་བྱས་འདུག་ཅེས་བརྗོད་ཡོད།

ལྷག་པར་དུ་དོ་སྣང་བྱེད་འོས་པ་ཞིག་ནི་བོད་རིགས་གཟིགས་མོ་བས《འཛམ་གླིང་ཡང་རྩེར》ཧ་ལམ་སྨད་ར་བཏང་མེད།

གཤམ་གསལ་དེ་དག་ནི་རྒྱ་མཚོ་ལྷ་བུའི་དཔྱད་གཏམ་ཁྲོད་ནས་ཁག་གཅིག་ལེགས་བཏུས་བྱས་ཤིང་དེ་ལས་བོད་རིགས་གཟིགས་མོ་བས《འཛམ་གླིང་ཡང་རྩེར》སེམས་གཏིང་ནས་དགའ་པོ་བྱེད་པ་དེ་མཐོང་ཐུབ་པ་ཡིན།

བོད་རིགས་ཀྱི་རིག་གནས་ལས་རིགས་པ།

རྡོ་རྗེ་ཕུན་ཚོགས་（གྲགས་ཅན་བོད་རིགས་པར་ལེན་མཁས་ཅན）མཚོ་བོད་མཐོ་སྒང་ནི་ཀུང་གོའི་མིང་བྱང་ལེགས་ཤོས་ཤིག་ཡིན་པས་དངོས་མཚོན་པར་གཞི་ཆེན་པོ《འཛམ་གླིང་ཡང་རྩེ》པར་ལེན་བྱེད་མཁན་རྣམས་ལ་གྲུས་འདུད་ཞུ་རྒྱུ་ཡིན། ང་ཚོ་མཉམ་དུ་མི་རིགས་ཀྱི་རིག་གནས་ལ་དོ་སྣང་བྱེད་བཙུག་པས་མི་རིགས་རིག་གནས་ཀྱི་འཛམ་ཤུགས་གོང་མཐོར་གཏོང་རྒྱུའི་ཆེད་མཉམ་དུ་འབད་བརྩོན་བྱེད་དགོས།

ཚེ་དབང་ནོར་བུ།　（བོད་རིགས་ཀྱི་རྩོམ་པ་པོ་སློག་བརྙན་བརྙན་འཕྲིན་བཟོ་མཁན་མི་སྣ། བོད་མིའི་རིག་གནས་ཟླ་བའི་སྤྱི་ཁྱབ་རྩོམ་སྒྲིག་པ）ངའི་འགྲམ་གྱི་གྲོགས་པོས་དངོས་མཚོན་པར་གཞི་དེར་གདེང་འཛོག་མཐོ་པོ་བྱེད་ཀྱི་འདུག ང་རང་རང་ཉིད་ཀྱང་པར་གཞི་དེར་ཧ་ཅང་དགའ་པོ་ཡོད། ཐག་རིང་ཡུལ་ཤུལ་དུ་ཡོད་པའི་གྲོགས་པོ་རྩོམ་པ་པོ་ཞིག་གིས་སེམས་འགུལ་ཐེབས་པའི་ངང་ནས་ཕྲན་ལ་ཁ་པར་བརྒྱབ་ནས“པར་གཞི་པར་ལེན་ཡག་པོ་ཞི་དྲག་བྱས་འདུག ཉིན་ཤས་ནང་དུས་ཐོག་ཏུ་ནང་མི་དང་མཉམ་དུ་བལྟ་ཡི་ཡོད”ཟེར།

@དཀར་མཛེས་ཁྲུལ་གྱི་ཡུལ་སྐོར་ཚུད། སྒྱུར་གཏམ་དེ་ལྟར་བཤད་ན་ཚང་མར་བག་ཆགས་ཟབ་མོ་བྱུང་ནས་བརྩེ་སེམས་མཉམ་སྐྱེས་བྱེད་སླ་པོ་ཡོད།

ལིའི་ཁྲེ་ཁྲེ་（《བོད་ཀྱི་སྟོད་བཅུད་》འབྲི་མཁན་གཙོ་བོ།）　འདི་ནི་ད་ལྟའི་བར་དུ་ངས་མཐོང་བའི་ནང་གི་སེམས་ནུས་ཆེ་ཤོས་བརྟན་པ་དང་། བོད་ཀྱི་སྐོར་དངོས་མཚོན་པར་གཞི་ཡག་ཤོས་ཤིག་རེད།

བོད་རང་སྐྱོང་ལྗོངས་ཀྱི་བོད་རིགས་དྲ་གྲོགས།

@ལྷ་ས་སྐུ་བཞུགས་གནང་། （ལྷ་སར་སྐད་གྲགས་ཆོད་པའི་རིག་སྒྱུན་དཔེ་ཚོང་ཁང་） དངོས་མཚོན་པར་གཞི་《འཛམ་གླིང་ཡང་རྩེ》ཞེས་པ་དེ་མདང་དགོང་བལྟས་པ་ཡིན། དངོས་མཚོན་པར་གཞིའི་ནང་མཚོ་བོད་མཐོ་སྒང་གི་རང་བྱུང་མཛེས་ལྗོངས་པར་ལེན་བྱས་ཡོད་པ་མ་ཟད་ད་དུང་བོད་རིགས་ཀྱི་གཤིས་བཟང་པར་ལེན་བྱས་འདུག

@དབང་དབང་དབང་དབང་ བློ་ བླ་བས། （ལྷ་ས་བ） འདི་ནི་ "ལྟད་མོ་ཆེ་ལ་སེམས་ཁམས་བཀྲུ་ཐུབ་" པའི་བརྩམས་ཆོས་ཤིག་ཡིན་ལ་ད་བར་བོད་ཀྱི་ནང་དོན་ལྡན་པའི་དངོས་མཚོན་པར་གཞི་ལེགས་ཤོས་ཤིག་ཡིན།

@d7ཀྱི་BOBBY-Kimཐུ་ཐུ་ （ལྷ་ས་བ） ང་ཚོ་བོད་ཀྱི་སྟང་བརྟན་མཛེས་ཤོས་འཛམ་གླིང་ཡོངས་ལ་བསྟན་ཞིང་། མཛེས་ལྗོངས་སམ་ཡང་ན་མི་དང་མིའི་བར། མི་དང་སྲོག་ཆགས་བར་གང་ཡིན་ན་ཡང་ཚང་མ་པར་ལེན་ཧ་ཅང་ཡག་པོ་གནང་འདུག་པས་པར་ལེན་ཚོགས་པར་ཐུགས་རྗེ་ཆེ་ཞུ་རྒྱུ་ཡིན།

@དུས་བཞིའི་མཛེས་ལྗོངས་རབ་བི་རིབ་བི། （ལྷ་ས་བ） 《འཛམ་གླིང་ཡང་རྩེ》ལ་གུས་ཞིང་སྙག་སྟང་སྐྱེ་བ་དང་བོད་དུ་འཚོ་བ་སྐྱེལ་རྒྱུ་བྱུང་བར་བཀའ་དྲིན་བསམ་བཞིན་ཡོད། གྲོགས་པོ་རྣམ་པས་དངོས་མཚོན་པར་གཞི《འཛམ་གླིང་ཡང་རྩེ》གཟིགས་རྒྱུར་མཚམས་སྦྱོར་ཞུ་རྒྱུ་ཡིན། ཚད་མཐོ་ལ་གཏིང་ཟབ་ཅིང་། ས་ཆ་དེའི་མང་ཚོགས་ལ་འབྲེལ་གཏུག་བྱེད་པའི་རྣམ་པ་ཡང་ལྡན་པས་ཁྱེད་ཀྱི་སྙིང་བ་དང་མཐོང་རྒྱ་ཆེ་རུ་གཏོང་ཐུབ་པ་དང་ཆབས་ཅིག་རང་བྱུང་ཁམས་ལ་གུས་ཞིང་སྙག་སྟང་ཡང་སྐྱེ་ལ་གསོན་པོར་གནས་པའི་སྐྱེ་བོ་ཚང་མའི་བཀའ་དྲིན་དེ་བས་དྲན་དུ་འཇུག་གི་འདུག

@ཉི་འོད་ལྷམ་མེར་འཁྱོགས་པའི་འཚོ་བ། མི་རབས་གསུམ་བོད་དུ་ལས་ཀ་བྱེད་མཁན་བདག་ལ་ཆ་བཞག་ན་བོད་དུ་ལས་ཀ་བྱས་ཏེ་ལོ་མང་སོང་ཡང་པར་གཞི་དེ་མཐོང་བ་ན་ད་དུང་མིག་གི་མཐར་མཆི་ཞག་འཁོར་གྱི་འདུག སྨྱུག་ཆགས་དང་རྩི་ཤིང་གང་ཞིག་ཡིན་རུང་ཚེ་སྲོག་གཅིག་ཡིན་ཕྱིན་ཚང་མར་བརྩི་འཇོག་བྱེད་དགོས་ངེས་ཡིན། རང་བྱུང་ཁམས་ལ་བརྩི་འཇོག་བྱེད་པ་ནི་རང་ཉིད་ལ་བརྩི་འཇོག་བྱེད་པ་ཞིག་ཡིན།

@ThaTsoནི་lhaSaཡོད། （ལྷ་ས་བ）《འཛམ་གླིང་ཡང་རྩེས》ང་ཚོ་བོད་མི་དང་བྱ་དངོས་ཡོད་ཚད་བར་གྱི་འབྲེལ་བ་འགྲེལ་བཤད་བརྒྱབ་འདུག ལྷ་ཐེངས་མང་པོ་བྱས་པ་ཡིན། ད་བར་དུ་མཐོང་བའི་བོད་ཀྱི་སྐོར་གྱི་དངོས་མཚོན་པར་གཞིའི་ནང་ནས་ཡག་ཤོས་ཤིག་ཡིན། པར་ལེན་ཚོགས་པར་བསྟོད་པ་འབུལ་རྒྱུ་ཡིན་ལ་སེམས་པ་བཟང་ཞིང་དྲང་བདེན་བབ་ཆགས་ཀྱི་ང་ཚོའི་ཡུལ་མི་སྤུན་མཆེད་རྣམས་ལ་བསྟོད་པ་འབུལ་རྒྱུ་ཡིན། 《འཛམ་གླིང་ཡང་རྩེ》ནི་ང་ཚོའི་འཚོ་བའི་མཐོ་རིས་དགའ་ཚལ་ལྟ་བུ་ཞིག་ཡིན།

@སྐྱུ་ཞབས་ཐ་ཏ་ （ལྷ་ས་བ） ཉེ་ཆར་གྲོགས་པོ་མང་པོ་ཞིག་གིས《འཛམ་གླིང་ཡང་རྩེ》བལྟས་ཏེ་ང་ལ་ཆ་འཕྲིན་ཇོགས་རྒྱུ་མེད་པ་བསྐུར་ནས་གཟུགས་བརྙན་ཏ་ཙང་མཛེས་པོ་འདུག བོད་དུ་ཡོང་འདོད་འདུག་ཅེས་བརྗོད་ཀྱི་འདུག ངའི་བསམ་པར་དངོས་མཚོན་པར་གཞི་ལེགས་པོ་ཞིག་གིས་མི་ལ་མཛེས་སྡུག་གི་ཉམས་སྣང་ཞིག་སྤྲོད་ཐུབ་པ་ཙམ་མ་ཡིན་པར་དེ་ལས་གལ་ཆེ་བ་ཞིག་ནི་མི་རྣམས་མཛེས་སྡུག་ལྡན་པའི་བྱ་དངོས་ལ་བློ་ཁ་ཕྱོགས་ཐུབ་པ་ཞིག་བྱུང་ན་སྙམ་གྱི་འདུག《འཛམ་གླིང་ཡང་རྩེས》དེ་སྒྲུབ་ཐུབ་པས་ངེས་འགྲིག་པ་རེད།

@KLDTYPསྒྲོལ་དཀར། （བོད་ལྗོངས་ལྷོ་ཁའི་བོད་རིགས་དྭ་གྲོགས）《འཛམ་

གླིང་ཡང་རྩེ》པར་ལེན་ཡག་པོ་བྱུས་འདུག རྒྱུས་མངའ་ཆེ་བའི་ས་ཆ་དང་རྒྱུས་མངའ་ཆེ་བའི་འཚོ་བ། རྒྱུས་མངའ་ཆེ་བའི་རིག་གནས་བཅས་སོ།།

@སྨྱུག་ནས་བསྟད་པའི་རྫོ་རྫོ། （བོད་ལྗོངས་ཉིང་ཁྲིའི་བོད་རིགས་དྭ་གྲོགས་）
ལེའུ་གཉིས་བལྟས་རྗེས་གཞི་ནས་མཚམས་སྦྱོར་བྱེད་ཕོད་པ་བྱུང་། སྤུས་དག་ཅིག་པར་ལེན་བྱུས་འདུག འདི་ནི་མཚོ་བོད་མཐོ་སྒང་དུ་བསྐྱོད་པ་ཙམ་ཞིག་མ་ཡིན་པར་ང་ཚོ་ཤེས་རྟོགས་བྱ་རྒྱུར་ཚོད་ལྟ་བྱས་པ་ཞིག་ཡིན་པ་ལས་ཁྱུངས་མེད་སྟོང་བཤད་ཅིག་མ་ཡིན། འཛམ་གླིང་ཡང་རྩེའི་ཐོག་ཏུ་འཚོ་བ་སྐྱེལ་མཁན་གྱི་མི་ལ་བརྩི་འཇོག་ཐོབ་པ་ནི་ང་ཧ་ཅང་དགའ་པོ་འདུག དེར་བརྟེན་ངའི་གྲོགས་པོ་སྤུན་མཆེད་ཚོར་མཚམས་སྦྱོར་ཞུས་ཡོད།

@ང་ནི་ཚེ་འཁོར་ཡིན། བོད་ལྗོངས་གཞིས་ཀ་རྩེའི་བོད་རིགས་དྭ་གྲོགས）སྟོབས་རྒྱལ་གྱིས་སློའུར་ལྟོ་སྟེར་བ་དང་ཟླ་བས་ཁྲུང་ཁྲུང་སྐྱེ་ནག་སྐྱེལ་སྐབས་མིག་ཆུ་གཏོང་བ། དགུང་ལོ80སོན་པའི་ཚེ་དབང་གིས་ཚེ་རིང་ལ“ང་ཚོ་ཡང་ལོ་གཅིག་ཆེ་རུ་ཕྱིན་པ་རེད། དུས་སང་དུས་ཀྱི་ད་ཚོད་ང་ཚོ་ད་དུང་མཉམ་དུ་ཁྲ་རོག་རོག་དང་པོ་བརྒྱ་ཐུབ་ཅིང་སྟོན་བརྒྱ་མཐོང་བར་ཤོག”ཅེས་བརྗོད་པ་སོགས་མཐོང་བ་དང་ཐོས་པས་ལྟ་བཞིན་ཉན་ཙ་ན་མཆི་མ་ཤོར་ནས་མིག་ཀྱང་སྐྲངས་འདུག ངའི་བསམ་པར་འདི་ནི་བོད་རེད། འདི་ནི་ངས་ལོ་ངོ་17དགའ་བའི་བོད་རེད་ཅེས་སྐད་ཤུགས་ཆེན་པོས་འབོད་པར་འདོད་དོ།།

@ཀརྨ་རིན་ཆེན་དོན་གྲུབ། （བོད་ལྗོངས་ལྷོ་ཁའི་བོད་རིགས་དྭ་གྲོགས）དངོས་མཚོན་པར་གཞི་དེས་ངས་དངོས་མཚོན་པར་གཞིའི་གཟུགས་བརྙན་གྱི་སྤུས་ཚད་ལ་འཛིན་པའི་བག་ཆགས་ཡོངས་སུ་མགོ་རྟིང་སློག་སོང་། ནང་དོན་ཡང་དོན་དངོས་དང་མཐུན་པོ་འདུག

@Forget34880953 དངོས་གནས་ཧང་སང་དགོས་པ་ཞིག་འདུག སྔར་བྱུང་སྦྱོང་མེད་པའི་མཐོང་སྣང་ཞིག་ཡོང་གི་འདུག་པས་ཧ་ཅང་དགའ་པོ་འདུག ང་རང་དེ་བས་ཡིད་སྨོན་སྐྱེ་དགོས་པ་ཞིག་ནི་ལི་ཚན་ཚོགས་པའི་ལས་དོན་མི་སྣ་ཡིན་ཞིང་། ཁྱེད་རྣམས་སྐུ་ལས་ཁག་སོང་། ང་ཚོར་བརྩམས་ཆོས་ཡག་པོ་དེ་འདྲ་ཞིག་སྟོན་རྒྱུའི་སྐད་དུ་ཁྱེད་རྣམས་ཀྱིས་བློས་གཏོང་མང་པོ་ཞིག་གནང་ཡོད་པས་དམིགས་བསལ་གྱིས་ཐུགས་རྗེ་ཆེ་ཞུ་རྒྱུ་མ་ཟད་ཁྱེད་རྣམས་ཀྱིས་བོད་རང་གི་ཕ་ཡུལ་དུ་འཛིན་ཏེ་རྟག་ཏུ་གཟིགས་པར་ཕེབས་རྒྱུའི་རེ་བ་ཡོད། ཁྱེད་རྣམས་ལ་གཅེས་ཤིང་སེམས་བཟང་ནི་རོགས་ཟླ་ཡག་ཤོས་ཤིག་ཡིན་པས་ཁྱེད་རྣམས་ལ་གུས་འདུད་ཞུ་རྒྱུ་ཡིན།

@གློ་གློ་ལྷད་མེད་ལོག་ལྟ་མེད་པ་ཤིན་ཏུ་ལེགས། ངས་བལྟས་ན་ཧ་ཅང་ཡག་པོ་འདུག ང་ཚོར་གཞན་དང་མི་འདྲ་བའི་བོད་གསལ་པོ་སྟོན་གནང་བར་ཁྱེད་རྣམས་ལ་ཐུགས་རྗེ་ཆེ་ཞུ་རྒྱུ་ཡིན།

@ནོར་བུ་04413789 པར་གཞི་འདིའི་ནང་མཛེས་སྡུག་ལྡན་ཞིང་གཅེས་པར་འོས་པའི་ང་ཡི་ཕ་ཡུལ་གྱི་ཉམས་སྣང་ཇི་མ་ཇི་བཞིན་མི་རྣམས་ལ་སེམས་འགུལ་ཐེབས་ཐུབ་པ་ཞིག་བཀོད་གནང་བར་ཐུགས་རྗེ་ཆེ་ཞུ་རྒྱུ་ཡིན། ག་དུས་བལྟས་ཀྱང་བལྟ་བས་མི་ངོམས་ཤིང་། ང་ཕ་ཡུལ་དྲན་དུ་འཇུག་གི་འདུག་པས་མགྱོགས་ཙམ་ཕ་ཡུལ་དུ་ལོག་ཐུབ་པའི་རེ་བ་ཡོད། འདིར་འཛམ་གླིང་ཡང་རྩེའི་ཕྲུག་ལས་ནང་ཞུགས་མཁན་རྣམས་ལ་ཐུགས་རྗེ་ཆེ་ཞུ་རྒྱུ་དང་བཀྲ་ཤིས་བདེ་ལེགས་ཞུ་རྒྱུ་ཡིན།

བོད་ཀྱི་ཡིད་-Iee བོད་དུ་བསྡད་ཡོད་ཀྱང་དངོས་མཚོན་པར་གཞི《འཛམ་གླིང་ཡང་རྩེ》དེ་སེམས་ཀྱི་གཏིང་དུ་ཟུག་ཐུབ་པ་དང་། ལྷད་མེད་བབ་ཆགས་པ་དང་བློ

ཡིད་དྲང་བདེན་གྱི་ཚོར་སྣང་དེ་ང་ཡི་མི་ཚེ་གཅིག་གི་རོགས་སུ་གྱུར།

ཟླ་ཁྲིན་བོད་རིགས་ས་ཁུལ་གྱི་དྲ་གྲོགས།

@ཡུན་ཐུང་འཕྲུལ་སྣང་གི་མི་ཚེ་10874498（དྲ་གྲོགས་འདི་ནི་《འཛམ་གླིང་ཡང་རྩེ》ལེའུ་བཞི་པའི་སྒྲུང་ནང་གི་མི་སྣ་གཙོ་བོ་ལྷ་མོ་ཡིན།）ངས་འདི་གར་པར་ལེན་ཚོགས་པར་སླེབ་དགུས་ནས་ཐུགས་རྗེ་ཆེ་ཞུ་རྒྱུ་དང་། ང་རང་དངོས་མཚོན་པར་གཞིའི་ནང་དུ་མཛེས་སྡུག་ལྡན་པའི་ཕ་ཡུལ་མཚོ་ཕུ་རོང་གི་མགྲིན་ཚབ་པ་བྱ་རྒྱུ་བྱུང་བས་ཁྱེད་རྣམས་ཀྱིས་ང་ལ་གོ་སྐབས་བཟང་པོ་དེ་འདྲ་ཞིག་གནང་བར་ཐུགས་རྗེ་ཆེ་ཞུ་རྒྱུ་ཡིན། དེའང་གུས་མོ་བརྟན་འཕྲིན་ནང་ཞུགས་ཐེངས་དང་པོ་ཡིན་ཞིང་། ངའི་རེ་བར་དངོས་མཚོན་པར་གཞི་འདི་བརྒྱུད་ནས་སྐྱེ་བོ་དེ་བས་མང་པོ་ཞིག་གིས་ང་ཚོའི་ཕ་ཡུལ་མཚོ་ཕུ་ཕུག་ཤེས་རྟོགས་ཡོང་བ་དང་རྗེས་སུ་སྐྱེ་བོ་དེ་བས་མང་བ་ཞིག་ངའི་མཛེས་པའི་ཕ་ཡུལ་ལ་ཡུལ་སྐོར་དུ་ཕེབས་རྒྱུའི་རེ་བ་ཡོད་ལ། 《འཛམ་གླིང་ཡང་རྩེ》བརྒྱུད་ནས་སྐྱེ་བོ་དེ་བས་མང་པོ་ཞིག་གིས་ང་ཚོ་མཐོ་སྒང་གི་བུ་ཕྲུག་ཚོའི་འཚོ་བ་ཤེས་རྟོགས་ཐུབ་པའི་འདུན་པ་ཡང་ཡོད། བཀྲ་ཤིས་བདེ་ལེགས།

@བདེ་སྐྱིད་དབང་མོ་Vanessa（ཟླ་ཁྲིན་ཇ་པའི་བོད་རིགས）སེམས་བཟང་ཡོད་ཕྱིན་གནང་སྦྱིན་ཡོད་དོ་ཅོག་དྲིན་དུ་ཚོར་ཐུབ། མི་དང་རང་བྱུང་ཁམས་བར་གྱི་འཆམ་མཐུན་དེ་སེམས་ཀྱི་གཏིང་དུ་ཟུག་ཅིང་། ཚད་གཞི་ནི་བརྗོད་ལས་འདས་པའི་དཔེ་ཉག་གཅིག་ཡིན། འཛམ་གླིང་ཡང་རྩེའི་མི་རྣམས་ཀྱིས་འཚོ་བར་བཅངས་པའི་སྤྲོ་སེམས་ནི་ས་བབ་མཐོ་པོས་འགོག་ཐབས་མེད། དྲི་མེད་དྭངས་གཙང་གི་མཚོ་ཆུས་དང་ལྡན་པའི་མངགས་བཅོལ་གལ་ཆེ་འཕྲུར་བ་དང་། དམར་

སིལ་སིལ་གྱི་མཁྱུར་ཚོས་དང་ཤིན་ཏུ་གསལ་བའི་གཉེར་རིས། བཅོས་མིན་གྱི་འཛུམ་མདངས་བཅས་ཚང་མ་ལས་ཁོ་ཚོའི་སྙིང་བརྗོད་ཀྱི་ཡོད། བོད་རིགས་ཤིག་གི་ངོས་ནས་འཛམ་གླིང་ཡང་རྩེ་པར་ལེན་མཁན་ལ་སེམས་ཀྱི་གཏིང་ནས་ཐུགས་རྗེ་ཆེ་ཞུ་རྒྱུ་ཡིན།

@ཀོ་ཀོའི་དཔོད་འཕྲིན་ཚུང་ཏུ་ལགས། （ཟི་ཁྲིན་བོད་རིགས་ས་ཁུལ་གྱི་དྲྭ་གྲོགས） ང་ཚོའི་ཡོད་ཚད་ཁྱད་དུ་འཕགས་པའི་ས་གཞི་འདིས་གནང་བའི་བཀའ་དྲིན་ཚོར་ཤེས་ཐུབ་པ་དང་། ཚུང་དུས་ནས་དད་སེམས་ལྡན་པའི་བཀའ་དྲིན་ཚོར་ཤེས་ཐུབ་པ། སེམས་གཏིང་གི་གཞུང་དྲང་བབ་ཆགས་ལྡན་ཞིང་གཤིས་ཀ་བཟང་བའི་བཀའ་དྲིན་ཚོར་ཤེས་ཐུབ་པ། སྒྲིག་བཟོ་ཚོགས་པས་དྲང་ནུས་ལྡན་པའི་བརྩམས་ཆོས་འདི་འདྲ་ཞིག་པར་ལེན་ཐུབ་པར་བཀའ་དྲིན་ཚོར་ཤེས་ཐུབ་པར་ཤོག དགེ་བའི་སེམས་ཀྱིས་བཀའ་དྲིན་ཚོར་ཤེས་ཐུབ་པའི་དྲང་ནུས་དེ་འདྲ་ཞིག་ལྡན་དགོས།

@ཐུ་རྟོད་ཐ་རིག་གནས་དྲ་བ།(ཟི་ཁྲིན་ཇ་པ་བོད་རིགས་ས་ཁུལ་གྱི་བོད་ཀྱི་རིག་གནས་སློག་སྤེལ་དྲྭ་ཚོགས) གངས་ལྗོངས་ངོ་མ་དེ་མངོན་ཐུབ་ཀྱི་འདུག

@Helloསྲུས་མོ་ཤིང་། (ཟི་ཁྲིན་དཀར་མཛེས་བོད་རིགས་ས་ཁུལ་གྱི་དྲྭ་གྲོགས)

དངོས་མཚོན་པར་གཞི་འདི་ལས་མཐའ་མར་ང་ཚོར་དྲིལ་བསྒྲགས་བྱས་པའི་"འཛམ་གླིང་ཡང་རྩེ"དངོས་ནི། "ཚེ་སྲོག་གི་མཉམ་འཁྲབ་རློས་གར"ཡིན་པ་དང་ཆབས་ཅིག་བོད་ཀྱི་རིག་གནས་ཀྱི་གསང་བ་བརྗོལ་ཞིང་《འཛམ་གླིང་ཡང་རྩེས》ཚད་གཞི་དེ་བས་མཐོ་བའི་སྒོ་ནས་མི་རྣམས་འཛམ་གླིང་ལ་བལྟ་རུ་བཅུག་པ་དང་ཚེ་སྲོག་ལ་བལྟ་རུ་བཅུག་ཡོད།

མཚོ་སྔོན་བོད་རིགས་ས་ཁུལ་གྱི་དྲྭ་གྲོགས།

@སེམས་ཀྱི་མཚོ་མོ་Echo（མཚོ་སྔོན་མགོ་ལོག་ཁུལ་བོད་རིགས་ས་ཁུལ་གྱི་དྲྭ་གྲོགས）《འཛམ་གླིང་ཡང་རྩེ》ནི་ཁྱེད་རང་བོད་དུ་བོད་ཀྱི་སྲོལ་རྒྱུན་རིག་གནས་སློབ་སྦྱོང་བྱེད་པར་ཁྲིད་མཁན་གྱི་དངོས་མཚོན་པར་གཞི་ཞིག་ཡིན་ཞིང་། ཧ་ཅང་ལྷ་རིན་ཆོག་པ་ཞིག་འདུག

@awGaTso（མཚོ་སྔོན་མཚོ་ལྷོའི་བོད་རིགས་ས་ཁུལ་གྱི་དྲྭ་གྲོགས）《འཛམ་གླིང་ཡང་རྩེ》ལེའུ་གཉིས་པའི་ནང་གི་རེ་ལྕག་མེ་ཏོག་ལ་ང་ཚོའི་ཕ་ཡུལ་དུ་གོ་རེ་མེ་ཏོག་ཅེས་བརྗོད་ཀྱི་ཡོད་ཅིང་། ང་ཆུང་དུའི་དུས་སུ་རྒྱུན་དུ་དེ་བཏགས་ནས་རྩེད་མོ་རྩེ་ཡི་ཡོད། དེ་དག་མཐོང་བ་ན་ང་བྱིས་པའི་དུས་ཀྱི་གནས་ཚུལ་ཡིད་ལ་ལྷང་ལྷང་དུ་འཁོར་གྱི་འདུག དེ་འདྲའི་མེ་ཏོག་མཛེས་པོ་ཞིག་གིས་བོད་ཤོག་ཡག་པོ་དེ་འདྲ་བཟོ་ཡི་ཡོད་པ་ངས་གཞི་ནས་ཤེས་བྱུང་། རླབས་ཆེན་གྱི་མི་རིགས་འདིར་ང་དགའ་པོ་ཡོད།

@ཧྲེ་ཅུན་ཞིན་ཀྲའེ། པར་ལེན་ཚོགས་པས་ངའི་ཕ་ཡུལ་པར་ལེན་ཡག་པོ་དེ་འདྲ་དང་ངོ་མ་དེ་འདྲ་གནང་བར་ཐུགས་རྗེ་ཆེ་ཞུ་རྒྱུ་ཡིན། སྐུ་ལས་ཁག་སོང་། ཁྱེད་རྣམས་ཚང་མ་བདེ་སྐྱིད་ཡོང་བའི་སྨོན་འདུན་དང་བཀྲ་ཤིས་བདེ་ལེགས་ཞུ་རྒྱུ་ཡིན། རྒྱ་ནག་ཁུལ་དུ་འཚོ་བ་སྐྱེལ་མཁན་གྱི་བོད་རིགས་གཟིགས་མོ་བའི་མཐོང་སྣང་བཀོད་པ།

@ཆ་ཚང་རྒྱུ་མེད་པའི་མཐིང་། ད་བར་ཕྱི་ཏུ་སློབ་སྦྱོང་བྱས་ནས་བསྡད་ཡོད་པས《འཛམ་གླིང་ཡང་རྩེ》མཐོང་བ་ན་དེ་བས་ཕ་ཡུལ་དྲན་གྱི་འདུག སློབ་གྲྭ་ཐོན་རྗེས་ངེས་པར་དུ་ཡུན་རིང་བར་དུ་དྭངས་ཤིང་གཙང་བའི་ཕ་ཡུལ་དུ་སྡོད་ཀྱི་ཡིན། ཕ་ཡུལ་ནི་དར་རྒྱས་ཆེ་ཤོས་ཀྱི་ས་ཆ་ཞིག་མ་ཡིན་ཡང་ང་སྟར་བཞིན་ཕ་

ཡུལ་ལ་ཧ་ཅང་དགའ་པོ་ཡོད་དེ། དེ་ནི་ཁ་ཁྲུ་སིམ་ཞིང་བབ་ཆགས་པས་ཡིན།

@བོད་ཀྱི་དྲི་ཞིམ་རྩྭ་སྤེ་མེའི་ལེགས་44760891 ཁྱེད་རྣམས་མཐོ་སྒང་དུ་ཕེབས་རྒྱུ་དང་ངའི་ཕ་ཡུལ་ཉིང་ཁྲིར་ཡུལ་སྐོར་དུ་ཕེབས་རྒྱུར་དགའ་བསུ་ཞུ། ཁོར་ཡུག་སྲུང་སྐྱོང་བྱ་རྒྱུ་ནི་མི་ཚང་མའི་འགན་འཁྲི་ཡིན།

ཡུན་ནན་བོད་རིགས་ས་ཁུལ་གྱི་རྣ་གྲོགས།

@Freeགངས་ལྷ་མེ་ཏོག ང་ནི་བོད་རིགས་ཀྱི་ཕྲུ་གུ་ཞིག་ཡིན། དངོས་མཚོན་པར་གཞི་དེ་བལྟས་པའི་རྗེས་སུ་ང་ལ་སྤྱོང་ཚོར་ཟབ་མོ་བྱུང་། རྒྱུན་དུ་ད་ལྟའི་སྤྱི་ཚོགས་ཀྱི་གསར་ཐོན་བྱ་དངོས་རིགས་ལ་ཞེན་ཆགས་ཆེ་དྲགས་ནས་རང་མི་རིགས་ཀྱི་གནའ་བོའི་རིག་གནས་ག་ལེར་བརྗེད་འགྲོ་ཡི་འདུག ལེའུ་ཚང་མས་ང་ལ་སེམས་འགུལ་ཐེབས་བྱུང་།

ཚེད་ལས་མཁས་ཅན་གྱིས་《འཛམ་གླིང་ཡང་རྩེར》དབྱེ་ཞིབ་གནང་བ།

དངོས་མཚོན་པར་གཞི་《འཛམ་གླིང་ཡང་རྩེའི》དཔྱད་གླེང་གྲོས་ཚོགས་2015ལོའི་ཟླ4ཚེས1ཉིན་པེ་ཅིན་དུ་འཚོགས་ཤིང་། ཀྲུང་གོའི་བོད་ཀྱི་ཤེས་རིག་ཞིབ་འཇུག་ལྟེ་གནས་ལོ་རྒྱུས་ཞིབ་འཇུག་ཁང་གི་དབུ་འཛིན་ཀྲང་ཡུན་དང་ཀྲུང་གོའི་བོད་ཀྱི་ཤེས་རིག་ཞིབ་འཇུག་ལྟེ་གནས་བོད་ཀྱི་ཤེས་རིག་དཔེ་སྐྲུན་ཁང་གི་ཧྲེ་ཀྲང་རྒྱལ་མོ་འབྲུག་པ། པེ་ཅིན་སློབ་གྲྭ་ཆེན་མོའི་རྒྱ་ཡིག་ཚན་ཁག་གི་དགེ་རྒན་ཆེན་མོ་བ་ཀྲང་ཀུ་ཝུའུ། ཀྲུང་གོ་མི་དམངས་སློབ་གྲྭ་ཆེན་མོའི་གསར་འགྱུར་སློབ་གླིང་གི་སློབ་སྤྱི་སྐུ་གཞོན་དགེ་རྒན་ཆེ་མོ་བ་ཡུས་གོ་མིང་། ཀྲུང་གོ་སྐྱུན་སྦྱོར་སློབ་གྲྭ་ཆེ་མོའི་བརྙན་འཕྲིན་སློབ་གླིང་གི་དགེ་རྒན་ཆེ་མོ་བ་དང་བརྙན་འཕྲིན་ཞིབ་འཇུག་ཁང་གི་དབུ་འཛིན་ཀྲང་ཡཱ་ཤེའི། པེ་ཅིན་ཕྱི་རྒྱལ་སྐད་ཡིག་སློབ་གྲྭ་ཆེན་མོའི་རྒྱལ་སྤྱིའི་འབྲེལ་བའི་སློབ་གླིང་གི་དགེ་རྒན་ཆེ་མོ་བ་ལིའུ་ཁྲིན། བོད་ལྗོངས་མི་རིགས་སློབ་གྲྭ་ཆེན་མོའི་གསར་འགྱུར་སྒྲོག་སྤེལ་སློབ་གླིང་གི་སློབ་སྤྱི་

དང་དགེ་རྒན་ཆེན་མོ་བ་ཀྲའུ་ཧྲེའི་ཚང་། རྩོམ་པ་པོ་ཡིན་ལ་དངོས་གཞིའི་པར་གཞི་བཟོ་མཁན་ཀྲུ་ཡུང་སོགས་དཔྱད་གླེང་གྲོས་ཚོགས་དེར་ཞུགས་ཡོད་པ་རེད།

དཔྱད་གླེང་གྲོས་ཚོགས་དེའི་ཐོག《འཛམ་གླིང་ཡང་རྩེ》ཐོག་མར་སྟོན་པའི་རྗེས་ཀྱི་འབྲེལ་ཡོད་ཀྱི་གཞི་འཛིན་གྲངས་ཀ་ཁྲབ་བསྒྲགས་བྱས་པ་དང་། བོད་ཀྱི་ཤེས་རིག་ལས་རིགས་དང་སྒྲོག་སྒྱིལ་ལས་རིགས། དངོས་མཚོན་པར་གཞིའི་ལས་རིགས་བཅས་ཀྱི་ཆེད་ལས་མཁས་ཅན་ཚོས《འཛམ་གླིང་ཡང་རྩེ》ཐོག་མར་སྟོན་ནས་སྐད་གྲགས་ཆོད་ཚུལ་དང《འཛམ་གླིང་ཡང་རྩེ》ཞེས་པ་དེས་རྒྱལ་ནང་ལས་ཐོན་པའི་དངོས་མཚོན་པར་གཞི་གསར་རྩོམ་ཐད་གསར་གཏོད་དང་འགག་སྒྲོལ་བྱས་ཚུལ། 《འཛམ་གླིང་ཡང་རྩེ》ཞེས་པ་དེས་བོད་དང་འབྲེལ་བ་ཡོད་པའི་ཁྱི་ཁྱིགས་སྒྲོག་སྒྱིལ་ཐད་འགག་སྒྲོལ་བྱས་ཚུལ་སོགས་ལ་ལྟ་སྟངས་གང་འདྲ་འཛིན་པའི་ཐད་གྲོས་བསྡུར་འཁྲུག་པོ་གནང་བ་མ་ཟད་སྨིན་སྦྱོར་པའི་བཅར་འདྲི་ཡང་དང་ལེན་གནང་ཡོད།

ཀྲང་ཡུན།

ཀྲུང་གོ་བོད་རིག་པ་ཞིབ་འཇུག་ལྟེ་གནས་ལོ་རྒྱུས་ཞིབ་འཇུག་ཁང་གི་དབུ་འཛིན།

བོད་ངོ་སྤྲོད་བྱེད་མཁས་པོ་དང་ཀྲུང་གོའི་སྒྲུང་གཏམ་ཤོད་མཁས་པོ་གང་འདྲ་བྱེད་དགོས་པ་ནི་གྲོས་གཞི་ཆེན་པོ་ཞིག་ཡིན་ཞིང་། ངས་བལྟས་ན《འཛམ་གླིང་ཡང་རྩེའི》ནང་ཏ་ཙང་ཡག་པོ་བཤད་འདུག་ལ་ཏ་ཙང་ལེགས་གྲུབ་བྱུང་འདུག

《འཛམ་གླིང་ཡང་རྩེས》གནས་ཚུལ་ཞིབ་ཕྲ་ནས་འགོ་འཛུགས་མཁས་པོ་བྱས་ཏེ། ཆེས་སྤྱིར་བཏང་གི་མི་དང་བྱ་བ་གདམ་ཀ་བྱས་པ་དང་། སྤྱིར་བཏང་གི་མིའི་སྒྲུང་གཏམ་སྤྱད་ནས་བོད་ཀྱི་སྐོར་བརྗོད་པ་ནི་ལས་སླ་པོ་ཞིག་གཏན་ནས་མ་ཡིན། མི་སྣའི་ཉམས་འགྱུར་མཚོན་ཐབས་ཐད་ཏ་ཙང་ཡག་པོ་བྱུང་འདུག་པ་དེ་ནི་མི་དང་རང་བྱུང་ཁམས་བར་གྱི་འབྲེལ་བ་དེ་གཞུང་ལུགས་སྟོང་བཤད་ཙམ་མ་ཡིན་པར་མི་དང་རང་བྱུང་ཁམས་ཀྱི་སྤྱོད་ཚུལ་ལ་བརྟེན་ནས་གསལ་པོར་མཚོན་པར་བྱས་ཡོད་པ་མ་ཟད། ད་དུང་ཏ་ཙང་བག་ཕེབས་དང་ཙུང་ཆ་ཚང་བའི་སྒོ་ནས་བསྟན་འདུག 《འཛམ་གླིང་ཡང་རྩེའི》ནང་གི་བོད་ནི་དངོས་གནས་ཀྱི་བོད་སྐོར་ཡང་བསྟན་པ་ཞིག་རེད་འདུག

《འཛམ་གླིང་ཡང་རྩེ》ནི་དུས་ཚོད་ཀྱི་ཚོད་བགམ་ཐེག་ཐུབ་པའི་ཁར་མང་ཙམ་བལྟས་ན་ཁྱེད་ལ་ད་དུང་སྙིང་ཚོར་མི་འདྲ་བ་སྐྲེས་ཐུབ།

《འཛམ་གླིང་ཡང་རྩེ》ནི་མིའི་སེམས་སུ་ཟབ་མོར་ཟུག་ཐུབ་ཅིང་། ཡིད་ཀྱི་དབང་པོ་འགུགས་ཐུབ།

རྒྱལ་མོ་འབྲུག་པ།

ཀྲུང་གོའི་བོད་ཀྱི་ཤེས་རིག་ཞིབ་འཇུག་ལྟེ་གནས་བོད་ཤེས་རིག་དཔེ་སྐྲུན་ཁང་གི་རྩེ་ཀྲུང་།

《འཛམ་གླིང་ཡང་རྩེ》ནི་ཀྲུང་གོས་ཕྱི་ཕྱོགས་སུ་དྲིལ་བསྒྲགས་བྱེད་པའི་ཁྲོད་ཀྱི་འཛམ་ཤུགས་མཚོན་སྟངས་ཤིག་ཡིན། 《འཛམ་གླིང་ཡང་རྩེའི》ཚོགས་པ་དེར་ཆེད་ལས་རང་བཞིན་ཤུགས་ཆེ་ལྡན་པ་དང་ལས་བཀུར་ཆེ་ཞིང་དཀའ་བ་ཤིན་ཏུ་ཆེན་པོ་སྤྱད་ཡོད། ཁོ་ཚོས་དུང་བ་ཟབ་མོ་བཅངས་ཏེ་པར་བླངས་འདུག

《འཛམ་གླིང་ཡང་རྩེའི》ཚོགས་པ་དང་ང་ཚོ་རིག་གཞུང་ལས་རིགས་བར་ལ་འབྲེལ་བ་ཏ་ཙང་གཏིང་ཟབ་པོ་ཡོད་པར་བརྗེན། རིག་གཞུང་གི་ཐོན་ཁུངས་གང་ལེགས་སྤྱད་པས《འཛམ་གླིང་ཡང་རྩེའི》ནང་དུ་མི་འདང་བའི་ཆ་ཐོན་མེད།

ཀྲུང་དབྱི་ཕྲུའུ།

པེ་ཅིན་སློབ་གྲྭ་ཆེན་མོའི་རྒྱ་ཡིག་ཚན་ཁག་གི་དགེ་རྒན་ཆེན་མོ་བ།

《འཛམ་གླིང་ཡང་རྩེ》ལས་མངོན་པའི་གཙོ་དོན་ནི་ཏ་ཙང་རྒྱ་ཆེ་ཞིང་བོད་ཀྱི་རང་བྱུང་ཁོར་ཡུག་དང་མིའི་འཚོ་གནས་བྱེད་སྟངས་གང་ལེགས་མཚོན་འདུག མཐོ་སྒང་གི་ཁོར་ཡུག་དེའི་ནང་དུ་དེས་རང་ཉིད་ཀྱི་ཚེ་སྲོག་གི་རྣམ་པ་ལེགས་ཤོམ་བཅལ་རྗེད་ཐུབ་པས། དེ་ནི་ཏ་ལས་ཏང་སང་དགོས་པ་ཞིག་ཡིན་ལ། ཁྱེད་ཀྱིས་ཚེ་སྲོག་ភྣབས་ཆེ་བ་དང་མི་ភྣབས་ཆེ་བ་དེ་ཤེས་ཚོར་བཅུག་པས་དེ་ནི་མིའི་བསྟོད་སླུ་ཞིག་ཡིན།

《འཛམ་གླིང་ཡང་རྩེར》མིའི་རིགས་ཀྱི་རིག་པའི་གནད་ལ་འཕིགས་པའི་རང་བཞིན་ཞིག་ཡོད་པ་དེས་ལྟ་ཕྱོགས་མི་འདྲ་བ་ཞིག་གི་ཐོག་ནས་གནད་དོན་དེར་ལན་འདེབས་ཐུབ་ཡོད། 《འཛམ་གླིང་ཡང་རྩེ》ཡིས་པར་ཤེལ་སྒྲུད་ནས་རྟོག་ཞིབ་བྱས་ཏེ་མིས་རང་བྱུང་ཁམས་ཀྱི་ཁོར་ཡུག་ནང་དུ་རང་བྱུང་ཁམས་ཕུན་སུམ་ཚོགས་སུ་གཏོང་བ་དང་རང་བྱུང་ཁམས་ལ་གཅེས་སྲུང་གང་འདྲ་བྱས་ཚུལ་བརྗོད་པ་དང་། དེས་རང་གི་གསར་གཏོད་ལ་བརྟེན་ནས་རང་བྱུང་ཁམས་ཕུན་སུམ་ཚོགས་སུ་བཏང་ཡོད། འོན་ཀྱང་དེ་དག་རང་བྱུང་ཁམས་ཀྱི་རྣམ་པ་དངོས་ལ་གཞིགས་ནས་བྱུང་བ་ཞིག་ཡིན་པས་ངས་བལྟས་ན་ཧ་ཅང་གི་མཛེས་པོ་ཞིག་རེད།

ང་ཚོས་སྤྱིར་བཏང་གི་པར་གཞི་པར་ལེན་བྱེད་སྐབས་མི་སྣ་ནི་འཁྲབ་སྟོན་པ་གཙོ་བོར་བརྩི་ཡི་ཡོད་ཀྱང་《འཛམ་གླིང་ཡང་རྩེའི》ནང་དུ་རང་བྱུང་ཁམས་དང་མི་སྣ་གཉིས་ཀ་འཁྲབ་སྟོན་པ་གཙོ་བོ་ཡིན།

ཀྲུང་གོའི་སྒྲུང་གཏམ་གང་འདྲ་བརྗོད་དགོས་པ་དང་གང་འདྲ་བྱས་ཏེ་རྒྱལ་སྤྱིའི་ཐོག་དྲིལ་བསྒྲགས་བྱེད་དགོས་ཤེ་ན། ངས་བལྟས་ན་ཁྱབ་བསྒྲགས་བྱེད་པའི་ཐོག་གི་"རིག་གནས་ཕབ་ཆ"ཁྱད་སད་བྱེད་དགོས་སྙམ་གྱི་འདུག

《འཛམ་གླིང་ཡང་རྩེ》ནི་བལྟས་པ་ཙམ་གྱིས་རྒྱལ་སྤྱིའི་རང་བཞིན་གྱི་བརྗོད་སྟངས་ཤིག་ཡིན་ན་ཡང་བོད་ཀྱི་སྒྲུང་གཏམ་ཧ་ཅང་གཏིང་ཟབ་པོ་བརྗོད་པ་མ་ཟད་ང་ཚོ་རང་ཉིད་ཀྱི་གཙོ་གནད་རང་བཞིན་དང་རྒྱལ་སྤྱིའི་བརྗོད་སྟངས་བར་ལ་དོ་སྙོམས་ཡག་པོ་ཞིག་བྱས་ཡོད་པ་དེ་ནི་ས་ཐོག་སྐྱེ་དངོས་གྲགས་མེད་བརྟན་དང་མཚུངས། ངས་བལྟས་ན་《འཛམ་གླིང་ཡང་རྩེ》ལ་"རིག་གནས་ཀྱི་ཕབ་ཆ"ཧ་ཅང་ཐུང་དུ་བརྒྱབ་པ་དེ་ནི་དེའི་ལེགས་སྐྱེས་ཆེ་ཤོས་ཤིག་རེད། 《འཛམ་གླིང་ཡང་རྩེ》ངས་བལྟས་ན་འཇམ་པོ་དེ་བས་ཡག་པ་དང་ཐབས

མཁས་དེ་བས་ལེགས་པ། འཛམ་ཤོས་དང་ཐབས་མཁས་ཤོས་གཉིས་ཀ་ལྡན་འདུག་པས་དཔེ་མ་སྲིད་པ་ཞིག་རེད།

གཟུར་གོ་མིང་།

ཀྲུང་གོ་མི་དམངས་སློབ་གྲྭ་ཆེན་མོའི་གསར་འགྱུར་རིག་པ་སློབ་གླིང་གི་ཡོན་ཀྲུང་སྐུ་གཞོན། དགེ་རྒན་ཆེ་མོ་བ།

《འཛམ་གླིང་ཡང་རྩེ》ནི་ཐུགས་གྲ་འགྲིག་པོ་བྱུང་བའི་ཚོད་ལྟ་ཞིག་ཡིན་པ་དང་། དེའི་རྩ་ལག་གི་དོན་སྙིང་ནི་ང་ཚོས་སྐད་ཆ་གང་འདྲ་བྱས་ནས་ཤོད་དགོས་པ་དང་ལྷག་པར་དུ་འཛམ་གླིང་གི་གར་སྟེགས་འདི་འདྲ་ཞིག་གི་སྟེང་དུ་གང་འདྲ་ཤོད་དགོས་པར་ཐུག་ཡོད། དེང་འདིར་དངོས་ཡོད་ཀྱི་མཉམ་སྦྲེལ་བྲྭ་རྒྱར་ཞུགས་པ་ལས་གང་འདྲ་བྱས་ཏེ་སྐད་ཆ་བཟ་འཕྱོད་པོ་དང་ཁ་གསལ་གཏིང་གསལ་ཤོད་ཐུབ་པ། བཤད་པར་ནུས་པ་ལྡན་པ་བཅས་ཡོང་བར་དོན་དངོས་ཐོག《འཛམ་གླིང་ཡང་རྩེས》ལེགས་གྲུབ་བྱུང་བའི་དཔེ་མཚོན་ཞིག་བཏོད་ཡོད།

《འཛམ་གླིང་ཡང་རྩེ》ཐུགས་གྲ་འགྲིག་པོ་བྱུང་བ་དེ་གཏན་ཚིགས་འདྲེན་སྟངས་དེ་དོན་ལ་གཞིགས་པའི་དཔེའི་ཐོག་ནས་གསལ་པོར་མཚོན་ཐུབ་པ་སྟེ། དེས་རྒྱལ་སྤྱི་ཙན་དང་དེང་རབས་ཀྱི་རང་བཞིན། དུས་རབས་ཀྱི་རང་བཞིན་འཚམས་པའི་བྱ་ཐབས་སྤྱད་དེ་གྲུབ་ཆའི་རང་བཞིན་གཏིང་ཟབ་པའི་གཏན་ཚིགས་སུ་བསྒྱུར་བ་ལས། གཟུགས་བརྙན་ཡག་པོ་ཡོད་མེད་དང་སྒྲུང་གཏམ་སྙན་པོ་ཡོད་མེད་ཀྱི་གནད་དོན་ཞིག་མ་ཡིན།

ཀྲང་ཡུ་ཁེའི།

ཀྲུང་གོ་སྨན་སྦྱོར་སློབ་གྲྭ་ཆེན་མོའི་བརྙན་འཕྲིན་སློབ་གླིང་གི་དགེ་རྒན་ཆེ་མོ་བ། བརྙན་འཕྲིན་ཞིབ་འཇུག་ཁང་གི་དབུ་འཛིན།

《འཛམ་གླིང་ཡང་རྩེས》སྲུན་ལ་ཆ་འཕྲིན་གལ་ཆེ་ཞིག་སྤྲད་བྱུང་། གལ་ཏེ་ཚིག་གཅིག་གིས་མཚོན་པར་བྱས་ན། རྟོན་ཞེས་པ་སྙེ་ཡིད་རྟོན་གྱི་རྟོན་ཡིན་ཞིང་། དེར་དད་མོས་ཀྱི་ཆ་ལྡན་ཡོད་ལ་ཡིད་ཆེས་ཀྱི་ཆ་ཡང་ལྡན་ཡོད་མོད། སྲུན་གྱིས་བལྟས་ན་ཡིད་རྟོན་ཙུང་བའི་ཆ་དེ་བས་ཤུགས་ཆེ་བ་འདུག དེང་འདིར་འཛམ་གླིང་དེ་འདྲ་ཞིག་གི་ནང་དུ་ང་ཚོས་བྱ་བ་ཞིག་ལ་ཡིད་རྟོན་བྱ་རྒྱུ་ཁག་པོ་ག་ཚོད་ཡོད། ང་ཚོས་མི་ཞིག་ལ་ཡིད་རྟོན་བྱ་རྒྱུ་ཁག་པོ་ག་ཚོད་ཡོད། ང་ཚོས་པར་གཞི་ཞིག་གི་ནང་དོན་ངོ་མ་ཡིན་མིན་ལ་ཡིད་རྟོན་བྱ་རྒྱུ་ཁག་པོ་ག་ཚོད་ཡོད། ངས་ཀྱང་བོད་དུ་པར་ལེན་བྱེད་པར་སྐྱོད་སྐྱོང་ཡོད་ལ་ངས་རྒྱལ་ནང་དང་རྒྱལ་སྤྱིའི་བོད་ཀྱི་སྐོར་གྱི་དངོས་མཚོན་པར་གཞི་དེ་འདྲ་བ་མང་པོ་ལྟ་སྐྱོང་ཡོད། དེའི་ནང་གི་མི་ག་ཚོད་ཀྱིས་བྱེད་ཀྱི་པར་གཞིའི་ནང་གི་ནང་དོན་ངོ་མ་ཡིན་མིན་ལ་ཡིད་རྟོན་བྱེད་ཀྱི་ཡོད་དམ། དེར་བརྟེན་སྲུན་གྱིས་བལྟས་ན་དངོས་མཚོན་པར་གཞི་ཞིག་གི་ནང་དུ་གཟིགས་པ་པོས་ཡིད་རྟོན་ཙུང་བ་དང་ཁྱོད་ཀྱིས་བརྗོད་པ་དེ་དག་ལ་གཟིགས་པ་པོས་ཡི་རངས་དང་ཡིད་ཆེས་ཐོབ་དགོས། སྲུན་གྱིས་བྱས་ན་དེའི་ཐད་ལ《འཛམ་གླིང་ཡང་རྩེ》ནི་ལེགས་གྲུབ་ཆེན་པོ་བྱུང་བ་ཞིག་རེད་འདུག

《འཛམ་གླིང་ཡང་རྩེའི》པར་གཞིའི་ནང་དུ"ཊམ་རྩོད་མེད་པའི"མི་ཚང་མའི་རྣམ་འགྱུར་དེ་འདྲར་ང་ཧ་ཅང་དགའ་པོ་ཡོད། ང་ཚོའི་སྤྱི་ཚོགས་འདིར་བལྟས་ན་སློབ་གྲྭ་ཆེན་མོའམ་ཐ་ན་དེ་ལས་སྨད་པ་སློབ་གྲྭ་འབྲིང་ཆུང་དང་བྱ་བཙོལ་ཁང་ནས་འགོ་བཙུགས་ཏེ་ཁྱོད་ཀྱིས་འགྲན་རྩོད་བྱེད་དགོས་ཤིང་། འགྲན་རྩོད་ཁྲོད་ནས་འཚོ་གནས་ཐུབ་པའི་བར་སྣང་ཞིག་བསྐྲུན་ཐུབ་ན་གཞི་ནས་ཁྱོད་རང་འཚོ་གནས་ཐུབ་པ་དང་། གཞི་ནས་ཁྱོད་རང་ལ་གྲུབ་འབྲས་ཐོབ་ཐུབ་པ་ཞིག་ཆགས་ཡོང་མོད། 《འཛམ་གླིང་ཡང་རྩེ》ཡིས་ང་ཚོར་བསྟན་པ་ནི་ཊམ་རྩོད་བྱེད་མཁན་ཞིག་མ་ཡིན་པ་སྟེ། དེས་རང་བྱུང་ཁམས་ལ་ཊམ་རྩོད་བྱེད་ཀྱི་མེད་ལ་དེས་སྲོག་ཆགས་ལ་ཊམ་རྩོད་བྱེད་ཀྱི་མེད་པ་དང་། ཐ་ན་མི་དང་མིའི་བར་ལའང་ཊམ་རྩོད་བྱེད་ཀྱི་མེད། སྣང་ཚུལ་དེ་རིགས་ནི་ཧ་ཅང་གི་འཇམ་ཐིང་ཐིང་ཞིག་དང་ཞུར་སྒྲ་མེད་པ་ཞིག་ཡིན། འཇམ་ཐིང་ཐིང་དེ་འདྲ་དང་ཊམ་རྩོད་མི་བྱེད་པ་དེ་འདྲ་ཡིས་ང་ཚོའི་སེམས་ནང་གི་ཐལ་རྡུལ་དེ་ག་ལེར་གཙང་འཕྱག་བྱེད་ཐུབ་པ་ཡིན།

《འཛམ་གླིང་ཡང་རྩེའི》རྣམ་པའི་ཐོག་སླན་ངག་གི་བློ་བ་ཡོད་ཀྱང་ཁྱོད་ཀྱིས་དེ་དང་རང་གི་འཚོ་བ་དངོས་གཏན་ནས་མི་མཐུན་པ་རེད་ཅེས་བརྗོད་ན་དེའང་མ་ཡིན། གང་ལགས་ཤེ་ན་ཚད་གཞི་ངེས་ཅན་ཞིག་གི་ཐོག་དེ་གཉིས་བར་འབྲེལ་བ་ངེས་ཅན་ཡོད། 《འཛམ་གླིང་ཡང་རྩེའི》ནང་དུ་པར་ལེན་བྱས་པའི་བོད་ནི་ང་ཚོ་དང་ཐག་ཧ་ཅང་ཉེ་པོ་ཡོད་ལ་ང་ཚོ་དང་ཐག་ཧ་ཅང་རིང་བའི་སྐྱེ་པོ་འགའ་ཞིག་གི་སྦྱུང་གཏམ་ཞིག་ཀྱང་ཡིན། མི་སྣ་དེ་རིགས་ཀྱི་བརྩེ་དུང་གི་རྣམ་པ་མངོན་ཚུལ་དེ་དོན་དངོས་ཐོག་ང་ཚོས་རྒྱུས་མངའ་ཧ་ཅང་ཆེ་བ་དང་རེ་ལྟོས་ཆེན་པོ་བྱ་ཡུལ་ཞིག་ཡིན་ནའང་། འཚོ་བ་དངོས་ཀྱི་ནང་དུ་རྙེད་དཀའ་བ་

ཞིག་ཡིན་ལ་ལྷག་པར་དུ་གྲོང་ཁྱེར་གྱི་དེང་རབས་ཅན་གྱི་ཟིང་ཟིང་ཡོང་ཡོང་གི་འཚོ་བའི་ཁྲོད་དུ་དེ་བས་ཉེད་དགའ་བ་ཞིག་ཡིན། པར་གཞིའི་ནང་ནས་བཙལ་ཉེད་ཐུབ་པ་དེ་ནི་ང་ཚོས་རྒྱུས་མངའ་ཡོད་ལ་རེ་ལྟོས་ཆེ་ཡང་བཙལ་ཉེད་མི་ཐུབ་པའི་དངོས་པོ་ཞིག་ཡིན་སྟབས། ཏེ་བག་དང་འགལ་ཟླ། འགྲན་ཟླ་བཅས་དེ་རིགས་ཆགས་ནས་ང་ཚོའི་ཡིད་དབང་འཕྲོག་ཡོད།

ལི་ཙུ་ཁྲེན།

ཞེ་ཅིན་ཕྱི་རྒྱལ་སྐད་ཡིག་སློབ་ཆེན་རྒྱལ་སྤྱིའི་འབྲེལ་བ་སློབ་གླིང་གི་དགེ་རྒན་ཆེ་མོ་བ།

《འཛམ་གླིང་ཡང་རྩེ》ལེགས་གྲུབ་བྱུང་བ་དེའི་ཐོག་ནས་ང་ཚོས་ཀྲུང་གོའི་སྣང་བརྙན་ཡག་པོ་བརྗོད་དེ་མི་ཚོས་སྤྱིལ་རེས་ལ་སྐྱུལ་སྤྱིལ་གཏོང་ཐུབ་པ་མཚོན་ཡོད།

《འཛམ་གླིང་ཡང་རྩེ》ལེགས་གྲུབ་བྱུང་བ་དེས་ནང་དོན་བརྒྱུད་བསྒྲགས་བྱེད་པའི་ཐད་རྒྱལ་སྤྱིའི་ཐོག་དོ་ཁུར་བྱེད་པའི་དོན་ལ་ལན་བཏབ་པ་ཕྲན་གྱིས་མཐོང་ཐུབ་བྱུང་། ཁོང་ཚོས་བོད་ཀྱི་རང་བྱུང་ཐོན་ཁུངས་དང་ཐོན་ཁུངས་དེས་ཨེ་ཤེ་ཡའི་བདེ་འཇགས་ཐད་ཀྱི་ཤུགས་རྐྱེན་ལ་དོ་སྣང་བྱེད་ཀྱི་ཡོད། ང་ཚོས་《དགེ་བར་འཇུག་པའི་རྩ》ཞེས་པའི་ཐོག་ནས་མི་ཡི་སེམས་ནི་མི་འགྱུར་ན་ཨེ་ཤེ་ཡ་ནི་བདེ་འཇགས་ཡིན་ལ་བོད་ཀྱི་རང་བྱུང་ཐོན་ཁུངས་ཀྱང་ནམ་ཡང་བདེ་འཇགས་ཡིན་པའི་ལན་བཏབ་ཡོད། མི་འགའ་ཤས་ཀྱིས་བོད་ཀྱིས་རིག་གནས་དེ་གངས་རི་ཇི་བཞིན་ཞུ་འགྲོ་དོགས་བྱེད་ཀྱི་ཡོད་པ་དང་། ཡང་མི་འགའ་ཤས་

གྱིས་རིག་གནས་འདི་རིགས་ང་ཚོས་རྩ་མེད་བཟོས་ཡོད་མེད་ཐད་འཁྲུག་བཤད་བྱེད་ཀྱི་ཡོད་པས་ང་ཚོས《རི་གྲོང་གི་བུ་ཕྲུག》ཅེས་པའི་ཐོག་ནས་མི་དགུས་མ་ཞིག་ཡིན་ནའང་ཁོ་ཚོས་མི་རབས་ནས་མི་རབས་བར་དུ་རང་ཉིད་ཀྱི་རིག་གནས་ལ་སྲོབས་པ་བྱེད་ཀྱི་ཡོད་ལ་རིག་གནས་རྒྱུན་འཛིན་བྱེད་ཀྱི་ཡོད་པའི་ལན་བཏབ་འདུག སྙིང་གཏམ་དེ་རིགས་ནི་ཆེས་སྟོབས་ཤུགས་ལྡན་པ་ཞིག་ཡིན་མ་སྲིད་ཀྱང་དེ་ནི་ཡག་ཤོས་ཤིག་ཡིན་པས་དངོས་པོ་ཡག་ཤོས་ནི་ཆེས་སྟོབས་ཤུགས་ལྡན་པ་ཞིག་ཡིན།

ཀྲའུ་ཧྲེ་ཆང་།

བོད་ལྗོངས་མི་རིགས་སློབ་ཆེན་གྱི་གསར་འགྱུར་སྒྲིག་ཐེལ་སློབ་གླིང་གི་དགེ་རྒན་ཆེ་མོ་བ།

《འཛམ་གླིང་ཡང་རྩེ》དེ་བོད་རིགས་ཁུལ་དུ་བལྟ་བའི་ཚ་རླབས་ཤིག་འཕྱུར་ཞིང་། ང་ཚོའི་སློབ་གྲྭས་LEDསྟོན་ཤེལ་ཆེན་པོའི་ཐོག་ནས་བསྟན་པ་དང་། བསྟན་རྗེས་དགོང་མོ་རྟག་ཏུ་སློབ་ཕྲུག་མང་པོས་བལྟ་བར་ཡོང་གི་འདུག ང་ཚོའི་སློབ་གྲྭར་ཕྱེད་ཀ་བོད་རིགས་སློབ་མ་དང་ཕྱེད་ཀ་རྒྱ་རིགས་སློབ་མ་ཡིན་ཞིང་། སློབ་གྲྭར་བོད་མི་རིགས་ཀྱི་རིག་གནས་ཀྱི་ངང་ཚུལ་ཧ་ཅང་ཟབ་མོ་ལྡན་ཡོད། དེར་བརྟེན་ཁོ་ཚོས་བལྟས་པའི་རྗེས་སུ་ཚོར་སྣང་ཧ་ཅང་ཆེན་པོ་བྱུང་འདུག

《འཛམ་གླིང་ཡང་རྩེ》ནི་བོད་ཀྱིས་ཕྱི་ཕྱོགས་སུ་བརྒྱུད་བསྒྲགས་བྱེད་པའི་རྣམ་པར་འགྱུར་ལྡོག་གཏོང་བའི་དུས་ཀྱི་མཚོན་བྱེད་ཀྱི་བརྩམས་ཆོས་ཤིག་ཡིན་ཞིང་། དེས་དཔེ་གཞི་གསར་པ་ཞིག་མགོ་འདོན་བྱས་ཡོད་པ་དང་། ཕྱི་ཕྱོགས་སུ་བརྒྱུད་བསྒྲགས་བྱེད་པའི་སྲོལ་རྒྱུན་གྱི་རྣམ་པ་དེ་ལས་བརྒལ་ཏེ་ཕྱི་ཕྱོགས་སུ་

བརྒྱུད་བསྒྲགས་བྱེད་པའི་བསམ་དོན་དེ་སྒྱུ་རྩལ་གྱི་ཐོག་ནས་མངོན་གྱུར་ཐུབ་པ་དང་རྒྱུ་ཆ་བདམས་བསྒྲིགས་བྱ་རྒྱུ་དམིགས་བསལ་ལྡན་ལ་བློས་གར་ལྟར་གྱི་ཡིད་དབང་འཕྲོག་ཤུགས་ལྡན་པ་མ་ཟད། ལག་རྩལ་གྱི་དགེ་མཚན་ཡང་གསལ་པོ་ལྡན་འདུག

ཀླུ་ཡུང་།

ཨ་བྲང་རྙིང་མའི་དངོས་མང་བཀྲམས་སྟོན་ཁང་གི་ཞིབ་འཇུག་པ་སྐྱ་གཞོན་དང་རྫོམ་པ་པོ།

《འཛམ་གླིང་ཡང་རྩེའི》ནང་དུ་མི་སྣ་ཡོད་ལ་མི་སྣ་དང་རང་བྱུང་ཁམས་བར་ཕན་ཚུན་མཉམ་འགུལ་བྱེད་པའི་འབྲེལ་བ་ལྡན་པ་དང་། ཕྱོགས་མང་པོ་ཞིག་ལ་ཁྱབ་ཀྱིས་ལྟ་སྐབས་སེམས་འགུལ་ཆེན་པོ་ཐེབས་ཀྱི་འདུག

《འཛམ་གླིང་ཡང་རྩེ》ནི་ཚད་གཞི་ལྡན་པ་དང་བརྩེ་དུང་ལྡན་པའི་དངོས་མཚོན་པར་གཞི་ཞིག་ཡིན། ཁྱབ་ཀྱིས་བལྟས་ན་པར་གཞི་དེས་བོད་དང་བོད་རིགས། བོད་ཀྱི་རིག་གནས་བཅས་མཚོན་གྱི་འདུག་ཅིང་། གལ་ཏེ་ད་དུང་གོ་སྐབས་བྱུང་ན་ལོ་རྒྱུས་ཐོག་གི་པར་གཞི་པར་ལེན་བྱ་རྒྱུ་དེ་དེ་བས་གཏིང་ཟབ་ཏུ་གཏོང་རྒྱུའི་རེ་བ་ཞུ་རྒྱུ་ཡིན།

མཇུག་བྱང་།

《འཛམ་གླིང་ཡང་རྩེ》པར་ལེན་མཁན་སུན་རྗོའོ་ཀོང་ལ་ཆེད་མངགས་བཅར་འདྲི་ཞུས་པ་སྟེ།
དངོས་མཚོན་པར་གཞི་གསར་རྩོམ་སྒྲོར་གླིང་བ།

ཀྲུང་གོའི་དང་ཐོག་མའི་མཚོ་བོད་མཐོ་སྒང་གི་མི་དང་རང་བྱུང་ཁམས་བར་འཆམ་མཐུན་མཉམ་གནས་བྱེད་པ་ཕྱོགས་ཡོངས་ནས་མཚོན་པ་དང་བོད་ཀྱི་ནང་དོན་ལྡན་པའི་བརྙན་འཕྲིན་དངོས་མཚོན་པར་གཞི་4Kཅན་གྱི་དྭངས་གསལ་དངོས་མཚོན་པར་གཞི་ཆེ་མོ་ཐོག་མ་སྟེ་《འཛམ་གླིང་ཡང་རྩེ》ཉེ་ཆར་ཚ་ཚ་འུར་འུར་ངང་སྟོན་བཞིན་ཡོད།

《འཛམ་གླིང་ཡང་རྩེ》པར་ལེན་ཁྲིད་སྟོན་པ་དང་པར་ལེན་བྱེད་མཁན་གཙོ་བོ་སུན་རྗོའོ་ཀོང་ནི་རྒྱལ་སྤྱིའི་ཐོག་སྣན་གྲགས་ཆེན་པོ་ལྡན་པའི་ཀྲུང་གོའི་དངོས་མཚོན་པར་གཞི་པར་ལེན་མཁན་ཡིན་ཞིང་། 《ཕྱིར་ལོག་པའི་མི་འཁོར》དང་《བསྲིགས་བཅད་བརྗར་གསུམ》སོགས་དངོས་མཚོན་པར་གཞི་པར་ལེན་མཁན་གྱི་འགན་འཁུར་སྤྱོད་ཡོད། ཁོང་གི་བརྩམས་ཆོས་ལ་ཨ་རིའི་ཨའི་མི་བྱ་དགའི་དངོས་མཚོན་པར་གཞི་ཡག་ཤོས་ཀྱི་བྱ་དགའ་དང་། ཨ་མོ་སི་ཐེ་ཏན་དངོས་མཚོན་པར་གཞིའི་དུས་ཆེན་གྱི་དབྱི་ལྷུན་སིའི་བྱ་དགའ། ཐེ་ཕན་གསེར་རྟ་བྱ་དགའི་དངོས་མཚོན་པར་གཞི་ཡག་ཤོས་ཀྱི་བྱ་དགའ་སོགས་ཐོབ་མྱོང་ཡོད།

གཞམ་གསལ་བཅར་འདྲི་ཞུས་པའི་ནང་དོན་ནི་《འཛམ་གླིང་ཡང་རྩེ》ཡི་ཆོས་གཞི་སྒྲིག་སྒྱུར་བ་སྐྱེ་HOMBOYསློག་བརྙན་ཚོས་སྒྱུར་ཀུང་སིའི་ཆོས་གཞི་སྒྲིག་སྒྱུར་བ་ཏོང་ཆན་དང་སུན་ཏོའོ་ཀོང་ལ་བཅར་འདྲི་ཞུས་པའི་སྒྲ་བཙུག་ལས་སྒྲིག་སྒྲིང་བྱས་པ་ཞིག་ཡིན།

ཏོང། སྔོན་ལ་ང་ཚོས་པར་ལེན་འཕྲུལ་ཆས་སྐོར་གླེང་མོལ་གནང་དོ། འཛམ་གླིང་ཡང་རྩེ་པར་ལེན་བྱེད་པའི་ཐོག་མའི་དཔྱད་གཞི་རག་པའི་རྗེས་སུ་ངའི་ཚོར་སྣང་དང་པོ་ནི་ལེ་ཚན་ཡོངས་ཀྱི་འོད་རྒྱ་ཆེ་བ་དང་འབྲེལ་ཡོད་ཁོར་ཡུག་ཞན་ལ་ཉོག་འཛིང་ཆེན་པོ་ཡོད་པར་བརྟེན། དེ་སྔོན་འཆར་གཞི་བཟོ་སྒྲིང་ཡོད་མེད་དང་པར་ལེན་འཕྲུལ་ཆས་གདམ་ག་བྱེད་པའི་ཐོག་བསྒྱུར་བ་བྱེད་སྒྲིང་ཡོད་དམ། པར་ལེན་དངོས་སུ་བྱེད་སྐབས་གསལ་བའི་གཟུགས་བརྙན་གྱི་པར་ངོས་ཀྱང་སྔོན་དཔག་ལྟར་བྱུང་ཡོད་དམ།

སུན། པར་ལེན་འཕྲུལ་ཆས་གདམ་གའི་སྐོར་ཐོག་མར་འཁྲབ་ཁྲིད་པའི་བླང་བྱ་ནི་4Kཚད་གཞི་ཡིན་པ་དང་ཚད་གཞི་མཐོ་ཙ་གཏོང་ཙ་གཏོང་ཆོག་ལ་ཚོད་

རྩིས་འཚམ་པོ་ཡོད་དགོས། 2013ལོའི་ལོ་མཇུག་ཏུ་པར་ལེན་འགོ་འཛུགས་པའི་སྐབས་ཀྱི་ཁྲིམ་རའི་ཐོག་གི་4Kཔར་ལེན་འཕྲུལ་ཆས་ཐོག་ནས་བརྗོད་ན་F55དང་། Red C500འཕྲུལ་ཆས་དེ་འདྲ་ཡོད། F55འཕྲུལ་ཆས་ནི་ཧ་ཅང་ཡག་པོ་ཡོད་ཀྱང་སྐབས་དེར་དེ་ལ་བརྟན་ཆས་མེད་པས་ངས་པར་ལེན་ཚད་གཞི་མཐོ་ཏུ་བཏང་ཆོག་གི་ཡོད། C500ལ་ཕྱི་ལ་བཀོན་ཐུབ་པའི་ཟིན་ཐོ་འགོད་ཆས་ཤིག་དགོས་པ་མ་ཟད། Rawཚད་གཞིའི་ཉར་འཛོག་བྱེད་ཆས་རིན་གོང་ཆེ་བ་དང་། བརྒྱུད་རིམ་རྙོག་འཛིང་ཆེན་པོ་ཡོད་པས་དེ་ཡང་བེད་སྤྱོད་བྱས་མེད། F65དང་ALEXའཕྲུལ་ཆས་དག་གཟུགས་བརྙན་པར་ངོས་ཡག་པོ་ཡོད་ཀྱང་དངོས་མཚོན་པར་གཞི་པར་ལེན་བྱེད་པར་སྟབས་བདེ་པོ་མེད་ལ་འཚམ་པོ་མེད། མཐའ་མཇུག་ང་ཚོས་Redབདམས་པ་ཡིན།

ད་ལྟ་པར་ཆས་མང་པོ་ཞིག་སྤྱོད་བདེ་པོ་ཡོད་ཙང་། Redནི་ཕལ་ཆེར་པར་གཞི་འདི་པར་ལེན་བྱ་རྒྱུར་འཚམས་ཤོས་ཤིག་མ་ཡིན། དཔེར་ན་དེ་ལ་ནང་འཛོག་NDམེད་པ་དང་འཚག་ཤེལ་ལ་འོད་འགོག་ཡོ་བྱད་བསྐར་དགོས་པ། ཁྱོན་

ཡོངས་ནས་སྐབས་བསྟུན་གྱི་འགྱུར་བ་གཏོང་ཁག་པ་མ་ཟད་པོད་དུ་ཉི་འོད་ཀྱི་ཤུགས་ཚད་ཧ་ཅང་ཆེན་པོ་ཡོད་པས་ང་ཚོས་ISOཚད་གཞི་ཆུང་ཤོས་སུ་བཞག་ཀྱང་འོད་ཕོག་པའི་གནས་ཚུལ་ཐོན་གྱི་འདུག དེར་བརྟེན་པར་ལེན་ཤེལ་སྒོའི་འོད་ཁུང་འོད་སྒོ་ཆུང་ཤོས་སུ་འཛུག་པ་སྟེ་དཔེར་ན་ཚད་22-30བར་བཞག་ན་སྐར་འཕྲོ་ཐོན་ནས་གཟུགས་བརྙན་པར་རིས་ཀྱི་གསལ་ཆ་ཧ་ཅང་སྐྱོ་པོ་ཆགས་ཀྱི་འདུག དེ་མ་ཟད་ད་དུང་དཔེར་ན་འོད་མཐོ་སར་སྤུས་ཚད་འགྱུར་བ་དང་དམའ་སར་འོད་མདངས་ཕོག་ཚད་ཞན་པ། ཚད་གཞི་1600ཐོག་འཛོར་སྐད་ཆེན་པོ་ཐོན་པ། པོད་དུ་ཉི་འོད་ཤུགས་ཆེན་པོ་ཡོད་ཀྱང་ཁང་པའི་ནང་དུ་ནག་ཁུང་ནང་པར་ལེན་ཐབས་མེད་པ། དངོས་མཚོན་པར་གཞི་པར་ལེན་བྱེད་པར་ང་ཚོས་འོད་འཕྲེད་སྣ་མང་འདོན་ཐབས་མེད་པ་མ་ཟད། ས་ཆ་ཁ་ཤས་ལ་གློག་ཀྱང་མེད་པར་བརྟེན་མེ་ལྡེ་སྐོང་པའམ་ནུས་ཁུངས་གྲོན་ཆུང་གི་ཤེལ་ཏོག་ཆུང་ངུར་བརྟེན་དགོས་ཀྱི་འདུག དེ་དག་ཚང་མ་ནི་པར་གཞིའི་སྤུས་ཚད་ལ་ཤུགས་རྐྱེན་ཐེབས་པའི་རྒྱུ་ཞིག་ཡིན། དེ་མ་ཟད་Redལ་ད་དུང་སྐྱོན་ཞིག་ཡོད་པ་དེ་ནི་CMOSཡི་

མདུན་དུ་སྨུད་སྐྱོང་ཤེལ་སྒོ་མེད་པས་གནམ་གཤིས་ཧ་ཅང་ཞན་པའི་སྐབས་སུ་ཐལ་རྡུལ་འཛུལ་སླ་པོ་ཡོད། བོད་དུ་སྤྱོད་པའི་སྐབས་སུ་ང་ཚོས་ཧན་རླུང་ཕྱིད་ནས་ཕུ་རྒྱག་གི་ཡོད། འོན་ཀྱང་ས་བབ་མཐོ་བའི་ས་ཆར་རླུང་འགྱུར་འདང་ངེས་མེད་པ་དེས་CMOSབཙོག་པ་ཆགས་བདེ་པོ་ཡོད། དེར་བརྟེན་པར་ཆས་ཀྱི་ཤེལ་སྒོ་བརྗེ་བའི་སྐབས་སུ་དེ་བས་གཟབ་ནན་བྱེད་དགོས་ཀྱི་ཡོད།

འོན་ཀྱང་ཐོག་མའི་དུས་སུ་Redཚད་ལྡན་བྱུང་བའི་RAWལས་མཐུག་གི་བརྒྱུད་རིམ་དང་ཚད་གཞི་མཐོ་ཙ་གཏོང་བའི་ནུས་པ་ཕྱོགས་བསྡུས་བྱས་ནས་བལྟས་པ་ན། གདམ་ཀ་དེ་ནི་འཕྱུགས་མེད་ཅིག་རེད་འདུག དོན་དམ་དུ་དུས་རིམ་གྱི་ཚད་གཞིར་གཞིགས་ནས་འཕྲུལ་ཆས་གདམ་ཀ་བྱ་རྒྱུ་ཡང་རྒྱ་ཆེན་གལ་ཆེ་ཞིག་ཡིན། ངས་པར་གཞི་དྲས་འབྲིག་མཁན་གྱི་བསམ་འཆར་ལ་དཔྱད་གཞི་བྱེད་ཀྱི་ཡོད་པས། ཁོང་གིས་ཨང་སྒྲིག་དེའི་དཔལ་འབྱོར་ནུས་པ་གང་འདྲ་ཡོད་པ་དང་གསོག་འཇོག་དང་དྲས་འབྲིག་ནུས་པའི་འབྲེལ་བའི་གནད་དོན་ང་ལ་གསུངས་བྱུང་། གཞན་ནི་ཆོས་གཞི་སྒྲིག་སྦྱོར་མཁན་གྱི་བསམ་འཆར་རེད། ཐོག་མའི་དཔྱད་གཞི་ཁོང་ལ་སྤྲད་ན་ཁོང་གིས་དེ་མ་ཉིད་དུ་ཁྱེད་ལ་བཅོས་སྒྲིག་བྱེད་དགོས་པ་ག་ཚོད་ཡོད་པ་དང་གཟུགས་བརྙན་པར་ངོས་ལ་སྤུས་ཚད་ཀྱི་གནད་དོན་ག་རེ་ཡོད་མེད་གསུང་གི་རེད། དེ་ལྟར་ན་འཕྲུལ་ཆས་ཀྱི་ནུས་པ་གང་འདྲ་ཡོད་པ་ཁྱེད་ཀྱིས་མགྱོགས་མྱུར་ཤེས་ཐུབ། གལ་ཏེ་ད་ལྟ་ཡིན་ན་ངས་Amiraདང་F55འཕྲུལ་ཆས་དེ་འདྲ་སྤྱོད་རྒྱུར་བསམ་བློ་གཏོང་སྲིད། དེ་ཡང་ཡང་པོ་ཡོད་ལ་སྤབས་བདེ་བ་དང་། པར་ལེན་ཤེལ་སྒོ་གདམ་ཀ་གང་འདོད་བྱས་ཆོག་པ། འཕྲུལ་སྒྱུལ་ནུས་པ་ཆེ་བ། ཁོར་ཡུག་དང་འཚམ་ནུས་ལྡན་པ། སྒྲ་རླབས་ཀྱི་ནུས་པ་ཆ་ཚང་བ་བཅས་ནུས་པ་དེ་དག་ཚང་མས་དངོས་མཚོན་པར་གཞི་པར་ལེན་བྱེད་པར་སྤབས་བདེ་ཡོང་གི་རེད།

རྟོང་། པར་གཞིའི་ནང་ནས་ངས་ལས་ཡུལ་དངོས་སུ་པར་ལེན་བྱས་པའི་སྒྲོ་སྣང་ལྡན་པའི་གནས་ཚུལ་འགའ་ཤས་མཐོང་བྱུང་ལ། པར་ཆས་ཀྱི་ཤེལ་སྒོ་བརྗེ་པོ་བརྒྱབ་པ་ཡང་མཐོང་བྱུང་བས། དེའི་སྟོན་ལ་ཁྱེད་ཀྱིས་པར་གཞིའི་སྤུས་ཚད་དང་གཞན་དག་གི་ཐད་ལ་པར་ཆས་ཤེལ་སྒོར་གདམ་ཀ་དང་ཚོད་ལྟ་གནང་མྱོང་ཡོད་དམ།

སུན། དཔྱད་ཞིབ་ཐེངས་མང་བྱས་མཐར་ང་ཚོས་ཤེལ་སྒོ་Plབདམས་མེད། གང་ཡིན་ཞེ་ན་ང་ཚོར་དགོས་པ་ཆེ་ཤོས་ནི་རྒྱང་ཐག་འགྱུར་བ་གཏོང་ཐུབ་པའི་པར་ལེན་ཤེལ་སྒོ་དགོས་པ་ལས་རྒྱང་ཐག་གཏན་འཁེལ་བའི་པར་ལེན་ཤེལ་སྒོ་དགོས་ཀྱི་མེད། Plཡི་རྒྱང་ཐག་འགྱུར་བའི་པར་ལེན་ཤེལ་སྒོའི་ཚད་གཞིས་དཔྱང་བཏེག་པར་ལེན་བྱེད་པའི་དགོས་མཁོ་སྐོང་ཐུབ་ཀྱི་མེད་པ་མ་ཟད། འགྲོ་སོང་དང་མི་བཀོད་སྒྲིག་བྱ་རྒྱུ་ཡང་མང་དུ་འགྲོ་བ་དང་སྒྲིག་བཟོའི་ལས་སྒྲོད་ཀྱང་ཧ་ཅང་གི་ཞུང་དུ་འགྲོ་ཡི་ཡོད། དེར་བརྟེན་མཐའ་མར་སྔར་བཞིན་པར་ལེན་ཤེལ་སྒོ་Canon EFགཙོ་བོ་བེད་སྤྱོད་བྱས་པ་དང་། རི་སྐྱེས་སྲོག་ཆགས་པར་ལེན་བྱེད་པར་sigma300-800mmགྱི་རྒྱང་འཐེན་པར་ལེན་ཤེལ་སྒོ་བེད་སྤྱོད་བྱས་པ། དམིགས་བསལ་གཟུགས་བརྙན་པར་ལེན་བྱེད་པར་5Dབེད་སྤྱོད་བྱས་པ་ཡིན། པར་ཆས་ཀྱི་པར་ལེན་ཤེལ་སྒོས་སྒྲིག་བརྙན་པར་ལེན་ཤེལ་སྒོ་དང་འདྲ་བར་པར་ངོས་སྤུས་ཚད་དོ་སྙོམས་གཅིག་གྱུར་མི་ཐུབ་ནའང་དེར་དངོས་མཚོན་པར་གཞི་པར་ལེན་བྱེད་པར་དམིགས་བསལ་གྱི་ཁྱད་ཆོས་ལྡན་ཡོད། དེ་ནི་པར་ཆས་ཀྱི་ཤེལ་སྒོའི་ནུས་པའི་རིན་ཐང་དེ་དང་སྦྱར་ན་འཕྱུར་བདེ་བའི་ནུས་པ་དང་འཕྲུལ་སྒྱུལ་ནུས་པ་ཧ་ཅང་མཐོ་པོ་ཡོད་པ་དང་། གནམ་གཤིས་ཞན་པའི་སྐབས་སུ་སྐྱོན་ཤོར་ཡང་ཁ་གསབ་བྱེད་བདེ་པོ་ཡོད། བོད་ཀྱི་ཐོག་ནས་བརྗོད་ན། མཁའ་དབྱིངས་སུ་པར་ལེན་བྱ་རྒྱུ་དེ་ཁག་ཤོས་ཤིག་ཡིན་ཞིང་

ནམ་མཁའ་དྭངས་དྭགས་ན་འོད་ཕོག་སླ་པོ་ཡོད། དེར་བརྟེན་ང་ཚོས་ཚོད་འཛིན་བྱེད་ཐུབ་པའི་འོག་ཏུ་རིམ་འགྱུར་NDཡིས་གནོན་པའམ་ཟུར་ཚད་བདམས་ནས་འོད་བཀག་སྟེ་འོད་མི་ཕོག་པ་གང་ཐུབ་བྱེད་ཀྱི་ཡོད། འོན་ཀྱང་དངོས་མཚོན་པར་གཞིའི་ཐོག་ནས་བརྗོད་ན་ནང་དོན་ནི་གལ་ཆེ་ཤོས་ཡིན་པས་གོང་དུ་བརྗོད་པ་རྣམས་ཕྱོགས་བསྡུས་བྱས་ན་ངའི་བསམ་པར་གཟུགས་བརྙན་པར་རྫོས་འཕྲོ་བརླག་ཏུ་སོང་བ་དེའང་དང་ལེན་ཞུ་འོས་པ་ཞིག་རེད་སྙམ་གྱི་འདུག

རྟོང་། དོན་དངོས་ཐོག་དངོས་མཚོན་པར་གཞིའི་ཁྱབ་ཁོངས་ནང་དུ་བྱ་དགའ་ཐེངས་མང་ཐོབ་མྱོང་བའི་པར་ལེན་ཁྲིད་སྟོན་བསླབ་པ་རྒན་གྲས་ཤིག་གི་ངོས་ནས་པར་ལེན་བྱེད་པའི་བརྒྱུད་རིམ་ནང་དུ་ཁྲིད་དང་འཁྲབ་ཁྲིད་པའི་བར་བྱ་ཐབས་གང་ཞིག་སྤྱད་ནས་ལས་ཀར་གནོགས་འདེགས་གནང་གི་ཡོད་དམ།

སྲུན། དོན་དོ་མའི་ཐོག་སྟོན་ཚུད་ཀྱི་ལས་ཀ་དང་པར་ལེན་དངོས་སུ་བྱེད་པའི་ཁྲིད་དུ་ང་ཚོ་ཚང་མས་པར་ལེན་ཤེལ་སྒོའི་ཚོར་སྣང་སོགས་ཀྱི་གནད་དོན་སྐོར་ལ་བསམ་ཚུལ་སྤེལ་རེས་བྱས་ཤིང་། དཔེར་ན། འཁྲབ་ཁྲིད་པ་ཁོང་ནི་རྒྱ་ཆེ་ལ་ཁ་ཁྱུ་སིམ་པའི་ཚོར་སྣང་ལ་དེ་བས་དགའ་པོ་འདུག དེ་རྗེས་ང་ཚོས་ཉིན་ལྟར་རེ་བཞིན་ཐོག་མའི་དཔྱད་གཞི་བསྒྱུར་སྟོན་བྱས་ཏེ་མཉམ་དུ་བལྟས་ནས་བཟོ་བཅོས་རྒྱུག་དགོས་མིན་གྲོས་བསྡུར་བྱས་པ་ཡིན། དོན་དངོས་ཐོག་དངོས་མཚོན་པར་གཞི་པར་ལེན་བྱེད་མཁན་ནི་གཟུགས་བརྙན་ཁག་བགོས་བྱེད་མཁན་གྱི་འཁྲབ་ཁྲིད་པ་ཞིག་དང་འདྲ་པོ་ཡོད་པ་དང་། པར་ལེན་བྱེད་པའི་ཁྲིད་དུ་རང་ནུས་དང་ཐད་ཀའི་ཚོར་བར་གཙོ་བོ་བརྟེན་དགོས་པ་ཡིན། ཕྱོགས་གཞན་ཞིག་གི་ཐོག་ནས་བརྗོད་ན། དེ་ཡང་ཉེན་ཁ་ཆེ་བའི་བྱ་བ་ཞིག་ཡིན་ཏེ་རང་ཉིད་ཀྱི་གཤིས་ཀ་ཕྱི་རུ་གསལ་པོར་མངོན་གྱི་ཡོད་པས་དེ་ནི་གྲི་དངོ་གཉིས་མ་ཞིག་དང་འདྲ་པོ་ཡོད།

ངའི་བསམ་པར་འཕྲུལ་ཁྲིད་པས་ངའི་ལས་ཀར་ཡིད་ཆེས་གནང་ནས་ང་ལ་གསར་གཏོད་བྱེད་པའི་བར་སྣང་ཆེན་པོ་ཞིག་གནང་བ་རེད་སྙམ་གྱི་འདུག ཕན་ཚུན་བསམ་འཆར་སྤེལ་རེས་བྱས་པ་བརྒྱུད་ངས་ཁོང་གི་བསམ་ཕྱོགས་ལའང་ངོས་འཛིན་ཐུབ་ཀྱི་འདུག དེར་བརྟེན་ཁོང་གིས་ཚོར་སྣང་སྤྲིང་བའི་སྐབས་སུ་ངས་མགྱོགས་མྱུར་མཐོང་ཚོར་མཚོན་རྟགས་ཤིག་ཏུ་འགྱུར་གང་ཐུབ་བྱེད་ཀྱི་ཡོད།

སྟོང་། དངོས་མཚོན་པར་གཞི་《འཛམ་གླིང་ཡང་རྩེ》པར་ལེན་བྱེད་པར་ལོ་གཉིས་འགོར་བ་དང་། དེའི་ཁྲོད་དུ་ཁྱེད་ལ་འཕྲད་པའི་དཀའ་ངལ་ཆེ་ཤོས་གང་ཡིན་ནམ། གང་འདྲ་བྱས་ནས་ཐག་གཅོད་གནང་བ་ཡིན་ནམ།

སུན། པར་ལེན་བྱེད་པའི་ཐོག་ནས་བརྗོད་ན་དཀའ་ངལ་ཆེ་ཤོས་ནི་ས་བབ་མཐོ་བ་དང་ལུས་སྟོབས་ཟད་གྲོན་ཆེ་བ་དེ་ཡིན། དེས་ན་ཚན་པ་ཁག་ལས་བགོས་ཁ་གསལ་བརྒྱབ་པ་དེས་སྙིང་སྟོབས་དང་ལུས་སྟོབས་གཉིས་ཀའི་ཐོག་ཐག་ཞོར་འབྲིང་དྲུད་བྱ་རྒྱུ་ཞུང་དུ་སོང་ཡོད། གཞན་ཞིག་ནི་ཁོར་ཡུག་གི་ཆ་རྐྱེན་ཞན་པ་དེ་ཡིན་ཞིང་ང་ཚོར་སྐབས་དེ་དུས་གྲང་ངར་ཤིན་ཏུ་ཆེ་བའི་གནམ་གཤིས་འཕྲད་པ་དང་འབྲེལ་ཐག་ཆད་ཅིང་། དེ་རྗེས་ང་ཚོས་རླངས་འཁོར་ཆུ་ཚོད་4བཏང་ནས་སློག་གི་ཚ་ལའི་མི་ཐུར་འཚོལ་བར་ཕྱིན་པ་ཡིན། འཕུར་སྐྱོད་འཕྲུལ་ཆས་ཀྱང་ས་བབ་མཐོ་བའི་རླུང་གནོན་གནས་ཚུལ་རྐྱེན་གྱིས་སྐྱོན་ཤོར་སོང་། དེར་བརྟེན་ཁོར་ཡུག་ཤིན་ཏུ་ཞན་པའི་འོག་པར་ལེན་བྱེད་པར་ངེས་པར་དུ་སྔོན་ཚུད་ནས་སྒྲིག་ཆས་འཚམ་པོ་ཡོད་མེད་ཤེས་རྟོགས་བྱེད་དགོས་ཀྱི་འདུག

སྟོང་། ད་ལྟའི་ངོས་ནས་བཤད་ན་སྤྱིན་ཤོག་གི་དུས་རབས་མཇུག་འགྲིལ་ལ་ཉེ་ཞིང་། གྲངས་འཛིན་ལག་རྩལ་འཕེལ་རྒྱས་རྒྱ་ཆེར་འགྲོ་བཞིན་ཡོད་པས་སྤྱིན་ཤོག་དང་གྲངས་འཛིན་གྱི་བླང་དོར་སྐོར་ལ་ཁྱེད་རང་ལ་ལྟ་སྟངས་གང་འདྲ་ཡོད།

སུན། གྲངས་འཛིན་ལག་རྩལ་ཐོག་མར་ཐོན་སྐབས་ང་ཚོས་མ་འོངས་སྟོན་

དཔག་བྱེད་སྤྱོང་ཞིང་། པར་ཚད་མི་ལོན་པ་དང་ཐེབས་ཆག་ལས་མེད་པ་སོགས་རེད་སྙམ་གྱི་ཡོད། འོན་ཀྱང་ལྟ་སྟངས་དེ་དག་མགྱོགས་མྱུར་མེད་པར་གྱུར་བ་དང་དེ་རྗེས་སྤྱིན་ཤོག་སྣེར་སྟོམ་ཆེན་པོ་རྙབ་རྫེབ་ཡོད། དེར་བརྟེན་ངས་བལྟས་ན་ཕལ་ཆེར་དེ་མ་ཉིད་དུ་སྤྱིན་ཤོག་ཁྲོད་ཀྱི་རྫས་འགྱུར་འགྱུར་འབྱུང་ལས་ཐོན་པའི་ཁྱད་འཕགས་དེ་གྲངས་འཛིན་གྱིས་དངོས་སུ་གྲུབ་ཐབས་མེད། འོན་ཀྱང་སྣད་ཕྱིན་དེ་ལས་སྒྲོལ་ཐུབ་ཅིང་། ལག་རྩལ་གསར་སྒྱུར་བྱེད་པའི་ལམ་བུའི་ཐོག་ང་ཚོས་གཏན་དུ་ད་ལྟའི་གནས་ལ་ཡིད་ཚིམ་ནས་སྡོད་རྒྱུ་མེད་པར་ཚོད་ལྟ་བྱེད་ཕོད་པ་ནི་ལམ་བུ་བཟང་པོ་ཞིག་ཡིན་པ་མ་ཟད། ལག་རྩལ་གསར་པ་འཕེལ་རྒྱས་ལ་བརྟེན་ནས་སྤྱིན་ཤོག་གིས་སྣེར་སྟོམ་བྱེད་པ་མེད་པ་བཟོས་པར་བརྟེན། གཞི་ནས་པར་ལེན་བྱེད་མཁན་གསར་པ་ཁག་གཅིག་ལས་རིགས་དེའི་ནང་དུ་ཞུགས་རྒྱུ་བྱུང་བ་རེད། སྤྱི་ཡོངས་ནས་བཤད་ན། ང་ནི་གྲངས་འཛིན་ལག་རྩལ་ལ་ཡིད་ཆེས་ཆེན་པོ་ཡོད།

ཧྲོང་། རྒྱ་མཚན་འགའ་ཞིག་གི་རྐྱེན་གྱིས་ཁྱེད་རང་ང་ཚོ་དང་མཉམ་དུ་མཐའ་མཇུག་གི་པར་དངོས་ཚོས་གཞི་སྤྲིག་སྦྱོར་བྱེད་པར་ཕེབས་མེད་པས་གྲངས་འཛིན་དུས་ཀྱི་པར་ལེན་མཁན་དང་ཚོས་གཞི་སྤྲིག་སྦྱོར་མཁན་བར་གྱི་གཞོགས་འདེགས་བྱེད་སྟངས་ཐད་ལ་ཁྱེད་རང་གིས་གང་འདྲ་གཟིགས་ཀྱི་ཡོད་དམ།

སུན། པར་ལེན་མཁན་གྱིས་ཚོས་གཞི་སྤྲིག་སྦྱོར་བྱེད་པའི་བརྒྱུད་རིམ་ནང་དུ་ཞུགས་དགོས་ཤིང་། ཁོང་གིས་ལས་ཡུལ་དངོས་སུ་པར་ལེན་བྱས་པའི་སྐར་རྒྱུན་རང་ལོག་གི་ཚོར་སྣང་ཁ་ཤས་ཚོས་གཞི་སྤྲིག་སྦྱོར་མཁན་ལ་ངོ་སྤྲོད་བྱས་ཆོག ཡིན་ནའང་ད་དུང་དུས་ཚོད་དེ་བས་མང་བ་ཞིག་ཚོས་གཞི་སྤྲིག་སྦྱོར་མཁན་ལ་གསར་རྩོམ་བྱ་རྒྱུར་སྤྲོད་དགོས། ཕན་ཚུན་ཡིད་ཆེས་ཀྱི་རྨང་གཞིའི་ཐོག་བཙུགས་པའི་མཉམ་ལས་ནི་རྟག་ཏུ་བསམ་ཡུལ་ལས་འདས་པའི་དགའ་སྤྲུག་གཉིས་ལྡན་ཡོང་གི་ཡོད། ང་རང་རང་ཉིད་ནི་RAWཚད་གཞིའི་བཟོ་

དབྱིབས་ལ་རྒྱུས་མངའ་ཆེན་པོ་ཡོད་ཅིང་། RAWཡིས་དཀར་པོ་དོ་སྙོམས་བཟོ་བ་དང་ཆོས་གཞིའི་དྲོད་ཚད་སོགས་ཀྱི་གནད་དོན་ཐད་པར་ལེན་མཁན་ལ་བཅིངས་འགྲོལ་བཏང་ཡོད་ལ་རྗེས་ཀྱི་ལས་ཀ་བྱེད་མཁན་ལའང་བར་སྣང་ཆེན་པོ་ཞིག་བཞག་ཡོད། དོན་དངོས་ཐོག་དངོས་མཚོན་པར་གཞི་པར་ལེན་བྱེད་པར་ཆོས་གཞི་རིམ་པ་གཉིས་གསུམ་བྱུང་ན་འདང་ངེས་ཡིན། 5500འམ་6000མང་ཆེ་བ་གནམ་འཐིབ་པ་དང་གནམ་དྭངས་པའི་སྐབས་ཡིན་པ་དང་། 3200འམ་དེ་བས་དམའ་བའི་གློག་འོད་རྒྱ་ཁྱོན་ནང་དུ་ཡིན། སྐབས་འགར་ཆོས་གཞི་འགྱུར་འགྲོ་བ་ནི་ངས་བལྟས་ན་ཁས་ལེན་བྱ་འོས་པ་ཞིག་ཡིན། གང་ཡིན་ཞེ་ན་ཆོས་གཞི་ནི་བློ་ཁ་དང་དུས་ཚོད་ཀྱི་ཁྱད་ཆོས་དེའི་ནང་ལྡན་པ་ཞིག་ཡིན་པ་མ་ཟད་ཡང་རྒྱུག་མཐོ་བའི་ཨང་སྒྲིག་ནི་དོན་དངོས་ཐོག་བཟོ་བཅོས་བྱེད་སྟངས་ཁ་ཤས་སྟབས་བདེ་པོ་ཡོད་ཅིང་གལ་ཆེ་ཤོས་ཤིག་ནི་རིམ་པར་སྲུང་སྐྱོང་བྱ་རྒྱུ་དེ་ཡིན། ལས་ཡུལ་དངོས་སུ་Re gamma3ལ་ལྟ་ཞིབ་བྱེད་སྤྱོད་བྱེད་སྐབས་རིམ་པའི་ཐད་ལ་ངས་དོ་སྣང་ཆེན་པོ་དེ་ཙམ་མ་བྱས་པར་དྲང་མཉམ་པར་རིས་ཚད་གཞིར་བརྟེན་ནས་འོད་ཕོག་གི་དཔྱད་གཞི་བྱེད་ཀྱི་ཡོད། དེང་སྐབས་ཆོས་གཞི་སྒྲིག་སྦྱོར་མཁན་ཡང་པར་ལེན་བྱེད་པའི་ནང་ཞུགས་མཁན་མང་དུ་མང་དུ་ཕྱིན་ནས་འཁྲབ་ཁྲིད་པ་དང་པར་ལེན་མཁན་ལ་གཟུགས་བརྙན་པར་དངོས་སྐོར་གྱི་བསམ་འཆར་འགའ་འདོན་གྱི་ཡོད་པ་དང་པར་ལེན་བྱེད་པའི་སྔོན་ལ་བཀོད་སྒྲིག་དང་རྗེས་ལ་སྒྲིག་བཟོ་བྱེད་པ་དང་དེ་དག་ཀྱང་འཕེལ་རྒྱས་འགྲོ་ཕྱོགས་གཙོ་བོ་ཞིག་ཡིན།

ཧྥང་། ལས་རིགས་དེའི་ནང་དུ་ཚང་མས་ཁས་ལེན་བྱེད་པའི་དངོས་མཚོན་པར་གཞི་པར་ལེན་བསླབ་པ་རྒན་པའི་ཁྲིད་སྟོན་པ་ཞིག་གི་ངོས་ནས་ཁྱེད་ཀྱིས་བྱ་ལས་དང་འཚོ་བའི་བར་ལ་སྙོམས་སྒྲིག་གང་འདྲ་གནང་གི་ཡོད་དམ།

སུན། དོན་དངོས་ཐོག་འདི་ནི་འཆར་ཡན་སྣ་ཚོགས་ཀྱི་ཁེངས་པའི་ལས་

རིགས་ཤིག་ཡིན་པ་དང་། ས་ཆ་མང་པོ་ཞིག་ལ་བསྐྱོད་ཚོག་ལ་དོན་སྙིང་ལྡན་པའི་མི་དང་དོན་དག་མང་པོ་ཞིག་འཕྲད་པ་དང་འཇིག་རྟེན་ལའང་རྒྱུས་མངའ་ཕུན་སུམ་ཚོགས་པོ་ཞིག་ཡོང་གི་ཡོད། ངས་ཀྱང་མཚམས་སྐྱོར་བརྡ་ཁྲབ་ཚོང་ལས་ཀྱི་པར་གཞི་ཁས་ལེན་མི་བྱེད་པ་བྱེད་ཀྱི་མེད། དེས་ང་ལ་གསར་གཏོད་གསར་པ་དང་ལག་རྩལ་གསར་པ། འཕྲུལ་ཆས་གསར་པ་བཅས་དང་འབྲེལ་གཏུག་བྱེད་བཙུག་པ་དང་། ཡང་པར་ལེན་ལག་རྩལ་གྱི་གང་དགོས་པ་དེ་མ་བྱུང་བ་ཡང་སྔོན་འགོག་ཐུབ་པ་མ་ཟད། དངོས་མཚོན་པར་གཞི་པར་ལེན་བྱེད་པར་དེ་ནི་ཁ་ལོ་སྒྱུར་ཐབས་མེད་པའི་ཁོར་ཡུག་འོག་གི་འགྲན་རྩོད་ཅིག་ཡིན་པ་དང་། འཇིག་རྟེན་ཤེས་རྟོགས་བྱེད་པ་དང་སྤྱི་ཚོགས་འདི་ལའང་ཕན་ཐོགས་ལྡན་པ་ཞིག་ཡིན། དེར་བརྟེན་ངའི་ངོས་ནས་བཤད་ན། པར་ལེན་མཁན་གནམ་རྒྱུ་དེ་རང་ཡིན། འོན་ཀྱང་བྱ་བ་གང་ཞིག་ཡིན་རུང་ཚང་མ་གཅིག་ཐོབ་ན་གཅིག་ཤོར་བ་ནི་ཆོས་ཉིད་ཡིན། མིག་སྔའི་ཐོག་ནས་བརྗོད་ན་ངས་རང་ཉིད་ལ་ཐོབ་པ་དེ་ལོངས་སྤྱོད་བྱས་ནས་གཞན་རྣམས་གང་ཡིན་དེ་ཕོ་ནར་བསྡུན་རྒྱུ་ཡིན།

རྫོང་། མཐུག་ཏུ་དངོས་མཚོན་པར་གཞིའི་ལས་རིགས་ནང་ཞུགས་ཉེར་ཡོད་པའི་གཞོན་ནུ་ཚོར་ཁྱེད་ཀྱིས་གསུང་རྒྱུ་ག་རེ་ཡོད།

སུན། དོན་དངོས་ཐོག་མིག་སྔར་ཀྱང་གོའི་དངོས་མཚོན་པར་གཞིའི་ལས་རིགས་ནང་དུ་སྒྲུང་གཏམ་གྱི་ནུས་པ་ལྡན་ལ་གཟུགས་བརྙན་པར་ངོས་ཚོད་འཛིན་བྱེད་ཐུབ་པའི་ནུས་པ་ལྡན་པའི་དགོས་ངེས་ཀྱི་པར་ལེན་མཁན་མང་པོ་པོ་ཞིག་འདང་གི་མེད། དངོས་མཚོན་པར་གཞི་པར་ལེན་མཁན་ལ་ཉམས་མྱོང་ག་ཚོད་ཀྱི་མང་བ་ཡོད་ན་དེ་རྩིས་ཀྱིས་རིན་ཐང་ཆེ་བ་ཡོད། དངོས་མཚོན་པར་གཞི་པར་ལེན་ལས་རིགས་ནང་དུ་ཞུགས་འདོད་ཡོད་མཁན་གྱི་ན་གཞོན་ཚོའི་ངོས་ནས་བརྗོད་ན་ཁྱེད་ཀྱིས་དེ་བས་སེམས་རྩ་འཁོལ་པོ་དང་དང་རྒྱུད་རིང་པོ་

བྱས་ནས་རང་གི་ཕྱུགས་བསམ་འགྲུབ་པ་བྱེད་དགོས། དེ་ནི་དུས་ཡུན་རིང་བ་དང་ཁེར་ཆད་ཡིན་ལ་སྨྲོ་སྣང་ཅན་གྱི་འགྲུལ་བཞུད་ཀྱི་ལམ་ཚད་ཅིག་ཀྱང་ཡིན། ལས་རིགས་ཀྱིས་དངོས་མཚོན་པར་གཞིའི་ལས་ཀ་བྱེད་མཁན་ལ་དེ་བས་འདྲ་མཉམ་གྱི་ཐོབ་ཐང་སྤྱོད་རྒྱུ་རེ་འབོད་ཞུ་རྒྱུ་ནི་སྙིང་མེད་ཅིག་ཡིན།

ཐུགས་རྗེ་ཆེ་ཞུ་ཡུལ། （མིང་གི་སྔ་རྗེས་ལ་ཁྱད་པར་དབྱེ་མེད）

ཀྲའོ་ཕིང་། ཞུས་ལིས། ཡང་ལིས་ཙུན། ཁྲི་ཀང་། རྒྱ་མཚོ། ཀྲང་ཐོང་ཧྲའོ། ཧྲའོ་སུ་ལེའུ། ཀང་ལིས་ཤན། ཙུང་ཤུན་ཙུན། ལེའུ་ཙན་འཛང་། ཀའོ་ཤུ་ལན། ཁང་ཙུང་རིན་པོ་ཆེ། ཧྲུའོ་ཨུའུ། ཧྲུའུ་ཙུའུ་ཙུའུ། བློ་བཟང་ཚེ་རིང་། ཐང་ཛལ། རན་ཀྲང་ཀྲན། དཀོན་ཅོག དཀོན་མཆོག་རིན་པོ་ཆེ། ཞུས་ཙན། ལྱུས་གྲེ། ནི་ཀྲེང་ཧྲུང་། ལེའུ་ཡན་ལིང་། ཧོང་ཡུང་། ཤུའུ་ཞོལ་ཁྲུའུ། ཚའོ་ཚའོ། ལའོའི་ཨ་ཧྲའོ། ཀྲའོ་ཧྲའོ་ཡན། ཐྲང་ཞའང་། ཀྲང་ཞའོ་པའེ། ཀྲའོ་ཐའེ་ཧྲུང་། ནི་ལིང་། ཀའོ་ཞའོ་ལྱུང་། ལའོ་ཅིན་མིན། སི་ཁྲིན་ཞིང་ཆེན་ཡུལ་སྐོར་སྤྲོ་འཆམ་ཙུས། པད་མ་གསར་གཏོད་སྨྱུན་བྱེད། ཧྲུད་མིན་རིག་གནས།

དབུ་བཞུགས་མཁྱམ་ལམ་རོགས་པ།

ཨོ་འར་ཨོ་ཀྲུང་གོ་ཚོང་གཉེར་ཀུང་སི།

ཚན་རིག་བློ་འདྲི་ཞུལ་ཚན་པ།

ཀྲུང་གོ་སྤྱི་ཚོགས་ཚན་རིག་ཁང་། ཀྲུང་གོ་བོད་རིག་པ་ཞིབ་འཇུག་ལྟེ་གནས། བོད་རང་སྐྱོང་ལྗོངས་སྤྱི་ཚོགས་ཚན་རིག་ཁང་།

གཞོགས་འདེགས་ཚན་པ།

བོད་རང་སྐྱོང་ལྗོངས་མི་དམངས་སྲིད་གཞུང་། མཚོ་སྔོན་མི་དམངས་སྲིད་གཞུང་། སི་ཁྲོན་མི་དམངས་སྲིད་གཞུང་། ཀན་སུའུ་མི་དམངས་སྲིད་གཞུང་། ཡུན་ནན་མི་དམངས་སྲིད་གཞུང་། བོད་ལྗོངས་བརྙན་འཕྲིན་ལས་ཁུངས། ལྷ་ས་གྲོང་ཁྱེར་ཡུལ་སྐོར་སྤྲོ་འཆམ་ཙུས།

ཐྭ་རྒྱ་འབྲེལ་བའི་སྨྱན་བྱེད།

ཤིན་ལང་བོད་འཕྲིན་@དངོས་མཚོན་པར་གཞི་འཛམ་གླིང་ཡང་རྩེ། སྤྱི་སྤྱོད་འཕྲིན་སྣེགས་ཨང་གྲངས་དངོས་མཚོན་པར་གཞི་འཛམ་གླིང་ཡང་རྩེ།

དམིགས་བསལ་ཐུགས་རྗེ་ཆེ་ཞུ་ཡུལ།

པར་གཞི་རོགས་སྐྱོར་གནང་མཁན་མི་ཚང་མ།

༄༅། །འཛམ་གླིང་ཡང་རྩེ།

རྩོམ་སྒྲིག་པ།	ཀོའོ་ཞིན།
ཡིག་སྒྱུར་བ།	རྐང་བརྩུགས།
རྩོམ་སྒྲིག་འགན་འཁུར་བ།	ལྷག་སྒྲོན། ཀུན་དགའ་རབ་རྒྱས།
པར་གཞི་སྒྲིག་མཁན།	ཚེ་དབང་།
མདུན་ཤོག་མཛེས་འཚོས་པ།	སྐལ་བཟང་ནོར་བུ།
དཔེ་སྐྲུན་འགྲེམས་སྤེལ་ཚན་པ།	བོད་ལྗོངས་མི་དམངས་དཔེ་སྐྲུན་ཁང་། （ལྷ་ས་གླིང་སྐོར་བྱང་ལམ་སྒོ་ཨང་20པ）
པར་འདེབས་ཚན་པ།	ཧྲེན་ཀྲེན་ཀྲོང་ཁྲེར་སྤུས་ལེགས་ཚོན་པར་མཉམ་འབྲེལ་པར་འདེབས་ཚད་ཡོད་ཀུང་སི།
དེབ་ཚད།	787×960 1/16
པར་ཤོག	27.125
ཡིག་གྲངས།	ཁྲི་30
པར་གཞི།	2019ལོའི་ཟླ་3པར་པར་གཞི་1བསྒྲིགས།
པར་ཐེངས།	2019ལོའི་ཟླ་3པར་པར་ཐེངས་1བཏབ།
པར་གྲངས།	01-2,000
དཔེ་རྟགས།	ISBN978-7-223-05345-7
རིན་གོང་།	སྒོར་58.00